"垮掉派"诗歌与"第三代"诗歌后现代性比较研究

邱食存 著

Postmodernist Comparative Study of
American Beat Poetry and
Chinese Third-Generation Poetry

西南大学出版社

图书在版编目(CIP)数据

"垮掉派"诗歌与"第三代"诗歌后现代性比较研究/邱食存著. -- 重庆：西南大学出版社，2024.7
ISBN 978-7-5697-2077-8

Ⅰ.①垮… Ⅱ.①邱… Ⅲ.①诗歌研究–中国–当代 Ⅳ.①I207.22

中国国家版本馆CIP数据核字(2023)第231038号

"垮掉派"诗歌与"第三代"诗歌后现代性比较研究
"KUADIAOPAI" SHIGE YU "DI-SAN DAI" SHIGE HOUXIANDAIXING BIJIAO YANJIU

邱食存　著

责任编辑：李晓瑞
责任校对：张昊越
装帧设计：闰江文化
照　　排：陈智慧
出版发行：西南大学出版社(原西南师范大学出版社)
　　　　　网　址：http://www.xdcbs.com
　　　　　地　址：重庆市北碚区天生路2号
　　　　　邮　编：400715
　　　　　电　话：023-68868624
印　　刷：重庆市圣立印刷有限公司
成品尺寸：165 mm × 238 mm
印　　张：23.25
字　　数：473千字
版　　次：2024年7月　第1版
印　　次：2024年7月　第1次印刷
书　　号：ISBN 978-7-5697-2077-8
定　　价：79.00元

国家社科基金后期资助项目
出版说明

　　后期资助项目是国家社科基金设立的一类重要项目,旨在鼓励广大社科研究者潜心治学,支持基础研究多出优秀成果。它是经过严格评审,从接近完成的科研成果中遴选立项的。为扩大后期资助项目的影响,更好地推动学术发展,促进成果转化,全国哲学社会科学工作办公室按照"统一设计、统一标识、统一版式、形成系列"的总体要求,组织出版国家社科基金后期资助项目成果。

全国哲学社会科学工作办公室

序

一个年轻学者的成长之路

蒋登科

2013年秋天，邱食存来到西南大学中国新诗研究所攻读博士学位，是我指导的第二名博士生。我过去不太了解邱食存，在博士招生考试结束之前，他都没有和我直接联系过。恰好是在复试期间，他给我留下了不错的印象。一方面，食存跟我一样，来自农村，有着农家子弟惯有的朴素、勤奋、执着、踏实的秉性；另一方面，他对自己的学习、工作、科研情况非常了解，方向明确，渴望有机会进一步学习。他在本科、硕士期间学习的都是外国语言文学，转而攻读中国现当代文学专业的博士学位，肯定是有一定难度的。记得刚开始上专业课的时候，由于相关学科的理论积淀、专业知识相对欠缺，食存在课堂上的交流发言常常泛泛而谈，好像还被我批评过几次。不过，我们在这方面恰好又有可以参照互学的地方。我本科读的也是外语专业，之后转到中国现当代文学专业，研究新诗。在成长的道路上，我经历过一些曲折，花了很多时间和精力来弥补基础知识的缺失，拓展学术视野。食存攻读博士学位的时候，我可以从个人经验的角度，为他提供一些成长路径上的支持。

我们一起分析他存在的问题，讨论弥补方法。我一直认为，无论哪个国家、哪个时代的文学，在研究上都有其相通之处，但关键是要有厚实的文本和学术储备。食存在好些方面都存在短板，尤其是对中国现当代文学的基础知识、专业核心知识了解不够，对中国现当代文学文本的了解比较少，对中国现代文学史缺乏宏观把握，对中国现当代文学研究的学术史了解不够深入、全面。但他没有因此而气馁，反倒是他的勤奋、执着帮助了他。我们一起制订了弥补短板的计划,确定了必读书目,他硬是利用不短的时间,不分昼夜地阅读,记下了大量的读书笔记。为了更好地强化学习效果,只要有时间,他就和我交流阅读感想、学习心得,查找缺漏。我也给他提供了一些相关选题,由他负责收集、整理资料,起草文稿,将知识学习和实际的科研工作结合起来。文学研究是积累性的学科,往往需要长期积淀,但食存的学习效果出乎我的意料,在我们共同努力下,他的短板得到了弥补,加上他的外国文学基础,最终形成了比其他一些同学更开阔的学术视野,也为他后来的发展奠定了较为扎实的基础。

在研究生培养中,我给同学们提出了两个不同角度的切入方式:一是在日常学习中一定要努力做到取长补短、大量阅读、用心思考、不断积累,这样才可能厚植根基、拓宽视野;二是在确定论文选题的时候,一定要努力做到扬长避短,尽量发现和发挥自己的长处,这样才不会过度显露自己的不足。邱食存所学习的专业是中国现当代文学,选题肯定要以中国现当代文学的相关话题为核心,但可以在此基础上辐射,借用其他相关学科的理论、方法、观点。经过反复商量,我们最终确定以20世纪末期产生重要影响的"第三代"诗歌作为研究对象,而"第三代"诗歌是一种非常复杂的诗歌现象,前期研究成果不少,于是选择了食存比较熟悉的后现代性作为切入点,在讨论"第三代"诗歌后现代特征的同时,将20世纪中叶在美国出现的"垮掉派"诗歌作为参照,讨论二者在后现代性方面的异同,以及中国诗人的借鉴、创造对新诗艺术探索的启示。这个选题的最终成果,既涉及中国现当代文学,又涉及食存较为了解的美国当代文学,努力实现了文学的跨语言、跨文化研究,带有比较文学的性质,对于梳理中外文学交流,促进中国文学发展具有一定的学术意义。在总结邱食存的学习历程的时候,我们觉得扬长避短的策略发挥了较好的作用,他的博士学位论文在匿名评审中得到了相关专家的好评,顺利通过了答辩,助他获得了博士学位。

对于热爱科研的同学来说,博士研究生的学习、博士论文选题的确定、写作,一定不只是为了获得博士学位,也不是学习和科研生涯的结束。优秀的选题具有延展性,往往可以成为他们今后科研工作的新起点,有些人还可能将其作为长期的甚至终生的科研方向。经过毕业之后的修改完善,邱食存以其博士论文为基础完成的诗学专著《"垮掉派"诗歌与"第三代"诗歌后现代性比较研究》终于完稿了,而且获得了国家社科基金后期资助项目的资助，这是一件令人高兴的事情。

自20世纪80年代末90年代初关于后现代主义问题的讨论进入中国以来，相关研究层出不穷，但研究焦点大多集中于后现代主义文学理论或者后现代派小说方面。研究方法也大都只是单向地追踪西方后现代主义文学对中国现当代文学的影响，而同时从影响研究和平行研究的角度来分析中国当代诗歌的后现代性特质的著作则比较少见。因此，以后现代性作为切入点，结合中美两国不同的历史积淀、时代语境，对中美两国特定的诗歌流派进行具体而细微的文本分析，在学术上就显得尤为必要。从这个角度说，邱食存的这本书应该是这方面的优秀成果之一，他的文献功底扎实，阐释方法得当，书中既有翔实的文本分析，又有一定的理论深度。相比于食存的博士学位论文，本书在观念、深度、视野等方面已经有了较大的提升，框架上有了调整，内容上也有较大扩充。从2014年4月24日博士论文选题最终确定之日算起，到本书的最终完成，前后历时十年。其间，食存一直围绕这一选题进行逐步深入的思考与钻研，前后申请立项了国家社科基金项目1项，省级社科基金项目2项，市厅级社科基金项目4项，还有校级项目多项。由此可见，作为一名青年学者，食存坐得了冷板凳，守得住寂寞，抛得开诱惑，愿意为实现自己的科研目标而不辞辛劳，体现出稳打稳扎、坚持不懈的治学态度。

美国"垮掉派"诗歌与中国"第三代"诗歌是中美两国非常重要的后现代诗歌流派，有着独特的研究价值。本书以这两个诗歌流派作为研究对象，考察了中国禅宗对"垮掉派"诗歌以及"垮掉派"诗歌对"第三代"诗歌似是而非的影响，并力图从历史文化背景、精神特质、艺术特征和表现手法等方面进行阐释："第三代"诗人与"垮掉派"诗人在中美不同的历史语境之中，基于各自具体的生命体验与表达，创造出了具有不同艺术特征的后现代诗歌文本。本书基于替罪羊理论对"垮掉派"诗歌所处的麦卡锡主义语境进行了深入考察，对"垮掉派"诗歌后现代性背反文本书写有着较为翔实的剖析，同时，对于用西方后现代性理论来阐释中国"第三代"诗歌的效度与限度，作者也有着较为清醒的认识。结合具体翔实的文本分析，本书还探讨了"第三代"诗歌的生命诗学建构以及日常生活审美化创作原则。

尤为值得关注的是，本书立足中美文化与文学关系的比较，选取两个具有代表性特征的诗歌流派作为论述对象：一方面对"垮掉派"诗歌与"第三代"诗歌发生发展的具体历史文化语境、文学主张的针对性、诗人群体的世界观与文学观、诗歌表现方式等做出了较为系统的论析;另一方面也把这两者放在中美关系中展开了思想文化资源的关联性研究。本书系统分析了这两个后现代诗歌流派兴起的缘由、发展脉络、创造性特点及其局限性,既具有较为开阔的思想文化与文学视野,同时又结合文本细读的方式展开,两者结合紧密,生成了独特的学术价值。

从研究方法上看,本书一方面以比较文学的影响研究作为主要研究框架和叙述方法(由于作者对影响研究阐释的有效性及其理论阐释限度有着较为清醒的认识,因此在运用影响研究模式上颇为节制);另一方面,还力图回到历史现场并紧密结合平行研究进行具体分析,强调了两个诗歌流派发生发展过程中的本土资源与现实资源。这种多角度的切入方式在方法论上具有一定的启发意义。

攻读博士学位的经历使邱食存发现了自己的特长与优势,在毕业之后,他依然坚守在诗歌研究、比较文学研究等领域,他的研究主要不是探讨比较文学的理论,而是借鉴有效的方法,通过文化、文学、文本的比较,总结文学探索的得失,探讨文学发展的规律。我个人觉得,他选择的方向是对的,他的研究是有潜力的,在祝贺他的这部著作出版的同时,我也期待他在未来的学术研究中,发现更新鲜的话题,取得更丰硕的成果。

2024年1月5日,于重庆之北

目录
CONTENTS

绪论 ……………………………………001
- 第一节 后现代性理论的效度与限度 ……………003
- 第二节 研究对象 ……………………018
- 第三节 研究目标、研究方法、研究价值与意义 ……025
- 第四节 创新之处与主要研究内容 ……………029

第一章 "垮掉派"诗歌与"第三代"诗歌后现代性研究综述 ……………………033
- 第一节 "垮掉派"诗歌后现代性研究综述 …………034
- 第二节 "第三代"诗歌后现代性研究综述 …………049
- 第三节 "垮掉派"诗歌与"第三代"诗歌后现代性比较研究综述 ……………………059

第二章 "垮掉派"诗歌与"第三代"诗歌后现代性转向及其语境分析 …………063
- 第一节 麦卡锡主义语境下"垮掉派"诗歌后现代性背反书写 ……………………065
- 第二节 文化狂欢中"第三代"诗歌的后现代性转向 …085

第三章 ＞ 影响与接受：中国禅宗・"垮掉派"诗歌・"第三代"诗歌 …… 107

  第一节 以禅入诗之传统 …… 110
  第二节 中国禅宗与后现代性 …… 114
  第三节 "垮掉派"诗人对中国禅宗思想的接受与运用 …… 117
  第四节 "垮掉派"诗歌对"第三代"诗歌似是而非的影响 …… 135

第四章 ＞ "垮掉派"诗歌与"第三代"诗歌中的非诗化倾向 … 165

  第一节 "垮掉派"诗歌与"第三代"诗歌中的诗歌文体解构 …… 169
  第二节 "垮掉派"诗歌与"第三代"诗歌中的诗歌形式解构 …… 184
  第三节 "垮掉派"诗歌与"第三代"诗歌中的诗歌语言解构 …… 202

第五章 ＞ "垮掉派"诗歌与"第三代"诗歌中的日常生活书写 …… 219

  第一节 "垮掉派"诗歌与"第三代"诗歌中的去英雄主题 …… 220
  第二节 "垮掉派"诗歌与"第三代"诗歌中的日常生活审美化书写 … 226
  第三节 "垮掉派"诗歌与"第三代"诗歌中国家形象的
      解构与建构 …… 247

第六章 ＞ "垮掉派"诗歌与"第三代"诗歌中的生命书写 …… 277

  第一节 "垮掉派"诗歌与"第三代"诗歌中的生命诗学建构 …… 278
  第二节 "垮掉派"诗歌与"第三代"诗歌中的生命书写实践 …… 284

结语 …… 329

参考文献 …… 336

后记 …… 359

绪论

一个时代自有一个时代的诗歌。"垮掉派"诗歌是20世纪50年代美国先锋诗歌的翘楚。彼时，麦卡锡主义（McCarthyism）肆虐美国全境。为了转嫁国内种族主义矛盾与工会抗议浪潮以及国际上资本主义社会治理体系的危机，美国当局将美国共产党及其追随者、同情者等边缘性群体当作替罪羊予以打压与宰制。通过将反共产主义、反同性恋与维护国家安全挂钩，美国当局不断诱导并煽动普通民众针对美国共产党与同性恋者的"恐红"与"恐同"心理，激发民众所谓的爱国主义情绪，从而达到强化美国盎格鲁一致性（Anglo-conformity）主流价值观体系的目的。于是，在美国当局二战后凭借冷战思维在国内外大搞恐怖政治、反共排外、压制民众自由这一社会历史语境中，惠特曼式的民主国家理想受到以麦卡锡主义为核心的冷战文化的全面摒弃。为此，作为美国社会中的他者性边缘群体，"垮掉派"诗人本着绝不同流合污的背反精神，发起了旨在反叛象征性现代主义诗歌传统、强化美国诗歌本土化原则的诗歌变革运动。"垮掉派"诗歌力图通过反叛美国盎格鲁一致性主流价值观体系、同性恋书写以及回望20世纪30年代经济大萧条时期的左派思潮，来进行以多元化与差异性为特征的后现代性诗歌背反书写，从而拉开了美国后现代主义诗歌创作的大幕。

而20世纪80年代中后期是属于中国"第三代"诗歌的时代，这一时期时代精神的转换首先为"第三代"诗人所感知、体验并赋予变革性的诗歌表达。不再是先锋的朦胧诗的落潮与"第三代"诗歌的崛起似乎是一种历史的必然。如果说朦胧诗属于现代主义诗歌，那么，将朦胧诗列为主要反叛对象的"第三代"诗歌也可以说是后现代主义诗歌。然而，情况似乎又并不这么简单。一方面，诗人们并不太乐意被冠以"后现代主义诗人"的帽子。毕竟，"后现代主义"概念是舶来品，与诗人们所在意的"本土性"与"创新性"多有抵牾，况且一段时期以来其名声似乎并不好听。因此，对于是否受到后现代主义思潮的影响这一问题，"第三代"诗人总是含糊其辞甚至言语间前后龃龉。另一方面，主流文学史及诗歌史在论述"第三代"诗歌的时候，似乎也不太采用后现代主义视角，以至于有学者认为"第三代"诗歌的后现代性特质被"隐匿"了。而与此同时，又不断有评论者指认甚至论证"第三代"诗歌的后现代性，大有和前者对抗之势。那么，"第三代"诗歌是否受到西方后现代主义思潮的影响？影响有多大？是否可以借用后现代主义理论的视角阐释"第三代"诗歌？可以的话，理论的边界又在哪里？"第三代"诗歌的后现代性与西方当代诗歌（比如"垮掉派"诗歌）的后现代性有何异同之处？要解答这些问题，只是单独考察"第三代"诗歌的后现代性问题似乎很难奏效。相反,他山之石,可以攻玉。运用比较文学中的影响研究和平行研究方法,将"第三代"诗歌与美国最早的后现代主义诗歌流派"垮掉派"诗歌予以并置研究,对于理解并阐释这两个诗歌流派或同或异的后现代性特征莫不是一种可行的研究路径。

第一节 后现代性理论的效度与限度

由"五四"新文化运动所开启的中国现代文学在其发生发展的过程中,一直受到当时各种西方文化思潮或多或少的影响,这应该说是中国现当代文学研究中的一个常识。在经历了数十年的"以阶级斗争为纲"政治导向下的文化封闭与理论封锁之后,中国现当代文学研究在由改革开放政策所开启的进一步解放思想的历史潮流中重获新生。20世纪80年代,怀着"走向世界"和"走向现代化"的激情,中国大陆译介了大量的西方思想、文学与文化著作,各种西方文学思潮和创作方法也随之涌入中国,使得原来那种单一的、政治导向过于明显的文学批评模式得到了极大更新。而在众多的批评方法中,比较文学研究似乎成为对中国现当代文学研究影响最大的批评方法之一。有学者就曾指出,在"新时期"的文学研究中,"扎根扎得最深,基础奠定得最牢固,发展得最坚实,取得的成就最大的,还是最初'红'过一阵而后来已被多数人习焉不察的比较文学"[1]。

然而,问题的另一面是,中国现当代文学归根到底并不是某种西方理论或观念"移植"的产物。相反,它体现的主要还是中国作家自身基于当下语境所得出的独特生命体验与感受。因此,虽然比较文学研究方法(特别是影响研究模式)在20世纪80年代"世界文学"背景之下,极大拓宽了中国现当代文学研究的视野,但似乎不能过于简单地将这种"影响"看成是西方思潮向中国单向"移植"的过程。毕竟,文学创作反映的是一种独特而复杂的主体性精神体验和感受,影响的发生与效度从来都要受到当下社会语境的制约。可以说,中西文学与文化交流不可或缺,随之而来的外来因素也可以给中国作家带来启示和灵感,然而,"一种新的文化与文学现象最终能够在我们的文学史之流中发生和发展,一定是因为它以某种方式进入了我

---

[1] 王富仁:《关于中国的比较文学》,见《说说我自己:王富仁学术随笔自选集》,福建教育出版社,2000年版,第125页。

们自己的'结构',并受命于我们自己的滋生机制"①。因此,若一味纠缠于理论或观念的引进而漠视中国现当代文学自身的生成氛围与机制,无疑将会导致严重的后果。比如,20世纪90年代初期以来,西方后现代主义思潮甚嚣尘上,西方的"现代性终结"的宣判在中国也不胫而走。一些文学与文化评论者本着文学"进化论"意识,生硬地"移植"所谓"最新"理论成果——后现代主义,用以质疑并解构中国现当代文学中的"现代性"要素,将"五四"以来的中国现当代文学简化为"西方文化霸权"的结果。"在根本的意义上,对'现代性'的质疑与终结更直接地冲击着'五四'以来我们新文化的价值大厦——而这,恰恰就是中国现代文学学科的存在之本!"②其实,这种"现代主义终结论"遵循的恰恰是现代主义那种直线向前、不可重复的历史与时间意识,这本来就是后现代主义所要打破的线性时间中的"进化论"观念。

事实上,作为一种二战后兴起并逐渐发展成为具有世界影响的批评话语和文化思潮,后现代主义并不是一种统一的思想模式。相反,在对现代主义颠覆性的扬弃之中,后现代主义逐渐形成了众多不同的理论主张和思想倾向:有"极端的",也有"温和的";有"对抗的",也有"游戏的";有持"怀疑论""肯定论"的,还有"建设性"的。不过,这些差异背后无不隐含着某种新的时代精神,要求人们以新的思想与行为方式去思考、感知并采取相应的行动。而这种新的时代精神即指向后现代性,它主要表现为对现代性的猛烈批判、对"统一性"与"整体性"思维的大胆超越以及对"多元化"与"差异性"话语的不懈追求。

从历史的角度看,后现代主义概念始于建筑领域,正如法国学者安托瓦纳·贡巴尼翁(Antoine Compagnon)所说:"后现代主义自在建筑领域获得胜利之后,便广泛流传到广义的艺术、社会学、哲学领域。"③文学领域,"后现代"作为一个术语,最早出现于西班牙学者费德里科·德·奥尼斯1934年编辑出版的《西班牙和拉美诗歌选集:1882—1932》中,1942年,达德利·菲茨在其《当代拉美诗歌选集》中又沿用了这一术语。后来,英国历史学家阿诺德·约瑟夫·汤因比(Arnold Joseph Toynbee)在他的名著《历史研究》缩写本中也使用了这个分期术语。但在学者盛宁看来,以上这些人所使用的"后现代"与后面引起激烈论争的后现代主义与后现代性概念"并没有多大

---

① 李怡:《现代性:批判的批判——中国现代文学研究的核心问题》,人民文学出版社,2006年版,第162页。
② 李怡:《现代性:批判的批判——中国现代文学研究的核心问题》,人民文学出版社,2006年版,第15页。
③ 〔法〕安托瓦纳·贡巴尼翁:《现代性的五个悖论》,许钧译,商务印书馆,2005年版,第135页。

的关系"[1]。二战之后,"后现代"一词屡被提及,但直到20世纪70年代中期"后现代主义"概念才开始定型。先是各学科内部逐渐肯定后现代主义思潮的存在,之后,随着让-弗朗索瓦·利奥塔(Jean-François Lyotard)的名著《后现代状况:关于知识的报告》法文本(1979)和英译本(1984)先后出版,"由于不同学科中的确认得到了学科间的共同确证,似乎再也难以怀疑后现代主义和后现代性的存在了"[2]。可以说,自从《后现代状况:关于知识的报告》发表以来,后现代性开始广泛地被看作是一种特殊的社会状况本身。不过,它并不是指一个实际的历史阶段,而是指一种能促进某种认知转型并催生某种美学风格的舆论氛围或者文化基调。

需要着重强调的是,围绕着"后现代主义/后现代性"的定义以及与"现代主义/现代性"之间的关系问题,欧美学界本就一直争吵不休,难有定论。由于陷入论争的学者越来越多,在美国极有影响力的理论刊物《疆界2》(Boundary 2)于1976年率先召开题为"后现代性与阐释学"(Postmodernity and Hermeneutics)的学术研讨会;同年,在美国的威斯康辛大学又召开了主题为"后现代的表现"(Postmodern Performance)的研讨会。1978年,美国知名学术团体现代语文学会(MLA)在纽约召开了"后现代主义问题"(The Question of Postmodernism)的专题年会。而所有这些研讨会均不只限于美国学术界,不少欧洲学界的权威学者也纷纷前来参加。此后,利奥塔与德国哲学家尤根·哈贝马斯(Jürgen Habermas)撰写长篇专论参与了这场论争,"后现代主义/后现代性"与"现代主义/现代性"之间的关系问题也随之演变为一个延续至今的重要研究课题。

在美国学术界,美国文学评论家伊哈布·哈桑(Ihab Hassan)是最早使用"后现代"这一历史分期术语,并最早对"后现代主义/后现代性"给予有力论证的批评家。直到20世纪70年代,哈桑才第一次使用"后现代主义"的术语。在他看来,"后现代主义"毫无疑问是"现代"以后的事情。按照哈桑的定义,"后现代主义"是"对现代主义在其最具有预示性的那些时刻瞥见的难以想象之物所做出的一种直接或者间接反应"[3]。后现代文学无以言表,自我质疑,具有"不确定性"(indeterminacy)与"内向性"(immanence)。后来他又将两层意思合并,创造了一个新的词语:"不确定的内向

---

[1] 盛宁:《人文困惑与反思:西方后现代主义思潮批判》,生活·读书·新知三联书店,1997年版,第2页。
[2] Steven Connor. *Postmodernist Culture: An Introduction to Theories of the Contemporary*. New York: Basil Blackwell Ltd., 1989:6.
[3] Ihab Hassan."POSTmodernISM: A Paracritical Bibliography." In *The Postmodern Turn: Essays in Postmodern Theory and Culture*. Columbus: Ohio State University Press, 1987:39.

性"(indetermanence)①。此后,哈桑在他另一篇关于"后现代主义"的专论中进一步明确:"不确定的内向性"是对"后现代主义"的一种"历史的和理论的界定"。②进入21世纪,哈桑在《从后现代主义到后现代性:本土化/全球化语境》(2001)中强调,后现代性是对文学与所有艺术都"至关重要"的**"精神工程"**(*the spiritual project*)③,而且,在全球化以及本土化语境之下,后现代主义终将演变为饱含怀疑与批判精神的后现代性。

1980年,哈贝马斯在法兰克福接受阿多诺奖,发表了题为"现代性:一个未竟的规划"的演讲。本着他一贯的解放哲学立场,哈贝马斯认为,"现代性或'启蒙的规划'并非一个失败了的规划,而只是一个未完成的规划",因此,"需要加以拒绝的不是现代性",而是"(新)保守主义的后现代性意识形态"。④利奥塔则明确指出,后现代"毫无疑问是现代的一部分";后现代主义也"不是现代主义的终结",相反,它"正处于一种不断变化的萌芽状态"。⑤此后,利奥塔在他另一部著作中进一步指出,"后现代总是隐含在现代之中";现代性本身就"包含了一种超越自身从而进入一种不同于它自身状态的冲动",因此,现代性"本质上就不断孕育着它的后现代性"。⑥这样看来,后现代性"不是一个新时代,而是改写了现代性所宣称的一些特征",而且这种改写在"现代性内部"已经"存续很长时间了"。⑦利奥塔的这种说法实际上是在强调,后现代性并不是现代性的终结,而是现代性对自身的超越和反思。

在利奥塔看来,作为一种知识建构的"现代性"(modernity)有两种合法化模式,即思辨叙事和启蒙叙事。也就是说,现代性是以科学知识叙事、思辨理性叙事和人性解放叙事为主要标志的。利奥塔将这些叙事统称为"元

---

① Ihab Hassan."POSTmodernISM:A Paracritical Bibliography." In *The Postmodern Turn:Essays in Postmodern Theory and Culture*. Columbus:Ohio State University Press,1987:46.

② Ihab Hassan."Toward a Concept of Postmodernism." In *The Postmodern Turn:Essays in Postmodern Theory and Culture*. Columbus:Ohio State University Press,1987:92.

③ Ihab Hassan."From Postmodernism to Postmodernity:The Local/Global Context." *Philosophy and Literature*,2001(1):1-13.

④〔美〕马泰·卡林内斯库:《现代性的五副面孔:现代主义、先锋派、颓废、媚俗艺术、后现代主义》,顾爱彬、李瑞华译,商务印书馆,2002年版,第293页。

⑤ Jean-François Lyotard.*The Postmodern Condition:A Report on Knowledge*.Trans.Geoff Bennington and Brian Massumi.Manchester:Manchester University Press,1984:79.

⑥ Jean-François Lyotard.*The Inhuman:Reflections on Time*.Trans.Geoffrey Bennington and Rachel Bowlby. Cambridge:Polity Press,1991:25.

⑦ Jean-François Lyotard.*The Inhuman:Reflections on Time*.Trans.Geoffrey Bennington and Rachel Bowlby. Cambridge:Polity Press,1991:34.

叙事"(Metanarrative)或"宏大叙事"(Grand Narrative)。这种宏大叙事把一切个别性与差异性都统摄于绝对精神之中,使之丧失自身的独立性。然而,科学本质上又"总是和叙事相冲突"[①]。因此,随着科学的不断发展,有关现代性的各种元叙事经历了一次又一次的危机。于是,利奥塔引入了"后现代"(postmodern)概念:"大而化之,我将**后现代**定义为对各种元叙事的怀疑。"[②]由于元叙事在后现代状况下已然名誉扫地,人们已不再可能依据元叙事来认定什么是普遍性或整体性的东西(如本质、理性、真理等)。一切都变得不确定了,一切都只是饱含着多元性与异质性的语言游戏而已。可以说,这种后现代性批评的目的就是要"通过揭示知识权力的偶然性及其所包含的压制性的权力关系",从而对"知识机构的秩序进行去合法化"处理。[③]而后现代作家"与哲学家所处的地位是一样的":"他所写的文本,他的作品,从原则上说是不受任何陈规所控制的,不应按照某种定评去评判,人们所熟悉的作品分类并不适用于这些文本或作品",因此,"艺术家和作家是在没有准则的条件下工作,以便创造那些应该形成的准则",于是,"这些文本和作品就具有了一种**事件**的特质",也正因为如此,"**后-现代**"(*Postmodern*)"将不得不按照'未来的(后)过去(现代)'这一悖论去理解"。[④]

总体上看,英国文艺理论家特里·伊格尔顿(Terry Eagleton)虽然认同后现代主义理论具有一定的力量,但他从政治和理论的角度对后现代主义主要还是秉持着一种批判的态度。在伊格尔顿看来,对于促成正义社会的到来,后现代主义远非最好的理论,毕竟,后现代主义只是"处于问题的最后部分而不是解决办法的最后部分"[⑤]。鉴于"中国对后现代主义的兴趣正在迅速增长",伊格尔顿还曾提醒中国读者,对于时下无论是多么流行的理论,"抱有一点怀疑态度总是可取的"。因为,"今天激动人心的真理是明天的陈腐信条"。[⑥]

[①] Jean-François Lyotard.*The Postmodern Condition:A Report on Knowledge*.Trans.Geoff Bennington and Brian Massumi.Manchester:Manchester University Press,1984:xxiii.
[②] Jean-François Lyotard.*The Postmodern Condition:A Report on Knowledge*.Trans.Geoff Bennington and Brian Massumi.Manchester:Manchester University Press,1984:xxiv.
[③] 〔美〕维克多·泰勒、查尔斯·温奎斯特编:《后现代主义百科全书》,章燕、李自修等译,吉林人民出版社,2007年版,第374页。
[④] Jean-François Lyotard.*The Postmodern Condition:A Report on Knowledge*.Trans.Geoff Bennington and Brian Massumi.Manchester:Manchester University Press,1984:81.
[⑤] 〔英〕特里·伊格尔顿:《后现代主义的幻象》,华明译,商务印书馆,2000年版,《致中国读者》第152页。
[⑥] 〔英〕特里·伊格尔顿:《后现代主义的幻象》,华明译,商务印书馆,2000年版,第1-2页。

伊格尔顿曾从定义上对后现代性与后现代主义的内涵进行区分。他认为,后现代主义是一种"文化风格":它以一种"无深度的、无中心的、无根据的、自我反思的、游戏的、模拟的、折衷主义的、多元主义的艺术反映这个时代性变化的某些方面",后现代主义艺术"模糊了'高雅'和'大众'文化之间以及艺术和日常经验之间的界限"。而后现代性则是一种深具怀疑精神的"思想风格":它怀疑"关于真理、理性、同一性和客观性的经典概念","怀疑单一体系、大叙事或者解释的最终根据"。与现代性规范相对立,后现代性"把世界看作是偶然的、没有根据的、多样的、易变的和不确定的",是对"真理、历史和规范的客观性,天性的规定性和身份的一致性的一定程度的怀疑"。[①]

围绕西方学术界对现代性与后现代性问题的论争,英国学者杰拉德·德兰蒂(Gerard Delanty)在其专著《现代性与后现代性:知识、权力与自我》中深入地分析了现代性与后现代性之间复杂的关联。该书的中心论点是,后现代性"深深植根于现代性文化之中,正如现代性本身也是植根于前现代世界观之中"[②]。首先,与伊格尔顿将后现代性定义为具有怀疑精神的"思想风格"类似的是,德兰蒂也强调了后现代性的怀疑特性。只不过,德兰蒂将后现代性的怀疑特性前推至现代性怀疑论:"有一种深刻的怀疑主义深深植根于现代性之中","怀疑主义最好地把握了现代精神,因为它在确定性的幻觉和相对主义的危险之间居中而行";可以说,后现代性是现代性怀疑论的产物,因此,后现代性"并非通常所认为的那样是激进而彻底的断裂"[③]。其次,就自我与他者的关系而言,现代文化中"居于核心的是自我与他者(Other)的关系",对现代性而言,这是"一种支配的意向",因为"自我决定也是一种决定他者的意向",而且"自我立法和暴力是紧密相连的",可以说,现代性话语是"建立在对他者的暴力行为之上,并由此而触及其限度";与此相对,后现代性则"迫使我们通过他者的眼睛来看自我",于是,"在价值多元主义和文化多元论的语境中,在欧洲中心的世界观失去自信的情况下,任何关于认同的普遍话语的前景都是非常成问题的"[④]。

[①]〔英〕特里·伊格尔顿:《后现代主义的幻象·前言》,华明译,商务印书馆,2014年版,第1页。
[②]〔英〕杰拉德·德兰蒂:《现代性与后现代性:知识、权力与自我》,李瑞华译,商务印书馆,2012年版,第5页。
[③]〔英〕杰拉德·德兰蒂:《现代性与后现代性:知识、权力与自我》,李瑞华译,商务印书馆,2012年版,第1—2页。
[④]〔英〕杰拉德·德兰蒂:《现代性与后现代性:知识、权力与自我》,李瑞华译,商务印书馆,2012年版,第3—4页。

在美国文学理论家弗雷德里克·詹明信(Fredric Jameson)看来,后现代主义特征可以归纳为四点:"削平阐释深度模式""历史意识消失""主体消失""距离感消失"。不过,后现代主义并不是凭空而来,后现代主义之所以产生,正是"建基于近百年以来的现代(主义)运动之上",而后现代主义文化的"决裂性"也正是"源自现代主义文化和运动的消退及破产"。因此,无论是从美学的观点还是从意识形态角度来看,后现代主义都表现出"跟现代主义文明彻底决裂的结果"[①]。应该说,詹明信是主张将后现代主义当作一个历史分期来看的。詹明信认为,那种认为后现代主义只不过是现代主义的另一个阶段而已的主张有一个"盲点":"未能触及传统现代主义的社会立场";相反,他认为,必须将后现代主义视为"文化的主导形式","历史分期观才能有出路","才能更全面地了解这个历史时期的总体文化特质"[②]。

作为当代西方研究现代性与后现代性问题最为著名的社会学理论家之一,齐格蒙特·鲍曼(Zygmunt Bauman)对现代性与后现代性问题也有着颇为深刻的见解。鲍曼指出,就西方文化所处的困境而言,现代性与后现代性这对概念是"把握我们这个时代的社会变化趋势所必须阐明的最为根本的对立体"[③]。在考察现代性与后现代性之间对立统一的关系之时,鲍曼并没有按照时间发生的先后来推导概念。相反,他从仍在生成中的"后现代性"概念来反观"现代性"概念新的内涵。正如鲍曼所言:

今天的"现代性"概念与"后现代"话语形成之前的"现代性"概念有着截然不同的内容;纠结它是真实的还是扭曲的,或者反对在"后现代"辩论中对待它的方式,都没有什么意义。它孕育于这场辩论之中,它从辩论中得出它的意义。只有当它与对立的另一方——"后现代性"概念共存、并以后者作为对它的否定时,它才具有意义。"后现代"话语催生了自己的"现代性"概念,它是由"后现代性"概念所缺乏的所有那些事物的存在来构成的。[④]

可以说,后现代语境更新了"现代性"概念,从而使得先前由于缺少后现代性的否定与洗礼而隐藏起来的现代性事物得以重现。在鲍曼看来,

---

[①]〔美〕詹明信:《后现代主义,或晚期资本主义的文化逻辑》,见《晚期资本主义的文化逻辑:詹明信批评理论文选》,张旭东编,陈清侨等译,生活·读书·新知三联书店,1997年版,第421页。
[②]〔美〕詹明信:《后现代主义,或晚期资本主义的文化逻辑》,见《晚期资本主义的文化逻辑:詹明信批评理论文选》,张旭东编,陈清侨等译,生活·读书·新知三联书店,1997年版,第427-428页。
[③] Zygmunt Bauman.*Intimations of Postmodernity*.London and New York:Routledge,1992:103.
[④] Zygmunt Bauman.*Intimations of Postmodernity*.London and New York:Routledge,1992:95.

"至关重要的是,后现代性策略并不含有排斥现代性策略的意思;相反,如果没有对现代性策略的继承,后现代性策略也不可能被构划"①。

关于后现代理论是否只是欧美的独创、是否可以为第三世界所用,德兰蒂与德国哲学家沃尔夫冈·韦尔施(Wolfgang Welsch)的观点可以作为参考。德兰蒂认为,后现代性是"一种美国的文化创新","其根源是在晚期欧洲现代主义之中,并且从未切断同它的联系";然而,时下"真正的后现代冲动"并不是"来自于更晚期的现代性"以及"有后现代主义倾向的西方",而是来自于"日常生活、历史甚至政治的审美化影响更为深远"的非西方社会,因为在这些非西方社会中出现了一种将传统与现代性"重新整合"的"后现代风尚",其"最佳的范例是在古代中国"②。

在韦尔施看来,后现代主义有混乱与准确之分。"准确的后现代主义"真正地"支持多元性",反对"幼稚的或挖苦的补偿",主张"影响深远的和有效的批评",是"名副其实的"和有效力的后现代主义;这种名副其实的后现代主义不是"一种范围狭窄的现象","绝不局限于美国的情况或法国的思想",相反,它的眼界更宽阔,它的生命更长,有"更深的根源和更远的来源"。③跟现代性相比,后现代性是"彻底的多元性",其特点在于,它"不仅表现在一种总体视野范围内的一种内部现象,而且涉及任何一种这样的视野或者框架或基础",它"承认高度不同的知识形式、生活计划和行为模式享有不可超越的权利"。因此,在后现代语境中,"真理、正义和人性是多元的了";由于后现代性认识到,"任何专一性要求只会把一种实际上是个别的东西升格为主观想象的绝对的东西,并使之合法化",所以,后现代性"进攻性地主张多样性,抵制一切旧的和新的霸权的狂妄要求"。然而,后现代绝不是一种超现代和反现代,多元性作为它的基本内容,早已被20世纪的现代性所宣传;可以说,现代性的这种多元性"愿望"在后现代性那里"广泛地得到了兑现"。因此,"后现代是激进的现代,而不是后-现代"。④

有学者将当代西方文学理论和批评的基本格局称为"马赛克主义"(Mosaicism)。直到现代主义,西方传统意义上的文学理论一直都有着一条较为明确的主线,但在后现代语境里,西方文学理论基本上脱离了"线性

---

① 〔英〕齐格蒙·鲍曼:《立法者与阐释者:论现代性、后现代性与知识分子》,洪涛译,上海人民出版社,2000年版,第6—7页。
② 〔英〕杰拉德·德兰蒂:《现代性与后现代性:知识、权力与自我》,李瑞华译,商务印书馆,2012年版,第225页。
③ 〔德〕沃尔夫冈·韦尔施:《我们的后现代的现代》,洪天富译,商务印书馆,2004年版,第5—6页。
④ 〔德〕沃尔夫冈·韦尔施:《我们的后现代的现代》,洪天富译,商务印书馆,2004年版,第7—9页。

的发展脉络,摆脱了总有一种主导的思潮或理论支配着文学理论之趋势的惯性",从而走向了一种"马赛克主义"。这种后现代的"马赛克主义"一方面以"多元化"策略来对抗主流意识形态操控下的"中心化"价值体系;另一方面又以"碎片化"样态来显示自己完全无意建构宏大完备的理论体系,反而只是从某一个特殊的角度对传统理论进行拆解,或者打破传统学科的边界,使文学问题溢出自身而渗透到其他领域之中。[1]

针对这种后现代的"马赛克主义",我们中国学者理应秉持一种辩证统一的视角予以看待,既要看到后现代性对现代性颠覆的一面,也要看到其继承的一面,更要看到这两者与传统之间藕断丝连的关系。在学者周宪看来,自20世纪50年代后现代作为一个问题提出以来,一直存在着两种倾向:一方面,"为后现代主义大唱赞歌的激进主义者和新保守主义者,都把现代主义和后现代主义之间的断裂和对立作为一个确证后现代主义的合法性根据","不但强调两者的区别和差异,而且坚信这是西方文化的两个全然不同的阶段";另一方面,一些温和的后现代主义者或反后现代主义者,则认为"后现代主义实际上和现代主义有着千丝万缕的历史承传关系"。然而自20世纪80年代末国内开始兴起"后现代热"以来,不少人"大肆鼓吹后现代就是现代的终结,就是反现代的开始"。周宪认为,后现代性是一种现代性,"既要注意到后现代主义和现代主义的断裂和区别,同时更要注意到两者之间复杂的历史联系"。[2]笔者认为,就后现代性理论而言,我们中国学者无疑需要看到它与现代性之间的这种辩证关系,即,后现代性与现代性之间既有相互对立的一面又有着辩证统一的一面。只有这样,我们才能把握这一理论在中国特殊语境之下的运用效度与限度。

事实上,学者张颐武早在1997年就紧密联系中国的"现代化"语境考察"后现代性"理论中国化的问题。首先,张颐武看到了"新时期"以来文学与文化中的"现代性"焦虑倾向,认为中国作为第三世界国家面临着"异常严峻的发展问题",特别是"文革"时期因为极左路线而忽视物质生产之后,"'现代化'的强烈诉求"再次成为整个中华民族的"整体性目标"[3]。

然而,20世纪80年代初期以来,后现代性思潮与现代性理念几乎是同一时间在中国大地上开出一朵"并蒂莲"。后现代性虽然是"一个悬而未决的问题",但也是"任何中国学者所无法回避的问题":"目前的问题不是'后

---

[1] 阎嘉:《马赛克主义:后现代文学与文化理论研究》,巴蜀书社,2013年版,第12-13页。
[2] 周宪:《后现代性是一种现代性》,《南京大学学报》(哲学·人文·社会科学)1999年第3期。
[3] 张颐武:《从现代性到后现代性》,广西教育出版社,1997年版,第5页。

现代性'及其所代表的一切是否已在汉语文化中产生了影响,而是这种影响究竟将我们置于何种处境之中";后现代性"绝不仅仅是一种与我们无关的西方话语,而是渗透于我们语言/生存之中的活生生的现实"。事实上,作为一种"国际性的文化现象",后现代性早已不再是西方独有的话语,而是"在不同的文化中经过了不同的阐释、变形和重构"的,一个"在不同的文化中发挥不同的作用和功能的概念"。因此,在中国"本土文化的发展中发挥作用"的后现代性,必然也要由中国"本土文化的发展变化所支配"。①

总体上看,后现代性要求人们以新的思想与行为方式去思考、感知并采取相应的行动,这是一种背反时代精神的体现。这种时代精神主要表现为对现代性的批判、对以统一性与整体性为主体的理性思维的超越以及对差异性与多元化等批判性思维的追求。从某种程度上说,现代性与后现代性之间所有的不同之处都源于这种时代精神的转换:知识不再是客观、普遍且确定无疑的,相反,它只是某种"解释活动",而意义便在这种解释的过程中产生,只不过,它从来都不是"某种单一的、可一次性地解释完毕的东西"②。现代性注重于表现人对外界甚至自我意识的主体性认识,强调的是理性、意义与理想;而后现代性则倡导消解深度理性,搁置意义与价值,转而聚焦于世俗社会中的各种平面化、零散化以及边缘化状态,将语言本身作为表现对象,高度关注语言游戏与话语实验,不太顾忌主客体之间的区分,从而放逐理性、意义和理想。要言之,后现代性"坚决质疑总体性的社会规划",质疑那些"企图用压服一切的意识形态或进步历程来解决所有社会问题和弊端的努力"③。可以说,后现代性"既与现代性相对立,又渗透到现代性内部去解构与吞噬它,从那里吸收养料和创造力量,以达到超越现代性和重建人类文化的目的"④。当然,后现代性崇尚多元与差异,尊重各种关于生活方式、文化样态以及社会构想的选择性建构。这种多元化取向本身决定了真正的后现代背反精神不可能对现代主义完全采取势不两立的态度。

诗歌是反映社会意识与精神气质最为重要的文学手段之一,后现代主义诗歌反映的也正是后现代社会意识及其精神探求。事实上,"后现代主义文学"(Postmodernist Literature)这一术语的诞生同"垮掉派"等美国先锋

---

① 张颐武:《从现代性到后现代性》,广西教育出版社,1997年版,第58—60页。
② 陈嘉明:《现代性与后现代性十五讲》,北京大学出版社,2006年版,第326页。
③〔美〕维克多·泰勒、查尔斯·温奎斯特:《后现代主义百科全书》,章燕、李自修等译,吉林人民出版社,2007年版,第378页。
④ 毛娟:《后现代性:独立的批判精神》,《当代文坛》2015年第1期。

诗歌流派有着很大关联。马泰·卡林内斯库(Matei Călinescu)在其名著《现代性的五副面孔》中就曾指出，美国最早提出并实践了"后现代主义文学"观念：20世纪40年代后期，一些具有变革意识的美国诗人通过提出这一观念来表达一种远离以T. S.艾略特(T. S. Eliot)为首的现代主义学院派诗人以及美国新批评学派为主要代表的象征型现代主义潮流的渴望，而这一时期的美国后现代诗歌流派至少应包括黑山诗派[①]和"垮掉派"诗歌。其中，卡林内斯库提及的"垮掉派"诗人包括艾伦·金斯伯格(Allen Ginsberg)、杰克·克鲁亚克(Jack Kerouac)、劳伦斯·费林盖蒂(Lawrence Ferlinghetti)以及格雷戈里·柯索(Gregorio Corso)。[②]

本书着重探讨了中国"第三代"诗歌的后现代性问题，这难免会涉及相关的西方后现代主义理论与后现代主义诗歌创作实践。从某种程度上说，没有借鉴和比较，"第三代"诗歌是否具有某种后现代性特质就难以成为一个有效命题。作为中国后现代主义诗歌的肇始，发生发展于20世纪80年代的"第三代"诗歌必然会反映那个时代氤氲于中国世俗社会中的后现代社会意识及其精神探求。"第三代"诗歌所体现出的后现代性特质同西方后现代主义诗歌的后现代性特质有相似的一面，如反传统、普遍的怀疑主义倾向以及对一切形而上价值体系的质疑与否定态度。然而，脱胎于20世纪80年代中国独特的社会历史语境的"第三代"诗歌的后现代性，必然有其独特的表现特征和意义。

事实上，在20世纪80年代中国改革开放政策不断走向深入、思想与意识形态领域愈发松动之际，后现代主义与现代主义思潮几乎同时涌入中国大陆。这一时期，中国大陆译介了大量在当时被称作现代主义的西方文学作品。不过，这些西方作品中有不少作品属于后现代主义文学流派。比如，袁可嘉等选编的《外国现代派作品选》在当时有着广泛影响，其第三册中的篇目几乎都可以被视作后现代主义作品。由于各自的成长背景不同，朦胧诗人和"第三代"诗人选择了两条完全不同的创作路向予以借鉴，并在借鉴中探索适应中国当下具体语境的诗意表达：前者倾向于创作象征隐喻

---

① 20世纪50年代，黑山诗派主要理论家奥尔森(Charles Olson)常结合诗歌创作谈后现代主义，其最为重要的诗论文章是1950年发表的《投射诗》("Projective Verse")。奥尔森认为，投射性的后现代主义诗歌是对封闭性的现代主义诗歌的有力反驳。相对而言，美国后现代主义诗歌不太借鉴欧美文学传统而注重于书写美国本土的现世生活经验；不做过多的旁征博引而随性书写；不太讲求格律而多用开放性的自由诗体。

② 〔美〕马泰·卡林内斯库：《现代性的五副面孔：现代主义、先锋派、颓废、媚俗艺术、后现代主义》，顾爱彬、李瑞华译，商务印书馆，2002年版，第318页。

型现代主义诗歌,而后者则在现代主义诗歌受到主流诗坛猛烈批判的情况下,似乎更看重有着反文化与解构特征的后现代主义诗歌。

其实,早在1978年12月18日,中共十一届三中全会就提出了"解放思想,开动机器,实事求是,团结一致向前看"的方针。这一重大政治举措无疑大力推动了思想艺术观念上的"拨乱反正",但现实中文学思潮的发展似乎并没有完全遵照主流意识形态话语体系的愿望,沿着"拨乱反正"路线重返20世纪50年代文学或者"五四"新文学的传统格局。具体到诗歌,被主流诗坛视为"正宗"的现实主义诗歌大多有着明确的意识形态指向,诗歌风格也过于固化与单调。彼时,朦胧诗运用现代主义诗歌中的隐喻与象征手法,首先对主流诗坛发起有力冲击,引发了全国性的诗歌热潮,同时也引起了"崛起"派与保守派之间的论争。虽然最后由于"清除精神污染"运动的影响,"崛起"派迫于压力不得不以自我检讨的形式退出,但朦胧诗的流行和论争本身足以说明,贵为"主流"的现实主义诗歌对中国当代诗歌思潮的发展与走向越来越难以把控。不过,后期朦胧诗由于走向体制化运作也开始呈现出许多不良倾向,出现了大量拙劣的仿作,日益与日常生活和个体生命体验相疏离。

然而,诗歌越来越难以"在意识形态的对抗或竞争中定位",诗歌所面临的全新历史、社会与文化语境"不再是连续不断的政治运动所造成的惶恐,而是更复杂、更具体,也更纠缠不清的日常生活"。[①]在这种情势之下,"第三代"诗歌运动的发生发展自有其历史必然性。"第三代"诗人大多没有"文革"经历,普遍带有一种边缘人心态,不再相信英雄主义、崇高意识等乌托邦式理想。这种边缘人心态和反叛情绪在精神上同那些自我放逐的"垮掉派"诗人颇有类似之处,而这也许正是"第三代"诗人不顾主流意识形态话语一直以来对"垮掉派"诗人的猛烈批判而在反叛精神上与其发生强烈共鸣的重要原因。

鉴于后现代主义理论的开放性、不确定性以及本书侧重点的考量,本书对后现代主义理论不做系统性梳理与考辨,存而不论,转而将重点放在对后现代性背反精神、不确定性和解构等概念的借用上。首先,后现代性体现了一种强调"多元化"与"差异性"的时代精神,它批判"统一性"与"整体性"等现代性理性思维,要求人们以新的思想与行为方式去思考、感知并

[①] 王光明:《中国新诗总系1979—1989》(第7卷),人民文学出版社,2009年版,第33页。

采取相应的行动。而这一时代精神的转换,与后现代主义者对语言的看重以及对多元性的理解密不可分:"语言的差异性不仅是多元性的理由和多元性的展示手段,而且是多元性的真正的实行者。"①其次,后现代主义强调不确定性:"我们不能确定任何事物,我们让一切事物都相对化了。种种不确定性因素渗透于我们的行为、思想和阐释,这就是我们的世界。"②最后,在西方,作为一种思维方式与创作方法的解构,同作为理论的解构主义是两个不同的概念。解构主义主要秉持着一种极端的怀疑论倾向,似乎要质疑任何符号系统的合法性和有效性。由于这种怀疑论指向很多时候过于偏激,解构主义也难免陷入悖论,违背它所强调的不确定性、多元性、差异性等原则。因此,解构主义一直以来招致了不少非议,常被指责为消极、不讲道德立场、缺乏社会责任。事实上,许多解构主义者也在求变,也会谈起建构的必要性以及某些理想的不可解构性。雅克·德里达(Jacques Derrida)在其专著《马克思的幽灵》(Specters of Marx, 1994)中就曾表示,马克思主义虽然有着"结构性的缺陷",但如果它经过一定改造并适应新的社会环境和思维方式的话,它仍然是"难以取代的",而对于马克思所设想的"关于拯救与解放全人类的美好前景",德里达更是持有积极的肯定态度,认为这一前景是"不可解构的"。③

这里,尤其需要强调的一点是,理论语境不同,理论阐释就会随之产生不同的意义。后现代话语"不应当,也不可能是发达国家独有的话语,而应是全人类共有的话语"④。毕竟,正如美国学者大卫·霍伊(David C. Hoy)所说,"从中国人的观点看,后现代主义可能被看作做是从西方传入中国的最近的思潮。而从西方的观点看,中国则常常被看作是后现代主义的来源"⑤。事实上,按照一般文学规律而言,无论东方还是西方,都是先有文学

---

① 〔德〕沃尔夫冈·韦尔施:《我们的后现代的现代》,洪天富译,商务印书馆,2004年版,第371页。
② Ihab Hassan. *The Postmodern Turn: Essays in Postmodern Theory and Culture*. Columbus: Ohio State University Press, 1987:73.
③ Jacques Derrida. *Specters of Marx: The State of the Debt, the Work of Mourning and the New International*. Trans. Peggy Kamuf. London and New York: Routledge, 1994:58-59.
④ 苗东升:《后现代:现代之后,还是后期现代?——中国需要怎样的后现代主义》,《首都师范大学学报》(社会科学版)2004年第3期。在该文中,苗东升还认为,"西方后现代主义思潮的诱因是中国的'文化大革命',例如福柯曾自称是毛主义者,意味着'毛主义'曾带给西方以后现代灵感。这些事实恰好表明,到20世纪后半期,东方与西方在思想深处也已经不可分割地联系在一起了,彼此都在反思现代性,都在构建后现代主义,而且是在相互借鉴中构建后现代主义的"。
⑤ 〔美〕D.C.霍伊:《〈后现代主义辞典〉序》,见《后现代主义辞典》,王治河主编,中央编译出版社,2003年版,第3页。

与文化现实,然后才有相应的理论阐释。同样,后现代主义"不是哲学家或新潮批评家强加给社会的观念,而是从社会的经济生活中必然生长出来的社会意识"①。在中国语境下,中国式的后现代主义诗歌必然有着独特的阐释意义。西方后现代主义诗歌不过是中国式的后现代主义诗歌进行变革时可以参照的坐标。如果没有中国传统文学与文化资源的内在影响以及中国本土社会历史语境的诱发,中国式的后现代主义诗歌的发生与发展便无从谈起。

因此,鉴于西方后现代思潮已是"百年来中国系统地吸收、学习西方理论的整体进程中的一个组成部分"②,我们不能总是过多纠缠于是否存在中国后现代文学这类论争之上。相反,更需要我们去做的是,用心梳理并考察具体作家基于自身的生命体验和感受在何种语境之下,给予转换中的时代精神以何种展现以及这种展现背后所生发出来的具体意义。中国新诗的后现代性研究尤需如此。

可以说,中国式的后现代主义诗歌主要是中国诗人在特定的社会历史条件下,基于切身的生命体验与感受所做的后现代性诗意表达,当然其中也有对西方后现代主义诗歌创作原则和手法的借鉴与转化。具体而言,"垮掉派"诗歌主要的解构对象是现代主义对深度结构与意义符号系统等终极理性的追求,而"第三代"诗歌运动的消解对象除了以朦胧诗为代表的现代主义诗歌创作原则与方法之外,主要是主流意识形态话语惯性意义上强势的霸权思维定式以及与此相勾连的文学表达。"第三代"诗歌大多体现了语言的本体性价值,在语言能指符号中自由嬉戏,语言被提高到前所未有的高度。

然而,充满悖论的是,"第三代"诗人又不得不在汉语语言本身所固有的意义中消解意义,因而,他们在消解深度意义时似乎总是留有余地,并没有从根本上取消语言所指的意义指向。"第三代"诗人在诗歌理论与诗歌创作两个方向上所做出的解构实践,很大程度上只是一种用来表现"戏谑"的创作方法和进行诗学建构的一种策略。"第三代"诗歌可以说是一种"负有现代性使命的后现代性实践"③。由于中国独特的历史与社会演变轨迹和特殊的当下国情,现代主义远未得到充分展开。这种情况下,那些追随西

---

① 阎真:《百年文学与后现代主义》,湖南教育出版社,2003年版,第159页。
② 范方俊:《后现代主义的现代性之思》,《外国文学》2006年第2期。
③ 朱立元:《后现代主义文学理论思潮论稿》(上),上海人民出版社,2015年版,第25页。

方"现代性终结"的思路而写出的一味解构的"后现代主义"诗歌是不甚合格的。在诗人、诗评家与诗歌理论家陈超看来,合格的中国式"后现代主义"诗歌不是"插科打诨的""媚俗的",而是"现代诗歌怀疑精神和反抗姿态的急进持续,是诗人通过更极端的写作来撕裂极权主义话语暴力的策略,是生存/生命新的可能性之'分延''播撒'",既拆除所谓整体性话语深度,又"拆除深度的拆除",[①]不能将后现代思潮中的批判精神,"降格为无可无不可的话语空转"[②]。大体上看,对待解构理论本身,诗人和批评家似乎都应秉持审慎的怀疑态度。

总之,"第三代"诗歌创作有着消解强调统一性和整体性宏大叙事的后现代解构策略,同时也具有或表现日常生活美学或凸显具体而局部的稗史、建构诗歌创作差异性和多元化的一面。毕竟,"在文化、艺术的发展中,全盘接纳固然不对,而全盘消解、一味否定也是有局限的"[③],只消解而无建构,一味地反文化、反知识、反道德,反到极端化的地步,便成了彻底的非诗,这只能算是对西方后现代主义理论的生搬硬套。"第三代"诗人一方面对"垮掉派"诗歌无比欣赏,但另一方面他们也很清楚,因为有着具体语境的差别,他们所接受的"垮掉派"同美国语境中的"垮掉派"大相径庭。令"第三代"诗人不满的是中国当时自我封闭的社会以及"对现代化、对普世价值、对生活常识、对世界潮流采取排斥消灭态度的主流意识形态",而"现代化"的城市还是让他们无比憧憬和向往的;然而,这样的"现代化"却是"垮掉派"诗人们感到"绝望呕吐嚎叫的东西"[④]。说到底,"第三代"诗歌是向"立"而"破"的诗歌,是"第三代"诗人采用后现代性解构策略进行时代精神建构的个性化艺术表达。"第三代"诗人的解构大多只是一种用来表现"戏谑"的创作方法和进行诗学建构的策略,在其后现代性诗歌创作实践的背后仍潜藏着某种现代性使命和理性。"第三代"诗歌普遍是在主流意识形态话语之外,寻求以非隐喻象征性的原生态口语作为言说方式,肯定当下的世俗日常生活,最终形成一种超越艺术崇高性指向的日常生活审美化创作原则和生命诗学理论诉求与创作实践。

[①] 陈超:《打开诗的漂流瓶:陈超现代诗论集(珍藏版)》,河北教育出版社,2014年版,第10页。
[②] 陈超:《重铸诗歌的"历史想象力"》,见《九十年代诗歌研究资料》,张涛编,百花洲文艺出版社,2018年版,第228页。
[③] 蒋登科:《偏于一极的诗歌时代》,《北方论丛》2010年第1期。
[④] 于坚:《从垮掉到疲脱——从美国诗歌和〈后垮掉派诗选〉的出版说起》,见《还乡的可能性》,商务印书馆,2013年版,第104页。

第二节 研究对象

本书选取20世纪50年代的"垮掉派"诗歌(美国后现代诗歌的滥觞)以及20世纪80年代的"第三代"诗歌(中国后现代诗歌的肇始)作为研究对象,以后现代性作为切入点,考察中国禅宗对"垮掉派"诗歌的影响以及"垮掉派"诗歌对"第三代"诗歌似是而非的影响,并力图从历史文化背景、精神特质、艺术特征和表现手法等诸多方面阐明,"第三代"诗人与"垮掉派"诗人都是在中美不同的历史语境中,基于各自不同的自我生命体验与表达,创造出具有不同特征的后现代诗歌文本。

中美这两个诗歌群体所涉及的诗人背景复杂,人数众多。不过,出于篇幅的限制以及行文的便利,本书考察的"垮掉派"诗人主要是金斯伯格、克鲁亚克与加里·斯奈德,而涉及的"第三代"诗人则主要是"他们"诗派中的韩东、于坚,"莽汉主义"诗人李亚伟以及"非非主义"诗派中的周伦佑、蓝马与杨黎。为便于读者对中美这两个后现代主义诗歌群体有一个总体印象,笔者将在此处进行简要介绍。

美国"垮掉派"诗歌　"垮掉派"诗歌诞生于麦卡锡主义横行的美国20世纪50年代。彼时,一切所谓的"异端"都遭到残酷打压。美国当局为了转嫁国内与国际危机,借助将美国共产党及其追随者与同情者甚至是同性恋者等边缘性群体列为替罪羊予以打压宰制的方式,将美国盎格鲁一致性主流价值观强化到无以复加的地步。一时之间,整个美国社会呈现出一幅万马齐喑却又相互告发的病态景象。然而,美国现代主义学院派诗歌以及新批评学派却早已放弃了原有的先锋姿态,竭力维护美国盎格鲁一致性主流价值观那套以完整性、统一性与排他性为主要特征的霸权主义话语体系。与此同时,"垮掉派"诗人拒绝同流合污,积极运用后现代性解构策略与反叛精神来书写"垮掉派"诗歌背反文本。"垮掉派"诗人毅然在诗歌中缅怀20世纪30年代经济大萧条时期美国共产主义思潮,融合波普(Bebop)爵士乐和摇滚乐等先锋音乐元素,从诗学观念与诗歌写作技巧两个方面对美国诗歌予以更新与扬弃,通过同性恋书写探求新的自我身份认同,从而最终借助以多元化与差异性为创作指向的后现代性背反书写,有力地消解了美国当局不断强化的盎格鲁一致性主流价值观体系,极大地冲击了与这一价值观体系密切配合、标举统一性与整体性原则的现代主义文学创作模式。

一般认为,"垮掉的一代"(The Beat Generation)运动特指发端于20世纪40年代中后期,20世纪50年代达到高潮,并于20世纪60年代归于沉寂的一场文学与文化背反运动。而金斯伯格、克鲁亚克与小说家威廉·巴勒斯是"垮掉的一代"核心圈作家。从1945年就读哥伦比亚大学以来,金斯伯格便开始与克鲁亚克、巴勒斯交好,他们在彼此身上看到美国年轻一代的革新潜力,而这种潜力在二战后麦卡锡主义横行、盎格鲁一致性主流价值观极端膨胀的美国尤为匮乏。从20世纪40年代中后期到50年代中期,"垮掉的一代"运动基本处于地下状态。从20世纪50年代开始,金斯伯格等人搬到旧金山,与旧金山文艺复兴诗派合流。通过旧金山文艺复兴诗派核心人物肯尼斯·雷克斯罗斯的引见,金斯伯格等人结识了斯奈德,并于1955年10月7日一起举办"六画廊"诗歌朗诵会。随着《嚎叫》首次公开朗诵,"垮掉派"诗歌正式走出地表,从而将"垮掉的一代"运动的影响力扩展到美国西海岸。1956年,《〈嚎叫〉及其他诗歌》(Howl and Other Poems)[①]在英国出版。1957年美国海关查收《〈嚎叫〉及其他诗歌》并以其"描述同性性行为"为由提起诉讼。最终,金斯伯格一方在这场影响深远的"淫秽诉讼案"中胜诉。在巨大的宣传效应之下,金斯伯格及其他"垮掉派"诗人很快赢得了世界范围的关注与声誉。

艾伦·金斯伯格,"垮掉派"诗歌代表性诗人。通过展现毒品、性、多元文化主义等反文化景观,金斯伯格强烈反对军国主义、经济唯物主义和性压迫,其代表作《嚎叫》谴责了美国资本主义和盎格鲁一致性价值观的破坏性以及宰制性力量。诗集《美国的衰落》(The Fall of America)获得1974年美国国家图书奖;1995年,诗集《世界主义问候:诗歌1986—1992》(Cosmopolitan Greetings: Poems 1986-1992)入围普利策奖。1979年,获得美国国家艺术协会金质奖章并入选美国艺术与文学学院院士。1986年,在马其顿"斯特鲁加诗歌之夜"国际艺术节上获得金奖,是继奥登之后第二位获此金奖的美国诗人。1993年,被法国文化部部长授予艺术与文学骑士勋章。

[①] 截至1997年金斯伯格去世时,《〈嚎叫〉及其他诗歌》已经卖出了80万本,被翻译成包括汉语、西班牙语、波兰语、荷兰语、日语、匈牙利语、意大利语等至少24门语言,是全球最为知名的美国诗歌之一(See Mexico Sayulita. "Preface: Allen Ginsberg's Genius." In *American Scream: Allen Ginsberg's Howl and the Making of the Beat Generation*. Jonah Raskin. Berkeley, Los Angeles and London: University of California Press, 2004:xx)。

金斯伯格一生笔耕不辍,其诗集主要有:*Howl and Other Poems*(1956),*Kaddish and Other Poems*(1961),*Empty Mirror:Early Poems*(1961),*Reality Sandwiches*(1963),*Planet News*(1968),*The Gates of Wrath:Rhymed Poems 1948-1951*(1972),*The Fall of America:Poems of These States*(1973),*Sad Dust Glories:Poems During Work Summer in Woods*(1975),*Mind Breaths:Poems 1972-1977*(1978),*Plutonian Ode:Poems 1977-1980*(1981),*Collected Poems:1947-1997*(2006),*White Shroud Poems:1980-1985*(1986),*Cosmopolitan Greetings Poems:1982-1992*(1994),*Selected Poems:1947-1995*(1996),*Death and Fame:Poems 1993-1997*(1999)。书信集主要有:*As Ever:The Collected Correspondence of Allen Ginsberg and Neal Cassady*(1977),*Straight Hearts' Delight:Love Poems and Selected Letters 1947-1980*(1980),*The Selected Letters of Allen Ginsberg and Gary Snyder*(2009),*Jack Kerouac and Allen Ginsberg:The Letters*(2010)。另有散文集*Deliberate Prose:Selected Essays 1952-1995*(2000)。

杰克·克鲁亚克,"垮掉派"诗歌代表性诗人,其作为小说家的巨大名望极大地掩盖了他的诗名。作为美国后现代诗歌的重要开创者之一,克鲁亚克的诗歌充满反叛和革新意识、思想前卫,其代表作《墨西哥城布鲁斯》(*Mexico City Blues*,1959)被称为美国后现代性诗歌中"即兴创作的伟大丰碑"[①]。克鲁亚克诗歌对同辈诗人也有着重大的直接影响。克鲁亚克共有10部诗集出版:*Mexico City Blues*(1959),*Rimbaud*(1960),*Scattered Poems*(1971),*Heaven and Other Poems*(1977),*Pomes All Sizes*(1992),*Old Angel Midnight*(1993),*Book of Blues*(1995),*San Francisco Blues*(1995),*Book of Sketches*(2000),*Collected Poems*(2012)。合著诗集有两部:*Blues and Haikus*(with Al Cohn and Zoot Sims,1959),*Trip Trap:Haiku Along the Road from San Francisco to New York 1959*(with Albert Saijo and Lew Welch,1973)。另有书信集:*Selected Letters:1940-1956*(1995),*Selected Letters:1957-1969*(1999)。

加里·斯奈德,美国著名诗人、翻译家、散文家、演说家和环保主义活动家。斯奈德本人对于被贴上"垮掉派"诗人的标签多有不满,但鉴于他与"垮掉派"诗人关系密切,深度参与了"垮掉的一代"的文学与文化运动,学界还是常常把他归为"垮掉派"诗人予以研究。斯奈德的诗歌博采众长,广泛吸收了东西方文化精髓,其中,"不二""空无"等佛禅理念、美国本土文化与自然生态观的融合始终是斯奈德诗歌的主旋律。因作品涉及广泛的生

---

① James T.Jones.*A Map of Mexico City Blues:Jack Kerouac as Poet*.Carbondale and Edwardsville:Southern Illinois University Press,1992:145.

态主题，斯奈德常常被称作"深度生态桂冠诗人"（Poet Laureate of Deep Ecology）。斯奈德曾获1975年普利策诗歌奖、1984年美国国家图书奖、1997年博林根诗歌奖、2008年露丝·莉莉诗歌奖等重要诗歌奖项。其诗集主要有：*Riprap*（1959），*Myths & Texts*（1960），*Riprap and Cold Mountain Poems*（1965），*Mountains and Rivers Without End*（1965），*The Back Country*（1967），*Blue Sky*（1969），*Regarding Wave*（1969），*A Range of Poems*（1971），*Turtle Island*（1974），*Songs for Gaia*（1979），*Axe Handles*（1983），*Left Out in the Rain: New Poems, 1947–1985*（1986），*No Nature: New and Selected Poems*（1992），*North Pacific Land & Waters*（1993），*Tamalpais Walking*（2009）。

"第三代"诗歌 对于"第三代"诗歌这一概念，学界主要有两种阐释倾向：一是将"第三代"诗歌当作一个整体概念，其同"新生代""后朦胧诗""后新潮"等概念颇有类似与重合之处。[①]另一种倾向则认为，"第三代"诗歌特指20世纪80年代初提出，以"他们"诗派、"非非主义"诗歌、"莽汉主义"诗歌等为主要流派，主张诗歌与"日常生活"建立有"实效"性质的联系，在风格上呈现出"反崇高""反意象"与口语化倾向的诗歌。[②]鉴于"第三代""新生代""后朦胧诗"等概念混用的状况，陈超还曾在一次访谈中做较为清晰的界定："新生代是包括口语诗人和新古典主义的，既包括于坚他们，也包括西川他们"，而"第三代只包括口语诗"，"海子、西川等人"则属于"后朦胧诗"，"既包括了古典主义的、象征主义的因素，同时也包括了朦胧诗的因素"，"但是又不同于朦胧诗"。[③]

为使论述更为集中且更符合本书所采用的后现代性理论语境，笔者倾向于后一种阐释，即，本书中的"第三代"诗歌主要指的是，那些在20世纪80年代思想解放和时代精神转换的背景之下、主张日常生活审美化、反叛诗歌形而上学或意识形态化、弃用隐喻象征型诗歌表现手法、具有独特的口语化倾向、以生命诗学为指向的诗歌文本，主要涉及的是"他们"诗派、

[①] 如洪子诚在《〈第三代诗新编〉序》中说，"这个选本采用'朦胧诗之后青年先锋诗歌的整体'这样一种理解，也即类同于'新生代'的概念。"（参见《第三代诗新编》，洪子诚、程光炜编选，长江文艺出版社，2006年版，序言第11页）；"第三代诗"论稿以"自我"为主题线索，将当代新诗分为四个代际："十七年"诗歌（"第一代"）、朦胧诗（"第二代"）、"第三代"诗歌（"第三代"）和90年代诗歌（"第四代"）（王学东：《"第三代"诗》论稿，巴蜀书社，2010年版）；"朦胧诗之后于80年代中期崛起的一批青年先锋诗人群的创作"，其范围是"朦胧诗之后、'中间代'之前的一批先锋诗歌"（刘波：《"第三代"诗歌研究》，河北大学出版社，2012年版，第3-4页）。

[②] 洪子诚、刘登翰：《中国当代新诗史》（修订版），北京大学出版社，2005年版，第211页。

[③] 陈超、李建周：《回望80年代：诗歌精神的来处和去向——陈超访谈录》，《新诗评论》2009年第1辑。

"莽汉主义"诗派与"非非主义"诗派等流派的诗歌创作。鉴于这些诗歌流派中的诗人数量庞大且驳杂不定,有些诗人还参与了多个诗歌流派的创建与诗歌撰稿工作,因而难以一一涉及,本书将把主要笔墨投向这三个主要流派中理论阐述最丰富、写作实绩最大的几位诗人。具体而言,本书将重点剖析"他们"诗派中的两位旗帜性人物韩东与于坚、"莽汉主义"诗派的中坚力量李亚伟以及"非非主义"诗派中的精神领袖周伦佑、理论先锋蓝马以及诗歌创作"怪客"杨黎。

1989年"第三代"诗歌运动退潮之后,部分诗人秉持前期先锋写作路向所创作的诗歌文本也在本书探讨范围之内。另外,伊沙是"第三代"诗歌口语化写作路向在20世纪90年代最主要的继承者之一,而"第三代"诗歌口语化写作对"下半身"写作、"低诗歌"等诗歌流派所产生的影响也主要是经由伊沙来过渡的,因此,伊沙的一些诗歌,尤其是其前期诗歌,也将是本书所涉及的阐释对象。海子、阎月君等"后新潮"诗人也偶有涉及。

"他们"诗派:于1985年在南京成立,同年3月创办的民刊《他们》是"第三代"诗人崛起的重要标志。1995年《他们》出版第9期后停刊。"他们"诗派的领军人物韩东、于坚是"第三代"代表性诗人,其他重要诗人还有小海、丁当、刘立杆、朱文等。"他们"诗派认为"诗到语言为止",强调原生态口语在诗歌创作中的重要意义,对中国当代诗歌的发展产生了重要的促进作用。

韩东(1961—),江苏南京人,"第三代"诗歌代表性诗人。韩东提出的"诗到语言为止"命题是对朦胧诗人"历史真理代言人"身份的否定与反拨。曾获第二届"刘丽安诗歌奖"、第六届珠江国际诗歌节"珠江诗歌大奖"、第八届长安诗歌节"现代诗成就大奖"、华语文学传媒大奖(年度小说家奖)。其代表作《有关大雁塔》《你见过大海》也是"第三代"诗歌中的代表性作品。出版的诗集、诗文集主要有:《白色的石头》(上海文艺出版社,1992)、《交叉跑动》(敦煌文艺出版社,1997)、《爸爸在天上看我》(河北教育出版社,2002)、《重新做人》(重庆大学出版社,2013年)、《韩东的诗》(江苏凤凰文艺出版社,2015)、《你见过大海:韩东集1982—2014》(作家出版社,2015);散文集《韩东散文》(中国广播电视出版社,1998)、《爱情力学》(上海文艺出版社,2007);另著有《扎根》《我和你》等小说多种。

于坚(1954—),生于云南昆明,祖籍四川资阳南津驿,"第三代"诗歌代表性诗人。20世纪70年代初开始写诗,曾获鲁迅文学奖、华语文学传媒大奖(杰出作家奖)等。其代表作《尚义街六号》对中国当代先锋诗歌口语写作潮流产生了重要影响,《0档案》也被认为是中国当代诗歌最前沿的作品之一。著有诗集、文集四十余种,主要有:《于坚诗六十首》(云南人民出版社,1989)、《于坚的诗》(人民文学出版社,2001)、《诗集与图像》(青海人民出版社,2003)、《一枚穿过天空的钉子:诗集1975—2000》(云南人民出版社,2004)、《我述说你所见:于坚集1982—2012》(作家出版社,2013)、《彼何人斯:诗集2007—2011》(重庆大学出版社,2013);文集与随笔集:《棕皮手记》(东方出版中心,1997)、《云南这边》(陕西师范大学出版社,2002)、《拒绝隐喻:棕皮手记·评论·访谈》(云南人民出版社,2004)、《于坚思想随笔》《于坚诗学随笔》《于坚大地随笔》《于坚人间随笔》(陕西师范大学出版总社有限公司,2010)、《还乡的可能性》(商务印书馆,2013)、《于坚文集》(包括《面具》、《飞行》、《诗歌之舌的硬与软》、《火车记》与《沉默表演者》等5卷,云南人民出版社,2018)。其作品有英、法、日、俄、德、瑞典、意大利以及荷兰语等多语种译本,英语版诗集《便条集》入围美国BTBA最佳图书翻译奖(2011)以及美国北卡罗纳州文学奖(2012),法语版长诗《小镇》入围法国"发现者"诗歌奖(2016)。现为云南师范大学文学院教授,主持西南联大新诗研究院。

"莽汉主义"诗歌:20世纪80年代最早的诗歌流派之一。1984年1月,胡冬、万夏与李亚伟等人在成都发起成立"莽汉主义"诗派;2月,胡冬与万夏由于生活中的一些小细节产生嫌隙,开始有意识地逃避"莽汉主义"写作;3月,胡冬与万夏最终退出"莽汉主义"诗派,李亚伟成为"莽汉主义"诗派的中坚力量,写下了大量的"莽汉主义"诗歌。1986年,"莽汉主义"诗派解散。"莽汉主义"诗歌主张通过行动书写还原生命意义,反对以诗歌的方式对世界进行主观上的美化,语言多幽默、调侃、反讽。代表性作品有万夏的《打击乐》、胡冬的《女人》《我想乘上一艘慢船到巴黎去》、李亚伟的《我是中国》《老张和遮天蔽日的爱情》《硬汉们》《中文系》与马松的《生日》等。

李亚伟(1963—),重庆酉阳人,"第三代"诗歌代表性诗人。1984年,与万夏、胡冬、马松、二毛、胡钰、蔡利华等人创立"莽汉主义"诗派,是"莽汉主义"诗派的中坚力量。曾获第四届作家奖、第四届华语文学传媒大奖(年度诗人奖)、第二届天问诗歌奖、第一届鲁迅文化奖、第一届屈原诗歌金奖。出版的诗集、诗文集主要有:《豪猪的诗篇》(花城出版社,2005)、《莽汉·撒娇:李亚伟·默默诗选》(时代文艺出版社,2005)、《李亚伟诗选》(长江文艺出版社，2015)、《酒中的窗户：李亚伟集1984—2015》(作家出版社，2017)、《诗歌与先锋》(海南出版社，2017)。

"非非主义"诗歌：中国最大、延续时间最长的当代诗歌流派之一。1986年5月，由周伦佑、蓝马、杨黎等人在四川西昌与成都两地发起并创立。以1989年为界，"非非主义"诗派分为前后两个时期。"前非非写作"(1986—1988年)以西昌—成都—杭州为创作中心，主要理论构想是反文化、反价值和语言变构，作品一般具有非崇高、非文化与非修辞的解构倾向。1989年之后的"后非非写作"时期则以《红色写作》《拒绝的姿态》《宣布西方话语中心价值尺度无效》《体制外写作：命名与正名》等文章为主要理论文献，承接前期的艺术变构理论与非非主义诗歌方法，倡导体制外写作。在坚守艺术高标准的前提下，"后非非写作"更强调作品的真实性、见证性与文献价值。《非非》和《非非评论》是"非非主义"诗派发表诗歌与理论作品的主要阵地。《非非评论》在1986年与1987年先后出版两期，由周伦佑主编。《非非》杂志则分别在1992年和2000年两次复刊。截至2009年，《非非》一共出版了12卷，每卷约30万—40万字。

周伦佑(1952—   )，重庆荣昌人，"第三代"诗歌代表性诗人。20世纪70年代开始文学写作，1986年发起并创立"非非主义"诗派，主编《非非》(第一至九卷)与《非非评论》(第一至二期)民刊两种。诗歌代表作有《自由方块》《头像》《刀锋二十首》《想象大鸟》《遁辞》等。主要理论作品有：《变构：当代艺术启示录》《反价值》《拒绝的姿态》《红色写作》《宣布西方中心话语权力无效》《高扬非非主义精神，继续非非》《非非主义诗歌方法》(与蓝马合著)等。出版的诗集主要有：《在刀锋上完成的句法转换》(唐山出版社，1999)、《周伦佑诗选》(花城出版社，2006)；出版的理论著作主要有：《反价值时代——对当代文学观念的价值解构》(四川人民出版社，1999)、《艺术变构诗学》(人民美术出版社，2005)、《艺术人本论》(与周伦佐合著，人民美术出版社，2005)；另外，主编《打开肉体之门——非非主义：从理论到作品》(敦煌文艺出版社，1994)、《亵渎中的第三朵语言花——后现代主义诗歌》(敦煌文艺出版社，1994)、《悬空的圣殿：非非主义二十年图志史》(西藏人民出版社，2006)、《刀锋上站立的鸟群——后非非写作：从理论到作品》(与孟原共同主编，西藏人民出版社，2006)等多种理论及诗歌著作。

蓝马(1956—   )，四川西昌人，本名王世刚，"第三代"诗歌代表性诗人。1986年与周伦佑等人开创"非非主义"诗派，1997年皈依佛门，是"非非主义"诗派中"无可争议的、最富有想象力的理论家"[①]。主要论文有《非非主义宣言》《非非主义第二号宣言》《前文化导言》《语言作品中的语言事件及其集合》等,主要诗作有《世的界》《凸与凹》等。著有《海水与浪花——蓝马诗文集(文论卷)》(作家出版社,2011)与《海水与浪花——蓝马诗文集(诗歌卷)》(作家出版社,2011)。

杨黎(1952—),四川成都人,"第三代"诗歌代表性诗人。1980年开始文学创作,倡导零度写作、废话写作。诗歌代表作有《冷风景》《高处》等。著有诗集《一起吃饭的人》(重庆大学出版社,2013)、文集《灿烂:第三代人的写作和生活》(中华工商联合出版社,2014)以及问答实录《我写,故我不在:一个废话主义者的废话语录》(百花洲文艺出版社,2015)与《百年白话:中国当代诗歌访谈》(与李九如共同主编,江苏凤凰文艺出版社,2017)。

当然,必须说明的是,本书着力论证"第三代"诗歌与"垮掉派"诗歌具有后现代性特质,并不是说这两个诗歌流派就没有其他类型的特质。比如,还完全可以找到这些诗歌中的浪漫主义或者现代主义特质,甚至是其他还难以命名的特质。说到底,后现代性只是"第三代"诗歌与"垮掉派"诗歌的一个方面,它并不妨碍论者凭借其他阐释工具做出完全不一样的论证,这主要是由诗歌创作的丰富性和复杂性所决定的。

第三节　研究目标、研究方法、研究价值与意义

一、研究目标

本书的研究目标主要有以下三个方面:

(一)通过考察中国当代诗歌和文学史及"第三代"诗人对后现代性诗歌创作的暧昧态度,检视中国后现代性诗歌批评的误区及其背后的政治生态。

(二)借鉴比较文学影响研究与平行研究模式,考察西方后现代诗歌对"第三代"诗歌似是而非的影响,从社会历史背景、表现主题、表现手法和语言策略等方面阐明"第三代"诗歌是诗人们基于各自独特的自我生命体验所做出的既有着解构特征又有着建构意义的诗意表达。

[①] 李振声:《季节轮换》,学林出版社,1996年版,第88页。

（三）考察"垮掉派"诗歌对美国盎格鲁一致性主流价值观体系之下的白人至上主义、麦卡锡主义与冷战文化的背反性书写及其背反精神诉求。

二、研究方法

本书主要采用以下两种研究方法：

（一）社会历史批评方法：把文本细读与历史还原结合起来，考察"第三代"诗人与"垮掉派"诗人在各自当下独特的社会历史语境中所表达的独特生命体验与感受，尤其是将后现代性诗歌作为一种文学现象而不是西方后现代主义理论所框定的文本来考察"第三代"诗歌。笔者认为，"第三代"诗人作为一个群体的重要性在于，他们是20世纪80年代中后期在中国文坛乃至所有中国人当中最先感知到一种"非崇高"式的后现代时代精神的群体，这种时代精神质疑并进而批判统一性与整体性理性思维，强调要用差异性与多元化的思想与行为方式去思考、感知、创作并采取相应的行动。于十年"文革"中浴火重生的中国在20世纪80年代中后期越来越处于兼收并蓄的时代，"第三代"诗人随着激情的时代脉搏一起跳动，恣意地书写着内心最真实的自发性体验与感受。在中国20世纪80年代这样一个伟大而包容的时代之中，"第三代"诗人也许一开始并不知道后现代主义为何物，但这并不妨碍他们进行大量的后现代诗歌创作与理论实践。

与中国越来越包容的20世纪80年代不同的是，"垮掉派"诗歌所面对的20世纪50年代可以说是美国最为保守的麦卡锡主义时代。政治上，美国的两党政治所带来的党争弊端达到了前所未有的白热化程度。由于民主党已然把持总统之位20年（1933—1953），共和党为了最终赢得选举无所不用其极，不断以维护国家安全为名编造一系列具有轰动效应的"间谍"事件，将美国共产党与同性恋者作为打击与"丑化"民主党当局的替罪羊。而民主党政府为了规避风险，自然也不断加大对美国共产党与同性恋者的压迫与宰制力度。由于20世纪50年代政治上这一系列的压迫与宰制与美国历史上排外的盎格鲁一致性主流价值观完全耦合，美国当局所发动的麦卡锡主义很快便渗透到美国思想与文化的方方面面，美国盎格鲁一致性主流价值观一时间也发展到无以复加的地步。而由于抱守整体性与统一性原则，曾经先锋的现代主义文学与新批评学派毫无变革斗志，客观上也为麦卡锡主义宰制美国民众所应该享有的真正意义上的民主与自由充当了帮凶角色。正是在这样的语境之中,"垮掉派"诗人拒绝同流合污,率先发起了深具批判意识的后现代主义诗歌。可见,只有联系美国文化的核心本质与20世纪50年代当下的历史文化语境进行具体的诗歌文本分析,才能剖析出"垮掉派"诗歌后现代性批判精神的真正含义。

(二)比较文学研究中的影响研究和平行研究方法:由于本书涉及中美两个诗歌流派的后现代性问题,采用比较文学研究方法是应有之义。不过,基于中国学者立场,本书主要采用的是比较文学研究中的平行研究方法,以便彰显中国"第三代"诗歌后现代性特征的独特性一面。而影响研究方法则主要是用来阐释美国"垮掉派"诗歌后现代性背反精神对中国"第三代"诗歌所具有的无比重要的影响。具体而言,本书第三章主要是基于影响研究方法,考察"垮掉派"诗歌对中国禅宗后现代性特质的吸收与转化、"第三代"诗歌对"垮掉派"诗歌尤其是其后现代性反叛精神的借鉴与转化以及中国禅宗经由"垮掉派"诗歌对"第三代"诗歌产生的回流性影响。本书第二、四、五、六章则主要采用平行研究方法,围绕历史文化背景、非诗化解构技巧、日常生活书写、生命书写等方面,比较两个诗歌流派在各自不同的自我生命体验与表达基础之上,在后现代性艺术特征与表现手法上同中有异的个性化书写。

然而,上述两种方法并不是截然两分的。比较文学研究方法可以让问题得到更为清晰而具体的呈现,但需要认清的一点是,在做比较研究的同时,必须照顾到比较对象各自独特的社会历史文化语境。首先,以中国禅宗为代表的中国传统文化之所以能对"垮掉派"诗人产生重要影响,主要还是因为这种影响与"垮掉派"诗人所处的历史与生活语境有着类似的精神气质。其次,西方的后现代诗歌也不过是中国式的后现代主义诗歌进行变革可供参照的坐标,如果没有中国本土社会历史文化语境的诱发,中国式的后现代主义诗歌的发生发展几乎是不可能的。可以说,中国式的后现代诗歌主要是中国诗人在特定的社会历史条件下基于自身的生命体验和感受所做的诗意表达,虽然其中也有对西方后现代主义诗歌创作原则与手法的借鉴、吸收和转化。因此,对待后现代性理论特别是解构主义理论本身,诗人和批评者都要秉持某种怀疑态度,不可一味接受、生搬硬套。

三、研究价值与意义

基于中国学者视角，本书以后现代性这一理论视角，对美国"垮掉派"诗歌与"第三代"诗歌进行比较研究，具有重要的研究价值与意义。

首先，诗歌来源于具体的历史与社会语境，美国"垮掉派"诗歌与中国"第三代"诗歌的发生发展与各自的时代语境必然是密不可分的。作为中美两国后现代主义诗歌的开端，"垮掉派"诗歌所处的美国20世纪50年代麦卡锡主义语境极度反共排外，是美国盎格鲁一致性主流价值观在当代的极端性表达，具有意识形态上极大的宰制性、压迫性与封闭性。而"第三代"诗歌的成长语境是中国20世纪80年代改革开放不断走向深入的时期，这是十年"文革"之后思想与政治领域不断开放、意识形态逐渐松动时期。结合具体的文本分析，本书对比考察同为后现代主义诗歌的"垮掉派"诗歌与"第三代"诗歌背后意识形态上的收缩与松动主题，有助于呈现美国政治与文化的宰制与排外特质以及中国在政治与文化上越来越大的开放性与包容性，美国所谓的民主、自由与人权的虚伪性自然显现，这无疑具有重要的社会文化价值。对于认清当下美国麦卡锡主义沉渣泛起、极力挑动意识形态对抗、妄图发起新冷战背后的逻辑与疯狂，也有着重要的现实意义。

其次，本书运用社会历史批评方法，把文本细读与历史还原结合起来，强调"第三代"后现代诗歌文本是西方后现代主义本土适应性的产物，书写的是"第三代"诗人自己的后现代性生命感受和体验，这有利于理顺西方诗歌理论、中国当代诗歌批评与诗歌创作三者之间的矛盾，具有重要的方法论意义。

再次，引入"垮掉派"诗歌作为研究"第三代"诗歌后现代特征的参照，着力论证"垮掉派"诗歌的后现代性背反精神之所以能给"第三代"诗人施加事实上的巨大影响，主要还在于这种背反精神是在20世纪80年代中国这一特定的社会历史语境中，对中国传统文化与中国诗歌中一直存在的背反基因的激活，并进而阐释"第三代"诗歌后现代性解构中的建构意义，这有助于回应"现代性终结"论调对中国现当代文学研究界的挑战，具有重要的文学与文化批评价值。

然后，运用替罪羊迫害文本修辞建构理论，本书将"垮掉派"诗歌所发生发展的背景麦卡锡主义语境，作为一种迫害文本修辞建构放在美国盎格鲁一致性主流价值观体系之中予以考察，这有利于从文化根源上揭示美国盎格鲁一致性主流价值观对于非白人盎格鲁-撒克逊基督教教徒群体的宰制性以及美式民主与人权的虚伪性,从而彰显"垮掉派"诗歌拒绝同流合污并竭力进行后现代主义诗歌背反性书写的开拓性意义。

最后,本书所极力发掘的中国后现代性诗歌解构中的建构意义,对于当下诗歌创作中的虚无主义倾向具有一定的参考价值与矫正作用。

第四节　创新之处与主要研究内容

一、创新之处

本书在以下三个方面具有一定的创新性:

(一)运用影响研究的方法,借助中国禅宗、美国"垮掉派"诗歌、中国"第三代"诗歌三者之间密切的影响关系阐释了具有反叛意识的文学流派("垮掉派"诗歌、"第三代"诗歌)如何借助外来资源(中国禅宗、"垮掉派"诗歌)以及如何通过外来资源("垮掉派"诗歌)接通与传统资源(中国禅宗)之间的本质联系,具有一定的方法论意义上的创新。

(二)将美国"垮掉派"诗歌作为研究中国"第三代"诗歌后现代特征的参照,厘清前者对后者似是而非的影响联系,凸显"第三代"诗人在当时社会、历史背景下作为创造性主体的自我生命体验与表达,强调"第三代"诗歌后现代性解构中的建构意义,可以回应"现代性终结"论调对中国现当代文学研究界的挑战,具有一定的研究视角上的创新。

(三)围绕美国盎格鲁一致性主流价值观这一主线考察麦卡锡主义的文化源流,借用替罪羊理论剖析麦卡锡主义针对美国共产党及其同情者甚至是同性恋者所进行的迫害文本修辞建构机制。结合具体诗歌文本分析,本书将"垮掉派"诗歌作为背反文本书写模式置于美国麦卡锡主义语境之下予以深度考察,这有利于从文化源头上厘清美国盎格鲁一致性主流价值观体系的宰制性以及"垮掉派"诗歌与之针锋相对的背反性意义。

二、主要研究内容

本书是第一部基于中国学者视角对美国"垮掉派"诗歌与中国"第三代"诗歌进行后现代性比较研究的专著。除去绪论与结语,本书共有六章。

绪论首先简要论述了后现代性理论的阐释效度与边界,其次介绍了本书的研究对象、研究目标、研究方法、研究价值与意义、创新之处以及主要研究内容。

第一章是研究综述部分。在介绍"垮掉派"诗歌在中国的接受历程以及国内外"垮掉派"诗歌后现代批评简况之后,笔者梳理了"第三代"诗歌后现代批评简况以及这两个诗歌流派后现代性比较研究现状,从而为本课题构筑了一个较为坚实的研究基础。

第二章梳理了"垮掉派"诗歌与"第三代"诗歌发生发展的历史与社会背景,着重考察"垮掉派"诗歌所要背反的麦卡锡主义语境以及催生"第三代"诗歌的中国20世纪80年代改革开放之下的文化狂欢语境,并紧密结合语境分析来考察"垮掉派"诗歌与"第三代"诗歌的后现代性变革及转向过程。

第三章主要基于影响研究方法,考察"垮掉派"诗歌对中国禅宗后现代性特质的吸收与转化、"第三代"诗歌对"垮掉派"诗歌尤其是其后现代性反叛精神的借鉴以及中国禅宗经由"垮掉派"诗歌对"第三代"诗歌所产生的回流性影响,最后较为深入地钩沉了"第三代"诗人在借鉴"垮掉派"诗歌背反精神的过程中,对中国传统文化资源的隐性继承。

第四章论述了"垮掉派"诗歌与"第三代"诗歌后现代性解构的一面。第一节从散文化解构倾向与戏剧化解构倾向考察"垮掉派"诗歌与"第三代"诗歌中的诗歌文体解构维度。第二节考察"垮掉派"诗歌与"第三代"诗歌中的诗歌形式解构维度。第三节考察"垮掉派"诗歌与"第三代"诗歌中的诗歌语言解构维度。

第五、六章则通过文本细读的方式,分别从日常生活书写与生命书写两个方面论述"垮掉派"诗歌与"第三代"诗歌各具特色的后现代性建构的一面。

第五章第一节聚焦"垮掉派"诗歌与"第三代"诗歌中的去英雄主题,先简要论述"垮掉派"诗歌对"反英雄"的正面书写,继而考察"第三代"诗歌对"非英雄"书写的凸显。第二节首先结合中国禅宗"平常心是道"理念考察"垮掉派"诗歌中的日常生活审美化书写,接着从稗史化、俗常化与时间空间化三个方面阐释"第三代"诗歌中的日常生活审美化书写。结合日常生活书写,第三节先是考察"垮掉派"诗歌对20世纪50年代美国体制的背反性书写以及惠特曼式的民主国家理想的想象性书写,继而阐释"第三代"诗歌中国家形象书写的多元化倾向以及"第三代"诗歌日常生活审美化中的国家形象建构维度。

第六章第一节分别考察了"垮掉派"诗歌基于"自发性创作"理念与"第三代"诗歌基于"语感"的生命诗学建构维度。第二节首先从口语化语言中的声音,与波普爵士乐神交以及与摇滚乐遇合三个方面阐释"垮掉派"诗歌的生命书写实践。接着,从于声音中呈现生命本真、诗朗诵、生命语言的行为书写三个方面阐释"第三代"诗歌的生命书写实践。

结语部分首先点明,文学翻译与批评都有着或多或少的意识形态维度,因此坚守意识形态底线应该成为学术研究中必须严肃对待的重要事项。其次,在总结全书的基础上,结语强调,基于二战后美国当局凭借冷战思维在国内外大搞恐怖政治、压制民众自由话语表达权利这一社会历史语境,"垮掉派"诗人从文化与文学两个方面发起了反叛运动:文化方面,针对美国盎格鲁一致性主流价值观体系,"垮掉派"诗人与其他领域的先锋艺术家一起,发起了拒绝同流合污的背反性运动;文学方面,针对美国学院派现代主义诗歌,"垮掉派"作家率先发起了高扬多元化与差异性理念的后现代主义文学运动,创作出大量影响深远的后现代诗歌作品。在这种旨在反叛现代主义诗歌传统以强化美国诗歌本土化的诗歌变革运动中,"垮掉派"诗人力图通过对美国盎格鲁一致性主流价值观的反叛、同性恋书写以及回望20世纪30年代经济大萧条时期的左派思潮,来书写以多元化与差异性为特征的后现代性诗歌背反文本。而与美国严酷板结的麦卡锡主义语境不同,"第三代"诗歌面对的是中国社会思想大解放的语境。特别是在20世纪80年代中后期,中国文艺界掀起了一场规模宏大的文化狂欢,这无疑是一次思想解放与文艺革新互为表里又互相促进的全国性变革浪潮。在充满变革意识的20世纪80年代,"第三代"诗人为了从被漠视的状态中突围,纷纷选择以群体的方式制造大规模"哗变"景观,强调回到诗歌本身、回到语言、回到个体的生命意识,"第三代"诗歌因而总体上凸显出某种反讽、戏谑、拼贴甚至是闹剧色彩,创作心态多元,诗歌形式驳杂。"第三代"诗歌创作有着消解强调统一性和整体性宏大叙事的后现代解构策略,同时也具有表现审美化的日常生活、建构诗歌创作差异性和多元性的一面。"第三代"诗人是在以后现代性解构策略进行时代精神的建构与彰显。

此外,为了消除一些不必要的误解,笔者愿在此做出如下说明:

首先,优秀诗歌大多具有极大的多义性与歧义性,因此,诗歌文本一旦产生,对它的阐释也必然是开放的,具有很大的不确定性。美国"垮掉派"诗歌与中国"第三代"诗歌不可能只有后现代性的一面,考察这些诗歌的现代主义、现实主义抑或是浪漫主义特质也未尝不可。因此,本书对"垮掉派"诗歌以及"第三代"诗歌所进行的后现代性阐释只是其众多阐释可能性中的一种，本意并不在于否定任何论者从其他阐释角度所做出的解读成果，笔者也并没有与各位方家论争之意。对于本书的不足之处，笔者愿诚恳接受各位专家与学者在学术层面上的质疑与斧正。

其次，"第三代"诗歌流派众多、体系庞杂，但鉴于本书采用的是后现代性阐释视角，故笔者将研究范围限定于口语化诗歌创作流派，这难免有化约就简之嫌，但限于笔者有限的学术积淀，这也实属无奈之举。况且，由于篇幅有限，还要照顾到论证中内在的逻辑线索，许多本属于研究范围之内的优秀诗歌笔者也不得不忍痛割爱，只能留待以后再做进一步的研究。当然，也期待有更多专家学者就此论题进行更为深入的探讨与挖掘。

最后，西方后现代诗歌特别是"垮掉派"诗歌是"第三代"诗歌颇为重要的外来资源，尤其是"垮掉派"诗歌的后现代性背反精神曾给予转型时期的"第三代"诗人巨大的震撼与启发，这是事实；但另一方面，在特定的中国语境之下，"第三代"诗歌主要是"第三代"诗人基于自身独特的生命体验与感受对于时代精神变构所做出的诗意表达，这也是事实。故而需要强调的是，虽然两派诗歌有许多类似之处，但不能就此断定"第三代"诗歌只是借鉴与模仿"垮掉派"诗歌，毕竟，时间先后不一定就会造就因果关系。而且在20世纪80年代"第三代"诗歌发生发展的过程中，诗人们所接触到的"垮掉派"译诗数量有限，更遑论有大面积阅读并吸收原作的机会（一是难以见到，再者也不容易真正地理解），就本书所用到的许多材料（包括"垮掉派"诗歌文本）而言，很多都是近些年才公开出版发行的，"第三代"诗人在20世纪80年代是难以见到的。

第一章

"垮掉派"诗歌与"第三代"诗歌后现代性研究综述

第一节 "垮掉派"诗歌后现代性研究综述

如前所述,20世纪50年代,麦卡锡主义在美国全境肆虐,一切所谓的"异端"都遭到残酷打压。为了转嫁国内与国际危机,美国当局将美国共产党甚至是同性恋者等政治上以及性取向上的边缘性群体列为替罪羊予以打压宰制,美国盎格鲁一致性主流价值观因而被强化到无以复加的地步。一时间,整个美国社会呈现出一幅万马齐喑却又相互告密的病态图景。而美国现代主义诗歌以及新批评学派此时却早已丧失了原有的先锋姿态,转而维护以所谓完整性、统一性与排他性为主要特征的美国盎格鲁一致性主流价值观体系。正是在这样的麦卡锡主义语境之中,以自身边缘人意识为傲的"垮掉派"诗人拒绝同流合污,积极运用后现代性解构策略与反叛精神,竭力书写"垮掉派"诗歌背反文本。事实上,恰恰是"垮掉派"诗歌所展现的这种后现代性反叛精神,给予了"第三代"诗人在20世纪80年代进行中国式的后现代主义诗歌变革运动最大的共鸣与启发。因而,在详细梳理国内外"垮掉派"诗歌后现代性批评与研究之前,考察"垮掉派"诗歌在中国完整的接受过程(尤其是从20世纪50年代末直到80年代"垮掉派"诗歌受到全面否定与批判的过程),显得尤为必要。

一、"垮掉派"诗歌在中国的接受历程

从20世纪50年代末到70年代,"垮掉派"作家和作品一直被作为资本主义腐朽本质的绝佳例证而成为被批判甚至是被谩骂的靶子,这段时期"垮掉派"诗歌在中国的接受史俨然就是一部批判史。20世纪70年代末到80年代后期,对"垮掉派"诗歌的批评视角虽然有所拓宽,但字里行间仍充满着质疑与否定的语气。不过,换个角度来看,也许正是这种针对"垮掉派"诗人及其诗歌的批判、质疑与否定基调,让同样遭到漠视与不屑、具有强烈反叛意识的"第三代"诗人找到了强烈共鸣,也因而更容易接受其影响并从中受到启发。20世纪90年代以来,随着"垮掉派"诗歌翻译力度不断加大、文学批评多元化与包容性不断加强,以后现代性视角阐释"垮掉派"诗歌的论文与专著也开始不断出现。

(一)20世纪60年代到70年代"垮掉派"诗歌受到全面批判

在中国,诗歌创作和批评往往很难取得完全独立的身份和地位,时代氛围特别是当下的政治生态常常会留下深浅不一的烙印。20世纪60年代初,"大一统"的主流意识形态话语体系构成了巨大的批评焦虑与盲区,学术界则紧随主流意识形态,生硬地套用马列主义、毛泽东思想相关文艺理论,对西方现代主义诗歌进行了猛烈批判,深具后现代性特质的"垮掉派"诗歌更是受到格外"关照"。从20世纪60年代一直到70年代,"批判"是评价"垮掉派"诗歌最为核心的主流态度。[①]这类文章多从阶级斗争的视角将"垮掉派"作家和作品当作反面教材予以否定和批判,认定这些作品既是"集西方颓废文学的大成",同时也是西方颓废文学的"恶性发展",而"垮掉派"作家更是"在一个充满灾难和罪恶的渊薮里浮现出来"的"人类的渣滓:色情狂、吸毒者、厌世者、反动的天主教士、精神病患者、恐怖嗜好者"[②];认定"垮掉派"作品中所充斥的虚无主义思想极大地遮蔽了"资本主义制度腐朽、没落、垂死的本质",容易使人"迷失方向,丧失信心和斗志"[③];认定"垮掉派"作家都是一些"极端的资产阶级个人主义者和自我中心主义者","对人民和革命采取敌视的态度","过的是寻欢作乐、追求刺激、酗酒吸毒、乱搞男女关系等糜烂不堪的'阿飞'生活"。[④]

应该说,在当时"大一统"的主流意识形态话语权力的重压之下,任何批评家都很难独善其身,难免会做出一些违心的评论。著名诗人、诗评家袁可嘉当时对"垮掉派"诗歌所做出的一系列负面评论便是一例。袁可嘉首先将"垮掉派"诗歌置于美国现代主义文学史当中进行考察,认为"垮掉派"诗歌所体现的"垮掉"生活方式侧重于对"死亡、情欲、下意识和宗教神秘主义的歌颂",是"美国生活方式"的真实写照[⑤];认为"垮掉派"作品遵循的是一种唯心主义的文艺观,走的是反现实主义的创作道路,有反理性,崇尚兽性的倾向,是疯人院听来的嚎叫,而"垮掉派"诗人的"即兴"创作也不

[①] 据赵一凡回忆,这一时期,金斯伯格和整个"垮掉的一代"都属于明确的被批判对象,光是《人民日报》(1959年至1964年前后)就刊有批判文章"三四篇之多",但"内容简洁,定性也一如既往地简明:这是一批新生的美国颓废作家,作品虽花样翻新,却依然暴露出资产阶级腐朽没落的精神现状,空虚、反动、荒诞不经等等"(赵一凡:《我所知道的金斯伯格》,见《透视美国:金斯伯格论坛》,文楚安主编,四川文艺出版社,2002年版,第67页)。
[②] 戈哈:《垂死的阶级,腐朽的文学——美国的"垮掉的一代"》,《世界文学》1960年第2期。
[③] 余彪:《美国的"垮掉的一代"》,《光明日报》1961年7月22日。
[④] 黎之:《垮掉的一代,何止美国有!》,《文艺报》1963年第9期。
[⑤] 袁可嘉:《略论美英"现代派"诗歌》,《文学评论》1963年第3期。

过是一种极端放任自流的创作方法,没有什么形式或艺术可言。

针对这种主要从意识形态出发轻易就"上纲上线"的文学批评方式,袁可嘉本着"自我批评"的严肃态度曾在《文学评论》上撰文予以澄清:

> 中华人民共和国成立以来,我国提倡社会主义文学,在介绍外国文学方面,一贯以引进古典文学和革命的、进步的浪漫主义、现实主义文学为主;建国初期,在一面倒的情况下,更处处以苏联文学界的意见为准则,全面排斥和抵制西方现代派的作品,不加区分地称之为"颓废主义",视若洪水猛兽。今天来看,这不是科学的态度。

进入六十年代,由于反对修正主义和资产阶级思潮的需要,在大批判的旗号下,我国学术界对西方现代派进行了抨击。袁可嘉在六十年代初发表的一系列文章,《托·史·艾略特——美英帝国主义的御用文阀》(《文学评论》1960年4期)、《略论英美现代派诗歌》(《文学评论》1963年3期)、《新批评派述评》(《文学评论》1962年2期)……全面否定现代派,政治上上纲过高,进而抹煞其艺术成就,显然做过分了。……这在当时是难以避免的,但应引为后车之鉴。①

(二)20世纪70年代末到80年代后期"垮掉派"诗歌继续受到质疑

20世纪70年代末到80年代后期,对"垮掉派"诗歌批判的力度开始减弱,批评视角有了较大拓展,不再一味拘泥于政治性评断和道德性批判,但字里行间仍充盈着极大的质疑语气。

不过,赵一凡的两篇文章尤为值得关注。从"垮掉派"文学的形成与发展、"垮掉派"哲学、"垮掉派"的艺术观点与影响等三个方面对"垮掉派"文学进行梳理之后,《"垮掉的一代"——当代西方文学流派讲话之四》(1981)②指出"垮掉派"文学虽然存有明显的颓废色彩,但"不能轻易加以否定"。《"垮掉的一代"述评》(1981)③则从考察"垮掉派"运动发生发展的过程入手,认为这一运动是二战后"美国社会异化、反动政治高压、保守文化统治三者合力钳制的恶果"。作者指出,"垮掉派"运动"冲垮了统治美国诗坛三十年之久的艾略特保守传统",进而总结出"垮掉派"文学的两个特征:"一是为表现现代人心理和自我探索而富有实验特征,二是同高雅文化相

---

① 袁可嘉:《西方现代主义文学在中国》,《文学评论》1992年第4期。
② 赵一凡:《"垮掉的一代"——当代西方文学流派讲话之四》,《飞天》1981年2月号。
③ 赵一凡:《"垮掉的一代"述评》,《当代外国文学》1981年第3期。

对立的大众化和反象征主义倾向"。赵一凡的文章从文化批评的视角对"垮掉派"文学运动的产生机制给予了透彻分析,一些观点到现在仍然具有很大的启发意义,可以看作是我国学术界重新评价"垮掉派"文学的开端,只是由于篇幅的限制,这两篇文章缺少一些能够给出更多佐证的、具体作品的文本分析。

《"垮掉的一代"文学和克鲁阿克》(1983)[①]也是这一时期颇具学术价值的"垮掉派"研究论文。该文首先分析了"垮掉的一代"产生的社会历史根源,认为它是"资本主义制度发展到一定阶段的必然产物"。重要的是,作者还论及"垮掉派"作品的文体混杂性、音乐性和自发性创作原则等文本和创作特征,认为这些作品"反对固定的形式","打破文体的界限",努力"把小说、诗歌、议论结合起来";作品"叙述的速度传达出爵士乐曲节奏";自发性创作原则往往使得"垮掉派"作品有"一股不可阻挡的滔滔气势",使读者"易受感动,心情随之汹涌澎湃"。这些分析在当时堪称独到见解。不过,作者最后还是回到了主流意识形态统摄之下,认定"垮掉派"作品"有助于我们了解西方青年的精神危机,认识资本主义社会的腐朽性,更加热爱社会主义制度,热爱我们的伟大国家,增强我们的民族自信心";而其"根本弱点在于脱离广大人民和背离现实主义传统",所以,"不可能具有持久的生命力"。

为了把西方现代派作品"有选择地拿过来,了解它,认识它,然后科学地分析它,恰当地批判它,指出它的危害所在,同时也不放过可资参考的东西"[②],上海文艺出版社从1980年到1985年相继出版了四册《外国现代派作品选》,其中第三册涉及的主要是西方后现代主义作品,包括"垮掉派"作品《嚎叫》(郑敏译)。董衡巽在"垮掉派"简要说明中认为,"垮掉派"作家"喝酒、吸毒,寻找刺激,过着腐朽的生活",他们的"艺术修养不高,作品多半是青年人的自我表现,不讲究艺术技巧,所以除金斯堡外,别的作家没有在文学创作上取得多少成就"[③]。可见,对"垮掉派"作家及其作品的评价遵循的依然是既有的评价标准,而对于作品本身在美国当时社会历史文化背景下所进行的先锋性试验及其意义,显然关注不够。

王念宁编译的《西方垮掉的一代》(1985)[④]涉及的大多是关于"垮掉派"

[①] 王惟胜:《"垮掉的一代"文学和克鲁阿克》,《花城》1983年第4期。
[②] 袁可嘉、董衡巽、郑克鲁:《外国现代派作品选》(第一册),上海文艺出版社,1980年版,第26页。
[③] 袁可嘉、董衡巽、郑克鲁:《外国现代派作品选》(第三册),上海文艺出版社,1984年版,第526—527页。
[④] 王念宁:《西方垮掉的一代》,《青年研究》1985年第12期。

作家及其作品负面的评价:20世纪50年代末"垮掉派"被当作是"在美国文化的健康机体上生出来的异己的瘤子";"垮掉派"作家一方面拒绝"思想的和审美的积极性",另一方面,又"没有能力提出成熟的见解",从而"导致成年人的幼稚化",进而"导致反理性主义、平淡无味的感伤主义、迷恋性欲和耸人听闻";"美国社会就是这样匆忙地渴望躲开这些战后的浪子们","有名望的报刊自己也不知道该怎样解释他们的存在","只能是希望给'垮掉的一代'派成员的尸体上快一点施上防腐剂,然后埋葬掉",等等。美国主流的声音这么贬低"垮掉派"作家,中国当时的主流意识形态将其当作"反面教材"来发掘资本主义的黑暗面。编者本人认为,"垮掉派"在内心里把自己当作"特殊的侨民":他们拒绝顺从当权者的虚伪安排,因为这些当权者正在"利用智慧、科学和技术把人类引向世界大战",然后"把别人推出去对大量的罪行承担杀人责任",自己却极力为这些罪行"辩解"。但作为"缺乏组织"的"虚无主义者","垮掉派"并没有也不可能拿出自己的"思想和行动纲领来与之抗衡"。总之,"垮掉派"作家的造反"不能建立新的道德价值",所以除了"表明资产阶级世界正从内部腐烂"之外,"不具有积极的社会意义"。

《西方现代派文学简论》(1985)中的第十一章《"野蛮人的狂嚎"——"垮掉的一代"》[①]认为,"垮掉的一代"作为一个流派,发动的"不仅是一场文学运动,而且是一部分颓废青年的造反运动",他们对美国的社会现实"完全绝望",因而采取否定"一切伦理道德"与"一切理性原则"的姿态。作者结合具体的文本(主要是诗歌《嚎叫》)分析,将"垮掉"的内涵归结为:"哲学上是存在主义恶性发展",即从"存在即荒诞"推导出"沉沦就是解放"的结论;"政治上是无政府主义花样翻新";"生活上是纵欲主义登峰造极";"文学上是自发主义和自然主义"。进而作者认为,"垮掉派"运动的"历史意义不能抹煞",它在文学上"冲决了死气沉沉的保守文化的堤防,为后来的文学运动扫清了一些障碍"。然而,作者的落脚点仍是对"垮掉派"运动进行意识形态上的批判:"它终究是美国病态社会里滋生的病态事物,它那种沉沦即解放、纵欲即天堂的精神鸦片,通过其诗文广为传播,使成千上万的青少年中毒。其流毒不仅在美国泛滥成灾,而且很快就扩散到整个资本主义世界。"而《当代美国文学:概述及作品选读》(下)(1986)中的第八章《"垮掉的一代"与"垮掉派"作家》也主要是本着阶级斗争的立场,认为"垮掉派"作家是资本主义社会的产儿,其作品"无疑集中反映了资产阶级的消极颓废

[①] 陈慧:《西方现代派文学简论》,花山文艺出版社,1985年版,第189-200页。

思想","很难从中找到积极因素"[1]。但值得肯定的是,作者较为详尽地介绍了《嚎叫》和《在路上》,并配有相应的英文文本节选及其注释,这为其后的"垮掉派"文学研究提供了难得的素材。

《美国梦的失落和追寻:20世纪美国文学的主题变奏》(1989)[2]站在文学史的角度,以美国梦为线索梳理了20世纪美国文学的变迁与转向。作者认为,现实主义美国文学注重表现美国梦的"幻灭与追寻",现代主义文学注重表现对美国梦的批判和否定,而以"垮掉的一代"为开端的后现代主义文学则"以决绝的态度向美国梦告别";美国后现代派作家强调"美国梦本身对人性完整、个性自由的残害和扼杀,亦即从精神危机、个性存在的危机来全面地批判和否定美国梦";"垮掉派"作家的精神危机是在"全面否定由'美国梦'所体现的传统价值观念之后,寻求新的价值观念而不得的危机"。文章视野开阔,主题新颖而集中,逻辑条理清晰,似乎预示着"垮掉派"诗歌批评即将进入一个更为多元的时代。

(三)20世纪80年代以来后现代批评视角下的"垮掉派"诗歌

20世纪80年代以来,"垮掉派"诗歌批评开始慢慢走出意识形态政治话语模式的阴影而渐趋多元化。1984年10月,金斯伯格以及斯奈德随美国代表团访华无疑起到了极大的推动作用。其间,金斯伯格在中国一些大学演讲,介绍威廉·布莱克(William Blake)、威廉·卡洛斯·威廉斯(William C.Williams)、克鲁亚克以及他本人的作品,掀起了阅读和研究"垮掉派"特别是金斯伯格诗歌的热潮。1985年,美国批评家莫里斯·迪克斯坦(Morris Dickstein)《伊甸园之门——六十年代美国文化》(中译本)的出版可以说是对这股热潮的直接回应。该书以文化研究的视角切入20世纪50年代后期一直到70年代美国社会的方方面面,其第一章第一节《序幕:艾伦·金斯堡和六十年代》[3]联系美国当时整个历史文化背景,颇为深入地论述了金斯伯格从革命到保守、从20世纪50年代末主流文化的局外人到20世纪60年代"解放文化"的局外人的历程。不同于一直以来那种单一且先入为主的武断性批评模式,该书的文化批评视角以及圆熟的批评方法无疑会给"垮掉派"文学研究带来更为多元的阐释空间。

由于本书主要基于后现代性视角来考察美国"垮掉派"诗歌,因此,本

---

[1] 秦小孟:《当代美国文学:概述及作品选读》(下),上海译文出版社,1986年版,第10页。
[2] 辛潮:《美国梦的失落与追寻:20世纪美国文学的主题变奏》,《辽宁师范大学学报》1989年第3期。
[3] 莫里斯·迪克斯坦:《伊甸园之门——六十年代美国文化》,方晓光译,上海外语教育出版社,1985年版,第2-25页。

小节的主要任务是从繁杂的"垮掉派"诗歌批评中梳理出其后现代性批评的脉络。事实上,对于"垮掉派"诗歌的后现代性特征,早在20世纪80年代就有批评家撰文予以指认:在《美国当代诗与写现实》(1983)①中,郑敏将现代派划分为三个阶段——童年的意象主义现代派、盛年的艾略特式现代派和当代后现代派。郑敏指出,二战后的美国当代诗歌对于"现代派那种冷漠的反人文主义的美学观"和"对旧秩序逝去的沮丧惋惜心情"以及"艾略特宣传的苦行僧式的对物质和肉体的卑视,都感到陈旧";当代美国诗学是"解体性(deconstruction)的,因为它反对形而上学的哲学体系,反对以传统伦理道德为诗的主题中心,反对传统的关于语言与思维的关系,反对封闭的诗的形式"。②另外,郑敏在金斯伯格个人简介中指出,《嚎叫》"从语言、内容、结构上都打破第二次大战以前英美现代诗的原则","形成垮派的风尚"③。袁可嘉的《美国后现代主义诗歌与中国诗》(1989)④则主要从人与自然的关系的角度探讨美国后现代主义诗歌,认为这些诗歌是"很有特色的",可以从中感受到"当代美国诗人对过分工业化以后的社会的不满情绪以及对东方古典文化文明的向往";基于此,作者认为,加里·斯奈德是"很突出的一位后现代派诗人",他糅合了东方的儒道和禅宗文化与印第安人土著文化,体现了后现代派诗歌"倡导环境保护,要求人和自然同一协和"的理念,成为"美国环境保护运动在诗歌界的代言人"。

袁可嘉的另一篇文章《欧美现代三大诗潮》(1990)从诗歌史的角度,将欧美现代诗概括为三大历史阶段(即1850—1900年、1900—1950年、1950—1990年)及其相对应的现实主义、现代主义与后现代主义三大诗潮。文章认为,后现代主义诗潮体现了英美两国20世纪50年代诗歌创作的"共同倾向",即"反对以艾略特为偶像、以《荒原》为范本的现代主义学院派的诗潮";20世纪50年代中期以后,"由于国内形势的推动",许多诗人从"学院的封闭世界走出来,开始关心现实政治和社会生活,写出了富于生活气息的诗",而"垮掉派"诗歌是率先在美国"真正引起轰动"的后现代主义诗歌流派。⑤

进入21世纪,陆续有专著指认"垮掉派"诗歌的后现代性特质:《精编美国文学教程》(中文版)(2005)指出,20世纪50年代末,由于现代主义和

---

① 1987年,此文作为《代序》被郑敏收入自己编译的《美国当代诗选》之中。
② 郑敏:《美国当代诗选》,湖南人民出版社,1987年版,序言第16—17页。
③ 郑敏:《美国当代诗选》,湖南人民出版社,1987年版,第83页。
④ 袁可嘉:《美国后现代主义诗歌与中国诗》,《诗刊》1989年第8期。
⑤ 袁可嘉:《欧美现代三大诗潮——选本序》,见《欧美现代十大流派诗选》,上海文艺出版社,1991年版,第11页。

新批评等"旧模式"极大地束缚了人们的思想,"人心开始思变",而面向美国普通民众的"垮掉派"诗歌运动在黑山诗派的声援之下,频频发起挑战,及至20世纪50年代中期《嚎叫》的公开朗诵与发表标志着"美国诗歌的后现代时期到来了"①。《现代主义与后现代主义·续编》(2006)则直接将"垮掉派"文学置于后现代主义文学框架之下进行论述:"垮掉派"文学是20世纪50年代初期存在主义哲学与美国社会实践两相结合的文学产物,集中反映了二战后美国人特别是青年一代的精神危机。"垮掉派"文学有两个基本特征:一是"热衷于描写暴力、堕落、吸毒和犯罪等颓废生活,用消极和'脱俗'的方式反抗社会";二是"蔑视高雅文学,追求语言和表现技巧的创新","力求突破文体限制,打破诗和散文的界限",创作出亦诗亦文的"新型文学体式",因而常常采用"不经加工的下层人的口语、俚语"②。相比之下,《西方后现代主义文学研究》(2006)可以说是一部后现代主义文学批评力作。书中不仅有宏观的历史文化背景剖析,还有具体而贴切的文本阐释。作者先是结合当时具体的历史文化背景,从整体上概括出后现代主义文学的三个基本特征:"不确定性的创作原则、创作方法的多元性、语言实验和话语游戏"③,进而结合后现代主义文学主要流派分章节进行具体论述。其中第七章《"垮掉的一代":垮掉了什么?》对"垮掉派"作品的后现代特征和手法进行总结和剖析。作者认为,"垮掉派"作品的主要特征包括:"毫无顾虑地"在作品中坦述"最隐私、最深刻的感受";强调"感觉的自然流露",将"诗歌变成艺术演出";推崇"非理性和潜意识",偏爱于"描写梦魇、幻觉和错觉"④。专著的最后两章《后现代主义中国化》和《中国后现代主义文学》探讨了后现代主义文学在中国发生发展的可能性与必然性以及中西方后现代主义文学之间的共性和差异性。不过,稍显遗憾的是,这两章将文本分析对象限定在小说,没有涉及诗歌文本。《冷峻中的超越:英美后现代主义文学研究》(2007)也是一部后现代主义文学批评专著,涉及荒诞派戏剧与"垮掉派"文学等诸多后现代主义流派。其第五章《"垮掉的一代"文学》以金斯伯格的长诗《嚎叫》和《祈祷》为主要分析文本,指出"垮掉派"诗歌是一种"即兴的、属于准文化的反诗歌";"垮掉派"诗人敢于打破"生活与艺术的界限",敢于放弃艺术中的"善"与"美"的"意识形态"标准,从而大胆地追求生活与生命中"真"的主题,在作品中从不回避酗酒、吸毒、同性恋等自身生

---

① 常耀信:《精编美国文学教程》(中文版),南开大学出版社,2005年版,第255页。
② 王燕:《现代主义与后现代主义·续编》,中国国际广播出版社,2006年版,第40—41页。
③ 曾艳兵:《西方后现代主义文学研究》,中国社会科学出版社,2006年版,第34页。
④ 曾艳兵:《西方后现代主义文学研究》,中国社会科学出版社,2006年版,第20页。

活问题①,这些观点新颖独到,切中肯綮。《从胡塞尔到德里达——西方文论讲稿》(2007)一书也明确指认,以黑山诗派、垮掉派为肇始的美国"后现代新诗"的反叛目标直指以艾略特为首的学院派②。最后,《美国"垮掉派"诗歌研究:认知诗学视阈》(2018)以认知诗学为理论工具,考察了"垮掉派"诗歌所反映的美国后现代主义文学与文化的思想风貌。该书认为,"垮掉派"诗歌是"后现代主义文学流派里的一朵奇葩","垮掉派"诗人推崇的是"一种无拘无束的自发性写作",彰显了"心灵的顿悟、体验和启示"③。

论文方面,从整体上论及"垮掉派"诗歌后现代性的论文主要有:《美国后现代诗歌与中国文化论》(2001)④认为,二战前后,西方学界逐渐走出中心与理性,转而开始强调消解中心与反逻辑理性,包括"垮掉派"诗歌在内的许多边缘性诗歌流派向以艾略特为代表的现代主义传统发起了冲击;这些后现代诗人除了回到庞德-威廉斯客观主义诗歌传统之外,几乎都"接受过中国文化的影响甚至传播过中国文化",而"这种接受也是美国后现代诗人自己的主动选择和美国诗歌自身发展的逻辑必然",是美国"民族文学主体意识的体现"。《论美国"垮掉派"文学对现代主义的继承和发展》(2007)⑤则指出,"垮掉派"作品所体现出的"浓厚的个人主义体验美学色彩"及其"即兴式"的创作手法,都"昭示着后现代主义的来临"。一方面,"垮掉派"文学是对现代派文学"否定中的肯定",有其继承的一面;另一方面,"垮掉派"文学对"主观个体对现实的积极体验(精神的和行动的)以探求生存的意义及精神诉求"的强调,是"对现代主义的叛逆和对后现代主义的开启"。而在创作形式上,"垮掉派"文学也具有"颠覆性":"垮掉派"文学"以其散乱的结构,即兴的描写(叙述),开放的结尾和自然的语言解构了现代主义文学的中心性、封闭性和高雅性"。这两篇文章虽然切入点不同,但都对"垮掉派"文学的后现代性特质有着独到的分析与阐释,具有重要的研究价值与启发意义。

以上简述的主要是从整体上论及"垮掉派"诗歌后现代性的专著和论文,而对于"垮掉派"具体诗人的后现代性创作的关注则主要集中在金斯伯格和斯奈德身上。

---

① 刘惠玲:《冷峻中的超越:英美后现代主义文学研究》,宁夏人民出版社,2007年版,第140、147页。
② 赵一凡:《从胡塞尔到德里达——西方文论讲稿》,生活·读书·新知三联书店,2007年版,第36页。
③ 迟欣、刘磊:《美国"垮掉派"诗歌研究:认知诗学视阈》,科学出版社,2018年版,第205页。
④ 董洪川:《美国后现代诗歌与中国文化论》,《外国语言文学研究》2001年第1期。
⑤ 孙坚、杨仁敬:《论美国"垮掉派"文学对现代主义的继承和发展》,《宁夏社会科学》2007年第3期。

首先,论及金斯伯格诗歌后现代性的论文或专著主要有:张子清前后有三篇文章都将"垮掉派"诗歌指认为美国后现代诗歌的肇始。《美国学院派诗人及其劲敌》(1992)①认为,《嚎叫》"打响了后现代派诗歌的第一炮";《读〈金斯伯格诗选〉》(2001)②指出,金斯伯格是"美国后现代派诗歌的开山者之一",而《嚎叫》"在后现代派诗歌时期所具的重要性如同艾略特的《荒原》在现代派诗歌时期所具的重要性",是"一座令世人注目的丰碑";《垮掉派与后垮掉派是颓废派,还是疲脱派?》(2007)③也认为"垮掉派"诗人是"开创美国后现代诗歌的急先锋","其影响深远并在美国文学史上占有显著的地位"。马汉广的《金斯堡〈嚎叫〉与后现代意识》(2003)④则主要是从比较的角度探讨"垮掉派"诗歌的后现代性。通过对比分析《嚎叫》与现代主义代表性诗作《荒原》,作者认为,《嚎叫》是"比较充分地表现反传统的后现代意识的代表作品",是反映"后现代审美意识的奠基作"。马汉广还在其专著《西方后现代文学与文化研究》(2007)中进一步细化了这种对比分析,认为《嚎叫》用"现实的荒诞和现代人的醉生梦死"取代了《荒原》"形而上的思考和理性的探索",体现的是"后现代文学的反智性的特征";而且《嚎叫》还通过将那些强调"意义和秩序"的传统文化强行纳入"语言游戏"之中予以颠覆性地呈现,从而形成一种没有"尖锐的对立"的"游戏机制"⑤。李嘉娜的《美国诗歌史语境下的〈嚎叫〉》(2011)⑥先是从美国诗歌史的角度考察了美国后现代派诗歌的总体特征:美国后现代派诗歌"既来自现代派,又超越它",从而呈现出"开放式、宣泄型、自涉甚至着力表现疯狂的非理性、口语、反讽"等特征。作者继而指出,《嚎叫》中的语言有着"某种神秘和诡异"特质,"不容逻辑和理性去一一进行条分缕析",或是"正话反说",或是"反话正说",整个社会都在疯狂,而"精神病院里的病人反而神智正常"。作者认为,《嚎叫》是"后现代的一首诗歌大作",其"作为开启一代开放型诗风的革命性意义"还有待人们加深认识。博士学位论文《金斯伯格与反文化运动》(2020)⑦则以文化批评作为切入点,考察了金斯伯格诗歌对现代主义宏大叙事的消解和颠覆。作者认为,金斯伯格诗歌充分地暴露了这一时期美国

---

① 张子清:《美国学院派诗人及其劲敌》,《求是学刊》1992年第5期。
② 张子清:《读〈金斯伯格诗选〉》,《文艺报》2001年5月8日第4版。
③ 张子清:《垮掉派与后垮掉派是颓废派,还是疲脱派?》,《当代外国文学》2007年第2期。
④ 马汉广:《金斯堡〈嚎叫〉与后现代意识》,《学习与探索》2003年第4期。
⑤ 马汉广:《西方后现代文学与文化研究》,黑龙江大学出版社,2007年版,第124-125页。
⑥ 李嘉娜:《美国诗歌史语境下的〈嚎叫〉》,《国外文学》2011年第3期。
⑦ 李颖娜:《金斯伯格与反文化运动》,黑龙江大学2020年博士学位论文。

的社会危机与文学危机,打破了20世纪初以艾略特为代表的现代主义学院派诗歌的藩篱,完成了一场"深刻而彻底的"从现代主义诗歌到后现代主义诗歌的"诗歌转向"。

其次,论及斯奈德诗歌后现代性特质的研究成果主要有:《二十世纪美国诗歌:从庞德到罗伯特·布莱》(1995)认为,斯奈德的诗集《砌石》(*Riprap*,1959)的主基调很有"后现代主义反文学的倾向"——风格残缺不全,经常使用省略和转喻,结构扭曲,对语言既不耐烦又不信任,这是"一种完全建立在感觉和印象上的诗歌"[①]。《后现代主义视野中的美国当代诗歌》(2005)认为,"打响美国后现代诗第一炮"的是以金斯伯格为首的"垮掉派"诗人[②],只是其对具体的诗歌文本分析显得不够深入。事实上,该书的重点是诗人个案研究,其中第三章从斯奈德的生态哲学、生态焦虑和生态书写三个角度考察他的生态诗学主张,认为斯奈德的生态诗学是"典型的后现代的环境主义哲学"[③],作者进而考察了诗人在其后现代生态诗学指导下独特的生态书写。《加里·斯奈德的诗学研究》的第三章《加里·斯奈德诗歌的后现代维度》也考察了斯奈德诗歌后现代性的一面:首先,斯奈德诗歌具有"反西方的知性、逻辑",呈现"松散的并置结构",其主要功能是"让诗歌自己说话";其次,后现代性"无我"特征在斯奈德诗歌中"处处可见"[④]。

二、国外"垮掉派"诗歌后现代性研究综述

卡林内斯库的名著《现代性的五副面孔》(英文版)出版于1987年,其最后一章《论后现代主义》的最后两节分别谈到文学后现代主义和后现代主义手法及其意义。在《文学后现代主义》这一节中,卡林内斯库认为,美国最早提出并实践了"后现代主义文学"观念:20世纪40年代后期,美国一些具有变革意识的诗人通过提出这一观念表达一种远离以艾略特、学院派以及美国新批评派为主要代表的象征型现代主义潮流的渴望,而"垮掉派"诗歌是这一时期美国后现代诗歌的主要流派;卡林内斯库进而认为,"历史地看,后现代主义的意义'不确定性'(indeterminacy)或'不可决定性'(undecidability)诗学""挑战了现代主义诗学中盛行的象征主义",而"从美国

[①] 彭予:《二十世纪美国诗歌 从庞德到罗伯特·布莱》,河南大学出版社,1995年版,第351页。
[②] 王卓:《后现代主义视野中的美国当代诗歌》,山东文艺出版社,2005年版,第10页。
[③] 王卓:《后现代主义视野中的美国当代诗歌》,山东文艺出版社,2005年版,第103页。
[④] 陈小红:《加里·斯奈德的诗学研究》,中国社会科学出版社,2010年版,第135、139页。

后现代主义诗人们的诗歌无政府主义的角度看",这条"反象征主义"的脉络"可以更加清晰地辨认出来"[1]。然而,遗憾的是,由于卡林内斯库认为后现代主义写作的核心问题"在当代散文中较之在诗歌中被赋予更大的紧迫性"[2],作者此后关于后现代主义文学及其创作手法的论述都集中在小说上面。

事实上,从国外"垮掉派"文学后现代性批评的历史和现状来看,与卡林内斯库过于关注"垮掉派"小说而不是"垮掉派"诗歌相类似,批评对象过于集中在克鲁亚克与巴勒斯的后现代派小说上,而以后现代主义视角来阐释"垮掉派"诗歌的著作并不多见。比较而言,笔者认为詹姆斯·琼斯(James T.Jones)的《墨西哥城布鲁斯地图:诗人克鲁亚克》(*A Map of Mexico City Blues: Jack Kerouac as Poet*, 1992)尤为值得关注。在世人极力关注克鲁亚克小说而忽视其诗歌创作的情势之下,琼斯的这本专著无疑具有开拓性意义。该书第一章以小说家克鲁亚克作为切入点,论证了克鲁亚克的小说创作和诗歌创作之间的互补性与兼容性关系,从而彰显了克鲁亚克诗歌创作的重要价值。其后各章都以克鲁亚克的诗歌代表作《墨西哥城布鲁斯》(*Mexico City Blues*, 1959)为主要文本分析对象,以后现代视角阐释了克鲁亚克诗歌创作所涉及的地域意识、声乐指向、宗教观念、自发性创作和形式创新等诸多方面。作者认为,这部长诗和金斯伯格同年(1955年)开始创作的《嚎叫》都是"美国后现代诗歌中即兴创作的伟大丰碑"[3]。对于克鲁亚克作品的热心读者来说,《墨西哥城布鲁斯》是"一颗被埋没的宝石",而对于后现代文学的爱好者来说,《墨西哥城布鲁斯》又是"一部未曾预料的经典"[4]。克鲁亚克诗歌无疑有其叙事的一面,因为正是诗人将叙事流"物化"为一首首具体可感的诗歌,才能造就《墨西哥城布鲁斯》这一"后现代美学的范本"[5]。作者进而认为,克鲁亚克对后现代诗学的"真正贡献"在于:"强调语言的口语性而不是书面性,强调语言的音乐性而不是其呈现的功

---

[1] (美)马泰·卡林内斯库:《现代性的五副面孔:现代主义、先锋派、颓废、媚俗艺术、后现代主义》,顾爱彬、李瑞华译,商务印书馆,2002年版,第319页。

[2] (美)马泰·卡林内斯库:《现代性的五副面孔:现代主义、先锋派、颓废、媚俗艺术、后现代主义》,顾爱彬、李瑞华译,商务印书馆,2002年版,第320-321页。

[3] James T.Jones.*A Map of Mexico City Blues: Jack Kerouac as Poet*.Carbondale and Edwardsville: Southern Illinois University Press, 1992: 145.

[4] James T.Jones.*A Map of Mexico City Blues: Jack Kerouac as Poet*.Carbondale and Edwardsville: Southern Illinois University Press, 1992: 21.

[5] James T.Jones.*A Map of Mexico City Blues: Jack Kerouac as Poet*.Carbondale and Edwardsville: Southern Illinois University Press, 1992: 20.

能性,强调符号而不是象征"①。

此外,以下三项成果也明确地以后现代性视角对"垮掉派"诗歌进行了程度不一的解读。

埃里克·莫滕森(Erik Mortenson)的《捕获垮掉之瞬间:文化政治和存在诗学》(Capturing the Beat Moment: Cultural Politics and the Poetics of Presence, 2011)认为,作为一种"存在诗学"(poetics of presence),"垮掉派"文学属于"早期后现代主义"文学流派;作者力图证明"垮掉派"作家的"自发性"(spontaneity)与"即兴"(improvisation)创作理念是一种具有后现代性意义的"存在诗学",同时,作者也指出,由于"垮掉派"作家探求"个人意识"和"普遍价值",他们也有着坚守现代主义传统的一面。②不过,相较于文学阐释,莫滕森更多的是基于文化语境来解读"垮掉派"文学的突破与坚守,而且,作者的分析文本主要聚焦于"垮掉派"小说和"垮掉派"主要成员之间的书信,诗歌方面的文本分析则稍显单薄。

普勒斯顿·威利(Preston Whaley, Jr.)的专著《号角嘹亮:美国文化转型中的"垮掉派"写作、爵士乐、风格与市场》(Blows Like a Horn: Beat Writing, Jazz, Style, and Markets in the Transformation of U.S. Culture, 2004)联系爵士乐在美国的变革之路,考察了"垮掉派"作品"反叛并融入"美国现代主义思潮的过程与意义:正如爵士乐在不断演化并融入现代爵士乐的过程中,波普爵士乐通过"不断地挑战传统爵士乐的音乐、语言以及体制结构"从而"重新定义爵士乐与爵士乐手"一样,"垮掉派"作家在融入美国文学主潮的过程中也以"个性化的微妙方式"呈现他们的"社会、种族以及性意识差异",从而重塑了美国文学的"审美和叙事标准"③。威利还阐释了克鲁亚克与金斯伯格作品中所呈现的"身处战后余波以及急剧膨胀的消费主义社会中的中产-工人阶级"的"碎片化主体性"的后现代性特质。④同莫滕森的专著类似的是,威利的著作也属于一种文化阐释,文本分析的对象也主要是"垮掉派"小说。

---

① James T. Jones. *A Map of Mexico City Blues: Jack Kerouac as Poet*. Carbondale and Edwardsville: Southern Illinois University Press, 1992:25.
② Erik Mortenson. *Capturing the Beat Moment: Cultural Politics and the Poetics of Presence*. Carbondale and Edwardsville: Southern Illinois University Press, 2011:1.
③ Preston Whaley, Jr.. *Blows Like a Horn: Beat Writing, Jazz, Style, and Markets in the Transformation of U.S. Culture*. Cambridge and London: Harvard University Press, 2004:2.
④ Preston Whaley, Jr.. *Blows Like a Horn: Beat Writing, Jazz, Style, and Markets in the Transformation of U.S. Culture*. Cambridge and London: Harvard University Press, 2004:53.

托尼·特里吉利奥（Tony Trigilio）的论文《"你可以不要再念诵曼特罗吗？"：金斯伯格后期诗歌中的体验诗学》（2004）①则主要借助金斯伯格后期诗歌具体文本分析，论述了金斯伯格诗歌中的佛禅理念、后现代主义创作模式以及人文主义传统之间的平衡关系。作者认为，在金斯伯格后期作品当中，"为了突显某种'在'与'不在'主体间性"，诗人在"借鉴后现代性的先锋创作模式"的同时，也保有着某种"传统性的人文主义"。在作者看来，金斯伯格一生都在通过诗歌创作"不断努力地将佛禅理念融入主体性的真实语言建构之中"。作为一名佛禅理念"严肃的学习者与践行者"，金斯伯格沿着"当代后现代主义口语体诗歌路线"，继续"以不确定性的语言形式"来揭示"口语本体论"之下的某种"确定性"。紧密结合具体而微的诗歌文本分析，该文一方面重点阐释了金斯伯格诗歌先锋的后现代创作模式，另一方面也注意到这些诗歌对"传统性的人文主义"的坚守，这种论证方式对本书具有重要的借鉴意义。

另外，需要进一步说明的是，21世纪以来，本着文学多元化与差异性批评原则考察"垮掉派"文学中性别政治、同性恋、阶级与种族意识等元素的成果开始增多。凯里·尼尔森（Cary Nelson）的专著《革命记忆：重拾美国左翼诗歌传统》（*Revolutionary Memory*: *Recovering the Poetry of the American Left*，2001）②借助梳理20世纪美国左翼诗歌中的革命传统，来批判美国现当代文学与文化中的"深层文化失忆症"（deep cultural amnesia）现象，因为这种失忆症试图抹除美国民众集体记忆中关于20世纪30年代的激进与抗争的历史过往。托德·铁岑（Todd F. Tietchen）的专著《古巴对话：哈瓦那革命中的"垮掉派"作家》（*The Cubalogues*: *Beat Writers in Revolutionary Havana*，2010）论述了"垮掉派"作家如何通过"嬉戏"（playfulness）书写积极介入政治背反运动之中，从而对美国自由主义者为配合麦卡锡主义者所谓的"维护国家安全"目标而采取各种"反对'共产主义'或'极权主义'"的反动措施构成了巨大的挑战姿态。③凯瑟琳·戴维斯（Catherine A. Davies）的专著《"'酷儿'④的全力以赴"：20世纪美国同性恋叙事诗》（2013）围绕包括沃尔特·惠特曼（Walt Whitman）和金斯伯格在内的四位男同性恋诗人，考察了美国20世纪诗歌中的同性恋叙事传统。其第三章通过金斯伯格对麦卡锡

---

① Tony Trigilio. "'Will You Please Stop Playing with the Mantra？'：The Embodied Poetics of Ginsberg's Later Career." *Reconstructing the Beats*. Ed. Jennie Skerl. New York：Palgrave Macmillan，2004：186-202.
② Cary Nelson. *Revolutionary Memory*：*Recovering the Poetry of the American Left*. New York：Routledge，2001.
③ Todd F. Tietchen. *The Cubalogues*：*Beat Writers in Revolutionary Havana*. Gainesville：University Press of Florida，2010：8.
④ 酷儿即"queer"，在俚语中指同性恋。

主义和冷战文化所主导的美国主流社会意识形态的"酷儿"(Queer)式反驳,再现了美国当代诗歌中公共与私人之间的动态关系。凯瑟琳·戴维斯将同性恋看作金斯伯格"挑战英美传统形式的催化剂"[①],是金斯伯格诗歌"力求捕捉美国当代文化革命与性革命的精神所在"[②],这对本书有着重要的启发意义。

著名的剑桥文学指南系列丛书于2017年出版的《"垮掉派"剑桥指南》(*The Cambridge Companion to the Beats*)[③]可以算得上是近年来"垮掉派"文学批评最为全面的一次成果展示。该书主要围绕克鲁亚克、金斯伯格与巴勒斯三位"垮掉派"经典作家的作品,从"垮掉的一代"的定义、性、性别政治、种族意识、佛教禅宗、爵士乐、视觉文化、"垮掉派"美学等视角对垮掉派文学与文化运动进行了全面而深刻的集中解读。尤为值得重视的是,玛丽亚·达蒙(Maria Damon)、波琳娜·麦凯(Polina Mackay)、罗娜·约翰逊(Ronna Johnson)与罗伯特·李(Robert Lee)四位作者的文章分别从反文本、同性恋、性别政治和种族意识等角度,考察了"垮掉派"作家及其作品中的非白人盎格鲁-撒克逊新教教徒少数族裔群体的"越轨"言行对信守婚姻或异性恋等主流社会盎格鲁一致性价值观的冲击。其中,约翰逊的论文《"垮掉派"与性别》("The Beats and Gender")联系詹明信关于二战后由现代主义异化转变为后现代主义碎片化的文学与文化演化过程的相关论述,详细考察了"垮掉的一代"中的性别命题:"二战之后,由于价值标准的转化,两性以及同性之间的性角色、性别以及性建构的边界不断受到侵蚀,已经变得极为模糊,具有极大的不确定性"[④]。约翰逊还结合"酷儿"理论对"垮掉派"作品中不确定的性别意识进行了深入解读。可以说,《"垮掉派"剑桥指南》表明,批评界越来越重视"垮掉派"批评的多元化倾向。"垮掉派"作品中的性别意识与政治、种族意识、佛教禅宗、爵士乐、视觉文化等要素或将成为国内外学者极为重视的关注焦点。

从本节较为详细的文献梳理来看,从20世纪50年代末到80年代,"垮掉派"诗歌受到中国主流话语体系的严厉批判,但或许正是这些批判与否定才使得同样处于边缘位置的"第三代"诗人更为真切地感受到"垮掉派"

---

① Catherine A.Davies."*Putting My Queer Shoulder to the Wheel*":*America's Homosexual Epics in the Twentieth Century*.Ann Arbor:ProQuest LLC,2013:16.

② Catherine A.Davies."*Putting My Queer Shoulder to the Wheel*":*America's Homosexual Epics in the Twentieth Century*.Ann Arbor:ProQuest LLC,2013:106.

③ Steven Belletto.*The Cambridge Companion to the Beats*.Cambridge: Cambridge University Press,2017.

④ Ronna C.Johnson."The Beats and Gender." In *The Cambridge Companion to the Beats*. Ed. Steven Belletto. Cambridge: Cambridge University Press,2017:164.

诗歌后现代性反叛精神所带来的强烈共鸣。而从20世纪80年代末以来，虽然国内"垮掉派"诗歌的后现代性批评实践已有不小规模，论述角度也具有多样性，但囿于第一手材料较为缺乏，许多研究者只是进行简单指认，缺少较为详尽的文本分析和严密的论证。然而，立论依据如若不足，结论也必然显得缺乏足够的说服力。国外对于"垮掉派"作品的后现代性批评主要关注的是"垮掉派"小说，而在有限的"垮掉派"诗歌后现代性批评著作中，其论述又过于注重语言与逻辑结构，与"垮掉派"诗歌所发生发展的麦卡锡主义和冷战文化这一时代语境的联系不够紧密，导致细致而深入的文本分析偏少，对于"垮掉派"诗歌的后现代性特质挖掘也不够集中与深入。可以说，"垮掉派"诗歌后现代性研究仍有巨大的阐释空间。

第二节 "第三代"诗歌后现代性研究综述

思潮意义上的现代主义和后现代主义在西方经历了一个历时性的演进过程，但对于20世纪80年代的中国学术界而言，它们却似乎是一种共时性的文化存在，后现代性作品大多被视为现代主义，当然，这与国际上将后现代主义视为现代主义的继承与发展的观点也有着莫大的关联。因此，中国后现代主义文学批评显得较为滞后，及至1984年在美国打响后现代主义"第一炮"[①]的"垮掉派"诗人金斯伯格与斯奈德随美国代表团访问中国和1985年美国学者詹明信第一次在北京大学较为系统地阐述后现代主义之时，后现代主义文学批评在中国批评界仍然反响不大，这似乎说明后现代主义作为一种理论在中国发生发展的文化土壤尚未成熟。然而，后现代主义理论阐释和批评的相对滞后，并不足以说明中国没有后现代主义文学创作实践。按文学发展的一般规律来说，总是先有大量的文学创作实践，然后才有相应的理论阐释和批评总结。正如有论者所言，不论东方还是西方，后现代主义从来"都不是哲学家或新潮批评家强加给社会的观念，而是从社会的经济生活中必然生长出来的社会意识"[②]。

事实上，当人们20世纪80年代还在就现代派文学问题争论不休之时，后现代主义思潮已然随着"现代派"浪潮悄然进入中国。而在进入20世纪

[①] 张子清：《美国学院派诗人及其劲敌》，《求是学刊》1992年第5期；王卓：《后现代主义视野中的美国当代诗歌》，山东文艺出版社，2005年版，第10页。
[②] 阎真：《百年文学与后现代主义》，湖南教育出版社，2003年版，第158页。

90年代之后,"伴随全球化步伐的加快,中国日益融入世界经济体系之中,作为西方后工业时代文化表征的后现代主义文化思想问题,也不同程度地出现在中国大地,成为我们必须面对和解决的时代议题"①。及至21世纪,全球化已经成为现实,科技飞速发展,电脑互联网迅速普及,后现代文化已充斥到中国的各个角落,因此,我们"不再处于批判与申辩、斥责或赞颂、犹豫与彷徨的状态,而是实实在在地进入了一个后现代的话语空间"②。不过,在后现代主义逐渐成为中国难以否认的社会现实的同时,"在第三代诗人的诗论文章以及众多中国当代诗史的学术论著,如洪子诚、刘登翰合著的《中国当代新诗史》以及程光炜的《中国当代诗歌史》等书之中,后现代主义并没有得到应有的关注或讨论,形同隐匿",究其原因,就在于当代文学史主要是"以诗歌群落和思潮流派的兴替"作为"先锋诗歌的主要分期依据",从而"刻意忽视第三代诗歌所蕴含的后现代特质"③。

"隐匿"说自有其合理的逻辑线索和依据。而且,20世纪90年代初期以来,随着后现代主义理论被越来越多地用来阐释各种文学与文化实践,后现代主义俨然成了20世纪90年代中国批评界的"权威话语"。只不过,文学方面的后现代主义批评对象常常只限于先锋小说,迟至2012年宋伟在《当代社会转型中的文学理论热点问题》中以专章对后现代主义所做的多方梳理、检视和评价之中,仍找不到有关后现代诗歌批评的只言片语,这不免让人产生疑惑:难道中国后现代主义只存在于小说中,而与诗歌无关乎?

事实上,从"具有消解'圣词'的后现代主义意味"④的《有关大雁塔》(1982)开始,"第三代"诗人后现代美学转向的进程便已然开启。到了1983年,已有于坚的《罗家生》(1982)、《送朱小羊赴新疆》(1983)和韩东的《你见过大海》(1983)等不少中国式的后现代性诗歌文本出现。及至1985年,"第三代"诗歌基本上弃置了朦胧诗那种强调意象化的隐喻象征型诗歌创作原则,并进而逐渐形成自身独特的后现代美学原则。朦胧诗潮的亲历者与支持者徐敬亚也早在1988年就撰文指出,从1985年开始,中国的现代诗分为"以'整体主义'、'新传统主义'为代表的'汉诗'倾向和以'非非主

---

① 宋伟:《当代社会转型中的文学理论热点问题》,文化艺术出版社,2012年版,第237页。
② 宋伟:《当代社会转型中的文学理论热点问题》,文化艺术出版社,2012年版,第239页。
③ 陈大为:《被隐匿的后现代——论中国当代诗史的理论防线》,《安徽大学学报》(哲学社会科学版)2010年第4期。
④ 陈超:《二十世纪中国探索诗鉴赏》(下),河北人民出版社,1999年版,第892页。

义'、'他们'为代表的后现代主义倾向",前者"成功尚小",后者是"比朦胧诗群庞大得多的阵容",使人感到中国现代诗的"巨大潜在力",将成为现代诗主流的"标志"。①诗人郑敏在1989年也曾指出,"第三代"诗人"在1984—1985年已显示出它的后现代主义的锋芒","明确地反理性中心论、反逻辑中心论、反艺术美、追求艺术丑,还常有禅宗意识";他们"吸取了垮派的反理性中心论、反文化中心论,诅咒典雅,追求禅境","用最粗的语言写诗以打击文化阶层的重礼仪和唯知识",而四川的"莽汉主义"诗歌就"属于这种类型"②。

  20世纪90年代以来,稍加梳理,我们也不难发现"第三代"诗歌后现代批评其实已然为数不少,各类诗歌史或者文学史中也有相关的指认与简要分析。先来看诗歌/文学史类著作:《二十世纪中国文学史》(1997)中认为,"新生代的出现标志着诗歌美学观念与方法在新时期的第二次变革,它或许可以视为'后现代主义'文化与艺术思潮的一次初步的冲击与尝试"③。《中国当代新诗潮论》(1998)中认为,早在1984年小说界的文化寻根创作活动最热火朝天的时候,韩东和"他们"诗群的"创作意向中早就具备了后现代主义文学中解构精英文化的先锋意识"④;"他们""莽汉主义"和"非非主义"的反叛姿态和行为倾向都"表征了第三代诗歌与后现代主义文化发生了不解之缘",是"三个最能体现当代诗歌艺术范式从朦胧诗的现代主义向第三代诗的后现代主义转型的诗歌流派"⑤。其后,《中国现代文学史:1917—1997》(下册)(1999)中一方面说"不能否定'后新诗潮'思潮所具有的探索性及其意义",另一方面则大力指责这一思潮是"在不全面考察中国和西方的历史、现实和艺术传统的情况下,把西方的后现代主义哲学思潮和文化、文学思潮搬用过来并视为圭臬","把数千年积淀下来的民族文化心理、道德理想和艺术审美追求不加分析地作为反叛对象"⑥,这类否定性批评恰恰从反面证明了中国后现代诗歌存在之事实。《中国当代诗歌艺术演变史》(2000)中则将"非非主义"诗歌、"莽汉主义"诗歌、"他们"诗派等

---

① 徐敬亚:《前言一:历史将收割一切》,见《中国现代主义诗群大观1986—1988》,徐敬亚、孟浪等编,同济大学出版社,1988年版,前言第3页。
② 郑敏:《回顾中国现代主义新诗的发展,并谈当前先锋派新诗创作》,《现代世界诗坛》1989年第2辑;参见《郑敏文集·文论卷》(中),北京师范大学出版社,2012年版,第416页。
③ 孔范今主编:《二十世纪中国文学史》(下),山东文艺出版社,1997年版,第1450页。
④ 梁云:《中国当代新诗潮论》,春风文艺出版社,1998年版,第98页。
⑤ 梁云:《中国当代新诗潮论》,春风文艺出版社,1998年版,第112页。
⑥ 朱栋霖、丁帆、朱晓进:《中国现代文学史:1917—1997》(下),高等教育出版社,1999年版,第200-201页。

"第三代"诗歌流派定义为"后现代主义诗群";"第三代"诗歌显示了不同于朦胧诗的美学品格,即"反英雄""反崇高"的价值观念和"反意象""反优雅"的艺术观念。①《中国当代文学史》(2003)中也颇为肯定地指出,20世纪80年代末文学中盛行的"零度写作"和"冷抒情"手法韩东"早在80年代最初几年就已使用",尤其是《有关大雁塔》已经"成为后现代诗歌在叙述方式上的一个范式"。②以"反叛"为线索梳理了朦胧诗之后的当代诗歌史流变,《朦胧诗后先锋诗歌研究》(2005)认为,包括"第三代"诗歌在内的"朦胧诗后先锋诗歌已经进入后现代主义时代"③,由"他们"诗派和"非非主义"诗派等"第三代"诗人掀起的"一股解构主义浪潮","以无深度的语义狂欢和带后现代色彩的消遣式形式操作",使得"现代主义的艺术秩序分崩离析"④。与此同时,作者也指出,由于中国后现代主义诗歌"崛起于文化和心理语境都准备不足的市场经济和前工业社会",而且还受到"民族文化心理机制中的理性实践精神"的"制约","第三代"诗人"很难认可西方后现代主义的价值虚无",也很难做到"彻底的情感冷漠"。⑤在肯定西方后现代主义理论对"第三代"诗歌进行解构性书写具有重要影响力的同时,该书也尤为重视中国具体的社会语境以及中华民族文化传统对"第三代"诗歌背反书写的制约与纠偏作用。观点切中肯綮,对笔者具有很大的启发意义。

其次,以后现代主义为主要批评视角的专著主要有:《诗的哗变——第三代诗面面观》(1994)对"第三代"诗歌的"文化、哲学、语言、生命、思维、美学,直至具体的艺术手法都逐一涉及",是当时"中国大陆关于后现代主义诗歌最具规模的专著"。⑥作者认为,后现代主义思潮是"第三代"诗歌发生发展的重要外部因素,是其生长的"高效催化剂"⑦;"第三代"诗人往往会在创作中运用"客观主义的不变形思维"以及一些相应的具体手段,如冷抒情、叙事性、非意象、非修辞,这使得"第三代"诗歌的"后现代特征显得更为突出"⑧。作者还看到了"莽汉主义"诗歌与金斯伯格诗歌具有精神上的相似性,认为"莽汉主义"诗歌可以看作金斯伯格的"虚无主义嘲骂、玩世对抗

---

① 李新宇:《中国当代诗歌艺术演变史》,浙江大学出版社,2000年版,第284页。
② 田中阳:《中国当代文学史》,湖南师范大学出版社,2003年版,第417页。
③ 罗振亚:《朦胧诗后先锋诗歌研究》,中国社会科学出版社,2005年版,第22页。
④ 罗振亚:《朦胧诗后先锋诗歌研究》,中国社会科学出版社,2005年版,第211页。
⑤ 罗振亚:《朦胧诗后先锋诗歌研究》,中国社会科学出版社,2005年版,第23页。
⑥ 陈仲义:《诗的哗变——第三代诗面面观》,鹭江出版社,1994年版,序言第2页。
⑦ 陈仲义:《诗的哗变——第三代诗面面观》,鹭江出版社,1994年版,第41页。
⑧ 陈仲义:《诗的哗变——第三代诗面面观》,鹭江出版社,1994年版,第136-137页。

方式"在中国西部的"一次辽远的回声"。①当然,作者远非一味认同后现代主义,还把其比作是"骷髅地",而"第三代"诗歌最终所要解决的问题是如何穿过骷髅之地,克服"文化迷失""生命迷失""语言迷失"和"价值迷失"等弊端,"既不拘于本土文化的固守","又不忽略民族传统的现代化","勇于开拓,走出自己既不同于古典又不同于西方的崭新的艺术之路"。②该书是大陆第一部"第三代"诗歌后现代批评专著,具有重要的参考价值。《诗:激情与策略——后现代主义与当代诗歌》(1996)认为以"否定诗美""拒绝诗意""拒绝诗情"为主要特征的"第三代"诗歌在1986年"现代诗群体大展"上的"集体亮相"显示了某种"后现代"氛围。③《秩序的生长——"后朦胧诗"文化诗学研究》(2002)主要从后现代性的视角切入"后朦胧诗",因为这些诗歌尤其是"第三代"诗歌与后现代主义文化之间的关系是一个"无法逾越的话题","已经在许多方面均表现出充足的'后现代性'":首先,"主体的位置发生了严重的置移",不再有现代主义"中心化的主体",相反,"第三代"诗人普遍以一种"世界的局外人"视角,异常冷静客观地平视当下的世俗生活。其次,"第三代"诗歌拒绝现代主义惯用的隐喻性象征手法,追求"口语化"的诗歌语言,倡导有极其鲜明的"现象还原"特色的"不变形诗",具有强烈的言语"狂欢"和"游戏"精神。④值得注意的是,与多数国内"第三代"诗歌后现代批评不同,该书不仅有对后现代理论的检视与相应的论断,还结合大量的"第三代"诗歌文本分析对相关论断予以阐释与论证,有着重要的学术价值。

而以比较或文化批评的角度切入的著作主要有:《生命诗学论稿》(1994)一方面认为周伦佑是"我们这个时代少数的精英之一",另一方面又认为周伦佑相比"早期北岛们的集团愿望更多是建立在普通、朴素的人道主义立场","更敏感于全球一体化的后现代的文化迁徙大势"。⑤《二十世纪中国探索诗鉴赏》(下册)(1999)将《有关大雁塔》视为"具有消解'圣词'的后现代主义意味"的"第三代"诗歌"写作'宪章'"。⑥《百年文学与后现代主义》(2003)以后现代主义文学批评为主线,将百年中国文学置于世界文

---

① 陈仲义:《诗的哗变——第三代诗面面观》,鹭江出版社,1994年版,第21页。
② 陈仲义:《诗的哗变——第三代诗面面观》,鹭江出版社,1994年版,第225页。
③ 刘纳:《诗:激情与策略——后现代主义与当代诗歌》,中国社会出版社,1996年版,第37-59页。
④ 陈旭光、谭五昌:《秩序的生长——"后朦胧诗"文化诗学研究》,陕西人民教育出版社,2002年版,第39-45页。
⑤ 陈超:《生命诗学论稿》,河北教育出版社,1994年版,第275-277页。
⑥ 陈超:《二十世纪中国探索诗鉴赏》(下),河北人民出版社,1999年版,第892页。

学大背景之下,分为"荒诞""变形""解构""狂欢""文本"等五个专题进行历时性的探讨。值得肯定的是,作者没有将文学文本作为阐释理论的"试验场",相反,作者坚持认为,后现代主义"不是哲学家或新潮批评家强加给社会的观念,而是从社会的经济生活中必然生长出来的社会意识";另一方面,在具体考察中西后现代主义文本特征时,作者注重回到各自具体的社会历史背景中,求同存异。比如,第三章《解构:世纪之交的文化景观》一方面认为"不论在西方或是在中国,解构哲学都有着其相似的社会背景,这就是在市场背景下生长出来的怀疑主义和虚无主义";同时认为,"由于中西社会背景又有着巨大差异,后现代的解构哲学具体展开,其质疑和否定的对象,又是有着很大的现实差异的"。[①]其中,作者对"第三代"诗歌"拒绝崇高"与"亵渎崇高"等解构性特质的分析紧扣20世纪80年代中国独特的历史社会语境,颇有说服力。专题论文集《西方话语与中国新诗现代化》(2012)认为,"没有西方话语的冲击和影响作为解构力量,真正意义上的现代性诗歌的建构就面临着巨大困难"[②];其中的《消解与重构》部分以后现代主义解构哲学为切入点,通过文本细读方法,分别从"消解道德:回归本真生命""消解本质:回归本原事物""消解中心:回归语言本体"三个方面对"第三代"诗歌后现代性特征进行阐释。同时,作者也注意到了后现代主义理论在中国特定语境下的效度问题。

最后从论文方面来看:早在1986年10月15日,香港《大拇指》杂志就发表了林迥的专题评论文章《非非主义与后现代主义》。该文全面地介绍了"非非主义"诗人的理论主张和创作实践,并进而指出:"一种适合中国社会境状的新诗潮——极可能是企图超越现代主义的诗潮,已经在不同层面酝酿着一个新秩序的雏形。"[③]

20世纪90年代以来,考察"第三代"诗歌后现代性特征的论文激增。从文化批评的视角来立论的论文主要有:《中国第三代诗歌后现代倾向的观察》(1994)[④]认为,"第三代"诗歌总体上所呈现出的表现"回归诗歌和生命本体的自觉意识"的反文化倾向与20世纪60年代美国反文化的后现代思潮有某些相同之处。作者进而指出"第三代"诗歌的两种基本走向:"揭

[①] 阎真:《百年文学与后现代主义》,湖南教育出版社,2003年版,第159-160页。
[②] 赵小琪:《西方话语与中国新诗现代化》,中国社会科学出版社,2012年版,第1页。
[③] 周伦佑:《前非非写作时期(1986-1988)》,见《悬空的圣殿——非非主义二十年图志史》,西藏人民出版社,2006年版,第134页。
[④] 孙基林:《中国第三代诗歌后现代倾向的观察》,《文史哲》1994年第2期。

示或呈现存在的后现代倾向与文化或符号解构的后现代倾向"。"第三代"诗歌力图通过大量的"解构式艺术实验"消解传统文化与现代主义诗歌所强调的"系统和深度"的整体性和统一性,使诗歌呈现出"多义性和不确定性"等后现代特征。《中国后现代主义:新贵的奢侈》(1995)[1]认为,"从言语的表述看,《0档案》的粗陋、低俗体现了后现代主义的艺术风格,但它仍表述了对人的终极价值的关怀",让读者"感受到对生命本原的渴望以及对'人'的真挚的爱"。《宣布西方中心话语权力无效》(1999)认为,"在创作方面,国内最早,也是最具本土性的后现代主义文本是80年代中期出现的'非非主义'理论和诗歌,以及'莽汉主义'诗歌、'他们'诗派诗歌"[2]。《"非非主义"反文化游戏及其价值重估》(2007)[3]认为,不少"非非主义"诗歌文本只剩下"文字的自由方块运动",沉溺于语言拆解的游戏,"无师自通地禀承和呼应了作为当代世界性文化思潮的后现代主义";"非非主义"诗歌"以解构的姿态宣布传统形而上学话语在今天的失效",使"正统之流的意识形态失控于它","以迥异于传统的语言策略消解以往诗歌既成范式";"非非主义"诗歌那些"体类混杂的实验性文本正是后现代主义文学的'无体裁写作'"。《"第三代诗人"的文化认同与诗歌观念》(2008)[4]认为,作为"玩世不恭、孤独的个体","第三代"诗人"反英雄、反崇高、反文化",追求"一种后现代主义的偏离和差异写作方式,凸现能指的独立性和不确定性"。《80年代诗歌运动中的非非主义》(2011)[5]认定"非非主义"是"最符合80年代诗歌精神的诗歌流派",代表着"中国现代主义诗歌、现代主义转向后现代主义阶段诗歌的某种高度和难度"。《后现代主义的本土转化与"非非主义"的诗学变构》(2017)[6]则认为,"非非主义"诗歌以"反传统、反文化的激进姿态"促成"传统文化的现代复活",从而"有力推进了后现代诗学的东方建构"。具体而言,"前非非主义"诗歌虽然深受西方后现代性理论的启发,有着强烈的解构意愿,但与中国佛教与道家等传统文化以及具体而微的地域文化有着深层次的呼应;"后非非主义"诗歌则从解构走向重建,将儒家的入世精神、"五四"现代人本主义思想以及朦胧诗的英雄主义情结化合为以

---

[1] 赵成孝:《中国后现代主义:新贵的奢侈》,《青海师范大学学报》(社会科学版)1995年第2期。
[2] 周伦佑:《反价值时代——对当代文学观念的价值解构》,四川人民出版社,1999年版,第352页。
[3] 胡安定、肖伟胜:《"非非主义"反文化游戏及其价值重估》,《社会科学研究》2007年第6期。
[4] 刘忠:《"第三代诗人"的文化认同与诗歌观念》,《社会科学研究》2008年第4期。
[5] 董辑:《80年代诗歌运动中的非非主义》,《扬子江评论》2011年第1期。
[6] 白杰:《后现代主义的本土转化与"非非主义"的诗学变构》,《烟台大学学报》(哲学社会科学版)2017年第3期。

重建东方诗学精神为己任的"红色写作"。该文从后现代性解构策略、对传统文化的内在持守以及中国式的后现代性诗学建构这三项看似对立、实则统一的要素来解读"非非主义"诗歌,具有重要的诗学批评价值。

从比较视角来立论的论文主要有:《第三代诗与第三代诗人》(1994)认为,后现代诗歌写作在西方的主要策略是"消解中心、拆除深度,本土化、口语化和对日常生活经验的重视",而"第三代"诗歌则主要表现为"非崇高""非文化""非修辞"以及某种"神秘主义"倾向,[1]而且"非崇高、非文化、非修辞(包括非意象)必然使'第三代诗'具有某种程度的非诗、非艺术倾向"[2]。张大为的《后现代面孔下的现代性变革——论80年代先锋诗歌观念的演进》(2006)[3]和《从"后现代"到"古典"——中国当代后现代主义诗歌观念的演变》(2007)[4]论证了同一个观点:"第三代"诗歌在20世纪80年代所进行的艺术变革"往往以颇为张扬的后现代的颠覆与解构姿态始,而以回归到'艺术本身'与'艺术自律'的'拯救'理想终",因而,"第三代"诗人的诗歌观念"在社会历史的现实语境的规约下,不得不成为后现代观念的现代性投影"。前者从"民间"立场、文化批判与"语言诗学""行为主义"诗学三个方面分别论证了"他们"诗群、"非非主义"诗歌和"莽汉主义"诗歌所进行的现代性诗学观念的变革:"他们"诗群"在现代性与后现代性的之间取得的平衡"是一种"现实—历史与观念之间的平衡",而"非非主义"与"莽汉主义"诗歌分别从"两种对立的、然而同样是非历史化的极至上发挥了后现代性的某些可能性"。后者进一步指出,20世纪90年代以后,由于那种激进的后现代性拆解与清理已没有多大的现实意义与针对性,"更为迫切的任务已经是价值寻索、价值认同"。《有关"大雁塔"的命名或续完》(2013)[5]则考察了由杨炼的《大雁塔》和韩东的《有关大雁塔》所代表的朦胧诗与"第三代"诗歌之间迥异的命名模式和雅俗文学之间的"美学鸿沟"。作者认为,《有关大雁塔》体现了韩东的美学转向,此后,韩东"逐步展开了一连串隐含后现代意味的先锋实验","放弃了意象的营构,以日常口语入诗,企图以平易、自然、亲切的口语承载生命的情感重量"。

---

[1] 周伦佑:《亵渎中的第三朵语言花——后现代主义诗歌》,敦煌文艺出版社,1994年版,序言第1页。
[2] 周伦佑:《亵渎中的第三朵语言花——后现代主义诗歌》,敦煌文艺出版社,1994年版,序言第6页。
[3] 张大为:《后现代面孔下的现代性变革——论80年代先锋诗歌观念的演进》,《理论与创作》2006年第1期。
[4] 张大为:《从"后现代"到"古典"——中国当代后现代主义诗歌观念的演变》,《烟台大学学报》(哲学社会科学版)2007年第2期。
[5] 陈大为:《有关"大雁塔"的命名或续完》,《华文文学》2013年第5期。

考察"第三代"诗人创作个体的论文主要有:《异端的诗学——周伦佑的诗歌理论解读》(2004)[1]认为,周伦佑"通过变构(不断的否定、解构)来完成诗歌的创新、转型",这种诗歌发展观和创作观"与西方的后现代主义理论之间不乏相通之处"。《纷繁样貌中的殊相——两岸后现代诗人之采样比照》(2006)[2]将《0档案》认定为"后现代诗文本";在深层次上,《0档案》构成一种"总体性"的"象喻",影射了"专制下生命无端的瓦解";据此,作者进而强调,"后现代仍拥有许多种深度模式,绝非人们所指摘的平面浅薄"。文章还认为于坚的另一首长诗《飞行》"在时空切换、意识流动、并置拼贴、杂语事像流转上,也掺入一些后现代元素"。《韩东——精神肖像和潜对话之二》(2008)[3]认为,韩东诗歌"慵倦、枯淡","在平静的外表下潜藏着个人化的生活态度,在文字直接性中表述了阴沉的绝望感,具有某种意义上的后现代主义特征";韩东深入地表现了既没有"精神历史"从而也不存在什么"幻灭"的"麻木的一代的生命状态",因而,最终展示的是"生存的无意义"。

其他重要论文还有:《"第三代诗歌"与"后现代主义"》(1994)[4]认为"第三代"诗歌处于后现代主义全球化思潮的历史境遇当中,"非非主义"诗歌、"莽汉主义"诗歌和"他们"诗派是"最能体现当代诗歌艺术范式从'朦胧诗'的'现代主义'向'第三代诗歌'的'后现代主义'转型的诗歌流派"。随后,结合具体诗歌文本,作者分析了"第三代"诗歌对主体精神的消解、现象还原、"言语狂欢与游戏"等特点,揭示了"第三代"诗歌在思想倾向和创作手法上的一些后现代性特性。《被隐匿的后现代——论中国当代诗史的理论防线》(2010)[5]认为,从20世纪80年代中期开始,后现代主义逐渐成为中国学界的"显学",可是,在"第三代"诗人的诗论文章以及一些主流中国当代诗史中,后现代主义并没有得到"应有的关注或讨论",因此,中国当代诗史的"后现代时期"依然有"相当可观的诠释空间"。《新历史主义视阈下的第三代诗歌》(2010)[6]从新历史主义的视角解读"第三代"诗歌(主要是"他们"诗群、"非非主义"诗歌、"莽汉主义"诗歌)文本的后现代性特质。作者认为,"第三代"诗人打破"历时逻辑的时间结构"以便追求一种"丧失了历史

---

[1] 吕周聚:《异端的诗学——周伦佑的诗歌理论解读》,《诗探索》2004年秋冬卷。
[2] 陈仲义:《纷繁样貌中的殊相——两岸后现代诗人之采样比照》,《楚雄师范学院学报》2006年第8期。
[3] 陈超:《韩东——精神肖像和潜对话之二》,《诗潮》2008年第2期。
[4] 陈旭光:《"第三代诗歌"与"后现代主义"》,《当代作家评论》1994年第1期。
[5] 陈大为:《被隐匿的后现代——论中国当代诗史的理论防线》,《安徽大学学报》(哲学社会科学版)2010年第4期。
[6] 陶富:《新历史主义视阈下的第三代诗歌》,兰州大学2010年硕士学位论文。

感的后现代时间"。当然,"历史感的丧失不是被动的",而是"第三代"诗人"主动拒绝的",在实现他们"个人化的历史叙事"的同时也完成了"对宏大叙事的拆解"。

由此,在当今这样一个文学批评多元化的时代,这一系列对"第三代"诗歌后现代特性的指认与论证理应受到重视,特别是在许多"第三代"诗人本人因为各种原因极力撇清与后现代主义的关系的背景之下。①毕竟,文本的创作要受到当时历史、社会、人文等诸多方面的影响,诗人本人刻意否定并不足为凭,况且他们的主观评价很多时候也会发生变化②。最后,让我们回到"隐匿说"中谈及的诗评家程光炜。其实,程光炜早在1990年出版的《朦胧诗实验诗艺术论》中就曾对"第三代"诗歌进行过极富启发性的文本分析,已然指出"第三代"诗歌的后现代性特质。《尚义街六号》《有关大雁塔》与《冷风景》"程度不同地表现出反文化的激烈态度",其具体表现是:"以平民的、反讽的日常态度反对英雄化、崇高化和贵族化的精神倾向;以强调生命体验的口语化,反对朦胧诗的意象化;以冷抒情,客观还原,反对浪漫主义的抒情模式;以非修辞反对修辞化语言传统"③。相比之下,程光炜的《中国当代诗歌史》(2003)却"并没有特别标示或凸显出后现代主义的影响",即使面对"最具后现代特质"的《有关大雁塔》,也"坚持不援用后现代诗学来进行评析"。④这种转变似乎显示出当代文学史对"中心"价值的维护,"仍然习惯性地以'中心'价值来评判与规范诗歌,仍然过于重视诗歌的社会承诺而不重视诗歌写作中个人感受力和想象方式的变化"⑤。

---

① 从王家新、孙文波合编《中国诗歌九十年代备忘录》(2000)、陈超主编《最新先锋诗论选》(2003)与郭旭辉编选《中国新时期诗歌研究资料》(2006)所收录的近百篇评论来看,后现代论述所占比例非常低,这似乎反映出"第三代"诗人对西方文学理论的抗拒心理以及自行命名的欲望[参见陈大为:《被隐匿的后现代——论中国当代诗史的理论防线》,《安徽大学学报》(哲学社会科学版)2010年第4期]。
② 例如,周伦佑1991年强调的是,"永远不作别种思想恶势力的雇佣军!"20世纪90年代初,在经历后现代浪潮的冲击之后,周伦佑接编了《当代潮流:后现代经典丛书》(五卷本),并在诗选本的序言中写道:"中国先锋小说中的后现代写作也是在1989年以后才形成势头的。而中国最具本土色彩的后现代写作却先行地体现于它的先锋诗歌,并且在80年代结束以前就已排列出了它的主要代表性作品。所谓'后新诗潮'、'第三代诗',就是以向后现代写作倾斜为其主要特征的"(周伦佑:《第三代诗与第三代诗人》,见《亵渎中的第三朵语言花——后现代主义诗歌》,敦煌文艺出版社,1994年版,序言第1页)。
③ 程光炜:《朦胧诗实验诗艺术论》,长江文艺出版社,1990年版,第134页。
④ 陈大为:《被隐匿的后现代——论中国当代诗史的理论防线》,《安徽大学学报》(哲学社会科学版)2010年第4期。
⑤ 王光明:《现代汉诗的百年演变》,河北人民出版社,2003年版,第622页。

第三节 "垮掉派"诗歌与"第三代"诗歌后现代性比较研究综述

毋庸讳言,在后现代性背反精神上,"垮掉派"诗歌给"第三代"诗人带来了极大的震撼与洗礼,具体情况笔者将在第三章中予以阐释,此处暂且按下不表。事实上,20世纪90年代以来,已有不少文章、专著对"垮掉派"诗歌与"第三代"诗歌进行过比较研究,但大多从文化视角泛泛而谈,少有通过具体文本细读的方式深入催生文本对象的历史皱褶之中,予以集中的阐释[①],而从后现代性视角进行比较研究的著作则显得更为稀少。

对"垮掉派"诗歌和"莽汉主义"诗歌之间的影响关系做过较为全面细致的文本分析的论文主要有陈大为的《阴影里的明灭——美国垮掉派对李亚伟"莽汉诗歌"的影响研究》(2012)[②]和白杰的《"莽汉主义"诗歌:"垮掉"阴影下的游走》(2016)[③]。前者认为,"莽汉主义"诗歌不可能"自行突变","极可能"吸收了"垮掉派"诗歌的语言艺术,力图实践一种中国式的"垮掉的生活模式";不过,由于李亚伟等"莽汉主义"诗人太沉溺于小圈子的败德活动和性苦闷,并没有对中国社会文化体制进行更深层的省思与批判。作者论证严密,得出的结论有其合理之处。然而,由于很难找到直接的事实依据,作者也只能基于时间线索做逻辑上的推论,所以,文章结论也有一些

[①] 如批评家程光炜曾多次指出"垮掉派"诗歌对"莽汉主义"诗歌的影响关系:莽汉主义"明显"受到"垮掉的一代"的影响,"较早表现出对文化的粗鲁和比较彻底的逆反态度"(陈光炜:《朦胧诗实验诗艺术论》,长江文艺出版社,1990年版,第134页)。"'莽汉'不仅是一个诗歌概念,还是一种行为和生活方式,是中国聚众起义的传统与美国五六十年代垮掉派思潮的奇妙结合。因为受到金斯伯格长诗《嚎叫》的影响,莽汉诗人崇尚口语,力主故事性、挑衅性、反讽性和朗诵风格,追求生命的原生和真实,反对以大师的口吻去写诗,他们自嘲写的是'浑蛋诗歌'",并在具体评价"莽汉主义"诗人胡冬的《我想乘上一艘慢船到巴黎去》时,认为该诗"反映出一代人心态的变化,对传统人生模式的嘲讽,对社会通行准则的不屑,明显带有垮掉派文学的痕迹"(程光炜:《中国当代诗歌史》,中国人民大学出版社,2003年版,第294页)。陈旭光与谭五昌也是从文化的视角谈到"垮掉派"作品(特别是《嚎叫》和《在路上》)中的叛逆精神极大地影响了"莽汉主义"诗歌,认为"垮掉派"青年运动是"以病态的现代文明为攻击目标的,有其严肃的文化态度",而"莽汉""只是盲目的反抗与破坏,陷入极端的文化虚无主义",实质上是对于西方"反文化"运动的一次严重"误读"(陈旭光、谭五昌:《秩序的生长——"后朦胧诗"文化诗学研究》,陕西人民教育出版社,2002年版,第48页)。诗人李少君从"身体性"视角考察了"莽汉主义"诗歌所表现的生活方式和价值观念,将李亚伟与金斯伯格类比,李亚伟作为"源头性"诗人最能体现第三代人诗歌运动的流浪、冒险、叛逆精神与实践","直接启迪"了"后口语"的伊沙和"下半身"的沈浩波等人(李少君:《从莽汉到撒娇》,《读书》2005年第6期)。

[②] 陈大为:《阴影里的明灭——美国垮掉派对李亚伟"莽汉诗歌"的影响研究》,《诗探索》2012年第2辑理论卷。

[③] 白杰:《"莽汉主义"诗歌:"垮掉"阴影下的游走》,《江汉学术》2016年第3期。

值得商榷之处。譬如,在"垮掉派"诗歌背反精神的影响之下,李亚伟在自己的诗歌创作中率性而为地表现日常生活中的不羁与洒脱,在中国当时的具体语境之下也仍然具有极大的反叛意义。后者认为,"莽汉主义"诗歌与"垮掉派"诗歌"有着密切的亲缘关系":从时间上看,20世纪80年代中期,"莽汉主义"诗人"不仅可以上承朦胧诗、'文革'地下写作而汲取到今天派等精神因子","还可相当广泛地接触到已被批量译介的垮掉派文艺";而从具体诗歌创作来看,"更可以清晰看到垮掉派作品传播"对"莽汉主义"诗人创作风格转变上的"牵动"。正是由于"垮掉派"诗歌在中国语境中强劲的辐射能力,"莽汉主义"诗歌也表现出"迥异于传统诗歌的精神气质和艺术形态",成为"第三代"诗歌运动的"先行者"。最后,作者认为,"莽汉主义"诗歌解构有余而建构不足,"仅隔数年就衰落解体",从而"无力成为先锋诗坛的主力",究其原因,主要有两点:一是以行动意识代替写作实践,以青春激情稀释人文理想;二是"文革"记忆恶性膨胀。应该说,这个判断还是符合实际的。

专著方面,到目前为止,将"垮掉派"诗歌与"第三代"诗歌作为贯穿始终的比较研究对象的著作,笔者还没有看到。不过,张国庆的《"垮掉的一代"与中国当代文学》(2006)与尚婷的《互文视野下美中诗歌的后现代变构》(2017)对"垮掉派"诗歌与"第三代"诗歌都进行过颇为深入的研究,具有重要的学术价值。以其同名博士学位论文为基础,张国庆的专著对"垮掉派"文学(尤其是小说)在当代中国的翻译、批评以及接受等过程都有较为详细的梳理。只是,张著着重考察的是"垮掉派"小说与中国新时期小说之间的影响关系,只有第三章第二节考察了"垮掉派"诗歌与"后朦胧诗"(即"第三代"诗歌)之间的异同关联。作者认为,"垮掉派"文学与中国当代文学的"直接接触"发生在诗歌领域,而20世纪80年代中期兴起的"第三代"诗歌吸取了"垮掉派"文学的"精髓",在人生态度、诗歌的实验性、诗歌的手法以及反英雄立场等方面同"垮掉派"文学产生了思想上的"契合"。[1]具体而言,"第三代"诗歌"彻底颠覆"了朦胧诗的"抒情和意象艺术","创造了一种平民化、口语化和情节化的诗歌风格";"第三代"诗人具有"强烈的'文化造反'精神",在精神渊源上,同"垮掉派"诗歌"极为相似";"第三代"诗歌流派的"团体性"在很大程度上与"垮掉派"诗人的"团体性、排他性非常类似";而在人生态度上,"第三代"诗人与"垮掉派"诗人一样,"写作和生活彼此纠结、相互渗透","怀着喜悦和高尚的心态"在"看似另类、放荡的生

---

[1] 张国庆:《"垮掉的一代"与中国当代文学》,武汉大学出版社,2006年版,第156页。

第一章 | "垮掉派"诗歌与"第三代"诗歌后现代性研究综述

活"中"寻找诗的体验和人生体验",都是通过"梦境、白日梦等非理性的状态来寻求生活的真谛"[①]。语言方面,这两个诗歌流派"多用第一人称,不拘格律,以日常口语坦陈自己对生活的感受甚至隐私";在一些语言细节上,"第三代"诗歌"接受或者模仿"了"垮掉派"诗歌的某些语言特征,如李亚伟诗歌中那些"复杂、并列的句式""显然是受到了金斯伯格的影响","带有明显的模仿痕迹";另外,与"垮掉派"诗人常常使用一些"被人诟病"的粗俗语言一样,"第三代"诗歌也"有组织地使用脏语、粗话",借以消解"高雅事物"。[②]总体而言,该书首先肯定了"垮掉派"诗歌文化背反精神对于"第三代"诗人的积极影响,进而在人生态度、实验性、语言策略、反英雄立场等方面对中美这两个诗歌诗派进行了较为深入的比较研究,具有较大的借鉴意义。

《互文视野下美中诗歌的后现代变构》是尚婷主持的2011年度国家社科基金青年项目"美国后现代诗歌与中国第三代诗歌比较研究"的结项成果。该书主要借助互文性理论,对中美诗歌中的后现代性变构与书写进行比较研究。由于该书将"第三代"诗歌与整个美国后现代诗歌进行比较研究,因而对"第三代"诗歌的定义较为宽泛(包括"非非主义"诗歌、"莽汉主义"诗歌、自白派女性诗歌、语言诗派以及新古典主义诗歌等五个诗歌流派)。从论述结构来看,该书在导论中先是分别在中美诗歌各自的文化与诗歌传统中探求后现代性因子,进而结合本土语境考察中美后现代诗歌的互文性空间。在其后的第一到十章中,都是每两章对比考察一组中美诗歌流派。其中第一、二章考察的是黑山诗派与"非非主义"诗歌,而第三、四章则考察了"垮掉派"诗歌与"莽汉主义"诗歌。对笔者而言,该书最值得借鉴的一点是,作者对中美诗歌各自的本土历史与文化语境极为看重:"要想深入把握异质文本的互涉关系,首先要把它们还原到各自的传统脉络与本土语境中去,否则很难把握彼此交往的动机、目的和方式。"[③]作者认为,"第三代"诗歌基本上"放弃了与社会政治的正面对抗",转而"偏重于语言实验以及对日常生活和个体生命的挖掘";"第三代"诗歌"反理想、反文化、反崇高的诗学主张,看似是以朦胧诗为反叛对象,实则触动了近代以来以西方为参照、由启蒙与革命编织起的形而上学体系";"第三代"诗人"激烈的文化断裂和语言哗变背后,常常蛰伏着回归本土语境、接续民族传统的强烈意愿";因而,从整体来看,"以第三代诗歌为主体的中国后现代主义诗歌,有

---

① 张国庆:《"垮掉的一代"与中国当代文学》,武汉大学出版社,2006年版,第170—174页。
② 张国庆:《"垮掉的一代"与中国当代文学》,武汉大学出版社,2006年版,第177—179页。
③ 尚婷:《互文视野下美中诗歌的后现代变构》,外语教学与研究出版社,2017年版,第40页。

着较强的民族传统意识和主体创造意识",中国诗歌并没有"将美国后现代主义诗歌作为唯一的合法样本,而是不断激活民族传统,深入本土语境,艰难探求东方后现代诗学的建构可能"[①]。

  以上文献对笔者都有着重要的借鉴意义。不过,或许是由于篇幅的限制以及论述角度的差异,上述文献并没有对美国"垮掉派"诗歌与中国"第三代"诗歌这两个诗歌流派发生发展背后不尽相同的历史与文化语境进行集中而深入的挖掘,具体的文本分析也还有很大的提升空间。"垮掉派"诗歌针对美国麦卡锡主义迫害文本修辞建构的背反性书写、"第三代"诗歌解构策略背后的后现代诗学建构倾向、这两个诗歌流派之间似是而非的影响关系等方面,都有待结合这两派诗歌各自发生发展的历史与社会语境以及具体而微的诗歌文本分析,做出进一步的阐释与论证。

---

① 尚婷:《互文视野下美中诗歌的后现代变构》,外语教学与研究出版社,2017年版,第42—43页。

第二章

"垮掉派"诗歌与"第三代"诗歌后现代性转向及其语境分析

"垮掉派"诗歌与"第三代"诗歌分别是美国20世纪50年代和中国20世纪80年代逐渐成形的后现代时代精神所催生的重要成果。不过,作为一种文学与文化思潮上的批评话语,西方后现代主义从来都不是一种统一的思想。相反,在对现代主义颠覆性的继承中,后现代主义逐渐形成了众多不同的理论主张和思想倾向。然而,这些不同的理论主张和思想倾向背后无不隐含着某种具有共性特质的时代精神,来触发一些时代先锋以新的思想与行为方式去思考、感知并采取相应的行动。二战以来,对现代性的批判上,这种时代精神很大程度上指向的是一种泛化的后现代性反叛精神,即,对"统一性"与"整体性"思维的超越以及对"差异性"与"多元化"思维的追求。可以说,现代性与后现代性所有的不同之处都源于时代精神的转换。具有敏锐感知力的"垮掉派"和"第三代"先锋诗人恰恰是"嗅"到了中美两国各自时代精神转换之时浓烈的后现代气氛,才愤而发起中美后现代诗歌运动的。结合"第三代"诗歌与"垮掉派"诗歌所发生发展的中美两国具体的当下语境,本章将着重探讨这两个诗歌流派是如何契合中美后现代时代精神氛围之转换并进而引领中美后现代诗歌变革运动的。

具体而言,由于"垮掉派"和"第三代"先锋诗人各自所面对的历史、社会与文化语境有着很大的差异,因此"垮掉派"诗歌与"第三代"诗歌有着不太一样的发生发展路径。二战之后,"垮掉派"诗歌作为地下文学逐渐发展壮大;《嚎叫》1955年在"六画廊"诗歌朗诵会上的公开朗诵标志着此前一直处于地下状态的"垮掉派"诗歌正式走出地表;20世纪50年代末到60年代初,"垮掉的一代"运动达到高潮。尤为需要注意的是,这一时期也正是美国麦卡锡主义猖獗泛滥之时。以反共排外为核心本质的麦卡锡主义将美国盎格鲁一致性主流价值观体系推向无以复加的极端化境地,普遍意义上的美国民主、自由与人权遭到了前所未有的破坏,美国共产党以及其他几乎所有非白人盎格鲁-撒克逊新教教徒群体都成了受到极端打压与宰制的替罪羊。与此同时,以艾略特与奥登(W.H.Auden)为代表的美国现代主义诗歌流派却明哲保身,保持沉默甚至推波助澜,这无疑加重了美国当局对国内民众思想以及国外异己体制的"双重遏制":借助遏制国际共产主义来打压美国国内一切不符合盎格鲁一致性主流价值观的思潮。然而,讲求多元化、差异性的世界潮流不可阻挡。作为美国后现代思潮的践行者,"垮掉派"诗人联合美国爵士音乐家、独立制片人与抽象派表现主义画家等先锋艺术家,拒绝同流合污,通过书写同性恋、疯狂、左翼思想等主题冲破美国当局的思想与文化禁锢以及现代主义数十年来一直强化的整体性与统一性原则这类文学霸权话语,这无疑为美国20世纪60年代与70年代风起云涌的黑人民权运动、性解放运动、反越战运动、摇滚风潮等各类边缘性群体与反叛力量树立起一面反叛精神之旗。

"第三代"诗歌兴起于20世纪80年代早期,并在20世纪80年代中后期达到高潮。不同于美国偏执而压抑的20世纪50年代,20世纪80年代是中国思想尤为活跃多元、文学与文化异常繁荣的时代。在历经数十年"以阶级斗争为纲"的文学与文化封闭特别是"十年文革"之后,中国当代诗歌在中国共产党带领全国人民解放思想并实行改革开放的历史潮流中重获新生。20世纪80年代,怀着"走向世界"和"走向现代化"的激情,中国学界译介了大量的西方思想、文化和文学著作,各种西方文学思潮与创作方法也随之涌入中国,这为包括"第三代"诗人在内的中国当代作家"放眼看世界"并在创作上打破固有的局限提供了良好的社会氛围。早在1982年,"具有消解'圣词'的后现代主义意味"[1]的《有关大雁塔》便已然有着"第三代"诗人后现代美学转向的先兆。到1983年,已有《送朱小羊赴新疆》《你见过大海》等不少具有后现代性意味的诗歌文本出现。及至1985年,"第三代"诗歌基本上弃置了朦胧诗那种隐喻象征型现代主义诗歌创作原则,并进而逐渐形成自身独特的后现代美学与诗歌创作原则。

第一节 麦卡锡主义语境下"垮掉派"诗歌后现代性背反书写

从20世纪40年代末到60年代初,"垮掉的一代"逐渐发展成为一场席卷全美的文学与文化背反运动,这是二战后"美国社会异化、反动政治高压、保守文化统治三者合力钳制的恶果"[2],有其深刻的社会历史背景。一直以来,以天命观与白人至上主义(white supremacy)为价值观基础的盎格鲁一致性主流意识形态体系塑造着美国国家性格,而麦卡锡主义与冷战文化则是美国盎格鲁一致性主流价值观体系在当代的极端表现形式。在20世纪50年代美国麦卡锡主义语境之下,"垮掉派"诗歌是作为美国盎格鲁一致性主流价值观的背反文本书写而发生发展起来的。"垮掉派"诗歌普遍

---

[1] 陈超:《二十世纪中国探索诗鉴赏》(下),河北人民出版社,1999年版,第892页。
[2] 赵一凡:《"垮掉的一代"述评》,《当代外国文学》1981年第3期。

有着一种不被白人至上主义、麦卡锡主义等盎格鲁一致性主流意识形态洗脑从而绝不与其同流合污的背反精神诉求,这种背反精神也成为美国20世纪60到70年代各种反叛运动一再回望并不断效仿的精神旨归。

一、麦卡锡主义:一种迫害文本修辞建构

20世纪50年代,麦卡锡主义肆虐美国。麦卡锡主义与天命观以及白人至上主义一脉相承,是美国盎格鲁一致性主流价值观在美国不同历史时期的具体表现形式。在简要梳理作为盎格鲁一致性主流价值观理论基础的天命观和白人至上主义之后,本节将结合替罪羊迫害文本修辞建构理论,重点考察作为一种迫害文本修辞建构的麦卡锡主义语境,是如何迫使"垮掉派"诗人奋起反抗并进而引领美国后现代主义诗歌变革运动的。

(一)美国盎格鲁一致性主流价值观的理论基础

天命观与白人至上主义是美国盎格鲁一致性主流价值观体系的理论基础。由于受到基督教一神论深远的影响,整个西方世界几乎是共享着同一套标举绝对化、一致性与完整性特质的主流价值观体系。从其价值观本质来看,基督教一神论是极度排外的,新教尤甚。美国建国之初,白人盎格鲁-撒克逊新教教徒(White Anglo-saxon Protestant,WASP)[1]是美国国民构成的主体部分,美国主流价值观必然会反映这一群体的意识形态和价值观诉求,从而不断推行美国盎格鲁一致性主流价值观体系。这一价值观体系"要求移民们接受美国的盎格鲁-撒克逊核心群体的价值观念与行为方式,彻底放弃自己祖先的文化"[2]。从美国的社会历史进程来看,WASP文化中的天命观与白人至上主义业已成为美国国家性格而不断得到强化。因此,要从文学与文化角度全面考察20世纪50年代兴起的"垮掉的一代"运动对盎格鲁一致性主流价值观的背反意义,美国主流社会中的天命观与白人至上主义及其在20世纪50年代的文化表征就成为不可或缺的逻辑起点。

天命观是美国立国最为根本的价值观之一。"天命观"即"天赋使命"(innate mission),其基本内涵在于,美国清教主义信徒相信自己作为"上帝选民"(chosen people)负有上帝交付的传播基督福音的使命。当然,坚信自

---

[1] 下文中"白人盎格鲁-撒克逊新教教徒"一律使用英文缩略词"WASP"指代。
[2] 〔美〕米尔顿·M.戈登:《美国生活中的同化:种族、宗教和族源的角色》,马戎译,译林出版社,2015年版,第77页。

己是"上帝选民"的清教徒必须首先找到宗教意义上的依据。于是,带着这种主观意图去"翻检《旧约》经文之时",清教徒"很快发现他们与以色列人有很多相似之处",他们"也是一个天选的民族",是"上帝挑选出来执行拯救世界这一神圣计划的民族"。[1]

作为掌握霸权的诠释者,清教徒殖民者"挪用基督教核心符号",将具有强烈空间隐喻的"山巅之城"作为表征其殖民权力的美式民主构想空间,从而"论证了其殖民新大陆地理空间的正当性"。[2]身负"天赋使命"的新教教徒在开拓北美大陆的过程中,逐渐形成了为WASP群体早期暴力扩张辩护的"白人至上主义"论调。这一论调凸显的是美国社会中长期存在的一种白人种族主义意识形态,主张"白人的利益高于其他有色人种的利益",要求"维护白人在美国经济、政治、文化、社会中的主导地位"。[3]当然,这里的"白人"指的是WASP群体,那些非基督徒、无神论者、同性恋者等边缘性白人群体都不在此列。北美早期十三块殖民地中绝大多数的居民都是来自英国的WASP群体,他们自认为是被上帝"选中"的优越种族,将印第安人、黑人以及其他有色人种都看成是有待其教化的劣等种族。在这种价值观的指引之下,美国建国之后的社会历史发展进程充满了种族主义色彩,其最为突出的表现是美国历届政府推行的"西进运动"对北美印第安人近乎种族灭绝的打压政策以及对黑人系统性的种族歧视与剥削。通过这种系统性的剥削和杀戮,白人牢牢地掌握着美国社会中的主宰地位。在美国学者马丁·麦格(Martin N. Marger)看来,WASP群体是"美国的主人","所有后来的群体都要适应"这一群体所规定的、业已成为"准则"的"社会和文化架构",因此,"白人、英裔和新教徒这三种身份具有重要意义",只要符合这三项标准,"即使他是一个移民,他也不再是外来者"。然而,由于黑人和美国印第安人在文化上尤其是在身体特征上与WASP群体格格不入,他们"从一开始就处于正在形成的族群分层的底端",此后"他们的地位"也"没有得到根本的改变"。[4]

可见,坚信"天赋使命"的WASP群体为了建立自己"山巅之城"的宗教理想,以所谓的民主、自由与人权为标榜,给包括印第安人与黑人在内的美

---

[1] Frederick Gentles and Melvin Steinfield. *Dream on America: A History of Faith and Practice* (Vol.1). San Francisco: Canfield Press, 1971: 45-46.
[2] 王斐、林元富:《重铸"山巅之城":〈说母语者〉中的少数族裔政治空间重构》,《当代外国文学》2021年第2期。
[3] 李庆四、翟迈云:《特朗普时代美国"白人至上主义"的泛起》,《美国研究》2019年第5期。
[4] 〔美〕马丁·N.麦格:《族群社会学:美国及全球视角下的种族和族群关系》(第6版),祖力亚提·司马义译,华夏出版社,2007年版,第125页。

国有色种族造成了巨大伤害。印第安人许多支系民族几近灭绝,黑人平等权利直到20世纪60年代民权运动中也才逐渐得以实现。不过,虽然种族歧视在法律制度上被禁止,但WASP群体中的白人至上主义仍然广泛存在,种族歧视问题至今也依然是美国社会难以根除的死结。

(二)美国盎格鲁一致性价值观的极端性表达

作为美国盎格鲁一致性主流价值观的理论基础,天命观与白人至上主义塑造了美国的国家性格。麦卡锡主义则是天命观与白人至上主义的进一步发展,是美国盎格鲁一致性主流价值观在当代的极端性表达。作为二战之后实力最为强悍的战胜国,自视为"上帝选民"的WASP群体的民族优越感极度膨胀,其建立"山巅之城"的宗教理想愈发强烈,千方百计地想把美国所标榜的民主、自由与人权当作普世价值推向全球,哪怕在美国国内,这种所谓的民主、自由与人权也主要由WASP群体所享有。由此,为了联合进而操控整个西方资本主义世界,美国政府当局(不论是民主党还是共和党)急需将苏联树立为一个他者性"强敌"。

事实上,二战改变了世界意识形态和地缘政治的版图。德国、日本战败,其法西斯主义和军国主义等右倾思想受到不同程度的清算,跟轴心国有过合作的国家比如法国,其保守派开始对资本主义制度产生极大的疑虑,甚至开始转而考虑走社会主义和共产主义道路。这种境况同美国二战后力图在全球范围复兴资本主义经济体系的"基本目标"相抵牾。美国决策者们相信,美国不可能仅凭自身消耗本国工农业那些过剩产品,美国的繁荣和自由依赖于世界自由贸易体系。因此,1945年之后美国的国家安全被定义为"创造并维持一个全球自由贸易体系"。这样,在国际上,美国政府采取"全面遏制"政策,主导西方国家发起了冷战(1945—1989),与苏联进行全面对抗。这种冷战不时演变成热战,尤其是朝鲜战争(1950—1953)和越南战争(1959—1975)。在美国国内,日益高涨的国际共产主义运动加剧了美国政府对"美国境内遭受潜在颠覆的可能性"的焦虑情绪,大部分共和党保守派要求执政的自由民主党要为一些国家成为共产主义国家(特别是中国和朝鲜)负责,指责他们同情苏联甚至为苏联充当间谍。最终,杜鲁门总统为追查可疑的叛国者定调,并于1947年3月设立一个联邦雇员忠诚度调查委员会。1949年,联邦法院仅凭美国共产党领导人的一纸演讲,裁定美国共产党意图推翻美国政府而将其取缔。1950年,来自威斯康星州的名不见经传的共和党参议员约瑟夫·麦卡锡(Joseph McCarthy)宣称他所掌握的"一份名单"显示有"205名"共产党人混入美国政府部门。①自此之后,麦卡锡主义不断"绑架"民意,最终将美国盎格鲁一致性主流价值观推到极端性的疯狂边缘。

然而,作为第二次"红色大恐慌"浪潮的顶峰,麦卡锡主义事实上不只是共和党参议员麦卡锡个人的"杰作",其本质上是共和党与民主党基于各自的党派利益进行党派争斗的结果。在麦卡锡1950年提起其臭名昭著的指控之前的三十多年里,共和党与民主党已然假借"国家安全"由头,随意设置反共议题,旨在消除美国社会主义以及共产主义等左派思想在各级工会组织中的巨大影响力,从而达到以盎格鲁一致性主流价值观掌控美国意识形态的目的。从1933年到1949年,美国总统都是民主党人(其中罗斯福连续四次当选,1945年4月12日去世后,由杜鲁门接任)。其间,共和党人利用国际局势的微妙变化,大肆攻击罗斯福新政,指摘民主党政府对共产主义过于"软弱",声称联邦政府内部有大量"共产主义间谍"。于是,1950年2月9日,参议员麦卡锡坚称他已经掌握一份已渗透到民主党政府内部的"205名"共产主义间谍名单,但仅11天之后,这份"虚构的名单"竟变成了"81名"②。可以说,麦卡锡主义之所以毫无合法性可言,就在于"一些机会主义无良政客为了获取私利,不惜将惶恐中的普通美国民众推向歇斯底里的绝境,并进而利用民众这种歇斯底里心理毫无根据地攻击对手"③。

作为对美国党争的讽刺,美国学者乔纳森·麦考斯(Jonathan Michaels)的新著《自由的困境:麦卡锡主义时代中的实用主义传统》以一场"闹剧"(farce)开篇④:1954年12月8日,民主党参议员休伯特·汉弗莱(Hubert Humphrey)向国会提交《共产主义控制法案》,将美国共产党认定为"力图推翻美国政府"、对美国国家安全具有"现行且持续性威胁"的"外国敌对力量代理人"。麦考斯认为,自由民主党所采取的"取缔一个合法政党"的"激进立场"是"非常奇怪的",因为在当时美国共产党经过美国当局一系列的打压只剩下"区区5000名党员",而且"几乎四分之三"还是联邦调查局培植的"告密者"。麦考斯进而分析,汉弗莱此举恰恰反映出处于党争漩涡中的民主党的诸多考量:首先,此举可以反击有关民主党对共产主义过于"软

---

① Jacqueline Jones, Peter H. Wood, etc. Ed. *Created Equal: A History of the United States Volume 2, Since 1865 (fourth edition)*. Boston, New York, Hong Kong, etc.: Pearson, 2014: 577-594.

② Athan Theoharis. *Seeds of Repression: Harry S. Truman and the Origins of McCarthyism*. Chicago: Quadrangle Books, Inc., 1971: 16.

③ Jonathan Michaels. *McCarthyism: The Realities, Delusions and Politics Behind the 1950s Red Scare*. New York and London: Routledge, 2017: 13.

④ Jonathan Michaels. *The Liberal Dilemma: The Pragmatic Tradition in the Age of McCarthyism*. New York and London: Routledge, 2020: 1-2.

弱"的指控;更为重要的是,民主党早已料到白宫、联邦调查局局长埃德加·胡佛(J.Edgar Hoover)以及共和党将会反对直接取缔美国共产党,因为那将直接威胁到现行的一系列反共法案的有效性,并且直接取缔会迫使美国共产党转入地下活动,更加难以追踪。

可见,美国共产党是美国当局转移国内种族主义矛盾以及工会抗议浪潮所引发的国家治理危机的替罪羊。通过将反共与维护国家安全挂钩,激发民众所谓的"爱国主义"情绪,美国当局可以达到进一步强化盎格鲁一致性主流价值观的目的。事实上,为了将美国共产党及其同情者打造为"叛国者"形象,美国政府甚至秘密地资助一些共产主义活动。美国联邦调查局局长胡佛就曾告诉一名国务院雇员:"如果没有我在,就不会有美国共产党,因为我想知道他们在做什么,所以正是我资助了他们。"[1]

麦卡锡主义无疑强化了美国当局的冷战思维,所有民众都被要求必须表达对美国的忠诚,否则将被视为共产主义者或是其同情者。由于美国共产党员身份难以准确认定,美国当局甚至借助美国民众广泛的"恐同"情绪极力将男同性恋者等同于美国共产党来进行大肆宣传,将同性恋者视为"行为反常者"(perverts),是"对国家安全的威胁"。[2]总之,以麦卡锡主义为核心,美国的冷战文化设定了冷战时期美国人典型的价值观念、思维方式和行为准则,其最大特征是以非此即彼的简化的二元对立思维方式划分敌友。

于是,冷战被塑造为一场抗击所谓共产主义"异教徒"的"圣战",一场"信奉上帝的自由世界人民反对无神论的'共产主义'的自卫战"[3]。美国在国际上采取的"全面遏制"政策对美国国内政治与主流价值观体系也起到了全面重塑的作用。杜鲁门民主党政府(1945—1953)和艾森豪威尔共和党政府(1953—1961)在"肃清"共产主义思潮方面保持着高度的一致性,其高潮当属麦卡锡主义(1950—1954)反共排外运动:先是联邦政府雇员遭到大规模"忠诚度"调查,数千人遭解雇,数万人因害怕被牵连而主动辞职;不久,这一运动扩散到美国全境,"不允许任何不信仰美国意识形态的人居住在美国";美国政府还专门组建调查委员会展开广泛而深入的民间调查,极力怂恿美国民众"告密"以便让所谓的"颠覆分子"无处藏身;由于政府当局

---

[1] Anthony Summers.*Official and Confidential: The Secret Life of J.Edgar Hoover*.New York: G.P.Putnam's Sons,1993:224.

[2] Jacqueline Jones, Peter H.Wood, etc.Ed.*Created Equal: A History of the United States Volume 2, Since 1865 (fourth edition)*.Boston, New York, Hong Kong, etc.: Pearson, 2014:594.

[3] (美)哈里·罗西兹克:《中央情报局的秘密活动》,奋然译,群众出版社,1979年版,第12页。

的欺骗与诱导,当时有几乎三分之二的美国人认为,即便没有真凭实据,任何人都有责任向政府揭发可疑者,由此,美国政府当局几乎把"整整一代美国人都变成了密探"①。

(三)作为一种迫害文本修辞建构的麦卡锡主义

一直以来,激进主义在美国很难流行。历史上,美国一旦发生危机,主流WASP群体就会从内部寻找替罪羊并予以无情的打击,而最常见的替罪羊是美国印第安人与黑人等少数族裔、移民或者激进分子等边缘性群体。冷战初期,政治上的边缘性人群美国共产党及其同情者以及性取向上的弱势群体同性恋者,都被麦卡锡主义者视为对美国国家安全有着颠覆企图的威胁化身。麦卡锡主义可以说是美国反颠覆传统的再现。

上文提到,以反共排外为核心的麦卡锡主义并不是共和党参议员麦卡锡个人的"主义"。事实上,早在1917年俄国"十月革命"胜利之后,社会主义以及共产主义思潮在美国的影响力不断增强之际,麦卡锡主义者已然开始处心积虑地将美国共产党当作"替罪羊"进行"迫害文本"修辞建构。应该说,麦卡锡主义并不是一个自下而上的自发性运动。相反,它是由一群顽固而专业的麦卡锡主义者(尤其是一大批执法官员、记者、劳工领袖、政治精英、前共产主义者)打造的产物。虽然一战以来美国共产党对美国工会和民权领域的社会变革运动作出了重要贡献,但美国当局所编织的"迫害文本"修辞叙事以及残酷打压本身几乎完全摧毁了整个美国左派,使得20世纪30年代整整一代政治激进分子基本上丧失了有效的行动能力。

从修辞角度来看,麦卡锡主义者无疑是将美国共产党与同性恋群体作为二战后美国国内外危机的替罪羊来进行迫害文本修辞建构的。作为一种迫害文本修辞建构,麦卡锡主义与替罪羊理论中的迫害机制及其相应的四种范式有着某种天然的联系。

替罪羊理论是法国思想家勒内·吉拉尔(René Girard)在其法语版《替罪羊》(*Le Bouc êmissaire*, 1982)中提出的一套迫害文本建构机制。这一机制同时包含了想象与现实元素,有着一定的结构与范式。书中,吉拉尔借用一则小故事展示了迫害文本建构所惯用的机制及其相应的四种范式。

作物歉收,母牛流产,人群不和,好像不幸降临在村庄里。这是个跛脚人,事情很明朗,他在作恶。那是一个晴天,谁也不知道他来自何方,就住在他家里,甚至,他竟敢娶了村上最富有的女继承人,并生下两个孩子。他

---

① Terry Anderson. *The Movement and the Sixties*. New York: The Oxford University Press, 1995: 8-9.

们家里似乎很平静，但大家怀疑这个外地人谋害了他妻子的前夫，后者是当地的首领，不明不白地失踪，新来者有点太快地取代了他的种种职位。一个晴天，树上的小伙子忍不住了，他们举起长杈，迫使这位令人不安的人离开村庄。①

故事开始时，"作物歉收，母牛流产，人群不和"，危机突然来临，村庄陷入一片混乱，恐慌感与危机感四处弥漫。接着，出现了一个无名无姓的"跛脚人"，而"跛脚"是他异于常人的标记。于是，文本将他定罪，认为是这名"跛脚人"导致了村庄的不幸。虽然文本分析中掺杂了许多想象与嫉妒，但是村庄的危机是真实的，"跛脚人"娶了村上最富有的女继承人并生下两个孩子是真实的，女继承人前夫的失踪也是真实的。最终的结果是，为了使村庄从危机中解脱出来，村民们将外来的"跛脚人"驱逐。可见，这则故事所反映出的迫害文本建构机制非常清晰：危机爆发→找出罪魁祸首→指控犯罪行为→驱逐罪犯。

事实上，这一机制包含了迫害文本建构的四大范式：1.危机范式。社会和文化危机被视作"一种普遍的混乱的表征"②。2.罪状指控。首先受到指控的往往是"性犯罪"，是"强奸、乱伦、兽行"等这些"违背习俗的、最严格的禁忌的行为"；其次是"宗教犯罪"，而且"所有这些罪状"都在"攻击文化秩序的基础本身"。③这些指控往往带有浓烈的道德色彩。危机来临之时，人们总会认为这肯定是某类人造成的，人们必须驱逐甚至杀死他们才能求得安宁。此时，迫害者往往总是相信一小部分人，甚至是某一个人就可以危害到整个社会，哪怕这个人的力量尤为孱弱。于是便有了如何挑选替罪羊的问题。3."异常"标记。首先是文化与宗教异常。在受害者即替罪羊的挑选方面，"不是罪状起首要作用，而是受害者属于特别易受迫害的种族"，"人种和宗教的少数派往往引起多数派攻击"。除了文化和宗教标准之外，"还有纯粹的身体标准"，即，"生病、精神错乱、遗传畸形、车祸伤残，甚至一般残废"都可能"成为迫害的对象"；当然，异常"不仅仅表现在身体方面，它几乎表现在生活和行为的所有方面"。最后是社会异常：社会的"平均数"被认定为社会的"正常"，"从社会最正常的位置朝一个方向或另一个方向的偏离越远，受迫害的危险越大"④。4.暴力本身。迫害者"总是

---

① 〔法〕勒内·吉拉尔：《替罪羊》，冯寿农译，东方出版社，2002年版，第36—37页。
② 冯寿农：《模仿欲望诠释 探源求真解读——勒内·吉拉尔对文学的人类学批评》，《外国文学研究》2004年第4期。
③ 〔法〕勒内·吉拉尔：《替罪羊》，冯寿农译，东方出版社，2002年版，第18页。
④ 〔法〕勒内·吉拉尔：《替罪羊》，冯寿农译，东方出版社，2002年版，第21—22页。

相信他们的理由充足,但其实他们无故仇恨";这些迫害者首先是"宗教头子",然后是"政治显要",最后是受到欺骗与蛊惑的普通民众。[1]宗教头子与政治显要属于社会的精英阶层,他们具备权势、金钱与威望,可以代表人群发言,具有不可冒犯的权威性。事实上,迫害者常常把自己当作"伸张正义的人",因而有"理由"行使暴力;在他们眼里,"受害者是罪该万死的";[2]迫害者"考虑的从来不是差异,而是他无法表达的反面——未区分的混乱"[3]。

一旦受众接受迫害者的观点,那么他们指控的"荒谬性"不仅不会"损害"其迫害文本的信息价值,而且还会"加强"它的"可信度";在这类迫害文本中,指控本身越是不可信,受害者"屠杀的事实就越可信",因为它们业已营造出某种"屠杀几乎是肯定发生"的"社会心理背景"。迫害者就这样明目张胆地通过建构迫害文本向公众"撒谎"。[4]

不幸的是,迫害文本建构机制并不需要同时满足所有范式。满足其中三类,甚至是两类范式即可诱使人们相信替罪羊的所谓"危害",因为暴行是真实的,危机是真实的,而挑选替罪羊的标准不在于受害人所遭受的指控是否成立,而在于受害人身上的替罪羊异常标记是否存在。于是,整个迫害文本建构的目标就是,"将危机的责任推到受害者身上,并通过消灭他们,或至少把他们驱逐出受'污染'的团体,来改变危机"[5]。总之,替罪羊往往被建构为"一个万能的操纵者"[6],而这种满怀恶意的构陷指向的往往都是他者,因为在他者身上,迫害者看到的"不是其他规范"的常态,"而是异常"与"偏差"。[7]

同样,麦卡锡主义者将美国共产党与同性恋者[8]选定为替罪羊进行迫害,并不是因为他们掌握了这两个群体"犯罪"的任何证据,而是由于美国共产党与同性恋者有着异于WASP群体的"异常"标记。麦卡锡主义不仅

---

[1] 〔法〕勒内·吉拉尔:《替罪羊》,冯寿农译,东方出版社,2002年版,第131-133页。
[2] 〔法〕勒内·吉拉尔:《替罪羊》,冯寿农译,东方出版社,2002年版,第9页。
[3] 〔法〕勒内·吉拉尔:《替罪羊》,冯寿农译,东方出版社,2002年版,第27页。
[4] 〔法〕勒内·吉拉尔:《替罪羊》,冯寿农译,东方出版社,2002年版,第9-10页。
[5] 〔法〕勒内·吉拉尔:《替罪羊》,冯寿农译,东方出版社,2002年版,第29页。
[6] 〔法〕勒内·吉拉尔:《替罪羊》,冯寿农译,东方出版社,2002年版,第58页。
[7] 〔法〕勒内·吉拉尔:《替罪羊》,冯寿农译,东方出版社,2002年版,第26页。
[8] 对于麦卡锡主义者而言,反同性恋与遏制共产主义几乎同等重要。John D'Emilio第一次针对"反共政治中的同性恋纠葛"进行了具有开创意义的学术研究(参见 *Sexual Politics, Sexual Communities: The Making of a Homosexual Minority in the United Sates*, 1940-1970. Chicago: The University of Chicago Press, 1983)。随着美国国会针对政府机构同性恋雇员进行调查的完整档案在2000年解密,冷战文化中的同性恋问题得到了更为充分的研究。David Johnson运用大量的第一手资料详细考察了麦卡锡主义者以同性恋群体作为打击美国共产主义的突破口而采取的迫害政策(参见 *The Lavender Scare: The Cold War Persecution of Gays and Lesbians in the Federal Government*. Chicago: University of Chicago Press, 2004)。

仅是参议员麦卡锡个人的行为方式,它本质上是美国当权者为那些难以解决的国内外危机寻找替罪羊所打造的迫害文本。在麦卡锡主义者那里,容忍异见是不被允许的,因为它有着女性化的特质,而在美国这样一个由男权主导的国家中,这种女性化的容忍被认定是脆弱的。因而,在麦卡锡主义迫害文本修辞建构中,"容忍"常常与一系列带来混乱的身体隐喻(软弱、异常、性变态等)联系在一起,"容忍"反倒成为与秩序和稳定对立的东西。这种带来所谓混乱的"容忍"一旦被建构成邪恶文本,唯一的解决办法就是用所谓的白人男性力量予以压制。于是,异见等于越轨,顺从盎格鲁一致性主流价值观成为必须遵守的准则。通过这一系列的迫害文本建构,麦卡锡主义者刻意强化并打压有着意识形态差异的美国共产党以及性取向差异的同性恋群体,从而达到巩固盎格鲁一致性主流价值观体系在美国社会中的霸权性话语地位的目的。

法西斯主义覆灭之后,共产主义者成为美国当局最大的政治敌人。冷战文化中,反共思想不断得到强化,信奉自由主义反倒意味着成为共产主义同路人,于是,麦卡锡主义者将共产主义同一切道德越轨者相关联,并予以残酷打压。总之,麦卡锡主义极大地强化了美国盎格鲁一致性主流价值观,它促使美国对任何所谓非美国的政治意识形态不再持有容忍态度,转而采取镇压措施已然成为某种"政治正确"。最终,麦卡锡主义使大多数民众害怕加入任何左翼哪怕是反共左翼组织。

说到底,麦卡锡主义是一种霸权主义修辞文化,对冷战以来的美国权力话语体系产生了重大影响。国会是麦卡锡主义迫害文本产生的重要场所,麦卡锡本人同绝大多数的国会议员一起建构了麦卡锡主义迫害文本的修辞标准。通过性别修辞和疾病/越轨意象,这种所谓的标准将共产主义与同性恋标记为必须予以打压与清洗的"异常"。共产主义被形容为"非美国病毒"、不道德的"致命毒药",而美国共产党则被描绘成能从美国内部摧毁这个国家的敌人。因此,似乎只有像麦卡锡主义者那样的男性化力量才能保护美国。最终,麦卡锡主义迫害文本修辞建构了一个"正统美国人的典型形象:白人、异性恋、有基督教信仰、有共识观"[①]。

国会还进一步通过《国家安全法案》(National Security Act, 1947)、《颠覆活动控制法案》(Subversive Activities Control Act, 1948)等立法快速地将"恐红"正式立法化。国会否认美国共产党作为政党的合法性,认为他们是天生的阴谋越轨者。在共和党参议员麦卡锡看来,"每一个共产党员是精

[①] Alan Nadel. *Containment Culture: American Narratives, Postmodernism, and the Atomic Age*. Durham and London: Duke University Press, 1995: 298.

神扭曲的人",共产党同路人也都有着"身体上的问题";麦卡锡还进一步宣称,民主党政府内部这些"糟糕的安全风险"往往与其他有相同倾向的人分享"极其亲密的关系",是"公然的同性恋者"。①对同性恋的攻击是歧视女性化身体形象的必然结果。正统的男性性行为需要与女性发生性关系,而其他任何性行为都被视为越轨行为。这种越轨行为带有女性特质,而在修辞上女性是"消极""非理性"和"软弱"的代名词。一旦同性恋标签被强行安放到某人身上,他或她就会因为身处社会边缘位置而遭受迫害。麦卡锡这类指控使他能够站到所谓的道德制高点,体现有男子气概、讲原则、理性与爱国等所谓"高大上"的价值观。可以说,麦卡锡主义者建构的是一个所谓"危险无处不在"的、文本修辞意义上的世界,正如麦卡锡曾毫无证据地猜测:"思想扭曲的知识分子已经接管了民主党",甚至还把杜鲁门总统当成他们的"囚徒"。②

实际上,早在1947年,国会中的麦卡锡主义者就已经开始传唤"好莱坞十人组"等藐视国会者,将个别替罪羊作为更大威胁的标志加以"识别"和迫害。国会议员将这些人定性为混乱和疾病的代理人,而美国则被描述为一个屡弱的国家,如果没有WASP群体所谓男性气概(manhood)③的保护,女性化的美国就无法生存。参议员麦卡锡只是继续推进这种形式的修辞性话语,把他的大部分精力都集中在他所声称的、美国政府内部的越轨行为之上。麦卡锡强调,哪怕没有确凿的证据也要对这些"非美"行为采取严厉行动。

总之,同性恋者和美国共产党是冷战时期美国当局眼中最大的替罪羊。为了坐实针对美国共产党的所谓指控从而进一步打击民主党政府,麦卡锡主义者强行将同性恋者与美国共产党扭结在一起,从而达到借助打压弱势的同性恋边缘性群体来打击美国共产党的目的。毕竟,与美国共产党员相比,同性恋者更容易甄别,也易于嫁祸。麦卡锡主义者利用美国民众中普遍存在的"恐同症"心理,把同性恋者视为美国共产党,并进而大肆迫害这两个弱势群体。战后不久,"排外反共"的歪风邪气甚嚣尘上,导致杜

---

① Joseph McCarthy."February 20,1950:First Speech Delivered in Senate by Senator Joe McCarthy on Communists in Government; Wheeling Speech." In *Congressional Record: Major Speeches and Debates of Senator Joe McCarthy Delivered in the United States Senate*, 1950–1951. New York: Gordon,1975:17.
② Joseph McCarthy."February 20,1950:First Speech Delivered in Senate by Senator Joe McCarthy on Communists in Government; Wheeling Speech." In *Congressional Record: Major Speeches and Debates of Senator Joe McCarthy Delivered in the United States Senate*, 1950–1951. New York: Gordon,1975:17.
③ K.Cuordileone曾从性别政治入手,深入阐释了美国"亲英男性气概"(anglophilic manhood)修辞建构在麦卡锡主义者清算美国共产党及同性恋群体过程中所占据的中心地位(*Manhood and American Political Culture in the Cold War*. New York: Routledge,2005)。

鲁门总统于1947年3月21日签署了针对美国共产党的《第9835号行政命令》(即所谓的《忠诚调查令》)。该行政命令规定：凡有参与或者同情所谓"颠覆组织"的行为都被视为"不忠诚"的主要根据。1953年4月27日，共和党总统艾森豪威尔以维护国家安全为名颁布取代《第9835号行政命令》的《第10450号行政命令》。除了强调政府雇员在政治上对美国要展现"完全、坚定不移的忠诚"之外，新的行政命令还强化了政府雇员的道德标准：雇员必须"可靠""值得信赖""品行端正"；尤为强调不得招收"性反常者"[①]。可见，随着冷战的升级，艾森豪威尔总统的行政命令进一步激化了美国国内的反共排外运动，同时也从反面助推了美国同性恋运动的发展。

二、"垮掉派"诗歌后现代性背反书写

美国民众为政府当局强推麦卡锡主义这种极端的反共排外运动付出了惨重代价。美国白人至上主义被推向了高潮，美国政府当局完全凭借国家机器压制甚至抹除任何反对意见与异己力量，民众普遍丧失了自由，民众的心理承受能力受到了前所未有的挤压与威慑。万马齐喑之时，绝大部分民众采取了随波逐流甚至同流合污的做法，而"垮掉派"作家以及一些先锋制片人、爵士音乐家陆续从"地下"崛起。他们拒绝同流合污，创作出大量影响深远的作品，体现了当时美国先锋艺术家思想以及艺术上的独立性尊严。以克鲁亚克、金斯伯格与斯奈德为代表的"垮掉派"诗人坚持以边缘人身份对盎格鲁一致性主流话语叙事不断进行着背反性书写。相较于强调整体性与统一性理念的现代主义文学，"垮掉派"作家更倾向于表现后现代主义的含混性与不确定性，从而率先发起高扬多元化与差异性理念的后现代主义文学与文化运动。

从美国民众的角度来看，一方面，战后美国经济获得了极大的发展：1947年到1961年，美国国民收入的增长超过60%，虽然仍有20%的美国人处于贫困之中，但大部分中产家庭都有着过上富足生活的信念，在消费行为上保持着惊人的一致性，即，把存款全部用来购买房子、家用电器和汽车以及外出度假。而且，经历过20世纪30年代经济大萧条和二战困境的美国人普遍渴望安全，他们将稳定的家庭视为消除随冷战而来的各种新威胁

---

① See David K.Johnson.*The Lavender Scare：The Cold War Persecution of Gays and Lesbians in the Federal Government*. Chicago：University of Chicago Press，2004：123.

的"最好的壁垒"(the best bulwark)[1]。但另一方面,经济上的富足带来的安全感显得极为脆弱。日本广岛与长崎的核爆炸使得美国民众从心灵深处强烈地感受到,人类在任何时候都可能在瞬间遭受灭顶之灾,因而毫无心理上的安全感可言。美国国内虽然没有核爆炸,但核试验释放出了大量造成严重环境污染的核辐射,而且,核武器生产与储存过程中的核泄漏也会渗入并污染地下水,这些都会给人体造成致命伤害。美国甚至还在1952年试爆了威力超过广岛核爆炸1000多倍的氢弹。总之,二战余波让美国民众很快意识到,扔给广岛和长崎的两颗原子弹在加速结束二战的同时,也开启了一个令人恐怖的不安时代。"铁幕"开启,冷战开始,两大阵营全面对抗,美国人越来越多地意识到战后社会和人类本身黑暗的一面,焦虑、偏执、不安全等切身感受如影随形。

因此,二战后,美国虽然在经济上取得了飞速的发展,能够让民众过上一种相对舒适、注重消费的生活,但在政治、思想与文化上,美国政府加大了管制力度,"新的小人物"更像是一个"高兴的机器人","没有坚实的根底,没有肯定的忠诚来维持他的生活并给生活一个中心"[2]。在这样一个半福利半兵营式的社会里,人们普遍变成了被动而顺从的消费者。然而,顺从是有代价的,它意味着"频频酗酒、极度抑郁以及随之而来的个人孤立;公众因移民、犯罪、共产主义渗透或者道德不纯而产生的歇斯底里式的间歇性发作"[3]。

再从文化上来看,随着战后美国经济实力的极大发展,美国文化也日益商业化。然而,由于没有像欧洲作家那样有不少文化团体提供具体支持,美国作家大多陷入孤立状态。况且,美国当局还常把作家视为危险之源,许多好莱坞导演和剧作家甚至被无端投进监狱。多年来,美国政府一再拒签美国剧作家亚瑟·米勒(Arthur A.Miller)的护照,不允许他离开美国。面对美国当权者借冷战由头,对国内政治、文化和思想等领域采取全面压制的保守政策,主流诗坛和新批评学派开始变得日益保守,一再警告不要进行革新运动。艾略特曾是20世纪20年代以来极为重要的先锋诗人,二战后却也开始反对先锋与革新了。1947年,艾略特就曾有过这样的论断:"在文学上,我们在接下来的生活中不能老是处于无休无止的革新状

---

[1] Jacqueline Jones, Peter H.Wood, etc.Ed.*Created Equal: A History of the United States Volume 2, Since 1865 (fourth edition)*.Boston, New York, Hong Kong, etc.: Pearson, 2014:599-600.

[2] (美)丹尼尔·霍夫曼主编:《美国当代文学》(上),王逢振等译,中国文艺联合出版公司,1984年版,第21页。

[3] Greil Marcus and Werner Sollors.Ed.*A New Literary History of America*.Cambridge and London: The Belknap Press of Harvard University Press, 2009:865.

态之中","如果每一代诗人将把当时的口语变为诗歌语言作为他们的任务,那么,诗歌在实现其最重要的义务[指传承]上是失败的"①。而作为曾经的马克思主义者和反法西斯斗士,奥登也愈发趋于保守:20世纪40年代末,他告诫青年诗人:"别再参与什么运动。别再发表什么宣言。每个诗人都要善于独处"②;1951年,奥登还写道:现在不是"革新"艺术家"在艺术风格上进行重大创新"的时候。③

在这样的文化环境之下,20世纪40年代中期到50年代中期,"垮掉派"运动一直处于地下状态。整整十年之间,由于受到了政治、经济、文化与社会高压氛围的极大压制,又苦于无法有效地与噬心的社会体制进行抗争,"垮掉派"诗人为了表达极度压抑的思想与情感,常常以酗酒、吸毒、"反常"的性取向(同性恋或者双性恋)等一些比较极端的方式,来凸显自身与主流社会的疏离并进而表达拒绝同流合污的决心。与此同时,美国的艺术与文化潮流也在慢慢发生转变,到20世纪50年代中期,全美的青年艺术家们普遍追求波希米亚风格,有着强烈的实验与反叛欲望,青年一代的诗人们也迫切需要一种新的、更具爆发力的诗歌创作来表现这一特定时代中的绝望与欲望。④恰逢其时,1955年10月7日,"六画廊"诗歌朗诵会一炮而红。事实上,这次朗诵会不仅仅是关于诗歌的,金斯伯格和克鲁亚克一致认为朗诵会上应该尽情地享用红酒,纵情玩乐,而且诗歌朗诵本身也要表现得业余些,不要过于高雅而拘谨,因为这次朗诵会的目的就是要"藐视体制性的学院派诗歌、官方评论、纽约出版机构、国民的节制以及那些被普遍接受的高雅品味与道德标准"⑤。事实证明,"六画廊"诗歌朗诵会是20世纪美国最有影响力的诗歌朗诵会之一,而《嚎叫》的公开朗诵更是引发了一场全国性的社会与文化地震。在麦卡锡主义盛行、严酷而黑暗的冷战时代,《嚎叫》在引领美国民众特别是青年人发出内心强烈的反叛之声这一点上,具有决定性意义。毕竟,在这之前,处于地下状态的"垮掉派"诗人和其他一些秉持"不顺从"态度的作家虽然也一直在反抗,但这些反抗在美国政

---

① Quoted in Paul Mariani. *William Carlos Williams: A New World Naked*. New York: McGraw-Hill, 1981: 570.
② W. H. Auden. "Squares and Oblongs". In *Poets at Work*. Ed. Charles D. Abbott. New York: Harcourt Brace, 1948: 176.
③ W. H. Auden. "Foreword to Adrienne Rich". In *A Change of World*. Ed. Adrienne C. Rich. New Haven: Yale University Press, 1951: 125.
④ 金斯伯格曾跟诗人荷兰德(John Hollander)提及创作《嚎叫》的一个原因:"我开始越来越厌倦那些缺乏表现力、不够激荡、缺少强有力节奏的自由体短诗了,于是,……开始写《嚎叫》的第一部分。"(See Jane Kramer. *Allen Ginsberg in America*. New York: Random House, 1969: 166)
⑤ Allen Ginsberg. *Deliberate Prose: Selected Essays, 1952–1995*. Ed. Bill Morgan. New York: HarperCollins, 2000: 239.

府和主流媒体的竭力压制之下,显得过于零散与内敛,难以获得更大范围民众的认同。"六画廊"诗歌朗诵会(特别是朗诵会上金斯伯格对其长诗《嚎叫》的倾情演绎)一举扭转了形势。

事实上,美国当局对"垮掉派"作家的压制与指控反而出人意料地增强了"垮掉派"文学的知名度,尤其是在赢得两项淫秽指控案之后,"垮掉派"作家一时间名声大振。金斯伯格的《〈嚎叫〉及其他诗歌》与巴勒斯的《赤裸的午餐》(Naked Lunch,1959)[①]这两个具有开拓性意义的"垮掉派"文本都曾遭到美国政府机构的起诉。审判的结论是,这两部作品的文学价值超过其内容可能引起的任何冒犯。可以说,无论是金斯伯格在诗歌中明确涉及同性恋主题,还是巴勒斯与克鲁亚克倾在他们的小说中赋予主人公多重性伴侣,"垮掉派"的许多作品通常都被视为独创性实验之作,是20世纪60年代性解放运动的先驱。

的确,"垮掉的一代"文学与文化运动和同性恋文化密不可分。早在1948年,阿尔弗雷德·金赛(Alfred C.Kinsey)博士等人联合在美国费城和英国伦敦发布了一份长达819页的《男性性行为》(Sexual Behavior in the Human Male)性学研究报告。该报告自发布之日起,就成为广受欢迎的畅销书(仅在1948年头两个月就先后印刷5次)。在1.2万份有效问卷调查这一庞大数据基础之上,该报告"不顾当下美国社会禁忌中的道德偏见",以生物学家的视角将男同性恋纯粹作为性学现象予以"科学的检视"。该报告认为,只要是像目前这样在"压制与刺激、惩罚与滥用、私密与展示的混乱中处理性问题",男同性恋就会"与欺骗和猥亵联系在一起",人类也就不会得到应有的"尊严"。[②]该报告将男性性行为视为一种基于个人情境的性活动,这让包括"垮掉派"诗人在内的许多男同性恋者更加坚信,冷战时期美国当局所强推的、符合美国盎格鲁一致性价值观标准的异性恋并不是唯一

[①]《赤裸的午餐》原名为"赤裸的情欲"(Naked Lust),由于字迹过于潦草,金斯伯格阅读原稿时误读为"赤裸的午餐",结果两人都认为这个题目更贴切,于是将错就错把题目改了,这一偶然事件似乎从侧面展现了"垮掉派"作家对于不确定性的看重。该书所描写的场景充满了敌对和压制,各种势力相互争斗,性交、海洛因与各种可怕的病毒自由泛滥,严重变异的人类俨然是在人间地狱中苟活。由于涉及诸多禁忌,该书1965年受到了官方的淫秽罪指控,最终在包括诺曼·梅勒(Norman Mailer)和金斯伯格在内的各类人士到庭辩护之下,指控被撤销。第二年,在《赤裸的午餐》1966年版本封面的显著位置,以勋章图案注明书中含有马萨诸塞州高等法院关于撤销指控的判决书以及庭审部分实录,而且这两项长达30页的内容被放在巴勒斯为小说撰写的前言之前。显然,这同1957年《嚎叫》受到美国当局指控一样,具有强烈反讽意味的是,指控案件本身作为"垮掉派"作品反叛精神的重要表征成了一大卖点(参见William S. Burroughs.Naked Lunch.New York:Grove,1966)。

[②] Alfred C.Kinsey,Wardell B.Pomeroy and Clyde E.Martin."Preface." In Sexual Behavior in the Human Male. Philadelphia and London:W.B.Saunders Company,1948:V.

的性爱标准。像金斯伯格、彼得·奥洛夫斯基(Peter Orlovsky)、巴勒斯等不少"垮掉派"作家都是公开的同性恋者,而克鲁亚克、尼尔·卡萨迪(Neal Cassady)等人虽然有着正常的婚姻,却也与圈内同性好友保持着长期的性爱关系。

性是一个与政治或社会评论相联系的流动概念,但性取向问题并不就意味着道德选择问题。在"垮掉派"诗人看来,理想的性应该是一种不受约束、不受审查的性。然而,在麦卡锡主义肆虐的20世纪50年代,不断受到美国当局与主流社会强化的美国盎格鲁一致性主流价值观体系越来越以男性为中心的异性恋与异性婚姻为圭臬,其他性取向都被判定为异端。不过,公众在墨守成规的同时,也对差异性的性行为尤为好奇与着迷,这或许就是金赛的性学研究报告成为这一时期的畅销书的重要原因。

"垮掉派"作家拒绝被强加正统异性恋之下的性别角色与性爱模式。他们通过作品抵制审查、表达自我,他们针对美国盎格鲁一致性主流价值观体系以及半机械、半军事化的美国军工体制表达背反立场,这些都可以看作同性恋群体所表现出来的品质。金斯伯格是"第一个将同性恋者直率的自我表达带入美国文化中心的公众人物";作为"一个先锋、反叛者和独创者",金斯伯格"从公共和个人两个维度扩展了诗歌边界"。[1]金斯伯格早期诗歌(《在社会中》《绿色汽车》《嚎叫》《加州超市》《卡迪什》《求求你 主人》等)大多不受婚姻或者异性恋等主流社会传统价值观标准的约束,同性恋书写极为明显。诗人在这些诗歌当中描绘了一个"男同性恋乌托邦国度",在那里,"无论是快乐还是痛苦,同性爱恋都是一种精神上的奉献与友谊的表达","自然万物为同性爱人之间的爱与忠诚提供了燃料"。[2]20世纪50年代,诗人这种对于同性之间自由爱恋幻想的表达无疑是对主流社会关于家庭与婚姻的传统价值观的严重背反。相对于资本主义二元对立思维话语建构,金斯伯格诗歌包容差异,倡导一种没有明确界限的主观性。同性恋或者双性恋等受到WASP美国主流社会群体尤其是麦卡锡主义者排斥的性取向恰是金斯伯格所着力书写的主题。

---

[1] Steven G.Axelrod, Camille Roman, Thomas Travisano.Eds.*The New Anthology of American Poetry*(*VOLUME THREE*):*Postmodernisms 1950-Present*. New Brunswick, New Jersey, London: Rutgers University Press, 2012:172.

[2] Polina Mackay."The Beat and Sexuality". In *The Cambridge Companion to the Beats*. Ed.Steven Belletto. Cambridge: Cambridge University Press,2017:180-182.

正如保罗·古德曼(Paul Goodman)在其《荒诞的成长》(Growing Up Absurd, 1956)中所说,"垮掉派"不是"单纯地逃避现世",而是一种对荒诞现实的反叛,因为"不给青年一代成长余地的社会现实就显得'荒诞'而毫无意义","垮掉派"诗人是"在以实际行动对一个有组织的体制进行批判",而且"这种批判在某种意义上得到了所有人的支持"。[①]不过,虽然"垮掉派"诗人具有某种反体制倾向,但这种批判并不意味要像20世纪30年代美国经济大萧条时期美国左派运动那样力图摧毁这一体制本身。也就是说,"垮掉派"诗人并没有完全拒绝并脱离这个他们认为充满着"虚伪、性压迫、服从"的社会,相反,他们所做的是"力求动摇这些痼疾,使社会本身变得放荡不羁"[②],因此,他们普遍热衷于一种"抽象政治学"(metapolitics),即,"心理或精神上的自由是政治自由的唯一确证"[③]。总之,对于美国现行政府体制,置身其中的"垮掉派"诗人采取的主要是一种嘲讽与拒绝同流合污的背反姿态,而他们表现嘲讽与反感的方式"便是做(以及写)控制着这个社会的'正人君子'所不齿或不敢做的事",如吸毒、纵欲、到处流浪、修禅念佛,"似乎只要走入极端,就能脱离这个叫人腻烦的社会,进入神秘的超脱境界"。[④]

金斯伯格来自一个犹太裔移民家庭,父母都曾是向往社会正义的无神论者,而金斯伯格的反叛意识正是发端于家庭的熏陶。相较于当时的大多数美国人,金斯伯格一家的政治观点都较为激进。他们一方面将美国视为潜在的希望之乡,另一方面坚信美国只有进行社会改革才能为公众提供更大的公平与公正机会。父亲路易斯·金斯伯格(Louis Ginsberg)是一名社会主义者。母亲娜奥米·金斯伯格(Naomi Ginsberg)是一名正式的共产党员,经常带着金斯伯格兄弟参加由共产主义者组织的活动和集会。同时,娜奥米还支持并全力践行着在当时看来极为古怪反常的裸体主义和素食主义。[⑤]深受父母价值观的影响和家庭氛围的熏陶,金斯伯格说不上完全从形式上,但至少在精神上会有所效仿。金斯伯格所追求的大多是同代人认为文化或社会意识上激进的世界观,因为他常常认为美国政府和主流社会

[①] 文楚安:《"垮掉一代"及其他》,四川大学出版社,2002年版,第60—61页。
[②] (美)戴维·斯泰格沃德:《六十年代与现代美国的终结》,周朗、新港译,商务印书馆,2002年版,第229页。
[③] Richard Gary. *A History of American Literature* (second edition). Malden: Wiley-Blackwell, 2012:611.
[④] 赵毅衡:《美国现代诗选》(下),外国文学出版社,1985年版,第20页。
[⑤] 有关金斯伯格的家庭情况和童年生活,参见 Bill Morgan. *I Celebrate Myself: The Somewhat Private Life of Allen Ginsberg*. New York: Penguin Books, 2006:4—32.

背叛了这个国家真正的价值和目标。

金斯伯格在20世纪50年代所写的诗歌是金斯伯格声誉的基石,这些诗歌大多与美国20世纪30年代经济大萧条所催生的个人和文化焦虑有关。在《嚎叫》《美国》《卡迪绪》等主要诗作中,金斯伯格以一种隐秘的方式书写了一个犹太裔世俗移民家庭在麦卡锡主义笼罩的美国下所遭受的屈辱、迫害以及绝望中的反抗。这些诗歌旨在反对传统诗歌的封闭形式,毕竟,对艺术、历史和性的遏制也是对人类自由表达需求的毒害。金斯伯格试图将民众从麦卡锡主义等冷战时期霸权主义网络中解放出来——无论是社会性的,还是个人性的。在贺祥麟看来,金斯伯格"开了美国一代诗风",因为在他之前,"没有一个诗人对美国的政治和社会进行过如此深刻而无情的揭露,也没有一个诗人对美国下层社会中被社会遗弃和遗忘了的流浪汉、漂泊者、吸毒者、同性恋者生活敢于作出如此赤裸裸的描绘"[1]。

克鲁亚克1922年出生于有着种族多样性的马萨诸塞州洛厄尔市。由于克鲁亚克来自一个讲法语的法裔加拿大天主教徒工人阶级家庭,其家族身份比较复杂。在主流WASP群体眼里,法裔加拿大人意味着愚蠢和懒惰,有着"白种黑人"的标签。更为复杂的是,克鲁亚克还有着爱尔兰人和美洲土著人血统,因而常常被人诟病为无家可归的混血儿。正是这种边缘化身份推动克鲁亚克在其作品中广泛运用各种语言策略来表达作者对于一切颜色标签(尤其是"白人男性"的标签)的不信任。在克鲁亚克的半自传体小说中有不少少数族裔女主人公。《地下人》(The Subterraneans, 1958)中的玛窦(Mardou)有着黑人和印第安人血统,而《特里莎》(Tristessa, 1960)中的特里莎也有黑人血统。在冷战文化中,这些女主人公的暗黑肤色成为"他者"的潜台词编码,与克鲁亚克自己作为男性混血的边缘化身份耦合。

然而,讽刺的是,由于商业化炒作,克鲁亚克常常被当作商业偶像来宣传。当著名时装品牌"盖普"(The Gap)利用"克鲁亚克在文化上的突出地位为其'卡其'服装系列大做广告宣传片"[2]之时,克鲁亚克无疑被简化成为一种偶像化标签。虽然这种视觉呈现可以突显克鲁亚克在美国消费文化上的重要性,但克鲁亚克本人作为作家的重要性却遭到极大的贬低。广告

---

[1] 贺祥麟:《难忘金斯伯格》,见《透视美国:金斯伯格论坛》,文楚安主编,四川文艺出版社,2002年版,第95页。

[2] Robert Holton. "Introduction". In *What's Your Road, Man? Critical Essays on Jack Kerouac's On the Road*. Eds. Hillary Holladay and Robert Holton. Carbondale and Edwardsville: Southern Illinois University Press, 2009:5.

所建构的"克鲁亚克"与克鲁亚克本人并没有任何实质性关联。相反,这些主流影视传媒往往会将一些怀旧而浪漫的刻板化印象强加给原本是先锋的"垮掉派"运动,从而形成一种将"垮掉派"反叛精神纳入主流文化价值观的神话化过程。

事实上,克鲁亚克曾目睹了20世纪30年代美国经济大萧条时期普通民众的经济困境。在整个20世纪30年代,克鲁亚克一家由于几乎每年都要搬家,经济状况不断恶化。当时,克鲁亚克只有十多岁,身心受到经济大萧条困境的严重影响。对克鲁亚克来说,这种影响将伴随终生。克鲁亚克的小说和诗歌作品很大程度上是对20世纪30年代的美国的想象与再现,饱含着一个年轻人在社会经济衰退时所感受到的痛苦与焦虑。因而,克鲁亚克似乎是力图通过其作品来塑造某种理想机制,从而创造出与盎格鲁一致性主流价值观和象征型现代主义文学不一样的不确定性、开放性、反认同或者去认同特质。克鲁亚克的半自传小说及其碎片化的诗歌凸显了深肤色女性和少数族裔的生命能量,不再像传统白人经典作品那样以牺牲女性和少数族裔男性为代价来颂扬白人男性气概,从而展现出一幅复杂的人性图景。

作为美国知名的反文化先锋人物,斯奈德是"最重要、最有影响力的美国诗人之一"[①]。对于斯奈德而言,诗歌"能够揭露当权者对语言的滥用,能够反叛各种用来制造压迫的危险机制,能够暴露出那些人为的低劣神话的浅薄之处"[②]。

早在1958年,斯奈德就曾在《常春藤评论》第2卷第6期(*Evergreen Review*, Vol.II, No.6)上发表24首寒山译诗。很快,斯奈德的美国本土化译诗所呈现的"佯狂似癫"的寒山诗和诗僧寒山本人都受到美国年轻一代的追捧,斯奈德俨然"成了一位垮掉英雄(a beat hero)和反文化的先锋",成就了一个美国文学史上经典的"反对符号"。[③]诗集《神话与文本》(*Myths & Texts*, 1960)可以看作系列长诗,包含行动、冲突和反思等故事情节线索,但故事的呈现方式由于穿插了大量美国印第安文化、佛教文本以及圣徒传记而显得"零碎"(fragmented),同"典型的现代主义线性叙述诗学"是"明显决

[①] Burt Kimmelman.Ed. *A Companion to 20th-Century American Poetry*.New York:Facts on File,Inc.,2005:464.
[②] Gary Snyder.*A Place in Space:Ethics,Aesthetics,and Watersheds*.New York:Counterpoint Press,1995:92.
[③] Robert Kern."Seeing the World Without Language". In *Orientalism, Modernism and the American Poem*.New York:Cambridge University Press,1996:237.

裂的"①。散文集《大地家族》(*Earth House Hold*,1969)被认为是"垮掉宣言":

  该文集中的早期文章显示,斯奈德越来越将佛教作为精神修行的指引,后期文章,尤其是《佛教和即将到来的革命》《为什么是部落》《达摩之问》等文章,更进一步地显示了斯奈德对于西方文化的拒斥以及对于东方和土著价值观的接受。②

  诗文集《龟岛》(*Turtle Island*,1974)于1975年获得普利策诗歌奖,斯奈德成为全美最为知名的诗人之一。头两部分的诗歌主要体现了诗人对美国当代工业化社会所持的批判态度,如《前沿》("Front Lines")和《大地母亲:她的鲸鱼》("Mother Earth:Her Whales");第三部分名为《献给孩子》("For the Children"),基调转变为高蹈的想象,诗人将当下生态遭到的破坏放到人类和地球的历史长河中予以关注,如《明日之歌》("Tomorrow's Song")。结尾部分《坦率之言》("Plain Talk")是一组散文,延续了斯奈德重视自然的诗歌创作理念,如名作《四季转换》("Four Changes")联系自然中的四季变化,考察了美国社会生活所经历的重大转变并给出了一些改进措施。

  总之,"垮掉的一代"是冷战文化中的异类。与美国正统的WASP群体不同,他们大多有着少数族裔身份,因被开除而甘愿流浪,迷恋禅宗,反对审查制度,不赞成种族隔离与种族歧视。为了摆脱美国正统的盎格鲁一致性价值观以及半机械、半军事化的美国军工体制的规训与压制,"垮掉派"诗人浪迹天涯,吸食毒品,主张性自由甚至公开自己的同性恋性取向。文化上,他们不相信政府、教会以及文化机构等一切形式的权威,因而,他们宁愿沉湎于波普爵士乐与摇滚乐,寻求官能满足,肆意挥洒青春,试图以感性的无政府主义生活方式来实现自我解放和个性自由。文学上,针对以整体性与统一性书写为创作原则的美国现代主义诗歌,"垮掉派"诗人力图以差异性与多元化书写原则为导向,打造有着极强的后现代性解构特征的诗歌作品。

---

① William T.Lawlor.Ed.*Beat Culture:Icons,Lifestyles,and Impact*.Santa Barbara:ABC-CLIO,Inc.,2005:332.
② William T.Lawlor.Ed.*Beat Culture:Icons,Lifestyles,and Impact*.Santa Barbara:ABC-CLIO,Inc.,2005:333.

第二节　文化狂欢中"第三代"诗歌的后现代性转向

　　20世纪70年代中后期到80年代初,十年"文革"梦魇刚刚结束,但它给国人留下的政治、经济、思想与文化等方方面面的历史伤痛却早已烙入人们的记忆最深处,不时地以各种文学形式涌上笔端。改革开放政策给人们带来了希望,但起步之初,阻力重重,其效应有待于进一步释放。在这样一个特定时代的文化语境之下,青年诗人们常常感受到各种有形无形不可名状的压力:他们一方面对主流意识形态、宏大叙事等政治性话语与说辞深感厌倦,内心因而充满了摆脱各种压抑的强烈欲望;另一方面,由于过于强调运用或象征或暗喻等"乌托邦"式的宏大叙事手法,曾经是先锋的现代主义诗歌创作越来越流于模式化与空洞化。年轻一代的诗人们需要找到新的先锋表达来书写其失望之下的反抗姿态。由此,"第三代"诗歌应运而生。

　　十年"文革"是一场以对几乎整个传统文化彻底的否定为代价的"造神"运动。在否定一切传统的权威之后,建立起了新的更大的权威。人们为了实现某种"完美而崭新"的"主义"而不惜彻底推翻几乎所有的传统价值、信仰和观念。现实生活中普通民众最为基本的生活与最低限度的人身安全保障遭受严重威胁与扭曲,人与人之间缺乏最基本的信任与关爱。迫于同主流意识形态保持统一步调的压力,文学创作与批评上的"假大空"日益沦为"大一统"极端性政治话语霸权的传声筒。

　　"文革"结束后,中国社会发生了一系列重大转变,"文革"期间建立起来的所谓"主义"与信仰再次被彻底推翻和否定。1978年5月11日,《光明日报》刊发《实践是检验真理的唯一标准》,第二天就被《人民日报》转载,全国性的"真理标准问题"大讨论由此拉开序幕;1978年12月18日召开的中共十一届三中全会提出了解放思想,开动机器,实事求是,团结一致向前看的方针。政治上这一系列重大举措推动了文艺界"拨乱反正"的诉求。于是,1979年第四次文代会提出了"坚持百花齐放、推陈出新、洋为中用、古为今用"的方针,要求"在艺术创作上提倡不同形式和风格的自由发展,在艺术理论上提倡不同观点和学派的自由讨论"[①]。及至1984年12月29日,

---

[①] 中国文学艺术界联合会:《中国文学艺术工作者第四次代表大会文集》,四川人民出版社,1980年版,第4—5页。

在中国作家协会第四次代表大会上，胡启立"受中共中央书记处的委托，向大会表示热烈的祝贺"，再次明确地重申"自由创作"的思想："创作必须是自由的"，"作家必须用自己的头脑来思维，有选择题材、主题和艺术表现方法的充分自由，有抒发自己的感情、激情和表达自己的思想的充分自由，这样才能写出真正有感染力的能够起教育作用的作品"，"我们党、政府、文艺团体以至全社会，都应该坚定地保证作家的这种自由"。①在新的文艺政策的支持之下，全国范围的文艺工作者的自由创作有了根本保障，大家都饱含激情地参与文化讨论与文艺创作之中，因为大家普遍认识到"自己对历史有责任"，而20世纪80年代的一个重要特点就是"人人都有激情"②。似乎一切水到渠成。1985年前后，中国艺术领域发生了一场"雪崩式的巨变"③，当代中国文学或至少是新时期文学有了一个新的起点。

不过，现实中文学思潮的发展似乎并没有严格按照主流意识形态话语的愿望，完全朝着"拨乱反正"路线重返20世纪50年代文学或"五四"新文学传统格局。曾经被否定的传统文化也并没有因为这次否定之否定而得到恢复，相反，人们似乎对既往一切都产生了质疑与反叛心态。毕竟，20世纪80年代以来，在改革开放逐步进入"深水区"时，难免会出现一系列短时间的波动与反复（如物价高涨、挤兑、倒买倒卖等），但在势不可当的商品经济大潮的冲击之下，人们先前的信仰和价值观似乎都悉数轰然倒塌。

一时间，文化惯性之下的革命浪漫主义遭受挫败，主流意识形态也遭到质疑，而中国传统文化资源以及曾经是先锋的西方现代主义思潮也都不能充分满足那些强烈呼求变革的人们的创造激情。彼时，总体上因为传统的深度话语模式与僵化的主流意识形态被消解，和更为广泛而深刻的市场化"金钱原则"的冲击与洗礼，中国人渐而失去了终极价值关怀，"崇高"与"理想"式微，"权威"难以为继，人们最为关心的是当下活生生的日常生活。某种后现代氛围随之悄然而至。正如有论者所说，后现代主义思潮在中国发生发展的历史文化背景，就是"展开着的市场经济，以及在此过程中形成的一个庞大的市民社会，还有他们特有的价值观"，而且"当一种西方哲学思潮在中国发生影响的时候，与这种背景感应的程度，决定了这种思潮影响的大小"④。

---

① 胡启立：《在中国作家协会第四次会员代表大会上的祝词》，《文艺研究》1985年第2期。
② 洪子诚：《重返八十年代》，北京大学出版社，2009年版，第69页。
③ 李陀：《往日风景》，见《今日先锋》第4辑，生活·读书·新知三联书店，1996年版，第126页。
④ 阎真：《百年文学与后现代主义》，湖南教育出版社，2003年，第166-167页。

一、文化狂欢：个性表达之吁求

中国共产党十一届三中全会胜利召开，重新确立了解放思想、实事求是的思想路线，确定把党和国家工作的重心转移到经济建设上来，"重新接续了百年中国现代化追求的梦想"，"再度凝聚了心情颓败的民众"，而"知识精英启蒙话语"也"再度确立"，"激愤的批判使备受压抑的心灵得以宣泄，此起彼伏的人文新思潮交织着幻想与憧憬"，确定了"时代浪漫明丽的文化主调"。[①]然而，这种改革开放或者现代化的过程，"必然要伴随着一个世俗化的过程"，而"在高昂的主调声中"，这种作为"文化潜流"的世俗化进程虽然"多少还显得有些卑微和不自信"，但"它积蓄的潜在能量在后来的日子里得到了释放"，也可以说，改革开放促进了经济的极大发展，但就文化意义而言，它无疑扩宽了进一步心灵解放的"社会期待"，这"无可避免地要触动一体化的文化霸权"，而"对固有文化语境的省察与'异质'的添加成为心灵解放的标示"。[②]

在这一语境之下，20世纪70年代末以来的思想解放运动是中国当代思想文化史上意义极为重大的思想解放思潮。特别是在20世纪80年代中后期，中国文艺界掀起了一场规模宏大的文化背反狂欢，这无疑是一次思想解放与文艺革新互为表里又互相促进的全国性变革浪潮。在著名学者李泽厚与刘再复看来，"只有触动了灵魂，人们的眼神才会焕发出光彩"，因此"激情就是开启八十年代灵魂的钥匙"。[③]在这种狂欢与激情之下，各路艺术家极力以流派的名义聚到一起，喊口号、出宣言、办刊物，各种带有"派系"特性的先锋艺术团体与诗歌流派一时间在全国各地勃然兴起，欲以成规模之势而达到整体出名的效果。

在美术界，从1985年开始，一些新锐画家以一种叛逆背反的姿态直接向中国传统绘画以及官方绘画规范发出挑战，发起了曾引起巨大轰动效应的"八五美术"先锋艺术运动。以"星星"画派为主要代表的艺术流派，在王川、张培力、耿建翌、宋永平等先锋画家的组织与运作之下，一举创造了当代中国先锋绘画艺术史上的一次辉煌。自1985年至1989年短短5年时

[①] 孟繁华：《众神狂欢：世纪之交的中国文化现象》，中国人民大学出版社，2009年版，第18页。
[②] 孟繁华：《众神狂欢：世纪之交的中国文化现象》，中国人民大学出版社，2009年版，第23-24页。
[③] 马国川：《我与八十年代》，生活·读书·新知三联书店，2011年版，第6页。

间,"八五美术运动"便经历了一个发生、发展直至结束的完整历程。"八五美术运动"是"一次典型的中国式的前卫艺术运动",其间出现了对现代与后现代、传统与西方等"各种艺术语言"进行大胆探索的群体性艺术活动;从观念语言以及艺术社会学的角度来看,它是"中国当代艺术中的一个革命性突变现象"①。事实上,在20世纪80年代中期狂欢化的文化热之中,"无数的会议和文化论争在大学的校内外展开",受此影响,"八五美术运动"大多数成员与国内外其他领域的先锋艺术家(包括诗人、哲学家、音乐家)深入交流,把"先锋派的身份从艺术家变成了兴趣广泛"的"文化战士",其所创作的主题几乎涵盖了"所有的文化和政治问题",而正是这一运动的群体特点"强化了它反传统和反权威的勇气和动力"。②

在小说领域,以马原、刘索拉、苏童、残雪、徐星、扎西达娃、孙甘露、格非等人为代表的先锋小说家相继在文坛崭露头角,创作出了一批在叙事语言与形式技巧上都令人耳目一新的先锋小说(如《冈底斯的诱惑》《叠纸鹞的三种方法》《你别无选择》《无主题变奏》《公牛》《西藏,隐秘的岁月》等),引起了一股先锋小说创作的热潮。这批先锋小说不但在"写什么"上突破了传统的创作规范,而且在"怎么写"上也创造了大量新颖的叙事技巧。与故事情节和人物性格相比,"小说形式与技巧"受到了更大的关注,"实现了文学从'内容'到'形式',从'历史'向'语言'的转换",文学的语言与形式成为"文学之为文学的特征和属性"。③

具体到诗歌,被主流诗坛视为"正宗"的现实主义诗歌大多有着明确的意识形态指向,诗歌创作风格也偏于单调。强调运用隐喻和象征手法、深具现代主义诗歌特征的朦胧诗首先对主流诗坛发起了有力冲击,引发了全国性的诗歌创作热潮,同时也引起了"崛起"派与保守派之间的激烈论争。虽然最终由于"清除精神污染"运动的影响,"崛起"派迫于压力不得不以自我检讨的形式退出,但朦胧诗的流行和论争本身足以说明,贵为"主流"的现实主义诗歌对诗歌思潮的发展和走向越来越难以把控。只是,后期朦胧诗在逐步走向体制化过程中也开始呈现出许多不良创作倾向,催生出大量的拙劣仿作,日益同日常生活和个体生命体验相疏离。

西方后现代主义思潮的显现和确立是历时性的,大体上经历了"上帝

---

① 高名潞:《墙:中国当代艺术的历史与边界》,中国人民大学出版社,2006年版,第16页。
② 高名潞:《墙:中国当代艺术的历史与边界》,中国人民大学出版社,2006年版,第40-41页。
③ 王本朝:《西南论坛·文学史上的1985年·主持人语》,《新文学评论》2015年第1期。

之死""人之死"等一系列现代主义深度价值模式失效之后产生的虚无之殇与无根之痛。然而,"后现代主义"与"现代主义"几乎同时涌入中国大陆,可以说是共时性概念。这一时期,中国大陆译介了大量的现代主义作品,其中不少属于后现代主义文学,只是当时人们还没意识到二者之间的区别。在20世纪80年代曾产生广泛影响的《外国现代派作品选》第三册中的篇目几乎都可以被视作后现代主义作品。由于各自的成长背景不同,朦胧诗人和"第三代"诗人选择了两条完全不同的创作路向予以借鉴,并在借鉴中探索适应中国当下具体语境的诗意表达:前者倾向于接受强调象征隐喻型现代主义诗歌,而后者在现代主义诗歌受到主流诗坛一致批判的情况之下,则更倾向于接受强调反文化与解构策略的后现代主义诗歌。从诗歌发展趋势来看,主流诗坛对以朦胧诗为代表的现代主义诗歌思潮和以"第三代"诗歌为中坚的后现代主义诗歌运动所采取的或打压收编或忽视斥责的态度,都已经很难压制诗人们在接触现代主义与后现代主义诗歌过程中所产生的强烈共鸣。[1]应该说,能产生这种共鸣与其说是精神和文化上"崇洋媚外",不如说实在是由于诗人们面临着"非常实际的写作的压力"[2]。在青年诗人眼里,当下诗坛的诗歌创作原则与手法过于单一,伪诗歌横行,西方现代主义、后现代主义诗歌恰好为他们进行诗歌创新提供了有益养分。

  从社会历史背景与艺术氛围来看,朦胧诗与"第三代"诗歌无疑又有着明显的差异。首先,朦胧诗的创作主要是在十年"文革"期间,总体上倾向于进行一种诗化的社会批判,其凸显出来的生命意识也主要是群体意义上的生命意识。与朦胧诗人相比,"第三代"诗人们则大多没有"文革"经历,也没有由之产生的历史与民族梦魇的负累,其诗歌创作所凸显的主要是个体的生命意识,强调对本能、直觉、潜意识等领域的开发。其次,朦胧诗诞生于现实主义诗歌大行其道、革命浪漫主义诗歌无限膨胀的时代氛围之中,加上当时的主流意识形态话语对西方文化、思想与意识形态基本上采取排斥与敌视政策,因此,作为一种诗歌革新诉求,朦胧诗倾向于接受并转化现代主义诗歌创作思想与手法,强调诗歌中的象征、结构和意象等元素的运用。然而,20世纪80年代初以来,随着改革开放政策的稳步推进,普

---

[1] 特别是"第三代"诗人大多没有"文革"经历,普遍带有一种边缘人心态,不再相信英雄主义、崇高意识等乌托邦理想。这种边缘人心态和情绪在精神上同那些自我放逐的"垮掉派"诗人颇有类似之处,而这也许正是"第三代"诗人不顾主流意识形态话语一直以来对"垮掉派"诗人及其诗歌猛烈批判而在反叛精神上与其发生强烈共鸣的重要原因。
[2] 陈晓明:《无边的挑战:中国先锋文学的后现代性》,广西师范大学出版社,2004年版,第16页。

通民众在思想、文化、社会意识等方方面面都获得了更大程度的解放,加上各种西方思想文化思潮共时性地涌进国门,国人眼界大开。一时间,流行摇滚歌曲(如《一无所有》《假行僧》等)风靡一时,第五代导演以《湘女潇潇》《老井》《乡音》《红高粱》等一大批力作挽救了趋于疲软的电影市场,"在野"艺术家们也热衷于举办个人先锋画展。可以说,20世纪80年代是艺术、文化和精神全面革新的年代,它所经历的是"雪崩式的巨变"[①]。在如此充满变革的年代,"第三代"诗人为了从被漠视的状态中突围,纷纷选择以群体的方式制造大规模"哗变"景观,强调回到诗歌本身,回到语言,回到个体的生命意识,因此,"第三代"诗歌总体上凸显出某种反讽、戏谑、拼贴甚至是闹剧色彩,创作心态多元,诗歌形式驳杂,逾规逾矩,却又立场坚定。

"第三代"诗人主要是以朦胧诗人为反叛对象的。朦胧诗往往以一种带有革命理想的宏大叙事方式坚守着某种反思性的、启蒙意义上的现代理性,多与民族和国家前途紧密相关,所表现的多为崇高、救赎、英雄、理想、启蒙等现代性主题,具有一定的思想深度。一开始,理性本来是"作为神话的解毒剂而出现的",然而,它后来"却变成了一种新式神话",从而"被广义地理解为西方文明合理化的最高命令"的启蒙;在这一"命令"之下,西方文明把自然"当做一个好像要为了主体的利益而加以剥削的他者来对待",可以说,理性主义"提高了人统治自然的力量",但同时也"增长了某些人对另一些人的统治"。[②]于是,统一性、整体性、宏大叙事、中心、启蒙等现代性词语越来越受到质疑,具体化、多样性、稗史、边缘、非理性等后现代概念开始进入人们的视野,文学与艺术踏上了"杂种"[③]旅途。

无论是从思维方式还是从创作技巧来看,一大批年轻诗人针对新诗传统发起了一次全国范围的颠覆性背反运动。在20世纪80年代那样一种狂欢化的思想与文化氛围之中,处于青春期的"第三代"诗人渴望以一种毫无顾忌的异端之诗来表达自己的质疑、愤怒、张狂与激情。20世纪80年代,整个中国百废待兴,物质生活水平亟待提高,交通与通信设施也远非完善

[①] 李陀:《往日风景》,《今日先锋》第4辑,生活·读书·新知三联书店,1996年版,第126页。
[②] 姜飞:《跨文化传播的后殖民语境》,中国人民大学出版社,2005年版,第200页。
[③] 基于后现代立场,于坚对"杂种"做出了正面理解,视之为话语贫瘠年代中的希望:"当代文化的许多迹象都表明,这个世纪末将会是一个'杂种'的时代。杂种从贬义到褒义的转变,其实不仅仅是一种语义史的运动。它也是文化史的运动,当一个时代的主流话语已经充满陈辞滥调,只剩下一些风度、座次之际,历史往往选择那些被传统视为'杂种话语'的话语来复苏我们对艺术的尊重,复苏我们久已丧失的创造力和想象力。"

发达。于是,"第三代"诗人往往以流派为主要单位,呼朋引伴地聚在一起喝酒聊天、高谈阔论、朗诵诗歌。这些诗人要么是在校大学生,要么是在工厂里做工,经济拮据,蓬头垢面,生活惨淡。可以说,在物质生活上,他们没有任何过多的奢求,哪怕是再便宜的酒菜他们也能吃出豪侠的感觉。因为,与优渥的物质生活相比,"第三代"诗人更为在乎的是精神上的自由与诗艺上的突破。

　　对于自认为只是日常生活中普通一员的"第三代"诗人而言,他们所着重表现的是放任而随意的日常生活。生活中那一个个鲜活的"小人物"抑或是"非英雄"早已不再是怀揣着某种崇高理想的英雄式人物。这种转变体现的是诗人们对创作主体身份的多元化选择。"第三代"诗人似乎更多地进入某种基于个人生命体验率性而为的非理性状态。当然,这里的"非理性状态"并不是说没有一般意义上的理性,只是它所强调的是要打破现代性那种整体性与统一性等宏大话语体系下的规约,从而呈现出多元化状态,以更注重于个人感觉与体验的个性化写作来消解传统意义上的道德感或是崇高感,从而凸显出某种随意散漫的主体性姿态。与朦胧诗完全不同的是,《有关大雁塔》《你见过大海》这类"第三代"诗歌早已不屑于展现一代人内心的焦虑与挣扎,反而着力呈现生存之中某种价值阙如的生命样态:因精神的匮乏与麻木,"第三代"诗人要么随遇而安,要么心生幻灭之感。

　　这里值得强调的一点是,如前所述,在1985年前后,中国当代先锋小说不再只关注"写什么",而是在"怎么写"上取得了重大突破,"实现了文学从'内容'到'形式',从'历史'向'语言'的转换"[1]。然而,早在1982年至1983年期间,不少"第三代"诗歌(如韩东的《有关大雁塔》《你见过大海》,于坚的《罗家生》《送朱小羊赴新疆》《作品第39号》以及王小龙的《外科病房》等)业已体现出从"写什么"到"怎么写"这一重要创作原则的转变。在中国先锋艺术实验运动最为活跃的1985年,"第三代"诗歌创作背离朦胧诗美学原则的倾向"已发展成一股强劲的运动"[2],而这一运动就是"以向后现代写作倾斜为其主要特征的"[3]。

　　朦胧诗在"文革"初期处于"地下"状态。及至20世纪70年代末80年

---

[1] 王本朝:《西南论坛·文学史上的1985年·主持人语》,《新文学评论》2015年第1期。
[2] 王光明:《艰难的指向:"新诗潮"与二十世纪中国现代诗》,时代文艺出版社,1993年版,第198页。
[3] 周伦佑:《第三代诗与第三代诗人》,见《亵渎中的第三朵语言花——后现代主义诗歌》,敦煌文艺出版社,1994年版,序言第1页。

代初,"文革"话语体系在巨大的文化惯性之下在社会上仍然具有强大的负作用力,"写什么"成为朦胧诗人抒发自我并进而释放文化反思与警示最为有效的表达方式。不过,追求真正个性化的自由创作在朦胧诗人那里并没有形成完全的自觉。恰逢1983年自上而下的"清除精神污染"运动的影响,不少朦胧诗人开始检讨与反思。加上众多粗劣的仿作极大地拉低了朦胧诗在公众心目中的地位,1984年后期,朦胧诗开始走向衰落。中国当代诗歌也随之开启了"从理性主义向行为主义转换"[①]的过程。"第三代"诗人不再像朦胧诗人那样局限于重大人生课题以及意识形态书写,转而开始调动一切技法书写自身在日常生活中个性化的生命体验与感受。因而,在于坚看来,朦胧诗是在"写什么"上突破了一些"写作上的禁区",而"第三代"诗歌则将"如何写"当作一个"实验过程",是"关于'如何写'"的一场革命。[②]从朦胧诗重点关注"写什么"到"第三代"诗歌在"怎么写"上寻求突破,这其实就是一次诗歌语言、创作形式以及创作理念的革新过程。"第三代"诗人突破了板结化的政治意识形态对思想与文化的禁锢,让新诗从千篇一律的集体主义、英雄主义等"宏大叙事"导向中解放出来,从而真正走向对日常生活的个性化体验与书写。可以说,从"写什么"到"怎么写"的转变体现的正是从意义、理性与价值等凸显文学深度的内容要素到叙事方法、语言至上以及非诗化形式等强调能指滑动的创作技巧上的转变,这是一次从现代主义诗歌到后现代主义诗歌的嬗变。

总之,对于朦胧诗所强调的悲怆感、责任感与使命感,"第三代"诗人一律采取质疑与排斥的态度。在20世纪80年代,乌托邦式的理想主义业已式微,一个"以经济建设为中心"的社会必然造就一个以日常生活幸福为价值指向的市民化世俗社会,普通民众的审美意识已不再以"崇高""英雄"等庞然大物为核心。可以说,诗歌越来越难以"在意识形态的对抗或竞争中定位",诗歌所面临的全新历史与文化语境"不再是连续不断的政治运动所造成的惶恐,而是更复杂、更具体,也更纠缠不清的日常生活"[③]。然而,在竭力守护文学传统的文学批评界和理论界那里,陈旧的文学思维仍然是"常识","第三代"诗人在没有话语权的情况下,不得不"揭竿而起",喊出各

[①] 徐敬亚:《圭臬之死》,见《与神语:第三代人批评与自我批评》,柏桦等著,中华工商联合出版社,2014年版,第442页。
[②] 于坚、谢有顺:《于坚谢有顺对话录》,苏州大学出版社,2003年版,第141页。
[③] 王光明:《导言 中国诗歌的转变》,见《中国新诗总系1979-1989》(第7卷),人民文学出版社,2009年版,第33页。

种反文化的口号以突出和表现自己,即李亚伟所说的"披着反文化的外衣,做先锋的事"①。

"第三代"诗人尤为注重日常生活本身。"第三代"诗人是有血有肉的凡人,有着青春期的冲动,也会逃课、酗酒、打群架,甚至还会因为行为不端而招致牢狱之灾。"第三代"诗人反对禁欲主义,反感极化的政治意识形态,对精英文化压制日常生活书写极为不满。在于坚看来,作为艺术方式,第三代人并不那么出色,第三代人最意味深长的是,他们给这个时代提供了一种充满真正民主精神的人生态度和生活方式。

"第三代"诗人的个性化诗歌创作与他们自由不羁的日常生活息息相关。20世纪80年代,资讯与通信都不发达,电视还是稀缺产品,电报或者电话在日常交流中并不常用,书信联系又太耗费时间。因此,在创作过程中,诗人们往往通过游走、聚会、喝酒、朗诵与高谈阔论等直接的体验性交流形式让"第三代"诗歌成为某种"流浪"的作品。20世纪80年代初中期,中国社会仍处于改革开放初期,"文革"的文化惯性使得人们仍然持有某种保守心态,对社会上所谓的"异端"力量依然采取否定甚至是拒斥态度。这一时期人们对于"垮掉派"作家及作品的质疑以及否定可作如是观。不过,随着全国性的思想解放浪潮不断深化与普通民众民主意识的进一步觉醒,"第三代"诗人作为先锋群体最先感受到多元化与差异性时代精神脉动的变化,率先从精神上探求一种自我放逐状态:"饮酒、豪歌、爱情、逸乐,恰是这种日常生活美学化、美学意念日常化的产物,它促成了一种相当普遍的生活态度、生命姿态,乃至人生志业。"②

"第三代"诗人一方面在日常行为举止上采取背反姿态,另一方面也在诗歌创作中追求有别于新诗传统的个性化表达。这是一种倡导差异性与多元化、符合后现代个性化进程的个性化书写:"个性化进程消融了高度的僵化性与高不可攀性,并培育出了一种冷漠的宽容,而且在那不受一切至上权威以及现实的参照所禁锢的认知领域内,它还引入了差异权、特异权以及多样化权,由此,对'真实'帝国的摒弃成为了后现代的一个显著特征。"③对于"莽汉主义"诗人来说,"莽汉主义"并不仅仅是诗歌,更主要的可

---

① 黄兆晖、陈坚盈:《一个诗人最终会返回历史——与莽汉派诗人李亚伟的对话》,《青年作家》2007年第9期。
② 柏桦:《左边:毛泽东时代的抒情诗人》,江苏文艺出版社,2009年版,第150页。
③〔法〕吉尔·利波维茨基:《空虚时代:论当代个人主义》,方仁杰、倪复生译,中国人民大学出版社,2007年版,第132—133页。

能还是诗人们在日常生活中自由地"游走"与"折腾"。对于这种体验性书写,李亚伟曾不无豪迈地写道:"我行遍大江南北,去侦察和卧底,乘着酒劲和青春期,会见了最强硬无理的男人和最软弱无力的女人";"从一个城市到另一个城市去喝酒,从一个省到另一个省去追女人"。①

事实上,"第三代"诗人大多出生于20世纪60年代;20世纪80年代初期,他们基本上还只是在校大学生。"第三代"诗人没有像20世纪50年代出生的中国知识分子那样经历过"上山下乡"运动的再教育,对于父辈们所承受的巨大压力他们也只有或深或浅的间接认识。因而,处于20世纪80年代的文化狂欢之中,少年时期所接受的革命教育并不能阻挡这批渴望求新求变的年轻大学生们创新甚至是标新立异的冲动。曾以"流氓叙事"来定义"第三代"诗歌的批评家朱大可对当时的大学校园以及校园诗人有过诙谐但不失深刻的描述:

作为新知识分子摇篮与堡垒的大学校园,成为诗人觊觎和混饭吃的目标。校园里到处是浑身脏兮兮的流浪诗人的身影,他们混迹于学生中间(抑或其本身就是到处流窜、进行"话语作案"的学生),蓬头垢面,浑身散发着臭气,笑纳着学生们的饭票和床铺。诗歌是他们的身份、通行证、个人尊严和价值的表述,也是换取钱粮的唯一信物。校园在孕生国家主义接班人的同时,也成为滋养文化流氓的主要温床。②

在朱大可看来,"在中国现代文学史上,还没有哪个时期像20世纪80年代那样,到处回响着诗人的脚步声,仿佛是一种急切的鼓点,敲击着沉闷的文坛,令它获得了一种涌动的生机",而"莽汉主义"诗歌把这种特征无限放大,推向极致:"莽汉们离乡背井,颠沛流离,用脚足大步书写诗歌。城市、原野、客店、酒坛、女人、乳房和裙钗,这些事物像水一样从身边流过,成为诗歌的无限美妙的源泉。"③

---

① 李亚伟:《流浪途中的"莽汉主义"》,《星星》(下半月)2010年第11期。
② 朱大可:《流氓的盛宴:当代中国的流氓叙事》,新星出版社,2006年版,第192页。
③ 朱大可:《流氓的盛宴:当代中国的流氓叙事》,新星出版社,2006年版,第205-206页。

二、"第三代"诗歌的后现代性转向

20世纪80年代初期,为朦胧诗辩护的"三个崛起"论①在中国当代诗坛引发了巨大争议。客观上,这些争议最终为朦胧诗进行现代主义诗歌艺术变革提供了广阔的书写空间与重要的发展契机。出于对"十七年"诗歌以及"文革"诗歌那种"政治代替人性、集体消弭个人"的写作传统的反叛,朦胧诗人"以象征为中心,引进意识流、蒙太奇手法","探掘语言的张力潜能,孕育出朦胧蕴藉的审美品格,实现了一次现代主义的辉煌定格"。②沈阳春风文艺出版社1985年正式出版的《朦胧诗选》在1986年荣获全国优秀畅销书奖,后来还多次被再版发行。但繁荣的背后,朦胧诗早已是危机重重。首先从内部而言,后期朦胧诗大多带有强烈的寻根倾向,常常将自我意识与民族历史捆绑起来,试图在传统文化中找到自我主体所能依傍的文化脉络,如杨炼写于1983年的成名作《诺日朗》与1984年的《周易》《自在者说》很大程度上呼应了当时小说界文化寻根的创作热潮。然而,及至1985年,"文化寻根热"盛极而衰。随着粗糙的、空洞意象泛滥的模仿之作大量涌现,朦胧诗也开始逐渐丧失其创新锐气。与此同时,在这一中国先锋艺术实验运动"最为活跃的"年份,与小说界马原的叙事实验、残雪的梦魇复现以及刘索拉、徐星的迷惘小说遥相呼应,"以向后现代写作倾斜为其主要特征"③的"第三代"诗歌创作背离朦胧诗美学原则的倾向,"已发展成一股强劲的运动"④。不像热衷于政治题材且具有担当精神的朦胧诗人,"第三代"

---

① 指的是谢冕的《在新的崛起面前》(《诗探索》1980年第1期)、孙绍振的《新的美学原则在崛起》(《诗刊》1981年第3期)和徐敬亚的《崛起的诗群——评我国诗歌的现代倾向》(《当代文艺思潮》1983年第1期)。三篇论文指出社会学与美学之间的不一致性,朦胧诗代表了由非我向自我、回归艺术本身的趋势,倡导打破传统积习的现代主义艺术革新。论文为朦胧诗以及现代主义诗歌美学的传播与接受做出了重要贡献,同时也招致了全国范围的批判。1983年秋,由于"清除精神污染"运动带来的巨大压力,当事人都不得不做出"自我检讨"。其中,徐敬亚本是旨在"培养接班人"的《诗刊》"青春诗会"第一届成员,却最终成了诗歌传统的"掘墓人":《崛起的诗群》的发表经过了层层请示审批,甚至惊动了贺敬之(时任中宣部副部长)。最终,还没等刊发该文的《当代文艺思潮》刊印出来,大型"讨论会"就在北京召开,长春、兰州、重庆等地也很快召开了很多会议,其中,吉林省的"讨论"力度尤其大,批评该文的文章多达数百篇,一位领导还将该文定性为"背离了社会主义文艺方向",并亲笔删掉了徐敬亚名字后面的"同志"二字。徐敬亚写下检讨书,经过多次修改才最终通过,本以为只是内部检讨,却赫然登上了《人民日报》(1984年3月5日),很快,《文艺报》《诗刊》《文艺研究》等进行了全文转载。1985年末,"第三代"诗歌浪潮席卷而来,《当代文艺思潮》再次向徐敬亚约稿,《圭臬之死》出炉,这一次竟直接导致《当代文艺思潮》停刊。(见张映光:《徐敬亚:因诗歌"掘墓"而"殉道"》,《追寻80年代》,新京报编,中信出版社,2006年版,第183-186页)
② 罗振亚:《朦胧诗后先锋诗歌研究》,中国社会科学出版社,2005年版,第5页。
③ 周伦佑:《第三代诗与第三代诗人》,见《亵渎中的第三朵语言花——后现代主义诗歌》,周伦佑选编,敦煌文艺出版社,1994年版,序言第1页。
④ 王光明:《艰难的指向:"新诗潮"与二十世纪中国现代诗》,时代文艺出版社,1993年版,第198页。

诗人因其文学与社会的双重边缘人处境,开始自觉地游离于政治意识形态与主流话语规范之外,转而回归诗歌艺术本身。加上改革开放之后后现代主义文学思潮在中国所受到的大面积批判式的译介与传播,"第三代"诗人逆势而动,开始普遍采用碎片化与解构性的艺术策略来表现日常俗世生活中的反文化、反价值与反崇高等后现代性反叛特质。

诚然,许多"第三代"诗人都曾受到朦胧诗人的惠泽乃至提携。韩东就曾是《今天》尤其是北岛诗歌的忠实信徒。在韩东看来,朦胧诗"既是对'今天'诗歌的一种普及,使之浮出水面,同时也是一种降低",因为20世纪80年代"对'朦胧诗'的公开讨论,水准也比较低下",而公众在媒体的推动之下,"只知顾城、舒婷,不知芒克、多多、江河"。然而"北岛、芒克、江河、多多"这些朦胧诗人却是"第三代"诗人的"最爱":"我们只认《今天》,只认北岛",阅读《今天》让人"心神俱震,持之良久"。随后,"从意象的经营到语气方式",韩东开始彻底而自觉地"模仿"《今天》。[①]韩东所言非虚。1980年9月,还是一名在校哲学系学生的韩东曾仿照北岛那种悲愤而冷峻的风格写过一首《无题——献给张志新》[②]:

当黑暗围拢的时候/唯一发白的/是你那失血的脸庞//这是冰凌/是岩石构成的月亮/封冻着潮水般的感情和思想/沉重的夜/把你挤碎/每一块碎片/都化做一颗星光//从此/天空布满了冷峻的眼睛/大地回荡着爆裂的声响

从诗歌的意象构成、表达语气、构思框架甚至是韵律与节奏来看,这首诗都可以说是一首典型意义上的朦胧诗。

韩东用"长兄为父"来定义北岛,足见北岛及《今天》在韩东等"第三代"诗人心目中不可或缺的地位。然而,北岛最终还是"牺牲"了,北岛那原本"纯正的艺术目的"因过于浸淫于时代的激荡与悲愤,从而显得太过"政治化"了,艺术随之也受到了"伤害";"经过了北岛,北岛的理由就不再是我们的理由",所以"我们没有理由再一次牺牲","我们不伤害艺术"。[③]可见,从精神层面来看,文学上的"寻父"情结与"弑父"冲动似乎总是相伴而生的。对"第三代"诗人而言,北岛及《今天》的"父亲"形象曾经异常伟岸而高大,但要想"成家立业",类似"Pass北岛"这类"弑父"行为似乎是必不可少的

---

① 韩东:《长兄为父》,《韩东研究资料》,何同彬编,人民文学出版社,2016年版,第330页。
② 韩东:《无题及其它》,《诗刊》1981年第7期。
③ 韩东:《三个世俗角色之后》,见《磁场与魔方——新潮诗论卷》,吴思敬编选,北京师范大学出版社,1993年版,第204页。

"成人礼"。韩东曾如是坦言:

> 我们真正的"对手",或需要加以抵抗的并非其他的什么人和事,它,仅仅是"今天"的诗歌方式,其标志性人物就是北岛。阅读《今天》和北岛(等)使我走上诗歌的道路,同时,也给了我一个反抗的目标。此乃题中应有之意。有人说,这是"弑父原则"在起作用,姑且就这么理解吧。[1]

其实,早在1982年创作《有关大雁塔》时,韩东的诗歌创作美学观已然发生转变:

> 八二到八四年,我在西安陕西财经学院教书,我们学校就在大雁塔的下面。……从学校的院子里看大雁塔也挺令人失望。当时我是一个"诗人",来西安之前刚读过杨炼的"史诗"《大雁塔》。在这首浮夸的诗里大雁塔是金碧辉煌、仪态万方的。我的失望之情开始针对大雁塔,后来才慢慢转向杨炼的诗。在此刻单纯的视域里,大雁塔不过是财院北面天空中的一个独立的灰影。它简朴的形式和内敛的精神逐渐地感染了我。这是我的美学观形成的一个重要时期。[2]

可见,《有关大雁塔》是韩东消解"大雁塔"这一充满历史文化象征意义的隐喻性符号的一次主动出击,体现了诗人由模仿朦胧诗的隐喻象征型创作模式到直抵物象本身(大雁塔的"简朴的形式")的日常事物美学化转向,因而,《有关大雁塔》才会被视为"第三代"诗歌的"写作'宪章'",具有"消解'圣词'的后现代主义意味"[3]。作为"第三代"诗人争相效仿的经典篇什,《有关大雁塔》是"第三代"诗人整体诗歌创作美学转向的先兆。对韩东个人来说,他早在1982年就基本上完成了这种转向,正如其所言:"1982年,我写出了《有关大雁塔》和《你见过大海》一批诗,标志着对'今天'诗歌方式的摆脱。"[4]当然,这种"摆脱"也是相当艰难的。从1982年到1984年,韩东总共创作不到十首诗歌,"量少也意味着心思的复杂",因为这类诗歌创作"完全是推倒重来或从零做起","困难和困扰也特别多"[5]。总体来看,韩东这段时期"在文学精神继承关系上的自我了断,以及推倒后重建的文学革

---

[1] 韩东:《长兄为父》,《韩东研究资料》,何同彬编,人民文学出版社,2016年版,第330页。
[2] 韩东:《有关〈有关大雁塔〉》,见《韩东散文》,中国广播电视出版社,1998年版,第156页。
[3] 陈超:《二十世纪中国探索诗鉴赏》(下),河北人民出版社,1999年版,第892页。
[4] 韩东:《长兄为父》,《韩东研究资料》,何同彬编,人民文学出版社,2016年版,第330页。
[5] 刘利民、朱文:《韩东访谈录》,见《韩东散文》,中国广播电视出版社,1998年版,第274页。

命精神,在新时期文学史上堪称极具震撼力和影响力的事件"[1]。

及至1983年,已有不少其他中国式的后现代诗歌写作实践(如王小龙的《外科病房》、于坚的《作品第39号》等)出现,但若论及"第三代"诗歌从整体上反叛并超越朦胧诗那种强调意象化的隐喻象征型诗歌创作原则,则要等到1985年前后才最终实现。

事实上,1985年前后,"第三代"诗歌逐渐形成了自身独特的诗歌创作美学原则。彼时,"第三代"诗人"在诗坛边缘集结、突进","以与社会规范故意作对的顽童心理来抵抗主流文化对他们的拒绝"。[2]著名的《撒娇宣言》在回顾"撒娇派"诗歌创建过程时写道:"第一届撒娇诗会是开在八五年五月十九日的上海师大。一大帮朋友和一大帮敌对者都在,好不热闹。我们把人骂得狗血喷头,我们被人骂得狗血喷头。"[3]郑敏1989年就曾指出,"第三代"诗人"在1984—1985年已显示出其后现代主义的锋芒",他们"明确地反理性中心论、反逻辑中心论、反艺术美、追求艺术丑,还常有禅宗意识",他们"吸取了垮派的反理性中心论、反文化中心论,诅咒典雅,追求禅境,用最粗的语言写诗以打击文化阶层的重礼仪和唯知识",而四川的"莽汉"派就"属于这种类型"。[4]而按照徐敬亚的判断,从1985年开始,中国的现代诗分为"以'整体主义'、'新传统主义'为代表的'汉诗'倾向和以'非非主义'、'他们'为代表的后现代主义倾向",前者"成功尚小",后者是"比朦胧诗群庞大得多的阵容",使人感到中国现代诗的"巨大潜在力",将成为现代诗主流的"标志"。[5]可以说,1985年是中国新诗发生后现代转向的关键年份。

接着,1986年10月,由《深圳青年报》和《诗歌报》联合举办的"现代诗群体大展"将这种转向推向了公众的视野。大展以独特的集体行动和语言策略表现出一种同主流诗坛以及朦胧诗大相径庭的个人生命体验与自我意识。一时间,各种诗派全然高调地涌向地表,在发表各自反叛宣言的同

---

[1] 张元珂:《韩东论》,作家出版社,2019年版,第79页。
[2] 刘纳:《诗:激情与策略——后现代主义与当代诗歌》,中国社会出版社,1996年版,第33-34页。
[3] 京不特:《撒娇宣言》,见《中国现代主义诗群大观1986—1988》,徐敬亚、孟浪等编,同济大学出版社,1988年版,第175页。
[4] 郑敏:《回顾中国现代主义新诗的发展,并谈当前先锋派新诗创作》,《现代世界诗坛》1989年第2辑;参见《郑敏文集·文论卷》(中),北京师范大学出版社,2012年版,第416页。
[5] 徐敬亚:《前言一:历史将收割一切》,见《中国现代主义诗群大观1986—1988》,徐敬亚、孟浪等编,同济大学出版社,1988年版,前言第3页。

时也展现出"第三代"诗歌全新的诗风。[①]历史噩梦已成过往。新的语境之下,诗歌越来越难以仅凭遵循意识形态定位而存活。面对日益纠结缠绕、具体而复杂的日常生活,青年诗人们普遍都有着凭借切身体验通过诗歌来展现其先锋诗学主张的强烈需求。对此,隐喻象征型美学却早已显得捉襟见肘,现代主义诗歌因此也就显得不再先锋了。由此,尚仲敏在《大学生诗派宣言》中宣称:我们的艺术主张是:"a.反崇高。……b.对语言的再处理——消灭意象!……c.它无所谓结构,它的总体情绪只有两个字:冷酷!……说它是黑色幽默也未尝不可。"[②]"莽汉主义"诗歌宣称要"极力避免"那些"博学和高深"以及"精密得使人头昏的内部结构或奥涩的象征体系"。[③]"撒娇派"诗人想到"活着很难,还要继续活下去",写诗就是"因为好受和不好受","说说想说的,涂涂想涂的"。[④]"他们"诗派坚信诗到语言为止,关注的是"诗歌本身",是"由语言和语言的运动所产生美感的生命形式",是"作为个人深入到这个世界中去的感受、体会和经验"。[⑤]后来,杨黎又提出"诗从语言开始",并进而认为,从"诗到语言为止"到"诗从语言开始","第三代"诗歌"完成了写作的自给自足和写作的自我完善"。[⑥]

实际上,"第三代"诗人在基于自身的个人经验和时代感受去反叛并超越朦胧诗美学原则之时,就面临着"三重焦虑",即,朦胧诗当时所处的"生

[①] 要想获得话语权,通过创立流派而整体出击是"第三代"诗人的必然选择。诗人们自发组织诗歌团体,自办诗歌刊物,举办简陋而不失水准的读诗会,从时代现场出发,以诗歌的名义去感受当下社会的鲜活,并经由诗歌张扬一种新时代的自由精神。事实上,"莽汉主义"流派也是李亚伟们"有意制造出来的",是策略性和表演性的:就外在而言,"追求怪异时髦的打扮和行为,到处抛头露面";在写作内容上,"写自己读书和工作中的故事,写自己醉酒和漫游浪荡的经历,语言热烈新奇",而这种表演性的意图,"就是要和上一代传统诗人相区别",强调"自己压根就不崇高",渲染"自己不在乎文化",而且自认为是走在"创新路上"的先锋人物,是"语言的暴发户";同时,"莽汉主义"的这种表演性也正说明了成立流派只是"第三代"诗人争夺话语权的"权宜之计",是为了砸烂那些庸俗虚假的主流文化的"开路的工具"(李亚伟:《口语和八十年代》,见《李亚伟诗选》,长江文艺出版社,2015年版,第170页)。
[②] 参见《中国现代主义诗群大观1986—1988》,徐敬亚、孟浪等编,同济大学出版社,1988年版,第185-186页。此后,尚仲敏更加明确地提出,要反对现代派,就得"首先要反对诗歌中的象征主义":"象征是一种比喻性的写作",象征主义因"造成了语言的混乱和晦涩,显然违背了诗歌的初衷,远离了诗歌的本质"(尚仲敏:《反对现代派》,见《磁场与魔方——新潮诗论卷》,吴思敬编选,北京师范大学出版社,1993年版,第234页)。
[③] 李亚伟:《莽汉主义宣言》,见《中国现代主义诗群大观1986—1988》,徐敬亚、孟浪等编,同济大学出版社,1988年版,第95页。
[④] 京不特:《撒娇宣言》,见《中国现代主义诗群大观1986—1988》,徐敬亚、孟浪等编,同济大学出版社,1988年版,第175-176页。
[⑤] 参见《中国现代主义诗群大观1986—1988》,徐敬亚、孟浪等编,同济大学出版社,1988年版,第52页。
[⑥] 杨黎:《我写,故我不在:答李九如何(代序)》,见《我写,故我不在:一个废话主义者的废话语录》,百花洲文艺出版社,2015年版,第10页。

存的焦虑('三个崛起'受到严峻的批评)"、"影响的焦虑"以及"自我焦虑"。①处于文学和社会双重边缘人位置的"第三代"诗人看到朦胧诗人因"生存的焦虑"而日趋保守并逐渐被"收归"主流诗坛,曾经的偶像一时之间崩塌了。于是,诗人们频遭遮蔽、难被认同的"自我焦虑"也随之日益强化。此时,借助西方后现代主义思潮"影响的焦虑","第三代"诗歌以其独特的后现代特质反叛朦胧诗所代表的现代主义倾向,其中"大学生诗派"的"一些理论观点,尤其是'反崇高'和'消灭意象',事实上也已经成了整个后新潮诗学的源头和滥觞"②。针对朦胧诗强调象征和暗喻的意象化写作,"第三代"诗歌主张,"反对现代派,首先要反对诗歌中的象征主义",因为"象征主义造成了语言的混乱和晦涩"。③通过强调原生态口语的语言还原,"第三代"诗人在抒情策略上转向了日常生活叙事的"冷抒情",直抵生命体验本身:"莽汉主义"诗人诅咒典雅、亵渎崇高,"非非主义"诗人反崇高、反文化,"他们"诗派采用原生态口语。总之,"第三代"诗歌极大颠覆了朦胧诗的意象化美学原则。

应该说,"第三代"诗歌针对朦胧诗意象化美学原则这种颠覆性的诗歌写作实践,跟20世纪80年代初中期青年诗人争当先锋的心态密切相关。他们往往紧跟西方的最新动态,将后现代主义理论"生吞活剥地引进到自己的宣言和宏论中"④。而对于"第三代"诗人受到的后现代主义思潮的影响,徐敬亚曾有过如此表述:"这几年诗坛上外国文化的影响已由'欧洲精神'转向'美洲精神',精确地说是当代美国诗歌的精神。被《嚎叫》唤醒的'莽汉主义'在四川,被'黑色幽默'感染的'他们'在南京,实际地奉行着类似美国'自白派'的原则。"⑤的确,二战后,美国作为传播后现代主义思潮的重镇,其后现代主义诗歌对"第三代"诗歌颇具影响力,如诗人郑敏就曾认为,"第三代"诗歌的"美国典型"就是"充满反叛精神的垮派艾伦·金丝伯格和以袒露自己的黑暗意识为创作动力的自白派如塞·普拉斯"⑥。

可见,中国当代诗歌的后现代性转向与西方后现代主义理论与创作特

---

① 王光明:《艰难的指向:"新诗潮"与二十世纪中国现代诗》,时代文艺出版社,1993年版,第201页。
② 於可训:《当代诗学》,湖南人民出版社,2000年版,第209页。
③ 尚仲敏:《反对现代派》,见《磁场与魔方——新潮诗论卷》,吴思敬编选,北京师范大学出版社,1993年版,第234页。
④ 郑敏:《诗歌与文化——诗歌·文化·语言》(上),《诗探索》1995年第1期;《郑敏文集:文论卷》(中),北京师范大学出版社,2012年版,第426页。
⑤ 徐敬亚:《圭臬之死》,见《与神语:第三代人批评与自我批评》,柏桦等著,中华工商联合出版社,2014年版,第442页。
⑥ 郑敏:《回顾中国现代主义新诗的发展,并谈当前先锋派新诗创作》,《现代世界诗坛》1989年第2辑;《郑敏文集:文论卷》(中),北京师范大学出版社,2012年版,第416页。

别是美国后现代诗歌在中国的传播与接受有着很大关系。事实上,从1980年到1985年,上海文艺出版社版陆续出版的《外国现代派作品选》(全四册)就曾大规模译介了西方广义上的现代主义文学代表作品,这在20世纪80年代具有破冰解冻的重要意义。其中,1984年出版的第三卷包括荒诞文学、新小说、"垮掉派"作品(包括郑敏翻译的《嚎叫》第一节部分诗行)和黑色幽默作品。1985年9月,美国杜克大学教授詹姆逊(Fredric Jameson)应北京大学比较文学研究所和国际政治系之邀,在北京大学以后现代主义为主题进行了为期4个月的系列演讲。这次系列演讲对中国学界和文坛都产生了重要影响。1986年,该演讲由唐小兵翻译并题名《后现代主义与文化理论》正式出版,这立刻引起王宁和王岳川等学者的注意,他们积极投入与后现代主义相关的研究工作之中。1992年到1995年间,西方后现代主义译介和研究工作达到高潮。①而且,整个20世纪80年代,还在大学接受教育的"第三代"诗人都能通过《外国文艺》《世界文学》《外国文学》《外国文学动态》等杂志,了解到那些刚刚翻译过来的西方后现代主义最新作品:

> 最多的时候,到大学二三年级间,我已有十几个抄诗的本子了……它们按国别或流派分类,更多的则是诗人的个人诗抄。……洛尔卡、艾吕雅、罗伯特·布莱、博尔赫斯、加利·施奈德、马雅可夫斯基、聂鲁达……他们也在我这里享受着各占一个本子的待遇。要是你认为抄录除了是细致的阅读,还是一丝不苟的仿写,那么,现在不知藏在哪里的十几个本子,留存的该是我诗歌学徒期最为实在的自我训练。②

从"第三代"诗人陈东东这段回忆性的自述文字中,可以看到"第三代"诗人对西方现代主义和后现代主义的辨别、学习、吸收与模仿的过程。

在1984年前,学界断断续续评介了"垮掉派"文学(尤其是克鲁亚克的

---

① 1992年,中国社科院文学研究所和中国比较文学学会后现代研究中心在北京联合召开了"后现代:台湾与大陆的文学形势"研讨会;1993年,北京大学、中国社科院文学研究所、中国比较文学学会后现代研究中心、德国歌德学院北京分院和南京《钟山》杂志在北京大学召开了"后现代文化与中国当代文学"国际研讨会;1994年,由中国现代外国哲学学会主办、陕西师范大学承办的"后现代主义与当代中国"研讨会在西安举行。这几次会议规模大,对中国学界后现代主义研究起到了巨大的推到作用,一系列重量级研究论著也不断推出,如王岳川《后现代主义文化研究》(1992)、王宁《多元共生的时代:二十世纪西方文学比较研究》(1993)、张颐武《在边缘处追索》(1993)、王治河《扑朔迷离的游戏》(1993)、陈晓明《解构的踪迹:历史、话语与主体》(1994)等学术专著以及《中国后现代文学丛书》(四卷本)(1994)、《当代潮流:后现代主义经典丛书》(五卷本)(1995)两套挂上后现代名称的丛书。
② 陈东东:《杂志80年代》,《收获》2008年第1期。

《在路上》),但不成气候。1984年10月"垮掉派"诗人金斯伯格和斯奈德随同美国作家20人代表团来大陆访问。11月,二人受邀到广西师范大学外语系做演讲,立刻引起轰动。随后,"垮掉派"诗歌才开始逐渐受到重视。"垮掉派"文学的反叛思想与特质对"第三代"诗歌尤其是"莽汉主义"诗歌颇有影响。在论及"莽汉主义"诗歌时,批评家程光炜曾明确指出其与"垮掉派"诗歌的血缘关系:"'莽汉'不仅是一个诗歌概念,还是一种行为和生活方式,是中国聚众起义的传统与美国五六十年代垮掉派思潮的奇妙结合。因为受到金斯伯格长诗《嚎叫》的影响,莽汉诗人崇尚口语,力主故事性、挑衅性、反讽性和朗诵风格,追求生命的原生和真实,反对以大师的口吻去写诗,他们自嘲写的是'浑蛋诗歌'";而在具体评价"莽汉主义"创始人之一胡冬的代表作《我想乘上一艘慢船到巴黎去》时,作者也认为该诗"反映出一代人心态的变化,对传统人生模式的嘲讽,对社会通行准则的不屑,明显带有垮掉派文学的痕迹"。[①]

事实上,在读过金斯伯格诗歌之后,李亚伟颇感惊讶之余,也仔细对比并分析了"莽汉主义"诗歌与"垮掉派"诗歌的共性与不同点。李亚伟看到了"两个流派在反叛、破坏和奇思异想等方面的一致性和人生态度、文化背景及遗传上的不同处",而"莽汉主义"从一开始"就充满了精彩的封建主义糟粕、文盲的豪气和无产阶级不问青红皂白的热情以及中国百姓人情味十足的幽默和亲热"[②]。确实,美国"垮掉派"诗歌不仅仅是文学流派,更是和当时各种抗议浪潮联系紧密的一种群体性社会运动,而包括"莽汉主义"诗歌在内的整个"第三代"诗歌却没有过多的"反社会"倾向,其反叛倾向大多限于文学层面,即反叛朦胧诗意象化的现代主义写作原则,以强调旨在叙写自我的平民意识以及反文化、拒绝隐喻[③]和象征、拒绝宏大史诗写作原则的后现代主义写作倾向。正如上文提及的李亚伟所做的反思,"莽汉主义"诗人的行为方式与写作实践,虽然有着西方"垮掉派"文化的影子,但骨子里还是中国式的。

当然,理论与实践之间往往存在着距离。20世纪90年代上半期以来,

---

① 程光炜:《中国当代诗歌史》,中国人民大学出版社,2003年版,第294页。
② 李亚伟:《英雄与泼皮》,见《豪猪的诗篇》,花城出版社,2005年版,第228-229页。
③ "拒绝隐喻"是于坚首先提出的一个诗学观念。隐喻无处不在,在诗歌创作过程中不可能完全回避。按姜涛的理解,于坚当时"提出拒绝隐喻的时候","基本上针对的是具体的问题,并不是泛指";于坚所要拒绝的隐喻指的是"陈旧的、对于诗歌、对于语言的理解,并不是说对所有隐喻的回避"(姜涛等:《一次穿越语言的陌生旅行——于坚的〈啤酒瓶盖〉解读》,见《以个人的方式想象世界:于坚的诗与一个时代》,马绍玺、胡彦编著,生活书店出版有限公司,2015年版,第188页)。

后现代主义话语俨然成为学界显学,但后现代主义文学批评的对象大多囿于小说,涉及诗歌和诗论方面的后现代性研究则似乎进展不大。一个重要原因就是,与后现代小说相比,以语言创新为主要特色的后现代性诗歌更具"不可译性",阅读上的障碍和翻译中语言魅力的损耗都严重影响了中西方后现代性诗歌在译语文化语境中的接受。正是从这一点上,有学者认为,中国新诗的后现代转向主要是"基于当代诗歌自身发展的逻辑",而西方后现代主义文学批评和创作的影响则主要表现为"一种艺术精神的激励和一种写作灵感的启迪"[①]。当然,更为现实性的原因是,一些不懂诗歌创作的批评者在没有较为系统性地掌握而一味生硬地套用后现代主义理论对"第三代"诗歌横加评论之时,"第三代"诗人大多并不认同,纷纷极力撇清其与后现代主义的关系。[②]这种情况与中国一些后现代主义理论批评者为解决问题而总想对当代中国诗歌行使其"命名权"的欲望以及实践有着很大关联,其实,西方后现代主义理论强调的是一种怀疑精神,它不断提出问题以激发人们的创造力。

总之,受到特定历史时代精神的影响,现实生活中诗人们直接的生命感受和体验会发生剧烈震荡,而这种震荡和随之而来的诗人们对全新诗风的自发性选择反过来也会颠覆诗人们既定的身份认同与审美取向,最终诗人们将会进行某种自我反思式的美学追求以及身份重塑。1985年前后,"第三代"诗歌整体上完成了从反叛并超越朦胧诗所代表的现代主义那种强调隐喻与象征的意象化创作原则,到重视采用原生态口语、直抵生命体验本身并富于反英雄、反文化、摈弃宏大叙事的平民化精神这种后现代主义写作原则的转向。

总体上看,以"非非主义""莽汉主义""他们"等流派为主要代表的"第三代"诗歌表现出了鲜明的后现代性特征,这一点早已为朦胧诗"崛起论"主要论者之一后又成为"第三代"诗歌运动主要推动者与组织者的徐敬亚

[①] 王宁:《中国当代诗歌中的后现代性》,《诗探索》1994年第3期。
[②] 从王家新、孙文波合编《中国诗歌九十年代备忘录》(2000)、陈超主编《最新先锋诗论选》(2003)、郭旭辉编选《中国新时期诗歌研究资料》(2006)三书所收录的近百篇评论(部分篇章重复)中,即可明显看出后现代论述所占比例之低,充分反映了第三代(先锋)诗人对西方文学理论的心理,以及自行命名的欲望[参见陈大为:《被隐匿的后现代——论中国当代诗史的理论防线》,《安徽大学学报》(哲学社会科学版)2010年第4期。]

所认识并予以明确提出。[①]的确，正如徐敬亚所说的那样，"第三代"诗人，尤其是"莽汉主义"诗人，有被美国后现代诗歌批判精神所"唤醒"[②]的一面，但"第三代"诗歌所呈现的反叛特质从根本上说还是中国式的反叛，是"第三代"诗人在特定的历史时空中基于自身的生命体验和感受所做出的个性化表达，一如《嚎叫》等"垮掉派"诗作虽然受到众多外来影响，却丝毫不影响这些诗作是"垮掉派"诗人基于他们自己的独特生命体验和感受所作出的美国本土性表达。可以说，"垮掉派"诗歌是"第三代"诗歌进行变革可以借鉴的重要资源，但如果没有中国传统文学与文化资源的内在影响以及中国本土社会历史语境的诱发，"第三代"诗歌的发生与发展几乎是不可能的。

因此，一方面，"第三代"诗歌在反叛精神上受到了"垮掉派"诗歌的极大启发，"第三代"诗人，特别是"莽汉主义"诗人，似乎普遍地对"正常"的生活方式采取了或蔑视或否定的态度，写诗也就变成了对所谓的"先锋"生活的某种炫耀。事实上，"第三代"诗人开始上大学的时候，大多都是"抱着很多理想的"，只是，"理想碰了一个大壁头"：四年之后，毕业之时，打三四个月赤脚，穿一条"半年都没有洗"的烂牛仔裤，"颓废得不得了"[③]；上学期间，"几乎全在逃学、诗歌、喝酒、谈女朋友、聚斗、夜饮、借债、游行、罢课中度过，还有受处分"[④]，还做了些"极其恶作剧"的事，如把"莽汉"诗抄到避孕膜或者手纸上，再寄给许多编辑部和杂志社。似乎这些人写"莽汉"诗歌，"纯粹就是想写当时的一种生活状态，就是说粗话说大话，反正是很直接"[⑤]，"就是写我们在普通生活里折腾的情景"[⑥]。"第三代"诗人似乎是要通过"作诗"来完成一场针对当下主流诗坛以及主流文化彻底性的诗歌背反运动。于是，"第三代"诗歌充满着无休无止的欲望、亵渎而疯狂的意念和极富粗

[①] 按照徐敬亚的判断，从1985年开始，中国的现代诗分为"以'整体主义'、'新传统主义'为代表的'汉诗'倾向和以'非非主义'、'他们'为代表的后现代主义倾向"，前者"成功尚小"，后者是"比朦胧诗群庞大得多的阵容"，使人感到中国现代诗的"巨大潜在力"，将成为现代诗主流的"标志"（徐敬亚：《前言一：历史将收割一切》，见《中国现代主义诗群大观1986—1988》，徐敬亚、孟浪等编，同济大学出版社，1988年版，前言第3页）。

[②] 徐敬亚：《圭臬之死》，见《与神语：第三代人批评与自我批评》，柏桦等著，中华工商联合出版社，2014年版，第442页。

[③] 万夏、杨黎：《万夏访谈》，见《灿烂：第三代人的写作和生活》，杨黎著，中华工商联合出版社，2014年版，第177页。

[④] 万夏、杨黎：《万夏访谈》，见《灿烂：第三代人的写作和生活》，杨黎著，中华工商联合出版社，2014年版，第184页。

[⑤] 万夏、杨黎：《万夏访谈》，见《灿烂：第三代人的写作和生活》，杨黎著，中华工商联合出版社，2014年版，第185-186页。

[⑥] 李亚伟：《口语和八十年代》，见《李亚伟诗选》，长江文艺出版社，2015年版，第169-170页。

暴色彩的语词:"我想乘上一艘慢船到巴黎去/去看看凡高看看波特莱尔看看毕加索/进一步查清楚他们隐瞒的家庭成分/然后把这些混蛋统统枪毙/把他们搞过计划要搞来不及搞的女人/均匀地分配给你分配给我/分配给孔夫子及其徒子徒孙"①;"你是柔软的卷发柔软的下腹部柔软的省略部/分你是肮脏的公共厕所是完整的排泄系统你/是我突兀肿大的喉结坚硬的胡茬//你是钢窗是水塔是烟囱是迫击炮是密集的火/力你是初次造爱的恐怖是破贞后的啜泣/这样的事我们干他一千次"②;"我有无数发达的体魄和无数万恶的嘴脸/我名叫男人——海盗的诨名/我绝不是被编辑用火钳夹出来的臭诗人/我不是臭诗人,我是许许多多的男人/我建设世界,建设我老婆"③。

但在另一方面,细辨之下,"第三代"诗人远非仅仅是受到"垮掉派"诗人反叛精神的影响那么单纯。按照朱大可的理解,"第三代"诗人的反叛"基因"由"反叛传统""个性解冻的呼声"以及"大学生青春期反叛"汇聚而成,他们有共同的"文革"记忆,在欲望和梦想都遭到严酷现实的扼杀之时,他们起而反抗,"推动了新流氓主义的诞生"。④"第三代"诗人所普遍持有的边缘心态和文化造反精神似乎与这种共同的"文革"记忆有着较为深刻的联系,许多诗人都曾有类似的回顾性言辞。

可以说,"第三代"诗歌体现的主要还是一种自由主义诗歌精神,一种自觉的具有创新意义的生命意识和后现代性气质。与朦胧诗相比,"第三代"诗歌更多地表现出了一种对英雄主义新诗传统的反叛以及对建国特别是"文革"以来僵化的社会体制的质疑与批判。这种质疑与批判精神不仅表现在"第三代"诗歌文本上,还体现在"第三代"诗人日常生活中的行为方式与思想观念之上。"第三代"诗人普遍运用后现代性解构策略,以一种个性化与差异性的生命感受与体验书写着对"大而空"的英雄主义的蔑视以及对日益虚假空洞、板结化的新诗的排斥。

然而,"第三代"诗人并非只是解构而没有建构。"第三代"诗人在解构新诗传统特别是朦胧诗中的英雄主义等宏大价值观的同时,也有着自己建

---

① 胡冬:《我想乘上一艘慢船到巴黎去》,见《亵渎中的第三朵语言花——后现代主义诗歌》,周伦佑选编,敦煌文艺出版社,1994年版,第1页。
② 胡冬:《女人》,见《亵渎中的第三朵语言花——后现代主义诗歌》,周伦佑选编,敦煌文艺出版社,1994年版,第6页。
③ 李亚伟:《我是中国》,见《中国现代诗编年史:后朦胧诗全集》(下卷),万夏、潇潇主编,四川教育出版社,1993年版,第8页;《亵渎中的第三朵语言花——后现代主义诗歌》,周伦佑选编,敦煌文艺出版社,1994年版,第14页;《第三代诗新编》,洪子诚、程光炜编选,长江文艺出版社,2006年版,第125页。
④ 朱大可:《流氓的盛宴:当代中国的流氓叙事》,新星出版社,2006年版,第193-194页。

设性探索的一面,尤其是"第三代"诗人在诗歌创作中所普遍遵循的独立思想与自由精神立场。作为中国式的后现代诗歌,"第三代"诗歌主要是"第三代"诗人在特定的社会历史条件下基于自身的生命体验和感受所做的表达,虽然其中也有对包括"垮掉派"诗歌在内的西方后现代主义诗歌创作原则和手法的借鉴、吸收和转化。对"第三代"诗人而言,解构只是一种用来表现"戏谑"的诗歌创作方法和进行具体诗学建构的一种策略。鉴于20世纪80年代中国现代性进程还远未完成,"第三代"诗歌可以说是一种"负有现代性使命的后现代性实践"[①]。

不过,尤为值得关注的是,由于"垮掉派"诗歌发生发展于二战后麦卡锡主义横行美国之际,为了拒绝顺从美国盎格鲁一致性主流价值观的宰制性霸权,"垮掉派"诗人只能不断借助回望美国20世纪30年代经济大萧条时期各类工会组织为争取各项平等权利的左翼革命运动,徒劳而充满悲情地书写着心中业已失落的民主国家之理想图景。与此相对的是,意识形态不断松绑并大踏步地走向改革开放的中国20世纪80年代则给了"第三代"诗歌发生发展的历史契机。在反思"文革"、反叛文化传统的过程中,"第三代"诗人本着一种走向世界、拥抱未来的开放心态,书写着自身独特而又混杂的后现代生命体验与感受。

[①] 徐亮:《负有现代性使命的后现代性实践——中国后现代性文化实践策略的一个问题》,《浙江大学学报》(人文社会科学版)2005年第3期。

第三章

影响与接受：
中国禅宗·"垮掉派"诗歌·"第三代"诗歌

国家与民族之间的交往必然会涉及文学与文化之间的影响与接受问题。很多时候,影响的发生并不是"从'无'到'有'",而是"从'有'(尽管有时表现为潜在的形式)到'有'"。因而,"一国的文化与文学和外来的文化与文学之间的影响关系就主要表现为激活、同化、印证和误读"。[①]可以说,任何文学与文化在创造性地激活、接受并转化外来影响之时,不可能将自身的文化与文学传统完全推倒以图能够彻底地更新与突变。按照这一思路,要想厘清"垮掉派"诗歌与"第三代"诗歌之间的影响与接受关系,结合这两派诗歌各自的文学与文化传统脉络以及各自的本土化语境予以考察,应是题中应有之义。

　　本章将以中国禅宗为例,着重探讨"第三代"诗歌、"垮掉派"诗歌与中国传统文化三者之间的关系问题,即,在普遍而彻底地"反文化"这一决绝姿态之下,"第三代"诗歌如何经由"垮掉派"诗歌接通与中国禅宗这样的传统文化之间的血脉联系。只是,这种间接的血脉联系阐释起来颇费周章。在此,需要说明的是:首先,由于"第三代"诗歌流派往往采取"反文化"价值取向与策略立场,它们与传统文化之间的血脉联系往往是潜在的,常常经由某种外来文学与文化思潮的激发才得以大面积显现。其次,能对"第三代"诗歌后现代性特质产生实际性影响的传统文化本身也理应具有一定的后现代性特质。笔者选择中国禅宗作为突破口来考察"垮掉派"诗歌与外来文化以及"第三代"诗歌与传统文化之间的关系主要是因为,中国禅宗也有着极大的后现代性特质。诚然,中国古典诗歌与中国禅宗关系甚密,中国现代主义诗歌也受到中国禅宗很大的影响,只是这些影响的侧重点并不在于对中国禅宗后现代性特质的吸收与转化之上。鉴于"垮掉派"诗歌对"第三代"诗歌的后现代性创作具有重要影响这一事实,笔者将结合具体诗歌文本分析着力阐释,中国禅宗在"垮掉派"这一后现代诗歌流派的发生发展过程中有何种关键性影响,而这种影响的"回流"又是如何让"第三代"诗歌间接地呼应中国禅宗的某些后现代性特质的。

　　总体来看,反叛传统文化是后现代诗人所普遍持有的价值指涉。作为价值系统,传统文化意味着某种既定且具有一定意识形态倾向的精神秩序与思想体系,对现实社会中人们的思维与行为方式有着某种"纠偏"式的潜在规训功能。因此,渴求创作与精神双重自由的后现代诗人必然要对这种

[①] 张铁夫:《新编比较文学教程》,湖南人民出版社,1997年版,第187页。

作为权利话语的传统文化进行某种程度上的反叛。①古希腊-罗马文化、希伯来文化以及基督教文化构成了西方传统文化的基础,西方文明在由它塑形的同时又受其规约。对于西方特别是美国后现代诗人来说,冲破传统文化的规约性影响与建立创新性的当下诗语模式从来都是相辅相成的。而对于"第三代"诗人来说,被传统文化"文化了的世界"凭借着某种"暴力"迫使人们把现实世界完全看成是"语义中的那样子",从而"无辜地"接受"语义的强加"②;儒家、道家、佛教以及西方的基督教与"两希"文化等传统文化就是一个个价值系统,以价值的面目行文化压迫之实,必须予以清算。③

事实上,每到一个社会的重大转型时期,那些渴望突破传统文化而又没有多少话语权的人们总会把目光投向异域文化,以期从中汲取可供自己改造、转化与吸收的养料,从而创造出足以对抗传统文化的理论与实践。美国的20世纪50年代和中国的20世纪80年代恰恰就是这样的重大转型时期。

20世纪50年代,美国"第三代"诗人④在国内严苛的政治、社会和文化现实之下奋起反抗,发动旨在反叛象征型现代主义诗歌的变革运动,从而开启了美国后现代主义诗歌创作勃兴的大幕,而这与他们普遍从中国禅宗中找到各自的精神旨归有很大关联。20世纪80年代是中国最具有变革意识的年代之一,改革开放深入人心。然而,曾被寄予厚望的朦胧诗的落潮让一直被抑制被忽视的"第三代"诗人们看到当代诗坛保守思想巨大的惯性力与规训冲动。不"破"不"立"。"第三代"诗人若想得到人们的认可并在诗坛中立足,既要冲破保守诗坛的重重阻力,又要彻底丢掉朦胧诗所带来的"影响焦虑"。于是,"反叛"便成了"第三代"诗人最为重要的关注所在。出于这种反叛意识,当时业已僵化的主流意识形态所批判的恰恰会成为

---

① 当然,传统文化中那些深具反叛意识的个体与流派往往也会得到这些后现代诗人的极大青睐,如尼采、福柯、德里达、达达主义、存在主义等都被认作后现代思想的重要源头。周伦佑的《反价值:一个价值清理的文本》花了大量篇幅谈达达主义以及"垮掉派"作品的反叛意义;在抨击两希文化、基督教以及儒释道等五大价值系统的同时,也将老子和庄子认定是反文化思想的源头(见《打开肉体之门——非非主义:从理论到作品》,周伦佑选编,敦煌文艺出版社,1994年版,第237-292页)。
② 蓝马:《前文化导言》,见《打开肉体之门——非非主义:从理论到作品》,周伦佑选编,敦煌文艺出版社,1994年版,第293-294页。
③ 周伦佑:《反价值:一个价值清理的文本》,见《打开肉体之门——非非主义:从理论到作品》,周伦佑选编,敦煌文艺出版社,1994年版,第237-292页。
④ 美国现代诗歌也有"三代"之说:"第一代"诗人指艾略特、庞德与威廉斯等诗人,"第二代"主要是指奥登等学院派诗人,"第三代"主要指的是反学院派的"黑山派""垮掉派""自白派"等新诗人。为了反叛19世纪后期的英国诗风以回归美国本土性,庞德等诗人建立"意象派",发起美国新诗运动。但1922年长诗《荒原》的发表无疑对美国本土性诗歌创作造成了巨大冲击,直到二战前后,威廉斯等坚持美国本土性写作的诗人才逐渐受到重视。

"第三代"诗人所看重的。对于这些焦渴的诗人来说,"垮掉派"等后现代主义诗歌流派的反叛精神对于他们开启具有中国后现代性特质的诗歌变革运动无疑具有重要的启发意义。

而从某种程度上说,深具反叛意识的中国禅宗与后现代性反叛精神又有着许多契合之处,在西方特别是美国后现代诗歌运动发生发展的过程中,中国禅宗都有着不可忽视的重要影响。由此,在"第三代"诗人接受西方后现代主义诗歌反叛精神的巨大影响之下,中国禅宗对西方后现代主义诗歌的影响形成"回流"之势,间接地被"第三代"诗人所吸收与转化。毕竟,在"第三代"诗人"反传统文化"这一颇为响亮的口号之下,反叛一切传统文化似乎是他们必须要做出的背反姿态,就连本身就具有极大反叛精神的中国禅宗也很难得到他们直接而显在的探讨与关注。

在中国传统文化中,中国禅宗可以说是最具反叛意味的文化,是具有鲜明中国印记的"创造性的中国产物",它倡导人们"破除任何对概念、语言、思辨、修养、权威等的执着"从而能"从瞬刻间见永恒,超越时空因果,达到彻悟的人生境界"。[①]那么,本章需要解答的问题是,中国禅宗在中国诗歌发展史上有着怎样的地位与作用?而在后现代诗人普遍地反叛传统文化这一价值取向之下,作为传统文化之一的中国禅宗却为何受到了西方特别是美国后现代诗人的青睐?美国后现代诗人如何体悟中国禅宗并在诗歌创作中给予何种呈现?透过美国后现代诗歌的启发,中国禅宗对"第三代"诗歌又有着怎样的回流性影响?而在借鉴外来文学与文化资源之时,"垮掉派"诗歌与"第三代"诗歌又是如何挖掘本土性资源的呢?

第一节　以禅入诗之传统

在中国古典诗歌史上,诗、禅融合现象历史悠久,唐宋时期达到高峰,以诗参禅或以禅入诗一直是人们颇为关注的重要话题。[②]对于诗与禅之间的紧密关系,金代的元好问就曾写下总结性名句:"诗为禅客添花锦,禅是诗家切玉刀"[③]。

一般而言,世间多烦忧,此身常受累,写诗参禅成了古典诗人们培养淡

[①] 李泽厚:《漫述庄禅》,《中国社会科学》1985年第1期。
[②] 如钱锺书曾说:"盖比诗于禅,乃宋人常谈。"(见《谈艺录》补订本,中华书局,1984年版,第258页)
[③] (金)元好问:《元好问诗词集》,贺新辉辑注,中国展望出版社,1986年版,第610页。

泊之心、宁静之趣以及超脱之境的重要表现手段。初唐诗人寒山行走荒野、似疯如癫，诗如其人，空且洒脱，禅意尽显，且看《水清》①：

水清澄澄莹，彻底自然见。心中无一事，万境不能转。心若不妄起，永劫无改变。若能如是知，是知无背面。

全诗以"水"之"清"喻参禅之空境。心中无事无物、不生妄念、不为外物（"境"与"劫"）所动，便是自知之明，有如清水一般，以自然呈现为要义。"诗佛"王维一生中也创作了大量冲淡寂远的自然之诗，深具禅意，譬如："木末芙蓉花，山中发红萼。涧户寂无人，纷纷开且落。"②大山深处虽有"涧户"，却"寂无人"；芙蓉花"纷纷"盛开但终究要"纷纷""落"下。寂静之中的花开花落是自然造化之美，可以让诗人在物我两忘之中产生极致的美感体验和超脱的心灵感受。然而，诗人眼中的造化之美是"有"亦是"空"，均属"执着"，诗人在自我解脱之际似有消极避世之嫌。苏轼亦有名句："欲令诗语妙，无厌空且静。静故了群动，空故纳万境。"③欲得佳句，要有"空"的境界与"静"的心态。毕竟，静与动、空与有都是相辅相成的，可以互相转化，静谧是酝酿群动的态势，空无才有收纳万事万物的气度。

20世纪30年代，以戴望舒、卞之琳、废名为主要代表的现代派诗人在诗歌创作中融合中西文化，发展了现代主义诗歌传统，对后起的九叶诗派以及朦胧诗都有着重要影响。现代派诗人一方面对20世纪20年代欧美象征主义诗歌流派"好像一见如故，有所写作不无共鸣"，并在诗歌创作中"吸收了欧化句法"。④另一方面，他们也大量吸收包括中国禅宗在内的中国传统文化因素。在现代派诗人那里，西方象征主义诗歌因为融入了独特的禅宗意象，显得更为意味深沉，而中国禅宗也因象征主义手法的运用得以呈现出现代审美意义上的新生。

卞之琳曾写下《无题》系列以表达"希望中预感到无望""无可奈何的命定感"以及"色空观念"⑤，如《无题四》第二节：

昨夜付一片轻喟，/今朝收两朵微笑，/付一枝镜花，/收一轮水月……/

---

① 刘向阳编注：《禅诗三百首》，大众文艺出版社，2004年版，第81页。
② (唐)王维：《辛夷坞》，见《唐宋诗举要》（下），高步瀛选注，上海古籍出版社，1978年版，第755页；又见《禅诗三百首》，刘向阳编注，大众文艺出版社，2004年版，第144页。
③ (宋)苏轼：《送参寥》，转引自《谈艺录》（补订本），钱锺书著，中华书局1984年版，第260页。
④ 卞之琳：《雕虫纪历 1930—1958》（增订版），人民文学出版社，1984年版，自序第3页。
⑤ 卞之琳：《雕虫纪历 1930—1958》（增订版），人民文学出版社，1984年版，自序第6-7页。

我为你记下流水账。①

　　恋人间的"轻唷"与"微笑"所带来的希望与美好终究会像"镜花""水月",从无中来,又归于无。再看:

　　一颗晶莹的水银/掩有全世界的色相,/一颗金黄的灯火/笼罩有一场华宴,/……/别上什么钟表店/听你的青春被蚕食②

　　"水银""灯火""青春"等意象即万事万物之"色相",哪怕曾经美好到"晶莹"与"金黄"的程度,最终都会破灭,归于沉寂,青春也终将逝去,正所谓"色即是空,空即是色"。

　　废名的诗禅味浓郁。废名承认他还是喜欢卞之琳、林庚与冯至等人"诉之于感官"的诗作的,不过诗人进而认为他自己的诗是"天然的",是"偶然的",是"整个的不是零星的",因而更具有"完全性";当然,废名也同时认识到他的诗因为"太没有世间的色与香",读来显得较为晦涩难懂。③"花""画""海""梦""灯""镜子"等深含禅意的意象在废名的诗歌中反复出现,给人以高深莫测之感,但诗作也随之显得晦涩难解。这倒似乎印证了法国象征派诗人保罗·瓦莱里(Paul Valéry)的说法:"所有高尚、高深的东西都建立在晦涩之上",而"清晰易懂、思想明确的东西都不可能产生神圣的印象"④。

　　先来看废名的《海》⑤:

　　我立在池岸/望那一朵好花/亭亭玉立/出水妙善,——/"我将永不爱海了。"/荷花微笑道:/"善男子,/花将长在你的海里。"

　　诗中,"池""(荷)花""海""善男子"等意象颇有佛禅意味,而"'我将永不爱海了。'/荷花微笑道:/'善男子,/花将长在你的海里。'"这四行诗句读来似是禅宗公案式的感性问答,虽无理性逻辑,却直指人心。修行中的"善男子"因为看到"(荷)花""出水妙善"这一佛境之美,欲弃"(心)海"而求美,

---

① 卞之琳:《雕虫纪历 1930—1958》(增订版),人民文学出版社,1984年版,第52页。
② 卞之琳:《雕虫纪历 1930—1958》(增订版),人民文学出版社,1984年版,第135页。
③ 废名:《关于我自己的一章》,见《废名集》(第四卷),王风编,北京大学出版社,2009年版,第1822页。
④ 张隆溪:《道与逻各斯》,江苏教育出版社,2006年版,第218页。
⑤ 王风:《废名集》(第三卷),北京大学出版社,2009年版,第1532页;初载1934年1月1日《文学季刊》创刊号。

却被告知,佛境之美在于舍弃"求美"之欲念,在于心之顿悟。

再看他的《妆台》①:

因为梦里梦见我是个镜子,/沉在海里他将也是个镜子,/一位女郎拾去/她将放上她的妆台。/因为此地是妆台,/不可有悲哀。

"因为此地是妆台,/不可有悲哀。"体现的正是诗人创作的一个原则——重在美而少悲哀,正如诗人所说:"女子是不可以哭的,哭便不好看,只有小孩哭很有趣。所以本意在妆台上只注重在一个'美'字",故而"照镜子时应该有一个美字"。②

这种"求美"的美学体验同样体现在《壁》③中:

病中我轻轻点了我的灯,/仿佛轻轻我挂了我的镜,/像挂画屏似的,/我想我将画一枝一叶之何(荷)花?/静看壁上是我的影。

诗中,点"灯"喻指求开悟,而开悟之过程对诗人来说也是寻"美"的过程,就像挂"镜子"、挂"画"与画荷花。对于"病中"的诗人,"镜子""画"与荷花都是可以让人超越悲哀、求得安慰的"美"。不过,所有这些又好似影子,亦幻亦空,难以触及。及至诗人看到,从"街上的电灯柱"到"黄昏天上的星",一切都是"灯"("街上的电灯柱/一个灯一个灯。/……/石头也是灯。/道旁犬也是灯。/盲人也是灯。/叫化子也是灯。/饥饿的眼睛/也是灯也是灯。/黄昏天上的星出现了,/一个灯一个灯。"④),推己及人及万事万物,诗人似乎已然开悟:美既虚且实,无所不在。

事实上,中国禅宗不仅给予中国现代派诗人以重大影响,西方学界以及欧美现代主义诗人受其惠泽的程度同样不容小觑。海德格尔曾表示,铃木大拙的禅学著作所传达的正是他自己"所有著作中所要讲的"⑤。在为写就《谈艺录》而翻阅大量西方原典的过程中,钱锺书曾发现禅宗对于西方学界尤其是现代主义诗人有着重要意义:"当世西方谈士有径比马拉美及时流篇什于禅家'公案'(koan)或'文字瑜伽'(linguistic yoga)者";"有称里尔

---

① 王风:《废名集》(第三卷),北京大学出版社,2009年版,第1549页;初载1934年1月1日《文学季刊》创刊号。
② 王风:《废名集》(第四卷),北京大学出版社,2009年版,第1823页。
③ 王风:《废名集》(第三卷),北京大学出版社,2009年版,第1555页;初载1934年1月1日《文学季刊》创刊号。
④ 王风:《废名集》(第三卷),北京大学出版社,2009年版,第1595页。
⑤ 李泽厚:《漫述庄禅》,《中国社会科学》1985年第1期。

克晚作与禅宗文学宗旨……可相拍合者";"有谓法国新结构主义文评巨子潜合佛说,知文字之为空相,'破指事状物之轮回'(released from this chain of verbal karma of reference and representation),得'大解脱'(nirvana)者"①。

第二节 中国禅宗与后现代性

前文简要述及了中国禅宗对中国古典诗歌以及中外现代主义诗歌的影响,重点关注了现代派诗人卞之琳与废名对禅宗思想的吸收与转化。应该说,20世纪30年代是一大批中国诗人取法西方现代主义技法的重要年代,特别是卞之琳、废名等现代派诗人尤为注重化古化欧,将中国禅宗中的独特意象融入现代主义诗歌象征表达之中,创造出大量具有独特中国审美意味的现代主义诗歌。

然而,对于西方后现代诗歌和中国"第三代"诗歌而言,与其说它们像中国现代主义诗歌那样借用中国禅宗中那些深奥意象或者出世情怀,倒不如说是中国禅宗里潜在的、某种类似于后现代性反叛精神的反叛特质引起了它们更多的关注。

佛教源于印度,传入中国后得到了极大发展,派生出禅宗一脉。其后,禅宗自中国传入日本和其他许多国家。据葛兆光考证,在魏晋南北朝时代,佛教在戒律、义理、神学三个路向上都还"不那么生活化","不是太难就是太玄",因而"很难简单地在日常生活中进行操作",不过,及至禅宗四祖、五祖时代,禅宗修习之法"简截方便","出现了生活化的走向";自此之后,中国禅宗普遍接受了一种"蔑视以语言文字表述的逻辑与分析的思想"②。中国禅宗大体上讲求"破对待、空物我、泯主客、齐死生、反认知、重解悟、亲自然、寻超脱"③。这样看来,研习日本禅宗的"垮掉派"诗人斯奈德对中国禅宗的看重自有其道理。在斯奈德眼里,中国禅宗与其后的日本禅宗相比,"没那么典律化,而且更具有统一性、生态性与戏谑性特质"④。

禅宗斥佛骂祖、不立文字,对佛教正统观念乃至主流意识形态话语系

---

① 钱锺书:《谈艺录》(补订本),中华书局,1984年版,第596页。
② 葛兆光:《中国禅思想史:从6世纪到9世纪》,北京大学出版社,1995年版,第93、96页。
③ 李泽厚:《漫述庄禅》,《中国社会科学》1985年第1期。
④ Patrick D.Murphy.*Understanding Gary Snyder*.Columbia,S.C.:University of South Carolina Press,1992:14.

统都构成了极大的反叛意味。"不立文字"主要是指,要绕开任何约定俗成的语言或符号,"用种种形象直觉的方式来表达和传递那些被认为本不可以表达和传递的东西";中国禅宗虽然仍要依靠文字(特别是"公案")来点透"道理"以延续教宗,但禅宗精神本身不在文字而在个人体悟,"不可言说毕竟又要言说","既不能落入平常的思辨、理性和语言,又得传达、表示某种意蕴",这就要求禅宗"不但把日常语言的多义性、不确定性、含混性作了充分的展开和运用,而且也使得禅宗的语言和传道非常主观任意,完全不符合日常的逻辑和一般的规范"。[1]可以说,中国禅宗的"顿悟"不是思辨意义上的逻辑推理认识,而是个体对于有限与无限互为交融的直觉体验。在特定条件下,"顿悟"之人会猛然感觉到,一个瞬间"似乎超越了一切时空、因果,过去、未来、现在似乎融在一起,不可分辨,也不去分辨"[2]。这种重个体体悟、轻逻辑理性的观念颇为契合西方后现代诗人的心意。

正如绪论中提及,20世纪40年代后期,为了表达革新艾略特和新批评派所代表的象征型现代主义诗歌潮流的渴望,美国的一些先锋诗人最先提出"后现代主义文学"概念。然而,西方传统文化与哲学思维,特别是现代主义哲学思维,普遍强调二元对立思维,且对立的两端显然有着等级差别:"二元之中的一方最终总是被赋予对另一方的优先性,相对于占支配地位的这一方来说,另一方总是被贬抑到纯粹否定性的地位,但是也只有在对另一方排斥的基础上,占支配地位的因素才能建立起来。"[3]这种思维必然会生发出一系列的"中心/边缘"结构,如"西方/东方""理性/感性""男人/女人""白人/非白人"等。与此相对,后现代主义是反二元对立的,用一种质疑甚至否定的反叛精神去看待当下社会现象并对主流文化和思想进行批判性反思,一般有着反传统、去中心化、不确定性、多元性和非连续性等特征。当然,当"垮掉派"等后现代诗人进行大量的后现代诗歌创作时,西方后现代文学批评与理论还远未形成重要影响。为了对抗美国现代主义思潮中强势的欧洲特别是英国文学与文化传统,以"垮掉派"诗人为首的美国后现代诗人在把目光回溯到庞德-威廉斯美国本土主义传统的同时,更注重吸收海外那些契合美国当下后现代时代精神、可以为其所用的思维和理念。而中国传统文化中最具后现代性特质的思想与文化莫过于中国禅宗了。在反二元对立思维方面,禅宗"离两边"思维与"空无"理念同后现代性

---

[1] 李泽厚:《漫述庄禅》,《中国社会科学》1985年第1期。
[2] 李泽厚:《漫述庄禅》,《中国社会科学》1985年第1期。
[3] 冯俊等:《后现代主义哲学讲演录》,商务印书馆,2003年版,第77页。

思想颇具"异质同构性"①。中国禅宗的本质也可以说是超越二元对立的自我绝对肯定。而从某种程度上说,解构主义"呼应了禅宗反逻辑的、断裂式的思维"②。

本书所涉及的禅宗文本主要是对西方后现代诗歌影响最大的三部禅宗经典:《金刚经》《坛经》《心经》。大体而言,"离两边"思维和"空无"理念是这三部经典的精华所在。

《金刚经》是佛陀通过回答其十大弟子中号称"解空第一"的须菩提的提问而宣讲的佛法,全文不着一"空",却通篇都是关于"空"的智慧,如"不住相","凡所有相,皆是虚妄。若见诸相非相,即见如来",不应住色生心。③

《坛经》把观念分成邪与正对、乱与定对、有与无对、色与空对、有色与无色对、有相与无相对等三十六对,这似乎也是一种二元对立式的划分,但《坛经》接着说:"出入即离两边","自性动用,共人言语,外于相离相,内于空离空。若全著相,即长邪见"④。《坛经》又云:"佛法是不二之法。""佛性非常非无常,是故不断,名为不二。""佛性非善非不善,是名不二。蕴之与界,凡夫见二。智者了违,其性无二。无二之性,即是佛性。"⑤这种"离相亦离空"的"不二"与"离两边"思维,对待万事万物不断然肯定,也不完全否定,不执着于是非善恶。

《般若波罗蜜多心经》,即《心经》,也尤为注重"离两边"思维与"空无"理念。经文中提到的"四谛"("苦、集、灭、道")、"五蕴"("色、受、想、行、识")、"六根"("眼、耳、鼻、舌、身、意")及其对应的"六尘"("色、声、香、味、触、法")所统摄的大千世界中的万事万物,无一不具有"空性",就连"空"的概念本身也是"空"。既然都是"空",还有什么值得过于执着?所以要破除"我执"以求得"无明"之境界。这样,《心经》强调万事万物都存有各种可能性,看似对立之物也可以相互转化,如"正即是反,反即是正"(《心经》中的"色即是空,空即是色")与"不正不反"(《心经》中的"不生不灭"),⑥这种思维打破了西方哲学中的二元对立迷障,即令原本"对立"的二元可以在相互转化中混同无碍。

---

① 邱紫华、于涛:《禅宗与后现代主义的异质同构性》,《南京大学学报》(哲学·人文科学·社会科学)2014年第3期。
② 钟玲:《中国禅与美国文学》,首都师范大学出版社,2009年版,第43页。
③ 陈秋平译注:《金刚经·心经》,中华书局,2010年版,第9—11页。
④ 不慧、演述:《白话佛经》,中国社会科学出版社,1991年版,第73页。
⑤ 不慧、演述:《白话佛经》,中国社会科学出版社,1991年版,第40页。
⑥ 陈秋平译注:《金刚经·心经》,中华书局,2010年版,第127、129页。

这种与后现代性悖论思维颇有类似之处的"离两边"思维模式在禅宗公案中常有体现。比如,有这样一则常被征引的公案:

> 沩山灵祐禅师包好一面镜子寄给了[仰山]慧寂禅师,慧寂上堂时,拿起那面镜子问道:"你们说说看,这是沩山的镜子,还是仰山的镜子?有人说得出来,就不把它打破。"众人都没能回答,慧寂就把镜子打破了。[1]

公案中,镜子归属造成悖论:若说是沩山灵祐禅师的镜子,可镜子却在仰山慧寂禅师手里;如果说是仰山慧寂禅师的镜子,可镜子明明是沩山灵祐禅师寄过来的。为了让众人跳出或"是"或"非"的二元对立思维之迷障,仰山禅师并未道破悖论中所谓的"道",断然摔镜,好让觉悟者于"棒喝"中开悟。

第三节 "垮掉派"诗人对中国禅宗思想的接受与运用

从某种程度上说,上文述及的中国禅宗思想,特别是"离两边"思维和"空无"理念,为西方后现代主义文学流派进行文学变革运动提供了革新动力。毕竟,20世纪50年代,横行美国的麦卡锡主义将美国盎格鲁一致性主流价值观的霸权话语地位强化到无以复加的极端状态。因此,面对极为有限的可资借鉴的欧洲传统资源以及美国本土性资源,以"垮掉派"诗歌为首的美国后现代主义诗歌流派要想在当时美国严苛而板结的政治、社会和文化现实之下奋起反抗,进而发起旨在反叛与主流霸权主义话语同流合污、有着近三十年压倒性霸权地位的现代主义诗歌流派的变革运动,如果不去深入挖掘其他外来资源来更新业已僵化的思想与思维模式,几乎是一项不可能完成的任务。可以说,"垮掉派"诗歌能够取得如此重大的艺术成就与文化影响与"垮掉派"诗人普遍能够从中国禅宗中找到各自的精神旨归有着很大的关联。在西方,特别是美国后现代诗歌运动发生发展的过程中,中国禅宗有着不可忽视的重要影响。在简要梳理"垮掉派"诗歌本土资源之后,本节将着力考察"垮掉派"诗人对中国禅宗思想的接受与运用。

---

[1] (宋)道原:《景德传灯录译注》(第二册),顾宏义译注,上海书店出版社,2010年版,第730页。

一、"垮掉派"诗歌本土诗学资源

就本土诗歌资源来看,惠特曼的诗歌无疑是"垮掉派"诗歌的重要源头。首先,从诗歌语言及形式来看,惠特曼所开创的自由诗体在"垮掉派"诗人尤其是金斯伯格那里得到了充分的继承和发展,金斯伯格早期诗歌那种以日常口语为基本诗歌语汇、以诗人气息为基本单位、汪洋肆虐一气呵成的诗风可谓深得惠特曼"真传"。其次,从诗歌内容上看,惠特曼诗歌内在的自由与民主想象也深刻地影响着"垮掉派"诗歌。在20世纪50年代麦卡锡主义横行美国之际,惠特曼式的民主国家理想受到以麦卡锡主义为核心的冷战文化的全面摈弃。为此,"垮掉派"诗人本着绝不同流合污的背反精神,进行着以多元化与差异性为特征的后现代性诗歌背反书写,从而拉开美国后现代主义诗歌运动的大幕。最后,惠特曼诗歌中的男同性恋元素也深刻影响着"垮掉派"诗人的性取向与性爱观念有别于盎格鲁一致性主流价值观所看重的。金斯伯格就曾坦承,他的同性恋倾向"促成"了他的"自我剖析",从而让他"复活了惠特曼对未来社会的幻想",即,"社会的公共关系建立在恢复个人柔情的基础上"。①金斯伯格甚至认为,惠特曼诗歌所表现的"美国思想主流"就是"完全自由"的"性描写",是"个人自由意义上的民主"。②可以说,由于"美国的战争症候与资本主义经济造就了一个超级男性化的男性族群",金斯伯格诗歌将"充满温情的惠特曼式同志关系"与这种"男性族群予以并置",从而为"美国诗歌与诗学开辟了新天地"。③

如果把视线再拉近来看,为了对抗美国现代主义思潮中强势的欧洲以及英国文学与文化传统,以"垮掉派"诗人为首的美国后现代诗人无疑更青睐庞德-威廉斯美国本土主义传统。20世纪初美国诗歌"陷入"了"危险状态",维多利亚式的"伤感""理所当然地被认为是诗的正业",埃兹拉·庞德(Ezra Pound)对此曾予以猛烈抨击:"从1890年起,美国的大路诗是可怕的大杂烩",大多数都是"老天爷也不知道是什么鬼东西"的"第三流的济慈、华兹华斯的笔墨"或者是"第四流的伊丽莎白式的""软绵绵的空洞音调"。④为

---

① [美]莫里斯·迪克斯坦:《伊甸园之门——六十年代美国文化》,方晓光译,上海外语教育出版社,1985年版,第20页。
② [美]艾伦·金斯伯格:《给〈纽约性和政治评论〉的一封公开回信》,《金斯伯格文选:深思熟虑的散文》,比尔·摩根编,文楚安等译,四川文艺出版社,2005年版,第175—176页。
③ William Patrick Jeffs."Allen Ginsberg: Toward a Gay Poetics". In *Feminism, Manhood and Homosexuality: Intersections in Psychoanalysis and American Poetry*. New York: Peter Lang Publishing Inc., 2003: 72.
④ [英]彼德·琼斯:《意象派诗选》,裘小龙译,漓江出版社,1986年版,导论第3页。

了打破这一状况,美国诗人庞德、艾米·洛威尔(Amy Lowell)以及英国诗人托马斯·休姆(Thomas E.Hulme)等英美诗人率先发起"意象派"诗歌运动,从而拉开"美国新诗运动"(the New American Poetry Movement)的序幕。

随后,美国诗歌沿着美国文学中一直存在的欧洲传统与美国本土两条路线,大致上发展成为学院派诗歌和反学院派诗歌。学院派诗歌的代表人物是以欧洲特别是英国诗歌传统为创作根基的艾略特,而反学院派诗歌则以追求诗歌美国本土化的威廉斯为代表。直到二战前后,在美国新批评学派的加持之下,学院派诗歌仍然雄霸美国主流诗坛领袖之位,这引发了威廉斯等美国本土派诗人的极度愤懑与不满。因而,当看到金斯伯格等"垮掉派"诗人回归他所一直坚持倡导的客观主义诗歌传统之时,威廉斯是不无欣慰的,于是,欣然为《〈嚎叫〉及其他诗歌》写下引言《为卡尔·所罗门而嚎叫》①。在这篇引言中,威廉斯先是情真意切地回顾与少年时期的金斯伯格相识的经历,为金斯伯格挣扎于困苦不堪的生活,却仍能写出如此完美的诗歌而惊讶不已。在威廉斯看来,对金斯伯格而言,"他经历的那些挫败似乎只是微不足道的普通经历而已,因而根本算不上挫败",因为,"作为一个人",金斯伯格"没有被打败",而"作为一个诗人",金斯伯格已经"向我们证明":"尽管生活可能给人以最为卑贱的过往经历,但如果我们拥有智慧、勇气、信仰和艺术,爱的精神终将让我们永存。"威廉斯最后写道,"这首诗的每个细节无一不是诗人本人所看过并经历过的恐惧生活本身",所以,"女士们,拾起你们的礼服边缘吧,我们要穿越地狱了"。

事实上,现代主义诗歌本身早就蕴含着自我反叛的因子。反学院派诗歌在追求诗歌本土化写作过程中,一直对现代主义诗歌谨遵格律诗体、彰显理念与情感从而遮蔽事物本身予以坚决反对。作为现代主义诗歌的主要引领者,庞德却一直被后现代主义诗人奉为重要的诗学源头,这与庞德颇为复杂的诗学主张有着莫大的关系。针对20世纪初美国诗歌"危险"的现状,庞德曾经极有针对性地提出了意象主义者的几个"不":语言方面,"不要用多余的词,不要用不能揭示什么东西的形容词";"不要沾抽象的边"。节奏和韵律方面,"不要摆弄观点";"不要把你的材料剁成零散的抑扬格";诗歌的"节奏"与"结构"不应该"损毁"诗中"自然的声音和意义"。②在《中国文字作为诗的媒介》一文中,庞德也曾毫不留情地批判了亚里士多

---

① William Carlos Williams."Introduction: HOWL FOR CARL SOLOMON". In *Howl and Other Poems* (40th Anniversary Commemorative Edition Printing), Allen Ginsberg. San Francisco: City Lights Books, 1996: 7-8.
② 艾兹拉·庞德:《意象主义者的几"不"》,见《意象派诗选》,〔英〕彼德·琼斯编,裘小龙译,漓江出版社,1986年版,第153-155页。

德的理性逻辑:"亚里士多德的逻辑把自然撕成种种抽象的东西,然后把碎片看作拼图那样游戏。但自然从来不是抽象或是一般的,她绝对是独立具体的。"①庞德曾力劝威廉斯在诗歌创作中"剔除说教与陈述",应该像"一只鹰就是一只鹰"那样"直指原物"。威廉斯深以为然,在提出"没有意念,只在物中"之后,他又进一步予以阐释:"此时此地的生命是超脱时间的",艺术"应该体现实有","不依赖象征"。②

在叶维廉看来,这种从"对西方长久以来虚设的超越性的质疑"向肯定"即物即真物自性"理念的转向,极大地影响了一大批美国后现代诗人。③斯奈德便是其中一个显著的例子。叶维廉曾特意问起斯奈德喜爱中国山水诗的缘由,斯奈德回应说,他从小生长于美国太平洋西北区的山林之中,小时候有一次去博物馆看中国画展览,他发现画中的山水与他在生活中认识的山水一模一样。叶维廉认为,斯奈德想要表达的意思是,"西方艺术教育中的山水画和山水诗都是见山不是山,见水不是水,而是将之寓意化,拟人化,象征化或作别的实用题旨的衬托",而这种观感也基本奠定了斯奈德"以后大部分的生活方式和观物表物形态"——"他和原始山水的接触"与"他对中国山水画的喜爱""引带他进入中国文化、中国诗和禅宗的研究";在斯奈德考入加州大学跟随陈世骧读译王维和寒山之前,曾在高原沙漠地带独居了五个月,风餐露宿地静坐,一下山就接触到寒山,所以"译来景物字句犹如己出";斯奈德的立场"很明确",诗要"发声",就"必须发自人身以外无言而活泼泼的世界","必须同时是自然和人的声音"。④可见,中国山水诗歌甚至是以中国禅宗为代表的中国文化之所以能对"垮掉派"诗人产生重要影响,主要还是因为其与"垮掉派"诗人所处的历史与生活语境有着类似的精神气质。

二、"垮掉派"诗人对中国禅宗思想的接受

总体来看,"垮掉派"诗歌属于后现代诗歌,是二战后西方后现代时代精神转向的产物。二战以来,学院派诗人大多继承了艾略特和新批评学派所倡导的现代主义诗歌创作规范,过于强调理性和守常,而以"垮掉派"诗人为主要代表的年轻一代则要求变革。然而,"垮掉派"诗歌运动之初,后

---

① 叶维廉:《道家美学与西方文化》,北京大学出版社,2002年版,第32页。
② 叶维廉:《道家美学与西方文化》,北京大学出版社,2002年版,第65—66页。
③ 叶维廉:《道家美学与西方文化》,北京大学出版社,2002年版,第67页。
④ 叶维廉:《道家美学与西方文化》,北京大学出版社,2002年版,第75—76页。

现代主义诗歌批评方兴未艾,主流诗坛话语权仍然牢牢掌握在主张象征型现代主义诗歌创作的学院派诗人和批评家手里。没有话语权,"垮掉派"诗人想要完成对象征型现代主义诗歌的彻底反叛,只能将眼光投向西方文化系统之外的别种文化以获得启发和养料。佛教禅宗恰恰是他们此时所需要的外来资源。中国禅宗所强调的"离两边"思维与"空无"理念可以看作对日益倾向于保守性、强调永恒、理性和文化传统的现代主义诗歌的有力反转。就像迷幻药、性解放一样,中国禅宗也成为"垮掉派"作家"用以对抗美国中产阶级价值观及基督教价值观的利器";"垮掉派"作家"发现西方文明不足之处,如二元对立的思想,人与自然分而为二的对峙等,故有反叛西方文明之心态";中国禅宗于是"就成为他们的精神与思想的另外一条出路",被"垮掉派"诗人认作"知性上与精神上的归依"。[①]

　　对于佛教禅宗带给"垮掉派"作家的极为重要的影响,美国学者约翰·泰特尔(John Tytell)也曾有过这样的总结:"对于垮掉派作家来说,佛禅是让他们的精神得以稳定下来的重要因素之一,因为佛禅在许多方面既是他们摆脱西方惯性思维的重要手段,又能让他们走出那些使他们烦躁不安的自我执着的困境。"[②]以克鲁亚克为例,在他第一部小说《镇与城》(*The Town and the City*)1950年顺利出版之后,其成名作《在路上》的出版却被整整搁置了七年,原因是这部小说依照克鲁亚克"自发性创作"(spontaneous composition)理念而作,创作理念过于先锋,而且克鲁亚克一再拒绝为了出版而大幅删改自己的作品。除了作品难以发表的压力之外,克鲁亚克还备感生活重压:两次婚姻破裂、弃养女儿、为父亲的死深感愧疚、跟年迈母亲不断争吵的同时又深感赡养责任之重大以及对亡兄杰拉德的痛苦怀念。关键时刻,佛禅让他对生活的磨炼有了全新的认识。从1954年起,克鲁亚克开始研读佛禅经典[③]。1955年8月,在佛禅思想的启发下,克鲁亚克开始尝试将其在创作《在路上》过程中所形成的"自发性创作"这一小说创作技巧运用于他的诗歌创作。9月初,克鲁亚克完成了他最为重要的后现代诗歌作品《墨西哥城布鲁斯》(*Mexico City Blues*),该诗对于"二战后美国诗歌和诗学"都具有"重要贡献"[④]。1956年,克鲁亚克用诗体形式翻译了《金刚

[①] 钟玲:《中国禅与美国文学》,首都师范大学出版社,2009年版,第33页。
[②] John Tytell.*Naked Angels:The Lives and Literature of the Beat Generation*.New York:McGraw-Hill,1976:25.
[③] 主要读本为戈达德编选的《佛教圣经》(Dwight Goddard.Ed.*A Buddhist Bible*.Boston:Beacon,1970),其中包括三部佛教经典《金刚经》(*The Diamond Sutra*)、《楞严经》(*The Surangama Sutra*)和《楞伽经》(*The Lankavatara Sutra*)。
[④] James T.Jones.*A Map of Mexico City Blues:Jack Kerouac as Poet*.Carbondale and Edwardsville:Southern Illinois University Press,1992:2.

经》,即《金色永恒之经文》(*The Scripture of the Golden Eternity*)。同年,完成了后现代散文长诗《午夜老天使》(*Old Angel Midnight*)。诗集《各种类型的诗歌》(*Pomes All Sizes*,1992)①也是在这一时期完成的。

　　1957年,《在路上》出版,克鲁亚克一举成名。此后克鲁亚克相继出版各类作品多达19部。然而,盛名之下,他却失去了三年来从佛教禅宗中汲取的平和无我心态。相反,为了使"自我强大到足以抵御公众视线的灼伤"②,克鲁亚克开始嗜酒成性。1961年,常年酗酒让他身心崩溃。小说《大瑟尔》(*Big Sur*,1962)真实地再现了这一痛苦历程,结尾处有一首长达20页的诗歌力作《海》("Sea")。《海》以诗的语言记录了北加州大瑟尔地区太平洋沿岸大自然中的各种声音,凸显了克鲁亚克诗歌音乐性的一面。该诗结尾处一反《大瑟尔》前半部分由作者精神崩溃引发的绝望叙事基调,诗人再次调用了佛教禅宗"空无"理念从而完成了他最后一次超脱性宣言:"我金色的空无之灵魂将/比你那海底咸山脊还要持久"③。

三、"垮掉派"诗人对中国禅宗思想的运用

　　在美国,20世纪50年代指的是"二战结束之后的1940年代末期到1960年代初期",美国青年在这一时期普遍受到了美国主流意识形态"舆论共识、一致性、保守性、消费主义、冷战"等一系列"时代信条与律令"的压制,因而"一整套激进的"美国青年地下"垮掉"文化随之兴起④。当时,占有支配地位的社会文化信条是家庭和谐稳定:爸爸每天要不惜一切代价去大城市尽可能多地挣钱;妈妈则待在郊区的家中育儿持家;周末领取薪水,一家人在一起放松休闲。如果有人不按这种模式生活,将被视为怪异或者无能。然而,限于种族、阶级、性别、性取向等个人难以掌控的因素,很多人从一开始就受到排挤。

　　彼时,讲求物质至上的消费主义横行美国。主流话语体系通过众多大众传媒宣传光鲜的美国梦,海量的汽车、饮料、香烟与家庭便利商品方面的

---

① 该诗集由克鲁亚克生前亲自选定,其打印稿早在20世纪60年代就被委托给"垮掉派"诗人弗林盖蒂,直到1992年城市之光出版社才得以将其出版。
② James T.Jones.*A Map of Mexico City Blues*:*Jack Kerouac as Poet*.Carbondale and Edwardsville:Southern Illinois University Press,1992:26.
③ Jack Kerouac.*Jack Kerouac*:*Collected Poems*.Ed.Marilène Phipps-Kettlewell.New York:Literary Classics of the United States,Inc.,2012:636.
④ David Sterritt.*Screening the Beats*:*Media Culture and the Beat Sensibility*.Carbondale and Edwardsville:Southern Illinois University Press,2004:1.

广告信息将绝大多数有着从众心理的美国民众裹挟其中,让他们心安理得地享受着批量生产与无节制购物所带来的便利。与此同时,"垮掉派"诗人逐渐认识到消费主义所带来的文化庸俗与虚无倾向的危害,站在这种光鲜美国梦的边缘位置强烈地质疑并坚决抵制这种消费主义模式对美国民众思想的支配性控制。"垮掉派"诗人这种意识转变与佛教禅宗理念有着莫大的关联。

金斯伯格对禅宗的空无观有着比较深切的体验与感悟。面对美国当局推行的盎格鲁一致性主流价值观体系所建构的"有力量的白人男性""顺从""忠诚""为娶妻生子并获取郊区房产的'美国梦'而奋斗""物质至上"等一系列"典型性"的个人身份定位,金斯伯格曾在一场为他而设的晚宴上说过一段耐人寻味的话:"一个不争的事实是我不知道自己是谁,在场的各位谁也不能确切地知道他们都在说些什么,我不确信自己在说什么,甚至这块金牌也有问题……谁知道呢,也许宇宙本身就是一个错觉,事实上它就是,由此我是彻头彻尾的虚无,就和你们一样,所以我们都能放松了,因为没有什么东西会依我们是谁而定。"①

1963年7月,金斯伯格游历日本。在一次去拜访正在研修禅宗的斯奈德的路上,他突然有所顿悟,完成了一次精神蜕变:"长期以来,我对上帝、天使及基督深信不疑——但在现时当下,我是一名佛教信徒,我被虚空(Sunyata)唤醒,那才是人生的真谛。没有上帝,没有自我,哪怕是惠特曼所说的普遍自我。"②

在《禅定与诗学》一文里,金斯伯格进一步认为:"公元150年以来,一个基本的佛教观点就是:'色即是空,空即是色。'……美国诗人菲利普·惠伦、加里·斯奈德、克鲁亚克和巴勒斯都通过各自的直觉体验来研修《心经》,都在作品中对这一'至高圆融智慧'做过深切传达。"③

金斯伯格常在诗中借用佛教观念来表达自己的想法,如《释迦牟尼从山上下来》("Sakyamuni Coming out from the Mountain")这首诗刻画的释迦牟尼完全是一副"垮掉"形象,诗人或许只是借佛陀来宣扬"垮掉"精神而已:

他拖着光脚/从一棵树下的/洞穴出来,/……/身穿破旧长袍/长着漂亮

---

① 〔美〕维克托·博克瑞斯:《晚宴贺词——在为祝贺艾伦·金斯伯格获得国家人文学科俱乐部文学奖而设的晚宴上》,见《透视美国:金斯伯格论坛》,文楚安主编,四川文艺出版社,2002年版,第9页。
② Thomas F.Merill.*Allen Ginsberg*.Boston:Twayne Publishers,1988:6.
③ Kent Johnson and Craig Paulenich.Eds.*Beneath a Single Moon:Buddhism in Contemporary American Poetry*. Boston and London:Shambhala,1991:95-96.

胡须,/笨拙的双手/贴在裸露的前胸/谦卑即是垮掉/谦卑即是垮掉/……①

而对于克鲁亚克来说,佛教禅宗则像是一台"发电机",给他的诗歌创作冲动带来了无穷的"电力"②。比较而言,佛禅思想中的"空无"理念对克鲁亚克的影响最大,其诗有云:"佛法/说/一切皆源于/同一事物/那便是无"③。罗伯特·西普科斯(Robert A.Hipkiss)曾这样总结克鲁亚克的佛教观:

克鲁亚克对于佛教"色即是空"的理解如下:第一,因为感观是人为的,所以本质上是无意义的;第二,因为是无意义的,所以给它们贴上善恶的标签;第三,因为世界不存在真正的现实和善恶之分,因此我们无事可做,唯有接受存在之空幻并善待所有受空幻折磨的人们,这样,我们才能理解死亡意味着生命终结,也是完美虚空之回归。④

应该说,克鲁亚克对佛教禅宗的兴趣不仅仅在于其社会意义,而主要在于其精神方面的价值,这一点对二战后美国反叛的一代有着普遍意义。

如前所述,在20世纪50年代中期,克鲁亚克的生活和创作都陷入了极大的危机,佛禅至少能暂时让他超越俗世困苦的羁绊,享受空无理念所带来的平和与超脱,助他平安地度过危机。对于彼时的克鲁亚克,佛禅"有着最大的价值"⑤。事实上,正是由于佛禅理念的影响,克鲁亚克在《在路上》1957年出版之前的困顿时期创作了大量深具"空无"理念的诗歌,展现出诗人抛下我执之妄念的决心。克鲁亚克研读佛教经典期间,写的第一本书是《旧金山布鲁斯》(*San Francisco Blues*, 1995)。与其张扬行动意义的小说不同,这本诗集体现了一种静谧心境,指出了人世间万事万物的虚幻性。1956年完成的《金色永恒之经文》则是美国诗歌史上以"美国诗歌语言之网捕捉空无、超然和无我理念的最为成功的尝试"⑥。当然,"空无"理念更是其

---

① Allen Ginsberg.*Collected Poems*:1947 –1980.New York:Harper & Row,1984:90.(注:书中所有诗歌翻译除特别注明之外,均为笔者自译;部分排版较为独特的英文诗歌配有原文)

② James T.Jones.*A Map of Mexico City Blues:Jack Kerouac as Poet*.Carbondale and Edwardsville:Southern Illinois University Press,1992:104.

③ Jack Kerouac.*Jack Kerouac:Collected Poems*.Ed.Marilène Phipps-Kettlewell.New York:Literary Classics of the United States,Inc.,2012:51.

④ Robert A.Hipkiss.*Jack Kerouac:Prophet of the New Romanticism*.Lawrence,KS:Regents Press,1976:66.

⑤ James T.Jones.*A Map of Mexico City Blues:Jack Kerouac as Poet*.Carbondale and Edwardsville:Southern Illinois University Press,1992:104.

⑥ Rick Fields.*How the Swans Came to the Lake:A Narrative History of Buddhism in America*.Boulder:Shambala,1981:216.

诗歌代表作《墨西哥城布鲁斯》集中表现的主题，"empty""void""emptiness""nothing"等表示空无之意的词语在诗中频频出现。《短章6》（"6th Chorus"）中，诗人写道："自我的存在依赖于他/者，故没有单一而普遍的自我/存在——没有自我，没有他者，/没有自我的集合，没/有普遍的自我也没有思想/联系着存在或是非——/存在"①。而在《短章122》（"122th Chorus"）中，诗人给人称代词"我"加上了引号："不要破坏你的温柔/是让'我'突然想到的忠告"（Don't break your tenderness/Is advice that comes to "me"）②。还有，在《短章125》（"125th Chorus"）结尾处，诗人将无名作为自己最大的愿景："我所有想说的是，/删掉我的名字/从名单中/佛陀的名字也是/我即佛陀，在名单中/无名"（and all I gotta say is,/remove my name/from the list/And Buddha's too/Buddha's me, in the list,/no-name）③。总之，受佛禅思想的影响，《墨西哥城布鲁斯》表现出极大的否定意识：弃绝对自我的执着、否定文学成规进而否定美国盎格鲁一致性主流文化价值观对人们的规训与宰制。可以说，克鲁亚克此时放逐我执的佛禅理念正好与其一贯的反文化意识高度契合，也直接激发了他艺术创作的热情与能量，从而一连创作出多部小说与诗作。

按照美国"垮掉派"诗歌研究专家琼斯（James T.Jones）的理解，克鲁亚克对自我的探究让他的思想具有"明显的后现代特征"；对于克鲁亚克来说，"放弃对自我的执着意味着走出困苦"，这是"存在之本质所在"④。然而，放弃我执的同时又对过去保持一种完全的超然态度，这又是克鲁亚克难以做到的。成名之前，克鲁亚克怀着成名的欲望来到纽约，但随着《在路上》被一再拒稿，其成名之路严重受挫，他不免心灰意冷，困苦不堪。此时，克鲁亚克对佛禅的研究让他对生活有了新的理解，不再过于执着于自我，而《墨西哥城布鲁斯》恰是克鲁亚克表明决心放弃我执、达成无明心境的力作。不过，克鲁亚克在成名之后，为了能在公众的评判和凝视中保持自我，甚至不惜以酗酒来强化自我意识。佛禅帮助他走出我执的困苦之境，成名和酗酒却又让他重陷其中，这种"欲罢而不能"的心态在《墨西哥城布鲁斯》

---

① Jack Kerouac.*Jack Kerouac：Collected Poems*.Ed.Marilène Phipps-Kettlewell.New York：Literary Classics of the United States，Inc.，2012：7.

② Jack Kerouac.*Jack Kerouac：Collected Poems*.Ed.Marilène Phipps-Kettlewell.New York：Literary Classics of the United States，Inc.，2012：89-90.

③ Jack Kerouac.*Jack Kerouac：Collected Poems*.Ed.Marilène Phipps-Kettlewell.New York：Literary Classics of the United States，Inc.，2012：92.

④ James T.Jones.*A Map of Mexico City Blues：Jack Kerouac as Poet*.Carbondale and Edwardsville：Southern Illinois University Press，1992：25.

中也多有表现,如《短章209》("209th Chorus")中:"我醉歪了/口不择言/想要金子想要金子/金色永恒"①。从某种程度上说,克鲁亚克所有的作品都是对自我欲望与放弃我执这二者之间张力的艺术呈现。

从意象来看,系列长诗《墨西哥城布鲁斯》中,诗人多次以"迷失"在空中的"气球"(balloon)意象来表现空无理念,其"灵感来自于连环漫画中主人公的对话都放在'气泡'模样的圆里面"②。正如《短章109》("109th Chorus")所表现的那样,"他们的圆气/球 线 消退/云散—字词—洞"③,当这些气泡外面的线条消失之时,里面的字词也似乎会随之消失,此时的气球就像一个会吞噬词语的洞穴,让诗人不再对意义永恒之说抱有幻想。

《短章41》("41th Chorus")④最后一节也用到了气球意象:

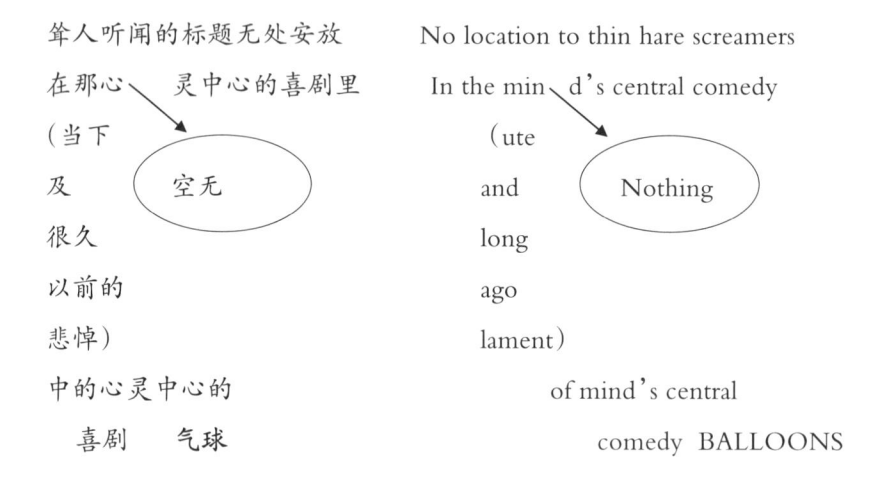

聋人听闻的标题无处安放　　　　No location to thin hare screamers
　在那心　灵中心的喜剧里　　　　In the min　d's central comedy
（当下　　　　　　　　　　　　　（ute
及　　　　空无　　　　　　　　　and　　　Nothing
很久　　　　　　　　　　　　　　long
以前的　　　　　　　　　　　　　ago
悲悼）　　　　　　　　　　　　　lament）
中的心灵中心的　　　　　　　　　of mind's central
　喜剧　　气球　　　　　　　　　　comedy　BALLOONS

这里运用了两种呈现心灵"空无"的方式:一种是心灵(mind)的第三和第四个字母之间空了三个字母的空白;接着从这个空白处诗人向右下方拉出一个箭头,而箭头的右下方是一个里面写有"空无"(Nothing)的椭圆,这里椭圆可看作是"空无"的能指,里面的内容便是"空无"的所指,这无疑强化了诗歌的表现力。这部分既可以横着读:"在那心灵中心的喜剧里"(In the mind's central comedy),同时,按照诗人的排版,读者不得不竖着再读一

---

① Jack Kerouac. *Jack Kerouac: Collected Poems*. Ed. Marilène Phipps-Kettlewell. New York: Literary Classics of the United States, Inc., 2012: 147.
② Gerald Nicosia. *Memory Babe: A Critical Biography of Jack Kerouac*. New York: Grove, 1983: 483.
③ Jack Kerouac. *Jack Kerouac: Collected Poems*. Ed. Marilène Phipps-Kettlewell. New York: Literary Classics of the United States, Inc., 2012: 80.
④ Jack Kerouac. *Jack Kerouac: Collected Poems*. Ed. Marilène Phipps-Kettlewell. New York: Literary Classics of the United States, Inc., 2012: 32-33.

遍:"在那/当下/及/很久/以前的/悲悼/中的心灵中心的/喜剧 气球"(In the min/ (ute/ and/ long/ ago/ lament) / of mind's central/ comedy BALLOONS),诗人在心灵(mind)的第三个字母后面的空白处换行插入了"当(下/及其/很久/以前的/悲悼)",一行一词(这里第一行只有三个字母"ute",与前行的"min"构成一词"当下minute")。最后一词是大写的气球(BALLOONS),与"心灵中心的/喜剧"并置,意味着整首诗表现的心灵的"空无"理念可以浓缩于"气球"意象,使理念得到更为具体的物化。

《墨西哥城布鲁斯》最后一次提及"气球"意象是《短章199》("199th Chorus"),开头两节里诗人进行了一系列的追问:"空空的艳丽的气球? /灿烂晴空下让人着迷的光点? ……// 涅槃? 天堂? /X? /你怎么称呼它?"[1]诗人接下来并没有给出具体的答案,因为诗人似乎已然意识到"空无"本就意味着"一个人可以从自己内心深处去发现那些本已了解的东西"[2],正如诗的结尾那样,"不可描述的花/开在一个人自己的/心里/精华"[3]。

斯奈德对中国禅宗思想也有着极高的信仰,这种信仰打破了"柏拉图-笛卡尔的主观/客观、身/心、人/自然、自然/超自然的二元论"[4]。斯奈德对禅宗观念的接受源于其出生于对基督教持强烈批判态度且在政治上也一直有反叛倾向的家庭。斯奈德认同"局外人"身份,对待美国资本主义和西方形而上学等主流话语往往抱有一种边缘人的心态,其诗作常常颠覆二元对立思维,强调差异之中的和谐一体性。由于斯奈德从根子上反叛西方逻各斯中心主义及其变体(即人类中心主义),以便可以跳出诸如内在世界/外在世界、理智/非理智与主体/客体等二元对立思维的局限,斯奈德诗歌少有自我主体意识,缺少西方传统诗歌中的内在理性逻辑,结构松散,有种"浓厚的非我论倾向"[5]。这种"无我"意识使得万事万物在斯奈德诗歌中自然呈现:随意并置,没有阐释,缺乏意义,现代主义那种线性时间意识也不见踪迹。对于诗人,事物就是事物本身,而暗喻、象征、结构等不过是现代

---

[1] Jack Kerouac.*Jack Kerouac*:*Collected Poems*.Ed.Marilène Phipps-Kettlewell.New York:Literary Classics of the United States,Inc.,2012:139.

[2] James T.Jones.*A Map of Mexico City Blues*:*Jack Kerouac as Poet*.Carbondale and Edwardsville:Southern Illinois University Press,1992:135.

[3] Jack Kerouac.*Jack Kerouac*:*Collected Poems*.Ed.Marilène Phipps-Kettlewell.New York:Literary Classics of the United States,Inc.,2012:140.

[4] Rudolph L.Nelson."'Riprap on the Slick Rock of Metaphysics':Religious Dimensions in the Poetry of Gary Snyder". *Soundings*:*An Interdisciplinary Journal* 1974(2):210.

[5] Bob Steuding.*Gary Snyder*.Boston:Twayne Publishers,1975:41.

主义强加之物,只会让诗歌陷入僵化的定式思维,扼杀诗歌的生命活力。诗歌就是事物的自呈现,"自然而来"①。这种开放性的诗歌赋予了读者更多的想象空间。

有学者认为"无我"意识具有很强的后现代主义色彩:"不少后现代诗人发现,要想写出最能表达自我真实的诗歌,先得放空武断的自我,因为夹杂着人的各种复杂角色的各类文明因素早已让自我真实变得模糊了。"②斯奈德对"空无"颇有体悟,对"空"的翻译使用过不同的词,如"emptiness""empty""nothing""void"等。斯奈德曾在日记中写道:"形式——在恰当的点把事物省掉/椭圆,空(emptiness)。"③在之后的另一篇日记中,他写道:"空(empty)水杯与空无一物(full of nothing)的宇宙一样空(empty)。"④

篇幅简短但意蕴无穷的《心经》是斯奈德最为中意的禅宗经典。斯奈德一直以来非常推崇玄奘的一个主要原因,也正是玄奘当年从印度带回并翻译了梵文版《般若波罗蜜多心经》,正如斯奈德在诗中写道:"佛教学者——朝圣者,带回了著名的《心经》——这一页浓缩了全部超凡智慧的哲理经典——在他的背囊中。"⑤

斯奈德也曾谈及他对《金刚经》的体会:

昨夜几乎悟到"无我"。我们可能认为,"自我来自于某种普遍的、无差别的事物,也会回归其中"。事实上,我们从未离开过,何来回归。/我的语言慢慢消退,意象变得模糊。蕴含着万千变化的事物从未改变;恒久未变,时间也就没有意义;没有时间,空间也就消弭。我们随即归于空无。/"须菩提,若菩萨有我相、人相、众生相、寿者相、即非菩萨。"/"你做菩萨,我做出租车司机,送你回家。"⑥

斯奈德体悟到的"无我"体现的正是《金刚经》所反复宣讲的"空无"(斯奈德使用的是 void)观。"凡所有相,皆是虚妄",万事万物真正的"实相"是"无相","空无"才是一切法、名、色、相的本性,独立于时空之外,既然人们"从未离开过",所以也无须执着于"回归"。正如斯奈德在一次访谈中指

---

① Jon Halper.Ed.*Gary Snyder*:*Dimensions of a Life*.San Francisco:Sierra Club Books,1991:125.
② Dan McLeod."The Chinese Hermit in the American Wilderness". *Tamkang Review* 1983(1):170.
③ Patrick D.Murphy.*Understanding Gary Snyder*.Columbia:University of South Carolina,1992:5.
④ Gary Snyder.*Earth House Hold*:*Technical Notes and Queries to Fellow Dharma Revolutionaries*.New York:New Directions Publishing Corporation,1969:19.
⑤ Gary Snyder.*Mountains and Rivers Without End*.Washington D.C.:Counterpoint,1996:160-161.
⑥ Gary Snyder.*Earth House Hold*:*Technical Notes and Queries to Fellow Dharma Revolutionaries*.New York:New Directions Publishing Corporation,1969:308.

出:"伟大的诗人不仅要表现自己的自我,还要表现出所有人的自我。为此,诗人必须超越自我。恰如道原禅师所言,'探究自我是为了忘却自我。忘却自我,便能与万物融为一体'。"①

斯奈德诗歌大多体现了一种摈弃各种先入之见的"空性"诗学,"无我"意识在斯奈德诗歌中随处可见。《八月中旬沙斗山瞭望哨》("Mid-August at Sourdough Mountain Lookout")是诗集《砌石》中的第一首诗,分为两节:

山谷中烟云迷雾/五日大雨,三天酷热/松果上树脂闪光/在岩石和草地对面/新生的苍蝇成群。//我已经记不起我读过的书/曾有几个朋友,但他们留在城里。/用铁皮杯子喝寒冽的雪水/越过高爽宁静的长天/遥望百里之外。②

全诗将"叙述者置于远离文明的高山之巅",只是代词"我"直到第二节才出现,这"反映出了叙述者的避世心态",而且,"我"在同一行中再一次出现之后,就没再出现过,"似乎自我已成了负担"。③这样,主语的省略和延迟体现了诗人有意改变"以主体观客体"这一惯性思维,使诗歌呈现出"以物观物"的视角,让读者对于诗中展现的自然有种直观的感受,从而生发出更多的联想。而且,叙述者强调说他读过的书现在已经记不起来了,也没有尝试着去回忆起来,这莫不是斯奈德对禅宗"空无"观的参悟在其诗歌中的具体体现?

并置结构的使用往往会加强诗歌阅读过程中多义联想的催发。据美国学者墨菲(Patrick D.Murphy)观察:

并置结构增加了多重意义的可能性。无论是名词还是动词,许多词语的意义取决于读者如何调整该词与其前后词语的顺序。最有效的解读方式常常是对并置结构所产生的多重意义做出同步回应。④

这种并置结构在斯奈德诗歌中处处可见,如上面所引用的诗歌中的山谷、雾、雨、热、松果、树脂、岩石、草地、成群的苍蝇等。这种没有人类"主体"参与的自然景物并置,似乎是在展示诗人"为赋予土地自身代理权"而

---

① Gary Snyder.*The Real Work*:*Interviews & Talks 1964—1979*.New York:New Direction Publishing Corporation,1980:65.
② (美)加里·斯奈德:《八月中旬沙斗山瞭望哨》,见《美国现代诗选》(下),赵毅衡编译,外国文学出版社,1985年版,第554页。
③ Patrick D.Murphy.*Understanding Gary Snyder*.Columbia,S.C.:University of South Carolina,1992:45.
④ Patrick D.Murphy.*A Place for Wayfaring*:*The Poetry and Prose of Gary Snyder*.Corvallis:Oregon State University Press,2000:45.

"远离自我中心的利己主义"①的决心。

《道非道》("The Trail Is Not a Trail")中这样写道：

我开车下了高速公路/开出一个出口/顺着公路/来到一条小路/沿着小路开/我最后开到了一条土路/到处坑坑洼洼的，停了下来/我走上一条小径/小径越来越崎岖难行/直到消失——/来到荒野之上，/处处可行。②

诗人从高速公路一路下来，似乎道路越行越窄，直到无路可行，但"路"这一绝对概念上的"无"恰恰成就了一种"无中心"的"有"，反倒是处处有路可行了。诗人似乎在表明，去除我执、放空自己，方能明心见性、畅"行"无碍。

这种"空无"理念在《表面的涟漪》中也有类似表达：

广袤的荒野/房子，孤零零。/荒野中的小房子，/房子中的荒野。/二者皆忘却。/无自然/二者一起，一所大的空房子。③

头两行中的"广袤的荒野"与"小房子"体现的是一种典型的二元对立思维；从第三、四两行开始，诗人借助《心经》中的"色空"思维，看到了两者之间转化的可能性。可以说，诗人正是通过这种禅宗思维来解构包括基督教神学在内的西方传统的理性思维模式的，人造世界与自然万物具有可以相互转化的和谐一体性，并不存在与人类文明完全对立的自然。

同样，诗集《龟岛》中的《松树的树冠》("The Pine Top")也展现了人与自然之间的和谐一体性：

蓝色的夜/有霜雾，天空中/明月朗照。/松树的树冠/弯成霜一般蓝，淡淡地/没入天空，霜，星光。/靴子的吱嘎声。/兔的足迹，鹿的足迹/我们知道什么。④

诗歌前六行景物罗列并置、自然呈现。第七行人未见，但闻"靴子的吱嘎声"，非主体性自我（靴子）乃是融于自然之中的普通一物，所发出的声音更加衬托出四周之幽寂。"兔的足迹，鹿的足迹/我们知道什么。"进一步体

---

① Patrick D. Murphy. *A Place for Wayfaring: The Poetry and Prose of Gary Snyder*. Corvallis: Oregon State University Press, 2000: 46.
② Gary Snyder. *Left Out in the Rain*. San Francisco: North Point Press, 1988: 127.
③ Gary Snyder. *No Nature: New and Selected Poems*. New York: Pantheon, 1992: 381.
④ (美)加里·斯奈德：《松树的树冠》，见《美国现代诗选》（下），赵毅衡编译，外国文学出版社，1985年版，第566-567页。

现了主体超脱自我、凭直觉感悟自然的禅境,即消除了主体与客体、本质与现象等二元对立界限的澄明之境。

而长诗《蓝色天空》("The Blue Sky")[1]更是这种"空性"诗学的绝好诠释。该诗以佛教中的药师佛(Old Man Medicine Buddha)[2]为切入对象:

从这里向东方	Eastward from here
远在佛家世界之外 十倍于	beyond Buddha-worlds ten times as
恒河沙粒	numerous as the sands of the Ganges
有一块称作	there is a world called
琉璃光净土	PURE AS LAPIS LAZULI
里面是痊愈之佛	its Buddha is called Master of Healing,
琉璃光如来	AZURE RADIANCE TATHAGATA
你要花上一万二千个夏季	it would take you twelve thousand summer vacations
没日没夜地开车向东	driving a car due east all day every day
才能抵达琉璃光净土的边界	to reach the edge of the Lapis Lazuli realm of
药师琉璃光的净土——	Medicine Old Man Buddha—

"花上一万二千个夏季/没日没夜地开车向东"指的是日常生活中的欲念和痛苦等生命体验,诗人将这种生命体验同没有疾苦、和谐一体的琉璃光净土联系起来,强调了终极目标的永无止境特性以及追求这一过程的重要性。其间,并没有什么统一的"中心"可供读者作为其解读的依据,因为哪怕读者发现某个能指似乎可以作为解读依据,另一个不太相关的能指却又接踵而来,令人难以确定任何单一结论。《蓝色天空》就像是万花筒,充满了各种故事、曼特罗颂词和单词连缀,最终导致诗歌意义上的不确定性。

天上的 穹盖……卡姆	*Celestial* arched cover...kam
天堂 赫曼……卡姆	Heaven heman...kam
[同志:在同一片天空/篷帐/曲线之下]	[*comrade*:under the same sky/tent/curve]
卡马拉,阿维斯陀,腰带卡姆,	Kamarā, Avestan, a girdle kam,
一把弯曲的弓	a bent curved bow
爱神,欲望之神 "玛雅之子"	Kama, God of Lust "Son of Maya"
"花之弓"	"Bow of Flowers"

---

[1] Gary Snyder. *Mountains and Rivers Without End Plus One*. Bolinas: Four Seasons Foundation, 1979: 38-44.
[2] 药师佛,也称药师琉璃光如来、大医王佛、十二愿王佛,为众生解除疾苦,享有极高威望,但这种威望在主流佛教中却受到了压制,似乎被边缘化了,这也许是药师佛受到斯奈德关注的主要原因。

以上诗句所涉及的各式各样的"空"(穹盖、篷帐、曲线、弯曲的弓、花之弓等)的形态都可以理解为是禅宗"空无"(Sunyata)理念的具体化。及至诗歌的末尾,这一理念得到了进一步强化:

蓝色天空	The Blue Sky
蓝色天空	The Blue Sky
蓝色天空	The Blue Sky
是净土	is the land of
药师琉璃光的净土	OLD MAN MEDICINE BUDDHA
从那里鹰	where the Eagle
飞出了视线	that Flies out of Sight
飞。	flies.

此处,诗人一再强调"蓝色天空",似乎是在表明:所谓的"意义"仍然像蓝色天空的"蓝色"那样难以捉摸,毕竟,蓝色天空指向的并不是某种颜色,而是某种既涵盖一切又毫无所指的"空"。在广大无边的"空"中,意义是难以确定的。那只飞进这片"蓝色"而后又消失不见的"鹰",似乎暗示了万物本无确定本质的品性,同时,天空也因为有了这只不懈飞翔的鹰的存在,反而更加凸显了其"空"的品性。事实上,这样的"空无"理念体现的正是佛性"真如"(tathatā)[①]之所在。总之,万物既相异又相依,即所谓"色即是空,空即是色",参悟其中奥妙,便能超越日常生活中的各种欲望与执着,到达和谐一体的境界。借助禅宗的"空无"理念,斯奈德极大地解构了强调二元对立的逻各斯中心主义,而以"空无"之说点明日常生活中各种"中心"理念的虚幻性。

对德里达而言,任何超验性的所指都不构成中心地位,这无疑"无限制

[①] 关于"真如"的定义,可参见《佛学大辞典》:"真者,真实之义,如者,如常之义,诸法之体性离虚妄而真实,故云真;常住而不变不改,故云如。唯识论二曰:'真谓真实,显非虚妄。如谓如常,表无变易。谓此真实于一切法,常如其性,故曰真如。'云自性清净心,佛性,法身,如来藏,实相,法界,法性,圆成实性,皆同体异名也"(丁福保编:《佛学大辞典》,上海书店,1991年版,第1747-1748页)。"真如"常被视为"佛教的最高真理",一般理解为"佛教的真心、法性",它是"一切事物的真实性状,无生灭、无垢染,具有不变、永恒、无别的意义"(石义华:《"真如"的异质性——〈大乘起信论〉的本体思想探析》,《山东社会科学》2012年第11期)。

地延伸了意义的边界和戏谑性"①。而斯奈德对自然的理解也充满了德里达式戏谑性的解构倾向：

> 自然是一大套惯例的集合,完全是源自瞬时形成的各种随性的模式和指定;完全可能在任何时候都会消失;仅仅是作为一种戏谑的形式继续存在:宇宙的/喜剧性的乐趣。②

斯奈德诗歌表现的主要也是这种"宇宙的/喜剧性的乐趣",大多具有戏谑性,而这种戏谑性跟斯奈德对禅宗公案的参悟紧密相关。对于禅宗公案及其背后的思维特性,钟玲曾有过如下总结:

> 公案大抵是禅师为了启发徒弟,而采用非直接的答话,采用非平常的行为方式,因为徒弟通常会陷入平常的理性思维,或陷入二元分法,钻牛角尖而不自知。公案思维基本上是颠覆性的,颠覆平常用的思维方式,因此它常是突然的、断裂的、跳跃式的、不合事实的、不合逻辑的、不合常理的、答非所问的,或藕断丝连的、密码式的,而且不能,也不应该用逻辑语言来解释的。③

著名的"赵州无字"公案体现的就是这种典型的公案思维,常为研究者所征引。该公案是赵州从谂禅师与弟子之间的对话。据《五灯会元》第四卷记载:"问:'狗子还有佛性也无?'师曰:'无。'曰:'上至诸佛,下至蝼蚁,皆有佛性,狗子为甚么却无?'师曰:'为伊有业识在。'"④按照任继愈的理解,从谂禅师在对话中"以通过狗有无佛性的讨论,打破禅师僧的'有'、'无'执着和相对认识"⑤。看似不合常理逻辑,实则含有大智慧。

斯奈德对"赵州无字"公案也深有参悟,还多次在诗歌中直接化用。《神话与文本》(*Myths & Texts* 1960)中,诗人就曾明确提及对该公案的体悟:

---

① Jaques Derrida."Structure, Sign and Play in the Discourse of the Human Sciences". In *Writing and Difference*.Trans.Alan Bass.Chicago:University of Chicago Press,1978:280.
② Gary Snyder.*Earth House Hold：Technical Notes and Queries to Fellow Dharma Revolutionaries*.New York：New Directions Publishing Corporation,1969:21.
③ 钟玲:《中国禅与美国文学》,首都师范大学出版社,2009年版,第246-247页。
④ (宋)释普济:《五灯会元》(第四卷),中华书局,1984年版,第204页。
⑤ 任继愈:《佛教大辞典》,江苏古籍出版社,2002年版,第887页。

三月里的风
　　吹来拂晓的光
　　吹落杏花朵朵。
　　炉子上的咸火腿冒着烟
　　（坐思赵州无字
　　　我的双脚睡了）[①]

三月的某个夜晚，诗人想要参透"赵州无字"公案，彻夜思虑，终不得其解，浑然入睡，这似乎是"无"。然而，拂晓醒来之时，春天里的微风、阳光、杏花等自然景致以及火炉、咸火腿等日常生活事物照旧闯入诗人的生命感受之中，这好像是"有"。诗人似乎在暗示，"有"或者"无"本就是自然实在，不可执着。

斯奈德还曾写道："野兽/有佛性//所有都是/除了郊狼"[②]，这似乎也是对"赵州无字"公案的转化。按照西方逻辑学来理解，野兽有佛性，郊狼属于野兽，在这大小前提成立的情况下，必然会推出郊狼有佛性这一结论，而诗人却说郊狼没有佛性。这是公案式的反逻辑思维。

斯奈德诗歌的戏谑性还体现在对万事万物"真如"实性的看重。斯奈德注意到中国禅宗和基督教的一大区别就在于，基督教太过于强调超验理性，而中国禅宗则强调：

超验之外就是伟大的**戏谑**和**转化**。顿悟到让脑洞大开的空之理念之后，百万小宇宙中时隐时现的空性让人能单纯且充满爱心地认识到：耗子及草籽也有着无限美好和珍贵的品性。[③]

由此可见，斯奈德诗歌中的戏谑性特质跟中国禅宗中的"戏谑"与"转化"有着密切的关联，而这种关联也给诗人解构现代主义理想提供了莫大的动力。

[①] Gary Snyder. *Myths and Texts*. New York：Totem Press，1960：38.
[②] Gary Snyder. *A Range of Poems*. London：Fulcrum Press，1971：73.
[③] Gary Snyder. *Earth House Hold：Technical Notes and Queries to Fellow Dharma Revolutionaries*. New York：New Directions Publishing Corporation，1969：128.

第四节 "垮掉派"诗歌对"第三代"诗歌似是而非的影响

针对"垮掉派"诗歌与"第三代"诗歌做影响研究既有风险又很困难。风险的一方面在于,由于"垮掉派"诗歌发生在前,而且其产生的世界性影响显然比"第三代"诗歌要大,研究很容易将"第三代"诗歌完全置于"垮掉派"诗歌的阴影之下,只做影响关系的认定而不进行细部的考察和论证。另一方面,对两者之间影响关系做细部的考察和论证也将面临着不少实际的困难。首先,诗人本人大多会极力否认这种影响关系,并尽可能地不留下相关线索,因为对一个诗人而言,被考证出受到其他诗人(尤其是仍然健在的诗人)的影响或许就像是一场噩梦,意味着他的诗歌创作的独特性或创新性将会受到贬损。其次,就算诗人给出一定程度的暗示或者直接承认有这种影响关系,这或许能作为一定的参考,批评者可以做出一些演绎与推论,但这还不是严格意义上的"影响"事实,更为紧要的工作还是要从诗歌文本上找出诗人之间的相似之处。对于诗人及批评者所处的这种尴尬境地,美国学者乌尔利希·韦斯坦因(Ulrich Weisstein)的看法可以作为一种参考:"原则上,比较研究者不应该对有潜在影响关系的主动方(输出)和被动方(接受)做出质的区分,因为接受影响不是什么耻辱,输出影响也没有多少荣耀。至少在大部分情况下,并不会出现完全直接的影响输出或接受,逐字逐句的模仿应该说较为罕见,都会有某种程度上的创新性变化。"[①]

一、中国禅宗影响的回流

上一节中,笔者结合具体的文本分析谈到"垮掉派"诗人对中国禅宗的参悟、吸收以及化用,试图证明"垮掉派"诗人在进行后现代诗歌创作时普遍受到了中国禅宗"离两边""空无"等思维或理念的影响。这种影响之所以具有可能性并在具体诗歌文本中得以体现,最重要的原因莫过于中国禅宗正好契合了美国20世纪50年代正处于转换之中的后现代时代精神。《嚎叫》之类的"垮掉派"诗作从内容到句法歇斯底里、汪洋肆虐,无疑是反叛的。但大批表现"空无"观的"垮掉派"诗歌在当时语境下莫不具有同等的

---

① Ulrich Weisstein. *Comparative Literature and Literary Theory: Survey and Introduction*. Taipei: Bookman, 1988: 31.

反叛效果。二战后的美国在国际上纠集资本主义国家同以苏联为首的社会主义国家全面对抗,美国国内也以清除"红色恐慌"(red scare)作为借口大搞政治、文化和思想压迫,以煽动性的语言欺骗民众要对国家保持忠诚,要当心国际共产主义间谍的渗透,要踊跃参军"解放"朝鲜,等等。相对于这些以盎格鲁一致性价值观为圭臬的主流话语,那些将主体客体化、表现"空无"的"垮掉派"诗歌,特别是斯奈德的诗歌,恰是一种无言的反叛。

问题是,带给美国后现代诗歌如此重大影响的中国禅宗却难以进入同样以叛逆著称的"第三代"诗人的视野,至少在他们颇为纷繁复杂的回顾性文章、自述以及诗学论文之中,很难见到有关中国禅宗的研究与阐述。这似乎是"墙内开花墙外香"的又一例证。

然而,另一个基本事实是,在中国,20世纪80年代是主体性意识高涨的时代。在朦胧诗那里,这种主体性意识大有泛滥之势,"英雄""崇高""理性"等大词过于彰显,具有高蹈主体性指向的第一人称("我"或"我们")几乎成为衡量一切客体性的人与物的唯一尺度。正如朦胧诗代表性诗人杨炼所说:"我的诗是生活在我心中的变形,是我按照思维的秩序,想象的逻辑重新安排的世界。那里,形象是我的思想在客观世界的对应物,它们的存在、运动和消失完全是由我主观调动的结果。"然而,朦胧诗人的这种主体性"自我"在遭到当时僵化的主流政治话语与保守的主流诗坛的围攻之后,先前的"挑战者"姿态不断空转,最终沦落到空泛的"公众英雄"代言人的境地。而"第三代"诗人恰恰是在时代的裂缝中发现了这种"自我主体性"的虚假性和无效性,进而创作出了一大批旨在消解主体性、零度叙事"的,甚至是充满禅意的诗歌:"从否定英雄到否定自我"是"第三代"诗歌运动中的"最佳进球"。[1]诗人郑敏1989年也曾指出,"第三代"诗人"常有禅宗意识",他们"吸取了垮派的反理性中心论、反文化中心论,诅咒典雅,追求禅境"。[2]而在诗评家张清华看来,"无论老庄,还是禅宗,在哲学的本体论和认识论上,讲的都是'无',这个无既是前提,也是结果,'有'是暂时的,相对的,存在和探求,都是这相对和短暂的过程之物",从这个角度来说,韩东诗歌"反倒更有几分'禅意'了"。[3]

两相对照,似乎可以做一个大胆的假设:中国禅宗对"第三代"诗歌的

---

[1] 杨黎:《穿越地狱的列车》,《作家》1989年第7期。
[2] 郑敏:《回顾中国现代主义新诗的发展,并谈当前先锋派新诗创作》,《现代世界诗坛》1989年第2辑;参见《郑敏文集·文论卷》(中),北京师范大学出版社,2012年版,第416页。
[3] 张清华:《巧遇诗人》,见《海德堡笔记》,中国人民大学出版社,2011年版,第138页。

影响是通过曾受到中国禅宗重大影响的"垮掉派"诗歌来间接实现的。

首先,从时间上看似乎有这个可能性。前文中提及的《松树的树冠》《八月中旬沙斗山瞭望哨》以及斯奈德其他表现类似题旨的诗歌早在"第三代"诗歌崛起的20世纪80年代就有相关翻译:《防波石堤》(见《"垮掉的一代"述评》,《当代外国文学》1981年第3期);赵毅衡编译的《美国现代诗选》下册(1985)中有《八月中旬沙斗山瞭望哨》《皮由特涧》《石砌的马道》《马吃的干草》《松树的树冠》等13首;郑敏编译的《美国当代诗选》(1987)中译有斯奈德的诗歌《秋晨在Shokoku-ji》《腊月在Yase》《马鞍山的雪》《和山峦相会晤》。

其次,从主题和表现手法中也可以找到二者之间的许多相似之处。上一节中,笔者在联系斯奈德对中国禅宗"空无"观念的体悟和较为细致的文本分析的基础上,阐述了斯奈德诗歌所体现出的"空性"诗学,即某种摒弃了各种先入之见的"无我"意识是斯奈德诗歌的常态,诗人似乎是在刻意地跳出"以主体观客体"这一西方惯性思维,用一种"以物观物"的视角和"主体客体化"的直观态度展现自然中的万事万物。事实上,这种主题和表现手法在"第三代"诗歌中也同样常见。

读杨黎诗歌总会感觉是在跟着一台摄像机游走,诗人往往会直接呈现此时此地的大小事物,虽然也常有包括"我"在内的人物出现,但也基本上是客体化的主体,一种"被看"的对象而已。《冷风景》(1984)①以一种全知视角为我们白描了一条远离市中心、夜幕降临时"异常宁静"的街道,街道上的大小事物似乎都处于摄像机随意抓取的某个画面之中,自然呈现,不带有任何感情色彩。全诗并不长,"这时候/有一个人/从街口走来"却出现了四次,并在结尾单列一节,但诗人似乎并不想强调这个连姓名都没有的"人"具有多么重要的主体性,此时此刻"从街口走来"的这个"人",充其量只是贯穿全诗并融入周围街景的一条线索而已。

再来看《高处》②:"翻开诗/看那些陌生人/举着红旗/冲向前""看太阳/照着大地/照着大地上的森林/河水,或是楼房/照着人/走的,或者站着/也照着你/你坐在河边"。这些诗句中的人物都被客体化了,都同"红旗""太阳""大地""森林""河水""房屋"一样,是"被看"的客体。不仅如此,就连主体

---

① 见《非非》(第一卷),周伦佑主编,1986年5月;《后朦胧诗选》,阎月君、周宏坤编,春风文艺出版社,1994年版,第395—401页;《第三代诗新编》,洪子诚、程光炜编选,长江文艺出版社,2006年版,第61—66页;另以《街景》为名收入《亵渎中的第三朵语言花——后现代主义诗歌》,周伦佑选编,敦煌文艺出版社,1994年版,第247—254页。

② 周伦佑:《打开肉体之门——非非主义:从理论到作品》,敦煌文艺出版社,1994年版,第33—38页;原载《非非》(第二卷),周伦佑主编,1987年6月。

性意味最为强烈的"我"也被客体化了:"我也终于看见/我自己/站在门前/手里拿顶帽子/背后是/整个黄昏"。"我"在这里似乎仅仅是一个人称代词而已,并不具备那种凌驾于自然客体之上的主体性;相反,"我"成了"非我",成了被"我"看的、类似于"门""帽子"或者"黄昏"的客体了。诗歌名为"高处",似乎是在表明诗人将自己看成是宇宙间的一个点,一个"很轻/很微弱/也很短/但很重要"的、超然物外地看着世间的人与事的"A/或者B"点。而上一节中提及的《八月中旬沙斗山瞭望哨》一诗中,诗人也是站在山巅之上,抛开理性和情感("已经记不起我读过的书/曾有几个朋友")的束缚,淡然地"遥望百里之外"的。

1984年冬,韩东、于坚、丁当等诗人在南京创办民刊《他们》,成立"他们"文学社。在朦胧诗写作模式大行其道、不断空转之时,"他们"诗派"平静、透明、还原"的写作态度反倒成为"一个新的起点"。①"他们"诗派常常以一种"以物观物"的视角以及"主体客体化"的直观态度来展现万事万物自然状态下的客观实在。这一诗歌创作倾向在"他们"诗派成立之初便已初现端倪:"他们"诗派的自我命名已经表现出对"我"与"我们"这些具有介入性与压迫性意味的主体性词汇的反感了:"他们"这一名称意味着位于主流以外的自我对象化。

在陈超看来,韩东往往习惯于站在客观立场来观察世间人事,韩东诗歌由此显得枯淡而慵懒,在其"平静的外表下潜藏着阴沉的绝望感",具有"某种意义上的后现代主义特征"。②以韩东诗歌《甲乙》(1991)③为例,诗人采取的是一种与当下现实保持一定距离而又直击现实中哪怕最微小细节的"摄影机"式白描手法。诗中人物"甲"与"乙"的姓名、年龄、职业、样貌、秉性等,读者都无从知晓,"甲"或者"乙"似乎只是一个符号或者某个客观存在的物件,没有喜怒哀乐等情绪上的变化,人物形象及其意义随着"摄影机"的缓慢移动,直到最后才逐渐显露出冰山一角。及至最后一行的最后两个字,事件本身才最终得以明了。然而,明明写的是性爱之事,却没有任何的欢爱过程与感受,反而具体而微地描摹"甲"眼中的物件与风景、"甲"系鞋带的动作与感受以及"乙"下床、系鞋带等动作。无感的性事俨然只是"摄影机"之外无关紧要的背景,诗于是留下了太多的空白。

事实上,人如其名,"甲"或"乙"可以泛指任何男女,早已没有了朦胧诗

---

① 陈超:《生命诗学论稿》,河北教育出版社,1994年版,第263-264页。
② 陈超:《生命诗学论稿》,河北教育出版社,1994年版,第264页。
③ 见《你见过大海:韩东集1982—2014》,作家出版社,2015年版,第97-98页;《韩东的诗》,江苏凤凰文艺出版社,2015年版,第146-147页。

中的那种具有强制性意味的"我"或者"我们"那样的主体性视角。"甲"或者"乙"都空有"看"的动作,却不能产生由"看"所带来的价值和意义,以至于"甲"可以闭上双眼,"什么也不看",将鞋带"先左后右"地系好;可以看"天空"看"街景",看"树枝"时可以"头向左移了五厘米,或向前/也移了五厘米,或向左的同时也向前/不止五厘米",而对与其发生过"亲密关系"的"乙"却"忽略得太久了",本是主体性的人似乎还没有"树枝"之类的物更有值得被"看"的价值。同时,像诗中的"床""鞋带""窗户""树枝""碗柜""玻璃""纱窗""餐具"甚至是"精液"一样,"甲"和"乙"也都是"被看"的客体。诗歌临近结尾处出现的主体性代词"我们"颇具反讽意味:"只是把乙忽略得太久了。这是我们/(首先是作者)与甲一起犯下的错误。"确实,全诗共31行,"甲"那种百无聊赖的"看"就占去了29行,"乙"看到的只是"甲所没看见的餐具"而已,毫无主体性可言。最后两行,作者为了所谓的"叙述的完整"还特意地补充,"当乙系好鞋带站立,流下了本属于甲的精液",这样,作者(包括读者)"看"的过程得到"完整"的叙述,但其背后又有多少意义和价值呢?诗人全知全能"摄影机"式的"看"和"甲"空洞地"看"最终一同遭到了消解。同时,这首诗歌所表现出的"零度叙述"的客观还原性以及多义性,对于现代主义诗歌和意识形态话语所强调的"象征性""崇高性"与"整体性"来说,无疑也是一种解构性消肿。

然而,需要强调的是,上面提出的假设,即中国禅宗对"第三代"诗歌的影响是通过曾受到中国禅宗重大影响的"垮掉派"诗歌来间接实现的,也仅仅只是假设,很难得到确切的验证。而且,似乎还有着另一种可能:由于"第三代"诗人出于"斗争"策略的需要,普遍都持有"反文化""反传统"立场,因此,即使他们有机会读到中国禅宗相关文献并从中直接得到启发,也难以自相矛盾地予以公开承认。

事实上,公开资料显示,至少在20世纪80年代,中国大陆已经出版了不少禅宗研究著作。鉴于绝大多数"第三代"诗人都接受过高等教育,这些禅学著作对他们来说应该并不陌生。

首先,近现代以来,中国积贫积弱,中国人对本民族传统文化的信心已然丧失,纷纷以西学为圭臬从而求取强国富民之策;而新中国成立之后的三十年里特别是十年"文革"时期,"以阶级斗争为纲"的政治导向更是导致了全国性的文化封闭与理论缺失。及至20世纪80年代,怀着"走向世界"与"走向现代化"的激情,中国大陆开始广泛译介西方思想、文化和文学著作,各种西方文学与文化思潮随之涌入中国。人们突然发现,铃木大拙与柳田圣山的禅学著作已然在欧美国家风靡,受到西方非理性主义、后现代主义思潮的莫大推崇。借由对铃木大拙与柳田圣山的禅学著作的反哺性译介，曾经备受国内学界冷落的禅学研究开始有了生气，这对当时正如饥似渴地吸收各类新知识的"第三代"诗人，似乎提供了从中汲取灵感与启发的极大可能性。

依照李璐的梳理和观察，"海外禅学著作的传入，西方非理性精神的风靡"以及时代精神的映照，极大地促成了20世纪80年代中后期以来国内"禅学热"的兴起。[①]就海外禅学著作的译介而言，铃木大拙的译著最多，影响也最大，其禅学译著主要有：《禅与心理分析》（铃木大拙、佛洛姆著，孟祥森译，中国民间文艺出版社，1986）、《禅与生活》（铃木大拙著，刘大悲译，光明日报出版社，1988）、《禅学入门》（铃木大拙著，谢思炜译，生活·读书·新知三联书店，1988）[②]、《禅宗与精神分析》[③]、《禅与艺术》（铃木大拙等著，徐进夫等译，北方文艺出版社，1988）、《通向禅学之路》（铃木大拙著，葛兆光译，上海古籍出版社，1989）、《禅风禅骨》（铃木大拙著，耿仁秋译，中国青年出版社，1989）、《禅者的思索》（铃木大拙著，未也译，中国青年出版社1989）、《禅与日本文化》（铃木大拙著，陶刚译，生活·读书·新知三联书店，1989）等。而柳田圣山的两部禅学译著《禅与中国》（柳田圣山著，毛丹青译，生活·读书·新知三联书店，1988）与《禅与日本文化》（柳田圣山著，何平、伊凡译，译林出版社，1991）也在这一时期出版。

其次，20世纪80年代中后期以来，国内学界对佛教禅宗等传统文化也开始了较为深入的研究。尤其是李泽厚从美学视角对中国传统文化展开的发掘性研究，彰显了中国传统文化的积极正面作用。在禅学领域，李泽厚最有代表性的成果是长篇论文《漫述庄禅》[④]。在这篇论文里，李泽厚以美学融贯庄子哲学、魏晋玄学以及中国禅宗，深入地阐释了庄禅的审美直观的思维方式及其当代学术价值。而作为这一时期从中国文化史的角度

---

① 李璐：《论汉语世界思想史视域下的百年禅宗研究》，南京大学2013年博士学位论文。
② 该书英文原著 *An Introduction to Zen Buddhism*（1934）与其姊妹篇 *The Training of the Zen Buddhist Monk*（1934）与 *Manual of Zen Buddhism*（1935）一起，曾受到"垮掉派"诗人的极大关注。
③ 洪修平在《译者序》中介绍，本书的三位作者一致认为："西方现代科学技术与理性主义的高度发展，在给西方带来丰富物质财富的同时，也使西方经历着一场精神危机。人把自己变成了物，机器成为一切，人却几乎降到了奴隶的地位，不但失去了生活的目标，而且失去了生活本身，生活成为财产的附属物，理性主义发展到了完全非理性的地步。人们由此而经受着巨大的心理紧张，遭受着种种精神痛苦，甚至导致了各种精神病的产生。"（洪修平：《译者序》，见《禅宗与精神分析》，铃木大拙、E.弗洛姆、R.德马蒂诺著，洪修平译，辽宁教育出版社，1988年版，第1页。）
④ 这篇论文先是在《中国社会科学》（1985年第1期）上发表的，后改名为"庄玄禅宗漫述"并选入其专著《中国古代思想史论》（人民出版社，1985年版）中。

研究中国禅宗的一大力作,葛兆光的《禅宗与中国文化》(1986)肯定了禅宗在中国文化史上的重要价值。葛兆光在结束语中指出,"用现成的唯心主义或唯物主义泾渭分明的标准只能判断禅宗本身的哲学观,却并不能判断禅宗在中国文化史上的影响""尤其是以'唯心反动唯物进步'这样的先验原则去评价禅宗的功罪""并不符合实际"。①作者进而认为,中国禅宗是"印度禅学与中国老庄思想及魏晋玄学基础上发展起来的",禅宗"以非理性的直觉体验、瞬间的不可喻的顿悟、自然含蓄、模糊朦胧的表达、活泼随意的参悟与体验为特征,形成了与中国过去旧思维方式既有一定联系又有很大差别的思维方式"。②

1987年,南京大学哲学系博士生赖永海发表在《哲学研究》上的《佛性学说与中国传统文化》一文探讨了佛学与中国传统文化之间的关系。该文认为,一方面,中国传统的思想文化"不仅是造成佛性理论成为中国佛学主流的重要原因",而且"对中国佛性理论自身的特质也产生了重大的影响"。具体而言,其一,中国佛性理论通过天台、华严以及禅宗等宗派的佛学理论与实践"把印度佛教性说的抽象本体属性逐步地转向当前现实之人心";其二,与印度佛教学说不同,中国佛性论讲求的"众生悉有佛性"这种平等的佛性理论在中国"还有其传统的思想根据";与印度佛教仪式繁琐、讲求苦修不同,中国佛性思想"在修行方法上多主简便易行",及至禅宗,更是"以顿悟成佛见长",因而"更适合中国的国情及中国人的思想方法,更富有生命力"。另一方面,"这种被中国化了的佛性理论又反过来影响中国的传统思想文化,并与之相融合",形成儒、释、道三教合一的"以心性之学为纲骨"的宋明理学,从而"成为中国传统思想文化的一个重要组成部分"。③1988年,赖永海在导师任继愈的指导下完成的博士学位论文编辑成书《中国佛性论》④由上海人民出版社出版,成为国内首部佛教专题研究著作。

---

① 葛兆光:《禅宗与中国文化》,上海人民出版社,1986年版,第208页。
② 葛兆光:《禅宗与中国文化》,上海人民出版社,1986年版,第217-218页。
③ 赖永海:《佛性学说与中国传统文化》,《哲学研究》1987年第7期。
④ 任继愈曾为该书作序,并以《〈中国佛性论〉序》为题发表在《哲学研究》上。在这篇序言中,任继愈高度赞扬该书的创新性,认为该书对于中国佛教研究"具有首创的功绩"(任继愈:《〈中国佛性论〉序》,《哲学研究》1988年第6期)。2010年,该书由江苏人民出版社再版发行。书中,作者梳理了中国禅宗的两个发展阶段,前期因循"即心即佛"思想并倡导"教外别传""直指人心",后期则奉"真如"为佛性而讲求"超佛越祖""无情有性"。作者进而认为,中国禅宗佛性"最核心的东西"是"把实相、本性、真理,均诉诸一心"(赖永海:《中国佛性论》,江苏人民出版社,2010年版,第220页)。

二、"第三代"诗歌对"垮掉派"诗歌背反精神的创造性接受

西方后现代主义思潮在全球化语境中对中国文化语境的渗透以及中国的年轻诗人们对诗歌变革运动的渴望，都为中国后现代主义诗歌的发生发展提供了相应的契机。可以说，"对政治一元和僵化话语的不满，对伪理想、伪崇高的拒斥，对虚假乌托邦的怀疑，对世俗生活的追求，是中国能够接受后现代主义的文化前提"[①]。20世纪70年代末开启的改革开放逐渐使中国走上"以经济建设为中心"的道路，经济和文化活动都有了飞速发展，当时业已僵化的"大一统"主流意识形态话语与价值体系逐渐失去了创新功能，这无疑为普通民众提供了更大的远离"政治一体化"的自由空间。特别是到了20世纪80年代中后期，经济发展过热，激化了潜在的文化矛盾，奉行经济实利主义原则的新兴市民阶层文化与主流意识形态话语、知识分子精英文化处于三分而立的状态。人们似乎普遍陷入一种"自相矛盾的境地"：一边是"强大而严格的制度体系"，另一边却是"随机应变的日常生活"。[②]然而，充满各种思想与文化裂缝的社会秩序终究难以阻挡人们在各种冠冕堂皇的符号秩序的掩饰之下各行其是。总体上，变革时期的中国文化越来越变动不居，趋于多元。诗歌在"文革"后一段时间内承担的"社会职能"，由于"情势的变更"，已逐渐"收缩"，越来越重视诗歌"回到自身"的诉求。[③]在这种变革的时代精神之下，占据主流诗坛的现实主义诗歌似乎越来越难以书写骚动而真切的时代，朦胧诗所展现的"贵族化"气质和或悲或苦的社会批判态度也日益露出其偏激狭隘的一面。这样，力图变革的"第三代"诗人密切关注别种文化的最新动态，更多地与"垮掉的一代""存在主义"等后现代思想和流派发生强烈的共鸣，果敢而敏捷地吸收其有用养分，并最终通过1986年"现代诗群体大展"以诗歌和宣言的方式广而告之。不"破"不"立"。诗歌创作本质上的创新天性使"第三代"诗人不得不首先以"破"的姿态寻求新的支点，从而以否定的形式向先前那种趋向僵化的诗歌创作模式发起冲击。"第三代"诗人对"垮掉派"后现代性诗歌的接受首要的就是对强调多元性、差异性与背反性变革的后现代时代精神的接受。

周伦佑曾明确提及"第三代"诗歌同"垮掉派"诗歌之间的渊源。他曾在《第三代诗论》中指出："'反文化'是对'唯文化'的反动。带有'反文化'

[①] 邢建昌：《对中国后现代主义文本的一种解读》，《当代文坛》2000年第1期。
[②] 陈晓明：《无边的挑战：中国先锋文学的后现代性》，广西师范大学出版社，2004年版，第32页。
[③] 洪子诚、刘登翰：《中国当代新诗史》（修订版），北京大学出版社，2005年版，第207页。

倾向的诗歌创作,是直接针对那种'唯文化'的形而上诗风的。这类创作和美国20世纪60年代'垮掉的一代'有千丝万缕的联系。他们不仅从'垮掉派'接过'反文化'倾向,甚至包括诗歌形式和语言。自发性、反理想化,大量的脏话和他妈的和自我亵渎,使这类诗成为《嚎叫》和《在路上》在中国的亚种。"[1]在后现代长诗《自由方块》(1986)中,周伦佑两次提及金斯伯格:"金兹伯格从东方朝圣回去/再不嚎叫了/专心于自杀,专心于同性恋/偶尔唱唱过去的好时光""杨森说不要随地大小便/朋友们公然在街头拉屎撒尿/警察视而不见/一位清洁工跳忠字舞跳成了舞星/金兹伯格跑到中国来了/来得很斯文/不知他和北岛谈了些什么"[2]。一方面,金斯伯格的确并不总是在"嚎叫"着反叛,也有其转变的一面。迪克斯坦就曾指出,"五十年代,金斯堡作为一名怒火满腔的预言家杀上舞台,朝着当时的美国高喊'吃人的世界',而在六十年代,他却变成了一个善于忍耐、富有魅力和愿意妥协的人"[3]。另一方面,诗人联系中国文化("东方朝圣")、主流意识形态话语("一位清洁工跳忠字舞跳成了舞星")和强调暗喻与象征的中国现代主义诗人("和北岛谈了些什么")来谈及金斯伯格一反歇斯底里地嚎叫着的反叛形象,变得"斯文了","再不嚎叫了","专心于自杀"与"同性恋",怀念着"过去的时光",足见现实语境同化威力之大以及"第三代"诗人进行诗歌变革处境之严酷。

一般认为,从精神气质上,和"垮掉派"诗歌最为接近的"第三代"诗歌要算"莽汉主义"诗歌了。"莽汉主义"诗人马松当年读的是数学系,但在大三时,"觉得数学太不好玩了",于是成天"打架、泡妞、喝酒",为了能休学一年以便和低他一届的李亚伟、万夏等人混在一起,他甚至还从当地的精神病院骗到一张"证实"他患有"神经衰弱"疾病的证明。当时,马松虽然还没开始写诗,但除了上数学课之外,他一有时间就会读泰戈尔与金斯伯格等人的诗歌。[4]对于是否受到"垮掉派"诗歌以及后现代思潮的影响,李亚伟既肯定又否定,言辞前后矛盾,闪烁不定。李亚伟承认他第一次读到"垮掉派"的作品是在1985年夏天。当读到岛子翻译的《嚎叫》全译本之后,他不禁"拍案叫绝",认为"莽汉主义"诗歌与"垮掉派"诗歌"风格太相近了",但

---

[1] 周伦佑:《第三代诗论》,《艺术广角》1989年第1期。
[2] 周伦佑:《周伦佑诗选》,花城出版社,2006年版,第129–130页。
[3] (美)莫里斯·迪克斯坦:《伊甸园之门——六十年代美国文化》,方晓光译,上海外语教育出版社,1985年版,第21页。
[4] 马松:《灿烂》,见《与神语:第三代人批评与自我批评》,柏桦等著,中华工商联合出版社,2014年版,第171页。

在"人生态度、文化背景及遗传上"却有"不同"之处;"莽汉主义"诗歌一直都充满着"精彩的封建主义糟粕、文盲的豪气和无产阶级不问青红皂白的热情以及中国百姓人情味十足的幽默和亲热"①。对于后现代思潮,李亚伟还曾撰文承认当时对后现代那些观念"略知一些","在一段时间里学习并相信过",只是后来觉得"有些腻";但文章末尾他在谈到"第三代"诗人阅读范围的时候,却又强调在他们之前的"所有白话诗歌"都不在他们欣赏和阅读的范围之内,而"主要热心于阅读西方后现代和中国同代人中最新的作品"。②字里行间,虽有些前后矛盾的地方,还是能感受到西方后现代作品对包括李亚伟在内的"第三代"诗人的极大影响。直到2007年和2008年,李亚伟还在两次访谈中称,"他们""非非主义"以及"莽汉主义"等"第三代"诗歌"都受到了西方后现代文学的影响",都在"拿来"③;"我对后现代那些观念""以前很有过"兴趣,但"现在觉得腻透了",一个诗人如果"老折腾观念",就只能是"一个文化爱好者和不倦的跟风者"④。

在后现代文学批评方面,于坚着墨最多,对中国式的后现代性背反精神也有着较为清醒的认知。于坚认为,诗歌是"时代精神的产物",它和传统文化的区别在于它是"无礼的、粗俗的、没有风度的","敢于把自己(个人)生活最隐秘的一面亮给人看",在精神上与惠特曼、金斯伯格等西方诗人有"是相通的"⑤。表现着"时代精神"的诗歌从来都是对"现存语言秩序""总体话语"和"主流文化"的挑战,是对"一种语言的张力与活力的考验"⑥,而后现代诗歌是对诗歌"进化论"的一种"反动"。⑦于坚认为,"二十世纪崇尚的是'升华',用解放者的眼光看待旧世界,看待大地","以抽象的'终极

---

① 李亚伟:《英雄与泼皮》,见《与神语:第三代人批评与自我批评》,柏桦等著,中华工商联合出版社,2014年版,第215页。
② 李亚伟:《口语和八十年代》,见《李亚伟诗选》,长江文艺出版社,2015年版,第170、176页。
③ 黄兆晖、陈坚盈:《一个诗人最终会返回历史——与莽汉派诗人李亚伟的对话》,《青年作家》2007年第9期。
④ 马铃薯兄弟:《腰间挂着诗篇的豪猪——李亚伟访谈录》,《长江师范学院学报》2008年第5期。
⑤ 于坚:《棕皮手记1982—1989》,见《拒绝隐喻:棕皮手记·评论·访谈》,云南人民出版社,2004年版,第5页。
⑥ 于坚:《棕皮手记1990—1991》,见《拒绝隐喻:棕皮手记·评论·访谈》,云南人民出版社,2004年版,第10页。
⑦ 于坚:《棕皮手记1997—1998》,见《拒绝隐喻:棕皮手记·评论·访谈》,云南人民出版社,2004年版,第63页。

关怀'否定具体的存在,否定'日常关怀'"①。然而,"世界不是各类是非的对立统一,而是各种经验和事物的阴阳互补"②。随着"三个崛起"论遭到批判以及"清除精神污染"运动的展开,具有现代主义特征的朦胧诗逐渐失去其批判精神和先锋意义,成为主流诗坛的一部分,朦胧诗人已不再适应"过去时代建立的意义系统与日益小说化的存在现场"逐渐分离的"辞不达意的时代"。③针对包括朦胧诗在内的强调"统一性"与"整体性"的意识形态写作,于坚所要创作的是"具体的、局部的、碎片式的、细节的、稗史的、就以往时代的价值、隐喻系统呈现为0的诗"④。

于坚还曾撰文回顾他当年读"垮掉派"诗人金斯伯格的诗歌的"震撼"感受。1984年金斯伯格来中国访问时,曾在云南大学外语系做过一场演讲,离于坚的住所只有几十米远。虽然此次两人没有见面,但此前于坚已经读过金斯伯格的作品,对长诗《嚎叫》颇为认同,认为它"简直"就是在写他们这些人的日常生活:鉴于"精神压抑和恐怖",于坚他们的写作也是"危险的、地下的";他们也是"留着长发,跳迪斯科,酗酒",处于"主动疯狂"的边缘;因此,对于坚来说,"垮掉的一代"是个"光辉的名字",命名的正是他们这一代"自以为是"的人。⑤从精神层面来看,于坚"热爱"金斯伯格,"并不关心他反抗的是什么",而真正让于坚因"着迷"而"颤抖"的是金斯伯格充满背反精神的"嚎叫"之声,毕竟,在从"文革"时期延续过来的精神压抑以及主流诗坛拒斥的压力之下,"第三代"诗人从内心深处渴望找到中国新诗变革与个体精神发泄的突破口:"这是我那一代人的姿态,垮是一种力量,垮就是反抗,就是拒绝。"⑥

可见,让"第三代"诗人感到"震撼"的主要是"垮掉派"诗人的后现代反叛精神,而这种后现代反叛精神也正契合了中国20世纪80年代的时代氛围。在整个20世纪80年代,一方面由于市场经济的引入,中国经济得到高

---

① 于坚:《棕皮手记1997—1998》,见《拒绝隐喻:棕皮手记·评论·访谈》,云南人民出版社,2004年版,第69页。
② 于坚:《棕皮手记1999—2000》,见《拒绝隐喻:棕皮手记·评论·访谈》,云南人民出版社,2004年版,第74页。
③ 于坚:《棕皮手记1996》,见《拒绝隐喻:棕皮手记·评论·访谈》,云南人民出版社,2004年版,第32页。
④ 于坚:《棕皮手记·从隐喻后退》,见《棕皮手记》,东方出版中心,1997年版,第250页。
⑤ 于坚:《从垮掉到疲脱——从美国诗歌和〈后垮掉派诗选〉的出版说起》,见《还乡的可能性》,商务印书馆,2013年版,第90-91页。
⑥ 于坚:《从垮掉到疲脱——从美国诗歌和〈后垮掉派诗选〉的出版说起》,见《还乡的可能性》,商务印书馆,2013年版,第101页。

速发展，逐步形成了一种经济实利原则；另一方面中国社会的"整体性"价值观体系失去了原有的创造功能，政治和文化精英确立的社会秩序面临着极大危机；"整体性"与"统一性"原则走向式微，"多元化"与"差异性"思维却勃然疯长，这些都催生出某种表现中国式后现代性的时代精神。当然，在20世纪80年代对金斯伯格等"垮掉派"诗人创作的美国后现代诗歌无比欣赏的同时，于坚也清醒地指出：因为有着具体社会与文化语境的巨大差别，他们所接受的"垮掉派"背反精神同美国语境中的"垮掉派"文学运动大相径庭。令"第三代"诗人最为不满的对象是，中国当下文学与文化界的故步自封以及"对现代化、对普世价值、对生活常识、对世界潮流采取排斥消灭态度的主流意识形态"，但"现代化"的物质基础还是让他们无比向往的；然而，恰恰是这种所谓"现代化"的物质和理性却是让"垮掉派"诗人们感到"绝望呕吐嚎叫的东西。"[①]

具体而言，中国式后现代性是对朦胧诗所代表的"强制的主体性"和"伪深度"的"消解"，是要"创造生产真正的深度"，因此，它"具有后现代的面貌，却有着现代主义的理想和工作"[②]，也就是于坚所说的像《0档案》那样曾经借助戏剧导演牟森的戏剧形式所实现了的"新表达"：

"新表达"的操作置身于现场，文本也是现场性的。他们具有后现代的某些形式，但艺术精神仍然是严肃认真的。他们只是呈现存在，而不判断。"新表达"的"后现代"与王朔等的后现代不同，它不是把现实消融成一种可以轻松的玩笑，一种可以忍受的东西，从而以一种嬉皮笑脸的方式肯定了总体话语的秩序和权力。"新表达"的艺术文本非常严肃，它后现代式的拒绝本质、深度，在将总体话语的价值系统消融为0的同时，呈现另一种深度，另一种彼岸。

除了以上谈到的"第三代"诗人受到"垮掉派"诗歌所表现的后现代背反精神的极大影响之外，许多文章、专著都谈到过"垮掉派"诗歌对"第三代"诗歌（尤其是"莽汉主义"与"非非主义"两个诗派）的影响，其中涉及最多的是金斯伯格对李亚伟的影响，但大多都是从文化的视角来谈，很难发

[①] 于坚：《从垮掉到疲脱——从美国诗歌和〈后垮掉派诗选〉的出版说起》，见《还乡的可能性》，商务印书馆，2013年版，第104页。
[②] 于坚：《关于后现代》，见《拒绝隐喻：棕皮手记·评论·访谈》，云南人民出版社，2004年版，第168-169页。

现让人完全信服的文本细读式研究成果。①这或许是因为诗人本人或者一概否认或者语焉不详,批评者很难找到确凿的依据来证实这种影响关系。但更为可能的解释也许是,由于历史文化传统和现实国情的极大差别,"第三代"诗人看重的只是能引起他们强烈共鸣的、"垮掉派"诗歌所表现出的后现代精神特质。至于"垮掉派"诗歌的创作原则和方法,经过"第三代"诗人较为彻底的改造、消化和吸收,早已是面目全非了。况且,汉语和英语分属两个完全不同的语系,"第三代"诗人如果一味地模仿英语句式及语法结构,难免会弄巧成拙。而从时间上看,20世纪80年代,中国还处于改革开放初期,"第三代"诗人还难以读到并进而深切地感受到"垮掉派"诗歌那种原汁原味、混杂的美式口语,只能借由一些翻译片段来感受其背反性语言的冲击。

由此来看,"第三代"诗人的否认某种程度上或许不是托词。但事实上,即使单从反叛精神上的影响来看,"垮掉派"诗歌对"第三代"诗歌的影响也远非单纯。《中国当代新诗史》(修订版)在提及批评家常指认"莽汉主义"诗歌同金斯伯格的《〈嚎叫〉及其他诗歌》之间的"影响"关系时,就曾采信李亚伟所给出的否认理由,并进而指出"莽汉主义"诗歌是"80年代倾慕'西方'的开放潮流"与"六七十年代造反风暴遗产的奇怪混合",紧接着还以胡冬的《我想乘上一艘慢船到巴黎去》为例进一步说明"莽汉主义"诗歌中的"造反风暴遗产"。②显然,这里更加强调的是"红卫兵情结"对"莽汉主义"诗人反叛行为的影响。

---

① 如批评家程光炜曾多次指出"垮掉派"诗歌对"莽汉主义"诗歌的影响关系:莽汉主义"明显"受到"垮掉的一代"的影响,"较早表现出对文化的粗鲁和比较彻底的逆反态度"(陈光炜:《朦胧诗实验诗艺术论》,长江文艺出版社,1990年版,第134页)。"'莽汉'不仅是一个诗歌概念,还是一种行为和生活方式,是中国聚众起义的传统与美国五六十年代垮掉派思潮的奇妙结合。因为受到金斯伯格长诗《嚎叫》的影响,莽汉诗人崇尚口语,力主故事性、挑衅性、反讽性和朗诵风格,追求生命的原生和真实,反对以大师的口吻去写诗,他们自嘲写的是'浑蛋诗歌'",并在具体评价"莽汉主义"诗人胡冬的《我想乘上一艘慢船到巴黎去》时,认为该诗"反映出一代人心态的变化,对传统人生模式的嘲讽,对社会通行准则的不屑,明显带有垮掉派文学的痕迹。"(程光炜:《中国当代诗歌史》,中国人民大学出版社,2003年版,第294页);陈旭光与谭五昌也是从文化的视角谈到"垮掉派"作品(特别是《嚎叫》和《在路上》)中的叛逆精神极大地影响了"莽汉主义"诗歌,认为"垮掉派"青年运动是"以病态的现代文明为攻击目标的,有其严肃的文化态度",而"莽汉""只是盲目的反抗与破坏,陷入极端的文化虚无主义",实质上是对于西方"反文化"运动的一次严重"误读"(陈旭光、谭五昌:《秩序的生长——"后朦胧诗"文化诗学研究》,陕西人民教育出版社,2002年版,第48页);诗人李少君从"身体性"视角考察了"莽汉主义"诗歌所表现的生活方式和价值观念,将李亚伟与金斯伯格类比,李亚伟作为"源头性"诗人最能体现"第三代人诗歌运动的流浪、冒险、叛逆精神与实践","直接启迪"了"后口语"的伊沙和"下半身"的沈浩波等人(李少君:《从莽汉到撒娇》,《读书》2005年第6期)。

② 洪子诚、刘登翰:《中国当代新诗史》(修订版),北京大学出版社,2005年版,第214页。

"文革"后,通过"思想解放运动""拨乱反正""改革开放"等,业已千疮百孔的秩序虽然逐步得到修复,但"文革"所带来的影响却一时难以被抹平。从诗歌创作来看,经历过"文革"的朦胧诗人体现了"文革"中"严肃"的一面,他们满怀悲怆,于诗歌中或溯及以往控诉黑暗,或展望未来探寻光明。他们有悲愤、徘徊、迷茫甚至疑惑,但总体上仍属于可以为主流意识形态话语所引导的文学青年。权力体制通过发表、出版以及评论等一系列调控机制,最终也确实将朦胧诗塑造成为权威话语的一部分。而对于当年仍处于童年或少年的"第三代"诗人来说,一种埋于内心深处的"狂欢"意识,在等待适宜的勃发时机。20世纪80年代中后期,吁求多元化与差异性的后现代氛围开始弥漫开来,而且随着朦胧诗日益成为主流话语的一部分,悲情书写已难以博得公众的同情。于是,在"第三代"诗人看来,既然所谓的"传统"难以继承,不如在"PASS"中来一个"狂欢"式反叛。

对"垮掉派"诗歌和"莽汉主义"诗歌之间的影响关系研究得较为全面细致的文章是陈大为的《阴影里的明灭——美国垮掉派对李亚伟"莽汉诗歌"的影响研究》[①]。该文的主旨仍然是坐实"垮掉派"诗歌对"莽汉主义"诗歌(特别是金斯伯格对李亚伟)的影响,只不过主要是基于语言风格来予以论证。陈大为认为,由于"莽汉主义"诗歌的语言风格在中国诗坛上"毫无前例可考",加上李亚伟这一时期也没有经历特别重大的变故,因而,李亚伟的诗歌美学不可能"自行突变",极可能是因为受到外来思潮的影响。虽然李亚伟曾坚持说,他直到1985年夏天才第一次读到"垮掉派"作品,但该文逐年逐月地罗列了"垮掉派"作家及作品在这一时间之前的译介和相关论文的刊发情况,用以证明李亚伟从时间上来看是有机会受到"垮掉派"诗歌影响的。其中提到胡冬的《我想乘上一艘慢船到巴黎去》用词"粗鄙",充斥着"败德念头的远行大计",精神上也"十分流氓",这在中国当代诗歌里"极为罕见",该诗显然是受到《在路上》和《嚎叫》的影响。这之后李亚伟的诗作因为受到胡冬的影响,因而也就间接地受到了"垮掉派"诗歌的影响。只是这种影响是基于严重的"误读":"受限于本身的文化知识",李亚伟无法真正领悟《嚎叫》"背后的社会意义,以及金斯伯格对长句运用的真正目的",他"只听到一声长长的嚎叫"和"一种泼皮或顽劣分子的叛逆言行"。而到了1985年8月,即在读过"垮掉派"作品之后,李亚伟写下了《恐龙》《盲虎》《困兽》三首长诗,从短句骤然变成陌生长句,作者认为这是因为诗人受

[①] 陈大为:《阴影里的明灭——美国垮掉派对李亚伟"莽汉诗歌"的影响研究》,《诗探索》2012年第2辑理论卷。

到了《嚎叫》的"重大刺激"。但这一转变是不成功的:"在空洞主题底下强行操作的超长句构,竟产生了超荷的、致命的质变,诗句因而变得沉重而且冗长。"总之,作者认为李亚伟和胡冬明显受到了"垮掉派"诗歌的影响,吸收了其语言技艺,力图实践一种"(中国)垮掉的生活模式",但由于李亚伟等"莽汉主义"诗人太沉溺于小圈子的败德活动和性苦闷,并没有对中国社会文化体制进行更深层的省思与批判。

作者行文缜密,其结论也自有难以批驳之处,但许多地方仍然只是基于时间上的逻辑推论,并没有直接的事实依据(当然也很难找到)。退一步来说,即使这些推论成立,但回到当时的社会历史语境之下,人们普遍对政治特别是十年"文革"所引起的社会动荡和人与人之间的不信任仍然心有余悸,20世纪80年代改革开放带来的难得的远离政治的自由空间正是人们所需要的,李亚伟借用《嚎叫》所表现出的那种酣畅淋漓的反叛精神,在自己的诗歌创作中率性而为地表现日常生活中的这种自由,莫不与主动地在诗歌中进行文化体制批判具有同样实质而有效的反叛意义?[①]

关于这一点,杨黎的言辞提供了很好的佐证。他曾不无坦率地承认,思想解放运动是"中国历史上最有价值的一场运动",但同时,这场运动也"包含了太多的腐烂",让他们这一代人"过早成熟",曾经的"神圣偶像"轰然倒塌,使得他们"目空一切——包括这场思想解放运动想恢复的东西"。[②]可见,"第三代"诗人对当时过于僵化的主流意识形态这类政治话语秉持的是某种"目空一切"的怀疑态度,而不去言说则是对这种怀疑态度的最好表达。另据杨黎回忆,他在读高中时(1978年)无意中看到一本"破烂不堪的《中国青年》杂志"上面有一篇批判"垮掉派"的文章,由此他知道了"美国有一群吸毒和搞同性恋的人",还对里面所引用的金斯伯格诗句("我看见我三条腿在走路")大为"震撼"。这句诗本是文章作者批判金斯伯格的例证,认为这是诗人吸食大麻后的幻觉。但对于"过早成熟"的杨黎,这句诗本身"就是一支产生幻觉的大麻",其效用经年不衰。两年后,杨黎甚至还模仿这句诗的风格写下了《我从灰色的大街上走过》,一首不好、但和当时流行的"月朦胧、鸟朦胧"完全不一样的诗。[③]一直以来都受到主流批评界猛烈

[①] 斯奈德认为,"在西方,诗歌和政治紧密相连,具有批判性,而在中国和东亚,不太有这种传统。……现在新一代的中国诗人不再用诗歌批判社会和政治。"(石剑峰:《盖瑞·施耐德 我并不是"垮掉的一代"》,《东方早报》2009年12月4日)
[②] 杨黎:《灿烂:第三代人的写作和生活》,中华工商联合出版社,2014年版,第19页。
[③] 杨黎:《灿烂:第三代人的写作和生活》,中华工商联合出版社,2014年版,第37页。

批判甚至谩骂的"垮掉派"诗人,仅凭一句短诗就让一位年轻人产生类似吸食毒品的幻觉,并在两年后写下有违当时流行诗风的诗歌。这是由当时转换中的时代氛围所决定的,不为任何政治性话语的意志所转移。

对于青年一代的美国诗人尤其是金斯伯格等"垮掉派"诗人而言,20世纪40年代是一个"充满敌意的时代"[①]。以艾略特为首的现代主义学院派诗歌把持美国诗坛数十年,由于过于注重源自欧洲的诗歌创作传统,学院派诗歌一概强调歧义、反讽、象征和形式等诗艺,因而越来越趋于保守;而新批评学派又把这种现代主义诗歌阐释到极致,加上过于坚持对传统诗歌形式的严格遵循,不能直面二战后原子时代中的恐怖威胁以及普通民众安全感的缺失,新批评学派从某种程度上强化了社会生活中的"顺从"意识。在这种情形之下,学院派诗人仍然只知追随传统、一味模仿,主流诗坛难免陷入一片沉寂。在"影响的焦虑"之下,"垮掉派"诗人大多也曾模仿过艾略特或者奥登的现代主义诗风,但最终发现难有超越之处。于是,怀着革新诗歌艺术的强烈愿望,"垮掉派"诗人毅然另起炉灶,写出了大量开风气之先的后现代主义诗歌佳作(如《嚎叫》《祈祷》《墨西哥城布鲁斯》等)。但是"垮掉派"诗人没有话语权,除了有限的几家小型杂志,他们很难找到出版或者发表诗作的机会。为了生存下来,金斯伯格与克鲁亚克召集一些青年作家在纽约成立"垮掉派"文学社团,后又赴旧金山与旧金山文艺复兴(San Francisco Renaissance)诗派合流,并共同发起举办了影响深远的"六画廊"诗歌朗诵会。加上后来围绕诗集《〈嚎叫〉及其他诗歌》所进行的诉讼的广告效应,"垮掉派"文学一时间蜚声全美。1985年之前,国内批评界对于"垮掉派"的批判也大多是把"垮掉派"作家作为一个团体来讨伐,并进而揭示资本主义制度泯灭人性的丑恶面目。对于同样有着被主流社会边缘化的痛切感受的"第三代"诗人来说,这些批判似乎得到了他们正面的理解。在具有标志性意义的1986年"现代诗群体大展"举办之前,"第三代"诗歌中"他们""非非主义"和"莽汉主义"等几个主要流派已经成立,这当然跟当时社会的具体语境有关,即想要进行诗歌观念上的反叛和诗歌形式的革新,单打独斗不可能成功,成立流派势在必行。同时,被主流话语作为"反面典型"的"垮掉派"诗人那种带有先锋气质的团体性运作也具有很强的示范效应。可以说,在当时各自的社会语境中,"垮掉派"诗歌和"第三代"诗歌的流派特征都有着明显的另类与先锋色彩。

---

① Robert Creeley.*The Poetics of the New American Poetry*.Eds.Donald Allen and Warren Tallman.New York:Grove,1973:254.

同流派特征相关的是表演性。"六画廊"诗歌朗诵会很有"营销"与表演性的一面:举办朗诵会之前,金斯伯格特意印发广告,介绍朗诵会不仅免费,还配有音乐及酒水;邀请《纽约时报》记者前来参加报道,以便在最短的时间内让更多的读者和听众了解他们的创作;而围绕朗诵会上的主打诗歌《嚎叫》所展开的激烈诉讼及其所引起的巨大争议无疑都有着最好的广告功效。一时间,旧金山等大城市里的酒吧、咖啡厅等公共场所诗歌朗诵蔚然成风。学者贺祥麟曾刊文回忆过金斯伯格"吟唱"《嚎叫》的盛况:诗人"时而低吟,时而高歌,时而喟叹感伤,时而慷慨激昂,所有听众的灵魂全被他用自己的语言、激情、歌唱、表演所创造的特殊境界迷住了,震动和震摄了"[1]。"第三代"诗歌,特别是"莽汉主义"流派,也具有相当程度上的表演性。由于所写的诗歌很难在正规刊物上公开发表,"第三代"诗人常常举行小型朗诵会,朗诵俨然成为"第三代"诗歌重要的发表形式。据"莽汉主义"诗人万夏回忆,他们刚开始创作"莽汉主义"诗歌时,还在学校搞过"莽汉主义"诗歌朗诵会,那些"写诗的和不写诗的"听了,全都感觉这些诗歌更像"谩骂",不过,"后来就是这些反对的人,写的诗歌也开始像这样子了"[2]。1984年底,李亚伟也常在涪陵的小茶馆里举行小型朗诵会,其实就是用四川话读他近期创作的作品,"很受朋友们的欢迎"[3]。从某种程度上说,"莽汉主义"流派也是李亚伟他们"有意制造出来的",是策略性和表演性的:就外在形式而言,"追求怪异时髦的打扮和行为,到处抛头露面";在写作内容上,"写自己读书和工作中的故事,写自己醉酒和漫游浪荡的经历,语言热烈新奇",而这种表演性的意图,"就是要和上一代传统诗人相区别",强调"自己压根就不崇高",渲染"自己不在乎文化",而且自认为是走在"创新路上"的先锋人物,是"语言的暴发户";同时,"莽汉主义"诗歌这种表演性也正说明了成立流派只是"第三代"诗人"争夺话语权"的"权宜之计",是为了砸烂那些所谓庸俗虚假的主流文化的"开路的工具"[4]。

最后,"第三代"诗人为成立流派、自办刊物而游走江湖的行动性与漫游性跟"垮掉派"诗人"在路上"的状态也颇为相似。以"莽汉主义"诗歌为例,李亚伟一再坚持认为,"莽汉主义"诗歌"从一开始就不仅仅是诗歌,它

---

[1] 贺祥麟:《难忘金斯堡》,《国外文学》1998年第2期。
[2] 万夏、杨黎:《万夏访谈》,见《灿烂:第三代人的写作和生活》,杨黎著,中华工商联合出版社,2014年版,第187页。
[3] 李亚伟:《李亚伟诗选》,长江文艺出版社,2015年版,第167页。
[4] 李亚伟:《李亚伟诗选》,长江文艺出版社,2015年版,第170页。

更大的范围应该是行为和生活方式"①,并为这一定义给出了一系列"事实"来佐证:学校附近的"怡乐茶馆"那时候几乎每个白天都有十几个人聚在那里或写诗或读书或赌钱,晚饭后这伙人又去电影院或剧院门口"碰"美女,这种"坏"风气后来发展到每晚有成百的大学生在电影院门口"凤求凰";马松装作患有"精神病"休学一年,返校后径直加入了校拳击队,其中包括李亚伟与胡玉,这些人去训练的时候不多,"实习"倒令人难以置信的频繁,"从不分场合地点,一个月至少打几次群架";李亚伟"终生引以为傲的一件事"是其在四年大学时光里"无休无止的旷课",累计时间达到了"3年以上"。②和"垮掉派"诗人一样,李亚伟怀着一种喜悦之情来看待这种貌似放荡颓废的生活,从中寻找关于诗的生命体验:"莽汉主义"诗人"幸福地走在流浪的路上,大步走在人生旅程的中途,感到路不够走,女人不够用来爱,世界不够我们拿来生活,病不够我们生,伤口不够我们用来痛,伤口当然也不够我们用来笑"③。

李亚伟的说法还得到了其他"第三代"诗人的佐证:诗人何小竹说,"莽汉主义"诗歌"不单纯是诗,更重要的是一种生活方式""诗歌写成那样,实际上是因为诗人的生活就是那样",并以李亚伟留给妹妹难以忘却的"莽汉"形象为证:"用伤湿止痛膏来贴补衣服裤子上的那些破洞"的"流浪青年"。④诗人翟永明也认为,李亚伟一直以来都在实施"莽汉主义"诗歌的这一概念,即"从一开始就不仅仅是诗歌,而是行为和生活方式";李亚伟诗歌传达了"汉语诗歌中的男性气质",这种男性气质包括了"行为和生活方式上"的"无法无天",也包括了诗歌中的"无法无天"⑤。从诗歌地域特色视角,霍俊明也曾指出,李亚伟的"莽汉主义"诗歌与行动"并不是直接受到了嚎叫派金斯伯格的影响";李亚伟应该说"是在最典型的意义上呈现了四川诗歌的性格";"就像火热的四川盆地和嘈杂火辣的火锅店一样",李亚伟那种"火爆、直率、无所顾忌的激烈和自由反抗的脾性"以及诗人的"狂想症、语言暴力、架空的诗歌热望和难以挥泄的力比多",都在这些"莽汉主义"诗歌中得到"释放和喷发"。⑥

---

① 李亚伟:《英雄与泼皮》,见《与神语:第三代人批评与自我批评》,柏桦等著,中华工商联合出版社,2014年版,第212页;原载《诗探索》1996年第2期。
② 李亚伟:《英雄与泼皮》,见《与神语:第三代人批评与自我批评》,柏桦等著,中华工商联合出版社,2014年版,第212-213页。
③ 李亚伟:《流浪途中的"莽汉主义"》,《星星》(下半月)2010年第11期。
④ 何小竹:《人民的诗人李亚伟》,《涪陵师范学院学报》2006年第6期。
⑤ 翟永明:《不是豪猪非莽汉》,《涪陵师范学院学报》2006年第6期。
⑥ 霍俊明:《先锋诗歌与地方性知识》,山东文艺出版社,2017年版,第232-233页。

三、"垮掉派"诗歌与中国传统文化双重影响的耦合

从宣传和解构策略来看,"第三代"诗人一直极力强化其反文化、反传统的颠覆背反形象,从而给人以除旧革新、一往无前的先锋印象。然而,任何艺术都不是无本之木、无源之水。相反,无论多么强势的艺术都会或明或暗地借鉴传统;无论多么新奇的理论建构都必然要从传统资源那里获取灵感与启发。事实上,很难从外部切割"传统",正如解构既有理论要借助理论的武器一样,反"传统"常常也要回到"传统"内部予以推陈出新。从文化传承的角度来看,"垮掉派"诗歌的背反精神之所以能给"第三代"诗人施加巨大影响,主要还在于这种背反精神在某种程度上是对中国传统文化与古典诗歌中一直存在的背反基因的激活。"第三代"诗歌可以说是"垮掉派"诗歌与中国文化传统双重影响的耦合之作。

首先来看"莽汉主义"诗歌。在诗人柏桦看来,"莽汉主义"诗歌虽然有着"垮掉派"诗歌那种反叛的因子,但其"农耕气质和民间气息"更多的是"传统的跟进";与"以自由、民主、平权为尚"的"垮掉派"诗歌相比,"莽汉主义"诗歌更多的是"一种质朴民风的英姿勃发",而李亚伟的长句则"正是这种生命力的勃发和喷涌",李亚伟诗歌中的川东口音也是"为了回应这种必然的生命无意识的冲动和民间集体记忆的脉动"。因此,"莽汉主义"诗歌"不是在反文化,而是在沿用一种传统生气来筹建加固原有的文化路径";"莽汉主义"诗歌的口语意义"不在于对抗语法、消解常规语义",因为这种口语是以"其天然的方式在生长",本身就带着"愉快和自由",而正是这样的自由"通过词语的随意性,抵达了极乐的边境"。①川东地区是"莽汉主义"诗派的大本营。在川东文化的影响之下,"莽汉主义"诗歌普遍有着反讽与调侃的腔调,这与散布在川东各个角落旮旯中以"底层"与"反叛"为核心要素的码头文化有着密切关联。正是在这样的社会语境之下,"莽汉主义"诗派才敢于将日常生活中诸如抽烟、酗酒、打架、骂街等所谓"丑"的一面悉数收纳到诗歌之中,从而在对日常生活进行真实再现的过程中,消解并挑战高高在上的主流精英文化的强势地位。

再来看"他们"诗派。"他们"诗派代表性诗人于坚1973年在昆明北郊一家工厂当铆工时,就阅读过云南人楚图南翻译的《草叶集》,这是他"早期诗歌启蒙的几本重要诗集之一"。由于《草叶集》在当时是禁书,"只能偷偷地阅读",但惠特曼所"歌颂"的"大草原、大海、生殖器和性"与"正值青春期"的于坚"生命内在的涌流""一拍即合",惠特曼诗歌所表达的"万物有

---

① 柏桦:《演春与种梨:柏桦诗文集1979—2009》,青海人民出版社,2009年版,第262-263页。

灵"的立场也正与于坚的云南高原生活经验"相通",惠特曼给于坚带来了另一种汉语表达之"光",而正是这种"辽阔的、自由的、狂野的、激情澎湃、无拘无束"的光让于坚"内心充满了写诗的强烈冲动"。①

在于坚看来,美国文化是"在古老的西方文化重返荒原的途中诞生的",而从惠特曼到"直接面对荒野"的"垮掉派"诗人,美国诗歌都"有点道法自然的味道",克鲁亚克也正是"在美国卡斯卡德国家公园的孤独峰独坐63天"之后才"觉悟到色即是空"。令人遗憾的是,像这样"从原始的大地、人生、日常生活而不是偶像、知识、政治正确"当中"觉悟文明之真谛"的"道法自然",本就是"中国文化的伟大传统",却被中国当代诗歌所"抛弃"。②

作为一首"混合着鲜血、精液、大麻、酒精、灵魂出窍的生命之歌",《嚎叫》曾让身处于躁动青春期的于坚读来"颤抖"不已,进而写下"不少摇滚式的长句子的诗"。③《二十岁》(1983)④便是其中之一:

　　二十岁是一只脏足球从玻璃窗飞进来又跳到床上弹起来落下去
　　在臭袜子黑枕头通洞的内裤和几本黄色杂志里滚几下就不动了
　　呼噜呼噜大睡挨着枕头就死掉了没有梦醒过来已是下午三点半
　　二十岁是一棵光辉年轻的树在阳光中勃起充血向天空喷射着绿叶
　　二十岁是隔着牛仔裤的千千万万次冲动是灵魂出窍的爱是狼嚎
　　想垮掉想疯掉想砸烂想撕裂想强奸想脱得精光想拥抱着但不想死去
　　一次次年轻的性交在四月的天空下被迫成为见不得人的手淫
　　一个个伟大的念头在钢筋水泥的世界里碰成一颗血淋淋的脑壳
　　二十岁充满汁液充满肌肉充满爆发有一万次机会的二十岁
　　我的年轻我的令少女发抖我的使世界失去安全感的好时光
　　我骂拿破仑杂种拍着上帝的肩头宣布要和他老婆睡觉
　　那年代每个二十岁都是一个大王一个将军一个司令一个皇帝
　　二十岁有一个军团的希特勒有十颗原子弹有十万条枪足以拿下全世界
　　二十岁打就打了杀就杀了干就干了无所顾忌赢了也说不定啊

---

① 于坚:《从垮掉到疲脱——从美国诗歌和〈后垮掉派诗选〉的出版说起》,见《还乡的可能性》,商务印书馆,2013年版,第91-93页。
② 于坚:《从垮掉到疲脱——从美国诗歌和〈后垮掉派诗选〉的出版说起》,见《还乡的可能性》,商务印书馆,2013年版,第97页。
③ 于坚:《从垮掉到疲脱——从美国诗歌和〈后垮掉派诗选〉的出版说起》,见《还乡的可能性》,商务印书馆,2013年版,第98-99页。
④ 见《我述说你所见:于坚集1982—2012》,作家出版社,2013年版,第326-327页。

二十岁世界多大啊多陌生啊多了不起啊条条大道通罗马多得你数也数不清了
二十岁没有领土没有官衔没有座次没有存折没有风度没有病历本
敢想不能干能说不得做世界的大餐桌没有二十岁的盘子没有二十岁的座位
……
终于有一天你发现二十岁那块花蛋糕已吃光掉才看出世界变小了
路只有一条只有两条腿属于你走也得走不走也得走换一条已经太迟了
你楞头楞脑稀里糊涂胡说八道草草率率懵懵懂懂寻寻觅觅就上路
一头撞在铁上才发现这条路是你最不愿意走的那条最不喜欢的那条
没有办法啊是你自己的脚把你的球踢出去了世界落下去了
二十岁你是一只任意球啊谁知道你会踢多远将落在什么地方
踢就踢了落就落了人生不能老是愚在脚上得落下去落个实处
有些遗憾有些茫然二十岁守着铁轨眺望远方火车去了一厢一厢
本来可以干些什么但是什么也没干二十岁没有什么名堂
只剩下些流行歌曲只剩下些青春诗句只有些麦地玫瑰月光
二十岁啊好时光有一个老伙子在故乡的小楼上忧伤地歌唱

这是一首诗人写给自己的诗歌,诗中一些粗俗化的用词("臭袜子""黄色杂志""强奸""性交""手淫""杂种""和他老婆睡觉")、排比修辞("二十岁")的使用、不着标点一泻千里的句式显然受到了金斯伯格《嚎叫》的启发,而这在当时显得过于超前,根本没有发表的可能。[1]

然而,于坚作为诗人具体的生命体验和感受,与20世纪80年那个特定年代的时代氛围密切相关。金斯伯格创作《嚎叫》正值麦卡锡主义猖獗之际,美国盎格鲁一致性主流价值观受到美国当局高调宣扬,美国共产党和同性恋者作为美国政府转嫁国内外危机的替罪羊被毫无差别地予以迫害,普通民众的自由与民主随之也受到空前打压与宰制。《嚎叫》无疑是针对一代人受迫害、被打压与宰制状态的爆发式宣泄与背反性抗议。与此不同的是,《二十岁》创作于1983年,在这之前,曾经的政治寒冬已经解冻,改革开

---

[1] 该诗于2001年首次收入《于坚的诗》(人民文学出版社,2001年版,第240—242页)。此后,还陆续被收入《一枚穿过天空的钉子:诗集1975—2000》(云南人民出版社,2004年版,第86—87页)、《还乡的可能性》(商务印书馆,2013年版,第99—100页)与《我述说你所见:于坚集1982—2012》(作家出版社,2013年版,第326—327页)等诗集与文集之中。另外,于坚在论文《从垮掉到疲脱——从美国诗歌和〈后垮掉派诗选〉的出版说起》(《山花》2009年第1期)中也曾引用全诗。各版本之间有少量改动。

放业已开始稳健地展开。在"走向世界""走向现代化"这样的时代召唤之下,长期以来以革命浪漫主义与现实主义为文学创作圭臬的主潮开始退却。以北岛、杨炼、舒婷、顾城等为代表的朦胧诗人"或言说在严酷岁月里所遭遇的精神创伤,或表达个体穿越历史时的英雄主义情怀,或展现有关民族、国家或文化的未来想象,都经由对小我意识的表达,既而升华为对大我形象的建构",从而"使得新诗再次成为推进思想解放、引领时代变革的先锋"。[①]不过,由于历史惯性的作用,曾经僵化的政治意识形态仍然不时左右人们的思维方向。在1983年朦胧诗和"三个崛起"论受到"猛烈讨伐"之后,作为"诗群"意义上的《今天》"已不存在",朦胧诗的"势头也已衰减",其原因有二:朦胧诗过早的"经典化"影响招徕了大量的粗劣仿制,造成对自身艺术性的损害;"第三代"诗人虽然受惠于朦胧诗,但在强烈的影响焦虑之下,他们普遍有着"尽快翻过历史这一页"的变革冲动,朦胧诗因而成为"第三代"诗人亟待"反抗和超越"的对象。[②]而1983年之后,全国范围内文学爱好者通过通信以诗会友如火如荼,诗友之间跨越省地市县相互串门,大搞读书聚会、诗歌沙龙、诗歌朗诵会等活动。由于"影响的焦虑"以及自身诗作发表的困境,以韩东、于坚、李亚伟、周伦佑等为代表的"第三代"诗人愤而再次扛起反叛的大旗,开始大范围地从事诗歌变革运动。

  以青春主题为例,在朦胧诗人的想象之中,青春代表的是个人与国家的希望和新生,青年意味着有建设国家的责任。舒婷曾用如下诗句回复一位青年朋友的《一切》:"一切的现在都孕育着未来,/未来的一切都生长于它的昨天。/希望,而且为它斗争,/请把这一切放在你的肩上。"[③]徐敬亚的《夜,一个青年在海滨》[④]中的青年在海滨"年轻而刚健地前行";青年好比"掀荡"大海的"涛声":"涛声!一声比一声洪亮的涛声!""从每一层波浪里挣脱出来的涛声""涛声!巨大自鸣钟摆动般的涛声";大海亘古不变的涛声让青年感受着丰富而无限的历史、生命与生活:因为"我知道/有一个劳动者的位置在等候我""年轻的我,和生活,站在一起"!邵璞在《今天,我们——写在青年节那天》[⑤]也表达了同样的憧憬与希冀:"真的,我们过节/空气里挤满了欢声笑语/门和窗口开放着笑脸/阳光为我们张灯结彩""我们有无边无际的希望的原野/有没被踩过的透明的天空和一条彩虹"。从以

[①] 张元珂:《韩东论》,作家出版社,2019年版,第76页。
[②] 洪子诚、程光炜:《朦胧诗新编》,长江文艺出版社,2004年版,第11页。
[③] 舒婷:《这也是一切——答一位青年朋友的〈一切〉》,见《舒婷诗》,长江文艺出版社,2012年版,第24页。
[④] 阎月君等:《朦胧诗选》,春风文艺出版社,1985年版,第282—288页。
[⑤] 阎月君等:《朦胧诗选》,春风文艺出版社,1985年版,第332—333页。

上这些随意摘选的朦胧诗诗行中可以看出,为了达到更为强烈的表达效果,朦胧诗人常常运用一些广为人知的书面语,从而有助于唤起符合改革开放初期民众所期待的青年形象:国家的希望、美好未来的开创者、生活中的奋斗者、大众的启迪者。

与朦胧诗明显不同的是,"第三代"诗歌毅然决然地舍弃书面语,转而大量采用日常生活中的口语来表达自身对于正处于转圜中的时代精神独特的生命体验和感受,这与20世纪80年代中后期政治、思想与文化渐趋开放的语境以及个体生命意识全面觉醒紧密相关。从这个意义上看,《二十岁》是于坚诗歌全面转向口语写作的关键性作品。诗中,诗人综合调动了多种口语形式。除了上文中提到的粗俗化用词和排比修辞之外,口语词汇几乎贯穿全诗始终:"脏足球""飞进来""弹起来""落下去""滚几下""呼噜呼噜大睡""死掉了""隔着""想垮掉""想疯掉""脱得精光""一个个""念头""脑壳""打就打了""杀就杀了""干就干了""敢想不能干能说不得做""花蛋糕""吃光掉""你走也得走不走也得走""楞头楞脑""稀里糊涂""胡说八道""草草率率""懵懵懂懂""寻寻觅觅""一头撞在铁上""有些""守着""火车去了一厢一厢""干些什么""什么也没干""什么名堂""只剩下些""只有些""老伙子"等。而诗中反复出现的语气词"了"(如"踢就踢了""不动了""落就落了""数不清了")、"啊"("说不定啊""没办法啊""多大啊""多陌生啊""多了不起啊")则使该诗读上去像是日常生活中的一次闲聊,而且如果用方言读,则显得更加具有生活气息了。对比朦胧诗中书面用词所打造的青春形象,像这样多种口语形式的综合运用无疑体现了诗人对既成青春话语的背反。诗歌所塑造的是一个既茫然又自信,既颓废又有冲劲,具有勃然生命气息的全新青年形象。这样的青年也许一事无成、碌碌无为,但有着极强的可塑性,体现的是改革开放初期不断打磨而成、深具世俗意味的青年形象。总之,对比朦胧诗中那种忧国忧民充满理想和抱负的青年形象,该诗运用世俗口语所打造的这一青年形象具有强烈的消解力量。

事实上,于坚诗歌自始至终仍然遵循着"道法自然"这一中国文化传统。在于坚看来,"道法自然"中的"自然""不仅仅是物质空间,也是中国心灵世界的源头",因此,"中国心灵"应该"在大地上"书写,即"为天地立心";作为中国文化的最高表现形式,诗歌的方向是"通过文字使心出场、在场,守护着大地人间",就是说,诗歌"必须回到人间,回到经验,回到大地上";"诗出于世界,回到世界"。[①]

[①] 于坚:《道成肉身——最近十年的一点思考》,见《还乡的可能性》,商务印书馆,2013年版,第3-4页。

一方面,不破不立。以于坚为代表的"第三代"诗人坚决反对现代主义诗歌中那种板结的隐喻象征型写作模式,转而运用后现代性解构策略消解现代主义诗歌对整体性与统一性理念的张扬与迷恋。作为一场"空间的量化运动",现代主义"试图通过有将无量化、空间化",这在写作上极大地左右着中国现当代写作倾向,从而造就了"对意义、象征、隐喻的狂热追求"以及"对无意义的恐惧"。[1]近两个世纪以来,西方一切的"用"都被搬了过来,"有用"业已"成为中国物质和精神生活的基本价值核心";虽然,"现代化在中国的胜利有目共睹",但"压倒一切的'有用',也令中国产生了巨大的精神空虚";究其原因,"有无相生,'有'与'无'的任何一方面的缺席都是对生的摧毁","有"如果没有对"无"的"敬畏、恐惧",没有朝向"无"的"升华","有"就是"死守"的"有限"。[2]

另一方面,破中有立。"第三代"诗人所一再使用的解构策略与手段大多有着建构的意向与维度。在于坚看来,"新诗的现代性就是对无的重建,就是对时间的重建",而写作上的现代性是"一种使徒式的、天降大任的、持续的道成肉身的写作";除了写作本身"这个持续的动作",这种写作"在观念、主义、意识形态的终极方向上呈现为无";道成肉身就是"文章为天地立心"。[3]在"第三代"诗人看来,20世纪80年代既是"精神衰败的时代",也是"写作的黄金时代",因而诗人们"有足够的时间来像古典诗那样去打造语言的永恒"。[4]以于坚的《0档案》为例,其形式不可谓不创新,但该诗中的"许多部分"实际上"只是重复最基本的古代形式而已,例如枯藤老树昏鸦那样的组合,这种组合造成一个意境、一个噩梦般的场"。[5]诗中频繁使用空格来断句,顿挫之间、似断实连,表面干涩内里则气息贯通,这与诗人青年时代就熟读中国古典诗歌有着莫大关系。[6]于坚在一次访谈中坦言:"我是相当追求语言内在的韵律感的,这种韵律是内在的。有好多古代诗歌中

---

[1] 于坚:《道成肉身——最近十年的一点思考》,见《还乡的可能性》,商务印书馆,2013年版,第9页。
[2] 于坚:《道成肉身——最近十年的一点思考》,见《还乡的可能性》,商务印书馆,2013年版,第8-9页。
[3] 于坚:《道成肉身——最近十年的一点思考》,见《还乡的可能性》,商务印书馆,2013年版,第17页。
[4] 于坚:《道成肉身——最近十年的一点思考》,见《还乡的可能性》,商务印书馆,2013年版,第24页。
[5] 于坚:《潜伏在日常生活中的精灵……忽然醒过来,然后又睡过去——与青年诗人贺乔一夕谈》,见《还乡的可能性》,商务印书馆,2013年版,第182页。
[6] 在一个几乎是无书可读的时代,古典诗歌与传统文化对少年于坚的影响甚至是经由毛泽东诗词开始的。于坚曾在《为世界文身》中写道:"我进入诗的道路是传统的、公开的,源头是毛泽东,因为毛泽东是写古体诗的。古体诗对我的影响从毛泽东开始,然后我才通过地下遂道看到王维、李白、杜甫、苏轼等等这些古人的诗。……我早期写诗完全是古代诗人的方式,还要背诵平仄。"(于坚:《为世界文身》,陕西人民教育出版社,2015年版,第164页)

要求的那种基本的守则,我写诗都是要守着的。"①于坚后来又再次强调:"我的诗非常讲究音韵感,讲究诗的内在的节奏,念起来是非常好听的。这个是因为我年轻时候古体诗读得太多了,我在写诗的时候,自然而然会有一种韵律感在里面。"②

这样看来,《尚义街六号》也不止是写世俗的日常生活。实际上,于坚在创作中受到了杜甫的《饮中八仙歌》的启发。"李白一斗诗百篇,长安市上酒家眠,天子呼来不上船,自称臣是酒中仙。"正如杜甫把朋友李白写进诗歌,于坚也把他那些生活中的朋友写进诗中,等于是把生活中的普通人"当成仙人在写",把他们"变成诗教的一部分"。因此,《尚义街六号》的写作目标是依靠"汉语本身的神性"将"日常生活神圣化"。当然,诗人对生活中的朋友在诗歌中进行"升华"并不是要"赋予这些人物神性的观念",而是"通过对他们的命名,通过汉字本身的力量,让他们具有神性",可以说,把普通人放入诗歌实际上就是"一种对普通人的神圣化"。③

由于在青少年时期遭遇"文革"浪潮的冲击,于坚在精神上经常感到无所适从。好在有王维的《辋川集》和苏轼的诗词给了他力量,从而让他对汉语的表现力重新找到足够的信心。作为中国最原始的高原之一,云南的大地上"有一种唐朝的氛围",于坚在被他"翻得稀烂"的《辋川集》里也感受到人与自然的亲近,于是也就有了"大块假我以文章"的创作冲动。④"文革"末期是个"喧嚣的时代","大街上到处是高音喇叭",在所谓"破旧立新"与"改天换地"的"时代号召"之下,"传统中国'道法自然'的思想声名狼藉"。身处其中,于坚无比困惑与茫然。然而,庆幸的是,19岁的于坚"通过秘密的地下渠道"得到一本《古文观止》,读到了其中的《前赤壁赋》,立刻被其间"不容质疑的朴素词语、行云流水般的语感、大地般的充实自在"以及"穿越时空的真理性所感动、慑服",于是,窗外围墙上贴着的标语"与天斗,其乐无穷;与地斗,其乐无穷;与人斗,其乐无穷!"一下子显得多么荒诞可笑。于是,于坚"青年时代的理直气壮、目空一切即刻在这位一千年前的作者的汉语面前轰然倒塌",原本"摇摆不定的世界观"豁然变得"永远不可动摇了"。⑤

---

① 于坚、符二:《我其实是一个抒情诗人——于坚访谈》,《大家》2011年第13期。
② 于坚:《为世界文身》,陕西人民教育出版社,2015年版,第178页。
③ 于坚:《寻回日常生活的神性——于坚、傅元峰对话录之一》,见《还乡的可能性》,商务印书馆,2013年版,第209—210页。
④ 于坚:《从垮掉到疲脱——从美国诗歌和〈后垮掉派诗选〉的出版说起》,见《还乡的可能性》,商务印书馆,2013年版,第93页。
⑤ 于坚:《朝苏记:行走在苏轼的世界里》,深圳报业集团出版社,2016年版,第17—18页。

最后，"非非主义"诗歌也有着类似的情势。由于解构策略的需要，"非非主义"诗人在诗歌创作上以及诗论文章中常常摆出一副十足的反文化姿态。然而，究其内里来看，"非非主义"诗歌与中国传统文化仍然有着十分密切的内在联系。

在诗评家李振声看来，蓝马是"非非主义"诗派中"无可争议的、最富有想象力的理论家"[①]。确实，就"非非主义"的理论建树来看，蓝马的贡献似乎并不比周伦佑少。据蓝马回忆，他在《非非》创刊号上发表的《前文化导言》只保留了四个部分（原作有六个部分，其中第五部分被抽出来作为《非非主义宣言》予以发表，而第六部分也被抽出并写进了《非非主义诗歌方法》）。而从某种程度上说，"前文化"理论可以说是"非非主义"诗歌一切理论的源头。作为"非非主义"诗歌的本体论，"前文化"指的是"生命之中一个非文化、前文化和超文化的智能活动领域"；其方法论是还原理论，即由于"文明人身心运行全都被文化化了"，所以"必须通过还原""才能让主体重新发现前文化领域"，并让生命重新"回归到自己最为绝妙的先验宿命中"；其创作原则是超语义写作，即"超过语义障碍，透穿文明人类已有的文化人格，去激活先验的本来智能，实现生命个体之间前文化领域的沟通与呼唤"[②]。

从文字表述来看，"非非主义"诗派提出的前文化理论、还原理论以及超语义写作似乎都有着解构的纹路与印记。但从精神实质来看，这些看似充满解构性旨趣的理论倒也蕴含着几分禅意。就蓝马来看，一方面，他或许借用了一些解构术语，但并没有寻章摘句地照搬西方那些解构大师们的"语录"。蓝马曾在一次访谈中坦言，"前文化"理论的提出并没有受到罗兰·巴特（Roland Barthes）、德里达、阿兰·罗布-格里耶（Alain Robbe-Grillet）等人的影响。蓝马在创作《非非主义第二号宣言》时，没有接触过巴特，而文中所使用的"所指"和"能指"在当时已经是广为流行的术语了。借助流行术语只是为了方便"让人知道我所要表达的观点"：超语义就是要"突破'能指'和'所指'的咬合，在'能指'、'所指'形成的语言流传统功能之外实验附加一些新的功能"[③]。

但更为重要的另一方面是，参照本章第二节关于中国禅宗的后现代性特质的梳理，或许可以说，正是蓝马的某种禅宗气质，才让他能够写出如此具有解构意味的前文化理论。蓝马于1997年皈依佛门，这在蓝马那里"完

---

① 李振声：《季节轮换》，学林出版社，1996年版，第88页。
② 胡亮、蓝马：《蓝马："前文化"·非非主义·幸福学——蓝马访谈录》，《诗歌月刊》2011年第12期。
③ 胡亮、蓝马：《蓝马："前文化"·非非主义·幸福学——蓝马访谈录》，《诗歌月刊》2011年第12期。

全属于必然",他的那些"探索性的诗"既是对"交流禅宗体验的尝试和呼唤",也是"一种寻求共鸣、寻求以心印心的努力";蓝马对真正的"非非主义"诗歌的"期待"是只有"语言的空壳、语义上的空集合"这样的"语言之花",这类诗歌"不是传达语义",而是"采用语言'棒喝'"从而"实现"禅宗意义上的"以心传心,以心印心"。正如诗评家李震读了《凸与凹》中那些笨拙朴实的废话之后,不期而至的诗行"喔皮恩"让他强烈地感到"确实被'皮恩'了一下",这在蓝马看来,是因为李震作为读者感受到了"稍纵即逝的禅机",从而使得读者与作者之间发生了"印心"现象。"非非主义"诗歌的本意应该是"要刺激人们觉悟",从而让"自己的精神/灵魂"摆脱"文化化的自我异化和自我分裂",而"非非主义"诗派所提出的"前文化"指的是一种有着"原初智慧"的"先验领域",可以"作为现代文明人通往佛国净土的一条方便路径"。①

作为"非非主义"诗派在诗学理论与诗歌创作两个方向上的中坚力量,周伦佑在"非非主义"前后两个时期都展现出了出色的诗学阐释能力与饱满的诗歌创作热情。"非非主义"前期,周伦佑在诗学理论建构以及诗歌创作态度上都显得颇为激进。为了彻底甩掉前辈诗人带来的影响焦虑,周伦佑主要采取后现代主义解构策略,力图逃离由语义与价值系统编织的符号世界,从而在"前文化"语境之中释放出生命本真之样态。彼时,周伦佑对中外一切既有传统文化都秉持一种批判与否定态度。不过,及至"非非主义"后期,周伦佑"一反此前对后现代主义的狂热追求",转而"着力强调民族传统的激活和本土诗学的建构"。②可以说,与蓝马一样,周伦佑所提出的"反价值"等理论看似激进的表述背后,仍然与中国传统文化有着密切的内在关联。

乍一看,周伦佑是反对古今中外一切价值系统的。周伦佑将中外一切既有价值体系都作为价值批判对象,认为它们都在"两值对立"结构之中预设了不可撼动的"元价值"。譬如佛教,周伦佑认为佛教的价值系统包括了真假观和善恶观两部分,因而佛教的价值世界是"以佛教的真假观作为背景","以佛为价值源","以善为元价值",以善/恶为"两值对立"结构,以人"对苦难的解脱"为"价值目的"。③不过,周伦佑将佛教的"善恶"说归于"两值对立"结构,忽略了佛教在"善恶"说之后还有"不恶不善"这一更高境界。

---

① 胡亮、蓝马:《蓝马:"前文化"·非非主义·幸福学——蓝马访谈录》,《诗歌月刊》2011年第12期。
② 白杰:《后现代主义的本土转化与"非非主义"的诗学变构》,《烟台大学学报》(哲学社会科学版)2017年第3期。
③ 周伦佑:《反价值时代——对当代文学观念的价值解构》,四川人民出版社,1999年版,第35页。

事实上,"善恶"说旨在普度众生,令其行善断恶从而求得福报。及待渐入佛境之后,则"诸法皆空",正如《坛经》所云:"外于相离相,内于空离空。""佛性非善非不善,是名不二。蕴之与界,凡夫见二。智者了违,其性无二。无二之性,即是佛性。"①而从思维方式来看,佛法讲求的是"离相亦离空"的"不二"之法与"离两边"思维,对待万事万物不完全肯定,也不断然否定,不执着于是非善恶。因而,佛教中的"空性""无相"也是按照"非两值结构"展开的,"非非主义"诗派讲求的"前文化"与"反价值"等理论在精神气质上与这些理念显然有着密切的内在关联。只是为了叙述上解构策略的需要,"非非主义"诗人常常将诸如佛教禅宗、道家、儒家理念都一概推向"前文化"的对立面,展现其破除一切中外传统文化激进的革命姿态,从而达到标新立异、博取关注并进而壮大流派的目标。

总体来看,周伦佑诗歌包容性强,语象繁复庞杂。一方面,周伦佑诗歌"常常复调地"展示其诗歌批评原则,"提供各种新异的文本向度",从而"对既成的诗歌类型进行变构和颠覆";但另一方面,诗歌中那些有关"潜意识""非理性"以及"拆解"等"貌似自由的呈现","骨子里"却"理性得不能再理性了"。②可以说,周伦佑诗歌所展现的那些先锋性语言实验虽然具有极大的解构意味,诗人也借此"最大限度地炫耀自己知识库存的便利";然而,这种知识库"几乎都来自于既成的文化系统",既充斥着大量古色古香的语象,也有着被诗人化用的"中国传统的有机统摄思想和相对性思辨观点"。③因此,即使是像周伦佑这样号称反对一切传统文化的诗人,也无法完全超然地站在历史和传统之外。相反,诗人对传统文化下意识的隐秘沿袭必然会在其诗歌中时隐时现,从而使得诗人对传统文化公开的反叛行为与反叛对象本身对诗人所具有的潜意识影响之间构成巨大的张力。正如有论者指出,周伦佑是"第三代"诗人中"性格矛盾和性格悲剧最明显的一个":"最想与文化传统割席分袂,但恰恰又最受文化传统无情纠缠"。④

例如,长诗《自由方块》(1986)⑤可以说是周伦佑最具解构意味的诗作

---

① 不慧、演述:《白话佛经》,中国社会科学出版社,1991年版,第73、40页。
② 陈超:《生命诗学论稿》,河北教育出版社,1994年版,第276页。
③ 李振声:《季节轮换》,学林出版社,1996年版,第73页。
④ 李振声:《季节轮换》,学林出版社,1996年版,第75页。
⑤ 见《打开肉体之门——非非主义:从理论到作品》,周伦佑选编,敦煌文艺出版社,1994年版,第1-16页;《周伦佑诗选》,花城出版社,2006年版,第124-138页。诗中,周伦佑两次提及金斯伯格:"金兹伯格从东方朝圣回去/再不嚎叫了/专心于自杀,专心于同性恋/偶尔唱唱过去的好时光""杨森说不要随地大小便/朋克们公然在街头拉屎撒尿/警察视而不见/一位清洁工跳忠字舞跳成了舞星/金兹伯格跑到中国来了/来得很斯文/不知他和北岛谈了些什么"(《周伦佑诗选》,花城出版社,2006年版,第129-130页)。

之一,但究其文脉,仍能感受到佛禅中那些或澄明或虚空的思想火花不时闪现其间。该诗共有6个诗节:《动机Ⅰ 姿势设计》《动机Ⅱ 人称练习》《动机Ⅲ 鲁比克游戏》《动机Ⅳ 两个人的床》《动机Ⅴ 拒绝之盐》《动机Ⅵ 塔希提以西》。每个诗节前面都配有两行按语,第1节前面的按语是:"(**在台阶上静坐三天。绕着圆顶转一/周。没找到进出的门。你又坐下来**)",而后面诗节前面的按语除了天数和周数在依次递进(六、九、十二、十五、十八天;两、三、四、五、六周)之外,结果都是"**没找到进出的门。你又坐下来**",及至诗歌末尾,按语显示:"(**在台阶上静坐。绕着圆顶转圈。没/有进出的门。你坐下再也不想起来了**)"。从排版来看,这7处按语都采用了表示强调意味的居中与粗体的形式,说明其对于整首诗有着提纲挈领的作用。从内容来看,无论诗中的"你""静坐"过多少天、"绕着圆顶"走过多少周,但终究"没找到进出的门",也就只有"坐下来",到了最后,"你"终于幡然"顿悟",不再绕着圆顶去寻找所谓的"道"了。因为大道本无形,何来"进出的门"。因而,"你"不再执着于"找",转而只愿静静地"坐而参禅","坐"即"道"。由此来看,诗人固然是力图通过解构策略穿透一些既有文化中的迷障,但诗人对于人生意义的参透,又难以凭借后现代主义理论来阐释。相反,将佛禅这类传统文化进行现代意义上的借用与转化莫不是更好的选择?

事实上,在一次访谈中,周伦佑曾坦承"非非"以及"非非主义"并非他生造的词语:"'非非'这个词并非我的创造,自佛经翻译到中国,就有了这个词。佛教经典中有'非想非非想'之说,白居易也曾写过'花非花、雾非雾'的句子",因此,"非非主义"的命名"与东方传统文化中某些超越性的思想维度是有某种关联性的"。[①] 由此,从精神上的内在传承来看,纵然在话语策略上周伦佑、蓝马、杨黎等"非非主义"诗人多有"语不惊人死不休"之言辞,但还远远谈不上要与传统文化"割裂"之说。当然,"非非主义"诗歌不是简单地去复原传统,而是在后现代性语境之中努力推动中西诗学的融通。从某种程度上说,"非非主义"诗歌的先锋意义并不在于"以西方后现代主义去更替民族传统";相反,在西方思想与文化的有益参照之下,"非非主义"诗人始终在竭力去"激活东方诗学中那些具有强大变构能力的潜流、支流",以便"更新诗歌与生命、与现实的关系",从而"更好地应对'现代性'

---

① 周伦佑:《深入骨头与制度的诗写者——答重庆〈时代信报〉王明明问》,见《中国诗歌双年选:2006—2007》,蒋蓝、凸凹主编,中国戏剧出版社,2008年版,第236页。

所隐藏的危机"。①

  总之,"第三代"诗人,尤其是"莽汉主义"诗人,有被美国后现代诗歌批判精神所"唤醒"的一面,但"第三代"诗歌所呈现的反叛特质从根本上说还是中国式的。"第三代"诗人在特定的历史时空中基于自身的生命体验和感受所做出的诗意表达,一如《嚎叫》等"垮掉派"诗作虽然受到众多外来影响,但丝毫不影响这些诗作是"垮掉派"诗人基于他们自己的独特生命体验和感受所做出的美国本土性表达。创新是诗歌创作的生命。然而,创新的过程并不是"无"中生"有"的过程,其间必然涉及或者遵循一定的传统脉络,或者借鉴某种外来资源,或是两者兼而有之,从而完成某种程度上的修正与超越。在对欧美文学传统进行充分梳理之后,美国学者勒内·韦勒克(René Wellek)与奥斯汀·沃伦(Austin Warren)发现,独创性并不意味着对传统的背离,"没有任何一个作家会因为他使用、改编和修饰了自古代起就已认可了的传统主题和意象而感到自己低人一等或没有独创性"②。可以说,西方后现代诗歌不过是中国式后现代诗歌进行变革时可供参照的坐标。如果没有中国传统文学与文化资源的内在影响以及本土社会历史语境的诱发,中国式后现代诗歌的发生与发展几无可能。

---

① 白杰:《后现代主义的本土转化与"非非主义"的诗学变构》,《烟台大学学报》(哲学社会科学版)2017年第3期。
②〔美〕勒内·韦勒克、奥斯汀·沃伦:《文学理论》(新修订版),刘象愚等译,浙江人民出版社,2017年版,第257—258页。

第四章

"垮掉派"诗歌与"第三代"诗歌中的非诗化倾向

从西方文学史的发展进程来看,后现代主义文学思潮能够发生发展的主要原因在于,标举整体性与统一性理念的现代主义文学思潮过于倚重结构主义创作模式,越来越难以准确描述二战之后西方传统整体性价值观急剧崩塌的社会现实。于是,解构主义思维与理念顺势崛起。

从广义来讲,"解构"是一种处理外在对象世界的思维方法与基本理念,它倾向于质疑一切既成价值体系所认可的规范与主张。解构论者往往以某种边缘化或者他者视角,以差异性与多元化思维模式来质疑并瓦解处于中心和主流地位的整体性与统一性话语体系。应该说,"解构"思潮从一开始就有一种"向既定的秩序挑战,颠覆一切现存观念、信仰、体制"并寻求积极"介入社会的倾向";"解构"思潮冲击了西方传统观念,它给当代西方人"在观念上所带来的变化虽然不容忽视",然而,它"造成的文本的变革最终毕竟不能等同于社会的变革"。①

在西方,作为一种思维方式与创作方法的解构同作为理论的解构主义是两个不同的概念。本书中的解构意指前者,即主要指的是一种以建构为目的的有效策略。远在古希腊时期,这种思维方法意义上的解构就已有之。在经过深谙解构之道的德里达、米歇尔·福柯(Michel Foucault)与罗兰·巴特等西方学者一系列的阐释与论证之后,"解构"逐渐成为一个严肃的术语。不过,人们在具体地借鉴与运用之时,常常将其无限泛化:"举凡对抗、批判、戏谑、PK等等,都叫解构。"② 作为一种话语体系,"解构主义"则一般特指"对西方思想一系列二元对立等级制度的一种批评:内在/外在、精神/肉体、字面意义/隐喻意义、言语/书写、在场/缺席、自然/文化、形式/内容",而对这种二元对立等级制度的解构旨在表明,这些制度"不是本质的、不可避免的,而是一种建构"③。解构主义者往往秉持一种极端的怀疑论倾向,似乎要质疑任何符号系统的合法性和有效性。由于这种怀疑论指向很多时候过于偏激,解构主义也难免陷入悖论,违背它所强调的不确定性、多元性、差异性等原则。

事实上,对于那些本着解构策略进行文学创作的作家们来说,文学的要义在于创新,是一种"允许人们以任何方式讲述任何事情的建制"④。而

---

① 盛宁:《人文困惑与反思:西方后现代主义思潮批判》,生活·读书·新知三联书店,1997年版,第99-100页。
② 陈晓明:《自序》,见《德里达的底线:解构的要义与新人文学的到来》,北京大学出版社,2009年版,序言第1页。
③ Jonathan Culler. *Literary Theory: A Very Short Introduction*. London: Oxford University Press, 1999: 126.
④ (法)雅克·德里达:《文学行动》,赵兴国等译,中国社会科学出版社,1998年版,第3页。

且,从文学批评上讲,一个文学文本"不是只有一种而是许多意义",意义本身是"片段的、弥漫的",①这就有待于批评者本着解构性的多元化心态去发现并给予创新性的建构。正如德兰蒂所说,解构主义指的是一种"自我的消解""代表了后现代性的第一个阶段",然而,"随着新的自我被建构",建构主义"得以形成",人们完全可以"超出现代性和后现代性""也就是要越出欧洲/西方启蒙规划的局限,转向一个既非现代也非后现代的世界中的人类经验的新建构"。②

不破不立。面对现代主义诗人所施加的直接而强大的影响焦虑,作为后辈诗人的"垮掉派"诗人与"第三代"诗人唯有采取针锋相对的创作理念、原则与技巧,方能有机会脱颖而出。历史地看,解构主义理念与解构手法似乎是"垮掉派"诗人与"第三代"诗人的必然选择。毕竟,只有打破象征型现代主义整体性与统一性创作原则的束缚,才能建立起后现代性所强调的并且逐渐为历史潮流所青睐的多元化与差异性创作理念与风格。

自1922年《荒原》出版以来,美国主流诗坛的话语权一直由标举整体性与统一性原则的象征型现代主义诗歌流派把持。20世纪30年代之后,美国新批评学派更是以此为圭臬来规约美国现代诗歌创作与批评的学术边界,超越这一边界的诗歌都很难得到积极评价。及至20世纪50年代,人们发现这种现代主义"旧模式"严重固化思维,"人心开始思变";而随着美国后现代时代氛围逐渐形成,金斯伯格20世纪50年代中期适逢其时地在"六画廊"诗歌朗诵会上演绎长诗《嚎叫》,标志着美国诗歌进入"后现代时期"。③由此,现代主义诗歌的霸权地位受到以"垮掉派"诗歌为首的后现代诗歌的极大冲击。

就"垮掉派"诗歌创作而言,其各种非诗化手法对美国现代主义诗歌创作理念与创作原则都构成了巨大的解构性压力。例如,克鲁亚克在诗歌创作中喜欢使用各种自创的拟声词,而错误的拼写、奇特的书写版式、大段的空白、奇特的图示以及手写汉字也不时在他的诗歌中出现,这无疑与克鲁亚克坚信自发性创作原则是"更高法则的唯一指引"④有着很大关联。在克鲁亚克看来,现代主义那种旨在表现各种暗喻与象征的语言风格"并不足

---

① 〔英〕肯尼思·麦克利什:《人类思想的主要观点:形成世界的观念》,查常平等译,新华出版社,2004年版,第363页。
② 〔英〕杰拉德·德兰蒂:《现代性与后现代性:知识、权力与自我》,李瑞华译,商务印书馆,2012年版,第6页。
③ 常耀信:《精编美国文学教程》(中文版),南开大学出版社,2005年版,第255页。
④ Gerald Nicosia. *Memory Babe: A Critical Biography of Jack Kerouac*. New York: Grove, 1983: 479.

以展现他们所处时代中纷繁复杂的人、事、物"①,因而,只有在创作中自发地调动起一切感官与潜能,诗人才能完全释放自己的本心。"垮掉派"诗人的许多诗作都是通过打字机即兴创作的。即使出现错漏,诗人也并不急于修正。譬如,"Tobby Tun w d l / 1 x t s 8 7 r e r c("②,克鲁亚克这两个诗行似乎只是诗人在了无意趣的生活中下意识的打字行为而已,正如诗人在该诗结尾处所宣告的那样:"我们死去 带着相同的/且为此而生的 无意识。"③这种自发性创作原则让"垮掉派"诗歌具有明显的后现代性品质。"垮掉派"诗歌中随处可见的随意性与偶然性要素,都是"垮掉派"诗人于日常生活中感受到生命悸动那一刻的瞬时性体验。

在中国,20世纪80年代是一个呼唤变革、后现代性反叛精神氤氲而生的时代。人们对于"多元性"与"差异性"的吁求使得长期被传统意义上群体性文化所漠视的日常生活中的个体性价值得到了凸显,这无疑有利于克服主流意识形态的板结性以及现代性单一维度的偏狭性。作为一群因敏锐与不满而奋起改变中国诗坛现状的后起之秀,"第三代"诗人力图以一种自由而独立的诗学抱负,来打破朦胧诗以来越来越模式化的诗歌创作困境。具体而言,这种抱负就是要亲身体悟当下生活中的生命体验和感受,并竭力以某种较少受到形而上与意识形态话语浸染的口语化语言来表达出这些体验和感受。这不是一蹴而就的事,"第三代"诗人为此付出了大"破"大"立"的勇气、智慧与书写行为。由此,从解构和建构正反两个方面对"第三代"诗歌进行全面而深入的解读显得尤为重要,尽管很多时候这些诗歌中的解构与建构互为表里,难以截然分开。

结合具体的诗歌文本分析,本章将从诗歌文体解构、形式解构与语言解构三个方面来阐释"垮掉派"诗歌与"第三代"诗歌的非诗化解构倾向。

---

① Gerald Nicosia.*Memory Babe：A Critical Biography of Jack Kerouac*.New York：Grove,1983：659.

② Jack Kerouac.*Jack Kerouac：Collected Poems*.Ed.Marilène Phipps-Kettlewell.New York：Literary Classics of the United States,Inc.,2012：102.

③ Jack Kerouac.*Jack Kerouac：Collected Poems*.Ed.Marilène Phipps-Kettlewell.New York：Literary Classics of the United States,Inc.,2012：102.

第一节 "垮掉派"诗歌与"第三代"诗歌中的
诗歌文体解构

与小说、戏剧等文学体裁相比,诗歌具有独特的文学样式。在诗歌形式上,英语诗歌一般由若干诗节(stanza)组成,诗节里面有若干诗行,诗行则由音步(foot)组成。总体来看,英语诗歌写作传统在韵律、节奏与押韵等方面都极为考究,一首好的诗歌需要"韵律和谐、节奏鲜明,具有音乐美,适宜于歌唱吟咏"[1]。

众所周知,早期的美国文学受到欧洲文学尤其是英国文学的深刻影响,一直以来美国人都在努力尝试建立其独特的文学风格。美国诗歌尤为如此。拉尔夫·沃尔多·爱默生(Ralph Waldo Emerson)、惠特曼等人都曾致力于创造出更为灵活而包容的诗歌文体形式,从而摆脱英国诗歌传统的束缚,并最终建立具有美国特色与气质的诗歌。1776年7月4日,美国宣布独立。但在文学与文化上,美国还远未独立。直到1837年,美国超验主义精神领袖爱默生在一次名为"美国学者"的演讲中还曾大声疾呼:美国人"倾听欧洲典雅的艺术女神的声音""已经为时过久",因此,美国人应该不再"要求伟大、古远或浪漫题材",而应"探索并且崇拜"那些美国人所"熟知"的"卑微的一切",只有这样,美国人才能"拥有对今天的洞察力"[2]。18年后,爱默生的这一心愿终于达成。当他看到还只有12首诗的《草叶集》之时,心中无比欣喜。在周围一片讨伐与批判的声浪之中,爱默生给作者惠特曼写了一封热情洋溢的信。信中,爱默生对《草叶集》给予了最高的评价:"它是美国迄今作出的最不平凡的一个机智而明睿的贡献。""我极为喜欢它。我发现了一些写得无比精彩的无与伦比的东西,它们真是恰到好处。"[3]事实上,为了适应美国本土的重大主题和新鲜事物,惠特曼也曾认为,美国诗歌"必须创造一种崭新的诗体,将传统的常规如脚韵、格律等等予以摒弃"。

---

[1] 王湘云:《英语诗歌文体学研究》,山东大学出版社,2010年版,第43页。
[2] 〔美〕拉尔夫·沃尔多·爱默生:《美国学者》,见《爱默生集:论文与讲演录》,〔美〕吉欧·波尔泰编,赵一凡等译,生活·读书·新知三联书店,1993年版,第81—83页。
[3] 〔美〕拉·华·爱默生:《附:爱默生致惠特曼》(1855),见《草叶集》(下),惠特曼著,楚图南、李野光译,人民文学出版社,1994年版,第1113页。

他甚至高呼:"现在是打破散文与诗之间的形式壁垒的时候了。"①不过,惠特曼从一开始并不是一位极端的诗体改革者。在《草叶集》初版的《序言》中,惠特曼就曾谈及韵律以及诗歌的均匀形式的好处:"韵的好处是它为一种更美妙更丰饶的韵律播下种子,而均匀性能将自己导入扎在看不见的土壤中的根子里",因此,"完美的"诗歌韵脚与均匀性可以表现出"节奏规律的自由产生"。②

1914年前后,庞德等人发起了"意象派"诗歌运动。作为"诗歌的文体传统与现代精神和解的结果","意象派"诗歌运动是一次"世界诗歌史上前所未有的自由诗运动",也是"世界性诗体解放及英诗进化的产物",从此,"英语诗歌进入了自由诗体与格律诗体并行的现代时期"。③与"意象派"诗歌一起,"漩涡派""芝加哥诗派"等诗歌流派都以打破传统、适应新时代需要为目标,发起美国"新诗运动",主张采用贴近日常生活的口语化语言,并以自由体诗歌代替传统诗歌。此后一直到二战前后,虽然还有威廉斯等诗人坚持美国本土化诗歌写作,但以艾略特为代表的象征型现代主义学院派诗人以及美国新批评学派把控着美国诗坛的话语霸权,美国自由诗运动式微。不过,随着"垮掉派""黑山派""自白派"等诗歌流派在20世纪50年代集体崛起,美国自由诗运动达到高潮。1960年,唐纳德·艾伦(Donald Allen)编选的《美国新诗歌:1945—1960》(*The New American Poetry:1945-1960*)④全面呈现了这次旨在回归惠特曼、庞德-威廉斯客观主义诗歌传统的自由诗运动。诗选中收录的"垮掉派"诗歌可以说是影响最为深远的诗歌流派。"垮掉派"诗人对以艾略特为代表的现代主义诗人以及美国新批评学派尤为反感,极力凸显日常口语的自发性与即兴性,主张以自由诗体来复兴惠特曼的诗歌传统,这导致"垮掉派"诗歌的散文化与戏剧化倾向尤为突出。

---

① 〔美〕沃尔特·惠特曼:《草叶集》(上),楚图南、李野光译,人民文学出版社,1994年版,第5-6页。
② 〔美〕沃尔特·惠特曼:《〈草叶集〉初版序言》(1855),见《草叶集》(下),楚图南、李野光译,人民文学出版社,1994年版,第1082页。
③ 王珂:《论英语诗歌的意象派运动及自由诗革命的生成背景》,《世界文学评论》2006年第1期。
④ 这部诗选收录的都是二战后深具后现代性反叛意味的美国新诗歌,正如编者艾伦在前言中所说:美国新诗歌的"共同特征"就是要"完全地摒弃学院派诗歌的所有特征"。事实上,这部诗选体现的正是诗歌中的非理性、自发性以及碎片化倾向,而现代主义诗歌以及美国新批评学派所强调的理性、整体性、一致性等诗歌创作原则都了无踪迹。这部诗选还将惠特曼、爱默生与威廉斯等诗人作为美国诗歌创作的主要源头,从而张扬美国诗歌的本土性。另外,该选本所选诗人具有多元化身份,有少数族裔(黑人、犹太裔、加拿大法国裔等)、同性恋甚至双性恋。加上这些诗人当时都没有在大学里教书,这与占据大学讲坛的现代主义诗人与新批评学派形成巨大反差。(See *The New American Poetry:1945-1960*.Ed. Donald M. Allen.New York:Grove,1960)

与美国"新诗运动"相比,中国新诗运动稍晚一些。一般认为,1917年2月,《新青年》2卷6号刊出的胡适的8首白话诗,是中国新诗运动中出现的第一批白话新诗。虽然中国是诗歌大国,中国古典诗词在全世界都有着极为重要的影响,但近代以来,古典诗歌创作逐渐走向僵化模式,其词汇与现代口语严重脱节,其对仗用典以及平仄押韵等诗歌形式难以表达日益复杂的社会生活,对人们真情实感的表达造成了极大的束缚。事实上,从19世纪中后期开始,一些采用口语以及自由诗体的自由诗派(如法国的"象征派"诗歌、英美的"意象派"诗歌以及德国的"表现派"诗歌等)对中国古典格律诗传统构成了巨大的冲击。受这一世界范围诗歌自由化潮流的影响,新诗运动初期的诗人(如胡适、废名等)"写的主要是自由诗"[1]。当然,虽然这类自由诗的形式大多借鉴了外国自由诗译诗,但新诗中自由诗的兴起主要还是因为当时社会思想与文化已然发生巨变。近现代以来,随着各种外国思想与文化思潮的涌入,诗歌创作在精神上也逐渐展现出更为开阔的眼界:"诗底(的)精神既已解放,严刻的格律不能表现的自由的精神,于是遂生出所谓自由诗了。"[2]然而,"五四"新诗运动虽然"结束了枯燥的文言与呆板的形式对诗歌创作的束缚",但诗人们"在诗歌语言的白话化和诗歌形式的自由化之间迷失了诗歌创格的方向"。[3]一时间,虽然"旧诗的规律完全打破,作诗者可随意创造",但正因为"没有规律可随意创造",于是,"贪功急就之辈,都从新诗入手"。[4]

事实上,即使是最早大力主张白话自由诗的胡适也曾强调用韵的重要性,虽然他所说的"韵"与古典诗歌中的"韵律"有着很大的区别:"用现代的韵,不拘古韵,更不拘平仄韵""平仄可以互相押韵""有韵固然好,没有韵也不妨",因为新诗的声调"在骨子里""有无韵脚都不成问题"。[5]随着"新月"诗派的格律诗实践以及梁实秋、徐志摩、闻一多等人就格律诗提出各自的主张,中国新诗格律诗运动又达到了一个高潮。

总之,从汉语古典诗歌文体来看,节奏、韵律、意境、寓意甚至是抒情等要素对于一首优秀的诗歌来说都是不可或缺的。"五四"新诗运动以来,中国新诗在文体上受到外国诗歌创作理念的极大影响,不仅在语言上出现大量"欧化"现象,而且在诗歌形式上也极力仿效外国诗歌的美学特征。梁

---

[1] 熊辉:《外国诗歌的翻译与中国现代新诗的文体建构》,中央编译出版社,2013年版,第206-207页。
[2] 刘延陵:《法国诗之象征主义与自由诗》,《诗》1922年第1卷第4期。
[3] 熊辉:《外国诗歌的翻译与中国现代新诗的文体建构》,中央编译出版社,2013年版,第212页。
[4] 石灵:《新月诗派》,见《新月派评论资料选》,方仁念选编,华东师范大学出版社,1993年版,第42页。
[5] 胡适:《谈新诗》,见《中国新文学大系·建设理论集》,胡适编选,上海良友图书印刷公司,1935年版,第306页。

实秋甚至断言,"新文学运动的最大的成因,便是外国文学的影响;新诗,实际就是中文写的外国诗"①。因此,中国新诗诗人们在进行诗歌创作的过程中对古典诗歌传统中的节奏、韵律、意境、寓意甚至是抒情等要素虽然不再一一苛求,创作出了一些含有戏剧或散文因素的诗歌,如《小河》(周作人)、《爱之神》(鲁迅)、《绿衣人》(冯至)以及卞之琳的《酸梅汤》《苦雨》《寒夜》《奈何(黄昏和一个人的对话)》等。但总体上说,诗人们对上述传统诗歌要素仍然保持着相当程度的尊重,创作出了大量饱含诗美的佳作,徐志摩的《再别康桥》与戴望舒的《雨巷》当属其中。

及至"第三代"诗歌,传统意义上的诗歌文体普遍受到了最大限度的冲击和消解。"第三代"诗人为了表现当下日常生活中真切而直观的生命体验与感受,创造性地使诗歌充满了戏剧化或者散文化的强烈意味。"第三代"诗歌因之少了节奏、韵律与寓意,没了意境或诗美,放逐了抒情,诗变得不像诗了。总体来看,"第三代"诗人在诗歌创作中非常注重引入戏剧或散文因素。在于坚看来,"对话、叙述都可以是诗歌的,实际上正是散文和戏剧因素的加入,使中国当代诗歌与古典诗歌有了根本的区别"②。

一、"垮掉派"诗歌与"第三代"诗歌中的散文化解构倾向

相对美国以艾略特为首的现代主义诗人与新批评学派所看重的诗歌创作传统以及中国格律诗歌创作传统而言,"垮掉派"诗歌与"第三代"诗歌散文化解构倾向尤为明显。

"垮掉派"重要诗人柯索不到一岁就遭到父母弃养,虽多次被收养但最终流落纽约街头。柯索一生桀骜不驯,穷困潦倒,多次入狱,后受到金斯伯格的提携和资助,得以出版诗集《汽油》(*Gasoline*, 1958)。在其诗歌创作中,柯索往往以极为粗鄙的口吻、散文化的笔触讽刺现代主义学院派诗歌,对麦卡锡主义横行无忌的美国社会也有着独到的观察与批判。例如,《这里是美国》③里"疯狂"的"美国"无疑受到了诗人柯索严厉的批判,因为"有很多不能唱歌的值得诅咒/也有很多能唱的/在发出诅咒"。不过,诗人所能做的,仅此而已。20世纪50年代,美国当局以反共排外为名,不断强化益

---

① 梁实秋:《新诗的格调及其他》,《诗刊》(创刊号)1931年1月20日。
② 于坚:《答西班牙诗人 Emilio Araúxo 九问》,见《拒绝隐喻:棕皮手记·评论·访谈》,云南人民出版社,2004年版,第197页。
③(美)格雷戈里·柯索:《这里是美国》,见《格雷戈里·柯索诗选》(上),罗池译,河北教育出版社,2003年版,第33-34页。

格鲁一致性主流价值观体系,从而对美国普通民众尤其是非WASP边缘性群体实施全面监视与压制。对于当局一系列的反动措施,诗人并不能改变什么。于是,在该诗结尾处,柯索似乎是想借助其看重的"东方文化"来抚慰自己愤怒而无奈的心情。

> 我能
> 在加利福尼亚
> 我对一个临死的墨西哥人的耳朵唱起我的东方文化
> 它不能听见
> 他脸上带着一丝笑容死了
> 这个老杂种有三颗金牙
> 一盘司茶叶
> 一大袋仙人果①
> 和一个十四岁的老婆

相对于美国真正的WASP群体,这位被称作"老杂种"的"墨西哥人"无疑属于边缘性群体。"临死"之时,这位"老杂种"孑然一身,仅剩下"一丝笑容""三颗金牙""一盘司茶叶""一大袋仙人果"和"一个十四岁的老婆",言辞之间,幽默中透着反讽。然而,恰是这种反讽语气才能更好地影射出诗人本人以及其他"垮掉派"诗人拒绝同流合污的轻蔑态度:无论当局如何通过盎格鲁一致性主流价值观来宰制异己思想与文化,诗人认为只要有性爱("十四岁的老婆")、有毒品("仙人果")、有放松的心态("一盘司茶叶"),加上诸如佛教禅宗之类的"东方文化",就可以得到满足与顿悟("一丝笑容")。

克鲁亚克创作的后现代散文长诗《午夜老天使》(*Old Angel Midnight* 1956)原名为"老天使吕希尔",因吕希尔·卡尔(Lucien Carr)本人反对而改名。该诗的时间背景是耶稣受难日(复活节前的星期五),共有67个诗节,除了数字编号,诗节都没有题目。每个诗节一般占一页左右的篇幅,大多是由或长或短的段落组成,其中不少诗节只有一个长段落,有的长段落甚至超过一页。虽然被称作叙事散文诗,但《午夜老天使》并没有"真正的叙事线索或方向,反而重在表现一些不和谐的声音"②。在金斯伯格看来,《午夜老天使》"糅合了有关基本的自发性节奏的美国声音和风格",有着某种

---

① 仙人果(peyote),这里指的是用一种墨西哥仙人球制成的迷幻药。
② Michael J.Dittman.*Jack Kerouac:A Biography*.Westport:Greenwood Press,2004:69.

"乔伊斯式呓语流动"。[1]因为过于先锋,该诗直到1993年才由灰狐狸(Grey Fox)出版社出版。

事实上,对于克鲁亚克而言,散文与诗歌之间的界限并不分明:散文可以是"诗行无限延展的诗歌"[2],而诗歌也可以是"段落"[3]。散文和诗歌甚至可以说是一体的:"我所有的作品都可以看作是蒙着一层叙事钢铁外衣的诗歌。"[4]《午夜老天使》虽然具有散文的形态,但克鲁亚克却在给费林盖蒂的信中说它"不是散文",而是"一首长长的单行诗歌"。[5]或许,与其辨明其是诗歌还是散文,还不如让读者能体会到诗人在该诗中最想表达的愿景。一路读来,诗人似乎是在尽量采用最为本真的表现形式来表达自己内心对自由的向往,正如克鲁亚克一再宣称要寻找"人类真实的布鲁斯之歌"[6]。这种对自由的向往在《午夜老天使》的开篇段落中就已明示。全诗以"**宇宙间的周五下午**"(FRIDAY AFTERNOON IN THE UNIVERSE)开篇,采用全大写书写形式显然是在强调全诗的时空背景。这种强调在克鲁亚克为先锋影片《拔出雏菊》(*Pull My Daisy*,1959)[7]所做的诗性配音中得到了呼应与强化。克鲁亚克在配音中一开始就说道"宇宙间一大早"(Early morning in the universe)。然后,当影片进行到一半出现一段较长的沉默时间之后,配音又重新响起:"是的,这是宇宙间周五晚上的早期、晚期或者中期。噢,时间之声正在从窗户和锁孔涌进。"这里的时间和地点同《午夜老天使》的开头语句同样有着紧密关联,而这里的"时间之声正在从窗户和锁孔涌进"与《午夜老天使》开篇段落中的"整个世界的声音现在正从这扇窗户涌进"[8]

---

[1] 〔美〕比尔·摩根编:《金斯伯格文选:深思熟虑的散文》,文楚安等译,四川文艺出版社,2005年版,第255页。

[2] Jack Kerouac.*Good Blonde and Others*.Ed. Donald Allen. San Francisco:City Lights Books,1993:76.

[3] George Plimpton. "Jack Kerouac." In *Beat Writers at Work*:*The Paris Review*.New York:Modern Library,1999:114.

[4] Gerald Nicosia.*Memory Babe*:*A Critical Biography of Jack Kerouac*.New York:Grove,1983:545.

[5] Ann Charters. Ed. *Jack Kerouac*:*Selected Letters 1957-1969*. New York:Viking,1999:98.

[6] Jack Kerouac.*Good Blonde and Others*.Ed. Donald Allen. San Francisco:City Lights Books,1993:74.

[7] 改编于克鲁亚克的三幕剧《垮掉的一代》(*Beat Generation*),《拔出雏菊》起用的基本上都是一些非专业演员(只有饰演"麦洛(Milo)妻子"的法国电影演员塞瑞格·达芙妮(Delphine Seyrig)是专业演员):三位本色出演的垮掉派诗人有金斯伯格、奥洛夫斯基和柯索;音乐家大卫·阿姆拉姆(David Amram)饰演爵士乐手梅兹·麦吉利卡迪(Mezz McGillicuddy);画家拉里·利弗斯(Larry Rivers)饰演"丈夫麦洛"。由于这类"家庭自制电影"成本预算非常有限,采用非专业演员主要是为了降低电影制作成本。而为了进一步降低成本,同时又保证整部影片的录音效果,摄制组最终决定由克鲁亚克后期为经过剪辑的黑白无声画面即兴录制电影配音。

[8] Jack Kerouac.*Jack Kerouac*:*Collected Poems*. Ed. Marilène Phipps-Kettlewell.New York:Literary Classics of the United States,Inc.,2012:481.

也有着类似的内涵。不论是哪个版本,诗人似乎都在强调包括听觉在内的感观是不可限制的:"窗户"或者"锁孔"就像装裱油画的抽象画框。这样的抽象画框虽然可以无限大,但宇宙间的感观与知觉(比如听觉和视觉)终究是要突破"框"的限制而奔向混元之界的。

克鲁亚克还曾联系波普爵士创作技巧谈及自己创作散文化诗歌的技巧:"至于我英语诗歌的创作规律,我会像写散文一样快速写就",就像是一位"爵士音乐家必须在一个主题或者数个小节之内"完成他的谱曲;"可以过渡到下一个主题,但他必须在这一主题页面用尽之前停下"。[1]这种散文化诗歌创作技巧阐述了诗歌语言与即兴诗歌创作过程中诗人的无意识状态之间的辩证关系,是经过克鲁亚克本人大量的诗歌创作所验证过的经验之谈,也是其针对英语传统诗歌创作过于强调精选诗歌素材却忽视非语言因素在诗歌创作中的作用而提出的经验总结。实际上,早在1955年9月克鲁亚克刚开始创作其诗歌代表作《墨西哥城布鲁斯》之时,他就已经着手实施这种自发性诗歌创作技巧并曾向金斯伯格进行过展示:"正是为了给金斯伯格讲授诗歌即兴创作技巧,克鲁亚克每天上午才坐下来""在他的记录本上一连数小时地用铅笔创作那些布鲁斯诗歌短章",[2]而金斯伯格则特地将这种创作技巧命名为"自发性波普作诗法"(spontaneous bop prosody)[3]。

中国"第三代"诗歌中,韩东诗歌的散文化倾向具有很强的代表性。对于包括韩东在内的众多"第三代"诗人来说,"第三代"诗歌要想颠覆抒情化的诗歌写作模式,完成解放传统诗歌文体的消解重任,首要的任务便是进行语言模式的转换:以新鲜的口语替代日益固化的书面语,以叙述性的句意象替代抒情性的词意象。书面语言是文化积淀最为深厚的部分,集中体现了饱含隐喻与象征的人文传统;对书面语言的拒绝必然驱使"第三代"诗人更加重视那些很少遭受隐喻与象征浸染、能有效地体现"生命的具体性、自足性、一次性、现实性和不可替代性"[4]的原生态口语。因此,韩东"力主返回语言的原生地——口语,从中汲取营养,然后创造生成新的诗歌语言"[5]。可以说,要想实现反英雄、反崇高、反文化的日常生活审美化这一后现代诗学原则,"第三代"诗人必须首先反书面语言,必须主动地"遗忘"各

---

[1] Ted Berrigan and Jack Kerouac."Jack Kerouac:The Art of Fiction No. 41." *Paris Review* 1968(43):70.
[2] Gerald Nicosia.*Memory Babe:A Critical Biography of Jack Kerouac*.New York:Grove,1983:480.
[3] Tom Clark.*Jack Kerouac*.New York:Harcourt,1984:173.
[4] 转引自:《中国新诗总系1979—1989》,王光明主编,人民文学出版社,2009年版,第33页。
[5] 王庆生:《中国当代文学史》,高等教育出版社,2003年版,第530页。

种理念并"倒空自己":"我们是在完全无依靠的情况下面对世界和诗歌的,虽然在我们的身上投射着各种各样观念的光辉。但是我们不想,也不可能用这些观念去代替我们和世界(包括诗歌)的关系。"①只有这样,诗人们才能真正地走向民众主体,才能直抵物象生命本身并据此发言。应该说,这种运用原生态口语的诗歌创作与所谓的"诗意写作"大相径庭,因为"诗一样的语言所到之处是对诗的瓦解、勾销,并非是对诗的发扬光大",诗歌"必须保证其尖锐性,它的纯度、强度、不兼容不包含、难得稀有、可一不可再"②。这种语言观既显示出"第三代"诗人对传统语言意识的抗衡,也是他们回归原初冲动的最佳诠释。当然,崇尚原生态口语不是搞纯粹的口语化运动,关键是要看这种口语是否能更有效地表达诗人的生命体验,因为如果诗歌没有灵魂,那么即使满纸口语,也是白搭。

单就语言来看,《有关大雁塔》的解构性很大程度在于其散文化的叙事性。韩东没有使用那些具有深度情感模式的修辞性语汇。相反,他选用了大量的日常性口语,如"赶来""爬上去""不得意的""人们""发福的""统统""做一做""转眼""有种的"等,这样就能将语言符号之外的所有隐喻与象征等修辞剥离开来,呈现出的只是本真物象而已。于是,凡人琐事透过叙述性的散文化描述所表现出的冲淡语气,与杨炼《大雁塔》中以揭示历史象征和隐喻为己任的承担意识以及那种力挽狂澜的厚重语气便形成了鲜明对比。诗人显然就是要用凡俗与平淡颠覆包括杨炼的《大雁塔》在内的所有有关大雁塔的宏大叙事。对此,程光炜细致的语义分析可以作为佐证:

"有关大雁塔"作为前提性对象状语,其语义关系本身是反讽的。"有关"的随意,使其后名词的丰富含义暗打折扣。前提的可疑性连带到作为呼应的第二句,后者遂被肢解为两个矛盾性语文结构:"我们又能——知道些什么"。前者欲言又止,伴装不知其实腻味,后者将注意力分散(些),用"什么"这个疑问词强调一种自恋心理的愚不可及。两者又反过来证实着前提的可疑性。……"什么"、"知道些"、"能"、"又"、"我们",这些词性不同而能指范围又大小不一的词语,足以使读者对"真实态度"产生诸多歧解。③

---

① 徐敬亚、孟浪等编:《中国现代主义诗群大观1986—1988》,同济大学出版社,1988年版,第52页。
② 韩东:《关于诗歌的两千字》,见《韩东散文》,中国广播电视出版社,1998年版,第169页。
③ 程光炜:《朦胧诗实验诗艺术论》,长江文艺出版社,1990年版,第124页。

可见,与杨炼的《大雁塔》相比,韩东的《有关大雁塔》通过运用"矛盾性"语法结构对传统意义上作者与读者之间的固化关系予以解构,从而使得该诗具有一种新奇的陌生化效果。总之,《有关大雁塔》全诗都透着对作为"庞然大物"的大雁塔的质疑与解构意味,这种剔除隐喻与象征系统的散文化诗歌写作样式,为20世纪80年代中期以来的生活化叙事提供了范例。

同样,《你见过大海》在诗歌散文化道路上也堪称经典。全诗共21行,104个字,短小精悍。诗中反复使用"你""见过""想象过"和"就是这样"等日常口语,形成一种简慢随意的节奏和回环往复的律动,读来感觉语言似乎是在自己前行;于枯燥单调乃至没完没了的重复之中,某种有着呼吸质感的生命常态跃然纸上,这无疑展示出日常口语的散文化运用所能达成的丰富表达效果。可以说,这种冲淡了的口语加上漫不经心的反讽语气,将原本神秘莫测、自由辽阔和深沉崇高的意象以及理念中的"大海",还原为褪除任何价值观附加的、自然而普通的物象,进而颠覆大海崇高象征之美,抽空大海意象的全部文化含义,直抵物象之大海的本相存在。

二、"垮掉派"诗歌与"第三代"诗歌中的戏剧化解构倾向

出于对自然以及日常生活中本真生命的尊重,"垮掉派"诗人常常采用非诗化的戏剧元素予以呈现。爵士音乐家查理·帕克(Charlie Parker)对"垮掉派"诗人有着重要影响。在1955年3月12日帕克去世之时,柯索为了向大师致敬,创作了《给音乐家"大鸟"帕克的安魂曲》。全诗采用戏剧对白的形式,诗意地再现了帕克从无名小辈成长为先锋音乐家的艰辛历程:"一声部/嗨,伙计,大鸟死了/他们把他的小号锁在了一个地方/把他的小号放在了一个角落里/伙计,那小号在哪里? //……//三声部/……/突然/不知从哪里冒出的鸟把它带着汗珠的脑袋伸/向大鸟的小号/偷听,大鸟疯狂地吹出长串的音符"[①]对诗人来说,天才已逝,但其神秘而不屈的精神向度犹存。

1975年,斯奈德的诗集《龟岛》(*Turtle Island*, 1974)获得普利策诗歌奖。在诗人看来,生态环境是一个有机生命整体,而人与自然本应该和谐共存。但人类的权力欲望与资本的贪婪本性让工业资本主义城市无限制地扩张,自然生态因而蒙受巨大的灾难,人类最终也将难逃反噬的危险境

[①] Gregory Corso.*The Vestal Lady and Other Poems*.Cambridge,MA:R.Brukenfeld,1955:21.

地。在诗歌《一个人不应该和一个熟练的猎人谈论什么是佛陀所禁止的》[1]中,诗人以一位猎人的身份带着儿子"凯"(Kai)解剖猎物,以探求自然的奥秘。诗中,自然即舞台,"演员"猎人和儿子"凯"解剖灰狐就是剧情。首先,在解剖之前,猎人和儿子进行了一系列富有仪式感的操作,以示对猎物的尊重:先仔细观察、丈量并称重:"灰狐,雌性,9磅3盎司重。/ 39又5/8英寸长,有尾巴。"采用如此精确的数量词来记录灰狐的身长与体重,说明诗人早已将丈量与称重等行为当作自己打猎的一个程序性的惯例。尊重自然业已融入诗人的灵魂与血脉之中。

接着,儿子又提醒诗人,应该先念一段《般若心经》(Shingyo)为灰狐超度。等解剖之后,他们发现灰狐吃下的东西还依稀可辨:"一整只被嚼烂的地松鼠/加上一只蜥蜴脚/和地松鼠体内的/一点铝箔"诗人似乎想要说明一个道理:虽然佛陀教导"不可犯杀戒",但万物之间皆有联系(猎人为了生存,需要打猎;灰狐要活下去,需要捕猎地松鼠与蜥蜴),各取所需,适度即可。而"铝箔"则象征着给人类带来享受但给自然界造成无尽伤害的工业社会。于是便有了诗歌结尾处诗人的顿悟:"奥秘。/隐藏在其中的奥秘。"

"第三代"诗人中,韩东的一些诗歌读来也颇有某种后现代微型戏剧的味道:冷静客观、间离不定。譬如,《二十年前剪枝季节的一个下午》[2]就是以戏剧独白的形式,回忆起"我"在孩提时代的某种"隐秘的感情"。诗剧充满了不确定性:"我"是否就是诗剧中的"孩子"并不确定("我想否认那孩子是我");时间("二十年前"的某个"下午")不确定;地点(一个"从未到过"的"陌生"的"院子")不确定;剧情(围绕"孩子"展开的某一事件)不确定;行动("我可以扛走梯子/可以这样也可以那样")也不确定。从诗剧主要人物转换来看,"我"与"孩子"之间的关系时而相异相离,时而合二为一:一开始,"我"与"孩子"是疏离的("我想否认那孩子的耻辱/是我的耻辱");中途,"我"完全退场,剧情围绕"孩子"和"母亲"展开;临近结尾,"孩子"又悄然变成了"我"("现在那人已从天上消失/母亲和我仍那样站着")。从诗剧内容来看,"隐秘的感情"指的是什么?"为什么要看着树?""孩子的目光"为什么"无法"从树上面移开? 最后,"母亲"和"我"又为什么"仍那样站着"? 这一切诗剧都未曾明示,读者(抑或观众)只能于揣摩玩味,自行求解。

"第三代"诗人还常常跳出传统诗歌抒情维度而注重于挖掘事物具体性的一面,有时甚至达到了具体而微的非诗化程度。例如,于坚的《鱼》

---

[1] Gary Snyder."One Should Not Talk to a Skilled Hunter About What Is Forbidden by the Buddha." In *Turtle Island*.New York:New Directions Publishing Corporation,1974:100.
[2]《你见过大海:韩东集1982—2014》,作家出版社,2015年版,第43-44页。

(1989)[1]把杀鱼做菜这一具体的日常生活事件写得细致入微,跌宕起伏,充满戏剧性张力。日常行为中甚至还掺杂着一些革命话语(如"潜伏""暗语""交代""坦白""蓄谋已久"与"革命"等),在庄重肃穆的外表之下透出几分幽默与诙谐。全诗共七节。第一节写"鱼"的隐喻:"它在深处 不是被我们叫做深沉的那里/不是 这动物早就越过这些浅水/在更深之处 进入令人不安的阴谋"。第二节写人对隐喻的"渴望":"我们渴望被'深'死死咬住/渴望那充满快感的下坠/几千年我们一直守在海边"。第三、四、五节具体而微地描述杀鱼这一过程,日常生活细节的具体化构成了对前两节隐喻的解构。第六、七节颇有戏剧性:第六节写鱼僵而不死,两眼冒着"火苗""顽固地呼吸",仿佛有着来自"陌生的海域"的原初生命力量,"良久 我们不敢碰它";第七节写鱼被做成菜,"躺在"有着古老文化寓意的"蓝色瓷器 青铜汤勺"中间,而面对"鱼"所象征的、为人们所渴望的"深"的僵死,"我们"却"端坐如仪"。"我们"动用一切手段,不无残忍地宰杀来自深海鲜活而具体的"鱼",得到的却只是可以用"蓝色瓷器 青铜汤勺"来盛放的"鱼",原初的隐喻变成了僵死的隐喻,"我们"却"端坐如仪"地守着。前后对比,充满了反讽意味。究竟是人"制服"了鱼,还是鱼最后的挣扎把人"怔住"? 令人深思。

实际上,于坚曾明确提及,他的诗歌"有一种天然的戏剧因素"[2]。可以说,戏剧元素在于坚诗歌中尤为常见。且看他的《便条集258》[3]:

不知几万里也/这是您的大地/20米×48米/占地960平米/这是您的公寓/23米×5.1米/占地117.3平米/这是您的套间/6.5米×4.2米/占地27.3平米/这是您的客厅/5.6米×3.4米/占地19.04平米/这是您的卧室/2.1米×1.8米/占地3.78平米/这是您的厨房/1.6米×1.1米/占地1.76平米/这是您的卫生间/1.4米×1.8米/占地2.52平米/这是您的床位/1.6米×0.5米×2/占地1.6平米/这是太太和您本人/0.2×0.3米/占地0.06平米/先生 这是……测量员停顿了一下/您的盒子

"垮掉派"诗歌一个重要的非诗化现象是将大量的数字引入诗歌创作之中,而于坚的这首诗歌则有过之而无不及:诗中不仅有大量数字,有的甚

---

[1] 见《后朦胧诗选》,阎月君、周宏坤编,春风文艺出版社,1994年版,第368-369页;《于坚的诗》,人民文学出版社,2001年版,第97-99页;《一枚穿过天空的钉子:诗集1975—2000》,云南人民出版社,2004年版,第321-322页;《我述说你所见:于坚集1982—2012》,作家出版社,2013年版,第139-141页。
[2] 于坚:《答〈他们〉问》,见《于坚诗学随笔》,陕西师范大学出版总社有限公司,2010年版,第167页。
[3] 于坚:《便条集258》,见《诗集与图像》,青海人民出版社,2003年版,第163页。

至精确到小数点后两位,再配以大量的乘号,读来像是在不断地进行数学演算,传统意义上的诗意了无踪迹。全诗可以看作是"测量员"的戏剧独白,因为其叙述对象"您"自始至终都没做出任何应答。先是精确的物理测量与不动声色的告知,随着测量面积的逐步缩小,生活空间也逐步萎缩,从"大地"到"公寓"到"套间"到"客厅"到"卧室"到"厨房"到"卫生间"到"床位"到"您本人",似乎可以永远这么测量下去。然而,当量到骨灰盒的尺寸之时,"测量员"不由得"停顿了一下",蓦然反应过来,具体的生命空间已是量无可量了,戏剧性的反讽意味陡增。由此可见,诗人对具体生活空间和具体测量过程的精确描摹,无疑是对具体生命存在过程进行了一次清醒而又令人不禁为之思索的有力呈现。

不过,于坚诗歌的戏剧化与散文化倾向招致的"非诗"批评一直与于坚如影随形,而于坚本人对此却不以为然:"《罗家生》在很多场合,尤其是在文化人那里,一直被视为'非诗',我一直以此为自豪,那时我写作的力量就是要使某种士大夫的现成的充满腐朽的高雅趣味(所谓纯诗趣味)受到伤害"[①];"真正的诗人,他总是以非诗的方式进行写作",既"反抗诗歌自己的历史",也"反抗诗人自己"。[②]"非诗"的非议在1994年1月《大家》杂志创刊号上发表长诗《0档案》之后,达到高潮。该诗甚至被斥为"语言垃圾"。其实,连于坚本人都在疑惑《0档案》到底是不是诗。据于坚在2003年的一次访谈中回忆,《0档案》的构思是在20世纪80年代,当时的题目是"一个诗人的物品清单",而当1992年写作完成之后,诗人"根本就不敢看它",因为它"将毁灭掉"诗人以前"阅读文学史时所获得的那种自信";但对于诗人而言,创造"永远是一种毁灭性的东西","总是具有一种毁灭的力量"。[③]

各种词语以及词语所表示的事与物像档案那样密集而整齐地排列,《0档案》呈现了个体生存与社会体制之间既对立又合谋的关系,其间的戏剧因素无可置疑。当新锐导演牟森1993年第一次看到尚未发表的《0档案》打印本时,就有着一种"直觉":"这首诗和戏剧有关,和舞台有关。"于是,决定将它搬上舞台。1994年5月8日,戏剧《零档案》由民间剧团"戏剧车间"在比利时布鲁塞尔"140剧场"首演。演出使用的语言是普通话,时长约70分钟。此后10年间,该剧在海外演出"近百场","为中国当代戏剧赢得了荣誉"。就诗歌文本而言,让导演牟森印象最为深刻是《卷六 表格》第

[①] 于坚:《谈谈我的〈罗家生〉》,见《于坚思想随笔》,陕西师范大学出版社总社有限公司,2010年版,第271页。

[②] 于坚、谢有顺:《于坚谢有顺对话录》,苏州大学出版社,2003年版,第167—168页。

[③] 于坚、谢有顺:《于坚谢有顺对话录》,苏州大学出版社,2003年版,第166页。

2节中那份洋洋洒洒的"物品清单"。那个年代该有的和不该有的东西,事无巨细,全都杂糅排列在一起,给人以强烈的"排列感、堆积感、冷静感、压迫感、熟悉感、陌生感、重量感""指向丰富,但是只可意会,不可言传",颇具"禅宗意义"。①

至于诗歌《0档案》与戏剧《零档案》之间的关系,据一位法国记者观察,诗歌本身如演出的中枢神经系统,错综复杂,像一堆随意拼贴的画,把人带入深奥的丛林,在行政结构的迷宫中迷失了方向。而美国华裔汉学家奚密则有着更为深入的见解与剖析。一方面,戏剧《零档案》补充并强化了诗歌《0档案》原本就想呈现的"现场"与"当下"的效果;"舞台的多元媒介和同时多线向的演出",无疑"丰富了原诗的意涵"。另一方面,两者之间更多的是有着许多"重要的类似之处"。首先,在呈现形式与语言方面,两者都"创造出陌生化的效果",以"非诗"和"非戏剧"的策略拓展了诗与戏剧的视野,增强了诗与戏剧的活力。其次,两者都采取修辞上、形式上以及动作上的一再重复,来"暗示人生的荒谬与虚无",从而"使读者、观众正视生存的无奈局限"。②

另外,鉴于"垮掉的一代"不仅仅是一场文学背反运动,而且还是一场影响深远的文化背反运动。笔者在这里愿意再拿出一些篇幅,以长诗《嚎叫》的电影改编为例,简要阐述"垮掉派"诗歌潜在的、类似于戏剧化的视觉化特质。

正如前文多次强调,在20世纪50年代麦卡锡主义语境之下,美国盎格鲁一致性主流价值观针对异质性话语的压迫与宰制已达到极端化地步。"垮掉派"诗人唯有与当时的爵士音乐家与前卫制片人等先锋艺术家共同努力,才能最终形成一股拒绝同流合污的反叛力量。由于这些先锋艺术家大多在"民族、政治与族裔背景以及宗教"等方面处于"白人、盎格鲁-萨克逊人与基督教教徒无所不能的霸权"之外,他们对于主流叙事一味"粉饰完美无瑕的美国梦"所做出的反叛性书写也就"更加令人信服"。③

2010年,电影《嚎叫》由罗伯·爱泼斯坦(Rob Epstein)和杰弗里·弗里德曼(Jeffrey Friedman)联合执导,美国"3W"(Werc Werk Works)影业公司出品。该片力图通过影视手法再现金斯伯格的长诗《嚎叫》的创作与出版过

---

① 牟森:《关于戏剧〈零档案〉——于小剧场戏剧30周年之际》,《艺术评论》2012年第12期。
② 〔美〕奚密:《诗与戏剧的互动:于坚〈0档案〉的探微》,《诗探索》1998年第3期。
③ Simon Warner. "The Banality of Degradation: Andy Warhol, the Velvet Underground and the Trash Aesthetic." In *Countercultures and Popular Music*. Eds. Sheila Whiteley and Jedediah Sklower. Surrey and Burlington: Ashgate, 2014:50.

程及其背后的精神历程。片中动画设计由动画设计师埃里克·杜克(Eric Drooker)担纲。

将打字等同于金斯伯格真实的作家身份并予以动态地呈现是影片《嚎叫》的中心主题。在对金斯伯格飞速打字创作诗歌《嚎叫》进行特写的画面中,打字机墨带开始呈现为纸上的文字,不过,这些文字在极速成形之后又飞快地转化为一个个音符、城市风景以及各种不同程度的城市狂热与苦痛的动画场景。在影片《嚎叫》中,影片制作人与诗歌《嚎叫》本身密切互动,通过采用"一些明亮的色彩"打造"动画卡通意象",这些意象"既是诗歌《嚎叫》的图解也是其对应性的复调产物",[1]因此,影片《嚎叫》可以说是一部主动介入诗歌《嚎叫》创作与阐释过程的先锋电影。

通过纪录片、照片、片段镜头以及档案重现的形式,影片《嚎叫》在金斯伯格通过打字机进行诗歌创作、诗人在1955年旧金山"六画廊"即兴朗诵《嚎叫》、1957年诗人接受采访以及同年诗人就诗集《〈嚎叫〉及其它诗歌》被指控犯有"淫秽罪"的旧金山庭审现场等场景之间自由切换。同时,影片还创造性地采用长时段的系列动画的呈现方式,来表现长诗《嚎叫》中的视觉意象。影片中那些视觉上的场景回放以及听觉上的诗歌朗诵等重现,都有着某种变幻不定的特质,这似乎与20世纪50年代美国先锋艺术家在创作时常常借助吸食致幻剂等毒品以增强艺术感受力与想象力的习惯有着莫大关系。

影片片头首先再现了金斯伯格在"六画廊"朗诵诗歌《嚎叫》的场景。接着,影片以"冥想爵士乐"(诗歌《嚎叫》的第四行中的语句)为触发点,切换到一个打字机的特写镜头以及如下字幕:"20世纪的第55年,还未曾发表过作品的29岁年轻诗人以一首有着四大部分的长诗呈现他对世界的憧憬。他把它称作……《嚎叫》。他的名字是艾伦·金斯伯格。"[2]随后,影片切换到诗人1957年接受采访的画面,然后又回到"两年前"的画面。此时,打字机再次出现,诗人金斯伯格通过打字机写下诗歌《嚎叫》的第一行:"我看见我们这一代最好的头脑被摧残",写在打字纸上的字母立刻变成一个个音符,然后又变为一系列的动画:先是一名赤裸的男子在爬行着,听到诗人金斯伯格以画外音的形式朗诵这一行诗句时,这名男子像是受到启发与激

---

[1] Judith Buchanan."Introduction Image, story, desire: the writer on film." *In The Writer on Film: Screening Literary Authorship*. Ed. Judith Buchanan. Basingstoke and New York: Palgrave Macmillan, 2013: 12.

[2] Rob Epstein and Jeffrey Friedman. *Howl*. Minneapolis: Werc Werk Works, 2010(本节未做注的引文均来自该文献).

励,似乎一下子有了生气。随着动画里出现一名正在打字的男子,观众又再次看到诗人金斯伯格打字的画面。

在同巴勒斯谈及长诗《嚎叫》中"打字机是神圣的"这一表述时,金斯伯格曾解释说:"打字机意象就是告诉作者需要写些什么。"[1]其后,金斯伯格在1959年对《嚎叫》整个创作过程进行回顾性阐释时还曾说道:诗歌的整个第一部分是一天下午"在打字机上疯狂地敲出来的""狂野句式与无意义的意象在脑海中奔涌联结",就像"萨克斯悠长的和声";我肯定克鲁亚克能听见这声音,因为这是在他那种富于灵感的散文诗的启发之下创作出来的,这是"真正的新诗"。[2]

事实上,一直以来,打字机都是金斯伯格进行诗歌创作的主要手段。金斯伯格曾撰文谈及他的诗歌与传统诗歌的不同之处:有"固定的诗行数和诗节形式"的传统诗歌一般都有着形式上的缺陷:"过分对称、呈几何图形、计数得预先确定",而他本人的诗歌则没有"固定的思维模式"。[3]在影片《嚎叫》中,打字机成了诗歌创作与电影呈现之间的一个有效媒介:高速地用打字机进行诗歌创作,体现了"垮掉派"诗人所看重的自发性创作模式。金斯伯格与克鲁亚克都是"垮掉派"诗歌的中坚诗人,而且两人关系非常亲密。由于金斯伯格是从1955年才开始创作《嚎叫》的,而早在1951年4月2日克鲁亚克就以他在1948年即兴创作的《在路上》草稿为基础,连续3周在一张长达120英尺长的卷轴打字纸上,用打字机快速创作出《在路上》手稿,[4]可以推测金斯伯格采用打字机进行即兴创作,很大程度上是受到克鲁亚克创作经验的影响。其实,对于克鲁亚克来说,他在20世纪50年代中期的写作就是一种"电影书"(Bookmovie),是"词的电影,视觉上的美国形式"[5]。实际上,金斯伯格和克鲁亚克这种类似于采用卷轴式的电影胶片进行电影摄制工作的诗歌即兴创作方式,可以很好地避免不必要的停

---

[1] Quoted in Jonah Raskin, *American Scream: Allen Ginsberg's Howl and the Making of the Beat Generation*. Berkeley, Los Angeles and London: University of California Press, 2004: 167.

[2] Allen Ginsberg. "Notes Written on Finally Recording Howl." In *Deliberate Prose: Selected Essays 1952 – 1995*. Ed. Bill Morgan. New York: HarperCollins, 2000: 229.

[3]〔美〕艾伦·金斯伯格:《"音乐调式变化,城墙随之震动"》,《金斯伯格文选:深思熟虑的散文》,文楚安等译,四川文艺出版社,2005年版,第260页。

[4] Marilène Phipps-Kettlewell. "Chronology." In *Jack Kerouac: Collected Poems*. Ed. Marilène Phipps-Kettlewell. New York: Literary Classics of the United States, Inc., 2012: 700–701.

[5] Jonah Raskin. *American Scream: Allen Ginsberg's Howl and the Making of the Beat Generation*. Berkeley, Los Angeles and London: University of California Press, 2004: 129.

顿,从而使得自己的创作思路不会轻易中断。

影片《嚎叫》所采用的多元化呈现形式(档案照片、动画、纪录片再现、庭审场景回放等)成为阐释金斯伯格诗歌《嚎叫》这本"电影书"的立体化手段。影片对于金斯伯格诗歌创作过程(打字的手以及人)的描绘,转化为由明亮而灵活的系列动画展现出的诗歌意象。影片不断地在诗歌写作/打字与诗歌朗读/表演之间切换,从而让诗歌朗读为影片提供了叙事线索,可以说,正是诗歌朗诵构建了整部影片的叙事框架。

作为一部成功的"电影诗歌",通过纪录片再现、档案文件以及庭审场景回放等一系列不同的呈现形式,《嚎叫》很好地打破了视觉与听觉之间的隔阂。可以说,正是影片中这些具有极大创造性意味、多元化的呈现形式,打破了诗歌与电影之间的界限。当诗一样的语言以字幕或者画外音的形式出现在电影中的时候,电影与诗歌随之相遇。

第二节 "垮掉派"诗歌与"第三代"诗歌中的诗歌形式解构

"垮掉派"诗歌在编排上,往往剑走偏锋、不合正统规范,前面章节中引用过的一些诗歌(特别是斯奈德的几首诗歌)已经有所反映。本节将结合费林盖蒂和克鲁亚克的诗歌编排做进一步说明。

费林盖蒂的长诗《心灵的科尼岛》(*A CONEY ISLAND of the MIND* 1958)单从诗歌编排来看,就极具视觉冲击力。全诗共29篇短章,每个短章的标题都采用数字标示,大多只占一页篇幅,几乎没有标点,字号偏小,诗行按意群断开,常排成犬牙交错状,没有一章是完全相同的排版。最后一章"29"最长,共59行,一眼看去,似乎严格按照传统诗歌的左对齐样式,整齐排列。但细看之下,59行诗句中没有断句标点,没有诗节,诗行之间似乎是为了"凑"够大体相当的字数而随意断开,絮絮叨叨,读后让人不免有精疲力竭之感。"14"[①]则以法国超现实主义画家马克·夏加尔(Mark Chagall)的某个梦幻画作为主题,加上犬牙交错的排版形式,显得颇为荒诞

[①] Lawrence Ferlinghetti.*A CONEY ISLAND of the MIND*.New York:New Directions Publishing Corporation,1958:29.

第四章 | "垮掉派"诗歌与"第三代"诗歌中的非诗化倾向

不经:

别让那马	Don't let that horse
咬那小提琴	eat that violin
夏加尔的妈妈喊道	cried Chagall's mother
但他	But he
仍继续	kept right on
画着	painting
出名了	And became famous
继续画着	And kept on painting
《马嘴叼着小提琴》	*The Horse with Violin in Mouth*
终于画完之后	And when he finally finished it
他跳上马背	he jumped up upon the horse
疾驰而去	and rode away
挥着小提琴	waving the violin
然后微微鞠下躬把它给了	And then with a low bow gave it
他经过的第一个裸体	to the first naked nude he ran across
没有琴弦	And there were no strings
在上面	attached

克鲁亚克诗歌也大多有着新奇的排版形式。可以说,克鲁亚克诗歌最为明显的后现代形式特征便是对诗歌空白艺术的自由发挥。与传统诗歌大体固定的排列形式不同的是,克鲁亚克诗歌似乎没有什么统一的诗行缩进规则或是固定的诗篇长度。①《杰克·克鲁亚克:诗合集》由242首短章构成,整部诗集很少有整首左对齐排版的诗歌,几乎找不到排版形式相同的诗歌,其多种多样的诗行缩进模式可谓精彩纷呈,常给人耳目一新之感。

先来看《短章38》②。该诗共有两个诗节,第一节用简单的诗行勾勒了这样一个画面:夜色中,一列火车"呜呜"前行,诗人早已是腰酸背痛疲惫不

---

① 如系列长诗《墨西哥城布鲁斯》中,最短的短章《短章11》("11th Chorus")只有7行(不计其中的10行空白),而最长的《短章227》("227th Chorus")则有31行。

② Jack Kerouac. *Jack Kerouac: Collected Poems*. Ed. Marilène Phipps-Kettlewell. New York: Literary Classics of the United States, Inc., 2012: 218.

堪。对面坐着一位母亲,耐心地抱着一名婴儿。婴儿整夜啼哭,最后,婴儿哭累了,在妈妈怀里沉沉睡去。眼前的景象勾起了诗人强烈的思乡之情,于是就有了下面的诗节:

那就是我的	That's how I
感——	fee—
觉——	eel—
就是那样	That's how
我感——觉！	I fee—eel！
就是**那样**	That's *how*
我感觉——	I feel—
就这么定啦！	What a deal！
是的我打算回	Yes I'm goin ho
回	o
家	ome

诗中,"那就是我的感觉"("That's how I feel")以不同的排版形式连续重复三次,其中"感觉"一词还两次写成"fee-eel"表示音调的延长,而"home"一词还分三行写成"ho/o/ome",再加上几次使用破折号,读来让人有种马上要被催眠了的感觉。如此独特的诗行安排让人不免想起坐火车时的那种单调乏味的枯燥之感。同时,诗人似乎表明,旅途劳顿,心灵好似啼哭不止的婴儿无所依傍,心心念念的家才是最后的港湾。但抵达之前,忍受旅途上一路的寂寞与烦躁,却是人生需要面对的不可或缺的功课。

《杰克·克鲁亚克:诗合集》中还常出现一词一行的柱形排列形式,如:

搞乱那些愚蠢的法条,惹怒	Upset the silly laws, anger
那	the
轻	hare
率	brain
的	bird
醉	of
汉	wine[①]

[①] Jack Kerouac. *Jack Kerouac: Collected Poems*. Ed. Marilène Phipps-Kettlewell. New York: Literary Classics of the United States, Inc., 2012:33.

第四章 | "垮掉派"诗歌与"第三代"诗歌中的非诗化倾向

"anger"后面的词垂直地排在正下方,每行一词。这首诗共27行,没有分节,讲述了类似美国"低俗电影"(B-movies)中一位"伪英雄"(Heroing Man)的幻想。上列诗行出现在该诗的中间位置,是这位伪英雄所设想的"盗窃委员会"(The Larceny Commission)将会做出的一系列反应的最后一个。就像过山车一样,一连7个词垂直落下,似乎是要强化盗窃委员会的抓狂表现,以反衬这位英雄的"气概",充满了反讽意味。

《短章11》("11th Chorus")全诗共4节,却只有7行文字:

布朗写过一本书名叫	Brown wrote a book called
《白与黑》	The White and the Black
被催眠了的城市	Narcotic City
醒来	switchin on
天使降落——	Anger Falls——
(乐手停下,	(musician stops,
在台上思索)	brooding on bandstand)[①]

诗中,第3、5行中的单词各字母之间都空有一格,似乎是为了放慢诗歌节奏,以便更加契合诗中城市被催眠、天使在降落这样的情景。似乎只是某种背景,最后一节被放在括号之中,而且与前面的诗行之间还有着十行的留白。诗中的乐手(或许是诗人本人)似乎处于吸毒之后的自发性想象状态:他"看"到"天使"经过漫长的时空,静静地缓缓地"降落";最后,作为背景的乐手想要演奏,但还没开始,却已在演奏台上思索开了。全诗似乎是在描画一种狂喜前的静态画面,但这种静态又似乎处于随时都可能爆

---

① Jack Kerouac.*Jack Kerouac：Collected Poems*.Ed.Marilène Phipps-Kettlewell.New York：Literary Classics of the United States,Inc.,2012：10.

187

发的态势之中。

《短章16》("16th Chorus")①是克鲁亚克最具后现代性形式创新意味的诗歌之一。全诗如下：

桑塔亚娜意指	Santayana meaning,
神圣之载体	holy vehicle,
乌诺——	Uno—
一个十字架	One Cross
一条大道	One Way
一片虚空朝向	One Cave inward
下方	down
直到	to
月亮	moon
闪耀的精华	Shining essences
在繁星满天中	of universes of stars
化为粉末	disseminated into powder
和尘土——	and dust—
闪光	blazing
在前行中	in the dynamo
我们的思索	of our thoughts
在臆想的	in the forge
月中	of the moon
在六月	In the June
有黑虫	of black bugs
你床上	in your bed
尘土中	of hair earth

全诗(共4节22行)犹如再现一曲时急时缓的爵士乐。第一节第4、5、6行(One Cross/One Way/One Cave inward)都缩进3个字母，形成柱形排列，一连3个"One"垂直而下；第7、8、9行每行一词(down/to/moon)，垂直排在"inward"下方。由双词柱形排列到单词柱形排列，诗风轻柔而绵长，诗人

---

① Jack Kerouac. *Jack Kerouac: Collected Poems*. Ed. Marilène Phipps-Kettlewell. New York: Literary Classics of the United States, Inc., 2012: 13–14.

似乎已经定下探寻之坚定决心。在第二和第三节中,每行都比它的上一行少缩进两个字母,形成朝左的下行楼梯造型,由于读者的阅读习惯是由左到右,这种排列无疑会让读者不自觉地加快阅读速度,就像乐手加快节奏,听众自然就有快节奏的感受。诗人左冲右突,急切地寻找,最终似有开悟:"我们的思索/在臆想的/月中"(of our thoughts/in the forge/of the moon),"月"有"完满"之意,但完满的意义又是虚幻的,寻找似是徒劳。最后一行"月中"开始变奏,多缩进了四个字母,预示了最后一节的反转。最后一节,诗风趋向缓和而平稳,楼梯型排版朝向了右边,且每行都是三个单词,喻示着诗人的创作心境归于平静。从诗歌内容来看,第一节中,为了能从内心深处(inward/down)挖掘意义的奥秘,诗人提到理解意义的三大"神圣之载体"(holy vehicle):天主教的"十字架"(Cross),道教的"道"(Way)和佛禅的"虚空"(Cave)。第二、三两节提及多个意象:宇宙("universes")、星星("stars")、粉尘("powder""dust")和月("the moon"),这些意象显示了诗人对意义的渴求以及寻找之艰难。最后一节中,开悟了的诗人似乎回归并接受并不完美的现实:以"尘土"(hair earth)为床,床上是些"黑虫"(black bugs)。

《午夜老天使 54》("Old Angel Midnight 54")①的形式创新也深具后现代性意味。且看诗歌第一节的编排:

<pre>
         吱   peep
        吱吱   peep the
       鸟之泪   bird tear the
      哀鸟悲鸣   sad bird drop heart
     黎明尤未望   the dawn has slung
    鸟羽独自低垂   her aw arrow drape
   嘶嘶鸣叫唤晓日   to sissfoo & made eastpink
  不见涟漪人昏昏然   dink the dimple solstice men
 这样她也就倦了睡了 crut and so the birds go ttleep
现在二只三只四只五只 and now bird number two three four five
六只七只七百万只鸟归巢 sixen seven and seven million of em den
死寂山峰喧闹了鸟儿吱吱叫 dead bens barking now the birds are yakking
        ……   …
</pre>

---

① Jack Kerouac. *Jack Kerouac: Collected Poems*. Ed. Marilène Phipps-Kettlewell. New York: Literary Classics of the United States, Inc., 2012:514.

全诗共四节,兴之所至,少有标点,两处用符号"&"代替单词"and",句法、词法混乱,还有不少拟声词(如peep,crack,ding,dong)穿插其间,有明显口语化倾向(如go to sleep写成"go ttleep")。排版上打破了传统诗歌左对齐模式,如第一节诗歌主题部分,形似宝塔,像是能围绕中轴线旋转一般,给人以视觉上的冲击。第二节共5行,位于中轴线右边,每行依次多缩进一个字母。第三节共3行,中轴线右边,左对齐排列。最后一节仅一行,恢复中轴线对称排列。全诗读来像是一次视觉和听觉的历险。正如马拉美(Stephané Mallarmé)所分析的那样:诗中

没有故事……从诗歌的设计来看,它是诗人高声吟诵之作,是一首配乐诗。诗歌主体部分与其他部分字符排列的差异显示了口语表达的重要性;字符排列的位置(中间、顶端、或者页面底端)显示出了声调的起伏变化。①

就诗歌形式上的解构而言,"第三代"诗歌有过之而无不。可以说,从诗歌史的角度来看,"第三代"诗歌形式上的解构具有更大的冲击力。毕竟,在"垮掉派"诗歌之前,美国诗歌史上已经出现过不少排版奇特的现代主义诗歌。②比较而言,中国是诗歌大国,有着更为悠久的诗歌历史传统。而从整体上看,因为要讲求平仄押韵,古典诗歌在形式上大都显得整饬有度。"五四"新诗运动以来,新诗在诗歌形式上因为受到西方诗歌的极大影响,以诗节的形式分行排列,不再固守平仄传统,押韵也没古典诗歌那么严格复杂。不过,分行书写虽然打破了古典诗歌整饬的排列形式,但新诗仍保留着明显的内在韵律,书写也就相应地要符合一些约定俗成的规范,比如左对齐、按照意群分行断句、句末押韵、辅以必要的标点等。

与这样的传统大相径庭的是,"第三代"诗歌在形式上颇具创新与背反精神,创作了大量断裂式的诗歌实验作品。不少"第三代"诗歌文本或者把语言编成图案,或者直接在诗歌文本旁边画一些神秘的图案,抑或是将不同字体或字号的文字混用杂糅,这些都使得这类"第三代"诗歌的非诗化倾

---

① Stephané Mallarmé.*Selected Poetry and Prose*.Ed.Mary Ann Caws.New York:New Directions Publishing Corporation,1982:105.
② 比如,美国诗人E.E.Cummings(1894—1962)广为人知的诗歌"A Leaf Falls Loneliness"将"a leaf falls"放入小括号中并置于"l"和"oneliness"之间,进行纵向排版(每个诗行1到5个字符不等),一片飘然落下的枯叶对应的恰是诗人的孤寂的情感。事实上,他的另一首诗"[r-p-o-p-h-e-s-s-a-g-r]"更为极端:大小写混用,定冠词与不定冠词连用,小括号、冒号、逗号、感叹号随意添加,俨然是一片乱码(参见姜春兰、高广文:《新编英美文学选读:小说·诗歌·戏剧》,西安交通大学出版社,2016年版,第260页)。

向尤为明显,给人以强烈的视觉刺激和鲜活的阅读感受。这类诗歌,在受到读者质疑其诗歌属性的同时,无疑也在悄然扩大诗歌属性的边界。

1986年,《深圳青年报》和《诗歌报》联合举办"现代诗群体大展","第三代"诗歌首次得以集体亮相,流派纷呈,蔚为壮观。诗文杂选集《中国现代主义诗群大观1986—1988》是这次"大展"最为重要的成果之一,具有总结性意味。仅从诗歌编排来看,不少深具后现代实验特质的诗歌不免让人印象深刻。先来看朱凌波的《椅　　子》[①]的第一节:

远处
　　一把椅子
　　　　金 光 闪 闪

这不是一把普通的椅子,而是人人都想坐一坐、泛着金光的"椅子"(题目中,"椅子"二字之间还特地空出两个字的距离)。三行依次缩进排列,暗示"椅子"在"远处",预示着理想对于世人的显现与召唤力量;"金光闪闪"分散排列,在阅读和视觉意义上都给予了强调。第二、三节述写了人们为了追寻理想的"金光闪闪"的椅子,到头来却发现:"除了一颗可以转动的头外/全成了椅子"。然后是第四节:

(多么怀念　椅子前期的自由啊)

此节作为插入成分被置于括号之中,似乎是在表明,人们对于先前追求"理想"却失去自由这一做法开始有某种遗憾心态。但情况又并非如此简单。第五节中,诗人又不无感慨:"头　在椅子顶端　尖声高叫/不要上当了　亲爱的人们",然而,

那把椅子　　依旧　金
　　　　　　　　　光
　　　　　　　　　　闪
　　　　　　　　　　　闪
人流　继　续　涌　来

此处,"金光闪闪"阶梯式的排列无疑有着强调意味,而"继续涌来"分散

[①] 徐敬亚、孟浪等编:《中国现代主义诗群大观1986—1988》,同济大学出版社,1988年版,第482页。

排列,则进一步强化了人们对"理想"的执着追求,足见其强烈的规训意味。

"大展"中,有诗人甚至独自称派,发布了一些堪称"极品"的宣言和诗作,如吴非自称是"主观意象派"。当然,这里的"意象"绝不是一般意义上的意象,吴非所谓的"象"是指"诗人被分裂的人格",不存在任何"质感",因而充满着超越语言"规范性"的"偶然性";就像人"在生活中游戏"一样,诗人是"在文字中游戏"。[①]由此,吴非创作了许多充满强烈视觉冲击的"游戏"之作,如《运气》(1985)[②]:

> 伸
>   不
>   直
>   懒
>   腰
>   生
>   你
>   湿
>   了
>   的
> 赛场地上去你时间的暴死火
>   星
>   是
>   足
>   尖
>   走
>   动
>   时
>   声
>   音
>   走
> 过

(自注:中间一字为"火"与"死"的重叠)

---

① 徐敬亚、孟浪等编:《中国现代主义诗群大观1986—1988》,同济大学出版社,1988年版,第242页。
② 徐敬亚、孟浪等编:《中国现代主义诗群大观1986—1988》,同济大学出版社,1988年版,第240页。

这种阶梯式排列看上去就像是"你""伸不直"的"懒腰",而且隐隐约约似乎还能听到"你"踮着"足尖"下楼的"声音"。如该诗所言,"你"似乎指的就是"时间",而赛场上比拼成绩,时间本应该是金贵的,却被说成"暴死"。"火"本是跳动、给人以希望的,却是"死"的。踮着"足尖"行走本该是静悄悄的,读者却分明能听到或者感觉到足尖走动的"声音"。所谓的"诗"变成了充满着悖论的文字游戏。

又如《过程》①(1986):

```
            那
               被你街景
                  斜靠
                   在
                  角 色
                                （就）
                  血       管流
                  管
       放  阵  子  上  流过时
                  发            着的
                                 一
                                 把
                                 把
                                 把
                                 去
```

全"诗"随意断句,任意省略,横竖交叉排列,或长或短,语调变化不定,或急或缓,读起来让人不知所云,看上去则犹如一幅后现代拼贴画,其画风也显得神秘无解。联系题目来看,这些似乎就是诗人希望达到的效果:一切都在过程之中,无因果,无中心,随意播撒。

就诗歌形式解构方面,于坚诗歌中的断句和长诗行有着独特的价值和意义。也许是幼年时听力受损的原因,于坚"习惯于把一行诗分割为若干个片段和部分",从而使得诗歌中的"词和词之间、词组和词组之间以及段落和段落之间"的语音和语义产生大量"断裂和不连贯性"。② 因而,从句式

---

① 徐敬亚、孟浪等编:《中国现代主义诗群大观1986—1988》,同济大学出版社,1988年版,第241页。
② 霍俊明:《于坚论》,作家出版社,2019年版,第43页。

上看，于坚诗歌有一个非常显著的特点，即频繁地用空格代替标点符号来断句。这一断句方式在《0档案》中有着集中呈现："句子没有标点符号，代之以空格；这是于坚为传统意义上的琐碎和庸常留出的空白。"①

事实上，《0档案》1994年在《大家》创刊号上发表之后，一直备受争议。据于坚回忆，《0档案》在全国范围受到的批判"持续了10年之久"，"国家文学史"也"总是对这个作品保持沉默或者轻描淡写"。②在读者和批评家眼里，该诗打破了诗歌惯有的语言特征和呈现形式，是非诗甚至是反诗的，而其中一个重要原因就是，该诗的断句与分行方式过于前卫。全诗除了少量的引号、冒号和小括号之外，基本上没有使用标点，大多是通过占一个汉字位置的空格来断句。而对于分行方式，该诗则展示出"对常规断行做法的双重不满"：一方面，"超过了每行的'正常'长度"，另一方面，"又通过使用行内短语以及短语之间的停顿，解构了'行'的概念"，因此，若按照正常的诗歌排版规范来排，"诗行显得过长，短语又过短"。③从读者的角度来看，《0档案》中很多诗行"好像根本不愿断开，宁愿是没有尽头的循环"④，每一行读来似乎要等很久才遇到断句。读者不妨试着读一读下列随意抽取的一小段诗行：

那黑暗的　那混沌的　那朦胧的　那血肉模糊的一团
清晰起来　明白起来　懂得了　进入一个个方格　一页页稿纸
成为名词　虚词　音节　过去式　词组　被动语态
词缀　成为意思　意义　定义　本义　引义　歧义
成为疑问句　陈述句　并列复合句　语言修辞学　语义标记
词的寄生者　再也无法不听到词　不看到词　不碰到词
一些词将他公开　一些词为他掩饰　跟着词从简到繁　从
肤浅到深奥　从幼稚到成熟　从生涩到练达⑤

可以说，这类循环式的诗行在该诗中比比皆是。诗行的断开与持续似

---

① 〔荷〕柯雷：《精神与金钱时代的中国诗歌：从1980年代到21世纪初》，张晓红译，北京大学出版社，2017年版，第27页。
② 于坚：《答朱柏琳女士问》，见《于坚诗学随笔》，陕西师范大学出版总社有限公司，2010年版，第195页。
③ 〔荷〕柯雷：《精神与金钱时代的中国诗歌：从1980年代到21世纪初》，张晓红译，北京大学出版社，2017年版，第186页。
④ 〔荷〕柯雷：《精神与金钱时代的中国诗歌：从1980年代到21世纪初》，张晓红译，北京大学出版社，2017年版，第231页。
⑤ 于坚：《0档案》，见《我述说你所见：于坚集1982—2012》，作家出版社，2013年版，第198页。

乎并没遵循任何固定规则,而此时,穿插于诗行中的空格就显示出重要的价值与意义。试想,这种没有标点的、循环式的诗行如果再没有空格来显示句读的话,读者根本就没有什么喘息的机会。实际上,相较于逗号、句号等常规性的句读符号,以空格来断句的意义在于:空格没有常规标点符号那种"减慢和终止语词动力的效用",因此,"词语的意义不会闭合","也不会具体化";与此同时,空格让读者"有了与语词真正保持距离的空间",从而让读者在阅读的过程中有了"片刻沉思的机会",但由于"这沉思在本质上是没有结论的",因而它"这并不会打断或终止读者的'阅读流'"。[①]可以说,《0档案》的文学与文化价值恰恰在于,该诗"正是以极端个人的方法来写一个极端非个人——或者说'去个人化'的经验,以最个人的方式来揭露、讽刺最贫乏空洞的存在"[②]。进入20世纪90年代之后,于坚诗歌的诗句长度和诗行数普遍都有大幅增长。长诗《飞行》(1996年初稿;2000年定稿)[③]洋洋洒洒22页,而《事件:结婚》(1997)[④]中最长诗行的字数竟高达111字之多。

  这种视觉上的非诗化现象在"非非主义"诗人那里也多有呈现:"词语虽然作为构造诗歌文本的材料,但指称对象在词语拥挤的堆砌状态中退场了,词语只是作为生成语言图案的元件才被诗人反复使用。"[⑤]如蓝马的《某某》[⑥]直接以乐谱入诗(共四行乐谱,都配有让人捧腹的文字说明:如"啊 拉 巴 恩 里 恩 蒙")。诗的开头便是一行乐谱:

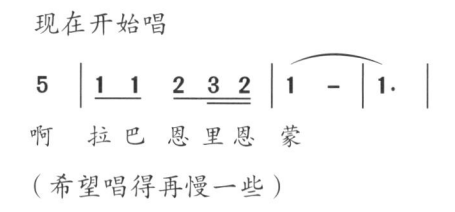

现在开始唱

5 | 1 1 2 3 2 | 1 — | 1.

啊　拉 巴　恩 里 恩　蒙

(希望唱得再慢一些)

  再来看蓝马的另一首诗歌《六八四十八》中的第一小节:

[①](荷)柯雷:《精神与金钱时代的中国诗歌:从1980年代到21世纪初》,张晓红译,北京大学出版社,2017年版,第233-234页。
[②](美)奚密:《诗与戏剧的互动:于坚〈0档案〉的探微》,《诗探索》1998年第3期。
[③]见《我述说你所见:于坚集1982—2012》,作家出版社,2013年版,第74-95页。
[④]见《我述说你所见:于坚集1982—2012》,作家出版社,2013年版,第133-138页。
[⑤]胡安定、肖伟胜:《"非非主义"反文化游戏及其价值重估》,《社会科学研究》2007年第6期。
[⑥]蓝马:《某某》,见《打开肉体之门——非非主义:从理论到作品》,周伦佑选编,敦煌文艺出版社,1994年版,第76-78页。

站

与

不

站　或者坐着 或者根本不坐

都　只打开一本书 看与不看都无关要紧

是　通篇不过是文字文字　尔尔　尔尔

一　也可看看"茫茫天涯路"这种说法

样　跟着音韵沉吟一遍。然而扬长而去，嘀嘀咕咕，尔尔尔尔

诗歌充满着不确定性（"或者坐着 或者根本不坐""看与不看都无关要紧"），语气戏谑轻蔑（"通篇不过是文字文字　尔尔　尔尔""然而扬长而去，嘀嘀咕咕，尔尔尔尔"），再加上给人以强烈视觉冲击的L形编排，诗人似乎是在故意搅乱读者的思维定式，消解理性中心主义。作为"非非主义"诗派"前文化"理论的创立者，蓝马认为"非非主义"诗歌的创作原则是超语义写作，即，"超过语义障碍，透穿文明人类已有的文化人格"，以便"激活先验的本来智能"并进而"实现生命个体之间前文化领域的沟通与呼唤"，这一过程"相当于禅宗的'以心印心'、'以心传心'"。[①]可以说，蓝马诗歌基本上都是其解构性理论的验证性实验之作。

即便是单从视觉意义来看，周伦佑的一些诗歌可以说是"第三代"诗歌非诗化倾向的绝佳体现。大体上，周伦佑的后现代诗歌实验可以说是从《十三级台阶》（1986）[②]开始的。该诗分为13节，第1节只有1行，顺次递加，直到第13节是13行，为了每行末尾不留标点以便排成阶梯状，节与节甚至是行与行之间大都从句中强行断开，如：

5

那一掌好重。局外人的脸上也印下了指痕。台阶
即是祭坛。走上去就别想下来。别想自由自在地跳
跃。交叉的目光把你抽打成斑马。你变得温驯而多疑
落日浑圆。天空随心情忽高忽低。总走不出裸麦的条纹
苦艾自焚之夜。你骑一声虎啸而来。所有的城门挂满人头

[①] 胡亮、蓝马：《蓝马："前文化"·非非主义·幸福学——蓝马访谈录》，《诗歌月刊》2011年第12期。
[②] 周伦佑：《周伦佑诗选》，花城出版社，2006年版，第85—88页。

可见,仅从排列方式来看,这首诗就颇具后现代诗歌意味。再结合相应的内容来看,此诗所展示出的怀疑与消解意味则更为明显:"台阶/即是祭坛。走上去就别想下来。……/交叉的目光把你抽打成斑马。你变得温驯而多疑";进教堂祈祷便意味着你要"点燃手指",成为第七座烛台",意味着献出自己的肉身,成为宗教信仰的牺牲品;先要上得"台阶",才能认识、了解并质疑这些"台阶",之后,还得下来,诗人以"走下十三级台阶。你已不再是语言的人了"为全诗作结,足见其消解语言及其价值的决心了。

与传统诗歌不同的是,后现代诗歌"不再是工整严谨的诗艺作品",而是"散文、引文以及包含了一系列话题和兴趣的诗行的拼凑"[1]。周伦佑的万字长诗《头像》(1987)[2]将图像(简笔画)、散文、童话甚至是音符组合为一个互文性文本。"头像第一稿"中,画图人"你"虽然"从未画得这样痛苦",但还是依次将脸、耳、眼、嘴和鼻都画出,构成一张完整的面孔(只是左眼被倒着画到了鼻孔旁边);"头像第二稿"中,画图人因为"总觉完美得沉重",遂去掉了双耳;"头像第三稿"去掉了双眼;"头像第四稿"去掉了嘴和鼻;"头像第五稿"去掉了脸,于是"空空如也"。在画图人"你"看来,脸、耳、眼、嘴和鼻所构成的"完美无缺的头"本就是"一种幻觉",各要素也都是一个个空洞的能指,毫无存在的必要,因而都可以不用画出。及至最后一稿,所有虚幻的所指最终只能是随着一串音符于空中飘散罢了:

◀ 1 2 3 4 5 6 7 ▶
　 多 来 梅 花 少 那 些

空空如也

《头像》的创作过程颇为艰苦,周伦佑"三易其稿"才最终定稿,而对于这首具有强烈消解性主题的实验之作,诗人本人也相当看重:

这首诗的新奇首先是题材,这是中外诗人没有涉及过的,写一个画家画一幅头像,画五稿便构成五章;再就是结构:通过五稿,逐渐消减,到完稿时便完成了对主体的取消。……最后,"数典忘祖"、"六亲不认"、"无法无天"、"离心离德"、"自暴自弃"五个小段落,更把全诗引向了更深度和更彻

---

[1] 〔美〕维克多·泰勒、查尔斯·温奎斯特编:《后现代主义百科全书》,章燕、李自修等译,吉林人民出版社,2007年版,第362页。
[2] 周伦佑:《周伦佑诗选》,花城出版社,2006年版,第139-154页。

底的消解：包括画家本人（作者）的取消。终于完成了全诗的意象：主体的消解！[①]

以上这种消解姿态在《自由方块》[②]中更是达到极致。对于中国传统文化与主流意识形态话语以及西方理性中心主义与霸权话语等一切价值观体系，《自由方块》似乎一律予以质疑与解构。诗中，各种亚文体叙述互为杂糅，形成一种"体类混杂"的狂欢化效果：国际时事、名人轶事、经过戏谑性改写的古典诗文与经典哲学语录以及童话等都似乎无所不包地汇聚一起，互为碰撞、激荡与消解。事实上，这种"体类混杂"的"非诗化写作"自有其独特的价值和意义，有西方学者还曾给予高度重视与积极评价："题材陈腐与剽窃，拙劣的模仿与东拼西凑的杂烩，通俗与低级下流丰富了表现性。……持续性与间断性，高层文化与低层文化交汇了，不是模仿而是在现在中拓展过去。在那个多元的现在，所有文体辩证地出现在一种现在与非现在，同与异的交织中。"[③]

从语言来看，作为一次张狂的语言历险，《自由方块》最大限度地体现出了"第三代"诗人对于固有语言符号系统所普遍持有的那种不信任感，因而对既有的诗歌语言传统构成了极大挑战与颠覆姿态。为了打破非此即彼式的语义系统，《自由方块》常常使用语义缠绕混杂的句式，在分拆错位中不断解构，解构之后又不断重建，"始终在各种不可调和的境况和主张之间摇来摆去，以追求一种全面开放的共时态经验"[④]。譬如，《动机Ⅱ 人称练习》就有如下诗行："他迷入花道。我精于烹茶。你志在山水/插花的是你。品茶的是他。我去散步。随便走走/看看山。看看水。看看早晚不同形状的云/……/我喜欢滑雪。你喜欢网球。他喜欢射箭/赏雪的是他。破网的是我。你演习射术"[⑤]，这些诗行读来不禁让人哑然失笑，其确切而具体的关注点到底在哪里，也许连诗人自己都一时难以确认。诗人似乎是在借此表明，这世界本就如此纷繁复杂，到处都充满着不确定性，正所谓"你说李白酒后看见月亮是蓝的。他说月亮/比李白还白。我认定月亮是某种形态。怎么打磨都是方的"[⑥]。

[①] 周伦佑：《反价值时代——对当代文学观念的价值解构》，四川人民出版社，1999年版，第104页。
[②] 周伦佑：《周伦佑诗选》，花城出版社，2006年版，第124—138页。
[③]〔美〕伊哈布·哈桑：《后现代景观中的多元论》，见《后现代主义文化与美学》，王岳川、尚水编，北京大学出版社，1992年版，第129页。
[④] 李振声：《季节轮换》，学林出版社，1996年版，第73页。
[⑤] 周伦佑：《周伦佑诗选》，花城出版社，2006年版，第126页。
[⑥] 周伦佑：《周伦佑诗选》，花城出版社，2006年版，第127页。

读者或许不屑于《自由方块》这种"非诗化"的语言表达方式,但在读者质疑其诗歌属性的同时,《自由方块》其实早已于无形之中撩拨着读者对经典语言系统过于依赖以至于达到麻痹状态的神经。"我读无书","他说你说我说他说我说你说他说你什么也没有说"——通过这类言"空"述"无"式的"无用"之语,诗人试图对既有的语言秩序发起一场语言"暴动",将模式化语言连同读者与作者一起悬置了起来。

同这种语言相匹配,《自由方块》的编排也颇有让人眼花缭乱之感:句与句、节与节常常被强行打断,排成大小不一、形状各异的语言方块(有一个页面居然排列了6个文字方块。假如没有平面空间的限制,诗人也许真会用语言创造一个立体魔方);同一页面上的字体、字号常常各有差异;标点符号的使用常常不合规则,小括号常常只有一边;三处配有说明文字的简笔画(但文字与简笔画之间似乎根本没有联系);两处配有文字环绕的"十"字形图案。

先来看第一部分《动机Ⅰ 姿势设计》的第一段,这也是全诗最长的一个语言方块:

> 姿势是应该考虑的。就像仕女注意自己的表情。比如笑不能露齿。比如目不许斜视。皮尔·卡丹选你作时装模特儿。你按现代标准重新设计自己。坐如钟。夜半钟声到客船。你不在船上。在宝光寺数那些数不完的罗汉。面南而坐。面壁而坐。皆是圣人的坐法。你不是圣人。不想君临天下。可以坐得随便一些。任意选一个蒲团,或想象古代的某一位隐士。或模仿一只猴子。古来圣贤多寂寞。坐为悟道之本。你不坐便不学无术。孔子坐而有弟子三千。芝诺坐然后发现飞矢不动。阿基里斯永远追不上乌龟。而你看见杨朱做得像一朵花无风也摆动。引来三五只蝴蝶。……[1]

围绕坐姿,诗人完全打破时空的界限,将仕女、皮尔·卡丹、罗汉、圣人、隐士、猴子、孔子、芝诺、阿基里斯、乌龟、杨朱、蝴蝶等诸多或神圣或世俗的人、事、物统统密集地放到了一起,物象庞杂,语言戏谑,语气幽默,消解意味突显。

再来看下面的编排:

---

[1] 周伦佑:《自由方块》,见《周伦佑诗选》,花城出版社,2006年版,第124页。

"垮掉派"诗歌与"第三代"诗歌后现代性比较研究

```
你说她心慌意乱一开始就踏错舞步         腰的她搂紧就来上养教乏缺你说她
你说她恭维你眼睛小但有男人气概         力魅性女有但黑肤皮她承奉你说她
你说捉住她像捉住一只馋嘴的野猫         熊棕的笨呆只一住逮如你住逮说她
你说她靠近你脸滚烫有点初恋那种         手新场情个是抖颤在她住抱你说她
你说男女之别在于语言她闭上眼睛         运命信相你然偶靠全好之年百说她

                  你们彼此动 心  动此彼们你
                  你们彼此动 情  动此彼们你
                  你们彼此动 嘴  动此彼们你
                  你们彼此动 手  动此彼们你
                  你们彼此动 脚  动此彼们你

物阳种那的中象想你是不他现发             他感觉你缺乏少女应有的那种激情
龄年实真的他了瞒隐你向他疑怀你           他怀疑你和父亲或谁有过暧昧关系
觉错的感情是他于情钟初当你说你           他说他那时迷上了你是历史的误会
足不高身病毛的他剔挑始开你说你           他说他逐渐发现你的缺陷丰满有余
调单的样那是总抱拥次一每到感你           他觉得每一回的接吻总是这么生硬①
```

仅从诗歌排列来说，五个语言方块围绕一条由加粗的汉字（心、情、嘴、手、脚）构成的中轴线作对称排列，似乎可以无限旋转。阅读之时，读者的目光都是由左右两边向中间移动，"心、情、嘴、手、脚"占据着中间方块的中轴线位置，又都同"你们彼此动"左右相连，突显了男女之间"从相恋到相厌"这一过程。上面两个方块和下面两个方块两两对照，形成互文性参照：男女角度不同，结论相异相离。从内容到形式，诗人似乎都在暗示，一切意义或"美好"都在不确定之中。

这一"不确定性"主题在诗歌结尾处得到了反复强调。先来看这一节：

```
                       在
  你画一个十字给新娘跳   婚    你画一个十字给新郎跳
                       礼
                       上
```

```
       定 呢                         左 右   ②
     确   上 跳                    左   跳   怎
   么———————————                 跳———————————么
     怎   跳 下                      跳   右   确
         下 上                           呢   定
```

---

① 周伦佑：《自由方块》，见《周伦佑诗选》，花城出版社，2006年版，第131—132页。
② 周伦佑：《周伦佑诗选》，花城出版社，2006年版，第137页。

乍一看,诗人似乎是要通过视觉上的对称效果来打造一种理性的稳定结构:中轴线"在婚礼上"纵向排列,粗体书写,以示强调;给新郎、新娘画的两个"十"字形图案分列两边,图案外围都用汉字构成两个对称的文字"弧线",图案内部,"跳"与"跳","上"与"下","左"与"右"两两斜线相对。但当这种构图稳定的对称结构被配上表示不确定性的说明文字之时,荒诞感便油然而生:视觉上的对称感受显得极不可靠,保持所谓的稳定结构似乎只能是徒劳。

下面是全诗的最后三节:

——你没有从哪里来。　　(我们从哪里来?
——你什么也不是。　　　(我们是谁?
——你不到什么地方去。　(我们往何处去?

我吃故我在。
如此而已。

(在台阶上静坐。绕着圆顶转圈。没
有进出的门。你坐下再也不想起来了)①

这里,第一节中的"否定+疑问"句式给人以极强的荒诞感:人的过去("从哪里来?")、现在("是谁?")和将来("往何处去?")似乎都是理性难以掌控的,因此,人处于"不确定性"之中。鉴于此,诗人只有抛弃理性和意义,转而强调听上去根本算不上"美好"或"理想"的**我吃故我在**了。诗人似乎决意回到哪怕是不太美好的日常生活。作为按语被放在括号里面,最后一句读来感觉像是画外音。诗人到最后还在做着到达美好的理性和意义之地("圆顶")的努力("转圈"),但终不成功,于是,诗人只有放空自己,放下执着,归于"禅坐冥想"之状态。

总之,"第三代"诗歌常常采用一些夺人眼球的编排形式、随性武断的句式以及任意割裂的句读,恣意冲击着传统诗歌或抒情或载道的创作与言说模式。通过一些深具创造力且给人以极大视觉冲击力的语言架构,再现日常生活中的一些偶然性事件与碎片化思维,"第三代"诗歌在新诗史上造就了大片的妄语飞地。板结化的诗歌语言被砸碎,一体化的言语霸权被颠覆,语言以及由语言写就的诗歌都俨然变动不居、不甚确定了,而个体诗人的主体性创作潜力却得到了有效拓展。自此之后,诗歌创作中的所谓传统

---

① 周伦佑:《周伦佑诗选》,花城出版社,2006年版,第138页。

与定式不再是自在自为、理所当然的,诗歌的创作与阅读也就"有可能不断成为一种发现,一种把存在的一切真正作为美加以发现的心智活动"①。"第三代"诗歌对诗歌形式的多元化探索极大地丰富了新诗的表现样式,从而为新诗开辟了新的言说空间。

事实上,深受"第三代"诗歌影响的伊沙也曾写过一首几乎是"无字天书"②的诗歌文本:

老狐狸

(说明:欲读本诗的朋友请备好显影液在以上
"空白"之处涂抹一至两遍《老狐狸》即可原形毕露。)③

读这首"诗"就好像猜谜,但除了题目与充满戏谑意味的"说明"可以看作是谜面之外,剩下的就是题目和"说明"之间的满页空白,这在给人以视觉冲击之余,不能不让读者狐疑:谜底何在?据伊沙所说,还真有"不下五位"读者来信大呼"骗人":用显影液又涂又抹,就是没见老狐狸"原形毕露"④。也许,读者的这种反应正是诗人所想看到的:写诗就像做游戏,不是非要有"意象""价值""意义"甚至"语言"等所谓的诗歌要素。"诗"即"游戏",如此而已。

第三节 "垮掉派"诗歌与"第三代"诗歌中的诗歌语言解构

在利奥塔看来,反对以统一性与整体性为原则的现代主义理念的"真正的潜在力量",并不是人们眼中"相应的道德-政治态度",而是"语言的异质性本身",而且,这种异质性"不仅是多元性的理由和多元性的展示手段",也是"多元性的真正的实行者"。⑤

---

① 李振声:《季节轮换》,学林出版社,1996年版,第202页。
② 据诗人自述,此诗初稿"除了标题,下面未置一字",只是后来重读时感觉"人为的痕迹太重",这才在"空白"的底端加上如下两行文字予以"说明"(参见伊沙:《为阅读的实验》,《东方艺术》1997年第5期)。
③ 伊沙:《饿死诗人》,中国华侨出版社,1994年版,第102页。
④ 伊沙:《为阅读的实验》,《东方艺术》1997年第5期。
⑤ 〔德〕沃尔夫冈·韦尔施:《我们的后现代的现代》,洪天富译,商务印书馆,2004年版,第371页。

总体而言,为了表现自己主动而激进地拒绝与麦卡锡主义同流合污,从而实现自我解放与个性自由的先锋态度,"垮掉派"诗人一般在诗歌创作中创造性地使用日常生活语言,以便直呈最简单而又噬心的社会现实。因而,"垮掉派"诗人常常避开传统诗歌里那种典型的诗化抒情语言,转而使用散文化或者新闻体语言。而为了强化说服力,"垮掉派"诗人甚至还将大量的数字甚至是粗俗语引入诗歌,这在考验读者的诗歌感受力的同时,使得非诗化的边界进一步得以拓展。

事实上,"第三代"诗歌背反精神最为重要的体现也是在诗歌语言的变革上。"第三代"诗人反叛固化的诗歌语言模式,具有强烈的诗歌变革意识。前两节涉及的"第三代"诗歌的散文化戏剧化倾向以及视觉上的非诗化倾向说到底都建立在诗歌语言变革的基础之上。这些难以复制的、开放性的后现代实验诗歌文本最终展现出的正是"第三代"诗人所要竭力达成的主要目标:"语言的更新"[1]。一方面,"第三代"诗人坚持使用口语化语言甚至是方言进行诗歌创作,从而表现日常生活中的生命本真状态。另一方面,同"垮掉派"诗歌一样,"第三代"诗歌在语言更新方面最为大胆的尝试莫过于将日常生活中的俚语甚至是粗话引入诗歌。

具体而言,由于美国"垮掉派"诗歌与中国"第三代"诗歌中的诗歌语言解构现象非常繁杂,很难条分缕析一一归类,而且,哪怕是能够归为同一类别(如这两派诗歌都大量引入俚语以及粗俗语),也难以断定后者就一定受到了前者的影响。毕竟,鉴于中国的诗教传统积淀尤为深厚,"第三代"诗歌大量使用粗俗语似乎需要"第三代"诗人具备更大的解构勇气,因而在效用上也就有着更强的冲击力。因此,为了行文的方便,本节将试图归纳出这两个诗歌流派中解构特征较为凸显的一些语言现象,以期达到管中窥豹之效果。

首先,"垮掉派"诗歌中有着大量"数字入诗"的现象。斯奈德的《市场》[2]具体而微地描写了旧金山、西雅图、西贡、加德满都、瓦拉纳西等城市中的繁忙景象,其中描写加德满都的诗节大量使用数字以及"=",已全然没有传统诗歌的样态了:

锄地75英尺等于/开车1小时/等于两只大龙虾=/所有你能喝的酪乳/=12磅花椰菜/=五箱希腊橄榄=搭便车/从犹他州奥格登到俄勒冈州伯恩

---

[1] 周伦佑:《"第三浪潮"与第三代诗人》,见《磁场与魔方——新潮诗论卷》,吴思敬编选,北京师范大学出版社,1993年版,第209页。
[2] Gary Snyder."The Market." In *Mountains and Rivers Without End*.Berkeley:Counterpoint,1996:49—53.

斯/=阿司匹林、碘和绷带/=那不勒斯的产褥=牛肉/=羔羊排骨=巴特纳/长粒米,八磅/等于两公斤大豆=一块黄杨木/艺妓梳子/等于一家人看电影/等于在石头上摔洗脏衣服/三天 在某一条印度河流上/=驱赶乞丐两周/=靴带和鞋带/等于一个充满气的/塑料枕头/……/=采摘三片草莓/=一棵圣诞树=搭一次出租车

诗中,这一系列的"="无疑是在向读者显示自然万物之间转换的无限可能性,而数量词的一再使用则进一步强化了这种转换的精确与高效。同时,这种表述似乎也是对斯奈德"万物之间皆有联系"这种和谐生态理念的诠释。

诗集《龟岛》中的《事实》用到的数字则更多,更为具体而精确。可以说,《事实》其实是关于当时美国现实的10条枯燥但不失准确的陈述。前5条如下:

1. 日本进口的三百万吨大豆中有92%产自美国。
2. 美国人口占世界人口的6%,每年的能源消耗却占世界能源消耗的1/3。
3. 每年,美国消费的肉食占世界的1/3。
4. 占美国人口1/5的上层人的收入是全国工资总收入的45%,其财富约占总量的77%。最上层1%的人的财富占到私人财产总量的20%到30%。
5. 成为一个现代国家需要13种基本的工业原材料。到2000年,除了磷之外,其他原材料美国将全部依赖进口。[①]

几乎每个诗行都含有一个甚至多个数字,看似没有任何感情色彩,非诗性的数字罗列,凸显的却是一系列让人震惊的事实。诗人似乎是要借助枯燥的陈述反衬出所谓的繁荣美国背后一个个确凿而严酷的"真实"。

金斯伯格的诗歌也常常直接引用数字(尤其是官方公布的数字)来呈现痛彻而无奈的现实,如《维基塔中心箴言》(1969)中这样写道:

共和党参议员艾肯出现在广播上 他说60000
……
1954年,80%
越南人民都一致投票选举胡志明

---

① Gary Snyder."Facts." In *Turtle Island*.New York:New Directions Pubishing Corporation,1974:31.

艾克如此写道……
而且鹰派一直都在算计
轰炸东南亚200000000人①

数字表明，连艾森豪威尔总统都承认越南人民的明确选择，而美国政府中的鹰派却"强奸"民意，罔顾两亿东南亚人民的生命，仅为一己之私利算计着如何继续轰炸东南亚。全诗所饱含的抗议与反讽力量，尽在一个个滴血的数字中显现。

数字策略的运用在《美国档案库中的数字》(1990)②中达到极致。全诗42行，每一行都至少含有一个数字：

在落基山核武器厂就有6,000工人失去听力
在科罗拉多州落基山工厂每年为此付出高达300,000,000美元的赔偿费
落基山核子设备厂是科罗拉多州制造业总量的1%
七十名联邦调查局特工出其不意地来到落基山调查结果表明1989年该基地废物桶重达10,000加仑
据估计核武器工业获利约为100,000,000,000美元到200,000,000,000美元
据披露因美国信贷协会破产付税人的损失高达500,000,000,000美元
在内战中被美国资助的政府准军事敢死队枪杀的萨尔瓦多人有70,000名
……
咱们人人都只有一个母亲
一次失算
一只倒霉的苹果
一条单行道
每个人都只有一个屁眼
一个莫须有的上帝

结尾部分不断重复的数字"一"和前面诗行中的庞大数字，以及前后句式的长短变化，都显示着强烈的反讽意味。诗人似乎是在表明，好战的美国当局在给美国军工集团带来巨大利益的同时，却让纳税人为此付出了高昂的代价。不过，读者也许不禁会问：如此高频率地罗列数字，这还是

---

① 〔美〕艾伦·金斯伯格：《金斯伯格诗选》，文楚安译，四川文艺出版社，2000年版，第263页。
② 〔美〕艾伦·金斯伯格：《金斯伯格诗选》，文楚安译，四川文艺出版社，2000年版，第461-463页。

诗吗？

其次，为了挑战本国诗歌创作传统中的所谓"诗性"语言，美国"垮掉派"诗歌与中国"第三代"诗歌都大量使用方言与粗俗用语，从而构成一种彻底性的解构姿态。

《〈嚎叫〉及其他诗歌》1956年在英国出版后不久，就被旧金山警方和美国海关查获，并于1957年被提起诉讼。究其原因就在于，《嚎叫》用词过于露骨，有着不少有关同性性行为较为直白的描写。事实上，《嚎叫》中这类描写体现的正是金斯伯格"话怎么说，诗就怎么写"的叛逆性的诗歌美学：

我们彼此交谈，我们有共同的理解，我们说任何我们想说的话，我们谈论我们的屁眼，我们谈论我们的性器，我们谈论我们昨晚干了谁，或者我们明天要干谁，或者我们有什么样的恋情，或者当我们喝醉的时候，或者当我们在布拉格的酒店大堂把扫帚插在屁股上时，有人会告诉朋友这件事。那么，如果你把你告诉朋友的和你告诉缪斯的区别开来，会发生什么呢？问题是要打破这种区别：当你接近缪斯时，要像与自己或朋友交谈一样坦率地交谈。①

本着这样的诗歌美学，金斯伯格诗歌中的语言也就显得既私密又直白，涉性俚语比比皆是：

他们狠咬侦探的后颈在警车里高兴得大叫因为没犯下任何罪过无非处于发狂鸡奸酩酊大醉，

他们跪下嚎叫在地铁里从车顶上被拖下犹如挥手抖动着生殖器和手稿，

他们任凭神徒般的摩托车手顶入屁眼兴奋极了发出怪叫，

他们放纵口交也被那些人间六翼天使，那来自大西洋和加勒比海的水手拥抱和爱抚，

他们性致勃勃寻欢在早晨傍晚在玫瑰园在公园在墓地草坪任他们的精液泄流来者不拒，②

---

① Allen Ginsberg."Allen Ginsberg: An Interview." *Paris Review* 1966(Spring).
②（美）艾伦·金斯伯格：《嚎叫——致卡尔·所罗门》，见《金斯伯格诗选》，文楚安译，四川文艺出版社，2000年版，第118页。

上面是从《嚎叫——致卡尔·所罗门》中随机抽取的几句诗行。"鸡奸""生殖器""顶入屁眼""口交""爱抚""精液泄流"等涉性粗俗语汇,在当时遵从盎格鲁一致性主流价值观的WASP群体看来都是大逆不道的,更不用说把它们公开地写进诗歌之中。然而,金斯伯格却坚持认为,他在诗歌中所写的都应该源自自己真切的生活体验与生命感受,这些也是他会在私下聊天时直接与朋友们分享的事情,而正是金斯伯格这种私密性的自白式写作,成功地扰乱了各种以美国盎格鲁一致性价值观标准为圭臬的社会规范。最终,这场全美瞩目的诉讼案有一个出乎意料的结果:主审法官克莱顿·霍恩(Clayton Horn)虽然属于保守派,但他仍然确信《嚎叫》并非淫秽,相反,它有着重要的文学价值,他以言论自由的名义驳回了相关指控。①

可见,在"垮掉派"诗人看来,日常生活中,粗俗语本就是一种难以回避的真实,真正有生命感的诗歌应该予以如实呈现。

在《浆果宴席》("The Berry Feast")中,斯奈德写道:

"去他妈的!"郊狼号叫着
跑掉。
……
唱着歌,一个酒鬼突然来个急转弯
靓妞!快醒来!
要夹紧腿,把邪恶
从胯下挤出来
瞪着红眼的家伙快来了
软的勃起了,假装虔诚的哭泣
滚到太阳下,晒干你僵直的身体!②

而在《作为一名诗人你应该知道些什么》中,诗人又写道:

亲魔鬼的屁股,吃屎;
操他角状带倒钩的鸡巴,
操女巫,

---

① 这场诉讼案影响深远。一方面,由于金斯伯格一方胜诉,加上克鲁亚克的代表作《在路上》随后适时出版,"垮掉派"文学一时蜚声美国文坛。另一方面,该案在实践层面解除了对公开书写性(无论是异性恋还是同性恋)的禁令,只要该作品总体上具有文学而非色情的意图。这为后面类似案件的辩护开了先例。例如,1965年,"垮掉派"核心圈作家巴勒斯的小说《赤裸的午餐》因为涉及诸多禁忌(尤其是同性恋方面),也受到官方的淫秽罪指控。但在诺曼·梅勒和金斯伯格等人到庭辩护之下,指控最终也被撤销。
② Gary Snyder. *The Back Country*. New York: New Directions Publishing Corporation, 1971: 5.

操所有的天使
　　和金灿灿芳香的处女——①

在麦卡锡主义肆虐的时代语境之下,在被视为高雅艺术的诗歌中广泛使用粗俗语显然具有强烈的破坏性反叛意味,表达了"垮掉派"诗人因反叛美国盎格鲁一致性主流价值观宰制民意而深感愤懑与不屑的内心感受。

事实上,"垮掉派"诗歌对现代主义诗歌最为主要的反叛之处就在于,"垮掉派"诗歌特别"强调诗歌的口头功能",因而积极地"吸收通俗口语入诗",而"这正是艾略特告诫诗人们要避免的"。②金斯伯格诗歌尤其强调诗歌语言的日常性,常常忽视语法规则或修辞技巧而只是把狂热的言辞和街头巷尾的俗语随意地糅合在一起,以表现当下生活体验的真实性和灵动性。可以说,采用日常通俗口语书写诗人当下的日常生活体验和感受是金斯伯格诗歌打动人心的主要法宝。在冷战思维甚嚣尘上的20世纪50年代,一方面,美国主流媒体和政府大力渲染美国这个"几乎完美的社会——历史进步的最高点——如何受到邪恶的共产主义和它的代理人的威胁"③,另一方面,美国主流话语中充斥着各种偏见(如"红色恐慌"、种族歧视、性别歧视等),于是,金斯伯格常常借用粗陋口语、方言、种族歧视用语来对抗或者揭露那些已经受到美国主流意识形态话语污染的书面语。《美国》("America",1956)便是诗人作为一个普通公民模仿美国主流媒体中的欺骗性语言,以一种反讽的语气对利用冷战文化宰制民众的美国当权者所做的声讨:

美国,你并不真正想发动战争。
美国那是他们可恶的(bad)俄国佬干的。
是他们俄国人(Them Russians)还有他们中国人(them Chinamen)?是他们俄国人。
俄国想活生生地把我们一口吞下。俄国当权者疯了,俄国人想从我们的车库中把汽车全抢走!
俄国(Her)想霸占芝加哥。她(Her)需要一份《红色读者文摘》。她(Her)

---

① 〔美〕埃利特奥·温伯格编:《1950年后的美国诗歌:革新者和局外人》(下),马永波译,河北教育出版社,2003年版,第511-512页。
② 〔美〕埃默里·埃利奥特主编:《哥伦比亚美国文学史》,朱通伯等译,四川辞书出版社,1994年版,第914页。
③ Jonah Raskin. *American Scream: Allen Ginsberg's Howl and the Making of the Beat Generation*. Berkeley, Los Angeles and London: University of California Press, 2004:4.

想把我们的汽车制造厂迁到西伯利亚。用她(按:原文是Him)庞大的官僚机器来运转我们的加油站。

那可不妙。唉。俄国(Him)要强迫印第安人学会阅读,他们(Him)需要身强力壮的黑鬼(niggers)。

啊哈。俄国(Her)要迫使我们一天干活十六小时。呜呼救命。

美国,这一切可不是说着玩的。

美国,我看电视产生了这一切印象。

美国,你说说看这是否正确?①

诗中,"俄国"(The Russia)基本上位于主语的位置,但诗人多次用宾格"Him""Her"或"Them"指代它,属于日常方言的用法;而"niggers"和"chinamen"都是贬义词,在美国历史上和现实生活中,都含有极强的种族歧视意味。从全诗表现出的反讽基调来看,诗人大量使用口头方言、俚语甚至种族歧视语言的主要目的是,揭露美国政府当局控制媒体并利用欺骗性语言误导民众、煽动仇恨的恶劣行径。诗中描写的"俄国"也是美国当权者通过种种早已被污染了的语言虚构出来的他者性"恶魔"形象,从而为控制国内舆论导向找到抓手与借口。对于美国所宣扬的现代性理想,这样的反讽性呈现无疑具有极大的解构意味。

而对于中国"第三代"诗人来说,"不再被仅仅视为工具"的语言所展开的是"与生命同构的空间",语言与生命"互为因果、互为表里",是"一种相互照亮和发现的过程"。②除了用本真性语言表达生命体验和感受之外,世界没有什么深层意义。"第三代"诗人敢于"摒除感觉活动中的语义障碍",以便"与世界真正接触和直接接触"。③不"破"不"立"。由于强烈地感到诗歌语言的模式化倾向过于严重,诗人们甚至不惜以极端的方式去寻求语言创新,比如"极端主义"诗人就曾宣称:"反对语法和逻辑","要打乱全部的语言关系,并且进行艺术再处理","崇尚极端!反对模式!"④

当然,"第三代"诗歌语言更新最大胆的尝试莫过于将日常生活中的粗话或者避讳用语引入诗歌,如韩东《甲乙》"零度"叙事中的"冰冷"结语:"当

---

① 英文参见:Allen Ginsberg.*Collected Poems 1947-1997*.New York:HarperCollins,2006:86;译文参见《金斯伯格诗选》,文楚安译,四川文艺出版社,2000年版,第141-142页。
② 陈超:《生命诗学论稿》,河北教育出版社,1994年版,第223页。
③ 周伦佑、蓝马:《非非主义宣言(1986)》,见《中国现代主义诗群大观1986—1988》,徐敬亚、孟浪等编,同济大学出版社,1988年版,第33页。
④ 余刚:《极端主义宣言》,见《中国现代主义诗群大观1986—1988》,徐敬亚、孟浪等编,同济大学出版社,1988年版,第153页。

乙系好鞋带站立，流下了本属于甲的精液"①。略加梳理《中国现代主义诗群大观1986—1988》，此类语词不在少数："屎"、"狗屎"（《和京不特谈真理狗屎》），"撒尿"（《报仇雪恨》），"小便"（《老牛仔艾人不流》）、"大小便"（《清油灯》）；"混蛋"、"搞女人"、"鸡巴"（《我想乘上一艘慢船到巴黎去》）；"花柳病"（《女人》）；"杂种"（《萨克斯》）；"他妈的"（《酒聊》）；"杂种"、"生殖器"、"阳器"（《闯荡江湖：一九八六》）；等等。

1987年，"莽汉主义"诗人李亚伟写了一首在狂热的自言自语之中一路狂飙的"莽汉"诗歌——《陆地》：

一九八四年那一跤才够厉害那是怎么啦那天空怎么啦你怎么啦我他妈到底怎么啦刚才怎么啦用砖头毒药跳楼自杀你又把我怎么啦不写遗书又怎么啦不做好人不做诗人做件东西怎么啦怎么把头撞向地球去拼命啦老子得一天不混一天混半天你又把我怎么啦我怎么你又怎么啦你算老几我活在世上又算老几我们都不怎么却要干倒艺术干倒莽汉干倒女朋友这又怎么干不倒又怎么把自己轰隆一下干倒又怎么啦女朋友您一点也不漂亮关我什么事儿啦怎么啦怎么啦我他妈今儿个到底怎么啦②

全诗没有标点，没有诗节，也没有诗行，在诗歌形式上无疑具有极大的解构意味。而从诗歌语言来看，四川方言中的口头禅（"怎么啦""老子""算老几""混一天混半天"等）或者粗俗语（"干倒""我他妈"）贯穿始终，轻蔑与反叛意味跃然纸上。对像李亚伟这样的川渝籍诗人来说，母语不仅仅是象形的汉字，更具体、更根本的是有着"'乱整'的脾气"与"欢愉戏谑的性格"的川渝"方言"。③在霍俊明看来，"被政治弄得疲软多年、丧失自由和活力"的中国当代新诗，需要的正是李亚伟这样"狂飙突进式的诗人"，该诗既是对"僵化的写作模式和诗歌秩序"的"挑衅"，更是对诗歌语言的"挑衅"。④

于坚的《丑话》⑤则将粗话的效用发挥到了极致，淋漓生动地展示了泼妇骂街之情状：

那些丑话 在舌头上暴跳如雷/……破了口的泼妇 一个名词后面/跟着

---

① 韩东：《韩东的诗》，江苏凤凰文艺出版社，2015年版，第147页。
② 转引自霍俊明：《先锋诗歌与地方性知识》，山东文艺出版社，2017年版，第233页。
③ 敬文东：《抒情的盆地》，湖南文艺出版社，2006年版，第88页。
④ 霍俊明：《先锋诗歌与地方性知识》，山东文艺出版社，2017年版，第233页。
⑤ 于坚：《丑话》，见《诗集与图像》，青海人民出版社，2003年版，第58页；《一枚穿过天空的钉子：诗集1975—2000》，云南人民出版社，2004年版，第352页。

一窝"傻B！"教授先生 傻B！/保安先生 傻B！主任同志 傻B！/骑摩托的小杂种 牛B！/一句话里面挤着一大群"杂种！"/"他妈的太阳！""狗日的玫瑰！"/"操蛋的麦子！"要"作爱"/就直截了当 叫做"ri！"/连舌头都害臊得红起来 它是纸做的/老想把这些 没有教养的词/从牙缝里剔出来 随着口痰吐掉/……

诗中这一系列粗俗俚语就这么赤裸裸地闯入眼帘，读者难免满是疑惑：诗人用意何在？骂街语言日常生活中随处可见，但何以入诗？究其原因，巴赫金（Mikhail Bakhtin）针对拉伯雷小说语言所做的评论可以作为参考：诸如"各式各样的广场'吆喝'、骂人话、诅咒和发誓"这类"绝对欢快的，无所畏惧的，无拘无束和坦白直率的言语"，才真正"具有对世界进行滑稽改编、贬低、物质化和肉体化的强大力量"。[①]的确，伤风败俗之词"在晚期资本主义一维社会的当权者的说话和文字中是禁用的，那么，使用这样的词语就会打破虚假的意识形态的语言，宣告这种语言的意义无效"，"这种颠覆性的语言才能使社会交往从一体化社会的垄断中解放出来"。[②]总体来说，后现代诗歌善于"接受语言和经验中松散的东西、偶然的东西、不全面的东西"，不再一味追求高雅。[③]诗人是否也看中了骂街话语针对社会当权者垄断话语的破坏力，从而在诗中构建多元化的日常生活话语呢？被破口大骂的"教授先生"和"主任同志"是否指的是学院派诗人和主流阶层呢？"太阳""玫瑰""麦子"等充满象征意味的名词本就很难在一般的泼妇骂街的语言中出现，现在却与粗俗俚语连用，或许因为这些正是诗人本人所反感的诗歌"大词"？只是诗歌的创作时间是2000年，彼时，"口水诗""下半身诗歌"等诗歌充斥诗坛，粗俗语、涉性语词也俨然有成为诗歌主流话语之势。有鉴于此，全诗的结尾颇有警醒意义："哦 千万吐不得/如果它们全都从狗嘴里/跳到世界上/它们就会变成/獠牙"。

应该说，此类大量引入俚语以及粗俗语的口语诗歌写作方式，对20世纪90年代以来的诗歌写作具有巨大的影响力，已呈泛滥之势的"下半身诗歌""低诗歌""口水诗""口淫诗"等流派都可以在"第三代"诗歌这里寻到某种渊源。于此，伊沙可以说是承上启下的关键人物。

伊沙是20世纪90年代口语诗派的主要代表，接受过众多"第三代"诗人的惠泽和影响，深谙"第三代"诗歌反叛精神之道。在大部分"第三代"诗

[①]〔苏联〕巴赫金：《拉伯雷研究》，李兆林、夏忠宪等译，河北教育出版社，1998年版，第224页。
[②] 胡经之主编：《西方文艺理论名著教程》（下），北京大学出版社，1989年版，第469页。
[③]〔英〕史蒂文·康纳：《后现代主义文化：当代理论导引》，严忠志译，商务印书馆，2002年版，第177页。

人陆续搁置甚至放弃先锋诗歌写作(如韩东将主要精力转向小说创作,丁当、万夏等大批诗人"下海"经商)这一情势之下,伊沙俨然成了20世纪90年代最有"第三代"诗歌背反气质的诗人。

早在1985年,伊沙就开始大量阅读韩东以及于坚的诗歌作品,但直到1988年经由金斯伯格"垮掉"精神的"教唆"①,伊沙才真正开始对"以于坚、韩东为领袖"的"第三代"诗歌"有所觉悟",并进一步理解于坚、韩东、丁当、李亚伟、杨黎、王小龙、默默、王寅这些名字的"价值",从而也坚定了伊沙诗歌的创作方向。②伊沙甚至还在1988年喊出"从于坚韩东走向后现代"③的口号。一直以来,伊沙并不讳言他曾受到"第三代"诗歌的影响,正如他曾在《我的谱系》中坦言道:

> 我以为是韩东建树了口语诗最早的一套规则……这套规则使我在1988年的6月一夜之间进入了口语化的写作……韩东教会我进入日常生活的基本方式和控制力,于坚让我看到了自由和个人创造的广大空间。可以说,韩、于是最终领我入门的"师傅"。 稍后,我还从李亚伟那里偷到了一种愤怒与忧伤交相混杂的情绪……我偷到了丁当的虚无与洒脱……偷到了杨黎语言的陌生化效果……80年代,自朦胧诗后具有进步写作倾向的第三代诗人中的佼佼者,被我偷遍了……④

伊沙的口语诗作常常聚焦于日常琐事甚至是生活中的阴暗面,大量运用"当代市民口语去表现个体日常生活体验"⑤,而这些活生生的"市民口语"(常常包含一些粗俗语或者避讳用语)的大面积使用,对日益板结化的书面语言无疑极具消解意义。当然,伊沙诗歌的口语化语言并不是一般意义上日常口语的简单拼盘与杂糅。相反,它透着某种生命底色,具有语感的灵动。伊沙会对日常口语"进行清理、选择、提纯,凸现出口语的质感、生机与活力,擦亮被日常生活交流用惯乃至用滥的口语语词,恢复或重建口

---

① 伊沙对金斯伯格非常熟悉,曾写过一首《艾伦·金斯堡》:"我在一位中国女诗人家里/读到一封金斯堡的来信 寄自美国/字迹多么潦草 我对英文半通不通/还有一张照片:一丝不挂的老艾伦/离我最近的大师 此刻我的手指/已触摸到他那冰凉的身躯 在照片上/这是仅有的一封 此后再无来信/漂亮的女诗人解释说:'我回寄了/照片 —— 他才知道我是女的 ……'"(见《饿死诗人》,伊沙著,中国华侨出版社,1994年版,第33页)诗人称金斯伯格为"大师",对其在性及性取向上的坦然态度表达了相当大的理解姿态,而这种理解在伊沙诗作中多有体现。
② 伊沙:《前言 老实交待》,见《一个都不放过》,青海人民出版社,1999年版,前言第2—3页。
③ 伊沙:《我的谱系》,《艺术广角》2011年第4期。
④ 伊沙:《我的谱系》,《艺术广角》2011年第4期。
⑤ 王一川:《汉语形象与现代性情结》,首都师范大学出版社,2001年版,第218页。

语表意的丰富性、灵活性"①。

伊沙的这种"市民口语"写作在《车过黄河》(1988)②中得到了有力彰显。黄河是中华民族的母亲河,有着悠久的历史文化底蕴。千百年来,黄河被一代又一代的中华儿女所赞颂所建构,享有神圣而崇高的地位。因此,人们需要做的无非是,"像个伟人/至少像个诗人"那样"眺望",缅怀一下"历史的陈账"。然而,对于诗人而言,黄河也不过是历史话语所建构的宏大叙事中的一个象征之物而已,黄河的神圣与崇高越来越沦为空洞的想象与"说辞",早已没有人们作为个体生命所体验到的那种真切而具体的生命感受。缺乏真情实感,也就毫无创新可言。《车过黄河》就像是一剂解构猛药,用"厕所""小便""一泡尿"③这类俗语恢复了身体日常性的一面,将文化想象拉回到当下的俗常生活。就当下的生命意义来说,黄河奔流与小便流淌并无本质区别,"渺小"的个人与"伟大"的河流是"对等的、平行的、日常性的关系"④。只是诗人在黄河上撒的这泡尿常常被简化成一种行为艺术,为后来者树立了一个不好的"标杆":诗歌创作无须顾忌美丑、是非之辨,比的就是谁的诗歌文化道德底线更低,低无可低,终至虚无。

1989年,"第三代"诗歌运动逐渐衰退,诗歌写作也越来越归于平庸与沉寂。1989年3月26日,海子在山海关卧轨自杀的事件被无限放大,海子本人被神圣化,其诗作也迅速经典化。一时间,"太阳""土地""麦地"等农业抒情式意象充斥诗坛。对于当时诗坛中这种偏离诗歌本身,仅因诗人海子的所谓"向死"精神而展现出的迷狂,伊沙在诗歌《饿死诗人》(1990)⑤中给予了反讽式再现:"诗人们已经吃饱了/一望无边的麦田/在他们腹中香气弥漫/城市最伟大的懒汉/做了诗歌中光荣的农夫"。接着诗人更是以反讽、痛恨且决绝的语气发出了"饿死诗人"的怒吼:"麦子 以阳光和雨水的名义/我呼吁:饿死他们/狗日的诗人/首先饿死我/一个用墨水污染土地的帮凶/一个艺术世界的杂种"。"狗日的"——一个再普通不过的市民口语中的口头禅,用在此时此地,无疑包含了诗人太多的愤懑与不屑。

---

① 张强、李明艳:《语词与结构:伊沙诗歌艺术初探》,《燕山大学学报》(哲学社会科学版)2007年第2期。
② 见《饿死诗人》,伊沙著,中国华侨出版社,1994年版,第5页;《褒渎中的第三朵语言花——后现代主义诗歌》,周伦佑选编,敦煌文艺出版社,1994年版,第340-341页。
③ "只一泡尿工夫/黄河已经流远"结尾这句不禁让人想起李亚伟《中文系》结尾的那句:"像亚伟撒在干土上的小便……它的波浪,/正随毕业时的被盖卷一叠叠地远去"(见《李亚伟诗选》,长江文艺出版社,2015年版,第18-19页)。
④ 陈仲义:《四两怎能拨千斤——读伊沙"黄河"》,《名作欣赏》2008年第21期。
⑤ 见《饿死诗人》,伊沙著,中国华侨出版社,1994年版,第3-4页。

伊沙的《梅花：一首失败的抒情诗》①也是一首饱含消解意味的反讽之作：

我也操着娘娘腔/写一首抒情诗啊/就写那冬天不要命的梅花吧//……/我发现：梅花开在树上/丑陋不堪的老树/没法入诗 那么/诗人的梅/全开在空中……/其实我也是装模作样/此诗已写到该升华的关头/象所有不要脸的诗人那样/我伸出了一只手//梅花 梅花/啐我一脸梅毒②

在中国传统文化中，梅花往往喻指士人高洁孤傲的品质，是中国古今诗歌中最为常用的诗歌意象之一。对于诗人们"咏梅抒怀"的做派以及梅花意象本身，伊沙都给予了颠覆性的解构：一方面，诗人本着一种反讽语气嘲讽了"咏梅"诗人的虚伪："操着娘娘腔/写一首抒情诗啊"，"装模作样"，"不要脸"；另一方面，诗人指出现实中的梅的样态："丑陋不堪"，"老树"，"没法入诗"。最后，在诗人效仿前人准备"咏梅"的"紧要关头"，却被"啐"了"一脸梅毒"，不禁让人哑然。

伊沙的《结结巴巴》③则是一首消解诗语的疯狂之作：

结结巴巴我的嘴/二二二等残废/咬不住我狂狂狂奔的思维/还有我的腿//你们四处流流流淌的口水/散着霉味/我我我的肺/多么劳累//我要突突突围/你们莫莫莫名其妙/的节奏/急待突围//我我我的/我的机枪点点点射般/的语言/充满快慰//结结巴巴我的命/我的命里没没没有鬼/你们瞧瞧瞧我/一脸无所谓

从语言上看，诗人采用的仍然是口语写作，其中"嘴""腿""口水""肺""鬼""无所谓"竟然还押着韵脚，让这些本来难以入诗的字眼却以所谓"诗美"的形式入诗，颇具反讽意味。此诗最大的语言突破在于，用看似"病态"的口语（结巴）消解一般意义上"理所当然"的诗语（书面语）。"结结巴巴""二二二等""狂狂狂奔""流流流淌""我我我的""突突突围""莫莫莫名其

---

① 见《命令你们为我鼓掌（二首）》，《诗刊》1993年第8期；《饿死诗人》，伊沙著，中国华侨出版社，1994年版，第56页；《亵渎中的第三朵语言花——后现代主义诗歌》，周伦佑选编，敦煌文艺出版社，1994年版，第342-343页。
② "梅毒"与"梅花"，一字之差，寓意、格调完全颠倒，以此做结，意料之外却又在（此诗）情理之中。而该诗的《诗刊》（1993年第8期）版本为"霉花"，保留"花"而取"梅""霉"谐音，只是汉语中没有"霉花"这一搭配，不如梅毒更有冲击力。
③ 见《饿死诗人》，伊沙著，中国华侨出版社，1994年版，第1-2页；《亵渎中的第三朵语言花——后现代主义诗歌》，周伦佑选编，敦煌文艺出版社，1994年版，第339-340页。

妙""点点点射般""没没没有""瞧瞧瞧我"等语言元素就像摇滚乐中跳动的鼓点声,敲击、拉扯着人们早已习惯了的诗歌阅读体验。

而从诗歌内容来看,一般而言,因为表达不顺畅,结巴往往不愿意过多表现自己。但诗中的"我"却是一个时刻想着同"你们"对话、充满战斗渴望的突围者形象。对于"我"而言,"病态"与"正常"是相对的,"病态"往往被"正常"的一方所建构,而所谓的"正常人"也常会干出"病态"之事。"你们"可以理解为代表着正统规范的诗人、批评家和学术权威。然而,"你们"那些充满霸权的"话语"在"我"的眼里,却只是"四处流流流淌的口水",只会让"我"听得"劳累","我"于是"充满快慰"地用机枪"点射般"的语言进行"突围"。"我"似乎并不在意自己"二等残废"的边缘性位置,还勇敢地把它当作自己的"命"予以坦然接受,因为"我"心里"没有鬼"。看惯了也听腻了"正常"君子们的做派与教导,"我"放下"缺憾",勇敢地表达出自己"狂奔的思维"。针对"正常"一方为限定所谓"病态"一方而建构出的"语言囚笼",当"我"最终采取"一脸无所谓"的态度之时,也就是"我"找到自由表达自我的时刻。正如有论者评价的那样,该诗中的"我"不仅仅是"不自卑",而是"自信比那些正体诗人更具有表达上的'边缘优势'","我"以口吃者的姿态"离开中心、退向权力'边缘',是为了回过头来更有力和有效地拆解权力'中心'"。①

然而,日常生活中的口语本身并不一定天然地就能成就一首优秀的诗歌。诗歌可以说是"从口语开始",但"口语绝对不是诗歌本身",因为口语和诗歌之间"还有一个诗人";诗歌"是诗人之舌的产物,不是口无遮拦的产物"。②20世纪90年代以来,随着"下半身诗歌""低诗歌""口水诗""口淫诗"等所谓的"口语诗"流派渐成泛滥之势,"第三代"诗歌的解构性特质被无限放大与仿写,使得诗歌写作或是满篇"废话"或净是"情色"与"暴力"。诗人们似乎过于强调颠覆传统语言系统而一味地推崇语言所谓的原生状态,让语言仅仅停留在能指表面,而不做任何语义上的连接。这固然可以避免隐喻或象征,但诗歌随之也就滑向另一个极端,不可避免地造成诗歌语言的粗鄙化倾向。这不禁让人想起诗人郑敏于20世纪末发出的警示:"以暴力撕裂文字","以丑代替对美的渴求","以玩世代替严肃"等这些所谓"求新的实践",不过是将西方的一些后现代艺术理论做一点"肤浅的搬用";相反,要寻求创新,首先要在诗思上去下功夫,这"需要诗人自身文化、个性、生命感的新的喷发,对时代的事物有新的感受,进而发展为艺术上的

---

① 王一川:《结巴也疯狂》,《文学自由谈》1997年第2期。
② 于坚、谢有顺:《于坚谢有顺对话录》,苏州大学出版社,2003年版,第123页。

新的突破"；由此，新诗还是要有精神向度，因为"精神的死亡"也就意味着"一个艺术时代的死亡"。①

综合来看，本章从诗歌文体、诗歌形式与诗歌语言等角度阐述了美国"垮掉派"诗歌与中国"第三代"诗歌在散文化与戏剧化倾向、视觉上的非诗化倾向以及奔突的口语化倾向等三个方面的解构特质，这些解构特质在"垮掉派"诗歌与"第三代"诗歌中具有普遍性意义。

作为冷战文化中的异类，"垮掉派"诗人与美国正统的 WASP 群体不同，他们大多有着少数族裔身份，甘愿流浪，迷恋禅宗，反对审查制度，不赞成种族隔离与种族歧视。他们不相信政府、教会以及文学机构等一切形式的权威，试图以感性的无政府主义生活方式来实现自我解放和个性自由。在诗歌文体、诗歌形式与诗歌语言等方面，"垮掉派"诗歌在接通美国诗歌中以诗歌本土化为目标的惠特曼、庞德、威廉斯自由诗创作传统的基础上，进行了大量的创新性实践，这对以艾略特为代表、强调承接欧洲诗歌传统的现代主义诗歌有着很强的后现代性背反意味。

比较而言，由于中国古典诗歌传统在中国文学与文化中具有深厚的根基，而在"第三代"诗歌于20世纪80年代中后期崛起之前，中国新诗中格律诗又占据着明显的强势地位，因此，"第三代"诗歌在诗歌文体、诗歌语言与诗歌形式上的解构张力也就显得具备更大的冲击力。"第三代"诗歌在诗歌文体上的拓展、诗歌语言上的更新以及诗歌形式上的突破无一不是建立在对过往诗歌创作原则解构的基础之上。文体上，"第三代"诗歌是开放性的，它将戏剧与散文等非诗因素以诗的名义翻新复活，其体类混杂化倾向与后现代绘画中的"拼贴"以及新锐电影中的"蒙太奇"手法有着某种相似性。语言上，"第三代"诗歌的语言不再是某种暗喻象征抑或是意义的载体，而是诗人生命体验与感受中的唯一真实。借助真正意义上的口语化语言，"第三代"诗歌卸下了长久以来的价值与意义包袱，使诗歌尽可能逃离功利牵制，从而成就了一场中国新诗史上具有极大开创性意义的语言实验。"第三代"诗歌多以反讽而戏谑的语言姿态颠覆前辈诗人尤其是朦胧诗人的崇高感和悲怆感。"语言如何表达"比"语言意味着什么"远远重要得多："第三代"诗歌常常以叙述性的句意象替代抒情性的词意象，随意拆句，强行组句，乱用甚至大面积不用标点，造成句法结构混乱杂糅，任意割断常规理性逻辑联系，张扬诗歌创作的开放性、不确定性、多元化原则；语言少有所指，随意并置和拼贴能指性符号。诗歌形式上，"第三代"诗歌常以图

---

① 郑敏：《诗歌与哲学是近邻——结构-解构诗论》，北京大学出版社，1999年版，第280页。

像入诗,以语言编织图案,配以不同的印刷字体和字号,诗歌由此呈现出了明显的非诗化倾向,在阅读上带给读者以极大的视觉冲击,让人错愕之余也不免产生某种新鲜的心灵体验。

然而,需要强调的是,解构主要还是"第三代"诗人为达成其建构的目的而采用的有效策略。许多优秀的"第三代"诗歌作品看似随意乖张,但究其实质,仍然有着对历史、传统和当下社会问题的审视、质疑与追问,正如有学者所说,后现代诗歌"既不缺乏严肃性,也不意味着政治上的不道德或不负责任"[1]。在梳理的过程中,笔者发现,在反叛精神上,中国"第三代"诗歌无疑深受美国"垮掉派"诗歌背反精神的影响,尤其是在"垮掉派"诗歌一直受到当时僵化的主流话语的批判语境之下,这种背反精神更能引起茫然而困顿的"第三代"诗人的共鸣。不过,正如本书其他章节所一再强调的事实,"第三代"诗人所能看到关于"垮掉派"诗歌的翻译文本极为有限,远远不足以全面地反映出"垮掉派"诗歌后现代创作原则与技巧。而且,在麦卡锡主义语境下,"垮掉派"诗歌在发表和出版上受到很大的限制,很多诗集甚至是在诗人本人(尤其是克鲁亚克)去世多年之后才得以结集出版。即使"第三代"诗人有机会看到一些"垮掉派"诗歌的原文,鉴于诗人们英语水平有限,而很多"垮掉派"诗歌本就难以理解,他们似乎也很难抓住"垮掉派"诗歌创作上的精妙之处。本章中列举的"第三代"诗歌文本显示,绝大多数"第三代"诗歌的后现代性解构特征都是"第三代"诗人基于汉语语言尤其是口语的基本特性而做出的创新性表达。比如,于坚的《0档案》用空格代替标点来表示句读,这在"垮掉派"诗歌中也经常看到,但通篇如此,甚至进而形成像于坚这样拿空格作为诗歌句读特色的情况实属罕见。而像李亚伟的《陆地》那样通篇既不分节,也无诗行,还没有标点,甚至是连空格都没有的诗歌,在"垮掉派"诗歌当中是难以找到的。至于伊沙模仿结巴说话时的心态与语气而作的《结结巴巴》,在"垮掉派"诗歌中也没有类似表达。

应该说,在中国,20世纪80年代是一个呼唤变革、后现代性反叛精神氤氲而生的时代。人们对于"多元性"与"差异性"的吁求使得长期被传统意义上的群体性文化所漠视的日常生活中的个体性价值得到了凸显,这无疑有利于克服主流意识形态的板结性以及现代性单一维度的偏狭性。作为一群因敏锐与不满而奋起改变中国诗坛现状的后起之秀,"第三代"诗人力图以一种自由而独立的诗学抱负,来打破朦胧诗以来越来越模式化的诗

---

[1]〔英〕安吉拉·默克罗比:《后现代主义与大众文化》,田晓菲译,中央编译出版社,2000年版,第87页。

歌创作困境。具体而言,这种抱负就是要亲身体悟当下生活中的生命体验和感受,并竭力以某种较少受到形而上与意识形态话语浸染的口语化语言来表达出这些体验和感受。这不是一蹴而就的事,"第三代"诗人为此付出了大"破"大"立"的勇气、智慧与书写行为。深具后现代性解构特质的"第三代"诗歌是20世纪80年代乃至90年代具有扩大新诗创作多元性、饱含积极意义的实验之作,但是否能成为经典之作还有待时间的淘洗。不过,解构并不是"第三代"诗歌的全部。"破"中有"立",解构之中本就蕴含着建构因素。而"第三代"诗歌中的解构主要还是一种以建构为最终目标的写作策略,那些优秀的"第三代"诗歌解构性嬉戏的背后,无不以某种精神底色作为其建构之基石。

　　由此,从解构和建构正反两个方面对"第三代"诗歌进行全面而深入的解读显得尤为重要,尽管很多时候这些诗歌中的解构与建构互为表里、难以截然分开。接下来两章里,笔者将主要基于建构视角,试图进一步挖掘这两个诗歌流派的后现代性特征。

第五章

"垮掉派"诗歌与"第三代"诗歌中的日常生活书写

在诗歌文本分析的基础之上，上一章主要以解构的视角考察美国"垮掉派"诗歌与中国"第三代"诗歌这两个诗歌流派在诗歌文体、诗歌语言与诗歌形式等方面的非诗化写作倾向。这种非诗化写作倾向契合了后现代性理论的多元化与差异性理念，是对现代主义诗歌所遵循的整体性与统一性创作原则的突破。事实上，细辨之下，无论是诗歌内容还是诗歌语言，这些诗歌文本无不洋溢着浓烈的日常生活气息。本章将从去英雄主题、日常生活审美化书写以及国家形象的解构与建构等三个方面，聚焦"垮掉派"诗歌与"第三代"诗歌中的日常生活书写这一主题。

第一节 "垮掉派"诗歌与"第三代"诗歌中的去英雄主题

在美国"垮掉派"诗歌和中国"第三代"诗歌中，"去英雄"主题得到了极大的彰显。原本高大而悲怆的英雄形象了无踪迹，反英雄或者非英雄形象却随处可见，这与"垮掉派"诗人和"第三代"诗人通过书写日常生活中触手可及、鲜活可见的个体生命来反叛现代主义诗歌中那种强调整体性与统一性的宏大叙事策略息息相关。相对于现代主义力图恢复整体性与统一性的尝试，后现代主义往往特意地采取一种反英雄、反崇高的姿态，倾向于接受一个充满随意性、多元性和偶然性的世界：

> 一个无法修补的世界替代了一个需要修补的世界。现代主义由于受到了某种焦虑感的刺激，力图在艺术的自为秩序或在无自我意识（unself-consciousness）的自我中恢复整体性……由此，现代主义在欲望和幻灭之间的张力中走向英雄和崇高。然而，后现代主义对这些努力颇为怀疑，常常故意或有意识地扮演反英雄。面对着世界的随意性和多样性，它……规定了那种悬而未决的态度，这……隐含着对大千世界事物之间的意义与关联持有一种变动不居的宽容心态。①

可见，对于现代主义基于整体性与统一性原则、从"欲望和幻灭之间的

---

① Alan Wilde.*Horizons of Assent：Modernism，Postmodernism，and the Ironic Imagination*.Baltimore：Johns Hopkins University Press,1981：131-132.

张力"之中建构出来的"英雄"与"崇高"理念,后现代主义者常常反其道而行之,"故意或有意识地扮演反英雄"。总体而言,后现代主义者笔下的"反英雄"往往以反文化为表征,即,反叛现代主义者运用现代理性与整体性的结构主义理念从传统文化中建构而来的、具有某种崇高品格的"英雄"。

在中美传统文化中,英雄一般都具有大无畏气概、崇高理想、甘于献身的美好品德。对于现代主义者而言,反英雄则永远是缺陷、失意、猥琐、腹黑等非主流人格的代名词。不过,以反英雄为主题的后现代文学作品则大多"从特定的角度带着欣赏、肯定的态度去刻画这样的有缺陷的反英雄人物"[1]。事实上,"垮掉派"诗人自身大多就属于反英雄。金斯伯格是双性恋[2],而大部分同金斯伯格保持或者有过亲密关系的圈内好友都有着同性恋倾向。虽然他们的性生活中一直都不缺少女性,甚至不少还有着正常的婚姻关系,如克鲁亚克和卡萨迪在拥有正常婚姻的同时,都曾与金斯伯格有过亲密的性爱关系。柯索从小混迹江湖,是监狱的常客。长诗《嚎叫》中的主人公卡尔·所罗门(Karl Solonmon)则是患精神分裂症的天才。这些人都可以说是正统社会中的"浪子"或者"疯子",但对于"垮掉派"诗人来说,他们都是神圣的,是"名声不好的人间天使",这无疑是对欧美文学与文化中传统英雄观的极大颠覆。在《〈嚎叫〉注释》(1955)中,金斯伯格这样描述:

浪子同六翼天使一样神圣!疯子和你我的灵魂一样神圣!
打字机神圣诗歌神圣声音神圣听众神圣极乐神圣!
彼得神圣艾伦神圣所罗门神圣卢西神圣克鲁亚克神圣亨克尔神圣巴勒斯神圣卡萨迪神圣一名不文的同性恋和备受痛苦的乞丐神圣名声不好的人间天使神圣!
我那在疯人院的母亲神圣!……[3]

在"垮掉派"诗人看来,所谓的"反英雄"都是当时美国半兵营半福利社

---

[1] 张国庆:《"垮掉的一代"与中国当代文学》,武汉大学出版社,2006年版,第175页。
[2] 金斯伯格并不是完全意义上的同性恋。尽管长得并不高大帅气,但金斯伯格似乎有种特殊的魅力,总有男性或女性寻求或接受他作为性伴侣。据比尔·摩根指出,金斯伯格并不喜欢同性恋男子,曾数次断然拒绝他们的性要求(参见:Bill Morgan.*I Celebrate Myself: The Somewhat Private Life of Allen Ginsberg*. New York: Penguin Books, 2006: 120, 189, 391, 538, 569)。
[3] 见《金斯伯格诗选》,文楚安译,四川文艺出版社,2000年版,第129-130页。

会压制的结果,理应受到同情与理解。站在反抗现行"吃人"①的社会体制和文化的立场上来看,这些叛逆的"反英雄"莫不具有真诚而神圣的品质,既是社会边缘人又是新的文化偶像。②《嚎叫》从一开始就是被作为礼物题写给卡尔·所罗门的。1949年,金斯伯格曾在哥伦比亚长老会精神病院休养8个月,在这期间结交了所罗门。诗人将这段经历融进了自己的创作,诗歌第三部分述及的所罗门的悲惨经历和痛彻感受似乎也正是诗人自己的经历和感受。诗人并没有以传统的眼光将疯狂简化为所谓的"反常"。对金斯伯格而言,疯狂"不是一种身份","而是一个过程、一种态度、一份认识——一种风格";疯狂可能意味着"毁灭",但也可以是一次穿过遭受强力体制和社会习惯禁锢的"精神殖民地"的"自由穿越"。③金斯伯格"用疯狂来对抗、解构权威,他和他的诗歌所描述的疯狂超越了主流文化评判是非的标准或藩篱"④。

相比而言,"第三代"诗歌的反英雄更准确地说应该是"非英雄",倾向于复原或崇高或神圣的人与事物日常俗性的一面,这与当时时代精神的转变有关。经过十年"文革"的摧残,改革开放给朦胧诗人们带来了新的理想和希望,自我主体性的重新发现与肯定成了朦胧诗的基本主题,这使得朦胧诗大多具有某种形式的英雄主义式的崇高感:它有时表现为庄严的悲剧感(如北岛的《宣告》《结局或开始》),有时又表现为沉重的历史感(如江河的《纪念碑》《从这里开始》),有时还表现为不无神秘的神圣感(如杨炼的《诺日朗》《敦煌组诗》)。这样的英雄主义"曾强烈地打上时代、历史、现实的人生印记,笼罩其中的爱、正义、人性与悲剧的光环,发聋振聩式产生巨大社会心理冲击波"⑤。然而,及至"第三代"诗人那里,这些都变成了非卸下不可的沉重包袱。"第三代"诗人越来越以普通民众在日常生活中的幸福作为诗歌创作的审美规范,不可能再以"英雄""崇高""宏大历史"等庞然大物作为标准或者核心了。况且,"第三代"诗人往往没有经历那么多的磨炼,他们可以说是那个激荡时代的边缘人,看惯了十年动乱那种所谓的"革

---

① 美国著名批评家迪克斯坦认为,20世纪50年代的金斯伯格是一名"朝着当时的美国高喊'吃人的世界'""怒火满腔的预言家"(莫里斯·迪克斯坦:《伊甸园之门——六十年代美国文化》,方晓光译,上海外语教育出版社,1985年版,第21页)。
② 伴随金斯伯格成长最大的痛苦可以说是他的母亲娜奥米,她行为极为乖张,还经常因为精神病发作被强制收容治疗。但也许正因为有这样的一位母亲,金斯伯格最终把其他人的古怪、反常甚至是疯狂看作可以接受的人类特征,这似乎是金斯伯格能同那些有心理或精神障碍的人交朋友的一个重要原因。
③ Preston Whaley, Jr..*Blows Like a Horn: Beat Writing, Jazz, Style, and Markets in the Transformation of U.S. Culture*.Cambridge and London: Harvard University Press, 2004:155.
④ 李顺春:《美国"垮掉的一代"与东方佛禅文化》,四川大学出版社,2011年版,第150页。
⑤ 陈仲义:《诗的哗变——第三代诗面面观》,鹭江出版社,1994年版,第118页。

命"场景倒让他们也萌生出不少反叛意识和冲动。可以说,非崇高意味着英雄的滑落,它"有助于人对自己精神的负面领域深度掘进,在深入反思中全面认识自己",它"把人从神的地位还原为普通凡人,把人从绝对理性禁锢中解放出来,坦露人的原生状态,还原人的世俗面相"。①

这种时代精神的转变必然导致当代诗歌精神的转换。对于"第三代"诗人而言,诗歌精神"已经不在那些英雄式的传奇冒险、史诗般的人生阅历、流血争斗之中",诗人们转而可以"勇敢地面对自己的生命体验",哪怕这种生命体验是"压抑的、卑俗的甚或变态的"。②于是,"第三代"诗歌的首要目标就是,消解浸透着主流意识形态的宏大叙事对芸芸众生的压制或遮蔽,于细节处展现整体性权力话语覆盖之下各色人物的命运,在日常生活中揭示平凡真实的人性和生活的真谛。"第三代"诗歌注重表现的是日常生活中的个体生命体验,而不再是朦胧诗中的那种自我粉饰的乌托邦式想象。"第三代"诗歌中对于个体生命所进行的或调侃或冷漠或无奈的叙述,是对个体生命体验和感受客观而实在的真实再现。总之,"第三代"诗人普遍于凡尘俗世中呈现日常生活美学,其目的就是要从宏大的历史建构回到具体的"当下",摒弃"生活在别处"的乌托邦臆想。

具体而言,韩东眼中的"大雁塔"不过是个旅游景点,丝毫没有杨炼诗中的"大雁塔"那种厚重的历史感,所谓的历史与文化价值也全然被抽空剥离。李亚伟的《中文系》③还直接呈现李亚伟本人以及众多朋友的生活现状,有"由于没记住韩愈是中国人还是苏联人"而"悲壮地降了一级"的敖歌,有"和女朋友卖完旧衣服后／脑袋常吱吱发出喝酒信号"的万夏,还有"认识四个食堂的炊哥","却连写作课的老师至今还不认得"的杨洋等,这些诗中出现的人物大多都是真实的,胡玉和万夏还都是"莽汉主义"诗友。这些日常生活中的普通个体和无聊行为同英雄人物及其壮举根本搭不上边,英雄主义、崇高、恢宏史诗等"大词"一律受到深具"黑色幽默"意味的调侃的无情瓦解。诗歌结尾("中文系就是样流着/像亚伟撒在干土上的小便的波涛/随毕业时的被盖卷一叠叠地远去啦")还用了助词"啦",明显带有某种不屑一顾的语气。

而于坚诗歌的"非英雄"特质大体从两个方面展开。一方面,于坚常将

---

① 陈仲义:《诗的哗变——第三代诗面面观》,鹭江出版社,1994年版,第121页。
② 于坚:《于坚诗学随笔》,陕西师范大学出版社总社有限公司,2010年版,第4页。
③ 见《中国现代主义诗群大观1986—1988》,徐敬亚、孟浪等编,同济大学出版社,1988年版,第101-103页;《后朦胧诗选》,阎月君、周宏坤编,春风文艺出版社,1994年版,第178-180页;《亵渎中的第三朵语言花——后现代主义诗歌》,周伦佑选编,敦煌文艺出版社,1994年版,第8-13页;《第三代诗新编》,洪子诚、程光炜编选,长江文艺出版社,2006年版,第126-131页。

历史上的名人"非历史化",如《文森特·凡高》(1994)[①]中,凡高也只不过是"外省地方的乡巴佬/红头发的疯子"。反讽的是,在凡高死后,他的"葵花子""被神的大锅炒熟了/每一粒都价值千金",他却成了"亲爱的文森特","女士们久仰了/男诗人为您献诗",站在那副"难看"的"尖嘴猴腮""还绑着一头绷带"的"不朽的肖像下","艺术人士/个个神经正常 耳朵完美无缺"。凡高遭受贫穷、孤独、苦痛的折磨,从未得到"世界"女郎的关爱,到头来,作为他"身外之物"的"永恒的向日葵"倒是得到了"雅正"。在于坚平静而略带调侃的言说之下,生活的残酷和世人的虚伪构成了强烈的反讽效果。《伊曼努尔·康德》(1992)[②]呈现的"德意志大脑"并不是西方哲学、思想史中的伟大形象,而是一个有着肉身、"一生都蛰居在他的钟里"、"哥尼斯堡最矮的市民"。他也有着自己再平常不过的日常生活习惯:五点起床,"七点 他背着手去大学上课","一点整 仆人出现在墨水旁",饭后,"优雅"地散步,"下午 他穿着背心整理房间 阅读杂志","十点 康德关灯睡觉"。在《弗兰茨·卡夫卡》(1993)[③]中,患了"写作这种病"的现代主义大师卡夫卡也有着自己的日常生活:作为"小市民 肺病患者 保险公司的职员",他"多年来一直在谈恋爱"。《澡盆里的拿破仑将军》(1982)[④]中,拿破仑没有了威仪四方的帝王形象:小时候,妈妈也会给他洗澡,他也会说"妈妈 水烫",而"妈妈像母牛那样笑笑/拍拍他的黄毛小头/在大木盆里/加了一瓢科西嘉的井水"。于坚笔下再现的这些"伟大"人物的日常生活细节,解构了具有整体性和统一性理性话语意义的宏大叙事,代之以活生生的、具体的、差异性的世俗常态,这无疑是一种日常生活审美化建构。

另一方面,于坚诗歌常常是一种"稗史"写作,即关注"局部、个别"的个人小史而不是"公共的、整体的"宏大历史,"不受作者感情或意识形态、自

[①] 见《于坚的诗》,人民文学出版社,2001年版,第236-237页;《一枚穿过天空的钉子:诗集1975—2000》,云南人民出版社,2004年版,第275页;《我述说你所见:于坚集1982—2012》,作家出版社,2013年版,第181页。

[②] 见《于坚的诗》,人民文学出版社,2001年版,第230-231页;《我述说你所见:于坚集1982—2012》,作家出版社,2013年版,第189-190页。

[③] 见《于坚的诗》,人民文学出版社,2001年版,第232-233页;《一枚穿过天空的钉子:诗集1975—2000》,云南人民出版社,2004年版,第259-260页;《我述说你所见:于坚集1982—2012》,作家出版社,2013年版,第184-185页。

[④] 见《一枚穿过天空的钉子:诗集1975—2000》,云南人民出版社,2004年版,第35页。

我的左右"的"零度写作"。[1]从《罗家生》到《0档案》,于坚完成的都是某种个人的、局部的稗史性建构,其中"文革"经验的书写占有很大的比重。在《感谢父亲》《舅舅》《往事二三(组诗)》等回忆往事的诗篇中,历史场景在私人化视角中得以客观而平静的再现。《0档案》有着多向度的文本内涵,它"可以说是对'文化大革命'时期社会现实的表现,也可以说是某个叫作0的小人物的个人史,那个时代,个人史就是档案,就是公共历史"[2]。《芸芸众生:某某》[3]中的"某某"几乎可以泛指生活中的任何人,是"芸芸众生"中的一介凡人,和"英雄"那种高大形象相距甚远,反而是典型的"非英雄"角色。"某某"并不高尚,还很懂得审时度势,似乎任何时候都可以全身而退("三回犯错误/三次晋级")。相比之下,《罗家生》[4]中同名主人公的一生可谓悲凉而凄惨。《罗家生》通过书写工人罗家生默默无闻的一生来折射大时代的变迁,"文革"和"平反"等历史重大事件都被诗人设置成模糊的背景。罗家生悄无声息地来去、默默无闻地生活以及莫名寂寞地消亡,这些为整体性"宏大叙事"所忽略的、存于历史细碎角落与褶皱之中的普通民众生活史莫不更加具有历史真实性?与罗家生同时代的读者多多少少也可以从中找到自己当年生活的影子。

于1986年在《诗刊》11月号上发表的《尚义街六号》更是被视为"以非英雄化、反文化、日常口语写作为特征的大陆'第三代诗'的代表作品之一"[5]。该诗展示的是,20世纪80年代初一些年轻人在渐而松动的时代氛围中青春萌动而又百无聊赖的日常生活感受与体验。诗中涉及的人名都是真实的,都是诗人于坚生活圈子中的老朋友。该诗一改传统诗歌重抒情、明志或言理的创作指向,转而大写特写极其日常、琐碎、毫无诗意可言的俗常生活。于坚的很多诗歌都像《尚义街六号》一样,凸显的是"非英雄"形象的日常性,这是以往的诗人"没有处理或不屑、不敢处理和冒犯的",但"恰恰是在处理那些日常事务和经验的时候彰显出了于坚的先锋精神、探

---

[1] 于坚:《棕皮手记1992—1993》,见《拒绝隐喻:棕皮手记·评论·访谈》,云南人民出版社,2004年版,第22页。
[2] 于坚:《为世界文身》,陕西人民教育出版社,2015年版,第188页。
[3] 见《于坚的诗》,人民文学出版社,2001年版,第228-229页;《一枚穿过天空的钉子 诗集1975—2000》,云南人民出版社,2004年版,第33-34页。
[4] 见《第三代诗新编》,洪子诚、程光炜编选,长江文艺出版社,2006年版,第1-3页;《我述说你所见:于坚集1982—2012》,作家出版社,2013年版,第328-330页。
[5] 于坚:《尚义街6号——生活、纪录片、人》,见《与神语:第三代人批评与自我批评》,柏桦等著,中华工商联合出版社,2014年版,第344页。

索能力以及对具体事物和场面的把握与开掘、提升以及转化能力"。[1]总之,对以于坚为代表的"第三代"诗人而言,传统诗歌中的"英雄"主题过于高蹈、宏大、形而上了,"非英雄"人物当下的日常生活才是最大的诗性所在。

第二节 "垮掉派"诗歌与"第三代"诗歌中的日常生活审美化书写

"日常生活"说起来很好理解,但其内涵颇为复杂,很难给出一个完整而恰切的定义。就其特征而言,日常生活首先指的是世俗中的那些平凡而不断重复的行动、实践、体验或者信仰。其次,日常生活注重于行动、实践或体验的当下性,并不在意其背后是否有着某种反思性升华。再次,日常生活特别看重在体制之外或者体制的缝隙与皱褶之中,通过某种游戏性的社会交往所体验到的生活愉悦感。最后,日常生活是世俗社会多元文化的释放与多声部的言语杂糅。在胡塞尔看来,日常生活世界是"最为重要的值得重视的世界",是作为"唯一实在"并"通过知觉实际地被给予的、被经验到并能被经验到的世界"。[2]然而,随着社会文明程度的不断深化,哲学、科学和艺术等领域变得越来越精细而独立,个体生存中的日常生活世界被迫分离。由于受到技术、道德等理性话语的极力压制,日常生活中个体的独特性感受乃至身体本身日益被贬低,个体身心发展所需要的空间也随之显得愈发逼仄。对于这种压抑和被压抑关系,后现代主义论者通过重新标举日常生活世界,给出了新的解构性阐释。可以说,后现代主义思潮促使一些先锋艺术家重新认识日常生活世界,坚持认为后现代艺术应该打破所谓艺术"崇高性"认知,从而追求"生活(或日常事物事件)的美学化"[3]。

---

[1] 霍俊明:《于坚论》,作家出版社,2019年版,第231页。
[2] (德)埃德蒙德·胡塞尔:《欧洲科学危机和超验现象学》,张庆熊译,上海译文出版社,1988年版,第58页。
[3] (美)叶维廉:《叶维廉文集第五卷:解读现代后现代生活空间与文化空间的思索》,安徽教育出版社,2004年版,第28页。

一、"垮掉派"诗歌中的日常生活审美化书写

后现代主义具有强烈的批判精神,这种批判同"实现人的美的生活紧密地结合在一起",相应的批判活动也就成了"一场生活和艺术的游戏"。[①]从"垮掉派"诗人所普遍看重的禅宗"空无"理念来看,所谓"色即是空,空即是色"指向的并不是一般意义上那种完全远离现象世界、摒弃所有意识思维的"空虚"。相反,中国禅宗尤为注重日常生活中的生命体验,强调的是"平常心是道"。马祖道一禅师曾说:"平常心是道。谓平常心无造作、无是非、无取舍、无断常,无凡无圣。经云:'非凡夫行,非贤圣行,是菩萨行。'"[②]这里所说的"平常心"可以说是排除了任何二元对立思维的自然之心。一个人只有崇尚天然自在的状态,反对人为的浮夸矫饰的言行态度,才能拥有真正的平常心。正如史特伦(Frederick J. Streng)所理解的那样,"空无"是"对日常生活的认知",但"又不依附于日常生活":这种认知涉及"各具特色的实体、自我、'善'与'恶'以及其它生活实践中的方方面面",因为这些事物具有"空无品性",但"这种智慧并不是某种神秘性的入迷状态,而是日常生活中对自由的享受"[③]。说到底,"空无"不仅仅是一种理念,还是一种生活态度。

斯奈德诗歌大多来源于日常生活,可以说是禅宗"平常心是道"的具体体现。在斯奈德看来,打坐参禅固然重要,但禅机并不是神秘与虚空的存在。相反,禅机寓于日常生活中的普通劳作。因此,日常劳作即禅修。斯奈德甚至还强调,他的诗歌并不产生于冥想之中,而在他劳作之时:"作为每日禅修,我确实每天都在打坐,但这并不意味着每次打坐冥想都充满诗意、无比深刻;事实上,诗意通常来自于我劳作之时,而不是打坐冥想之中。"[④]可见,在斯奈德那里,日常劳作既是禅修,也是其诗歌最大的来源与主题。

事实上,在斯奈德诗歌中,把禅修与日常劳作相结合的例子比比皆是。先来看一首短诗《为何伐木卡车司机比禅修生起得更早》:

高座之上,黎明前的黑暗中,/铮亮的轮毂泛着光/明亮的柴油机排气管/热起来了,抖动着/沿泰勒路而上/来到普尔曼溪边的伐木之地。/三十

---

① 高宣扬:《后现代:思想与艺术的悖论》,北京大学出版社,2013年版,第104页。
② (宋)道原:《景德传灯录译注》(第五册),顾宏义译注,上海书店出版社,2010年版,第2252页。
③ Frederick J. Streng. *Emptiness: A Study in Religious Meaning*. Nashville: Abingdon Press, 1967: 159.
④ Gary Snyder. *Earth House Hold: Technical Notes and Queries to Fellow Dharma Revolutionaries*. New York: New Directions Publishing Corporation, 1969: 33.

英里尘与土。//

　　这才是生活。①

　　全诗共两节,第一节述及伐木卡车司机趁天亮之前发动卡车并风尘仆仆地赶路去拉木材的细节。而第二节只有一句,有如禅宗公案中的偈语,既是全诗的诗眼,也是诗人顿悟之所在。

　　对于诗人而言,专注于日常劳作是"艰辛而又愉悦的任务"②,与修行无异,体现的是一种身心合一的生活态度:

　　换地漏、擦水龙头、参加集会、收拾屋子、洗盘子、查油表——不要认为这些会干扰你进行更重要的追求。我们为"道"而进行修行,但这样一轮家务活并不是我们基于此而希望逃离的困扰——日常劳动就是我们的道。③

　　这种身心合一的生活态度在诗歌《篱笆桩》("Fence Posts")中被发挥到了极致:

　　我可以加点煤油/70美分一加仑/这是你在酒馆附近买油的费用/达到防水效果得用3.50加仑/外加半罐5加仑的,6美元,/来涂刷120个篱笆桩/选用液材的话,我可以节省30美元/但你得算上你的时间成本④

　　诗人絮絮叨叨,用平淡无奇的口吻细述如何做篱笆桩这件"小事",完全没有任何象征性暗喻。对于斯奈德而言,写诗和做篱笆桩一样,都是劳动,都要不求深刻从而放空自己的各种欲望。只有这样专注于万事万物的"真如"实性,才能拥有身心合一的"平常心"。

　　其实,将日常生活、禅修与诗歌创作三者结合起来,在斯奈德早期诗歌中就已经非常明显了。斯奈德第一部诗集《砌石》(*Riprap*,1959)中的同名主打诗歌便是最好的例证:

　　码放好这些词语/在你的心灵变得像岩石之前。/选定位置的双手,将它们/牢牢放好,放在/心灵的躯体面前/……/蚂蚁和卵石/在薄土之中,一石即一词/一块被溪水冲刷的石头/花岗岩:被整塑于/火与重量的折磨/晶体

---

① Gary Snyder."Why Log Truck Drivers Rise Earlier than Students of Zen." In *Turtle Island*.New York:New Directions Publishing Corporation,1974:63.

② Gary Snyder.*Axe Handles*.San Francisco:North Point Press,1983:85.

③ Gary Snyder.*The Practice of the Wild*.San Francisco:North Point Press,1990:153.

④ Gary Snyder.*Axe Handles*.San Francisco:North Point Press,1983:25.

和沉积层热结在一起/全在变,在思想之中,/也在事物之中。[1]

　　全诗只有一节,用词简单,但寓意深远。对于诗人来说,日常劳作(用石头砌墙)既是思想与心灵上的禅修,也是诗中词语的推敲、打磨与升华。"一石即一词",要成为上好的石头,花岗岩需要历经"火与重量的折磨",同样,诗中的语词也需要经过思想的不断冲刷,才会有妥帖的安放之地。如此看来,砌墙与作诗本质上并无分别,皆属日常劳作。作为物的石头与表征思想的语词于变化之中成就墙与诗,禅机莫不是在这样的变化之中显现?

　　日常生活也是克鲁亚克诗歌所着重表现的主题之一。美国"垮掉派"诗歌研究专家琼斯认为,克鲁亚克对美国后现代诗学的"真正贡献"在于:"强调语言的口语性而不是书面性,强调语言的音乐性而不是其呈现的功能性,强调符号而不是象征"[2]。

　　克鲁亚克诗歌极为看重那些可以任意而为、富于口语表现力的口头词汇,还将之命名为"写生语言"(sketching language):

　　我所做的就是写生(艾迪·怀特……曾无意中提到,"你为什么不像画家那样用语词给街头写生呢?")……千头万绪在你面前活生生地演绎,你唯一要做的就是:将思想放松下来,把它交给语词(当你站在现实的面前,天使般的想象力便会不期而至),不论是心灵还是社交,都要百分之百地诚实,要放下羞耻之心,要一股脑地快速地直接书写,直到有时候我是如此地投入以致于我都没有意识到我在书写……这是**书写的唯一方式**。[3]

　　这种像画家写生一样的书写方式给了克鲁亚克表达"内心音乐"的自由:不用千方百计地满足编辑或者读者的需求,也不用过多地考虑传统诗歌写作模式的束缚。可以说,"写生语言"消解了诗歌与散文之间的文体界限,它"完全是一场新的美国文学(自发性散文和诗歌)运动"[4]。

　　克鲁亚克诗歌同平凡的日常生活紧密相关,充盈着日常生活中生命的种种律动。当读者习惯了传统诗歌中基于音节的重音和音步时,他们其实往往并没有注意到诗行中的每个词语相对的音高、音节与长短变化,而在

---

[1] 〔美〕加里·斯奈德:《水面波纹:汉英对照》,西川译,译林出版社,2017年版,第33—34页。
[2] James T.Jones.*A Map of Mexico City Blues: Jack Kerouac as Poet*.Carbondale and Edwardsville:Southern Illinois University Press,1992:25.
[3] Jack Kerouac.*Selected Letters*:1940—1956.Ed.Ann Charters.New York:Viking,1995:356-357.
[4] Jack Kerouac.*Selected Letters*:1957—1969.Ed.Ann Charters.New York:Viking,1999:34.

诗歌朗诵的过程中"呼吸与停顿的理念也还远远没有形成固定的模式"①。金斯伯格最先注意到克鲁亚克对口语化诗歌语言的非凡洞察力:"人们完全可以用与朋友聊天的那种话语与语气来创作",因而,没有必要一定要对诗歌进行"修辞性升华"②。的确,像当时美国现代主义学院派诗人那样把语言作为象征来升华的做法正是"垮掉派"诗人所极力反叛与纠正的。"垮掉派"诗人开出的药方便是运用口语化语言呈现当下的日常生活。鉴于此,克鲁亚克在其诗集《杂诗选》的前言中曾做过如下描述:

以旧金山文艺复兴诗派(指的是金斯伯格、我、雷克斯罗斯、费林格蒂……柯索、加里·斯奈德……)为代表的美国新诗是一种愈老弥新、让人疯狂的禅诗,想到什么就写什么,诗回归到了它的源起,吟游之子,真正的**口语**……这些纯粹的新诗诗人……**是孩童**……他们唱着,他们**摇摆着**。③

正如前文所述,中国禅宗尤为注重日常生活中的生命体验,强调的是"平常心是道",那么,采用日常生活口语随心所欲地书写日常生活中的生命体验及其带来的顿悟性感受,莫不就是"让人疯狂的禅诗"?

《嚎叫》大量使用了粗陋语、方言、俚语等口语化语言,表现的是一种注重口语交流的"垮掉的一代"亚文化。"垮掉派"成员没日没夜地聚集在一起,随着即兴演奏的爵士乐,跳着、唱着、交谈着,进入一种近乎狂喜入迷的状态:

他们接连七十个小时聊下去从公园到安乐窝到酒吧到贝尔维到博物馆一直到布鲁克林大桥,一大群迷惘失落柏拉图式空谈家从防火梯从窗槛上跳到门廊跳到帝国州远离月亮,

喋喋不休尖声大叫时而唾沫横飞时而悄声耳语讲述事实和回忆趣闻眼珠被猛踢医院里的电休克监狱以及战争,

他们的睿智沉浸在回忆七天七夜目光炯炯把犹太教堂集会的神餐扔在人行道上,④

---

① Thomas Parkinson.Ed.*A Casebook on the Beat*.New York:Crowell,1961:287.

② Robert Creeley."INTRODUCTION." In *Book of Blues*.Jack Kerouac.Harmondsworth:Penguin Books Ltd.,1995:x.

③ Jack Kerouac.*Scattered Poems*.Ed.Ann Charters.San Francisco:City Lights Books,1971:vii.

④〔美〕艾伦·金斯伯格:《嚎叫——致卡尔·所罗门》,见《金斯伯格诗选》,文楚安译,四川文艺出版社,2000年版,第116页。

这种彻夜的、无休无止的交流可以说是将"垮掉派"成员的身体和思想聚在一起的黏合剂:在喧闹、毒品和歇斯底里的歌声中,一起随着节奏摇摆和释放。

有论者认为,"从语言、内容、结构上",《嚎叫》"都打破第二次大战以前英美现代诗的原则"[①]。单从语言来看,诗歌第一部分中,金斯伯格以振聋发聩的诗句开篇:"我看见我这一代的精英被疯狂毁灭,饥肠辘辘赤身露体歇斯底里,拖着疲惫的身子黎明时分晃过黑人街区寻求痛快地注射一针,/天使般头脑的嬉普士们渴望在机械般的黑夜中同星光闪烁般的发电机发生古老的神圣联系"[②],此后,反复出现(近60次)的口语词"who"将密集的长诗行(从18个词到165个词)连接在一起,形成一种宣泄之势,而"who"后面紧跟着的一系列和身体紧密相关的动词("ate""burned""vanished""broke""appeared")使得这种宣泄又聚焦于"垮掉的一代"一个又一个的行为举止上,书写出整个"垮掉的一代"既疯狂而又充满着无奈的生命轨迹。

当然,对于金斯伯格来说,强调日常性口语并不意味着完全抛开诗歌中的形式要素。在谈及《嚎叫》的创作过程时,金斯伯格连续用到三个大写单词"FORM"强调说,《嚎叫》"肯定是对形式、形式、形式的实验,不是什么'形式乃何物'之类的愚蠢想法"[③]。事实上,金斯伯格首次在《嚎叫》中采用了长诗行。可以说,与传统诗歌中的格律和音步要素大相径庭的是,该诗中每行诗句的"形式"要素都完美地契合了诗人自己"说话节奏"的"一个呼吸单元"。例如在第一部分中,诗行之间的停顿主要由节拍词"who"来引导,即"who"被作为一个个保持诗行平衡的"基点"(base)来调节诗人的思绪与节奏:"一次次发于此、归于此,进入另一个闪光的想象"[④]。

二、"第三代"诗歌中的日常生活审美化书写

按照叶维廉的理解,诗歌从现代主义到后现代主义最显著的变化是"由严肃的语态和严谨的结构中放松开来",从"不断引带读者升向某种类

---

① 郑敏:《美国当代诗选》,湖南人民出版社,1987年版,第83页。
② (美)艾伦·金斯伯格:《嚎叫——致卡尔·所罗门》,见《金斯伯格诗选》,文楚安译,四川文艺出版社,2000年版,第114页。
③ Jane Kramer. *Allen Ginsberg in America*. New York: Random House, 1968: 169.
④ Allen Ginsberg. "Notes for *Howl and Other Poems*." In *The New American Poetry: 1945–1960*. Ed. Donald M. Allen. New York: Grove, 1960: 415–416.

似形而上的秩序"到"在我们熟识的地面上",而后现代艺术就是"艺术崇高性"破灭后的"生活(或日常事物事件)的美学化"。①可以说,后现代诗歌的后现代性在于把生活中的基本关系描述为"非强制性关系",拥有后现代意识就是去发现和感受这种"合作性的、互助的、非强制性的关系"。②

对于现代中国来说,这种"艺术崇高性"破灭后的"非强制性"的日常生活审美化趋势有着特殊的意义。近代以来,中国人经历了太多的辛酸和屈辱,救亡图存、强国富民一直是国人最大的动力与愿景。国难当头,以激进主义与理想主义为核心的革命"美学"深刻地塑造了人们对"审美"的激进式的理解,成为强而有力的催人奋进的意识形态宣传工具。久而久之,人们的日常生活也充满了革命意味,日益沦为某种残酷而刻板的阶级论范式的试验场,似乎只有无产阶级的美才是唯一具有合法性的美;革命"美学"于是"以某种'非美的'方式实施了对人心灵和肉身的彻底改造";但"后革命时代"的来临意味着"一种新的生活范式的到来",改革开放"不但是一个经济或政治政策,更是一种生活方式",因而,"后革命时代"的日常生活审美化注重的是主体性"体验",即,关乎主体对外部实在世界的、"直接诉诸感官"的"内心过程"。③

从本质上看,诗歌是一门关于生命和语言的审美艺术。人们不能让诗歌泛工具化,不能强制性地将某种道德或者理性视为其必须达到的"升华"目标。人们应该跳出"道德/反道德"④二元对立思维模式,让诗歌回归其"非道德化"生命表达的本质。在对日常生命体验和感受的诗性表达中,"非道德化"的"第三代"诗歌不以"神明""权威"或"英雄"自居,表现的是一个个凡俗的生命个体的情感、本能和肉身。在于坚看来,日常生活就是"人生最基本的生活,毫无意义的生活,无所谓是或非的生活";正是从这样的日常生活开始,人们"才有根基进行关于存在之意义的种种疑问和设想"。⑤

---

① 〔美〕叶维廉:《叶维廉文集第五卷:解读现代后现代生活空间与文化空间的思索》,安徽教育出版社,2004年版,第28页。
② 〔美〕大卫·雷·格里芬编:《后现代精神》,王成兵译,中央编译出版社,2011年版,第208页。
③ 周宪:《"后革命时代"的日常生活审美化》,《北京大学学报》(哲学社会科学版)2007年第4期。
④ 20世纪90年代中后期以来,"反道德"倒是越来越发展成为一些所谓的"后现代"诗人(如"下半身写作"诗人)新的教条。似乎任何跟道德有关的,他们一律要反对,其所体现的"二元对立"思维("道德/反道德")与真正的后现代精神完全相左。
⑤ 于坚:《何谓日常生活——以昆明为例》,见《于坚思想随笔》,陕西师范大学出版总社有限公司,2010年版,第86页。

可以说，为了消解深度理性、搁置终极意义，"第三代"诗歌普遍采用日常生活审美化作为创作原则，专注于瞬时的当下生命体验和感受以更好地表现出日常生活中某种随性而发的感性行动与思想闪光。"第三代"诗歌这种日常生活审美化原则主要表现在以下三个方面：稗史化、俗常化和时间空间化。

（一）稗史化

日常生活平凡而琐碎，但又不乏真实。日常生活中的行为与体验往往会遵从一些实践性知识或惯例，具有某种无序性。因而，它关注的往往不是那些造就英雄、具有历史价值的大事件。毕竟，英雄或价值对应的是被理性、命运或意志建构出来的有序生活。其间，当下的日常生活被抵制、规训乃至否定，以服从于更高的追求。由此，在表现鲜活的日常生活方面，宏大叙事不免因空转而失效，创造性的叙事模式开始受到重视。

稗史化写作指的是那种只关注局部与个别的个人小史而不是"公共的、整体的"宏大历史，"不受作者感情或意识形态、自我的左右"的"零度写作"。[①]"第三代"诗人普遍反对宏大历史叙事话语对诗歌创作的粗暴介入，大多坚持通过呈现普通民众千姿百态的日常生活来表现历史的多样性与具体性。于坚的许多诗歌可以说是"第三代"诗歌稗史化写作的主要代表。从《芸芸众生：某某》《罗家生》到《0档案》，完成的都是某种个人的、局部的稗史性建构。在《感谢父亲》《舅舅》《往事二三（组诗）》等回忆往事的诗篇中，历史场景（很多都是对"文革"经验的书写）在私人化视角中得以客观而平静地再现。

事实上，卡林内斯库早在1986年谈及现代性的最后一副"面孔"后现代主义时就曾断言，在"普救论被驱除"之后，现代性的"宏大叙事"也就"土崩瓦解"了，随之产生"大量异质的、局部的'小史'（petites histories）"，这些小史"常常具有高度自相矛盾和悖谬推理式的本性"。[②]于坚的"稗史"意识体现的莫不是卡林内斯库所描述的这种"小史"，它在解构以"整体性""统一性"为基本要素的宏大历史的同时，也建构了充满"多元化"和"差异性"的局部而个别的"小史"，这在当代诗歌发展史上具有积极的建构意义。在

[①] 于坚：《棕皮手记1992—1993》，见《拒绝隐喻：棕皮手记·评论·访谈》，云南人民出版社，2004年版，第22页。
[②] 〔美〕马泰·卡林内斯库：《现代性的五副面孔：现代主义、先锋派、颓废、媚俗艺术、后现代主义》，顾爱彬、李瑞华译，商务印书馆，2002年版，第294-295页。

于坚那里，这种建构意义还在于于坚诗歌所普遍蕴含的"个人化历史想象力和求真意志"这一宝贵品质：

在那些日常或冥想的一瞬间的细节、场景中，于坚往往采用那种定格、慢放和调焦扩大的方式，并且更为重要的在于个人生活、家族命运和日常碎片与整体性的历史田野、时代境遇、精神大势时刻发生关系。这样，大与小、个人与时代、当代与历史就产生了转换和相互打开的关系。这既可以看作是一种介入，也可以看作是一种真正意义上并置、提升和转化。①

首先来看《芸芸众生：某某》②。该诗以四十行的短句讲述了"某某"出生以来颇具故事性的"小史"："出生于一家医院/早年在大公司上班""密告过一个女人""多年孤独的生活""夜里他静静地手淫""近年他做起香水生意""老光棍""夜里不再离群索居""他在舞池中复出"。"某某"是"芸芸众生"中一凡人，他并不高尚，还很懂得审时度势，似乎随时都能逢凶化吉，全身而退（"三回犯错误/三次晋级"）。"某某"内心阴暗却长袖善舞，最终是"如鱼得水 心平气和"而"风度翩翩"。

相比之下，《罗家生》③中的同名主人公一生可谓悲凉、凄惨：孤独地生活（"谁也不知道他是谁/谁也不问他是谁"）——因私藏领带被赶出工厂——悄然结婚（"一个人也没有请"）——意外死亡（"电炉把他的头/炸开了一大条口"）——被寂寞地埋葬（"埋他的那天/他老婆没有来"）。同《芸芸众生：某某》一样，《罗家生》也没有采用"宏大叙事"，而是采用冷静的笔触书写工人罗家生默默无闻的一生来折射大时代的变迁，"文革"和"平反"等历史重大事件作为模糊而又"强势"的背景与诗中的人物如影随形。整首诗充满着现场目击感，"普通人的日常生活方式，为人处世风格，时代暴力强行闯入后带来的命运颠踬，都于波澜不惊中得到显现"④。在诗人表面

---

① 霍俊明：《于坚论》，作家出版社，2019年版，第63页。
② 见《于坚的诗》，人民文学出版社，2001年版，第228—229页；《一枚穿过天空的钉子：诗集1975—2000》，云南人民出版社，2004年版，第33—34页。
③ 这首诗是于坚诗歌中收录频率最高的诗歌。首次以"芸芸众生4 罗家生"为题，通过组诗（《生命的节奏（四首）》）的形式发表于《诗刊》（1986年第11期）。与此后相对固定的版本而言，《诗刊》版本少了整个第一节三行诗句（"他天天骑一辆旧'来铃'/在烟囱冒烟的时候/来上班"），因为缺少交代而显得过于延宕突兀，其他诗行也有少量改动。其他收录情况主要有：《于坚的诗》，人民文学出版社，2001年版，第220—222页；《一枚穿过天空的钉子：诗集1975—2000》，云南人民出版社，2004年版，第36—37页；《第三代诗新编》，洪子诚、程光炜编选，长江文艺出版社，2006年版，第1—3页；《我述说你所见：于坚集1982—2012》，作家出版社，2013年版，第328—330页。
④ 陈超：《"反诗"与"返诗"——论于坚诗歌别样的历史意识和语言态度》，《南方文坛》2007年第3期。

上极其平淡、漫不经心的叙述背后却暗含着危机与险情,日常生活似乎也会有惊悚与震荡。诗人在《罗家生》中完成的是"对工厂日常生活的还原,是对'人'的尊重与发现,是对无名者的命名,是让沉默者重新发声,是'个人'履历的真实不虚的记录"[①]。罗家生的意义在于,他的悲剧显示出"文革"受难者不只是"老干部"或者"高级知识分子",受难也可以"不崇高"。罗家生悄无声息地来去、默默无闻地生活和寂寞地死,这些为整体性宏大叙事所忽略、存于历史细碎角落与褶皱中的普通民众生活史似乎显得更为真切动人。这样看来,《罗家生》是一部统一性和个别性结合得较为完美的"小史"性诗歌。谈及此诗,于坚写道:"我甚至敢说这是一首史诗,至少我理解的史诗是如此。史诗并不仅是虚构或回忆某种神话,史诗也是对存在的档案式记录。"[②]对这类诗作,韩东也颇有同感:

> 我认为于坚写出了第三代诗歌中可以称之为史诗的东西。……史诗与其规模宏大以及纪念碑般的意义相联系,但除此之外,它又是如何自我确立的?我认为,史诗至少要符合以下两个条件:一定的历史实录性(物质的和精神的现象性存在)和明确的非个人化,至于规模的宏大和不朽的预期则在其次。……在《作品100号》和《尚义街六号》等作品里我们看到的正是这样的过程:于坚从一名观察者变成了研究家。他记录并讨论了历史……每一代人的生活都将成为历史。于坚的品质规定了他是当代精神的研究家而非代言人。他展示的图景和得出的结论表明了一代人的自我确认,而不是纯粹个人化的奋不顾身的表达。[③]

对"第三代"诗人来说,中国文化一直以来"重视的是生活的文化化,文化(动词)生活,而不是生活的日常化",总是把"日常生活升华",变成"日常神话",[④]因而,"第三代"诗人所要做的不是成为生活中的"解放者",而是深入到生活的"日常性"中,并对其"认同"。[⑤]在"第三代"诗人看来,好的诗歌总是可以从中"看出一个时代的心态",从而让人们觉得"正因为生活如此,

---

[①] 霍俊明:《于坚论》,作家出版社,2019年版,第266页。
[②] 于坚:《谈谈我的〈罗家生〉》,见《于坚思想随笔》,陕西师范大学出版社有限公司,2010年版,第270页。
[③] 韩东:《韩东散文》,中国广播电视出版社,1998年版,第133页。
[④] 于坚:《棕皮手记1996》,见《拒绝隐喻:棕皮手记·评论·访谈》,云南人民出版社,2004年版,第38页。
[⑤] 于坚:《棕皮手记1997—1998》,见《拒绝隐喻:棕皮手记·评论·访谈》,云南人民出版社,2004年版,第68页。

我们才要生活"。①"第三代"诗人往往极力避开采用"大词"来表现作为"庞然大物"的宏大历史，相反，他们常常采用口语化语言（包括俚语与粗俗语）来表现日常生活中一个个瞬时性的具体的当下历史片段。

"第三代"诗人中，于坚最为专注地致力于拨开集体意识中的历史记忆，力图还原彼时生活的日常面目，坦然地关注那些琐屑的、世俗的、无"意义"的日常生活经验和事物。如《感谢父亲》(1988)②中的"我"围绕"父亲"对家庭的责任和对子女的爱，回忆起父亲日常生活中的点点滴滴：在物资匮乏的年代，"您深夜排队买煤/把定量油换成奶粉/您远征上海/风尘仆仆/采购衣服和鞋"；为了躲避时代暴力，"父亲"不得不"老谋深算/能屈能伸/光滑如石"，还会主动"揭发 检举 告密"他人；为了防止"我"因为说出某些不该说的话而被别人告密，"父亲"常在夜里"悄悄起来/检查儿子的日记和梦话"。在传统文化中，"父亲"往往是"家长""权威""道德""有教养"这类价值与意义的代名词，必须经过"深度抒情"才能予以充分表现。然而，诗人却一反陈规，完全从个体"我"的视角对自己的"父亲"进行"物象"还原。"父亲"是日常生活中的父亲，带有小市民习气，明哲保身，为了表明自己的革命觉悟，也会"交代 揭发 检举 告密"。毕竟，人民不是抽象的，不是都有着所谓"整体主义"上的"真善美"，人民就是"每一个具体的个人，他（她）既是历史压迫的客体，又很可能是历史权力主动的载体或工具，他们会为了生存自保或隐蔽的人性之恶而相互倾轧，自我压迫，对他人冷漠，甚至庆幸灾难没有降临到自己头上"③。

《0档案》④更是对稗史化写作存在的一种澄明。1994年12月15日北京大学《0档案》专题讨论会上，谢冕在最后的总结性发言中指出："诗人不应该忘记历史，必须直面自己所面对的大地和天空，面对自己的内心世界。于坚是这样做的，他和那些游戏式的和粉饰性的诗人都不一样。"⑤《0档案》是一种以冷酷而机械的档案语体对一个出生于20世纪50年代中期、成长于主流意识形态全面宰制的特殊时空下的无名男人的稗史性书写。"0"，

---

① 于坚：《棕皮手记1982—1989》，见《拒绝隐喻：棕皮手记·评论·访谈》，云南人民出版社，2004年版，第6页。
② 见《于坚的诗》，人民文学出版社，2001年版，第192-194页；《一枚穿过天空的钉子：诗集1975—2000》，云南人民出版社，2004年版，第194-196页；《第三代诗新编》，洪子诚、程光炜编选，长江文艺出版社，2006年版，第15-17页；《我述说你所见：于坚集1982—2012》，作家出版社，2013年版，第262-264页。
③ 陈超：《"反诗"与"返诗"——论于坚诗歌别样的历史意识和语言态度》，《南方文坛》2007年第3期。
④ 见《0档案：长诗七部与便条集》，云南人民出版社，2004年版，第27-41页；《我述说你所见：于坚集1982—2012》，作家出版社，2013年版，第196-210页。
⑤ 沈奇整理：《对〈0档案〉发言》，《诗探索》1995年第2期。

像鲁迅笔下阿Q名字里的"Q",既意味着"无名",同时又是一代人的"共名",昭示了主流意识形态整体性话语对个体生命的漠视与压抑。诗人似乎刻意以一种非诗化语言凸显社会体制"习语"或"关键词"所代表的意识形态话语对个人生存的影响,是"深入具体历史语境,犀利地澄清时代生存真相的作品"[①]。"0"的成长史影射着特殊时代意识形态话语对个体的压抑史。如《卷二 成长史》中"一份检查:1968年11月2日这一天 做了一件坏事/我在墙上画了一辆坦克洁白的墙公共的墙大家的墙集体的/墙被我画了辆大坦克我犯了自由主义一定要坚决改过",这份看似荒诞的检查所折射出的正是"文革"前期那种高度紧张的气氛:所有的个性或者差异性都要被统一到强大的集体主义精神话语之下,否则便是被消灭的对象,哪怕是童真。再如《卷三 恋爱史(青春期)》描述了青春期里躁动不安的敏感和自觉:"四月的正午 一种骚动的温度 一种乱伦的温度 一种/盛开勃起的温度凡是活着的东西都想动 动引诱着","历史从未记载/只是动作的各种细节 行为的各种局部",动作的细节和局部是个体的,充斥着多元化和差异性,是宏大叙事所要排斥和遮蔽的。然而,青春的冲动不可阻挡,诗人一连用了17个"和……有关"这种排比句式来书写青春期那种感官上失控而又无以名状的个人感觉和生命体验。当然,这些都是档案所代表的意识形态话语所不容的,这才有最后一行的冰冷:"批复:把以上23行全部删去 不得复印 发表 出版"。这里,诗人探索的是"'文革'公共书写和个人话语的关系",即,档案代表着一种"最具效力的公共书写方式",对"个人话语的有力箝制,既是它的天性,也属它的职能",这样看来,《0档案》是对公共书写的"背弃和反动",具有"无可置疑的历史内涵"[②]。

进一步来看,《0档案》无疑有着超越具体历史时代的普遍意义。意识形态话语与普通民众之间的关系并非简单的"压抑/反压抑"二元对立关系,被意识形态整体话语所压抑的普通民众自身也可能是这种权力话语的有效载体,就像《感谢父亲》中的"好人""父亲"那样,为了表明自己的革命觉悟,为了保全自己和家人,也会"交代 揭发 检举 告密"。正如《卷五 日常生活》中的第6节《一组隐藏在阴暗思想中的动词》所述:"砸烂 勃起 插入 收拾 陷害 诬告 落井下石/干 搞 整 声嘶力竭 捣毁 揭发/打倒 枪决 踏上一只铁脚 冲啊 上啊/批示:此人应内部控制使用 注意观察动向 抄送 绝密/内参 注意保存 不得外传'你知道就行了 不要告诉他'",可见,在当时固化的

---

① 陈超:《"反诗"与"返诗"——论于坚诗歌别样的历史意识和语言态度》,《南方文坛》2007年第3期。
② 贺奕:《九十年代的诗歌事故——评长诗〈0档案〉》,《大家》1994年第1期。

意识形态权力话语之下,普通民众之间的同情心与信任感已然降到冰点,只剩下互相倾轧、尔虞我诈。再如,《卷二 成长史》所写:"小字条:报告老师 他在路上捡到一分钱 没交民警叔叔/评语:这个同学思想好 只是不爱讲话 不知道他想什么/希望家长 检查他的日记 随时向我们汇报 配合培养",看来,甚至是老师、同学与家长也都有可能成为这种意识形态权力话语的有效载体。可以说,正是这种对普通民众与权力话语相互选择与配合的运作关系的揭示,才让诗人在对意识形态权力话语进行反讽的同时,并没有轻易落入另外一种整体性话语的窠臼,即,我们都是历史中无辜的受难者。

(二)俗常化

"第三代"诗歌日常生活审美化创作原则也体现在对世俗日常生活的一种原生态展现上,即,在超越以建立宏大叙事、深度理性以及"大我"精神偶像为目标的朦胧诗这一过程中,"第三代"诗歌大多体现了市民阶层的文化趣味。在20世纪80年代中后期那种狂欢化的思想环境和社会氛围之中,在新中国改革开放不断深化以及商业化的社会浪潮巨大的冲击之下,"第三代"诗人作为一个先锋群体在行为方式上是反叛的、抗争的,在思想方式与创作方法上表现出一种极为强烈的平民意识和世俗精神。他们以个人、边缘与民间作为重要的思想与创作起点,着力打破当代诗歌与权力如影随形的存在方式,凭借诗人自身在日常生活中独特性的生命体验与感受书写俗常化的当代诗歌。

在"第三代"诗人看来,中国传统诗歌尤为"害怕形而下"的事物,害怕"与小、与俗联系在一起",害怕日常生活中的"当下"和"现场",而真正的先锋诗歌意味着要将创作的触角深入到具体的"现场""当下"和"日常",而不是指向"历史或未来"[①]。因而,"第三代"诗人往往热衷于"反映普通人的日常生活状态,捕捉他们的内心情感与心理波澜,揭示他们的喜怒哀乐,并赋予自己对他们深刻的理解与同情态度"[②]。本着具有"独立精神和自由创造品质"[③]的民间立场,"第三代"诗人对那种一味表现"主流的思想、主流的意

[①] 于坚:《棕皮手记 1992—1993》,见《拒绝隐喻:棕皮手记·评论·访谈》,云南人民出版社,2004年版,第17—22页。

[②] 陈旭光、谭五昌:《秩序的生长——"后朦胧诗"文化诗学研究》,陕西人民教育出版社,2002年版,第51页。

[③] 杨克:《1999 中国新诗年鉴》,广州出版社,2000年版,第465页。

识形态"的"模式化和概念化"的文化也始终保持着一种反叛姿态。①鉴于传统诗歌中这种"模式化和概念化"文化往往是通过某种隐喻手法来间接表达的,"第三代"诗歌总体上放逐意象,拒绝隐喻和象征,在主流意识形态之外寻求以非隐喻象征性的原生态口语作为言说方式,以肯定当下的世俗日常生活。

"意"与"象"本是中国古典诗歌中两个不同的重要元素,也是古典诗歌批评的重要术语,其着重点在"象",至于"象"外之"意",是难以言传的,讲求的是"象外之意""可以意会,不可言传",且"意""象"之间并无必然的关联,"象"外之"意"也是开放而灵活的,全在于读者的感受。随着"象"所表达的某种"意"被人为固定,才逐渐产生富有隐喻象征意味的"意象"。庞德创建"意象派"诗歌时也颇受他所理解的中国古典诗歌的影响(其本人并不懂中文),从而开启美国现代主义新诗潮流,到艾略特时代达到顶峰(具有超前意识与美国本土意识的威廉斯则始终反对美国诗歌以此为圭臬)。在中国,朦胧诗重拾现代主义诗歌中的意象传统,"用意象的暗示或隐喻取代以往那种明白无误的叙说或抒发",通过"大幅度引进意象化方式而为新诗注入了鲜活的生机"②。然而,随着中国现实语境和时代精神的转换,后期朦胧诗中的意象越来越与现实生活中的生命体验与感受严重脱节,沦为某种意识形态化符号的无效空转;"意"念与物"象"的组合呈现出某种模式化态势,物"象"日益沦为表达"意"念的媒介或手段。对"第三代"诗人而言,诗是"对隐喻的拒绝",因为"回到命名时代的愿望只不过是一种乌托邦的白日梦";同时,"对隐喻的拒绝意味着使诗重新具有命名的功能",在"对已有的名进行去蔽"的过程中,"诗显现"③。这样,"第三代"诗歌中,像朦胧诗那样一个接一个的词意象表达消弭了,转而兴起的是将诗"演绎为一种行为、一个片断、一段过程",从而让诗歌具备"一定的叙事性";在这种"过程"的叙述之中,朦胧诗中的词意象不断地向行为意象或者句意象转换。④可见,"第三代"诗歌凸显了日常生活中具体的个体生命体验的事态化叙述,如"晴朗的日子/我的窗外/有一个人爬到电线杆上/他一边干活/一边向房间里张望/我用微笑回答他/然后埋下头去继续工作"⑤。新诗的情趣与意味

---

① 杨克:《1999 中国新诗年鉴》,广州出版社,2000 年版,第 407 页。
② 吴晓:《意象符号与情感空间——诗学新解》,中国社会科学出版社,1990 年版,第 1 页。
③ 于坚:《拒绝隐喻——一种作为方法的诗歌》,见《于坚诗学随笔》,陕西师范大学出版社有限公司,2010 年版,第 13 页。
④ 罗振亚:《朦胧诗后先锋诗歌研究》,中国社会科学出版社,2005 年版,第 56—57 页。
⑤ 万夏、潇潇:《中国现代诗编年史·后朦胧诗全集》(下卷),四川教育出版社,1993 年版,第 246—247 页。

不再依靠设置几个业已固化的隐喻象征性意象语汇来实现,而是借用一个片段式情节中的几个连续性动作来进行事态化叙述,词意象也就演变成去隐喻化的句意象。"第三代"诗歌这种"去意象化"写作似乎是要使物"象"与"意"念脱钩,从而达成一种拒绝隐喻、直抵物象本身的写作风格,这无疑有利于"第三代"诗人在主流意识形态之外独立而自由地书写日常的世俗生活,实践其日常生活审美化的民间立场。

《事件:装修》(1995)[①]先是具体而微地描写了装修前日常生活中"家"的布置以及"家"所带来的特殊体验和感觉,如"一个家庭有一个家庭的佐料/导致阴影的密度 发霉的范围/红烧肉的味道 窗帘的厚薄 硬与软的比重"以及"椅子的据点 旧相片的次序 米袋的位置/依据的是独一无二的秘方/……《说文解字》是这家人的圣物 翻一翻就要放回原处/不可能把冰箱支在客厅里 也不习惯"。这样的"家"也许不够高雅,但至少还有着自己独特的风格,暖心而实在。然而经过有着"统一祖国的标准"和"衡量贵贱的尺寸"的"至高无上的装修"之后,"家"被提供统一的"色谱 光洁度 涂料 配方 以及墙裙的高矮";刷了油漆、换上钢窗、裱以墙纸,外婆的气味没了,连老鼠也"被击毙在自己的窝里",室内光线"有宾馆效果";"家长"为了配合"新家"还穿上了"一身新衣服","像一个刚刚成家的青年";多年不动的沙发也"移动了两米",正对着"有些刺眼"的"彩电"。显然,现代标准化的装修让"家"失去了原来的独特性,让"家"里的人也只能配合着"物",被"物"给异化了。进一步来说,诗人似乎是在呈现一幅日常生活中的"家"以及"家"里的人与物如何被现代文明理性所"规训"直至让人颇感无奈的漫画,正如诗人在结尾所写:"虽然 这样看有些刺眼/但可以慢慢适应"。

《你见过大海》[②]也是拒绝隐喻、把日常生活审美化的一个范例。在相当长的诗歌传统中,特别是在朦胧诗中,"大海"一直有着"自由""崇高""博大"等"庞然大物"式的隐喻和象征,如舒婷的《致大海》(1973)[③]将"大海"看作是"自由的元素",而且"大海的日出/引起多少英雄由衷的赞叹;/大海的夕阳/招惹多少诗人温柔的怀想"。与此相对,韩东笔下的"大海"已与任何隐喻或象征无关。诗中,"你见过大海/你想象过/大海"有节奏感地重复着,让读者不觉产生一种心理上的认同感,使人觉得事情就是这样。作为一个

[①] 见《一枚穿过天空的钉子:诗集1975—2000》,云南人民出版社,2004年版,第290-291页;《我述说你所见:于坚集1982—2012》,作家出版社,2013年版,第168-170页。
[②] 见《后朦胧诗选》,阎月君、周宏坤编,春风文艺出版社,1994年版,第59页;《亵渎中的第三朵语言花——后现代主义诗歌》,周伦佑选编,敦煌文艺出版社,1994年版,第35-36页;《第三代诗新编》,洪子诚、程光炜编选,长江文艺出版社,2006年版,第35页。
[③] 舒婷:《舒婷诗》,长江文艺出版社,2012年版,第3-5页。

普通人，"你"对大海只能是想象，或者见一见，如此而已。不管通过"见"大海这种直接日常生活体验还是"想象"大海那样含有象征和隐喻意味的虚构，"大海"是"大海"，"你"就是"你"，不会有什么实质性改变，那种一厢情愿的隐喻关系已经被彻底打碎了。而且，为了避免读者去追寻深藏在"象"之外的"意"，韩东在诗中反复强调："就是这样""顶多是这样""人人都这样"，"大海"仅仅作为一个物象而存在，顶多只是一片风景而已。而如果"你"因为"喜欢大海"而进入，结局或许是"淹死"，可以说，"这种想像比见和想更恐怖，因为它是接触到真实就意味着死亡"，事实上"你"与"大海"之间"不存在任何真实的关系"。[①]"你不情愿／让海水给淹死／就是这样／人人都这样"是一句幽默的反讽，既瓦解嘲讽了文人骚客们对大海的浪漫性遐想，又突出了日常生活气息。它是诗人的神来之笔，绕到了严肃崇高和诗意庄严的背后，起到了比严肃"意"念更为直白而有效地表达日常生活诗意的作用，这种把朦胧诗中常见的蕴蓄情感、意义的象征隐喻性意象转变为叙事性描述的手法，显然是对朦胧诗意象-意识形态话语模式的颠覆和超越。

韩东的另一首诗《有关大雁塔》[②]是诗人消解大雁塔的历史深度与隐喻的一次主动出击，体现了诗人由模仿朦胧诗隐喻象征型创作模式到直抵物象本身的日常事物美学化的转向。"有关大雁塔／我们又能知道些什么"以一种反诘、质疑的语气表明，对于大雁塔"我们"已经有了太多的"前见"和"预设"（如杨炼的《大雁塔》把它当作民族的、文化的、传统的象征符号），"我们"应该还原大雁塔作为"物象"的本来面目：它其实并不能告诉人们什么，并没有所谓见证历史的深刻意义。"有很多人从远方赶来／为了爬上去／做一次英雄／也有的还来做第二次／或者更多"，因为大雁塔的名声，很多远方人"从远方"赶来，为的就是做"英雄"而"爬上去"，但也只是做一次"爬上来的英雄"而已，这里，大雁塔早已不再是象征文化、民族、传统的"庞然大物"，而只是人们做一两次爬大雁塔这种所谓的"英雄"行为的道具。"那些不得意的人们／那些发福的人们／统统爬上去／做一做英雄／然后下来／走进这条大街／转眼不见了"，那些为做"英雄"而"爬上"大雁塔的人们，无论是失意人还是得意者（发福的人），不过是想做一回"当英雄"的梦，然后隐匿于日常的平庸。"也有有种的往下跳／在台阶上开一朵红花／那就真的成了英

---

① 龙泉明：《中国新诗名作导读》，长江文艺出版社，2003年版，第468页。
② 见《后朦胧诗选》，阎月君、周宏坤编，春风文艺出版社，1994年版，第56-57页；《亵渎中的第三朵语言花——后现代主义诗歌》，周伦佑主编，敦煌文艺出版社，1994年版，第33-34页；《第三代诗新编》，洪子诚、程光炜编选，长江文艺出版社，2006年版，第33-34页。

雄/当代英雄","有种的"会在大雁塔上自杀,成就所谓的"当代英雄",此处最能体现韩东一贯的平淡化的口语和漫不经心的反讽语气:这些"当代英雄"颇能"视死如归",但这也恰恰说明他们因在现实社会中找不到自己的位置而痛苦徘徊的尴尬处境,只能证明他们生命的多余和无意义。这里,不妨把"当代英雄"看作对宏大叙事中"现代英雄"的戏仿,事实上"现代英雄"也"不是英雄",而只是"扮演英雄"[①]。

诗的第二节只有三行,"我们爬上去/看看四周的风景/然后再下来",诗人似乎强调"我们爬上"大雁塔并不是为了"做一次英雄"或是做"当代英雄",而是去"看看四周的风景",去看清并理解"我们"所处的现实世界,然后"再下来",回到坚实的大地之上。毕竟,人们不可能总是置身于历史乌托邦的想象之中,相反,人们注定要回归与自身休戚相关的日常生活世界。可以说,日常生活是对英雄生活的对抗性表达,它是"对某一特定生活的拒斥,特别是那种英雄式的、以表演为中心且有着宏大理想的生活方式";针对"危机四伏的英雄生活,日常生活通过这种对抗性姿态建构了自己的真实"[②]。至此,诗人"下来了",超越了朦胧诗隐喻象征型创作美学,从而完成了他日常生活审美化转向。

当然,《写作》《事件:装修》《你见过大海》《有关大雁塔》这类"第三代"诗歌在解构历史与文化中那些阻碍人们在日常生活中自由地探求生命本真状态的隐喻与象征的同时,恰恰是"看重个别生命的现时,认同平凡人平凡生活本真的部分,肯定具体的人性,不让整个背谬性的、荒诞的、矛盾的背景摧垮人的精神,也自有另一种高贵和美丽"[③]。与精神生活相比,日常生活并不一定就是卑贱的或低级的。相反,人们必须将精神生活置放在日常生活基础之上重新审视,消解其虚幻性与绝对化倾向,以便形成与日常生活基础相协调的想象与虚构能力。

可以说,与其前辈朦胧诗人相比,从群体性的精英立场到个性化的平民意识正是"第三代"诗人的价值取向所在。正如学者孙基林所言,"在这场变革中,一个平民的世界突起在诗的大陆,就如一场四处漫溢的洪水,浸没了英雄和平民,高贵和低贱,伟大和渺小的界限"[④]。平民意识使各种森

[①] Walter Benjamin. *Charles Baudelaire: A Lyric Poet in the Era of High Capitalism*. London: New Left Books, 1973:97.

[②] A. Gouldner. "Sociology and the Everyday Life." In *The Idea of Social Science*. Ed. L. Coser. New York: Harcourt, Brace and World, 1975:421.

[③] 王光明:《艰难的指向:"新诗潮"与二十世纪中国现代诗》,时代文艺出版社,1993年版,第212页。

[④] 孙基林:《文化的消解》,《崛起与喧嚣——从朦胧诗到第三代》,国际文化出版公司,2004年版,第212页。

严的等级制度的界限消弭,让诗人各自丰盈而复杂的生命体验与感受成为彰显诗歌美学多元化的表征。

(三)时间空间化

和现代主义线性时间观不同,后现代主义时间观强调,时间是无数个"现在"的随性聚集,没有什么先后次序或者因果关系,也不存在什么过去、现在与未来所谓的统一性整体。所以,对于后现代主义者来说,不顾当下的生活现实而一味沉湎于过去的伟大传统或者未来的宏大理想都是毫无意义的。这样,在后现代作品中,传统线性时间的瓦解使得"时间的现时性突出而成为一种实践的空间","现在性"会以一种"观感的物质感,有力迫人"[1];后现代主义现象"最终的、最一般的特征"就是,"仿佛把一切都彻底空间化了,把思维、存在的经验和文化的产品都空间化了"。[2]因此,后现代时空意识往往表现为"此在性",即"'现时'的'在'与'现地'的'在'",只有"抓住眼下每一个可供感觉栖息的时刻,才能真正去体验'此时此地'的生命过程和漫长而又短暂的人生之旅"[3]。

在中国,历史和文化传统从来都充满着隐喻与象征,中国诗人特别是朦胧诗人对宏大历史的隐喻性发掘也必然导向对未来的憧憬,于是,个体生命深陷于对过去与未来的双重幻想之中,呈现出一种虚假的状态。这种现代主义时空观正是"第三代"诗人所要反叛的,正如韩东所说:"那怕是你经历过的时间,它一旦过去,也就成了从来没有存在过的东西了"[4];历史的"根"是没有的,它是一种"对往事的幻觉"和"解释方式",而对于未来,"我们真的一无所有"[5]。因此,"第三代"诗人往往立足此时此地的生命体验,质疑过去(历史)与未来(理想)那种线性时间,表现出一种注重于表现当下瞬时感受的后现代时空观:时间压缩于"现在性"的"此在",具有了空间的特性;它告别传统、历史与连续性,不再是一种纵向的时间延展,而是一种具有多维向度、充满断裂与裂缝的空间存在。

因而,"第三代"诗人关注的主要是个体生命体验当下的行为动作和瞬时感受,无目的性,也不附带任何理念、价值和理想。先看杨黎的《冷风景》

---

[1] 〔美〕叶维廉:《叶维廉文集第五卷:解读现代后现代生活空间与文化空间的思索》,安徽教育出版社,2004年版,第32页。
[2] 〔美〕詹明信:《现实主义、现代主义、后现代主义》,见《晚期资本主义的文化逻辑:詹明信批评理论文选》,张旭东编,陈清侨等译,生活·读书·新知三联书店,1997年版,第293页。
[3] 孙基林:《中国第三代诗歌后现代倾向的观察》,《文史哲》1994年第2期。
[4] 韩东语,见《诗刊·青春诗话》1986年第11期。
[5] 转引自孙基林:《中国第三代诗歌后现代倾向的观察》,《文史哲》1994年第2期。

"这会儿是冬天""这个时候""这时"等"现在性"语词反复出现,贯穿全诗,凸显了诗人杨黎生命体验的当下性。与这种缺少历史和理想的关联性的、当下的"现在性"时间相照应的是"此在"空间中的事、物、人:"这条街很长/街两边整整齐齐地栽着/法国梧桐","街口是一块较大的空地/除了两个垃圾箱外/什么也没有","这是一条死街/街的尽头是一家很大的院子/院子里有一幢/灰色的楼房","这时候却有一个人/从街口走来","忽然/'哗啦'一声/不知是谁家发出/接着是粗野的咒骂/接着是女人的哭声/接着是狗叫"。从这些缺少传统映照、完全来自日常生活的凡人俗事来看,诗人所渲染的只是此时此在("这会儿"的"街")中单纯的"静",全然没有现代主义诗歌中常有的那些传统与历史的缠绕或者理想与现实的碰撞。

再来看韩东的《像真的似的》[1]:

我坐在丽江古镇上/喝着茶,看清澈的河水/像真的似的,/蓝天白云,像真的似的/远山雪峰,像真的似的/打飞机过来/然后一路跑马/为了来这里坐坐、走走/漫无目的,无所事事/悠然自得,像真的似的

诗中没有对丽江古镇历史的幻想和追溯,也没有涉及"旅游"对于未来人生的意义,诗人关注的只是"坐在丽江古镇"当下的行为、举止和感受:坐下喝茶、看天、看云、看河水、看远山雪峰并一路跑马,感觉"像真的似的";为了这些所谓的旅游的行为、举止和感受,"我"还得煞有介事地"打飞机过来";"为了"一词表明"我"是有目的的,即"来这里坐坐、走走/漫无目的,无所事事/悠然自得,像真的似的",可见,这"目的"又是多么"无目的";旅游通常是为了找寻美好、陶冶性情的,但诗中的"我"的"旅游"却是"漫无目的,无所事事"的,只是装作像真的在追求那种为获取景点的人文价值和增加人生阅历的旅游;而"像真的似的"反复出现,成了串联诗中"我"当下的动作与感受的诗眼,具有一种幽默的反讽效果。由此看来,全诗对日常生活中脱离生命体验而一味附庸风雅的现象构成了一种再现式消解。

这种后现代式的时空体验不仅表现于物理空间,更根植于人们内心深处的情感:无所依傍、对象缺位、孤独彷徨。

三月到四月/我记得你多次离开/船头离开了原来的水面……//五月,

---

[1] 韩东:《韩东诗三首》,《诗歌月刊》2003年第1期。

我的房屋/就要从水上漂走/……我们中的一人最终要成为/另一人离去的标志……//回想四月,我沉浸于/黑色的水域,观察/某种发光物的游动/你的闪烁带给我熄灭后的黑暗/我已被水击伤//六月前面是更开阔的海洋/……一去不返但始终是/海洋上的船只 [1]

诗人借助物象"船""房屋"与"海洋",将并没多少时间意义的三、四、五、六月并置于同一个空间平面,为的是突出正身处"此时此地"的"我"的那种因爱人离去、爱情破裂而感受到的惆怅无依之感。大海中,"船"漂泊无定,始终在离开"原来的水面",因而不可把握;爱人之"船"离去,让"我的房屋"也"从水上漂走","家"的感觉也就随船飘散了;黑暗中游动的"发光物"每次短暂的"闪烁"所带来的只有遮蔽时空的"黑暗";在如"开阔的海洋"的人生之中,无论从哪个方向出发,船都是那"一去不返但始终是/海洋上的船只"。爱情无永恒,终究要离去。情感始终是在"漂"着,无所依傍,个体生命因而也是孤独的。又如,"空出了位置就像和亲爱的死者/肩并着肩/和离去的生者/手挽着手"[2],诗人在想象中和曾经朝夕相处的"亲爱的死者""离去的生者"肩并肩,手挽手,更加凸显诗人"此在"中的虚空与孤独之感,有效地展示出对象缺位状况下诗人虚妄而又不失真实的个体生命体验。再看,"多么冷静/有时我也为之悲伤不已/一个人的远离/一个人的死/离开我们的两种方式/破坏我们感情生活的圆满性"[3],诗中,"远离"和"死"使传统时空发生断裂,所以对诗人真实的个体生命感受来说,没有永恒的时空,有的只是时间的折断与空间的破碎带来的"有力迫人"的"现在性"[4]。于是,尽管亲人的远离或死去破坏了"感情生活的圆满性",尽管诗人"有时"会为此"悲伤不已",但诗人还是会"多么冷静"地过着"此时此地"、哪怕是无所依傍的现实人生,这无疑是对日常生活"现在性"状态的世俗肯定。

《机场的黑暗》[5]也是这种注重表现"此时此地"之"现在性"的后现代时

---

[1] 韩东:《演绎》,见《后朦胧诗选》,阎月君、周宏坤编,春风文艺出版社,1994年版,第62-63页。
[2] 韩东:《天气真好》,见《韩东的诗》,江苏凤凰文艺出版社,2015年版,第318页。
[3] 韩东:《多么冷静》,见《爸爸在天上看我》,河北教育出版社,2002年版,第240页;《韩东的诗》,江苏凤凰文艺出版社,2015年版,第243页;《你见过大海:韩东集1982—2014》,作家出版社,2015年版,第158页。
[4] (美)叶维廉:《叶维廉文集第五卷:解读现代后现代生活空间与文化空间的思索》,安徽教育出版社,2004年版,第32页。
[5] 韩东:《爸爸在天上看我》,河北教育出版社,2002年版,第250页;《韩东的诗》,江苏凤凰文艺出版社,2015年版,第254页;《你见过大海:韩东集1982—2014》,作家出版社,2015年版,第167页。

空观的佳作:

　　温柔的时代过去了,今天/我面临机场的黑暗/繁忙的天空消失了,孤独的大雾/在溧阳生成/我走在大地坚硬的外壳上/几何的荒凉犹如/否定往事的理性/弥漫的大雾追随我/有如遗忘/近在咫尺的亲爱者或唯一的陌生人//热情的时代过去了,毁灭/被形容成最不恰当的愚蠢/成熟的人需要平安地生活/完美的肉体升空、远去/而卑微的灵魂匍匐在地面上/在水泥的跑道上规则地盛开/雾中的陌生人是我唯一的亲爱者

　　诗人开篇就强调"温柔的时代过去了","今天"的"我"必须直面时空的缺失与"荒凉":"机场的黑暗"与"大雾"将"我"身外的空间笼罩,让人一时难以辨认时空的边界,遥远的空间中"繁忙的天空"消失了,近处的"几何"空间也是"荒凉"的,这些都促使"我""否定"时间纬度上"往事的理性"。而"雾中的陌生人是我唯一的亲爱者",在物理甚至是心理距离上,对于身处缺失了时间的"荒凉"空间(被黑暗和大雾笼罩的机场)的"我"来说,"雾中的陌生人"此时此刻反倒成为最亲近的人。这样,"我"最亲的人与在远方的机场里遇见、注定是擦身而过的陌生人,在"我"所身处的"此时此地",在后现代感浓烈的时空中"相遇",形成了一种悖论式的关系错位,但这又是个体生命多么真切的瞬间感受和生命本体的原初冲动,似乎也更加凸显个体生命"我"当下的孤独。然而,即使是面对这种痛彻心扉的无言孤独以及为理想价值抑或是消费主义等理念所"规训"了的,也许是诗人最亲爱的人的"完美的肉体"的"升空、远去","我"那拒斥"庞然大物"的"卑微的灵魂"还是"匍匐在地面上",还是在坚守着"此时此地"的日常生活。

　　这样看来,"第三代"诗歌至少通过稗史化、俗常化和时间空间化三个方面展现了日常生活审美化诗歌创作原则,极大地突破了那种旨在表现整体性与统一性等理性精神的现代主义诗歌范畴。本着以多元性与差异性为导向的后现代反叛性时代精神,"第三代"诗人试图重建一种诗歌精神,这种精神"不是英雄悲剧的崇高、理性自我的庄严、人道主义的感伤,而是一种建立在普通人平淡无奇的日常生活和世俗人生中的个体的感性生命体验"[①]。相对于现代主义诗歌所倡导的宏大历史、英雄或者理想主义以及线性时间,日常生活所固有的零碎、断裂、凡俗与当下性等特性使得"第三

[①] 蒋登科主编:《中国新诗的精神历程》,巴蜀书社,2010年版,第389页。

代"诗歌对日常生活中的人、事、物的那些稗史化、俗常化和时间空间化书写显得尤为真实、恰切而多维。

第三节 "垮掉派"诗歌与"第三代"诗歌中国家形象的解构与建构

作为国家软实力的重要组成部分,"国家形象"是一个国家在社会、政治、经济、文化等诸多方面体现出来的整体形象,是民族国家意识的直接体现。国家形象可以通过媒体宣传和外事外交等官方活动进行塑造,也可以通过文学手段以曲折而生动的方式来书写,从而呈现出一国民众日常生活深层情感结构中所凝聚的国家形象。

美国一直以来标榜所谓的民主与自由。美国原来较为包容的自由与民主理想在惠特曼诗歌中得到了较为充分的诠释,虽然这种民主国家理想事实上主要还是面向美国主流民众WASP群体的。在二战后的冷战时期,惠特曼式的民主国家理想却受到以麦卡锡主义为核心的冷战文化的全面摈弃,而美国当局所谓的民主国家形象在"垮掉派"诗歌中也随之遭到了深度解构。作为美国社会中的他者性边缘群体,"垮掉派"诗人力图通过对美国体制的反叛、同性恋书写以及回望20世纪30年代经济大萧条时期的左派思潮来打造以多元化与差异性为特征的民主国家形象。

而百年中国新诗中的国家形象建构则主要是以情感、精神的方式感悟着国家的变化,影响着时代思潮的流变。这种形象建构在精神引导和描画社会与文化观念的变迁等方面都发挥着不可替代的作用。20世纪80年代中后期,随着朦胧诗的退潮与"第三代"诗歌的兴起,诗歌理论、观念与创作在后现代思潮的冲刷之下发生了剧烈变化,诗歌中所建构的国家形象也越来越具有泛化倾向。而从经济与文化的全球化视角来看,这种泛化倾向是国家形象建构的必然选择。作为具有责任感的伦理主体,"第三代"诗人敢于直面自己的生存境况,并以自己的独特观察和表达来建构所体验到的日常生活,而国家形象建构则内化于其中。

一、"垮掉派"诗歌对民主国家理想的回望

从1829年塞缪尔·纳普(Samuel L.Knapp)的文学史著作《美国文学演讲》(Lectures on American Literature)算起,整个19世纪影响较大的美国文学史作品基本上都没有涉及WASP群体以外的文学作品,而即使在20世纪80年代美国文学研究界开始以"多样性"与"文化多元性"作为美国文学史的编写准则,黑人文学仍然处于"边缘"位置(华裔/亚裔文学则处于"边缘之边缘")[①]。这种状况是由美国历届政府都极力推行的盎格鲁一致性主流价值观体系所决定的。

正如本书第二章所述,天命观是美国立国最为根本的价值观之一。身负"天赋使命"的新教徒在开拓北美大陆的过程中,逐渐形成了为美国早期扩张辩护的"白人至上主义"论调。坚信"天赋使命"的WASP群体为了建立自己"山巅之城"的宗教理想,以民主自由为标榜,给包括印第安人与黑人在内的美国有色种族造成了巨大伤害。美国建国之初,WASP群体构成了美利坚合众国国民主体,美国价值观必然要反映这一群体的意识形态和价值观诉求,从而不断推行盎格鲁一致性主流价值观体系。这种价值观体系"要求移民们接受美国的盎格鲁-撒克逊核心群体的价值观念与行为方式,彻底放弃自己祖先的文化"[②]。从美国社会历史进程来看,WASP文化中的天命观与白人至上主义业已成为美国国家性格而不断得到强化。

美国盎格鲁一致性主流价值观体系的排外特性在冷战时期达到了无以复加的地步。在参议员麦卡锡1950年提起其臭名昭著的指控之前的三十多年里,共和党与民主党已然假借国家安全由头在反共议题上打压美国社会主义以及共产主义等左派思想在各级工会组织中的巨大影响力,从而达到以盎格鲁一致性主流价值观霸权话语体系掌控美国意识形态的目的。美国民众为美国政府当局推行麦卡锡主义这种极端的反共排外运动付出了惨重代价,受到了前所未有的挤压与威慑。有鉴于此,"垮掉派"诗人拒绝同流合污,坚持以边缘人身份对盎格鲁一致性主流话语叙事不断进行背反性书写。彰显现代主义文学从而极力推行盎格鲁一致性主流价值观的美国当局及其反共排外体制成为"垮掉派"诗人的主要反叛对象。在惠特曼诗歌民主精神的启迪之下,20世纪30年代左派思想元素与同性恋书写

[①] 杨明晨:《"国家"叙述中的族裔话语:美国华裔文学批评与美国国家文学史书写》,《东北大学学报》(社会科学版)2020年第4期。

[②] 〔美〕米尔顿·M.戈登:《美国生活中的同化:种族、宗教和族源的角色》,马戎译,译林出版社,2015年版,第77页。

成为"垮掉派"诗人表现多元性国家形象最为主要的艺术手段。

(一)对战后美国体制的反叛

美国政府历来高扬民主、自由与人权大旗。不过,美国的民主、自由与人权本质上主要是由WASP群体所享有的。美国虽然是一个种族与宗教多元化的社会,但白人和基督新教一直处于主导性地位。据统计,美国的宗教信仰人口比例为新教徒56%,天主教徒27%,无宗教信仰者8%,犹太教徒2%,东正教徒1%,摩门教徒1%,其他5%[1]。美国第二任总统约翰·亚当斯(John Adams)曾明确宣示:"除非美国公民的道德行为以基督教的信条为引导,否则美国将难以维持自由体制。"[2]对于美国人来说,基督教是维系美国文明与民族认同的根基,"基督教不是国教,但却是非正式的国教"[3]。正如《美国的本质》一书所述:"美国人所热衷推行和维护的自由、人权、民主的价值观和制度,看起来是世俗的价值观和社会制度,但实际上起源于基督新教的价值观和宗教改革,体现着基督新教的信念。"[4]然而,正是由于这些所谓的民主、自由与人权主要由WASP群体所享有,美国主流社会中的白人至上主义情绪才会不断高涨,从而成为美国国内种族歧视与宗教信仰歧视最大的内在诱因。由此,也就不难理解黑人民权运动领袖马丁·路德·金(Martin Luther King, Jr.)对美国20世纪60年代黑人平权运动所做的深刻剖析:黑人平权运动"不仅仅是一场争取黑人权力的斗争",相反,它要求"我们更加重视美国社会中所有密切相关的缺陷,这些缺陷包括种族主义",毕竟,"所有的罪恶都根植于整个社会结构之中"。[5]

在冷战文化背景之下,美国当局对共产主义思潮的遏制主要是通过对日常生活中个人自我的遏制的形式来进行的。在美国当局的大力推动下,美国盎格鲁一致性主流价值观以所谓"共识"的形式得到深度强化。这种所谓的"共识"被规范化为爱国义务,而对于这种霸权性规范的任何异议在修辞上则被定义为"越轨"行为,即,所有不遵守这一规范之下的社会角色

---

[1]〔美〕詹姆斯·伯恩斯:《民治政府:美国政府与政治》(第20版),吴爱明等译,中国人民大学出版社,2007年版,第132页。

[2]〔美〕大卫·艾克敏:《布什总统的信仰历程》,姚敏、王青山译,社会科学文献出版社,2006年版,第232页。

[3]〔美〕塞缪尔·亨廷顿:《我们是谁:美国国家特性面临的挑战》,程克雄译,新华出版社,2005年版,第85页。

[4]于歌:《美国的本质》,当代中国出版社,2006年版,第7页。

[5] Jacquelyn Dowd Hall. "The Long Civil Rights Movement and the Political Uses of the Past." *The Journal of American History* 2005(4):1233.

定位的行为都会被解读为危及美国政治肌体健康的"越轨"甚至是"颠覆"行为。与此同时,日益增长的经济与物质繁荣意味着大多数公民都会欣然接受现状,而那些对现状极度不满的边缘人群则被无情地妖魔化。于是,对符合盎格鲁一致性主流价值观的郊区以及公司生活,尤其是对规范性的阳刚之气的不满与背反,要么被遏制,要么被转嫁于具有替罪羊特质的他者身上。由此,通过一系列政府机构及企业参与的监督、培训、奖惩等必要任务,冷战文化中所谓的规范性"共识"全面渗入日常生活中的私人领域。

美国盎格鲁一致性主流价值观本质上是排外的,这在一战时期席卷全美的"美利坚化运动"(Americanization movement)中得到"最充分的体现":在"百分之百美利坚主义"(100% Americanism)口号之下,政府当局要求所有移民"学习英语","忘掉自己原来的族源地,放弃自我并完全投身到爱国主义的歇斯底里狂热之中"[①]。然而,随着俄国十月革命的胜利,国际共产主义思潮在美国民众特别是移民群体中的影响力越来越大,带动了各级工会组织为工人争取应得的权利与利益,这显然对美国当局推行的"美利坚化运动"极为不利,严重威胁到白人雇主的利益。在美国当局及其管控的媒体的煽动与挑唆之下,第一次"红色大恐慌"浪潮随之在全美爆发。

而麦卡锡主义则是冷战时期第二次"红色大恐慌"浪潮的顶峰。以麦卡锡主义为核心,美国的"冷战文化"是指冷战期间美国人典型的价值观念、思维方式和行为准则,其最大特征是以非此即彼这种简化的二元对立思维方式划分敌友。作为二战后实力最强的战胜国,自视为"上帝选民"的WASP群体的民族优越感极度膨胀,千方百计地想把即使在国内也主要是由WASP群体享有的所谓民主、自由与人权当作普世价值推向全球。

从文学与文化思潮的角度来看,"垮掉的一代"都是冷战文化中的异类。在利奥塔看来,现代主义属于一种典型的宏大叙事。这种宏大叙事把一切个别性与差异性都统摄于具有整体性与一致性特质的绝对精神之中,使之丧失自身的独立性。可见,现代主义思潮正是战后美国政府当局推行盎格鲁一致性主流价值观所需要的帮手。以艾略特为代表的那种突显整体性与一致性理念的现代主义创作得到了美国官方的大力倡导,成为当时绝对意义上的主流文学与文化。在主流社会如此强调"共识"的时代,随着现代主义文学权威日趋保守,文学后辈为了获得社会的认可与接受,必然也要学会压制自己的那些"自发性冲动、非理性行动及其他各种形式的个

---

① [美]米尔顿·M.戈登:《美国生活中的同化:种族、宗教和族源的角色》,马戎译,译林出版社,2015年版,第89-91页。

人主义思想和行为"①。

与主流的现代主义高雅文化相比,克鲁亚克与金斯伯格等"垮掉派"作家代表着一个截然相对的世界:他们是"为主流文化所唾弃"的"异端邪说的绝妙象征",是一群"一无所知的'狂放文人'的乌合之众"。②与美国正统的WASP群体不同,他们中多数人有着少数族裔身份,因被开除而甘愿流浪,迷恋禅宗,反对审查制度,反对种族隔离与种族歧视。政府当局将同性恋视为对国家安全构成"威胁"的"行为反常者"③,是有损于美国盎格鲁一致性主流价值观的共产主义"同情者"④。而"垮掉派"诗人为了摆脱正统文化理性、技术以及体制上的压制,一直极力主张性自由甚至公开自己的同性恋性取向。"垮掉派"作家不相信政府、教会以及文学机构等一切形式的权威,他们吸食毒品,沉湎于波普爵士乐与摇滚乐,寻求官能满足,试图以感性的无政府主义生活方式来实现自我解放和个性自由。到20世纪50年代末,"垮掉的一代"亚文化在美国已得到较为充分的发展,其影响力从东海岸一直延伸到西海岸美国社会的各个角落,成为当时美国青年极力效仿的时尚文化。可以说,正是由于这种拒绝与主流文化同流合污的精神和胆识,"垮掉派"诗人才有可能以其放荡不羁的行为举止以及标举多元化与差异性原则的后现代诗歌创作,给予当时极端排外与专制的美国以最勇敢的反击。

(二)对20世纪30年代左派思潮的缅怀

"垮掉派"诗人大多并不属于正统的WASP群体。"垮掉派"诗人他者性的边缘人身份让他们对于盎格鲁一致性主流价值观的宰制性霸权有着切身之痛。因此,"垮掉派"诗人显得更加迫切而坚定地投身于针对标举整体性与统一性原则的现代主义的文学与文化变革运动,并进而打破主流社会盎格鲁一致性价值观的思想禁锢。"垮掉派"作品中随处可见的左派思想元素无疑成为考察"垮掉派"诗人独特国家意识的重要突破口。

金斯伯格来自一个犹太裔移民家庭,父母都是向往社会正义的无神论者。父亲信仰社会主义,母亲则是坚定的共产主义追随者。在《嚎叫》《美

---

① Benita Eisler.*Private Lives:Men and Women of the Fifties*.New York:Franklin Watts,1986:37.
② 莫里斯·迪克斯坦:《伊甸园之门——六十年代美国文化》,方晓光译,上海外语教育出版社,1985年版,第3-4页。
③ Jacqueline Jones,Peter H.Wood,etc.,*Created Equal:A History of the United States Volume 2,Since 1865* (fourth edition).Boston,New York,Hong Kong,etc.:Pearson,2014:577-594.
④ Philip Wander."Political Rhetoric and the Un-American Tradition." In *Cold War Rhetoric:Strategy,Metaphor,and Ideology*.Martin J.Eds.Medhurst,et al.New York:Greenwood,1990:197.

国》《卡迪绪》等主要诗作中,金斯伯格都以一种隐秘的方式书写了一个犹太裔俄罗斯移民家庭在麦卡锡主义时代所遭受的屈辱、迫害以及绝望中的反抗。

  年轻的金斯伯格接受了他父母的左派政治观点,并与他们一样也反对"美国自由主义国家机器的文化力量"[①]。金斯伯格最早在《一首关于美国的诗》(1951)[②]中明确地表达了对俄罗斯的亲近感以及对无产阶级的认同感。该诗开篇便将美国比作俄罗斯,并借用两个非常普通的俄罗斯人名点明美国也有无产阶级这一社会现实:"美国如同俄罗斯。/阿克塞斯和卡拉蒂坐在湖畔。/我们这儿也有无产阶级。"接下来两节主要描写了20世纪50年代初美国底层社会的一些萧瑟景象。最后一节中,美国当下的这些现实景象让诗人不由得想起20世纪30年代小时候跟随母亲参加左翼活动时的见闻与感受:"三十年代的一幅幅场面,/大萧条和阶级意识/超越政治的诸种转化变形/充满着烈火般的激情"。诗人这种对俄罗斯的亲近感以及对无产阶级与共产主义的认同感在《嚎叫》(1955—1956)、《〈嚎叫〉注释》(1955)与《美国》(1956)等诗歌中表现得更为清晰笃定。在《美国》中,诗人曾坦率地承认:"美国,我年少时曾是共产主义者却从不后悔。""你一定看见我阅读马克思。"[③]在《〈嚎叫〉注释》中,诗人甚至宣称"莫斯科神圣"[④]。所有这些都表明,青年金斯伯格对于他的俄罗斯身份似乎有着极为强烈的认同倾向。20世纪50年代,美国正处于麦卡锡主义高潮时期,二元对立思维模式已然直抵美国主流意识形态最深处,美国当局武断地割裂两国之间的联系,金斯伯格却在其早期诗歌中把两国政府相提并论,表达了诗人对冷战时期美国所谓的自由与民主的含蓄批判。与此同时,诗人也用自己俄罗斯血统与犹太裔美国人的矛盾身份,力图恢复惠特曼眼中多元化美国的民主理想。可以说,在将"俄罗斯人"与"敌人"等同的冷战时代,金斯伯格与俄罗斯的天然家庭联系对诗人建立"一系列碎片化的边缘身份"至关重要,这种边缘化身份促使诗人以某种"类似歌剧的融合化身份"来创造"一种诗意的自由"[⑤],从而达成诗人心目中多元化美国的民主理想。

[①] Daniel Belgrad."The Transnational Counterculture:Beat Mexican Intersections." In *Reconstructing the Beats*. Ed.Jennie Skerl.New York:Palgrave Macmillan,2004:32.
[②] 〔美〕艾伦·金斯伯格:《金斯伯格诗选》,文楚安译,四川文艺出版社,2000年版,第61-62页。
[③] 〔美〕艾伦·金斯伯格:《美国》,见《金斯伯格诗选》,艾伦·金斯伯格著,文楚安译,四川文艺出版社,2000年版,第139页(书中关于《美国》的译文除特别注明之外,均源自此书,且只标注页码)。
[④] 〔美〕艾伦·金斯伯格:《金斯伯格诗选》,文楚安译,四川文艺出版社,2000年版,第130页。
[⑤] Craig Svonkin."Manishevitz and Sake, the Kaddish and Sutras:Allen Ginsberg's Spiritual Self-Othering." *College Literature* 2010(4):167.

20世纪50年代,美国社会受到冷战文化的极大程度的割裂。在20世纪50年代美国反共排外尤为猖獗的麦卡锡主义时期,金斯伯格怀着巨大的反叛精神与勇气一再回望20世纪30年代共产主义政治与诗学,旨在获取一种无须为之愧疚的同性恋身份认同和开放的诗学观,正如金斯伯格在诗歌《美国》的结尾处所宣告的那样,"美国 我将作为酷儿全力以赴"(America I'm putting my queer shoulder to the wheel)[1]。事实上,诗人心中理想的"美国"形象显示出金斯伯格这一时期在政治和诗学观点上的分裂性:既不合时宜又具有先见之明。在预示着20世纪60年代同性恋解放运动终将到来的同时,这一形象对过去的工人阶级集体也有着某种依恋。可以说,幼年时期就受到共产主义思想浸润的金斯伯格一生之中都深切地眷恋着自己对20世纪30年代到二战期间蓬勃发展的左翼思潮的记忆。他的母亲纳奥米·金斯伯格是一名虔诚的共产主义者,她带着年幼的儿子们参加了新泽西州帕特森市的党代会,并和他们一起在一个美国夏令营度假。而金斯伯格的父亲路易斯·金斯伯格也一直有着社会主义信仰。"美国,我七岁时妈妈带领我去参加共产党支部会……人人都可以畅所欲言每个人都如天使般可爱对劳工满腔同情一切都那么真挚让你觉得还会有什么比这个党更好!"(141)

事实上,金斯伯格一生都与左派组织和政治活动保持着或明或暗的情感联系。首先,鉴于《嚎叫》的副标题是《致卡尔·所罗门》("For Carl Solomon")[2],通过考察金斯伯格与所罗门的关系,我们可以进一步了解金斯伯格在创作《嚎叫》前后的政治认同境况。金斯伯格1949年在一家精神病研究所认识了所罗门。两人都是犹太后裔,都在新泽西与纽约长大,都有着冷战前理想主义与集体主义的记忆。所罗门的《我曾是一位共产主义青年》("I Was a Communist Youth")[3]以一种反讽的语调讲述伪善的美国当局误导青年一代致使其理想幻灭的故事,生动地描绘了二战结束到冷战开始这一时期纽约激进的青年学生的命运。

当然,金斯伯格也面临着巨大的写作困境:一方面,诗人希望继续在其诗歌中呈现20世纪30年代老左派团结的集体形象;另一方面,这些理想化的历史团体在20世纪50年代现实中的美国早已不复存在。不过,正是在

---

[1] Allen Ginsberg."America." *Collected Poems:1947-1997*.New York:Harper Perennial,2006:216.

[2] (美)艾伦·金斯伯格:《嚎叫——致卡尔·所罗门》,见《金斯伯格诗选》,艾伦·金斯伯格著,文楚安译,四川文艺出版社,2000年版,第114页(书中关于《嚎叫》的译文除特别注明之外,均源自此书,且只标注页码)。

[3] Carl Solomon."I Was a Communist Youth." In *The Floating Bear:A Newsletter:Numbers 1 – 37,1961 – 1969*.Eds.Diane di Prima and LeRoi Jones.La Jolla,CA.:Laurence McGilvery,1973.

这种充满张力的写作压力之下,金斯伯格对20世纪30年代老左派的依恋产生了巨大的修辞能量。诗人似乎可以借此不断地质疑美国表面上的繁荣,从而进一步抵制资本主义工业社会复杂的社会规训与压制。而通过不断回望20世纪30年代老左派的社会主义以及共产主义理想来衬托当下美国普通民众的孤独与异化,诗人显然是在质疑冷战时期美国政治精英与主流民众所构建的政治"共识"背后极为脆弱的逻辑。在这些诗歌中,失落的过去常常借助汽车或者火车意象予以展现,工业生产与工人阶级的就业也常常与在美国城镇和乡村道路上的这些车辆有着某种浪漫化的联系。在金斯伯格的早期诗歌中,白领文化是金斯伯格毫不犹豫地进行抨击的对象,俗常的无产阶级英雄形象才是诗人所要着力表现的主角,是诗人崇拜与颂扬的想象中心:在《在真实的背后》("In Back of the Real", 1954)、《向日葵箴言》("Sunflower Sutra", 1955)、《在汽车站的行李房》("In the Baggage Room at Greyhound", 1956)等诗歌中,无产阶级无论是在场还是缺席,诗人对无产阶级的想象都始终如一。诗人还在《西雅图午后》("Afternoon Seattle", 1956)中的码头上寻找工人,在《美国》中的丝绸罢工者那里寻找自己的记忆,在《真实的背后》中向缺席的铁路调车工做手势。

诚然,《嚎叫》在美国文学史上占有相当重要的地位,这主要是因为该诗将自由诗、个人与政治元素都重新纳入口语化诗歌,从而帮助美国诗歌最终摆脱新批评学派的话语霸权。然而,从精神内核来看,《嚎叫》代表的是注定只能徒劳地抵制异化的一代人。不过,即便是徒劳无功,"垮掉派"诗人仍然保有着令人心动的老左派集体主义愿景,这一愿景既萦绕在过去明灭不定的阴影之中,又预示着某种政治希望与未来。这样看来,诗中"被疯狂摧毁的一代"具有重要的意义指向:战后"垮掉派"背反精神终将被战前曾致力于宣扬共产主义或社会主义思想的老左派的变革精神所激活。《嚎叫》所展现的疯狂是美国社会中边缘人群反抗行为的一个隐喻:这些行为纵然都是徒劳,但足以鼓舞人心。可以说,在20世纪50年代麦卡锡主义这样的反革命时代,《嚎叫》代表的是对革命前景最为大胆的想象。

对金斯伯格而言,娜奥米·金斯伯格与卡尔·所罗门不仅仅是最为重要的亲人和朋友,也是两个互为关联的左翼运动符号。所罗门兼有犹太知识分子、双性恋者、共产主义追随者等多重边缘人身份。在金斯伯格眼中,所罗门既是一个精神病人,又是一个对战前理想主义与集体主义有着深刻记忆的新左派政治犯。而娜奥米也被诗人视为美国资本主义国家机器的直接受害者,正是这台机器使她的希望落空,从而最终引发她的异化与疯狂。在《嚎叫》的第三部分,诗人将所罗门与娜奥米合二为一,"我同你一起在罗克兰 你在那儿模仿我母亲的身影"(126)。于是,20世纪30年代与50年代的左派活动之间也就有了某种互文性关联:"你在那儿声言你的医生们神志紊乱而且试图策划发动一场针对法西斯民族主义殉难营的希伯莱社会主义革命"(127-128),"我同你一起在罗克兰/在那儿一共有两万五千名同志狂热地齐唱《国际歌》的最后一节"(128)。诗人将二者合而为一似乎是在表明:战前留下的文化资源在战后并没有消失,20世纪30年代经济大萧条时期活跃的共产主义思潮完全可以作为诗人批判冷战时期遏制文化的正面资源。

在20世纪50年代毫不掩饰地同情20世纪30年代的共产主义左翼思潮需要莫大的勇气。在麦卡锡主义时代,美国人试图忘却他们曾在大萧条时期对左派思潮的任何同情与共鸣。金斯伯格不仅通过诗歌强行地将读者拉回到20世纪30年代左派运动高涨的历史现场,甚至还认为,当下时代的人们应该为美国曾经认同共产主义而感到自豪。值得注意的是,诗人在《嚎叫》中将一个充满丰富情感的过去与生动而真实的当下并置呈现,一切诸如同性恋、吸毒、流浪等美国主流社会企图秘密掩盖的行为,都得到了自由抒发,从而构成一种对美国盎格鲁一致性主流价值观的背反书写。总之,诗人是在通过情感上汪洋肆虐的诗歌文本,竭力让美国白人精英与主流民众忆及这样一个事实:曾几何时,美国共产党也是帮助美国人抗击纳粹的正义力量,共产主义思想也并不是所谓的反美的洪水猛兽。

诗歌《美国》则是一份来自诗人记忆深处一名共产主义少年的自白。诗中,诗人的母亲作为20世纪30年代左派政治与共产主义思潮的标志性符号得到凸显,而深具反讽意味、理想化的老左派则成为诗人痛斥20世纪50年代偏执的冷战文化的有力武器。诚然,《美国》呈现的是两个不同的美国:一个是诗人童年记忆中充满正义感、老左派为之奋斗打拼、满是希望的国家,另一个则充斥着WASP白人主流群体的种族偏见与政治打压、麦卡锡主义大行其道的美国。

这种对业已失落的20世纪30年代老左派意识形态充满伤感的回忆在金斯伯格诗歌中时有出现。例如,《西雅图午后》就哀悼了20世纪30年代美国老左派与20世纪50年代反文化主义者之间的脱节与失衡。尽管20世纪30年代左翼运动似乎不太切合实际,但相比之下,当下年轻人则似乎更加看不清一个一味强调盎格鲁一致性主流价值观的社会所面临的巨大风险。诗人似乎是在警告,斩断与历史的联系终将妨碍我们批判当下和展望未来的能力。

《卡迪什》("Kaddish")创作于1957年到1959年之间。对美国公众而言,20世纪50年代是一个国民经济高速增长的时代。然而,对诗人金斯伯格来说,20世纪50年代是一个美国盎格鲁一致性霸权话语全面侵入美国民众个体文化生活的黑暗时代。在《卡迪什》中,金斯伯格将边缘人群政治个体的痛苦映射到母亲身上,将母亲个人的心理挫败与国家经济危机予以关联。诗人似乎借此表明,20世纪30年代美国经济大萧条时期的经济和政治磨难与当时无数个体的悲剧性抑或是羞辱性的记忆是密不可分的。金斯伯格断然拒斥弥漫在20世纪50年代主流文化中的白人至上主义偏执,毅然向公众展示诗人所挚爱的母亲身上所背负的大萧条创伤。金斯伯格的母亲以及其他多位家人的身心崩溃恰是美国20世纪30年代边缘人群悲惨命运的缩影。这样看来,《卡迪什》虽然具有强烈的个人化倾向,但该诗并不仅仅关注娜奥米所饱受折磨的生活以及这种生活对她儿子的影响,同时也痛彻地批判了20世纪50年代美国所普遍存在的对过往悲剧的无情遗忘。

(三)同性恋书写中的政治站位

由于受政治、宗教、文化、法律与习俗等多方面的影响,同性恋在美国长期以来都是一个话语"禁区"。从教会到联邦政府,从党派到医学界,社会各级权力机构几乎一致认为,同性恋是需要医治、具有很强传染性的性变态。在这种观念统摄之下,同性恋身份一旦暴露,就会有被起诉的风险,不仅声誉与人格俱毁,甚至连工作与孩子都难以保全。[1]生活在如此巨大的社会和文化压力之下,同性恋者往往以"隐名埋姓"的方式,悄悄地进行同性恋"地下"活动。在盎格鲁一致性主流价值观的反叛者看来,所有这一切无疑是WASP正统文化在假借其主导性权势来歧视同性恋者,以剥夺他/她们最基本的性自由权利。

为了赢得本属于同性恋者的尊严与自由,反正统文化运动的精神领袖金斯伯格不仅理直气壮地公开亮明自己的同性恋身份,还号召同性恋者勇敢地"出柜"(out of the closet),为争取自己的权利和权益而斗争。在接受

---

[1] Maurice Isserman and Michael Kazin. *America Divided: The Civil War of the 1960s*, New York: Oxford University Press, 2000: 153.

《花花公子》杂志采访时，金斯伯格曾坦然告诉记者，他的同性恋倾向"促成了自我剖析"，还"帮助他认识美国心理中的超级男子气和侵略精神，从而增进了政治觉悟"，由此，他"复活了惠特曼对未来社会的幻想"，即，"社会公共关系建立在恢复个人柔情的基础上"。[①]

事实上，金斯伯格本人也曾因性取向问题而感到异常焦虑，甚至一度认为同性恋是他罹患抑郁症的根源。1948年，因为觉得同性恋是"女性化的、不必要的、病态的"[②]，金斯伯格还曾力图"纠正"自己的同性恋性取向。这种反应跟当时美国所处的压抑与宰制氛围密不可分。在20世纪40年代末和50年代初的麦卡锡主义高潮时期，美国当局发起的反同性恋叙事将同性恋视为国家安全威胁。众议院非美活动委员会声称，同性恋者充斥着女性化病态，易受敲诈，与共产主义渗透所造成的风险不相上下。

然而，在1954年11月，金斯伯格宣布不再将自己的同性恋性取向认定为性反常，从而开始追求性解放的生活方式。金斯伯格的同性恋性取向反倒促使他重新思考美国诗歌传统，以同性恋边缘人身份采取政治上的主动介入立场。当他开始创作《嚎叫》《美国》等诗歌时，金斯伯格业已将同性恋视角纳为一种坦率而诚实的诗歌创作策略，极力为同性恋局外人身份立言张目。在金斯伯格诗歌中，同性爱恋似乎已经成为诗人展现其内心深处真正的美国民主愿景的核心要素。

值得关注的是，即使是在"恐红"与"恐同"情绪高涨、同性恋被视为"精神错乱"的20世纪50年代，《嚎叫》却能将同性恋作为一个重要主题来进行公开描写，这从反面彰显了该诗的政治影响力，该诗成为金斯伯格对美国文学与文化所做出的最为重要而持久的贡献之一。至少从20世纪80年代初开始，越来越多的学者开始从同性恋研究视角来解读《嚎叫》。著名的同性恋研究学者威廉·杰夫斯（William P. Jeffs）就曾撰文指出，"美国的战争症候与资本主义经济造就了一个超级男性化的男性族群，金斯伯格将其所标举的、充满温情的惠特曼式同志关系与这一男性族群予以并置"，这为"美国诗歌与诗学开辟了新天地"。[③]

而诗人在《美国》中宣告"我就是美国人"的同时，又声称自己是犹太

[①]〔美〕莫里斯·迪克斯坦：《伊甸园之门——六十年代美国文化》，方晓光译，上海外语教育出版社，1985年版，第20页。

[②] Michael Schumacher. *Dharma Lion: A Critical Biography of Allen Ginsberg*. New York: St. Martin's Press, 1992: 128.

[③] William Patrick Jeffs. "Allen Ginsberg: Toward a Gay Poetics." In *Feminism, Manhood and Homosexuality: Intersections in Psychoanalysis and American Poetry*. New York: Peter Lang Publishing Inc., 2003: 72.

人、同性恋者和前共产主义者,这种并置显示诗人在努力地拒绝被美国主流意识形态边缘化。接着,诗人进一步以反讽的语气宣称,他并不适合为他所批判的"美国"服务:"我真的不想从军也不想在精密部件厂开车床,我可是近视眼而且心理变态怎么也躲得脱。"(142)这里,诗人的语气是反讽的,似乎是在对美国当局一直将同性恋者排除在军队之外这种有失民主的政策发出质疑与挑战。最后,诗人更是在结尾诗句中直言,"美国 我将作为酷儿全力以赴"①。至此,诗人似乎是要以其同性恋身份来捍卫他内心之中理想化的民主国家观念。

《嚎叫》与《美国》是诗人同一时期创作的重要诗篇。两首诗的开篇语句"我看见我这一代的精英被疯狂毁灭,饥肠辘辘赤身露体歇斯底里……"(114)和"美国,我已给了你一切可我却一无所有。"(138)有着强烈的互文性共鸣:一代人的身心与理智都受到了美国当局的无情勒索。边缘人群在美国无所依傍的异化感是这两首诗共同的主题,而诗中个人命运与政治算计的修辞性融合也是金斯伯格在他后来的诗歌写作中反复使用的手法,促成了美国政治意识形态中的一个重要转变:及至20世纪60年代,"个人就是政治"这一口号在美国同性恋解放运动中得到了强烈共鸣,与同性恋有关的病态标签也开始被逐渐澄清。

可以说,同性欲望与政治站位(如公民身份或国家认同)的交集成为麦卡锡主义时代的一大焦点。对白人精英群体而言,同性恋与政治越轨都给"美国人"(即WASP群体)的生活方式带来了极大威胁,因此是同一罪行的化身。所谓的"私人"性行为在冷战时期获得了明显的公共政治意义。因此,当诗人金斯伯格声明不为美国当局服务("美国 我将作为酷儿全力以赴")的时候,《美国》是饱含着明显的反讽与颠覆意图的。

事实上,在美国当局将冷战时期的对外监视范围扩大到国内民众的性表达这样的隐私领域之时,其逻辑是自相矛盾的:为了消除个人隐私的敏感性,他们以保护个人隐私的名义将个人隐私政治化。反过来,麦卡锡主义者将政治性颠覆归咎于个体影响,从而使政治非政治化。《美国》中,诗人金斯伯格以回忆的形式挑战美国当局对共产主义的刻板化呈现模式,嘲笑了美国当局对美国共产党人歇斯底里的怀疑与迫害,揭露了麦卡锡主义者甚至将儿童定性为国家叛徒的荒谬与偏执。《嚎叫》则是金斯伯格作为一位同性恋诗人的突破性作品。作为诗人同性恋情感与背反性姿态的公开声

---

① Allen Ginsberg.*Collected Poems:1947-1997*.New York:Harper Perennial,2006:216.

明,《嚎叫》直面20世纪50年代美国麦卡锡主义与冷战文化对普通民众的疯狂宰制与打压,发出了质疑并进而反抗美国盎格鲁一致性主流价值观传统的时代强音。后来,在《卡迪什》(1957—1959)与《维基塔中心箴言》(1966—1969)中,诗人金斯伯格仍旧一再痛苦地回忆母亲因"反共产主义精神变态症"而被迫害致死的悲惨遭遇,控诉了麦卡锡主义者的偏执与残酷。金斯伯格将母亲的精神病与麦卡锡主义所造就的恐怖氛围联系起来,揭露了美国当局所谓"保护"美国公民的权力话语对其精神上的宰制,这是对美国当局将边缘性"他者"当作替罪羊予以献祭这一残忍景象的背反性再现。

惠特曼虽然也具有极为昂扬的多元化民主理想,也在其诗歌中含蓄地表达了自己的同性恋倾向,但在受到公众质疑之时往往会掩盖自己突破美国盎格鲁一致性主流价值观的愿望,并自豪地将这种愿望融入他良好的美国公民意识之中。惠特曼曾无比坚信,他就是"那个被挑选出来抗议这个国家的诗人","我认为,抗议最为重要——比其它一切都重要得多。要搅动,要质疑,要怀疑,要审视,要遣责!"。但他言辞上的激烈抗议"并不意味着要加入任何以社会革命为目标的改革团体";恰恰相反,惠特曼常常"将改革派视为潜在而危险的社会分裂分子",他自己于是一直"小心谨慎,避免过于激进"。①

然而,由于兼具犹太人后裔、同性恋者与共产主义者的儿子三重边缘人身份,金斯伯格无疑是站在一个局外人的立场上写作的。相较于冷战时期美国主流文学书写中被不断强化的WASP国家认同传统,金斯伯格似乎只有从其边缘人身份出发重新定义少数族裔群体心中的国家认同观,才能获取他独立的诗人身份。尤其是当金斯伯格谈到国家认同时,性总是一个含蓄但极具张力的主题,从其早期诗歌《美国》宣告"美国 我将作为酷儿全力以赴"开始,诗人用同性恋主题重新设定其心目中理想"美国"的想象便已然启动。

对金斯伯格来说,必须建立新的诗歌传统来表达这些新的生活方式和存在形式,而这正是基于在金斯伯格诗歌中处于中心地位的同性恋视角。可以说,金斯伯格以将同性恋建构为其公众形象以及诗歌创作不可或缺的组成部分而闻名。金斯伯格诗学在自我表露与摆脱传统诗体束缚的性爱

---

① David S.Reynolds."Introduction." *A Historical Guide to Walt Whitman*.Ed.David S.Reynolds.New York and Oxford:Oxford University Press,2000:6-7.

解放之间建立起密切关联。

《梵·高之耳揭秘》("Death to van Gogh's Ear",1957)[1]是金斯伯格吸食吗啡之后针对死亡与永恒这一具有深度张力的主题所做的思考与表达。在吗啡的刺激之下,诗人信马由缰、思维紊乱、用语奇特,但并未涉及梵高在精神崩溃后割下左耳这一具体事件。诗中写道,因为"诗人是牧师",所以,诗人有责任反抗意识形态权威与"建立了一个战争机器"的"总统"。诗人哀叹"美国世纪被一位疯子参议员出卖",而著名同性恋诗人哈特·克兰(Hart Crane)"自尽"也是为了"使有毛病的美国崩溃沉沦"。在麦卡锡主义者看来,正是来自俄罗斯的共产主义思潮让堪萨斯州甚至整个美国处于危急的境地,因而必须予以清除。而在诗人看来,这种荒谬与偏执的观念让美国背叛了惠特曼民主理想的愿景,克兰也是被同样的偏执逻辑所摧毁。事实上,在麦卡锡主义猖獗泛滥的冷战文化之中,由历届美国当局煽动的"恐红"与"恐同"情绪疯狂滋长,美国共产党和美国同性恋者最终成为美国共和党与民主党党争并转嫁美国国内外危机的替罪羊。而由此导致的让诗人无比痛心的一个事实是,他所倚重的惠特曼式民主理想被全面抛弃,美国盎格鲁一致性主流价值观体系对美国民众的宰制性却变本加厉。

由于对更广泛的社会事业有着极大的兴趣并且亲身参与了许多抗议性活动,金斯伯格可以说是一名激进的政治活动家。同时,金斯伯格也是一名具有同性恋先锋意识的性行为放纵者。关于金斯伯格的影响力,《滚石》杂志编辑米卡尔·吉尔莫(Mikal Gilmore)在1997年为金斯伯格所写的讣文中说道:同"猫王"埃尔维斯·普雷斯利(Elvis Presley)、甲壳虫乐队(The Beatles)、鲍勃·迪伦(Bob Dylan)以及朋克摇滚"性手枪"乐队一样,金斯伯格极大地"释放了我们这个时代美国人的灵魂与梦想之中那些不同流合污、冒险而奇妙的事项";金斯伯格"不仅通过他那些震动美国国民意识的诗歌创造历史",也体现了"半个世纪以来那些最显著的文化突变"。[2]这些"文化突变"包括了金斯伯格曾深度介入的同性恋运动。除了通过《绿色椅子》《嚎叫》《美国》《求求你 主人》等诗歌创作以一种诗意的方式呈现诗人带有强烈同性恋意识的内心呼喊,金斯伯格还撰写并公开发表了一些为性解放运动辩护的文章。例如,在《致拉尔夫·金兹伯格的一封信》中,金斯

---

[1] 〔美〕艾伦·金斯伯格:《金斯伯格诗选》,文楚安译,四川文艺出版社,2000年版,第151-157页。
[2] Mikal Gilmore."Allen Ginsberg, 1926 - 1997." In *The Rolling Stone Book of the Beats*：*The Beat Generation and the Counterculture*.Ed.Holly George-Warren.London：Bloomsbury,1999：228.

伯格谴责美国政府当局以"保持社会高尚道德秩序的名义"通过设立性法律相关条款实施"集体洗脑",但"没有人意识到在身体外有某种特别的力量剥夺了自己的性生活,这就是法律":"第169条禁止在同性朋友之间的性行为"。金斯伯格坚持认为,在诗歌或者散文里"间接规范性行为的法律都是十分荒谬的",而且,"严格说来,和谁做爱是一个人的私事"。[1]而在《给〈纽约性和政治评论〉的一封公开回信》中,金斯伯格认为惠特曼诗歌所表现的"美国思想主流"就是"完全自由"的"性描写",是"个人自由意义上的民主",而"20世纪谈性就是谈政治"[2]。可以说,金斯伯格通过自己的诗歌创作、为性解放辩护以及身体力行地公开自己的同性恋身份,为20世纪60年代更大范围的性解放运动起到了极大的推动作用。

总之,以金斯伯格为代表的"垮掉派"作家不断地以一种边缘人身份将自身真实的生命体验和感受灌注到自己的作品之中,沉湎于书写同性之爱以及不受节制的施虐快感等"越界"主题,这本身就是对麦卡锡主义者道德自满感的绝妙反讽。而正是这些"越界"对"垮掉派"作家之后的先锋人物有着莫大的吸引力。毕竟,那些处于边缘地位的少数团体无时无刻不会受到主流宗教、政府当局、律令法规以及主流社会价值观体系这些"庞然大物"的排挤和打压。对于这些社会不公,"垮掉派"作家敢于通过艺术创作以及亲身体验进行自我解放从而敲打处于危机之中的西方文明。应该说,20世纪50年代的"垮掉派"运动是"20世纪60年代至70年代更大规模的社会反叛运动的催化剂";在保守主义盛行的20世纪50年代,"垮掉派"作家仍然能以极大的勇气遂行"绝对的个人主义意识",这为其后的反叛运动树立了"榜样"。[3]

(四)对惠特曼诗歌民主精神的回望

正如上一章所述,爱默生与惠特曼等人都曾致力于摆脱英国诗歌传统的束缚,并最终建立具有美国特色与气质的诗歌文体形式。其实,在诗歌内容与精神上,惠特曼在他的诗歌乌托邦之内,一直幻想着以一个民族诗人"先知"的身份,倡导建立一个没有男女与阶级差别,没有旧富与新贵甚

---

[1]（美）艾伦·金斯伯格:《致拉尔夫·金兹伯格的一封信》,见《金斯伯格文选:深思熟虑的散文》,比尔·摩根编,文楚安等译,四川文艺出版社,2005年版,第165—167页。
[2]（美）艾伦·金斯伯格:《给〈纽约性和政治评论〉的一封公开回信》,见《金斯伯格文选:深思熟虑的散文》,比尔·摩根编,文楚安等译,四川文艺出版社,2005年版,第175—176页。
[3] Bill Morgan.*The Typewriter is Holy：The Complete, Uncensored History of the Beat Generation*.New York：Free Press,2010:247.

至是改革派的身影,属于普通民众的民主国家。惠特曼早在《草叶集》初版序言中就宣称:伟大的诗人是"先知",是"独特的",也是"自我完全的";女性与男性"完全平等";"美国诗人不应该专门去描绘一个阶级的人或一两个获利的阶层","不应该重视东部各州甚于西部各州,或重视北方甚于南方"。[①]在其名篇《自我之歌》("Song of Myself",1855)中,诗人对自己这一"先知"身份与代言人角色进行了明确的宣示:"由于我,许多长久缄默的人发声了:/无穷的世代的罪人与奴隶的呼声,/疾病和失望者,盗贼和侏儒的呼声,/准备和生长的循环不已的呼声,/连接群星之线、子宫和种子的呼声,/被践踏的人要求权利的呼声,/残废人、无价值的人、愚人、呆子、被蔑视的人的呼声,/空中的云雾、转着粪丸的甲虫的呼声。"[②]

然而,由于出生于社会中下层,又有着荷兰与德国这样的非WASP血统,惠特曼从小就处于政治、经济与文化的边缘位置。面对当时复杂而严峻的现实语境,惠特曼所扮演的民族先知身份无疑有着极大的虚幻性,正如他在《过去历程的回顾》(1888)中所说:"从世俗的商业观点来看,《草叶集》还不只是失败而已——公众对于这部书和我这个作者的批评首先是流露了明显的恼怒和轻蔑",而且"单单为了出版这本书","我就成了两三次相当严厉的官方特别打击的对象",可见,"我没有赢得我所在的这个时代的承认",所以,我"退而转向对于未来的心爱的梦想"。[③]可以说,虽然惠特曼诗歌中有着不少抗议的言辞,但为了与美国盎格鲁一致性主流价值观保持一致,从而引领美国成为世界上最强大的独立国家,惠特曼在行动上极少触及现实中的话语斗争,主要还是属于保守派。因此,在克林斯沃思(M. Jimmie Killingsworth)看来,在《民主远景》("Democratic Vistas")中,惠特曼仍然保持着其一贯的"先知般的语调",但"其行文风格却常常显露出矛盾与犹豫,彷佛诗人是在犹豫要不要直陈自己的观点,或者是自己都不太确信民主到底是什么"。[④]在经历了现实中的种种挫败之后,惠特曼似乎只有放弃在现实中建构属于全民族的民主国家的努力,于是,惠特曼唯有

---

① (美)沃尔特·惠特曼:《〈草叶集〉初版序言》(1855),见《草叶集》(下),沃尔特·惠特曼著,楚图南、李野光译,人民文学出版社,1994年版,第1078、1081、1086页。

② (美)沃尔特·惠特曼:《自己之歌》(1855),见《草叶集》(上),沃尔特·惠特曼著,楚图南、李野光译,人民文学出版社,1994年版,第94—95页。

③ (美)沃尔特·惠特曼:《过去历程的回顾》(1888),见《草叶集》(下),沃尔特·惠特曼著,楚图南、李野光译,人民文学出版社,1994年版,第1154页。

④ M. Jimmie Killingsworth. *The Cambridge Introduction to Walt Whitman*. Cambridge: Cambridge University Press, 2007:89.

选择在诗歌中建构自己的乌托邦幻象,正如诗人在《幻象》(1876)中写道:"我遇见一位先知",他说,"首先要采纳幻象","要把幻象纳入你的诗篇","永远是混沌初开","是幻象,是幻象!""如今,在此时此地,/是美国的热闹、多产而复杂的繁忙,/这包括集体和个别的,因为只能从那里/释放出今天的幻象。"①

在"垮掉派"诗人尤其是金斯伯格进行美国诗歌本土化变革的过程之中,惠特曼诗歌里的这种民族先知视角以及民主国家想象都成为尤为重要的诗学资源。当然,由于20世纪50年代美国后现代时代氛围的诱发,加上麦卡锡主义已然将美国盎格鲁一致性主流价值观推向极端化地步,在惠特曼时代就业已显现出幻象的美式民主只会显得更加虚伪并具有讽刺意味,遭到具有强烈反叛意识的"垮掉派"诗人的抗议与解构也在情理之中。

金斯伯格在1989年的一次采访中曾说,《美国》是一首"社会主义式的达达主义诗歌";"从文体上说,《美国》是达达主义者对《时代》杂志和中情局党派路线虚伪却严肃的态度的幽默再现"。②而当采访者认为该诗"更感伤、更严肃"因而"并不是达达的基调"时,金斯伯格则进一步阐释说:

> 如果我大声朗读《美国》,你会意识到音调的变化。有时有点疯狂,有时非常理智,有时则是歇斯底里:"他们是俄国人,他们是俄国人。俄罗斯想活活吃掉我们"……所有诗行都在嘲弄某一特定类型的人。全是不同声音的拼贴!都是我自己的声音:多愁善感,愤怒,嘲笑,抱怨。③

可见,《美国》中所有支离破碎、充满矛盾的声音都来自诗人这样一个受到美国冷战文化排挤打压的犹太裔俄罗斯移民后代之口。因此,《美国》中多重竞争、破碎而矛盾的声音不仅试图消解诗人自己的"美国白人男性自我认同",同时也在极力控诉诗人所处的冷战文化中无处不在的暴力。可以说,凭借自己的犹太裔俄罗斯移民身份,金斯伯格是在用惠特曼美国多元主义理想来对抗美国主流社会的仇外心理以及麦卡锡主义的打压与宰制。

在诗的开头,诗人自己对当下美国当局发出诅咒:"用你自己的原子弹去揍你自己吧。"(138)然而,在诗的中途,诗人又突然意识到:"我突然感到

---

① 〔美〕沃尔特·惠特曼:《草叶集》(上),楚图南、李野光译,人民文学出版社,1994年版,第16—17页。
② Allen Ginsberg."A Collage of Voices: An Interview with Allen Ginsberg." Interviewed by Yves Le Pellec. Revue Française d'Etudes Américaines 1989(39):104.
③ Allen Ginsberg."A Collage of Voices: An Interview with Allen Ginsberg." Interviewed by Yves Le Pellec. Revue Française d'Etudes Américaines 1989(39):103.

我就是美国。/我不过在自言自语"(140),此时,诗中的声音转变为美国本身的声音。只不过,这里的"美国之声"显然是针对惠特曼在《自我之歌》中所想象的、美国普通民众所集体认同的民主理想的反讽之声。在金斯伯格看来,其同性恋与俄罗斯移民后代的身份是他作为美国人身份的背反性"他者",是诗人内心深处自我认同的最大来源。当然,《美国》中的"他者"主要还是指俄罗斯。毕竟,在《美国》的后半部分,有一个刻板而反讽的俄罗斯声音威胁着要"霸占芝加哥",这个俄罗斯声音还"强迫印第安人学会阅读",强迫美国人"一天干活十六小时"(142)。

整体而言,除了幽默与反讽之外,《美国》针对20世纪50年代麦卡锡主义笼罩下的美国的发言颇具批判意味,而诗人模仿美国当局与主流民众的口吻写下的诗行更是溢满了反讽性的批判之声:

美国那是他们可恶的俄国佬干的。
是他们俄国人还有他们中国人?是他们俄国人。
俄国想活生生地把我们一口吞下。俄国当权者疯了,俄国人想从我们的车库中把汽车全抢走!
俄国想霸占芝加哥。她需要一份《红色读者文摘》。她想把我们的汽车制造厂迁到西伯利亚。用她庞大的官僚机器来运转我们的加油站。
那可不妙。唉。俄国要强迫印第安人学会阅读,他们需要身强力壮的黑鬼。
啊哈。俄国要迫使我们一天干活十六小时。呜呼救命。(142)

随后是诗人本人的总结:"美国,这一切可不是说着玩的。/美国,我看电视产生了这一切印象"(142)。这几句荒诞而夸张的诗行所呈现出的莫名恐惧,反映的正是20世纪50年代美国麦卡锡主义猖獗时期美国党派政治与主流媒体沆瀣一气的图景。俄罗斯在这里是以第三人称出现的,然而其言语腔调却是美国主流媒体中经常出现的老套俄罗斯口音。由于俄语没有冠词,一些带有浓重俄语口音的俄罗斯移民在说英语时时常漏掉冠词。这种口音当然也是金斯伯格从其俄裔母亲那里继承而来的。不过,诗中的俄式英语显然不是金斯伯格和他母亲在日常交流中使用的语言。诗中这些乖张的、有着强烈种族主义倾向的言语,是美国当局凭借政治操弄通过主流媒体向美国民众进行"恐红"宣传的语言工具。通过这类迫害文本修辞建构,美国当局显然将俄罗斯当作可以转移国内外危机的替罪羊,从而达到进一步巩固其盎格鲁一致性主流价值观对普通民众的宰制性的目的。

金斯伯格理想中的美国是惠特曼早在《草叶集》中所展现的多元而民主的美国。可以确定的是，《美国》中的所有声音都有一个共同点，即，批判美国当局当下的国际与国内政策。金斯伯格在诗中运用多个声部，多重视角来批判冷战时期受到麦卡锡主义极大禁锢的美国，一方面是对美国现实中冷战文化的不满，另一方面也有着借助高扬多元化与差异性创作原则的后现代主义文学来达到反叛以整体性与统一性为纲，并得到美国当局扶持的现代主义文学的目的。

像惠特曼的《自我之歌》一样，《美国》体现的是可以包容不同观点与理念的民主理想。毕竟，美国还有着"二万五千家精神病院"与"监狱"，"成百上千万的穷困之人"，"斯科茨博罗男孩"和意第绪语马克思主义演说家"伊斯雷尔·阿姆特"，甚至"他们俄国人"也可以是美国人，就像金斯伯格的母亲娜奥米和她的孩子们一样。如此来看，《美国》所展现的多元化民族图景莫不是诗人借助美国诗歌传统与当下美国所达成的某种和解？这不仅有助于金斯伯格理解自身的多重边缘性身份，更广泛地说，也有助于理解美国盎格鲁一致性主流价值观背后的冲突本质。

在《自我之歌》中，惠特曼用"草叶"来喻指美国：既指美国人个体也代表整个美国。在惠特曼看来，美国应该全力保护个人自由不受联邦政府的影响，而联邦政府的权力也来自作为个体的美国民众。这种想法显然也是《美国》的思想核心。当多个声部在诗中来回切换之时，以白人至上主义、麦卡锡主义等为价值准绳的美国盎格鲁一致性主流价值观无疑成为诗人猛烈批判的对象。在冷战文化背景之下，金斯伯格所看重而美国当局却弃之如敝履的民主理想传统是《美国》充满反讽力量的最大源泉。麦卡锡主义者将国际共产主义乃至同性恋作为替罪羊，从意识形态上极力编造国际共产主义的所谓对美国政府与民众的颠覆与威胁企图，从而构建出镇压美国国内言论自由与社会异见的所谓理由，这既是金斯伯格诗歌内部冲突的根源，也是冷战期间诗人用来讽刺与批判美国的关键靶标。

二、"第三代"诗歌中国家形象建构多元化倾向

20世纪80年代中后期，随着改革开放不断深化，中国在思想与文化领域也越来越提倡建构开放而多元的国家形象。具体到诗歌层面，诗人与国

家形象建构之间的关系,已经"从一种体制力量政治性的强制关系,转化为一种张力性的自觉主体的伦理关系"[①]。因此,任何一个具有责任感的诗人都能直面自己独特的生命体验与生存境况,既不会违心地将情感结构虚假化,也不会刻意诋毁扭曲自己的真实生活。真正的诗人会以自己的独特个性表达来建构所体验感悟到的日常生活,真实而泛化的国家形象也就隐含其中。可以说,20世纪80年代初中期以来,在从现代性到后现代性的时代氛围转换过程之中,凭借着诗歌理论上的激进以及创作实践中的奔突,"第三代"诗歌为新诗中国家形象建构上的革新开辟了更多的路径。

(一)时代氛围的转换与国家形象的泛化

20世纪80年代初,随着"文革"结束,"文革"期间建立起来的所谓"主义"与信仰被彻底推翻。国家层面上所采取的一系列政治上的重大举措对于社会层面上的思想与艺术观念的"拨乱反正"起到了极大推动作用。然而,一个基本事实是,这一时期文学思潮的发展并没有完全按照主流意识形态所期待的路线重返"文革"之前的文学格局。虽然现实主义诗歌仍然具有极强的生命力,但现代主义甚至后现代主义诗歌因为时代氛围的巨变也获得了相应的发展机遇。毕竟,当时的社会现实具有多面性,远非现实主义诗歌所能涵盖。现实社会中普遍存在的憧憬与无奈、残酷与断裂尤为受到现代主义和后现代主义诗人的关注,其中有着历史必然性。改革开放初期,各项改革利好政策虽然给人们带来了希望,但在实施的过程中也遇到了重重阻力,其效应一时难以显现。及至20世纪80年代中后期,随着商品经济大潮日趋汹涌,改革开放逐渐步入"深水区",中国经济受到了一些诸如物价高涨、投机倒把、挤兑等负面经济行为的冲击,人们先前固有的价值观随之变得躁动不安。

在这样一个特定时代的文化语境之下,一方面,敏感的青年诗人们对主流意识形态、宏大叙事等政治性话语越来越厌倦,意欲打破藩篱;另一方面,曾经先锋的朦胧诗在逐渐得到主流诗坛的承认之后缺乏进一步的变革意识,其创作越来越处于模式化的"空转"状态。因而,"第三代"诗人迫切需要进行诗歌形式创新,以新的先锋姿态来表达他们当下的生命体验与感受。对于这些诗人来说,革命浪漫主义遭受挫败,主流意识形态中惯性式的保守思维应该受到质疑与拷问,人们也因为传统意义上的深度模式被消解和随之而来的市场化"金钱原则"的冲击,反而逐渐失去了追寻终极价值

---

① 周宪:《关于艺术中的国家形象》,《艺术学研究》(辑刊)2008年第1期。

的兴趣。种种迹象表明,时代精神似乎悄然由强调统一性与整体性理性思维的现代性场域转向以差异性与多元化思维模式为主体的后现代性场域。正如有论者所说,在中国特定的历史语境之下,中国的后现代思潮就是"展开着的市场经济,以及在此过程中形成的一个庞大的市民社会,还有他们特有的价值观"[①]。

20世纪80年代中后期,随着朦胧诗退潮与"第三代"诗歌兴起,诗歌理论与创作在后现代主义思潮的冲刷之下都发生了剧烈变化,诗歌中所建构的国家形象也越来越具有泛化倾向。而从经济与文化的全球化视角来看,这种泛化倾向是国家形象建构的必然选择。毕竟,国家形象首先是"一个国家在他者世界面前的呈现"[②],因此,国家形象建构的效度与可接受度是相辅相成的。中国的国家形象研究从政治学与新闻传播学领域起步,但从效果来看,这些研究对于消除西方针对中国的刻板印象、改善中国国家形象方面的帮助极为有限。近年来,中国改革开放以来取得的巨大经济成就在西方国家被悄然置换成邪恶的基础,形形色色的"中国威胁论"或是"中国崩溃论"不断地被制造、被演绎,"否定中国"俨然成为西方世界一种时尚的意识形态。

事实上,国家形象具有建构上的可塑性。在形象塑造问题上,一个国家完全可以针对自身的各种形象要素进行"新的组合",而保证这种组合的"多样性"与"可变性",是国家之间进行"形象战争"的基础所在。[③]在与其他国家交往互动的过程中,每个国家都会有意识地通过塑造正面的国家形象来赢得世界范围的认同,从而实现自己利益的最大化。在中国实现"和平崛起"的过程中,正面的国家形象构建必须全方位多角度地进行,才能逐渐改变西方国家对中国国家形象的刻板印象。在这种建构过程之中,新诗的作用尤为重要。为了能够让世界各国了解到具体而实际的中国形象,新诗所特有的形象魅力构建功能与情感认同功能可以发挥巨大的作用。作为具有责任感的伦理主体,"第三代"诗人可以将正面而真实的国家形象内化于自己独特的观察视角和具体可感的日常生活体验当中。在异域"他者"眼里,这些浸润着民间色彩和个性表达、取材于现实本真生活的诗歌创作更加具有原生态质地,其间所闪现的中国国家形象也就随之多了几分亲近感。

---

① 阎真:《百年文学与后现代主义》,湖南教育出版社,2003年版,第167页。
② 周宪:《关于艺术中的国家形象》,《艺术学研究》(辑刊)2008年第1期。
③ 张法:《国家形象概论》,《文艺争鸣》2008年第7期。

这样，在20世纪80年代以来中国越来越开放而多元的文化氛围之中，诗人早已不是被某种体制性力量"强制"着去建构国家形象，而是将自己看作具有一定"张力性"的伦理主体"自觉"地去建构。[1]可以说，任何一个具有责任感的诗人都会以自己具体而真实的生命体验与生存境况为基础，通过诗歌变革来创新性地建构自己所体验感悟到的日常生活，而在其他国家的民众眼中，这些隐含着中国国家形象的日常生活表达比那些直白的国家形象宣传具备更大的艺术感染力。

（二）"第三代"诗歌中国家形象的多样化面孔

总体来看，"第三代"诗歌中的国家形象大多因透着生活气息而杂芜不定。"第三代"诗人开始向作为个体的人的内心世界与生命存在同时迈进，从说教式的意象中解脱出来，转而着力创造具有个人灵性与生命意识的句意象，诗人的艺术个性也因而得到了空前自由的发挥。可以说，从朦胧诗的迅速落潮到"第三代"诗歌的快速崛起具有历史必然性。随着社会生活中的"世俗化"倾向越来越受到关注，新诗在中国特定历史时期所被要求承担的"政治动员"与"历史叙述"的"责任"不再是硬性指标，而且"第三代"诗人在新的时代氛围中所感知到的具体生命体验和朦胧诗"所表达的政治伦理判断"也"不尽相同"，[2]这些都为"第三代"诗人变革新诗写作模式提供了巨大的操作空间。

具体到国家形象建构，"第三代"诗歌中已经很难见到"中国""祖国""黄河""长江"等大词，即使偶有出现，也一改往日或抒情或讴歌的书写传统而直抵当下的日常生活与生命存在。事实上，在"后新潮"时期，国家无意颁布"绝对的标准与禁令""来规范所有的创作主体和表达"，文化裂隙也就随之涌现，"各种异质性的表达空间"也便"表现得颇为活跃"。[3]以阿吾的《看我中国》、李亚伟的《我是中国》、柏桦的《祖国》、尚仲敏的《祖国》以及伊沙直接表现"国家"主题的诗作为例，诗中所具有的张力性的反思、戏谑性的反讽以及有悖于传统的意象搭配，都使得这类诗歌具有明显的消解意味。这一方面突显了"第三代"诗人对现实生活与传统文化的"另类关注"，另一方面则表明日益被边缘化的诗歌在遭遇着"潜在的认同危机"的同时，也会逐渐获得更大的表现空间，从而"得以与主流话语展开批判性的

---

[1] 周宪：《关于艺术中的国家形象》，《艺术学研究》（辑刊）2008年第1期。
[2] 洪子诚、程光炜：《朦胧诗新编》，长江文艺出版社，2004年版，第11页。
[3] 刘复生：《历史的浮桥——世纪之交"主旋律"小说研究》，河南大学出版社，2005年版，第15页。

对话"。[①]

《看我中国》[②]的首要主旨便是要打破传统诗歌所刻画的或威严或神秘的国家属性，转而直接从当下的日常生活中探寻中国矛盾而丰富的国家属性。在诗人看来，从飞机、列车和江轮上，都"看不清我的中国"，"反倒增加了东方的神秘感"；但中国并不神秘，必须通过"步行"深入日常生活，因为"步行的中国/步行者才能看清"；而日常生活中的"中国"也不是单一的，而是传统与现代并存的，"着西装的中国和套对襟衫的中国/就在身前或身后/紧伴中国梦寻人"。

《我是中国》[③]中的"我"是无所不包的：我是"一个女人"，我也是"自己的男人"；我是"另外的我，很多的我，半个我"；我是"流浪汉""科学之父""打铁匠的儿子""大脚农妇的女婿"，及至最后，"这块土地上的很多我，女性我，半个我/都是我以及其他的我/我是中国"。诗中的"我"是深具反叛意识、众多独立个体的集合体。不像朦胧诗中那种群体意义上的代言人角色，这里的"我"不再担当历史、社会、文化以及意识形态的重负。因而，《我是中国》所持有的立场，超越了以往诗歌创作传统的束缚，重新塑造了一种当下现实生活中活生生的凡夫俗子形象。

柏桦的《祖国》[④]展现的是多样性的、个人化的祖国："祖国呵，祖国/春节的祖国，雷锋的祖国/人民的祖国，没有公社的祖国/太多了，不是吗？"，祖国是多元的，而意识形态意义上的"公社的祖国"业已退出历史舞台。"我站在街口，中午/遍地祖国开花"，进一步强调了内涵扩大了的"祖国"的多样性。"当一个农民走过/祖国停在他的上空"，"当我拿起电话/我就是一个祖国"，多元化的祖国也就必然带来个人性的"祖国"的兴起。

尚仲敏的《祖国》[⑤]则较为极端地表现了诗人对那种忽视甚至压抑个人独特性表达而建立起来的崇高形象的质疑与拒绝。诗中的"你"即祖国，似乎站在了"我"和"他们"的对立面：祖国的土地虽然辽阔，但"他们"生前只能占据"偏僻的一隅"，死后也"不留痕迹"，而"我"和"他们"的"命运相同"，都很难得到祖国的庇佑，因而，"无力自救"。这样一种漠然甚至对立的关系不免会导致诗人"我"在"战火燃烧，大敌当前"之时，难以找到为国献身

---

① 洪子诚、刘登翰：《中国当代新诗史》（修订版），北京大学出版社，2005年版，第248页。
② 见《诗刊》1986年第7期。
③ 周伦佑：《亵渎中的第三朵语言花——后现代主义诗歌》，敦煌文艺出版社，1994年版，第13-15页。
④ 谢冕、唐晓渡：《以梦为马——新生代诗卷》，北京师范大学出版社，1993年版，第7页。
⑤ 周伦佑：《亵渎中的第三朵语言花——后现代主义诗歌》，敦煌文艺出版社，1994年版，第175-176页。

的理由而宁愿选择自杀。这种对祖国崇高形象的拒绝,可以说是厌倦了群体意识的个体的觉醒:任何崇高形象都不能一味地以所谓群体的利益大肆遮蔽或者干涉个体,再宏大的存在也不能抹杀个体存在的真实性。

大体而言,"第三代"诗歌这种以"国家"主题为背景的创作,改变了朦胧诗那种现代主义隐喻式的国家形象建构以及主流诗坛社会写实性创作中那种昂扬向上的国家主题,具有某种叛逆性的消解倾向。从阅读效果上看,它们会呈现出一种不同于"深度模式"的水平滑动意味。

当然,这种富有叛逆性的解构书写倾向并不代表"后新潮"诗歌的全部。首先,随着20世纪80年代中期文化研究热潮的兴起,文艺界对传统文化的关注与反思成为热点话题,对传统的中国进行现代性的反思也是"后新潮"诗歌国家形象建构的一个重要主题。以阎月君的《月的中国》[①]为例:诗歌将"中国"比作"月","月呵月呵 你是中国","中国"有"太多的苦痛与伤别",但"我们"仍然毫无保留地爱着"中国",为之神伤连连,"我们是心甘情愿的鱼儿/死去　活着　游弋于你的河/……/永是/一串串清泪啊/一声声中国"。诗评家谢冕认为这首诗"成功地写出了中国特有的充满忧患的传统心态",是"民族传统文化意识与现代艺术"融会贯通的佳作,也是十年来"艺术方式的变革和创新"的结果。[②]一方面,这首诗字里行间中无疑流露出中国文化传统中的忧患意识,但另一方面,这种忧患意识对当代中国读者仍然具有强大的感染力,是和诗人运用的现代诗歌艺术表达技巧分不开的。文化传统经过现代性反思之后,能够焕发出新的魅力。

其次,同样被划入"后新潮"诗歌阵营的海子[③]追求的却是某种"大诗"的写作路径,他所创作的《日出——见于一个无比幸福的早晨的日出》《祖国(或以梦为马)》等诗歌便是将昂扬的生命信念与姿态同国家主题相融合,张扬了一个极富理想主义的诗人的独立精神。当然,海子的"祖国"并不是政治意义上或者现实中的祖国,它主要是诗人想象中的诗意祖国,是饱含历史感与理想诉求的精神家园。《日出——见于一个无比幸福的早晨的日出》[④]中,诗人的"祖国"是不假外求的:"在黑暗的尽头/太阳,扶着我站

---

① 阎月君:《月的中国》,《诗刊》1986年第4期。
② 谢冕:《新诗潮的另一种景观——评阎月君的组诗〈月的中国〉》,《诗潮》1985年第6期。
③ 1986年10月,《深圳青年报》和《诗歌报》联合举办了影响深远的"现代诗群体大展",许多业已成名的诗人特别是"第三代"诗人集体亮相,流派纷呈,蔚为壮观。海子并没有参加这次诗歌盛会,一方面,这是他桀骜独立的性格使然,但更为重要的原因是,海子对诗歌理想与浪漫主义抒情的坚持与"第三代"诗人反文化、反崇高以及口语化诉求之间有着巨大的隔膜。
④ 海啸:《海子经典诗歌》,中国画报出版社,2010年版,第184页。

起来/我的身体像一个亲爱的祖国,血液流遍"。而在《祖国(或以梦为马)》①中,不断闪现的中国元素(如"祖国的语言""乱石投筑的梁山城寨""周天子""凤凰""龙"等)则将读者带入一个充满历史厚重感的"千年王国",这无疑凸显出诗人对"祖国"家园的一种神性、诗意而又不无悲壮的精神守望。《祖国(或以梦为马)》全诗共九节,"我"彰显的是诗人边缘人身份,是出现频率最高的一个词,但前八节中,"和所有以梦为马的诗人一样"一再出现,表明个体"我"其实也代言着一个特定的、同"我"一样孤独而悲壮的群体,都不得不在现实中"和小丑走在同一道路";将"万人"都要将之"熄灭"的"火""高高举起",从而得以"度一生的茫茫黑夜";因为"甘愿从头开始""去建筑祖国的语言",所以"愿将牢底坐穿","愿将自己埋葬在四周高高的山上　守望平静的家园",这种表述与政治抒情诗中用"我们"代言抒情主体有相似之处。

　　海子是高度理想化的诗人:"万人都要将此火熄灭　我一人独将此火高高举起","此火"莫不隐喻着祖国的精神传统? 作为诗人,他所能做的首先还是贡献于祖国的语言:"万人都要从我刀口走过　去建筑祖国的语言"。一边是对易逝生命的哀叹和对朴素的家园依恋:"众神创造物中只有我最易朽　带着不可抗拒的死亡的速度/……/和所有以梦为马的诗人一样/我也愿将自己埋葬在四周高高的山上　守望平静的家园";一边又宣称"我选择永恒的事业//我的事业,就是要成为太阳的一生",现实与传统、栖居与梦想、易逝与永恒,在海子这里都被整合成一个以"祖国"为名的回归神话。事实上,对光明的强烈渴求总是和现实中的失望相伴相随。物欲横流的社会中,物质生活是突飞猛进的,但人们往往缺乏精神和心灵上的充盈。对海子而言,因为有了对光明的渴望,现实中的痛苦才得以缓解。不过,过去诗歌中常常提及的"祖国即母亲"隐喻到海子这里也早已被置换成语言意义上的"祖国",一个原来所有中国人都可以共享的集体性祖国,变成了一个个说着自己方言母语的专属于个人的祖国。

(三)日常生活审美化中的国家形象建构

　　朦胧诗之后,旨在为公众立言的诗歌抒情方式逐渐被个体性的日常生活美学所取代,显在的国家意象在诗歌中所占的比例越来越少,国家主题不断地被稀释、被溶解,变成一个个具体而真实的日常生活场景。"后新潮"诗歌中,除了上述少数诗歌直接将"祖国""中国"等词语入诗,"国家"越来

---

① 海啸:《海子经典诗歌》,中国画报出版社,2010年版,第4-5页。

越成为一个隐约闪现但又无处不在的创作场域。基于这一背景,"第三代"诗歌通过日常生活审美化原则对日常生活场景所做出的具体呈现,可以说是以一种不同的审美方式进行国家形象建构方式转变的实验。作为具有责任感的伦理主体,"第三代"诗人敢于面对并以一种直白而不失虔诚的笔触,表达出日常生活中自己切身的生命体验与感受。细读之下,这些真切而具体的生命体验与感受无不隐含着内化的国家形象。

总体来看,"第三代"诗歌书写泛化的国家形象更多的是通过日常生活审美化原则来建构。具有后现代性特质的"第三代"诗歌是以朦胧诗这样的现代主义诗歌为超越对象的。为了消解现代主义诗歌所着重表现的注重统一性与整体性的深度理性,"第三代"诗歌常常以日常生活审美化为诗歌创作原则,更多地关注诗人在特定日常生活中当下的生命体验和感受,以展现日常生活中那些自由的、随性而发的感动瞬间。有鉴于此,在前一节从稗史化、俗常化和时间空间化三个方面论述"第三代"诗歌日常生活审美化创作原则的基础之上,笔者仍将从这三个方面简要阐释那些秉持日常生活审美化原则的"第三代"诗歌中泛化的国家形象书写。

首先,相对于那些秉持现代主义诗歌创作立场的朦胧诗人,"第三代"诗人往往反对诗歌创作中的宏大叙事策略,不再像朦胧诗人那样过于关注厚重而悲壮、浸透着沧桑历史的国家形象主题。相反,"第三代"诗人常常深入当下的日常生活细节进行观察与打磨,以便找到表现某一特定历史进程中特定的人的最佳方式。这些特定的历史可以说是宏大历史裂变之后无数个历史褶皱中具体而微的个人史,是稗史。在20世纪80年代中国改革开放政策不断走向深化、意识形态领域也渐趋松动的社会语境之中,如何采用新的书写模式从而更为自然地表现这个历经"文革"浩劫、浴火重生的国家的真切形象,成为"第三代"诗人必须直面的最为重要的课题之一。

鉴于诗歌所面临的社会语境"不再是连续不断的政治运动所造成的惶恐","而是更复杂、更具体,也更纠缠不清的日常生活",[①]"第三代"诗歌特别是于坚诗歌所书写的对象常常是社会中一些小人物具体性的日常生活。虽然这些小人物也有着自己的历史过往,甚至是渗透着"文革"那样的历史记忆,但在"第三代"诗歌看似平淡、实则充满着深情与尊重的书写之中,个人及其背后无数个具体的国家形象显现开来。例如,《罗家生》表现的是"小人物"罗家生在特定年代所走过的被人忽视的悲剧性人生。《0档案》则

---

① 王光明:《导言 中国诗歌的转变》,见《中国新诗总系1979—1989》(第7卷),人民文学出版社,2009年版,第33页。

描述了在特定年代日常生活中活生生的人被拆解为可以存档的"文件"之后,人与人之间令人寒心的冷漠与隔阂。而《舅舅》(2003)①中,像"舅舅"那样经历过"文革"这样的特殊历史时期的小人物的命运,似乎都会与集体、时代和历史扭结到一起,从而形成一种个人化的历史想象。在"外甥"个人化的历史想象中,历史中的"舅舅"得到了"正名":在集体和公众眼中,"舅舅"是"逆来顺受的窝囊废","他背道而驰 沉默寡言","1968年因历史问题被下放","人民这个大枕头里面的 一丝/填充物 有他不多 但也不能少","对各种规章制度 从不阳奉阴违/也不是虎视眈眈的积极分子";在"外甥"的记忆里,"记得1967年某日下午/未来的诗人 跟着他舅舅/路过五一电影院 共和国的左派/在街垒后面向右派开枪/我突然向街心伸出好奇的鹿脖子/张望子弹 情急之下/舅舅一掌将我打倒 那一夜/少年我 记恨着母亲的哥哥"。然而,"外甥"最终还是理解了"舅舅"的苦心。在"舅舅"的葬礼上,虽然"领导有事情来不了","外甥"滴下了"略带咸涩的泪珠","保持了外甥 对舅舅这个方向的/信赖 尊重和"。可以说,于坚诗歌正是通过表现这类充满多元化与差异性的稗史来建构在当代日常生活场景中的别样而真实的中国形象。

其次,"第三代"诗歌中泛化的国家形象也体现在对世俗日常生活的原生态展现之上。"第三代"诗歌往往对普通市民阶层世俗的日常生活状态极为关注,通过"捕捉"普通人的"内心情感"来呈现他们在日常生活中的"喜怒哀乐",从而加深诗人自己对这些芸芸众生"深刻的理解与同情态度"②。因此,相比现代主义诗歌倾向于使用象征性语言,"第三代"诗歌习惯于以一种原生态口语为诗歌表达方式,从而最终达到书写原汁原味的日常生活的目的。例如,《你见过大海》③便是以原生态口语书写这种原汁原味的日常生活的典范之作。在传统诗歌中,"大海"一直都充满着象征与隐喻意味。相比之下,韩东笔下的"大海"已与任何隐喻或象征无关。为了不让读者再去挖掘被强加在"大海"身上的象征与隐喻负累,韩东在诗中一再使用口语化语言反复地为"大海"减负与祛魅:"人人都这样""顶多是这样""就是这样"。这些口语旨在表明,"大海"仅仅是一个能指而已,并没有更多的深层次所指。

相对于充满文化隐喻的书面语,"第三代"诗人更愿意选取口语化语言

---

① 见《我述说你所见:于坚集1982—2012》,作家出版社,2013年版,第42-45页。
② 陈旭光、谭五昌:《秩序的生长——"后朦胧诗"文化诗学研究》,陕西人民教育出版社,2002年版,第51页。
③ 周伦佑:《亵渎中的第三朵语言花——后现代主义诗歌》,敦煌文艺出版社,1994年版,第35-36页。

甚至是方言：如"赶街的日子"①中的"赶街"在云南方言中读作"gan ge（类似英语短元音/e/）"，"赶集"之意；"我老是穿一条有补巴的灯芯绒裤"②中的"补巴"即"补丁"。正如本书第四章第三节"诗歌语言解构"所述，相较于书面语，"第三代"诗人特别是川渝籍诗人尤为注重方言甚至是粗俗语对于隐喻象征型现代主义诗歌的解构意义。事实上，解构与建构很多时候是互为转化、难以两分的。诗歌中不时出现诸如"怎么啦""老子""算老几""不混一天混半天""干倒""我他妈"之类的川渝方言，一方面，这无疑让"第三代"诗歌充满着消解意味，但另一方面，这莫不是中国的语言现实之所在？中国是方言大国，与普通话这样的书面语相比，在俗常的生活之中，方言或许更能表现真切灵动、俗常化的中国形象。对川渝籍诗人而言，母语不仅仅是写在纸上的象形汉字，更根本的反而是有着"'乱鳌'的脾气"与"欢愉戏谑的性格"的川渝"方言"③。事实上，方言的形成与地形、气候以及人文环境有着密切的联系。以川渝方言为例，四川盆地聚居着川渝绝大部分人口，盆地四周是巍峨的高山与云贵高原，气候条件优越，地理结构稳定，但与外界也存在着某种疏离。这种独特的地理环境造就了巴蜀方言"高大的音量"以及背后"滔滔不绝的自信、咄咄逼人的自我盘诘和雄辩、尖锐、逆反的思维方式"。④

在后现代作品中，传统的线性时间观越来越难以契合复杂而碎片化的社会现实，因而常常被空间化的时间观所替代，即，时间的瞬时性变成某种"实践的空间"⑤。因此，后现代作品中的时间不再是单纯的时间命题，也有着空间化维度。后现代时间不是抽象化的时间，而是需要借助具体的"此在"才能充分展开的时间，毕竟只有"抓住眼下每一个可供感觉栖息的时刻"，才能真正地体验到"此时此地"的具体生命存在。⑥同样，"第三代"诗人尤为注重表现生命体验与感受的瞬时感。他们偏好于通过质疑传统的线性时间来展现那种能够表现出事物瞬时样态的后现代时空观：时间可以在瞬时的"此在"中被无限放大，从而拥有了某种多维向度且充满着裂缝的

---

① 于坚：《云南汉子》，见《一枚穿过天空的钉子：诗集1975—2000》，云南人民出版社，2004年版，第26页。
② 于坚：《作品19号》，见《一枚穿过天空的钉子：诗集1975—2000》，云南人民出版社，2004年版，第63页。
③ 敬文东：《抒情的盆地》，湖南文艺出版社，2006年版，第88页。
④ 霍俊明：《先锋诗歌与地方性知识》，山东文艺出版社，2017年版，第117页。
⑤ 叶维廉：《叶维廉文集第五卷：解读现代后现代生活空间与文化空间的思索》，安徽教育出版社，2004年版，第32页。
⑥ 孙基林：《中国第三代诗歌后现代倾向的观察》，《文史哲》1994年第2期。

空间特性。《冷风景》中,"这时""这个时候""这会儿是冬天"等时间语词反复出现,强化了诗人杨黎当时的独特生命感受,与线性历史中的感受似乎完全绝缘。这种时间上的"当下性"与"此在"空间中的具体可感的人与物也正是诗歌所要反复表达的主题:"这时候却有一个人/从街口走来","这是一条死街/街的尽头是一家很大的院子","街口是一块较大的空地/除了两个垃圾箱外/什么也没有"。从诗中反复出现的这些缺少传统历史观照、完全来自日常生活的凡人俗事来看,诗人似乎是在着力渲染此时在("这会儿"的"街")中单纯的"静",全然没有现代主义诗歌那种处于线性时间之中传统与历史、理想与现实的缠绕与碰撞。这样的"街景"固然没有什么象征与隐喻指向,但终究也是当代中国日常生活中的街景,泛化但深具空间特性的国家形象在其间若隐若现。

比较而言,在中美两国后现代变革氛围氤氲而生之际,美国"垮掉派"诗人与中国"第三代"诗人都对自己心目中理想的国家形象进行了诗意书写。但就所面临的社会总体文化与社会语境而言,两国诗人可谓有着"收""放"迥异的处境。美国"垮掉派"诗歌发生发展于尤为严苛的麦卡锡主义时代。二战之后以及整个20世纪50年代,资本主义国家普遍面临着治理危机,而美国当局也面临着极为严峻的国际与国内危机。为了摆脱这些危机,美国当局似乎只有借助蓄意地挑选并打压特定的替罪羊作为"收紧"意识形态管控的由头。无事之时,美国式的自由、民主与人权似乎是全民共享的;但危机到来之时,这些所谓的自由、民主与人权的享有者便会明明白白地有了指向。正如本书第二章所述,从历史与文化根源来看,美国的自由、民主与人权从来都是WASP群体的特权。所谓"天赋使命""白人至上主义""麦卡锡主义",其实都是美国盎格鲁一致性主流价值观的具体表现形式,并无实质的差别。在种族、宗教信仰甚至是性取向等方面几乎全方位属于非WASP群体的"垮掉派"诗人所要做的就是,以一种边缘人特有的清醒通过诗歌让人们看清美国式的自由、民主与人权的虚伪。因此,"垮掉派"诗歌,特别是20世纪50年代的早期诗歌,拒绝同流合污,不停地通过回望惠特曼诗歌中的民主精神、20世纪30年代美国左派思潮甚至是书写同性恋主题,来打造盎格鲁一致性主流价值观之外真正的民主国家。但或许这只能是"垮掉派"诗人一个美好的愿望而已。毕竟,只要美国仍然由WASP群体主导,体制不变,那些非WASP群体就难以享受到毫无差别的自由、民主与人权,真正的民主的美国也只会是空中楼阁。

与美国20世纪50年代不断"收紧"意识形态管控不同,"第三代"诗歌发生发展的20世纪80年代的中国有着难以阻挡的"开放"之势。而正是这种不断深化的"开放"势头促使着时代精神悄然转向以差异性与多元化思维模式为主体的后现代性场域。随着朦胧诗退潮,"第三代"诗歌继之兴起,新诗中的国家形象建构也随之出现了多元化与泛化倾向。"第三代"诗歌国家形象建构呈现多元化样态,有针对新诗中国家形象建构或抒情或讴歌的传统的解构性书写,有对传统中国形象进行的现代性的反思,也有以昂扬的生命信念与姿态对诗意祖国的想象性书写。"第三代"诗歌国家形象的泛化倾向则主要体现在通过日常生活审美化原则对国家形象的隐性书写当中。在全球化时代,新诗中国家形象建构这种多元化与泛化的书写倾向对于呈现真实中国图景具有重要的现实与借鉴意义。

第六章

"垮掉派"诗歌与"第三代"诗歌中的生命书写

美国"垮掉的一代"运动是一场反叛麦卡锡主义、拒绝同流合污的文学与文化背反运动。基于二战后美国当局凭借冷战思维在国内外大搞恐怖政治、压制民众自由话语表达权利这一社会历史语境,"垮掉派"诗人同时从文化与文学两个方面发起反叛行动:文化方面,针对美国当局强制推行的洗脑式的盎格鲁一致性主流价值观体系,"垮掉派"诗人与其他领域的先锋艺术家(尤其是爵士音乐家与摇滚乐手)一起发起了拒绝同流合污的背反性运动;文学方面,针对强调整体性与一致性理念的现代主义文学,"垮掉派"诗人从爵士乐与摇滚乐中汲取灵感,将爵士乐和摇滚乐中的背反精神与技法融入自己的诗歌创作实践,率先在美国发起了高扬多元化与差异性理念的后现代主义文学运动。

中国"第三代"诗歌则尤为强调诗人的语感。这种语感是对语义有意识的回避与偏离,讲究的是在追求生命本真性体验之时,书写带有某种音乐效果的生命之诗。可以说,作为对以朦胧诗为主要代表的现代主义诗歌创作原则的重要超越之所在,语感最能体现出"第三代"诗歌后现代背反运动解构策略之下的建构意义。"第三代"诗歌所普遍强调的语感放弃了过于繁复的意象叠加,也不再纠缠于修辞上的语法扭曲、词性转换等陌生化手法。"第三代"诗歌是用同构性语言让生命从灵魂深处像自然与宇宙中的声音那样自动流出。从某种程度上说,诗就是超越语言文字的声音,而"回到声音"是"第三代"诗人的普遍主张。

第一节 "垮掉派"诗歌与"第三代"诗歌中的生命诗学建构

生命意识是美国"垮掉派"诗歌与中国"第三代"诗歌最为重要、最有辨识度的特征之一。在后现代主义诗歌变革的过程中,"垮掉派"诗人与"第三代"诗人普遍秉持着诗歌可及性的理念,以生命意识为导向进行着各具特色的生命诗学建构。"垮掉派"诗歌注重于表现"自发性创作"(spontaneous composition)理念,而"第三代"诗歌则最为在意"语感"的实现。

"垮掉派"诗人一直相信并践行着诗歌创作中的自发性理念。自发性创作涌动着强烈的生命意识,是"生理感觉的传导以及直觉、错觉、幻觉等心理活动在瞬间形成的冲动"[1]。对于"垮掉派"诗人而言,在自发性创作的当下,"一条通向你直觉的路被打开,从而缩小思维和创作之间的间隔,这样,一个真实而自然的你便会显现,率直地体验生活,自由地进行创作,展现你所处的当下时刻"[2]。作为一种写作理念,"自发性创作"最先由克鲁亚克在其著名的文章《自发性散文精要》("Essentials of Spontaneous Prose")中提出:诗歌创作"不是一种'选择性'的表达","而是在修辞与说教式的陈述的限制之外随心而动",进而"无拘无束地自由发挥",[3]其目的就是要打通灵感与具体创作之间的障碍。金斯伯格后来将"自发性创作"定义为"不回顾、不修改,竭力表达出脑海中闪现的所有相关点"[4]。金斯伯格还曾借用他的老师宗喀巴"初念即善念"这一理念,将克鲁亚克的"自发性创作"的精髓归结为"最初思绪,最佳思绪"与"思绪美好,艺术亦应美好"[5]。在克鲁亚克的启发之下,金斯伯格也决定尝试自发性创作,他说:"我想我不是在写诗,而是毫不畏惧地写下我想写的东西,敞开我内心的隐秘,让我的想象自由驰骋,快速写下发自我真心的那些奇妙诗句——总结我的人生道路——这些都是我不能展示给别人的。"[6]

可见,自发性创作展现的是一种生命冲动之下的情势与状态。在精神与思想高度亢奋的情态之下,诗人需要以尽可能快的速度写下那些头脑中稍纵即逝的想象。这或许也正是"垮掉派"诗人普遍采用打字机进行诗歌创作的原因所在。打字机似乎已然成为"垮掉派"诗人自发性创作的标志:快速写作,哪怕出现乱码也不急于修改与润色,尽显生命意识之自由流动与恣意绽放。当然,虽然自发性创作是一种极力回避知性或理性的写作理念,但它仍然需要大量的前期知识储备与情感酝酿。自发性想象本质上是一种生命意识的建构,它依然有着外在的时间、空间与生命体验等要素共同作用之下所形成的意向性指涉。事实上,这种意向性指涉不仅建构着诗人脑海深处的想象之物,同时也能给诗人书写当下的想象赋予独特的价值与意义。

---

[1] 迟欣:《从语言哲学到心智哲学——兼谈自发性写作的意向性研究》,《大连海事大学学报》(社会科学版)2017年第3期。

[2] See David Alfred Charles. *THE NOVELTY OF IMPROVISATION: TOWARDS A GENRE OF EMBODIED SPONTANEITY* (a doctoral dissertation). Baton Rouge: Louisiana State University, 2003: 105.

[3] Jack Kerouac. "Essentials of Spontaneous Prose." In *Good Blonde and Others*. Ed. Donald Allen. San Francisco: City Lights Books, 1993: 69.

[4] See Barry Miles. *Jack Kerouac, King of the Beats: A Portrait*. London: Virgin, 1998: 193.

[5] 〔美〕比尔·摩根编:《金斯伯格文选:深思熟虑的散文》,文楚安等译,四川文艺出版社,2005年版,第267页。

[6] See Ann Charter. Ed. *The Portable Beat Reader*. New York: Penguin Books, 1992: 61.

在谈及《〈嚎叫〉注释》("Footnote to *Howl*")的创作经过时,金斯伯格曾说:"第一部分是在一个下午鬼使神差在打字机上写成的,任凭具有抽象诗歌美的凌乱句子,无意义的想象在头脑中奔泻,相互联结","也像长长的萨克斯管奏出的和声,深沉悲哀"①,这是金斯伯格极力尝试自发性创作的最好注脚。当然,其效果好坏兼有:"他对自发性创作的推崇致使他的很多诗歌有失水准,但也让他不少作品充满着真正的力量。"②斯奈德也颇为认同诗歌创作的自发性特征:"诗每天都在,在禅里,在日常劳作里,在每天的往来信件里,在串门时的闲聊里。我听着、看着、学习着。我没强迫自己写多少。诗自然而来。"③

可见,对"垮掉派"诗人来说,自发性创作理念有着极其重要的诗学价值与实践意义。从本书前面的内容尤其是关于"垮掉派"诗歌非诗化解构倾向的论述中可以看出,"垮掉派"诗人为了尽量避开传统意义上的诗化语言,常常在诗歌创作中创造性地使用日常生活中的口语化语言,大量引入数字与粗俗语,从而极大地突破了社会规范或者社会道德意识强加给诗歌创作的羁绊与局限,这与"垮掉派"诗人一贯坚持自发性创作理念与实践有着很大的关联。而这一切又与"垮掉派"诗人对于"少数族裔自由奔放生活的向往""黑人波普爵士乐的沉迷与陶醉"以及"遁入东方禅宗的修行和顿悟等一系列的生活体验戚戚相关"。④可以说,"垮掉派"诗人的自发性创作理念与实践与日常生活中的声音(特别是波普爵士乐以及摇滚乐)有着天然的联系,下一节中笔者将结合声音要素考察"垮掉派"诗人的自发性创作实践。

作为一种诗歌理论,生命诗学"以生命作为根基,从生命出发来思考和阐述诗的本质、作用乃至技术",如果以此为判断标准,中国的生命诗学要等到"五四"新文学运动"才开始发轫","并在20世纪中西文化的碰撞与交织中得以充实与发展"⑤。据陈超考察,新诗大体上从1984年开始"由道义的深刻转向生命的深刻","由自恋的向外扩张转向痛苦的内视和反省",这

---

① 文楚安:《艾伦·金斯伯格简论——代译序》,见《金斯伯格诗选》,艾伦·金斯伯格著,文楚安译,四川文艺出版社,2000年版,第25-26页。
② [美]詹姆斯·布雷斯林:《〈嚎叫〉及〈祈祷〉溯源》,王彩霞译,《国外文学》1998年第2期。
③ Jon Halper.Ed.*Gary Snyder:Dimensions of a Life*.San Francisco:Sierra Club Books,1991:125.
④ 迟欣:《从语言哲学到心智哲学——兼谈自发性写作的意向性研究》,《大连海事大学学报》(社会科学版)2017年第3期。
⑤ 谭桂林:《现代中国生命诗学的理论内涵与当代发展》,《文学评论》2004年第6期。

是对新诗的"一次拯救",更是"诗人对自身生命体验的拯救"。①的确,个体生命与人类整体生存之间存在着一种互为依存的关系。个体生命要实现真正的主体性,其体验与表达必然包含着整体生存境遇,因而,真正的诗歌是"诗人生命熔炉的瞬间显形,并达到人类整体生存的高度"②。在陈超看来,先锋诗歌之所以具有"弃家性质",其原因就在于,诗人要将自己"放逐到社会常轨之外",从而"使个我灵魂的话语更强有力地达成与生存的对称,并最终实现精神叛逆和'价值'重构二而一的个体生命对整体生存包容的主体性"③。可以说,具有真正个体主体性的先锋诗人注定要以关怀整体人类生存为目标,要能在个体生命体验过程中不断地"放弃""个我",最终"将个体生命包容进人类命运之中"④。

"第三代"诗歌无疑是这种生命诗学的有力彰显。为了彻底摆脱新中国成立以来在中国诗坛大行其道、过于"贴近"政治的诗歌创作模式,以朦胧诗为代表的中国现代主义诗歌竭力发掘语言的暗喻及象征意义,强化了抒情个性与自我,使诗歌更加贴近人们当时的精神生存状态,从而成为新时期文学"内倾性"转变潮流的重要引领者。然而,后期朦胧诗一味追求陌生化效果,最终使得诗歌越来越脱离具体生命的感受和体验,以至落入呆滞的地步。有鉴于此,"第三代"诗人把语言提高到本体论的高度,不再把语言仅仅当作传递意义和表现价值的媒介来使用,而是让语言同诗人的意识、直觉、乐感等生命感受与体验相互映照,以便发掘语言的潜力与活力。可以说,"第三代"诗歌是一个"在20世纪80年代和90年代之间存在于中国文化空间中"活力四射的"诗歌现场",是一场"无数诗人在特定的历史空间中产生的以诗为舌的生命活动"。⑤对于"第三代"诗歌对其后先锋诗歌的影响,陈超曾结合其生命诗学予以强调:其一,在意识背景上,"第三代"诗歌加促了权力选本文化的崩溃,个体生命意志取代了集体顺役模式。其二,在诗歌的本体依据上,"第三代"诗歌完成了语言目的性的转换:语言在诗中不再是一种单纯的意义容器,而是个体生命与生存交锋点上唯一存在的事实。⑥

---

① 陈超:《现代诗:个体生命朝向生存的瞬间展开》,见《打开诗的漂流瓶——现代诗研究论集》,河北教育出版社,2003年版,第28页。
② 陈超:《生命诗学论稿》,河北教育出版社,1994年版,第24页。
③ 陈超:《打开诗的漂流瓶——现代诗研究论集》,河北教育出版社,2003年版,第8页。
④ 陈超:《生命诗学论稿》,河北教育出版社,1994年版,第78-79页。
⑤ 于坚:《世界在上面 诗歌在下面——答诗人朵渔问》,见《诗集与图像》,青海人民出版社,2003年版,第276页。
⑥ 陈超:《另一种火焰、升阶书,或"后……"的东西》,见《游荡者说》,山东文艺出版社,2007年版,第49页。

可以说,"第三代"诗歌首先所要建构的是一种以声音与生命意识为导向的生命诗学,而最能表现"第三代"诗歌生命诗学的概念是"语感"。在诗评家陈仲义看来,"语感"概念的提出本身就是"第三代"诗人"对中国新诗的一大贡献"[1]。1986年初,杨黎在与周伦佑讨论诗歌语言问题时无意中谈及"语感"问题,引起了周伦佑的强烈共鸣。此后,"非非主义"诗人多次探讨"语感"的内涵,并最终将"语感"作为"第三代"诗歌的重要语言理论与创作方法予以确认。从超语义的语言学角度,周伦佑先是在《非非主义诗歌方法》(与蓝马合写)中将之表述为:"语感先于语义,语感高于语义。"[2]此后,周伦佑又对这一定义进行补充,"语感先于语义,语感高于语义。故而语感实指诗歌语言中的超语义成分"[3]。最后,周伦佑在《非非主义小词典》中给出了他对于"语感"的最终定义:"语感先于语义,语感高于语义。故而语感实指诗歌语言中的超语义成分。无替换词。"[4]而在"非非主义"另外一位重要诗人杨黎看来,语感是生命之声,是"射向人类的子弹或子弹发出时所发出的超越其自身意义之上的响声",是诗歌创作过程中的那口"纯化、虚化和幻化"之气。[5]

"他们"诗派的中坚诗人韩东和于坚也多次谈及语感,都曾强调语感对于表现个体生命体验所具有的重大意义。早在1986年,韩东和于坚在《现代诗歌二人谈》中就曾谈及他们对语感的体味。于坚强调了语感和生命与直觉之间的联系:在诗歌中,生命被表现为语感,语感是生命有意味的形式,读者被触动的正是语感,而不是别的什么。直觉会把心灵中这些活的积淀物组合成有意味的形式。韩东则强调,语感意味着公共性的语言和个人的具体生命体验的结合,反对对语感做任何形而上的阐释:

诗人的语感既不是语言意义上的语言,也不是语言中的语感,更不是那种僵死的语气和事后总结出来的行文特点。诗人的语感一定和生命有关,而且全部的存在根据就是生命。你不能从语感中抽出这个生命的内容,也不能把二者截然分开。语言是公共的,生命是个人的,而他们的天然结合就是语感,就是诗。所以我们说诗歌是语言的运动,是生命,是个人的灵魂、心灵,是语感,这都是一个意思。

---

[1] 陈仲义:《诗的哗变——第三代诗面面观》,鹭江出版社,1994年版,第106页。
[2] 周伦佑、蓝马:《非非主义诗歌方法》,见《打开肉体之门——非非主义:从理论到作品》,周伦佑选编,敦煌文艺出版社,1994年版,第319页。
[3] 见《非非》(第四卷),周伦佑主编,1988年11月。
[4] 周伦佑:《非非主义小词典》,《悬空的圣殿——非非主义二十年图志史》,周伦佑主编,西藏人民出版社,2006年版,第398页。
[5] 杨黎:《声音的发现》,《非非》(第四卷),周伦佑主编,1988年11月。

对于韩东而言,日常生活中的公共性口语与个体性的生命有机结合,造就了语感,从而也成全了诗歌。就此而言,诗歌的问题不是建立一种新语言的问题,或以与口语相悖的原则改造语言的问题,充满生命质感的口语本身就是最好的诗歌语言。毕竟,诗歌是动态的,是生命与语言相生相依的产物。于坚也曾在文章中谈到语感这种流动性的个体生命体验:诗歌语言"不是某种意义的载体",而是"一种流动的语感",读者"可以像体验生命一样"感知到这种语感的存在,总之,"第三代"诗歌是"整体的、组合的、生命式的、一直流动的语感"①。

诗评家陈仲义高度重视"第三代"诗人关于"语感"的论述和实践,并在其专著及论文中进行过专题梳理与总结。在中国第一部后现代诗歌批评专著《诗的哗变——第三代诗面面观》中,陈仲义联系直觉、声音、生命、自动性及自然本质等诸多方面对"语感"做了一次较为完备的梳理与剖析:

"语感"的提出是第三代对当代诗坛的一大贡献,它是与生命同构的有意味的形式,它的自动方式及声音功能形成生命本源的内在旋律,为诗人在生态与心态方面的渲泄提供广阔的出口,显得格外质朴平淡……比起以往那些故作高深的匠气操作更接近自然本质……它是直觉心理,半意识心理的刹那间的外化流程,这就在根本上杜绝了传统表现的主观强加变形成份,而露出相当的原生与率真。语感蔑视优雅造作,推崇原始状态……不讲究构思提炼,拒绝修辞、顺随天性、服从口感、崇拜俚俗。②

一年之后,陈仲义在《诗探索》上首次发表专论,将"语感"上升到"第三代"诗歌语感诗学的高度。作者认为,由于对"文化化了的语言""极度不信任和蔑视","第三代"诗人在急于"寻找新的言说空间"之际,硬是在"理性工具思维与前文化思维的空档"中挖掘出"语感"这一传统诗学背反理念。要而言之,语感是"抵达本真与生命同构的几近自动的言说",是一种生命节奏外化了的、"以音质为主导特征的'语流'",这样,"语调语势语流语气,还有音节,韵脚,节奏,都被大大调度激发起来",语言在声音层面上获得了"独立的意义",于是,"生命与语感在互相寻找、互相发现、互相照耀中达到深刻契合,达到双向同构的互动",最终,语感"成为解决生命与语言耦合的出色途径之一"。③

在论及"他们"诗派的语感实验时,罗振亚认为,语感就是诗感与生命

---

① 于坚:《诗歌精神的重建——一份提纲》,见《于坚诗学随笔》,陕西师范大学出版总社有限公司,2010年版,第5页。
② 陈仲义:《诗的哗变——第三代诗面面观》,鹭江出版社,1994年版,第55页。
③ 陈仲义:《抵达本真几近自动的言说——"第三代诗歌"的语感诗学》,《诗探索》1995年第4期。

感,是读者所感受到的"诗人生命中有节奏的呼吸和起伏"与"日常生命的模样和姿态",这种语感意识的觉悟与追求突出了"语言自足性的文体意义",是"对传统语言意识的抗衡",也是"自身民间立场的最好诠释",更是"第三代"诗人"回归原初冲动的最佳途径"。[1]当然,"第三代"诗人之所以能够对"语感"这一背反诗学展开探索与实践,无疑是与20世纪80年代政治松动的历史文化语境以及全面觉醒的个体生命意识紧密相关的。可以说,语感是20世纪80年代"社会解放、生命觉醒的产物"[2]。

从以上对"语感"论述的梳理中,不难看出,声音、生命与语言三位一体,共同构成"第三代"诗歌语感诗学的内在基础。可以说,语感诗学是对语义系统性的偏离,强调的是在追求生命本真性体验时所感受的某种音乐效果,这是对以朦胧诗为主要代表的象征型现代主义诗歌语言法则的挑战与超越。"第三代"诗歌所普遍强调的语感放弃了过于繁复的意象叠加,也不再纠缠于修辞上的语法扭曲、词性转换等语言技巧。相反,"第三代"诗歌是在用同构性语言让生命从灵魂深处像自然与宇宙中的声音那样自动流出。从某种程度上说,诗就是超越语言文字的声音,而回到生命与声音是"第三代"诗人的普遍主张。

第二节 "垮掉派"诗歌与"第三代"诗歌中的生命书写实践

在自发性创作理念与语感诗学的指引之下,美国"垮掉派"诗人与中国"第三代"诗人都不约而同地以声音元素作为抓手,践行着各具特色的生命书写实践。

一、"垮掉派"诗歌中的生命书写实践

诗歌不仅仅是文本,其在诞生之初本就是诗与歌合二为一的结晶。从诗歌发生学来看,诗歌源于原始社会各种仪式中的配乐歌舞,有着天然的音乐特质。作为尼采(Friedrich W. Nietzsche)"重估一切价值"思想的开山之作,《悲剧的诞生》借助古希腊悲剧中的酒神精神严厉批判日益背离自然

---

[1] 罗振亚:《返回本体与语感实验:"他们"诗派论》,《创作评谭》2004年第12期。
[2] 张元珂:《韩东论》,作家出版社,2019年版,第10页。

以及生命本源的现代文明,主张回归人的本真状态。古希腊悲剧源自酒神狄奥尼索斯的萨提儿合唱歌队。酒神精神通过萨提儿合唱歌队的音乐与舞蹈来展现情感上的迷狂状态,观众也会随之达到不同程度的共鸣:酒神精神能让人在狂歌醉舞的迷狂之中感受生命的狂喜,使人领略到一种放下外在束缚、复归本真的生命体验。酒神精神教人破除一切现实外在的虚幻并与个体内在的本真融合,从而直面并超脱人生中的痛苦,迈向永恒。在尼采那里,萨提儿合唱歌队比"通常自视为唯一现实的文明人更诚挚、更真实、更完整地摹拟生存",它可以说是"抵御汹涌现实的一堵活城墙";"世界之外"的"空中楼阁"之中不会有"诗的境界",因而,只有"抛弃文明人虚假现实的矫饰",才会有诗。[1]然而,对"垮掉派"诗人来说,20世纪50年代的美国有如此多的"汹涌现实":白人至上、金钱至上、国内外的"全面遏制"、核威胁、思想审查、机械文明等,不一而足。作为边缘化的群体,"垮掉派"诗人当然无力去进行一场全面的造反运动,唯有像萨提儿合唱歌队以及波普爵士乐队那样,通过诗歌、音乐甚至是先锋影片等艺术手段搭建"一堵活城墙"以便"抵御汹涌"的"现实",从而"更诚挚、更真实、更完整地摹拟生存"。

这样看来,当代诗歌想要表现出更为强大的生命力,必然会充分发掘其音乐性的一面,从而增添新的表现形式。作为二战后最有影响力的当代诗歌流派之一,"垮掉派"诗人积极探索并竭力表现诗歌中的音乐特质,为反叛20世纪50年代美国日益收紧的盎格鲁一致性主流价值观体系,发起了文学与文化双重意义上的呐喊与抗争,也为20世纪60年代到70年代先锋音乐以及各种抗议运动树立起反叛精神上的标杆。

(一)"垮掉派"诗歌口语化语言中的声音

正如本书第四章第三节所述,"垮掉派"诗歌普遍采用日常生活中的口语化语言来解构美国现代主义学院派诗歌过度理性化的书面语言,从而进一步展现"垮掉派"诗人拒绝与麦卡锡主义语境下已然极端化的美国盎格鲁一致性主流价值观同流合污的背反姿态。事实上,"垮掉派"诗歌所采用的口语化语言常常与声音相互联结,互为彰显。

从某种程度上说,金斯伯格诗歌是印度曼特罗美国化的产物。曼特罗(Mantra),古印度宗教术语,一般指的是古印度婆罗门教四吠陀经书上某种具有神秘力量的经文,用于祈祷或念咒。按照金斯伯格的理解,曼特罗

---

[1]〔德〕弗里德里希·尼采:《悲剧的诞生:尼采美学文选》,周国平译,生活·读书·新知三联书店,1986年版,第30页。

是一种简短的语言形式,类似滚石乐队的"我回家去了",同时,它也是祈祷或冥想的一种方式:一遍遍不断地重复,直到在浅层意识层面上原有的语言含义消失,此时吟诵的词语只不过是源于自然中的纯粹音振,这种音振会赋予曼特罗念诵者全新的力量。[1]显然,金斯伯格将曼特罗这一宗教术语和念诵行为完全美国化了。曼特罗念诵是金斯伯格诗歌创作中最为常用的语言形式之一。比如,金斯伯格有一首诗歌名为《轰炸谁!》("Hūm Bóm!")[2]。Hūm Bóm是梵文,去其义而留其音,即"Whom bomb"。"Whom bomb?"在诗中反复出现,形成能引起共鸣的曼特罗式念诵,诗人似乎想给读者灌输某种有着和谐指向的声音:第一节从开始的"Whom bomb? / We bomb them!"到"Whom bomb? /You bomb you!"再到第二节中的"Why bomb? / We don't want to bomb!""Who said bomb? /Who said we had to bomb?",这几组简短问答,诗人都是重复4遍,旨在让人们明白,当权者宣扬轰炸别人是为了"正义",但事实上这种所谓的"正义"并不存在,所以必须放弃轰炸,毕竟,轰炸别人最终会导致自己也会被轰炸。诗歌结尾部分,"We don't bomb!"连续重复8遍,有力地传达出普通美国民众渴望止战的心声。由此可见,诗人金斯伯格似乎坚信,产生于身体的颤动(声音)能绕过各种所谓的"理性"与"价值"的羁绊,从而转变一个人的意识。这样,通过将语言转化为声音,金斯伯格将美国语言曼特罗化了。

金斯伯格还有一些诗歌,特别是诗集《美国的衰落(1965—1971)》(*The Fall of America：1965-1971*,1972)中的一些诗歌,是通过独特的创作方法将美国语言曼特罗化的。这些诗歌是诗人借助盒式录音机的帮助来创作的。金斯伯格先用录音机录下自己随时随地说出的语句,每换一口气便暂停一下;在诗人事后听录音并整理写下诗句的时候,这些声音的暂停之处便成为诗行转换的标志。这样做,金斯伯格有着自己特定的目的:首先是将自发性创作诗学付诸实践。通过减少书写或打字环节,使得诗句在被说出的当下就被直接"写"在磁带上,从而最大限度地让诗歌口语化。更为重要的是,金斯伯格坚信,通过这种自发性创作,诗人能在读者脑海中完整地展现出自己创作诗歌时的瞬时性意识状态。读者或者说听众似乎就像那台录音机,能自动地"录下"诗人说出的诗句,并能直观地感应到诗人每一次换气时的停顿。可以说,金斯伯格想要的效果并不是读者被诗歌内容所说服,而是能对诗歌所呈现的、诗人在诗歌创作当下产生的意识有所

---

[1] 〔美〕艾伦·金斯伯格:《曼特罗随感》,见《金斯伯格文选——深思熟虑的散文》,比尔·摩根编,文楚安等译,四川文艺出版社,2005年版,第141页。

[2] Allen Ginsberg.*Collected Poems：1947-1997*.New York：HarperCollins,2006：352.

共鸣。这样的诗句可以被看作超语义的声音连缀,它的颤动便是诗,与语义无甚关联。

在《维基塔中心箴言》("Wichita Vortex Sutra",1966)中,金斯伯格谴责了美国发动的越南战争。他宣称,"战争就是语言",是美国政府决策者欺骗民众的"黑色魔法语言"("black magic language")。全诗用话语本身"展示了道德和政治的失败",进而提出一种旨在"恢复身体、精神和身体政治"的"正义魔法"("the right magic")[①]。诗中,金斯伯格断然宣告越南战争的结束,"一次他期望能有足够力量去影响美国历史的话语行动"[②]。当然,将美国语言曼特罗化并不只是单纯在表面上念诵诗句,其重点在于声音本身:

> 曼特罗的功能之一是神的名与神本身合二为一。你说出湿婆或克利须那神的名字,克利须那神就是克利须那神的声音。正是由于克利须那神处于声音之维——所以,如果你念出他的名字,你、你的身体,将成为克利须那神;你的呼吸将成为克利须那神……所以,我想要——用英语——说出能与一个历史事件合二为一的一串音节。我想让"这场战争结束了"成为历史事件,所以我准备了"这场战争结束了"这个宣告,我说,"我在此让我的语言与历史事件合二为一,我在此宣告这场战争结束了"——并且通过我的意志……建立一个语言强立场(a force field of language)……以便反驳、抵消并最终推翻由国务院和约翰逊发出的那个语言强立场。当他们说"我们宣战"时,他们的曼特罗可以说是黑曼特罗……所以我发出了我的声音,问题在于,我的话有多重要呢?[③]

但很显然,在此诗创作的1966年,诗人的曼特罗不可能结束越南战争,在诗人无畏的宣告背后是某种戏谑、幽默和无奈。

克鲁亚克诗歌也与口语化语言中的声音要素形影不离。作为二战后反文化青年的代表,克鲁亚克意识到传统文学经典里的语言模式"表达不出他们所处的时代漩涡中事物的繁杂性"[④]。然而,通过自发性创作,克鲁亚克解放了自己。出于纯粹的自发创作理念,克鲁亚克常常不给读者留下

[①] Richard Gary.*A History of American Literature*(second edition).Malden:Wiley-Blackwell,2012:613.
[②] Amy Hungerford.*Postmodern Belief*:*American Literature and Religion Since 1960*.Princeton and Oxford:Princeton University Press,2010:40.
[③] Allen Ginsberg."Improvised Poetics:Interview with Michael Aldrich,Edward Kissam,and Nancy Blecker." In *Spontaneous Mind*:*Selected Interviews 1958 – 1996*.Ed.David Carter.New York:HarperCollins,2001:152.
[④] Gerald Nicosia.*Memory Babe*:*A Critical Biography of Jack Kerouac*.New York:Grove,1983:659.

任何伏笔,创作出一些似乎可以表达任何意思的文字游戏甚至是一些毫无意义可言的废话。当然,这与克鲁亚克经常在醉酒或是吸食大麻等致幻性毒品的状态中进行诗歌创作有关,诗中的那些文字游戏、主题的断裂、过渡性词语的缺乏等都可视为这种自发性创作的重要特征。相对于现代主义诗歌,克鲁亚克诗歌具有否定的品性,即抵制精致的诗艺并拒绝那些讲求理性的现代主义文学传统。

克鲁亚克对后现代诗学的"真正贡献"在于:"强调语言的口语性而不是书面性,强调语言的音乐性而不是其呈现的功能性"[①]。克鲁亚克诗歌重在用口头语言书写生命中的律动和声音。万事万物是世俗的,同时也是神圣的,正如《午夜老天使》开篇第一段所写的那样:"**周五下午在宇宙中**,在里里外外的所有方向你让你的男人女人狗孩子马切牌人痉挛零件平底锅游泳池棺罩提桶产妇和琐碎的赃物都成为了神圣的佛陀……整个世界的声音现在正从这扇窗户涌进。"[②]诗人似乎是在强调包括听觉在内的感观是不可限制的:"窗户"就像装裱油画的抽象画框,这样的抽象画框虽然可以无限大,但宇宙间的感观(比如听觉和视觉)终究是要突破"框"的限制而奔向混元之界的。可以说,相比于传统诗歌,用语言书写生命中的律动和声音也正是"垮掉派"诗歌的精华所在:

> 习惯了音节的重音和音步,普通诗歌读者往往难以考虑到密度(响度)、音高和时长,呼吸停顿的理念也远远没有形成模式……诗歌的问题在于乐谱化,通过书写在纸上的诗歌来显示现实的发声。诗歌是配乐……大写的字母,破碎的诗句,长而又长的诗行,崇高修辞变成了口语性习语,这些策略都使得传统诗歌习语变得实际,增强了诗歌的口语性。[③]

克鲁亚克非常看重表现有声语言,常使用拟声词、带有长元音/u:/或/ai:/的词和词组(如"whooping""brown doom gloom""die die die pipe pipe ash ash die die"等)以及给人以急促感受的辅音连缀(如"hotshot freight trains")。就像是一位难以预测的爵士乐手,克鲁亚克诗歌的韵律变换不定,"音节是跳跃的,连接词和限定修饰短语常堆在一起",这种高密度让诗

---

① James T.Jones.*A Map of Mexico City Blues*:*Jack Kerouac as Poet*.Carbondale and Edwardsville:Southern Illinois University Press,1992:25.
② Jack Kerouac.*Jack Kerouac*:*Collected Poems*.Ed.Marilène Phipps-Kettlewell.New York:Literary Classics of the United States,Inc.,2012:481.
③ Thomas Parkinson.Ed.*A Casebook on the Beat*.New York:Crowell,1961:287.

人"来自记忆深处的词-意象变成了可供塑造的有声材料"[1]，这在《午夜老天使》中诗人的那些评述中表现得尤为突出，如：

> 文学世界的真正转折点和完全的复兴在于它应该成为一个人能够注视的东西，以阅读和声音的名义而不断地阅读，不只是看这些用寡淡语言写就的寡淡故事，而妄想在疯涨，为什么，只有意象——孩子，让我们听听宇宙的**声音**……[2]（按：原诗除了破折号，无标点。）

对于克鲁亚克来说，诗歌创作就是要打破所谓固定的用于表现自我的任何规范，以更好地表现发自内心的宇宙之声："你决心如何**宣泄你的语句**的节奏决定了你诗歌的节奏，不论是以诗体语言写就的分行的诗，还是被称作散文的连绵不断只有一行的诗歌。"[3]例如，《午夜老天使59》[4]整首诗152个单词，主要是口语词汇，少有大词，整段除了三个破折号没有其他表停顿的标点，一气呵成，拼写或语法规范似乎完全不在诗人考虑范围之内。大量单音节词叠加，绵长无停顿，如开篇"喔锈锈锈锈死死死吹吹灰灰死死叮咚叮叮叮锈块死吹屁锈死语言——"（Aw rust rust rust rust die die die pipe pipe ash ash die die ding dong ding ding ding rust cob die pipe ass rust die words—　），名词、动词、拟声词叠加混用，毫无语法规则可言，甚至多次出现"I is""you's"等明显的语法错误，但读者从这种如爵士乐般或急促或悠长的"意识流"式的宣泄之中，反而更能获得视觉和听觉上不一样的感受，从而能更好地理解诗歌开篇对学院派诗歌"死语言"（die words）的拒斥和诗歌结尾对可以唱出的"美国诗歌"（America Song）的强调。

克鲁亚克一直坚持用诗歌表现语言音乐性的一面。对于诗人克鲁亚克来说，诗歌读者也是潜在的诗歌听众，诗歌所要做的是表现出那种即时的、具体可感的有声画面。这与艾略特和新批评派所倡导的"意象大于声音"的现代主义观念完全背道而驰。相对于意义，克鲁亚克更重视语言中的声音，他"从意义中撤退，直接介入到声音的和谐与韵律"[5]。长诗《墨西

---

[1] Michael Hrebeniak. *Action Writing : Jack Kerouac's Wild Form*. Carbondale : Southern Illinois University Press, 2006 : 133.

[2] Jack Kerouac. *Jack Kerouac : Collected Poems*. Ed. Marilène Phipps-Kettlewell. New York : Literary Classics of the United States, Inc., 2012 : 484.

[3] Jack Kerouac. *Good Blonde and Others*. Ed. Donald Allen. San Francisco : Grey Fox Press, 1993 : 76.

[4] Jack Kerouac. *Jack Kerouac : Collected Poems*. Ed. Marilène Phipps-Kettlewell. New York : Literary Classics of the United States, Inc., 2012 : 518.

[5] Gerald Nicosia. *Memory Babe : A Critical Biography of Jack Kerouac*. New York : Grove, 1983 : 459.

哥城布鲁斯》由系列短章构成,主要有两种声音:自然中的声音(包括人为的噪音)和口语性的文字之声。有些短章读来感觉像是诗人在说话,难怪金斯伯格会说:"基本上说,克鲁亚克说话就像《墨西哥城布鲁斯》里的文字。"①克鲁亚克诗歌中常出现元音/ɔ/和/u:/,这与他的口语发音很类似:

  大家对克鲁亚克偏爱特殊的发音总是印象深刻,这些发音的特色从克鲁亚克说话的方式就可以看出。他讲话时辅音非常清晰,而发元音特别是/ɔ/和/u:/时,感觉他厚厚的下嘴唇在颤动,嗓音有时低哼,有时哀鸣,有时呻吟。②

  克鲁亚克诗歌中常常出现爵士和布鲁斯等音乐元素,正如克鲁亚克在《墨西哥城布鲁斯》题注中所宣示的那样,他想要成为一名"爵士乐诗人",其诗作就像是"在周日下午爵士乐即兴演奏会上所吹奏的悠长蓝调"③。诗人创作就是要像爵士乐手那样"竭力地吹出自己想要的节奏",毕竟"语言的刻画是发自个体心灵深处的隐秘语词的自然流露"④,而布鲁斯"首先是诗歌的一种形式,其次才是表现音乐的一种方式"⑤,这似乎可以解释克鲁亚克以布鲁斯作为诗歌媒介的合理性。让克鲁亚克领略到爵士乐无穷魅力的是美国著名演奏家帕克,他只比克鲁亚克大一岁半,死于1955年3月12日,这一天也是克鲁亚克的33岁生日。帕克的离世让克鲁亚克更加强烈地感受到人之必死之命运,《墨西哥城布鲁斯》其实可以被视为献给帕克的挽歌,它自始至终都弥漫着诗人从帕克的波普爵士乐中获取的诗歌灵感,其中《短章239》("239th Chorus")、《短章240》("240th Chorus")、《短章241》("241th Chorus")三首的主题便是帕克。在《短章239》中,帕克是"完美音乐家"(the Perfect Musician),行为举止像个菩萨,连面庞也长得像菩萨那样"平和,美丽而深邃"(calm, beautiful, and profound)。《短章240》将帕克与贝多芬相提并论,称他的音乐"曲调完美华丽而和谐"(perfect tune & shining harmony)。《短章241》中,帕克拥有拯救的力量。当然,在克鲁亚克眼

---

① Barry Gifford and Lawrence Lee. *Jack's Book: An Oral Biography of Jack Kerouac*. New York: Penguin Books, 1979: 47.
② Gerald Nicosia. *Memory Babe: A Critical Biography of Jack Kerouac*. New York: Grove, 1983: 305.
③ Jack Kerouac. *Jack Kerouac: Collected Poems*. Ed. Marilène Phipps-Kettlewell. New York: Literary Classics of the United States, Inc., 2012: 1.
④ Amiri Baraka. Ed. *The Moderns*. New York: Corinth, 1963: 343.
⑤ Amiri Baraka. *Blues People: The Negro Experience in White America and the Music That Developed from It*. New York: Morrow, 1963: 50.

中,这位吸毒成瘾的艺术家也是普通人:"嘲笑着电视上的杂耍人/数周重压和病痛之后"(Laughing at a juggler on the TV / after weeks of strain and sickness)①。事实上,身处麦卡锡主义横行之际,"垮掉派"诗人与波普爵士音乐家有着共同的背反诉求,一同发出反抗之时代强音。

(二)"垮掉派"诗歌与波普爵士乐神交

"垮掉派"诗歌以及小说作品中,波普爵士乐元素随处可见。前文中提及克鲁亚克与柯索等主要"垮掉派"诗人都曾在诗歌中缅怀波普爵士乐大师帕克,而事实上,波普爵士乐对"垮掉派"诗歌从诗歌创作技巧到反叛精神上都有着重要的影响。

1.波普爵士乐对"垮掉派"诗人的影响

20世纪40年代初,以帕克为核心的一些年轻的波普爵士乐手在哈莱姆地下酒吧进行了一系列的爵士乐演奏试验,试验前提就是"反叛业已成为美国主流文化的正式组成部分摇摆爵士乐(Swing Jazz)的贫瘠的演奏模式"②。波普爵士乐的鼎盛时期是在20世纪40年代,相较于传统爵士乐队,波普爵士乐队规模很小,更注重把注意力集中在音乐的演奏技巧上。波普爵士乐代表人物有帕克、迪齐·吉莱斯皮(Dizzy Gillespie)、塞隆尼斯·蒙克(Thelonious Monk)、马克思·罗奇(Max Roach)以及迈尔斯·戴维斯(Miles Davis)。整体上看,波普爵士乐以一种激烈而决绝的态度颠覆了以往爵士乐的审美标准。同时,与大型的摇摆爵士乐不同,波普即兴演奏乐队规模小,但乐队中的每一个乐手都有着自己独特的个性和位置,其技术精湛的即兴演奏技巧往往让人印象深刻。可以说,波普爵士是个人与集体即兴演奏的融合体。波普爵士乐队的即兴表现形式让克鲁亚克意识到,可以通过移植这种任由个体即兴发挥的爵士乐队的演奏技巧来书写"更为复杂的句子与**愿景**(VISIONS)"③。

及至20世纪40年代末期,随着人们"对于国家公信力的信任度不断下降",那些"没有社会归属感的少数群体必然会为取得身份认同"而加大反抗主流话语体系的力度。从某种程度上说,波普爵士乐反映的正是黑人作为被边缘化的群体的不满情绪。"垮掉派"诗人费林盖蒂看到了"'抗议诗人'与用小号'吹奏着不满'的爵士音乐家之间的天然联系",而劳伦斯·利

---

① Jack Kerouac.*Jack Kerouac: Collected Poems*.Ed.Marilène Phipps-Kettlewell.New York: Literary Classics of the United States,Inc.,2012:170-171.
② Amiri Baraka.*Black Music*.New York: William Morrow,1968: 16.
③ Jack Kerouac."So from Now on Just Call Me Lee Konitz." In *Selected Letters: 1940-1956*.Ed.Ann Charters. New York: Viking,1995:327.

普顿(Lawrence Lipton)则注意到波普爵士乐有着"否定病态的从众心理"的"仪式感、治愈力或者精神净化等诸多品质"。①

作为一种经过革新的爵士种类,波普爵士乐将爵士乐的影响力加速扩展到其他领域。二战之后,纽约的先锋音乐家、画家以及作家经常在位于纽约曼哈顿区格林威治村的一些酒吧或者咖啡馆聚会,这里面包括波普爵士乐大师帕克与戴维斯、作曲家约翰·凯奇(John Cage)、先锋画家拉里·利弗斯(Larry Rivers),以及"垮掉派"诗人克鲁亚克、金斯伯格和柯索等②。"垮掉派"作家普遍同当时的地下黑人爵士乐手保持着良好的关系。尤其是克鲁亚克与圆号手大卫·阿姆拉姆(David Amram)私交甚好,两人经常尝试联手创作爵士乐配乐诗朗诵。在罗伯特·弗兰克(Robert Frank)和阿尔弗莱德·莱斯利(Alfred Leslie)联合执导的纪录短片《拔出雏菊》中,克鲁亚克出任编剧与配音,而阿姆拉姆则本色出演并为影片配乐,两人合作极为默契。事实上,整个20世纪50年代,"先锋艺术之间的跨界交流已经成为常态",尤其是"先锋的爵士乐极大地促进了美国艺术的跨界交流"③,极大地启发了"垮掉派"自发性诗歌创作模式、美国抽象表现主义绘画对于欧洲传统规范下的"精致"艺术的反叛以及美国新电影运动对好莱坞商业电影的拒斥。

由于创作理念接近,"垮掉派"诗人普遍将波普爵士乐作为自己诗歌创作的灵感源泉之一。波普爵士乐即兴演奏完全打破摇摆爵士乐传统,不论是合奏还是独奏都给人一种夺人心魄直击灵魂的瞬时性感受,这对"垮掉派"诗人自发性诗歌创作理念有着极大的启发意义。对于"垮掉派"作家而言,波普爵士乐提供了准确捕捉二战后美国社会生活节奏与韵律的一种范式。在金斯伯格看来,克鲁亚克的散文诗《午夜老天使》"糅合了有关基本的自发性节奏的美国声音和风格",有一种"乔伊斯式呓语流动"。④而金斯伯格本人的长篇叙事诗《嚎叫》被当时的美国政府当局认定为"可疑"文学的一个重要原因就是,该诗本质上是一种"狂放的新波普爵士乐式的散

---

① Michael Hrebeniak. "Jazz and the Beat Generation." In *The Cambridge Companion to the Beats*. Ed. Steven Belletto. Cambridge: Cambridge University Press, 2017: 252.
② Bill Morgan. *The Beat Generation in New York: A Walking Tour of Jack Kerouac's City*. San Francisco: City Lights Books, 1997: 89.
③ Michael Hrebeniak. "Jazz and the Beat Generation." In *The Cambridge Companion to the Beats*. Ed. Steven Belletto. Cambridge: Cambridge University Press, 2017: 251.
④ (美)艾伦·金斯伯格:《诗歌的抽象化概念》,见《金斯伯格文选:深思熟虑的散文》,文楚安等译,四川文艺出版社,2005年版,第255页。

文"①。的确,正如该诗所呼号的那样,波普爵士乐甚至就是"神圣"生活本身:"神圣 那呻吟的萨克斯! 神圣 那波普带来的启示! 神圣 那些爵士乐队 吸食大麻的希泼斯特 和平与废物与爵士鼓!"②

为了打破传统诗歌形式上的局限,克鲁亚克从一开始就力图将诗歌创作与波普爵士乐紧密联系起来,正如克鲁亚克在《墨西哥城布鲁斯》题注中所宣示的那样:我想要成为一名"爵士乐诗人",我的诗作就像是"在周日下午爵士乐即兴演奏会上所吹奏的悠长蓝调";类似于波普爵士乐中的主题,我写下"242首短章","我的想法各式各样,有时一首接着一首,有时从上一首中间位置直接切换到下一首的中间"。③

克鲁亚克作品尤其是诗歌中经常出现爵士乐元素,这与克鲁亚克对波普爵士乐手一直以来的情感共鸣有关,特别是那些不修边幅、穷困潦倒的波普爵士乐手让一度同样穷困潦倒的克鲁亚克倍感亲切。相对于二战后单调乏味的主流白人文化,波普爵士乐富于变化,充满质感,弥漫着"一种穿越挫败与困苦的韧劲儿",有很强的"反叛意味"。④对于诗人克鲁亚克来说,诗歌读者也是潜在的诗歌听众,诗歌所要做的是表现出那种即时的、具体可感的有声画面。相对于意义,克鲁亚克更重视语言的声音特质,即,"从意义中撤退,直接介入到声音的和谐与韵律"⑤。事实上,相比于传统诗歌,用语言书写生命中的律动和声音也正是"垮掉派"诗歌自发性诗学的精要所在:"习惯了音节的重音和音步,普通诗歌读者往往难以考虑到密度(响度)、音高和时长,呼吸停顿的理念也远远没有形成定式",而诗歌的问题"在于乐谱化",在于"用书写在纸上的诗歌来显示源自现实的发声",所以,从某种意义上说,诗歌乃是一种"配乐"。⑥

克鲁亚克的诗歌具有音乐的基本性质,是可以唱的诗歌。克鲁亚克用"铅笔和打字机"所写就的这些可以弹唱的诗歌与爵士乐手用"圆号、钢琴、鼓以及嗓音"打造的波普爵士乐有着异曲同工之妙;基于"自发性即兴创作原则",这类具有爵士乐性质的诗歌是"反形式的、非预期的、无须修改的"

---

① 〔美〕艾伦·金斯伯格:《六画廊诗歌朗诵会》,见《金斯伯格文选:深思熟虑的散文》,文楚安等译,四川文艺出版社,2005年版,第253页。

② Allen Ginsberg.*Howl and Other Poems*.San Francisco: City Lights Books,1956:27.

③ Jack Kerouac.*Jack Kerouac: Collected Poems*.Ed.Marilène Phipps-Kettlewell.New York: Literary Classics of the United States,Inc.,2012:1.

④ James T.Jones.*A Map of Mexico City Blues: Jack Kerouac as Poet*.Carbondale and Edwardsville: Southern Illinois University Press,1992:80.

⑤ Gerald Nicosia.*Memory Babe: A Critical Biography of Jack Kerouac*.New York: Grove,1983:459.

⑥ Thomas Parkinson.*A Casebook on the Beat*.New York: Crowell,1961:287.

诗歌。①的确,克鲁亚克在诗歌创作上很少做出实质意义上的修改。其诗歌代表作《墨西哥城布鲁斯》总共242首短章,都是他从随身携带的4个小笔记本上即兴写就的短章里整理出来的。从他写给他的经纪人斯德林·洛德(Sterling Lord)的一封信可以得知,这242首短章中有多达155首没有做过丝毫改动,而整套长诗中,也只删掉两个单词。②在1955年写给美国知名评论家与编辑马尔科姆·考利(Malcolm Cowley)的一封信中,克鲁亚克宣称:"散文和诗歌的要求都是一致的,那就是吹奏",吹奏出"一个人最希望掩盖与修改的东西",因为这些东西"恰恰是文学有待于发掘的东西"。③这种"吹奏"便是"垮掉派"作家所普遍珍视的"自发性波普作诗法",即通过表现声音自由无碍的流动来传达个人本真的情感。

当然,作为一名爵士诗人,克鲁亚克的诗歌尤其是其代表作《墨西哥城布鲁斯》中最为成功的一点是,克鲁亚克仿照爵士乐乐谱中12小节为一个音乐主题的形式,创作出一系列的诗歌短章。跟爵士乐中变化万千的主题一样,克鲁亚克的诗歌短章也是多姿多彩的。一方面,类似于爵士乐在12小节一个主题单元内即兴创作,克鲁亚克一般以一个页面为限进行即兴创作,这一方法"使得主题的延续、重复或者变异成为可能"。④例如,《墨西哥城布鲁斯》中,从《短章79》到《短章84》一连6首短章⑤的主题,延续与过渡平滑顺畅:《短章79》中,当诗人"我"坐到桌旁时,却惊讶地发现"我的朋友正嗑药/在桌旁(My friend was goofing/at the table)";《短章80》中,这一主题作为第一句大写诗行又进一步得到了强化:"**在桌旁嗑药**(GOOFING AT THE TABLE)",该短章基本上是诗人"我"和"朋友"之间的对话,以爵士乐演唱做结:"唱:——'你将永远不知道/我是多么地爱你。'"(SINGING:——"You'll never know/just how much I love you."),而短章中出现的"火腿和鸡蛋(ham n eggs)"以及"培根(bacon)"又在《短章81》中出现:"dem eggs & dem dem / Dere bacons,baby",而且诗人(也是歌者)还马上怂恿一个"兄弟(brother)"像波普爵士乐中的即兴重复衬句(riffs)那样,又即兴重复了一遍"'Bout all dem/bacon & eggs";同样是"火腿""鸡蛋"与"培根"这三样东西,在《短章80》中是由诗人写下的或者说出来的,而在《短章81》中却是由"兄弟"用"小号"(a trumpet)吹出来的;这一爵士乐主题又在《短章82》中再一

---

① Nancy M.Grace.*Jack Kerouac and the Literary Imagination*.New York:Palgrave Macmillan,2007:162.
② Jack Kerouac.*Selected Letters:1940—1956*.Ed.Ann Charters.New York:Viking,1995:510.
③ Jack Kerouac.*Selected Letters:1940—1956*.Ed.Ann Charters.New York:Viking,1995:516.
④ Nancy M.Grace.*Jack Kerouac and the Literary Imagination*.New York:Palgrave Macmillan,2007:164.
⑤ Jack Kerouac.*Jack Kerouac:Collected Poems*.Ed.Marilène Phipps-Kettlewell.New York:Literary Classics of the United States,Inc.,2012:59-62.

次得到了强调："我能这么/想/比波/波普"（I could think/ so/ bepo/ beboppy）；《短章83》则继续这一主题："把它捕捉/用小号/那种狂喜/月亮/和六月的"（That lay it down/with the trumpet/The orgasm/Of the moon/And the June）；而《短章84》开头一行就是"唱：——"（SINGING：—），显然这一短章是以爵士乐弹唱的形式，再一次回顾并渲染前五首短章的主题。

2. 即兴表演对自发性创作的启发

"垮掉派"诗人的自发性创作理念也得益于波普爵士乐演奏会上即兴表演的启发。在克鲁亚克看来，波普爵士乐虽然是对摇摆爵士乐批判性的继承，但波普能在20世纪40年代早期诞生或许源自帕克"遵从自身内心想象力"的一个自发性的"偶然事件"。[①]事实上，现场的偶然性与爵士乐手的即兴发挥是波普爵士乐的灵魂。这种同现场感密切相关的即兴演奏会不断地激励爵士乐手进行创新。在一定的背景与规则之中，爵士乐手总会竭力地不去重复他前一次的即兴之作，每次都在追求能带给自己以及观众更大的陌生化感受。正是这种自发的偶然性在波普爵士乐后来的即兴表演中得到一再验证与发扬，并赋予了"垮掉派"作家创作上的灵感。波普爵士乐中的这种即兴灵感同克鲁亚克、金斯伯格等"垮掉派"作家所普遍遵循的自发性创作原则极为契合。斯奈德认为，诗歌就是事物的自呈现，"自然而来"[②]。克鲁亚克在其诗学论文《自发性散文精要》（1958）中也曾明确提出，真正的诗歌创作"不需要修改，不需要'选择性'的表述，而要跟从思想上的自由偏离（联想），进入无边无垠的思维境遇，无限吹奏"，要像爵士乐手那样"诚实、坦白、自发"地"吹奏"。[③]无论是诗歌还是小说，克鲁亚克作品往往激情四溢，很少使用标点，但破折号却经常出现。这一方面是因为使用破折号可以不用过多地考虑上下文的逻辑关系，但更为主要的原因是，破折号似乎具有类似于爵士乐手即兴演奏之时的换气的功能：在一段酣畅淋漓的即兴演奏之后再换气，不会过于掺杂个人的思想意识，而换气之后的创作也依然会保持着即兴的本真状态。

从表现手段来看，为了像波普爵士乐手那样获得直击灵魂的瞬时性感受，"垮掉派"作家普遍采用通过打字机来高速地进行自发性创作的写作方式。金斯伯格曾说，与传统的诗歌创作方式不同，他自己的创作方式是"用打字机"将他在创作时的瞬时性思维"以一种最能表现其实际'出现'（oc-

---

① Jack Kerouac."The Beginning of Bop." In *Good Blonde and Others*.San Francisco：Grey Fox Press，1993：113.
② Jon Halper.*Gary Snyder：Dimensions of a Life*.San Francisco：Sierra Club Books，1991：125.
③ Jack Kerouac."Essentials of Spontaneous Prose." In *The Portable Jack Kerouac*.Ed.Ann Charters.New York：Penguin Books，1995：484-486.

currene)的方式"表现出来。①美国"垮掉派"诗歌研究专家琼斯曾指出,克鲁亚克的长诗《墨西哥城布鲁斯》和金斯伯格的长诗《嚎叫》都是"美国后现代诗歌中即兴创作的伟大丰碑"②。事实上,在读过克鲁亚克的《墨西哥城布鲁斯》之后,克鲁亚克的自发性创作原则便成了金斯伯格的"思维模型":在键盘上"快速写作","自发组织思维","也不去检查"并且"写得很愉快很完整"③。金斯伯格曾在《对〈嚎叫〉录音最后的说明》(1959)中以《嚎叫》的创作过程为中心,具体而微地谈及其自发性创作的实践经验:该诗的第一部分是在一天下午"疯狂地在打字机上打印而成","任凭具有抽象诗歌美的凌乱句子、无意义的想象在头脑中奔流,相互联结,犹如查理·卓别林摇摇晃晃地行走,也像长长的萨克斯管演奏出的和声,深沉悲哀,然而不乏喜剧色彩",这是"真正的新诗",是"视觉意象的记录以及自动电唱机式并置结构的自然灵感",只要把"被禁锢的诗歌"重新"放回诗行中","自发性地产生"的意义与思绪就会"以它自己的意象构思、创造其形式",并"最终形成思想";同《嚎叫》一样,《向日葵箴言》也是"不经意地完成的","整个创作仅用了二十分钟";《卡迪什》中的序曲(Proem)也"完全是自由创作","长句在一行内被拆分为多个既短促又不连贯的呼吸单位",这是一种"普罗米修斯式的自然韵律,而不是那种机械呆板的音律"④。及至1972年,金斯伯格更是"把诗歌创作拓展到公开即兴创作的境界,以布鲁斯弦乐为调,以政治性的达摩为主题"⑤。

可以说,波普爵士乐对于"垮掉派"诗人的影响"不仅仅是精神上的盲目崇拜",其"口语化基调"激励着"垮掉派"诗人把创作的焦点转向"说出"诗歌。这是一次"文学语言上的重新校准",它"以经过淘洗的美国口语为标准","反叛的是一成不变的韵律学"。⑥在克鲁亚克看来,要想彻底打破传统诗歌创作中那种音步与音韵节奏的限制,"垮掉派"诗人完全可以采用

---

① (美)艾伦·金斯伯格:《"音乐调式变化,城墙随之震动"》,《金斯伯格文选:深思熟虑的散文》,文楚安等译,四川文艺出版社,2005年版,第260页。

② James T.Jones.*A Map of Mexico City Blues*: *Jack Kerouac as Poet*.Carbondale and Edwardsville: Southern Illinois University Press,1992:145.

③ (美)艾伦·金斯伯格:《致美国:克鲁亚克之〈不同类型的诗歌〉》,《金斯伯格文选:深思熟虑的散文》,比尔·摩根编,文楚安等译,四川文艺出版社,2005年版,第396页。

④ (美)艾伦·金斯伯格:《对〈嚎叫〉录音最后的说明》,《金斯伯格文选:深思熟虑的散文》,文楚安等译,四川文艺出版社,2005年版,第237-239页。

⑤ (美)艾伦·金斯伯格:《自传摘要》,《金斯伯格文选:深思熟虑的散文》,文楚安等译,四川文艺出版社,2005年版,第195页。

⑥ Michael Hrebeniak."Jazz and the Beat Generation." In *The Cambridge Companion to the Beats*.Ed.Steven Belletto.Cambridge: Cambridge University Press,2017:255-256.

类似于波普爵士即兴演奏的技法,通过随意的切分,以"呼吸为单位"来表现诗人创作当下瞬时性思想的起承转换。[1]

3.对爵士乐切分音手法的借用

切分音(syncopation)是指在音乐演奏的过程中根据需要进行音符的强弱拍转化,这种转化会让听众对音乐演奏产生一种既放松却又饱含情感起伏变化的听觉感受。爵士乐的切分音一般是指在正常节拍前后出现、改变音乐正常节奏的弱拍音符,从而形成一种与正常音符一定程度上的对立态势。当人们习惯于那些可以预计的节拍重音模式,切分音以一种不可预测的重音节拍给人以陌生化的感受,通过使用休止、连线或者其他人为的重音记号,从而形成一种自由洒脱的切分音节奏。可以说,爵士乐切分音是对正常律动的拍子、节奏、重音的有意搅动,以增强爵士乐的生动性、自发性以及陌生化特质。

由于爵士乐尤其是波普爵士乐对"垮掉派"作品有着极为重要的影响,切分音的这种生动性、自发性以及陌生化特质也广泛地渗透到"垮掉派"诗歌创作之中,其中最为主要的表现形式有重复句段的变化、破折号、并置结构以及场域的变化。比如,"垮掉派"诗歌一般对标点的使用非常吝啬,但破折号却被反复使用,这无疑与"垮掉派"诗人崇尚用打字机高速而自发的写作习惯不无关系。破折号最大的好处是不用因为要考虑上下文的逻辑关系而劳费心力,而且还常给读者带来额外的联想空间。与波普爵士听觉上的切分音相比,破折号可以说是一种视觉上的切分。

当然,无论是波普爵士乐中的切分音还是"垮掉派"诗歌中广泛存在的切分现象,主要表现的还是二战后美国先锋艺术家对美国盎格鲁一致性主流价值观强化思想禁锢以及现代主义诗歌抱守整体性与统一性固化思维的抗议与反拨。对于"垮掉派"诗人来说,人们的思想体系不应该是铁板一块而应该是兼容并包的,诗歌创作相应地也不应该是一味强调结构与系统而应该是离散容错的。

长诗《嚎叫》采用了类似于波普爵士乐自发性衬句重叠的切分音手法。例如,第一节总共78行,以关系代词"who"(意指"他们")开头的诗行就有60行,这些"who"类似于爵士乐中正常出现的强拍音节,而其余18行则采用改变音乐正常节奏的弱拍音符,以一种非预期的节拍模式给人以强烈的陌生化的感受,反而使得这些诗行的内容更加凸显,原本处于弱拍位置的切分音反而成为让人印象深刻的强拍"音符",从而形成一种气势磅礴而又

---

[1] Ted Berrigan and Jack Kerouac."Jack Kerouac:The Art of Fiction No.41." *Paris Review* 1968(43):69.

不失自由洒脱的切分音节奏。《嚎叫》的第三节亦是如此,前18行都是以"I'm with you in Rockland/where you…"句式反复咏叹,而最后一行中,"where you"却变为"in my dreams",弱拍"音符"被置于强拍的位置,彰显了整首诗歌的虚构性及其背后的普遍性意义。

再来看由金斯伯格、克鲁亚克和卡萨迪共同创作的诗歌《拔出雏菊》("Pull My Daisy")①,该诗至少有两个版本,都被收入《杰克·克鲁亚克诗歌合集》(2012)之中。1959年,克鲁亚克的三幕剧《垮掉的一代》(*Beat Generation*)②被先锋制片人弗兰克和莱斯利改编为电影。由于当年好莱坞也在拍摄一部名为《垮掉的一代》的影片,该片最终改名为《拔出雏菊》(*Pull My Daisy*),其片头曲的歌词也来自这首诗歌。全诗共有10节,每节4行,每行都是3至4个音节。由于绝大部分诗行都是以动词开头,这种连续性的动词类似于波普爵士乐中的强拍音符,读来给人一种较为强劲的吟唱之感。先来看最后一节:"教宗我的部件/爆开我的锅/刺探我的奶头/剥去我的梅核"(Pope my parts/Pop my pot/Poke my pap/Pit my plum)。纵向来看,两列有着头韵[p]的单词不断变形演化,充满着戏谑的味道:第一列从"教宗"(pope)到"爆开"(pop)到"刺探"(poke)再到"剥去"(pit),而对应的第二列则从"部件"(parts)到"锅"(pot)到"奶头"(pap)再到"梅核"(plum),除了含有性指涉的涵义,这里的联想与变形并没有什么共同之处,完全是诗人头脑中自发而随意的选择。

再来看第一节:"拔出我的雏菊/倒空我的茶杯/杜绝我的思想/为椰子"(Pull my daisy/Tip my cup/Cut my thoughts/for coconuts),前三行都是大写的动词打头,类似于波普爵士乐中的正常强音节拍,到第四行时,表示强拍的动词突然转化为小写的介词"for"这样的弱拍"音符",加上这一行突然从三个单词变为两个单词,而且,重音放到了"coconuts"上面,这就造成某种与前面三行正常"音符"对立的陌生化情势,从而形成一种非预期的弱拍"音符"强拍化感受。可以说,最后一行扮演了一种切分音角色。

受帕克和迈尔斯·戴维斯波普爵士乐的启发,柯索的名作《汽油》(*Gasoline* 1958)中有不少诗歌在开头还沿用着传统诗歌创作手法和标准的措辞,但诗人自己的声音却也常常"会故意地切分进来形成多声部呈现"③。

---

① Jack Kerouac. *Jack Kerouac: Collected Poems*. Ed. Marilène Phipps-Kettlewell. New York: Literary Classics of the United States, Inc., 2012: 587–590.
② 这部未曾上演过的剧本创作于1957年。直到2005年,该剧才被从一间仓库中发现并由纽约的Thunder's Mouth Press出版。2007年,上海译文出版社出版了金绍禹的译本《垮掉的一代》。
③ Allen Ginsberg."Introduction." In *Gasoline*. Gregory Corso. San Francisco: City Lights Books, 1958: 14–15.

例如,在诗歌《为迈尔斯而作》中,为了传达出爵士乐即兴演奏会上那种富于表现力的勃勃生机,诗人似乎想要打造某种类似于波普爵士乐切分音的创作技巧,将新的信息化作爵士乐中的弱拍音符,切入诗人记忆中那些平常而又容易记住的概念之中,从而形成某种非预期的类似于爵士乐中音符的强弱拍转化的变化:"诗人的声音被弹奏/迷失或者被录下/但听得见/你是否还能想起你在'开放之门'的54个夜晚/那时你和大鸟/在凌晨5点痛彻地吹着一些奇妙/而不可思议的曲子?"①在创作的那一瞬间,诗人需要倾听自己内心深处的"声音",无论是"迷失"或者"被录下",这一"声音"对于诗人自己来说都是"听得见"的。诗中的第三行"但听得见"(but heard)虽然最短,却是一种不期而至的转折,可以被看作切分音,连接着诗人的感受与这种感受的源泉所在。诗人似乎是在带领读者经由自己内心的陌生化感受这一新的讯息进入诗人平常而又不平凡的回忆之中。

(三)"垮掉派"诗歌与摇滚乐遇合

虽然波普爵士乐对"垮掉派"诗歌有着重要的影响,但波普爵士乐自身也有缺点:它主要是在专业性的圈内流行,是一种用来听的音乐,并不适合演唱。可以说,"垮掉派"诗歌与爵士乐的结合远非完美,相反,"垮掉派"诗歌后期与摇滚乐之间却擦出越来越多的火花。在20世纪50年代末到60年代初,"爵士乐已经停止演唱,也不再伴有舞蹈,变得只有受过专门音乐教育的人才能欣赏";而此时,"摇滚乐开始流行,它是一种最易于接近的音乐,既有可以随之舞动的强烈节奏,也有可以跟着唱和的简单旋律"。②无论是外在形式上,还是内在精神上,摇滚乐都"不愿瞄准美国文化的'进步'情况",其"最鲜明的特征"就是"反叛",因此,这种新的音乐形式很快"引起了保守势力的恐慌":"美国舆论界,甚至国家机关,群起向摇滚乐宣战",说它是"黑色瘟疫",是"共产党抛出的思想武器",是"从内部颠覆美国的一种手段"。③

金斯伯格一直以来都颇为看重诗歌跟上音乐的发展潮流并与先锋音乐人合作的重要意义。他坚持认为,由于美国本土派诗歌一直受到以艾略特为代表的现代主义学院派诗歌与新批评学派的压制,所以美国诗歌"丰富有力的表达"受到了极大阻碍,但当美国诗歌"用蓝调音乐、民歌、伍迪·

---

① Gregory Corso.*Gasoline*.San Francisco:City Lights Books,1958:50.
② Bruce Cook.*The Beat Generation*.New York:Charles Scribner's Sons,1971:222.
③ 郑大华:《文化与社会的进程:影响人类社会的81次文化活动》,中国青年出版社,1994年版,第256-257页。

格斯里或滚石音乐表达出来时",诗歌就成了"美国意识的一个重要因素",于是,"诗几乎被每一个美国人以歌曲的形式喜爱并记诵,无论是鲍勃·迪伦、甲壳虫乐队、方糖(the Super Cubes)、音速青年(Sonic Youth)、恐龙还是卢·里德的歌曲"。①事实上,金斯伯格一直在关注着摇滚乐的发展情况,在甲壳虫乐队主唱约翰·列侬(John Lennon)遇到美国联邦麻醉剂监控局的骚扰以及指控风险的时候,金斯伯格"数次撰文"为他"辩护"②。当然,摇滚音乐人也会直接从"垮掉派"作品中汲取创作灵感以及那种绝不同流合污的反叛精神。

1. "垮掉派"诗人对摇滚乐的影响

"垮掉派"诗人对于摇滚乐的发生发展具有重要的影响。金斯伯格曾在《对 The Beat Generation 的界定》一文中谈及"垮掉的一代"给音乐界带来的影响:节奏与布鲁斯演化为"摇滚乐",这"明显体现在50年代末、60年代受 BG 诗人和作家作品影响的甲壳虫乐队、鲍勃·迪伦以及其他音乐家的作品之中"③。

霍利·乔治-沃伦(Holly George-Warren)在其1999年主编的《"垮掉的一代"的滚石之书》的前言中对"垮掉的一代"的影响也曾有过这样的总结:

> 作为一种文化现象,"垮掉的一代"比20世纪任何一个其他运动都带给我们更多的改变,它的影响一直持续到当下。作为一个文学运动,"垮掉的一代"赋予了我们新鲜而不同流合污的美国新声音。贯穿"垮掉派"作品的主线是:以一种同拇指指纹一样独特的语言讲述未曾讲述过的事。④

事实上,对于从20世纪60年代开始崛起的摇滚音乐人来说,无论是在拒绝与盎格鲁一致性主流价值观同流合污的反叛精神上,还是在对艺术创作技巧的启发上,"垮掉派"诗人都给予了莫大的影响。正如布鲁斯·库克(Bruce Cook)所言,"毫不夸张地说","垮掉派"诗歌是成就摇滚的"必要先在形式":如果没有"垮掉派"诗人曾把美国当代诗歌"向前坚实地推进"这

---

① 〔美〕艾伦·金斯伯格:《留心生动的事物》,《金斯伯格文选:深思熟虑的散文》,文楚安等译,四川文艺出版社,2005年版,第182页。
② 〔美〕艾伦·金斯伯格:《自传摘要》,《金斯伯格文选:深思熟虑的散文》,文楚安等译,四川文艺出版社,2005年版,第195页。
③ 〔美〕艾伦·金斯伯格:《对 The Beat Generation 的界定》,《金斯伯格文选:深思熟虑的散文》,比尔·摩根编,文楚安等译,四川文艺出版社,2005年版,第248页。
④ Holly George-Warren."Introduction." In *The Rolling Stone Book of the Beats*: *The Beat Generation and the Counterculture*.Ed.Holly George-Warren.London:Bloomsbury,1999:ix.

一事实,就不会出现后来的"摇滚诗歌运动"。① 在金斯伯格1997年去世之后,地下丝绒乐队主唱卢·里德(Lou Reed)曾给予金斯伯格很高的评价:"他的诗作是如此美国、如此直接、如此机敏,他有着容易辨识的声音。没有金斯伯格的作品,现代摇滚歌词将是难以想象的。"②

史蒂夫·特纳(Steve Turner)也曾谈及"垮掉派"诗歌与摇滚乐之间的紧密联系:"垮掉派"作家取得的一个重要成就是他们极大地增强了文学作品的表现力,"让口语或者书面文学变得跟电影、爵士乐以及摇滚乐一样'性感'",而"垮掉派"作家许多先锋的行事模式也对摇滚音乐人产生过巨大的影响:"从1960到1970年代,典型的摇滚巨星所经历的一切(吸食大麻、苯丙胺与迷幻剂,同性恋体验,纵欲,酗酒,嗑药与禅宗冥想),'垮掉派'作家早在20年前就一一试过";具体来说,同克鲁亚克一样,歌手布鲁斯·斯普林斯汀(Bruce Springsteen)也"来自东海岸的工人阶级家庭,信奉天主教,酷爱跑车和广阔的美国风景","很难想象一个没有受到杰克影响的斯普林斯汀会有什么像样的成就"。③

虽然在1969年去世之前的十年时间里,克鲁亚克一直将20世纪60年代美国的反文化运动视为"本质上是反美国的"运动予以批判,但克鲁亚克在后世反叛青年心中的"偶像式英雄形象"并没有受到什么实质性的影响。④ 例如,在考察二战后几十年来"酷儿"文化流变的过程中,泰德·乔亚(Ted Gioia)发现,与一般意义上的"放荡与反叛"不同,克鲁亚克及其"垮掉派"同伴具有某种"超然的精神气质",而克鲁亚克之后的异见领袖(从甲壳虫乐队到"大门"乐队,从迪伦到西蒙和加芬克尔)同样也有着这样的气质,而且这些异见领袖"常常公开承认克鲁亚克所给予的影响和启发"⑤。美国著名摇滚乐评人莱斯特·班恩斯(Lester Bangs)也曾在《荒凉天使之挽歌》中对克鲁亚克给予了高度评价:同布鲁斯(Lenny Bruce)或者迪伦一样,克鲁亚克"在很多方面都是我们所有人的精神之父"⑥。事实上,迪伦本人也曾

---

① Bruce Cook.*The Beat Generation*.New York:Charles Scribner's Sons,1971:225-226.
② Lou Reed."Memories of Allen." In *The Rolling Stone Book of the Beats:The Beat Generation and the Counterculture*.Ed.Holly George-Warren.London:Bloomsbury,1999:278.
③ Steve Turner.*Jack Kerouac:Angel-headed Hipster*.London:Bloomsbury,1996:19-21.
④ Simon Warner.*Text and Drugs and Rock 'n' Roll:The Beats and Rock Culture*.London,New Delhi,New York and Sydney:Bloomsbury,2013:64.
⑤ Ted Gioia.*The Birth and Death of the Cool*.Golden,CO:Speck Press,2009:122.
⑥ Lester Bangs."Elegy for a Desolation Angel." In *The Rolling Stone Book of the Beats:The Beat Generation and the Counterculture*.Ed.Holly George-Warren.London:Bloomsbury,1999:140.

坦承，克鲁亚克是他的"主要创作动力"①。为美国另类摇滚打开新局面的REM乐队同样受到克鲁亚克反叛精神的启发，如吉他手彼得·巴克（Peter Buck）就曾回忆说：我"可能是少有的读过这位老兄所有作品的人"，在他的作品中可以发现"美国的核心所在"，这个核心"不在体制之内"，而在"大众之中"。②

克鲁亚克死后，许多不同类型的摇滚艺术家都曾写过以克鲁亚克为主题的歌曲，如威利·亚历山大（Willie Alexander）的《克鲁亚克》（1976）、汤姆·威茨（Tom Waits）的《杰克和尼尔》（1977）、金·克里姆荪（King Crimson）的《尼尔、杰克和我》（1982）、蓝牡蛎狂热乐队（the Blue Oyster Cult）的《为你燃烧》（1982）、格雷厄姆·帕克（Graham Parker）的《像锁链的声音》（1983）、万名疯子乐队（10,000 Maniacs）的《嗨，杰克·克鲁亚克》（1987）、中间人乐队（the Go-Betweens）的《杰克建的房子》（2004）、弗兰克·特纳（Frank Turner）的《诗歌与功绩》（2009）。

当然，分量最重的莫过于专辑《克鲁亚克：药劲 欢愉 黑暗》（*Kerouac: Kicks Joy Darkness*. Released by Rykodisc, 1997）。在这张专辑里，阵容强大的一众歌手以摇滚乐的形式表达了他们对克鲁亚克及其作品的无上崇敬之情。专辑名称源自《在路上》经常被引用的语句："在一个到处都充满着丁香花香味的傍晚"，我在路上走着，"满身肌肉酸痛"，我"真希望我是一个黑人"，因为我"感到白人世界给予的哪怕是最好的东西都不够让我迷醉"，"人生、欢愉、药劲、黑暗、音乐甚至是那些夜晚都还不够"。③该专辑最大的特点是以多元化的摇滚形式（如独立乐队、油渍摇滚、民谣摇滚、嬉皮士摇滚、朋克摇滚、迷幻摇滚等）全面地再现了克鲁亚克作品中的音乐元素。能够让如此多元甚至是相互对立的摇滚阵营（如嬉皮士摇滚与朋克摇滚）聚在一起打造同一张专辑，足见克鲁亚克及其作品对于摇滚音乐人的魅力。④

20世纪60年代初，处于事业困顿时期的迪伦开始"热切地"阅读"垮掉派"作品："我走出荒芜之境，很自然地就对'垮掉的一代'、波希米亚方式、波普人群产生浓厚的兴趣，这显然都是紧密相连的"，"正是克鲁亚克、金斯

---

① 〔西班牙〕巴里·阿尔方索：《德高望重的领袖 坚定不移的反叛者——艾伦·金斯伯格访谈录（二）》，见《透视美国：金斯伯格论坛》，文楚安主编，四川文艺出版社，2002年版，第289页。

② Simon Warner. *Text and Drugs and Rock 'n' Roll: The Beats and Rock Culture*. London, New Delhi, New York and Sydney: Bloomsbury, 2013: 87-88.

③ Jack Kerouac. *On the Road*. London: Penguin Books, 1972: 169.

④ Simon Warner. *Text and Drugs and Rock 'n' Roll: The Beats and Rock Culture*. London, New Delhi, New York and Sydney: Bloomsbury, 2013: 66.

伯格、柯索、费林盖蒂"让我"寻到魔力的踪迹","就像埃尔维斯·普雷斯利那样给我带来同样强大的冲击力"。[1]尤其是克鲁亚克和金斯伯格的作品为迪伦走出困境提供了巨大的助力,迪伦曾不无坦诚地承认,他"一直喜爱"克鲁亚克那种"让人屏住呼吸、带有动感波普式的诗歌用词方式"[2],而迪伦与金斯伯格都有着犹太血统,他们之间"亲密的朋友关系一直保持到金斯伯格1997年去世"[3]。总之,迪伦从"垮掉派"诗人那里汲取了丰富的营养。

"垮掉派"诗人能带给迪伦巨大的影响最主要的原因是,他们有着迪伦可以倚重的创作理念:诗与歌是一体的。不同于传统诗歌有着严格的音步与韵脚限制,"垮掉派"诗歌都是以呼吸为节奏,有着音乐的节拍,朗朗上口,便于谱曲演唱。所以,"垮掉派"诗人会经常登台和着音乐进行诗朗诵,甚至是演唱并录制唱片。例如,由金斯伯格、克鲁亚克和卡萨迪共同创作的诗歌《拔出雏菊》("Pull My Daisy",1949)由于每个诗行都是3至4个音节,单词短小但双元音与短元音交错出现,而且大部分诗行都是用动词开头,加上随处可见的头韵以及富于动感的双关语现象,读来不免会有一种吟唱之感。事实上,金斯伯格和克鲁亚克在不同的场合都曾即兴配乐朗诵甚至是演唱过这首诗。弗兰克和莱斯利联合执导的影片《拔出雏菊》(1959)的片头中,由女星安妮塔·埃利斯(Anita Ellis)所演唱的那一段悠扬而慵懒的歌曲其实就是这首诗的第一节。

与其他的摇滚歌手相比,迪伦不会一味地强调曲调与节奏,相反,他更加关注歌词的重要性,曲调与节奏只是配合歌词展示他的音乐态度的辅助手段。2004年,迪伦完成了他的回忆录《像一块滚石》,该书以一种普鲁斯特式的笔触再现了迪伦那些灵感迸发创新不止的高光时刻,同时也记录了他意气消沉的低谷时刻。2006年,由徐振锋与吴宏凯翻译的《像一块滚石》由江苏人民出版社出版,繁体中文版本译为《摇滚乐》。2016年,由于用美国传统旋律创造了新的诗意表达,迪伦获得诺贝尔文学奖,其诗歌代表作是《答案在风中飘扬》和《时代在变》。作为一名歌手能实至名归地获得诺贝尔文学奖,不得不说迪伦的歌词本身其实就是极富张力与魅力的诗歌,这倒是印证了金斯伯格对迪伦的评价:迪伦有着"一种奇妙而强烈的气息","富于雄辩,精力旺盛,活力充沛而又多产",因而,他称得上是一个"十

---

[1] Sean Wilentz.*Bob Dylan in America*.New York and Toronto:Doubleday,2010:35.
[2] Bob Dylan.*Chronicles*:*Volume One*.New York,London,Toronto and Sydney:Simon & Schuster,2004:57.
[3] Sean Wilentz.*Bob Dylan in America*.New York and Toronto:Doubleday,2010:10.

足的诗人"。[①]

金斯伯格与迪伦之间的关系可谓惺惺相惜,实为他们之间的共性使然:金斯伯格的诗歌有着音乐特质而迪伦的歌词具有诗性魔力。金斯伯格的诗歌具有很强的音乐特质,其口语化的语言、重复叠句的使用以及饱满热烈的情感都使得金斯伯格的诗歌易于朗诵,富有节奏感。金斯伯格本人尤为重视以音乐的形式呈现自己的诗歌作品,因此,他常常在公众场合结合音乐伴奏朗诵或者演唱自己的诗歌,同时,他还经常会和一些音乐人朋友一起录制唱片。对于金斯伯格来说,"大多数由业余诗人创作的诗歌都只局限于几种声调和音调,缺乏灵活性",而他自己的诗歌则"与配乐相得益彰",这得益于金斯伯格在创作的时候"对音调有一种较强的意识——元音时高时低,语调抑扬顿挫"[②]。

而迪伦也深信,只有即兴的表达才能真正表现出本真的人类生活,任何形式的雕琢都会导致作品流于肤浅和做作,最终牺牲作者的个性与灵魂。所以,迪伦尤为在意创作的自发性与即时性,"每首歌要唱两遍才录制,这让我无法忍受"[③]。这样的创造理念与方式同"垮掉派"作家所推崇的创造理念与方式如出一辙,这或许是"垮掉派"作家对迪伦产生重大影响的根本性原因,同时,这也最终促使迪伦摆脱其前期作品中传统民谣表达方式的束缚。可以说,在迪伦从民谣歌手转变为"摇滚乐桂冠诗人"这一过程中,金斯伯格扮演着一个重要角色。[④]随着迪伦的音乐风格日益摇滚化,歌词也日益诗化,其作品中"垮掉派"诗人的影响就愈发明显了。

1964年8月,哥伦比亚唱片公司(Columbia Records)推出迪伦的第4张音乐专辑《鲍勃·迪伦的侧面》(Another Side of Bob Dylan)。从此,迪伦歌唱的主题日益显示出"垮掉派"诗风的影响,这与20世纪60年代初以来迪伦不断地阅读金斯伯格等"垮掉派"诗人的作品并同金斯伯格本人保持着深厚的友谊有着很大关联。事实上,金斯伯格等"垮掉派"诗人也曾多次参加迪伦的现场音乐会。可以说,在20世纪60年代及70年代初期自由反叛的社会氛围之中,迪伦"承袭并重新再现了""垮掉派"诗人在20世纪50年代

---

① 巴里·阿尔方索:《德高望重的领袖 坚定不移的反叛者——艾伦·金斯伯格访谈录(二)》,见《透视美国:金斯伯格论坛》,文楚安主编,四川文艺出版社,2002年版,第289-290页。
② 哈维·R.库伯尼克:《诗歌 音乐 文学——金斯伯格访谈录(一)》,见《透视美国:金斯伯格论坛》,文楚安主编,四川文艺出版社,2002年版,第274页。
③ 滕继萌:《论鲍勃·迪伦的创作》,《外国文学》1996年第2期。
④ Richard E. Hishmeh. "Marketing Genius: The Friendship of Allen Ginsberg and Bob Dylan." *Journal of American Culture* 2006(4): 395–405.

中期"所竭力推崇的文学试验:实现诗歌同音乐的融合"①。《鲍勃·迪伦的侧面》中,《自由的呐喊》("Chimes of Freedom")可以说是最能体现"垮掉派"诗风影响的歌词文本。歌词中,迪伦站在美国社会底层民众的角度,发出了"自由的呐喊",这使得这首歌成为迪伦作品中最具政治色彩的歌曲之一。这首歌以"狂暴威严的夜晚"开篇,迪伦通过一系列具有政治含义的意象为所有受压迫者构筑起一幅自由与反叛的图景:"透过肆虐的风暴和那神秘疯狂的捶击,/天空以它赤裸的奇迹书写出无尽的诗篇。"

具体到诗歌创作技巧而言,《嚎叫》中,金斯伯格使用了大量具有排比功能的词或者句子,如"他们"(who)、"摩洛克"(Moloch)、"神圣"(Holy)、"我和你一起在罗克兰,在那里……"(I'm with you in Rockland where...)等,加上金斯伯格创作《嚎叫》时是以气息为单位的,而他的气息又特别持久,所以该诗基本上由长句组成,一句结束,深吸一口气,新的诗句又开始,循环往复,从吸气时的压迫转向喷薄而出的语言宣泄,给人一种酣畅淋漓之感。受到金斯伯格的影响,迪伦作品中类似的由短语叠加成的句式比比皆是。迪伦的代表作《大雨将至》("A Hard Rain's a-Gonna Fall" 1963)强烈抗议古巴导弹危机中美国不当的处理方式,一连使用"I've...""I saw...""I heard...""I met..."等排比句式,展示出歌手要代表美国普通民众对美国当局致以最强烈控诉的决然态势。在《答案在风中飘扬》("Blowin' in the Wind",1963)中,"how many""before""the answer"也是反复出现,使得主题与情感不断得到累积与强化,从而迸发出强大的共情力量,带领听众与歌者一同进入迷狂之境,这与金斯伯格当年在"六画廊"朗诵《嚎叫》时所引起的强烈共鸣有着异曲同工的效用。

说到底,迪伦与"垮掉派"诗人有着共同的精神追求。迪伦在其回忆录《像一块滚石》中写道:《在路上》《嚎叫》和《汽油》这些作品"代表的街头意识形态标志着一种新型的人的存在,它们不在这里,但你能期望什么? 每分钟45转的唱片做不了这些"②。可见,迪伦认同克鲁亚克、金斯伯格、柯索等"垮掉派"诗人关于"新型的人"的理念,虽然有难度,迪伦还是希望能用演唱的方式来表现这种"新型的人的存在"。可以说,这种"新型的人"最重要的精神内核就是拒绝同流合污。《嚎叫》所着重刻画的火神"摩洛克"(Moloch)象征着半机械、半军事化的美国,它吞噬着美国社会当中的一切"异质"思想,应该受到抵制。而迪伦在《大雨将至》中也是借古巴导弹危机

---

① 滕继萌:《论鲍勃·迪伦的创作》,《外国文学》1996年第2期。
② 〔美〕鲍勃·迪伦:《像一块滚石:鲍勃·迪伦回忆录》(第一卷),徐振锋、吴宏凯译,江苏人民出版社,2006年版,第33-34页。

号召那些不同流合污的青年奋起反抗,正如他后来在回忆录中所坦承的那样,他的歌词在"敲打着人们的神经"①。

2."垮掉派"诗人的摇滚实践

事实上,除了摇滚音乐人为"垮掉派"诗人创作了很多音乐作品,"垮掉派"诗人自己也常常和音乐人一起合作录制了不少唱片。

先看克鲁亚克的相关唱片:首先,克鲁亚克一生中录制过三张专辑:和钢琴家斯蒂夫·艾伦(Steve Allen)合作录制的《"垮掉的一代"的诗歌》(1959)、和萨克斯演奏家埃尔·科恩(Al Cohn)与祖特·西姆斯(Zoot Sims)合作录制的《布鲁斯与俳句》(1959)以及克鲁亚克自己录制的"垮掉派"散文和诗歌朗诵专辑《"垮掉的一代"的作品:克鲁亚克朗诵集锦》(1960)。这三张专辑后来由犀牛唱片公司以《克鲁亚克合辑》②(1990)为总名称分别录制并发行了三张唱片。

其次,《杰克·克鲁亚克朗诵〈在路上〉》[1999 光闪之声(Rykodisc)唱片公司发行]收录了一系列克鲁亚克本人的录音,包括他朗诵自己小说作品的录音片段以及两首由阿姆拉姆配乐的诗歌朗诵。专辑最后是两个版本的同名歌曲《在路上》:一个版本是由克鲁亚克自己作曲并在家自行录制的;另一个版本是由Primus乐队伴奏、汤姆·威茨(Tom Waits)演唱的。③

金斯伯格的创作生涯很长。金斯伯格曾经跟许多音乐人合作将自己的诗作灌制成唱片,甚至还直接登台演唱。基于其本人以各种形式在报刊上所发表的文章,金斯伯格写过一份《自传摘要》④。这份《自传摘要》展示了金斯伯格丰富的音乐历程:1971年,"在家即兴演奏爵士乐,在录音间向迪伦及哈皮·特劳姆学习布鲁斯音乐的形式";"从几十年的录音档案中集结唱片十六张,名为《有声诗集 1946—1971》"。1975年,金斯伯格参加了迪伦的巡回演唱会,"肩挑诗人和打击乐手之职";附有乐谱的《先锋布鲁斯》公开发行。1981年,"为约翰·哈蒙德唱片公司录制《国会大厦上空》";参加旧金山达摩艺术节,"与约伯新浪潮乐队合作演唱";"与格卢恩斯·丹

---

① [美]鲍勃·迪伦:《像一块滚石:鲍勃·迪伦回忆录》(第一卷),徐振锋、吴宏凯译,江苏人民出版社,2006年版,第117页。

② See Stephen Ronan. *Disks of the Gone World: An Annotated Discography of the Best Generation*. Berkeley, CA: Ammunition Press, 1996: A-276.

③ Simon Warner. *Text and Drugs and Rock 'n' Roll: The Beats and Rock Culture*. London, New Delhi, New York and Sydney: Bloomsbury, 2013: 91.

④ [美]艾伦·金斯伯格:《自传摘要》,《金斯伯格文选:深思熟虑的散文》,文楚安等译,四川文艺出版社,2005年版,第195-208页。

佛新浪潮乐队联手,录制诗歌《笨蛋傻瓜》";"录制唱片《战斗摇滚》,并在邦德摇滚俱乐部和克兰西现场演唱该曲"。1982年,同迪伦"共同录制两支摇滚歌曲";"同众多新浪潮乐队"合作,"演唱《国会大厦上空》"。1984年,在一档卫视节目中,和奥洛夫斯基与史蒂夫·泰勒"同唱歌曲《摇滚冥思》";联合先锋制片人弗兰克,在佛罗里达州亚特兰大艺术中心"讲授集体创作及诗歌的音乐摄影"。1985年,在莫斯科爵士音乐会上演出。1986年,在布达佩斯同"流浪者"布鲁斯乐队合作,"灌制诗歌摇滚密纹唱片"。1987年,"录制口语体诗歌《渴望真实的狮子》及音乐唱片",该唱片在1989年由"大琼斯/岛"(Great Jones/Island)唱片公司录制成磁带和CD。1989年,"与摇滚组合法格兹同台朗诵基调诗歌";在格林威治村村口,"携巴拉卡进行音乐演出";在金字塔俱乐部和纽约大陆分水岭,"加入朋克乐队'伪先知'的演出"。1996年5月,"联合保罗·麦卡特尼、菲力普·格拉斯、马克·里博特和尼·伦凯,录制唱片《骷髅民谣》",并于当年10月由水银唱片公司推出;8月,"在弦乐队的伴奏下",在林肯中心"演唱《向日葵箴言》"。

有关金斯伯格的唱片有:《艾伦·金斯伯格朗诵〈嚎叫及其他诗歌〉》(1959年"奇幻"唱片公司发行)[1],《艾伦·金斯伯格朗诵〈卡第绪〉》(1966年"大西洋天主圣言"唱片公司发行)[2],从1989年开始和吉他手比尔·弗里塞尔(Bill Frisell)与马克·里博(Marc Ribot)、贝斯手斯蒂夫·斯沃洛(Steve Swallow)以及作曲家阿托·林德塞(Arto Lindsay)等人合作录制的唱片《真正的狮子》("大琼斯/岛"唱片公司发行)[3],以及金斯伯格个人诗歌朗诵专辑《神圣的灵魂:诗与歌 1949—1993》(1994年由"犀牛"唱片公司发行)[4]。

有关费林盖蒂的唱片有:与中低音萨克斯手达纳·科利(Dana Colley)合作录制的诗朗诵《心灵的科尼岛》(1999年"光闪之声"唱片公司发行),与阿姆拉姆合作录制的《逝去世界的图景》(2005"协同效应"唱片公司发行)。有关加里·斯奈德的唱片有:同保罗·温特合奏团(the Paul Winter

---

[1] See Stephen Ronan.*Disks of the Gone World:An Annotated Discography of the Best Generation*.Berkeley,CA:Ammunition Press,1996:A-118a.

[2] See Stephen Ronan.*Disks of the Gone World:An Annotated Discography of the Best Generation*.Berkeley,CA:Ammunition Press,1996:A-128a.

[3] See Stephen Ronan.*Disks of the Gone World:An Annotated Discography of the Best Generation*.Berkeley,CA:Ammunition Press,1996:A-201.

[4] See Stephen Ronan.*Disks of the Gone World:An Annotated Discography of the Best Generation*.Berkeley,CA:Ammunition Press,1996:A-218b.

Consort)合作的配乐诗朗诵《龟岛》(1991年"实况音乐"唱片公司发行)[①]。同金斯伯格、奥洛夫斯基以及玛丽安娜·菲斯福尔(Marianne Faithfull)合作,柯索也录制了个人诗歌朗诵专辑《死在我身上》(Die on Me),该专辑在诗人2001年去世一年后由"科赫"唱片公司(Koch Records)发行。

"垮掉派"诗人"绝非'虚无主义者'",相反,他们"总是在不停顿地追求建立新的信仰和价值观念",因而他们是"精神上执著的探索者"。[②]的确,受到爵士乐的影响同时也影响着其后的摇滚乐,"垮掉派"诗歌普遍有着一种绝不同流合污的叛逆性的精神诉求。看似颓废倜傥但实际上又有着精神层面上的自我坚守,"垮掉的一代"运动早已超越了文学疆域,成为一种追求精神以及生活方式上自由与本真的代名词。囿于20世纪50年代以来美国特殊的历史社会以及文化背景,崇尚非暴力的"垮掉的一代"必然难以找到出路,但"垮掉的一代"所展现出的不被当下主流意识形态洗脑从而拒绝同流合污的反叛精神,成为其后各种反叛运动一再回望并不断效仿的行动指南与精神旨归。

二、"第三代"诗歌中的生命书写实践

"第三代"诗歌中的生命书写是对语感诗学的具体实践,这种实践是声音、生命意识与语言三位一体的创新性实践。如前所述,"第三代"诗歌的语感诗学是对语义系统性的偏离,强调的是在追求生命本真性体验时所感受的某种音乐效果,这种音乐效果可能是由实质性的声音所催发,但更多的时候蕴含在生命脉动之下的抽象声音之中。而在诗歌创作技巧方面,"第三代"诗歌的语感诗学放弃了过于繁复的意象迭加,也不再纠缠于过多的语言技巧。相反,"第三代"诗人追求的是用同构性语言让生命从灵魂深处像自然与宇宙中若隐若现的声音那样自动流出。

(一)于声音中呈现本真生命

在经历了"以阶级斗争为纲"等政治性意识形态"一边倒"的时代和残酷而盲目的十年"文革"之后,中国迎来了主体性高扬的20世纪80年代。

[①] See Stephen Ronan.*Disks of the Gone World：An Annotated Discography of the Best Generation*.Berkeley,CA：Ammunition Press,1996：A-319.
[②] 文楚安:《说不尽的金斯伯格——序言》,见《透视美国:金斯伯格论坛》,文楚安主编,四川文艺出版社,2002年版,序言第9页。

虽然现实主义和革命浪漫主义仍然把持着主流诗坛,但长期以来主流意识形态话语对西方意识和思想所采取的排斥与敌视政策开始有所松动,作为针对当时抱残守缺的诗坛的一种反叛,朦胧诗倾向于接受并转化前期现代主义诗歌创作思想与手法,在诗歌创作中运用了大量有着各种暗喻或象征意义的意象,从而将意象摆到了诗歌创作的突出位置,形成了以意象为中心的美学原则。然而,及至20世纪80年代中后期,朦胧诗没有随着时代精神的转变而做出相应的改变与革新,相反,还将新诗推向了一种意象化创作的极端,炮制了大量毫无创新可言,与现实脱节的意象诗仿作。

作为一个群体,曾将朦胧诗人视为重要偶像的"第三代"诗人率先感受到时代精神的转变并毅然决然地做出了相应的变革性运动,创作了大量深具中国后现代性特质的先锋诗歌。可以说,这场以朦胧诗为主要反叛对象的变革性运动首先从"反意象化"开始,在"向它前面那座高耸的丰碑挑战"时,"发现了又一片新大陆——声音"。[①]

从意象中心转向以声音为导向,"第三代"诗人为新诗树立了新的诗学原则,即,注重生命之声的语感诗学。除了吕德安运用重章叠句弹出《吉他曲》[②]和蓝马在《某某》[③]中直接以乐谱入诗描写在一个有风的日子"有男人拨响"他的吉他并高声歌唱等少数直接表现诗与乐的关系之外,绝大部分"第三代"诗歌主要结合诗人内心的感受来表现生命之声的自由流淌。

本着某种"旁观者"心态,于坚在诗歌创作上似乎只想"推动和策演自己",不愿为外界"施出多余能量";而在诗人客观描述与个人兴趣的指引之下,于坚诗歌也就"没有矫揉造作","呈现出一种朴素、源于本真生命的状态"。[④]可以说,于坚诗歌有着某种淡然的生命律动,特别是在他那些咏物但不抒怀的诗(如《黑马》(1987)、《一只蝴蝶在雨季死去》(1987)、《坠落的声音》(1991)、《啤酒瓶盖》(1992)等)中,读者往往会不由自主地随着生命之声不经意的悸动而颤动与感动。如《坠落的声音》(1991)是这样作结的:

那是什么坠落 在十一点二十分和二十一分这段时间/我清楚地听到

[①] 胡兴:《声音的发现——论一种新的诗歌倾向》,《山花》1989年第4期。
[②] 见《中国现代诗编年史:后朦胧诗全集》(上卷),万夏、潇潇主编,四川教育出版社,1993年版,第254页。全诗共8节,每节四行,诗中反复出现"那是很久以前""你不能""你不能说出"等词句,其中头两节的首尾行以及第三、四节的首行都是"那是很久以前"。
[③] 见《打开肉体之门——非非主义:从理论到作品》,周伦佑选编,敦煌文艺出版社,1994年版,第76-78页。
[④] 陈超:《生命诗学论稿》,河北教育出版社,1994年版,第274页。

它容易被忽略的坠落/因为没有什么事物受到伤害 没有什么事件和这声音有关/它的坠落没有像一块大玻璃那样四散开去/也没有像一块陨石震动周围/那声音 相当清晰 足以被耳朵听到/又不足以被描述 形容和比划 不足以被另一双耳朵证实/那是什么坠落了 这只和我有关的坠落/它停留在那儿 在我身后 在空间和时间的某个部位①

诗中,某种"坠落的声音"不需要"被另一双耳朵证实",但对诗人而言,这声音清晰而具体,体现的是与"我"有关的生命实在。它就在"那儿",只要你愿意去发现,因为,"生命的具体性、自足性、一次性、现实性和不可替代性必须得到理解"②。从正统意义上的意识形态立场而言,于坚诗歌或许呈现出"方位的失落"与"反应的失当",但从表现真实的个体生命立场来看,于坚诗歌却"恰恰表现了方位确切,反应'正常'"③。于坚这种对于生命与声音的独特感受,来自他切身的悲剧性生命体验:

我的生命为革命所忽视。我的父母由于投身革命而无暇顾及我的发育成长,因而当我两岁时,感染了急性肺炎,未能及时送入医院治疗,直到奄奄一息,才被送往医院,过量的链霉素注射将我从死亡中拯救出来,却使我的听力受到影响,从此我再也听不到表、蚊子、雨滴和落叶的声音,革命赋予我一双只能对喧嚣发生反应的耳朵。我习惯于用眼睛来把握周围的世界,而在幻觉与虚构中创造它的语言和音响。④

听力受损,受尽冷眼与歧视,让于坚逐渐成为那个喧嚣年代中的旁观者:"这是一个喧嚣的时代","大街上的每根电线杆都挂着高音喇叭",而对于坚而言,虽然"这个世界没有声音",但他依然能看到"人们在动",且"动作并不安静",他"依然看见喧嚣",他受损的听力"戏剧性地"让他成为一个"天然的旁观者"。⑤

固然,于坚由于听力受损,很多时候只能冷眼"旁观"那些"动作并不安静"、当下世界中的"喧嚣",但更多时候诗人于坚面对的是,如何克服那种

---

① 于坚:《坠落的声音》,见《亵渎中的第三朵语言花——后现代主义诗歌》,周伦佑选编,敦煌文艺出版社,1994年版,第29-30页;《我述说你所见:于坚集1982—2012》,作家出版社,2013年版,第211-212页。
② 转引自:《中国新诗总系1979——1989》,王光明主编,人民文学出版社,2009年版,第33页。
③ 陈超:《生命诗学论稿》,河北教育出版社,1994年版,第275页。
④ 于坚:《关于我自己的一些事情(自白)》,见《于坚思想随笔》,陕西师范大学出版总社有限公司,2010年版,第286页。
⑤ 于坚:《我的写作不是一场自我表演——2007年答记者问》,《作家》2008年第7期。

由业已僵化的语言模式与思维方式打造的语言"喧嚣"所带来的难以言说的语言焦虑。《对一只乌鸦的命名》①中的"乌鸦"是往昔语言"喧嚣"中的"乌鸦",是"一开始就得黑透"的"词素":

乌鸦　就是从黑透的开始　飞向黑透的结局/黑透　就是从诞生就进入永恒的孤独和偏见/进入无所不在的迫害和追捕/它不是鸟　它是乌鸦/充满恶意的世界　每一秒钟/都有一万个借口　以光明或美的名义/朝这个代表黑暗势力的活靶　开枪

往昔语言中的"乌鸦"只是一个"黑透"了的被言说的名词,诗人要做的是把"乌鸦"变为一个动词,让它"在动词中黔驴技穷",从而"为一只死于名词的乌鸦招魂"。②但这一过程注定是无比艰难的,在准确地"说出"乌鸦本身之前,诗人似乎只能陷入沉默:"我看见这只无法无天的巫鸟/在我头上的天空牵引着一大群动词　乌鸦的动词/我说不出它们　我的舌头被这些铆钉卡住"。然而,诗人并没有从往昔语言的"喧嚣"中退缩,"当那日　我听见一串串不祥的叫喊/挂在看不见的某处/我就想　说点什么/以向世界表明我并不害怕/那些看不见的声音"。

事实上,于坚的这种"旁观者"心态还与养育他的地域有关。于坚生于云南昆明,对于坚而言,虽然云南"远离文化中心因而对主流文化有着天然的离心力与自卑感",但它也是"中国最后的乌托邦",是"各种语言、生活方式和立体地理环境的混合体",因而,它天然地"受到文化多元而不是文化一统的影响",可以说,于坚正是在这种"多元文化"的影响之下,对古今中外各种诗学资源也采取了一种兼收并包的态度;同时,于坚的祖籍是四川资阳南津驿,其汉族背景在少数民族聚居的云南省又显得极为"非主流"。③于坚这种所谓"外省人"中"非主流"的人生体验必然会作为一个重要影响要素渗透到他的诗歌创作之中。

韩东虽然哲学底蕴深厚,"却从不在诗歌中放纵自己的学识",反而对"宁静、单纯的传统审美性格"有着"美好的尊重"。④韩东诗歌基本上与历

---

① 见《于坚的诗》,人民文学出版社,2001年版,第88-91页;《我述说你所见:于坚集1982—2012》,作家出版社,2013年版,第224-227页;《面具》(于坚文集 诗歌卷1),云南人民出版社,2018年版,第64-65页。
② 于坚:《说我的几首诗》,《山花》2017年第7期。
③ 于坚:《答〈他们〉问》,见《于坚诗学随笔》,陕西师范大学出版总社有限公司,2010年版,第162-163页。
④ 陈超:《生命诗学论稿》,河北教育出版社,1994年版,第263页。

史、文化和政治等意识形态背景绝缘,缺少现代主义式的象征和暗喻,为的就是去除遮蔽,从而回到具体的日常生活和生命本身。对于韩东来说,诗歌就是语感,就是公共性的语言和具体生命体验的结合,就是生命之声的"滑翔":"我八八年以前的诗就是一种顺着语感滑翔的感觉。这样的滑翔使我很愉快。有些东西,比如阅读上的阻力、一些过于曲折的地方,我都有意识地回避了,在声音的处理上应该说也是比较自觉的。"[①]《明月降临》(1985)[②]便是其语感意识的极好体现:

月亮/你在窗外/在空中/在所有的屋顶之上/……/你飞过的时候有一种声音/有一种光线/……/你静静地注视我/又仿佛雪花/开头把我灼伤/接着把我覆盖/以至最后把我埋葬

这是诗人于月色中具体而本真的生命感受和体验,灵动而真实。"你飞过的时候有一种声音/有一种光线",月光对于诗人来说已然是充满着生命之声的现实存在。个体生命及灵魂被这一有着声音特质的月光所灼伤、覆盖和埋葬,最终也就融为一体了。

再看韩东的另一首诗歌《要求》[③]:

夜已很深/有人在我的窗下低语/他们走过去了/脚步声远去/我多想叫住他们/让他们这样再站一会儿/我的窗户整夜敞开/在他们的身后//这真是异想天开/而且是幼稚的/你会惊吓他们/自己也不能安睡/这样的要求简直难以启齿

夜深了,诗人听到"窗下低语"随着"脚步声远去",诗人忍住想要把他们"叫住"的冲动,但还是把窗户"整夜敞开"。夜深人静之时,低语声与脚步声是充满着生命震颤的声音,让另一个具体生命"我"产生了倾吐衷肠的交流愿望,这种一闪即逝的生命体验与感受成就了诗,或许正如韩东所说,诗歌是语言的运动,是生命,是个人的灵魂、心灵,是语感。

[①] 刘利民、朱文:《韩东访谈录》,见《韩东散文》,中国广播电视出版社,1998年版,第286页。
[②] 见《中国现代主义诗群大观1986—1988》,徐敬亚、孟浪等编,同济大学出版社,1988年版,第59-60页;《第三代诗新编》,洪子诚、程光炜编选,长江文艺出版社,2006年版,第38-39页;《亵渎中的第三朵语言花——后现代主义诗歌》,周伦佑选编,敦煌文艺出版社,1994年版,第36-37页。
[③] 陈超:《二十世纪中国探索诗鉴赏》(下),河北人民出版社,1999年版,第895-896页;洪子诚、程光炜:《第三代诗新编》,长江文艺出版社,2006年版,第49页。

第六章 | "垮掉派"诗歌与"第三代"诗歌中的生命书写

这种寂静中的生命震颤之声在"第三代"诗歌中可谓相当普遍。杨黎的《冷风景》（又名《街景》）描写的是一条"远离中心"且"异常宁静"的街，但"宁静"背后的声音却相当丰富：不仅有"哗啦""哗"的泼水声、扫地时"很响"的"沙、沙、沙"的声音，还有"粗野的咒骂"声、"女人的哭声"、"狗叫"声、"太响"的脚踏落叶声、送奶工的"喊"声，甚至还有潜在的"飘雪"和少女连衣裙的"飘动"之声，所有这些声音无不更加衬托出这条街的"异常宁静"。杨黎的另一首诗歌《后面》[①]也是静中有动，"寂静"中的"响动"既切实又难以把捉："半夜/我坐在屋里"，从十二点十分一直坐到十二点五十九分，"整个时刻/静得异常黑"。其间，"有谁喊我/喊得很轻/像是在远处/又像是在耳边/寂静模糊"，"十二点半：一声响动/十二点十分/听得清楚。但是/什么也无法看见/天才荡然而不存/回到没有声音的地方/静坐着"，"快到一点/有人在敲门/这种声音我尚未听见/只是这声音之外的一些/我听过/又都忘了"。小安的《外边的声音》[②]中，所有外在的声音都源自"安静"的"躯体本身"："我喜欢这些/不干净的声音/带着某种味道/我是来自有声音的地方/那些声音很一般/许多人还不会懂得它"，"雪和雨的/使人温柔的声音/来自湿润的天空"，"水下和地下的声音/……/我知道/这些声音在我的血管里流动/与我的心跳一起/维持漫长的生命//然而最美妙的声音/却发自我们的躯体本身"，"所有的声音/都聚在我的身边/它们吵闹不休/而我却是安静的"。尚仲敏的《邻居》[③]中，邻居的"脚步声""在我的房间里回响/却不在我的门前停留//从凌晨开始/一直持续到当日深夜/……//这种声音还不曾结束/它使我能够保持警觉/在一间宽大的屋子里/使我安顿下来/不在到处走动"。所有这些诗歌无不生动地表现了动静之间生命之声的流淌。

有些"非非主义"诗歌中的声音具有某种"不是什么"的"此在性"，"不能用某种'什么'或说不能用另一事物来说明"，因为"一切是'什么'的存在方式都不适合于此在"[④]。究其原因，"非非主义"诗歌大多是超语义的，是诗人"在直觉心理状态下，意识或无意识的自然流动"[⑤]，具有很强的不确定

[①]《打开肉体之门——非非主义：从理论到作品》，周伦佑选编，敦煌文艺出版社，1994年版，第38-44页。
[②]《打开肉体之门——非非主义：从理论到作品》，周伦佑选编，敦煌文艺出版社，1994年版，第158-159页。
[③] 见《亵渎中的第三朵语言花——后现代主义诗歌》，周伦佑选编，敦煌文艺出版社，1994年版，第176页。
[④] 孙基林：《"第三代"诗学的思想形态》，《诗探索》1998年第3期。
[⑤] 陈仲义：《抵达本真几近自动的言说——"第三代诗歌"的语感诗学》，《诗探索》1995年第4期。

性。如蓝马的《的门》①中的声音充满了不确定性:"天将擦黑/喂/看出来了吗?",没有回答;"到底有没有声音/你问/这可太好啦",答非所问;"掌管这个门的/门的世界/一个大厅 四只狗/一棵树 和一个遍身是球的门/声音可以放低沉一些//有时只要哼哼也就行了/但你有没有看到/小瓶里的水呢/相反/你把一根白线投了进去",为什么是"一个大厅"、"四只狗"与"一棵树"来"掌管""门的世界"呢?"遍身是球的门"是个什么样的门? 声音为什么要"放低沉一些"?"但你有没有看到/小瓶里的水呢",没有回答;最后,"有回声了吗 你问",依然没有回答;总之,大厅"里面有树 有水/有狗和小瓶/还有棉线/和很多的门//以及门的门",依然是不确定的。由此可见,该诗开出的似乎只是一朵超语义的"语言之花":"非非主义"诗歌就是"语言的空壳、语义上的空集合","非非主义"诗歌并不"传达语义",而是采用语言"棒喝"的方式来"实现"禅宗意义上的"以心传心"、"以心印心"②。诗人似乎是在竭力通过这种超语义的语言去探寻早已被文化"格式化"了的生命本真。在蓝马看来,鲜活的生命个体"业已被开发成了活生生的文化软件",生命只是"执行着文化"。由此,主体性的"真我"丧失,"假我"随之诞生。先锋诗人应该在内心深处"自我审判,自我澄清,自我迷失",从而获取"处置"自身那早已"文化化"了的"假我"的"权力",在"前文化"的状态下消解充满各种价值评判的文化对生命的禁锢与压制。③

杨黎的许多诗歌也通过声音表现出生命之声这一能指的此在性和不确定性。杨黎一直以来特别关注语感的音乐性(声音)特质,因为声音是宇宙的本源或纯粹的前文化界域,是世间万事万物变迁唯一的引领者。《怪客》(1983)④所表现的语感最突出的特点是,诗人用和缓的语调叙说旅途之事,间或以突兀的声音(如"奇怪的敲门声"与"红衣女人""用手枪自杀"的潜在枪声等)和色彩,故意制造某种不太和谐的颤音以便在读者心灵上造成猝然一击的效果。

《声音》也颇能表现出杨黎诗歌的后现代性特质:

下雨了/打雷了/楼上的人/从窗户里/伸出了脑袋/看看上面/又看看下面/……/树木在雨中左右摇摆/……/下雨了/然后打雷/雷声比所有叫声都

---

① 《打开肉体之门——非非主义:从理论到作品》,周伦佑选编,敦煌文艺出版社,1994年版,第71-74页。
② 胡亮、蓝马:《蓝马:"前文化"·非非主义·幸福学——蓝马访谈录》,《诗歌月刊》2011年第12期。
③ 蓝马:《走向迷失:先锋诗歌运动的反省》,见《磁场与魔方——新潮诗论卷》,吴思敬编选,北京师范大学出版社,1993年版,第305-307页。
④ 见《第三代诗新编》,洪子诚、程光炜编选,长江文艺出版社,2006年版,第72-77页。

大/但孩子们听不见/……/下雨了/打雷了/有时候雨下得大/有时候雨又/下得不大/……/下雨了/打雷了/雨下在田里/雷打在楼上/……/下雨了/打雷了/……/现在下雨了/现在打雷了/……/下雨了/同时还打雷/有人开始唱歌/先唱得很轻/后唱得很响/歌声在雷声之后/从窗户里/传进雨中/下雨了/哦/接着/打雷了/楼上的人/看见雨点从天空/落在地上

全诗描写的是日常生活中再平常不过的人们对雷雨天的反应：人们上上下下地观看；"树木在雨中左右摇摆"；雷声震天响，但孩子们却玩得天真酣畅，"听不见"；"有人开始唱歌/先唱得很轻/后唱得很响"；"楼上的人/看见雨点从天空/落在地上"。没有隐喻象征也没有深度，有的只是在流淌着、翻转着的生命律动之声："雨声"、"雷声"、"风声"、树木的"摇摆声"、由小到大的"歌声"和雨点落地的声音，这么多声音一起同来自心灵深处反复咏叹的下意识的无音之声（"下雨了/打雷了"）交织汇聚，形成一个没有所指、开放性的纯粹的前文化界域，相较那些一味运用隐喻象征技巧以至于在空洞的所指中沦为空转的现代主义诗歌，这首诗可以说能更有力地调动起读者敏感的听觉神经，从而激发出更大的想象空间。

在诗人柏桦看来，"非非主义"诗人"突破了文字的恐惧感"，从而"获得了全面的身心自由"：他们"放开手脚，颠覆中心，走出文字的禁忌"，他们"清除语言的道德含义"，"以最大的可能让名词、动词获得它们最初存在的意义"。①柏桦进而以杨黎的《A之三》为例，解读了杨黎诗歌中时常出现的"无意义"的声音：

下面/请跟我念：安。安（多么动听）/麻。麻（多么动听）力。力（多么动听）八。八（多么动听）/米。米（多么动听）牛。牛（也依然多么动听）或者/这样念：安麻。安麻（多么动听）力八。力八（多么动听）米牛。米牛（也多么动听）/一片片长在地上/长在天上……

柏桦认为，诗人杨黎"试图在原语言基础上建立一个庞大的能指系统，推翻所指的长期'暴政'，让能指脱颖而出"，在"安、麻、力、八、米、牛"的世界里，"没有悲观，没有时间，没有意义，也没有形容词带来的等级化或失语症，只有'最初的'极简单的声音的再现和词语的碎片"。②

---

① 柏桦：《演春与种梨：柏桦诗文集 1979—2009》，青海人民出版社，2009年版，第244页。
② 柏桦：《演春与种梨：柏桦诗文集 1979—2009》，青海人民出版社，2009年版，第244页。

杨黎的另一首诗歌《高处》①可以说是"第三代"诗歌语感诗学的典型实验之作：

A/或是B/总之很轻/很微弱/也很短/但很重要/A,或是B/从耳边/传向远处/又从远处/传向森林/再从森林/传向上面的天空/A/或是B/……/我终于听见的/一只是种声音/我终于感到的/仅仅是他们/我也终于看见/我自己/站在门前/手里拿顶帽子/背后是/整个黄昏/……/B/或A/或其他/这里好多怪事情/……/太A了/或者太B了/我们无法说清/我们何需说清/我们只有走/悄悄地走/……/A/或是B/这夜晚多宁静/多轻/多短/又多么重要/……/只有A/或是B/我听见了/感觉到了/A/或是,B

全诗诗行都很短,最长也只有9个字,而且只有两行,大部分是5字及5字以下的诗行,最短的诗行只有字母"A"(5次)或"B"(3次),穿插于诗行之间,语势平缓从容,语流绵绵不绝。"A/或是B/总之很轻/很微弱/也很短/但很重要",A或者B似乎指的是宇宙间的某种声音,不管它多微弱,但也很重要,这一点,诗人在临近结尾处再次做了强调,因为,在整个世间万物变化之中,声音是唯一的引领者。对于诗人来说,声音与(口头)语言、生命、语感具有同构关系。全诗有不少回环结构,造成前后呼应之势,如"A/或是B""B/或A""B/或是A"等反复出现,从听觉上给人以回环往复的效果。全诗是开放的,其意义是不确定的,"这里好多怪事情/……/太A了/或者太B了/我们无法说清/我们何需说清"。总之,全诗通过口头性语言表现出来自宇宙的生命之声的自由流动。

当然,解构策略还得有个边界。如果一味地推崇语言的原生状态,让语言仅仅停留在能指平面,不做任何语义上的粘连,固然可以避免隐喻或象征,但诗歌随之就会滑向另一个极端,不可避免地形成诗语的粗鄙化倾向。对周伦佑而言,解构一直只是诗人破除传统文化以及现代主义诗歌固化模式的手段,个体化生命诗学建构才是其最终的变革目标。诗人似乎是在有意识地通过创造性地借用甚至是误用传统文化语象,帮助自己突破像朦胧诗那样业已板结、过于凸显理性与象征要素的现代主义诗歌书写模式,从而最终展现自己生命本真的意义所在。《想象大鸟》有云:"大鸟有时是鸟,有时是鱼/有时是庄周式的蝴蝶和处子/有时什么也不是/只知道大鸟

---

① 《打开肉体之门——非非主义:从理论到作品》,周伦佑选编,敦煌文艺出版社,1994年版,第33-38页。

以火焰为食/所以很美,很灿烂"①,这"大鸟"莫不是诗人对《庄子·逍遥游》中"鲲鹏"意象的创造性改写与感悟:对诗人而言,作为一种生命本真的具象存在,"大鸟"似乎有着某种真实意义,正如诗人所感叹的那样,"想象大鸟就是呼吸大鸟/使事物远大的有时只是一种气息/生命被某种晶体所充满和壮大"②。在陈超看来,在周伦佑那些"铺张的解构文本中",诗人"骨子里仍是在解决一个又一个深刻的、生死攸关的生存课题";从《带猫头鹰的男人》《十三级台阶》,到《自由方块》《头像》,再到《刀锋二十首》这些带有"书卷气"与"玄学性"的诗歌中,都可以感受到诗人是在不断地"揭示生存的递进性质",而这正是"活在对抗和防御之中"的"个体生命的本真呈现"。③

(二)作为一种发表形式的诗朗诵

"第三代"诗歌的发表与传播具有重要的社会学价值。它既是诗歌文本的发表与传播,也是诗人性情与个人魅力的展现,更涉及人文精神的激荡与传承。在20世纪80年代,中国整个印刷业与出版业相对还比较落后,各种形式的文化传播渠道都极为不畅,公开发表诗歌实属不易。加上迫于各方面的限制,"第三代"诗歌与当时公开出版的主流诗歌相比,更加难以得到公开出版的机会,于是,简朴而低端的民刊反倒成为"第三代"诗歌发表的重要阵地。除此之外,对于"第三代"诗人而言,由于更加直接而且互动性强,面对面地聚会朗诵无疑会激发先锋诗人们更大的诗歌创作激情,成为一种别样的诗歌发表形式。

1985年前后,正式刊物基本上都拒绝发表"第三代"诗歌,而在众多的民刊中,《现代诗内部交流资料》《他们》《非非》等最能体现"第三代"诗歌创作与理论阐释的水平。1985年1月,由万夏和杨黎等策划、四川省青年诗人协会编印的《现代诗内部交流资料》开设了"第三代人笔会"栏目,探讨了"第三代"诗人的文学和社会学意义。由于冲破了正式刊物的限制,该刊后来成为"莽汉主义"与"整体主义"等诗群的发祥地。1985年3月7日,《他们》于南京正式创刊,印数约200份,到1989年休刊之前共出版五辑;1993年复刊,到1995年又出版了4期。《非非》自1986年创刊后至1993年"共编印了七期《非非》,两期《非非评论》,并形成了以四川为主体,包括杭州的梁晓明、余刚、刘翔、兰州的叶舟、云南的海男、湖北的南

---

① 周伦佑:《周伦佑诗选》,花城出版社,2006年版,第3页。
② 周伦佑:《周伦佑诗选》,花城出版社,2006年版,第4页。
③ 陈超:《生命诗学论稿》,河北教育出版社,1994年版,第277页。

野等同为中坚的非非诗群"①。

正式刊物中,《中国》杂志首先在1986年对"新生代"即"第三代"诗歌予以持续关注:在第3期中,主编牛汉欢呼"第三代"诗歌的诞生:近三五年来,又令人振奋的是出现了浩浩荡荡的新生代,新生代的诗作中没有……性格扭曲或虚伪的东西;第7期"编者的话"给予了"第三代"诗歌很高的礼赞,发表了韩东的《有关大雁塔》等"第三代"诗歌;第10期"编者的话"写道:"隆重推举新生代文学,是本刊1986年以来毫不动摇的方针。我们从不把新生代的'新'仅仅理解为时间或年龄的秩序,它意味着对既成传统的反叛,意味着文学观念与手法的变革与创新,这是躁动不安、渴求创造的一代。"一时间,《中国》杂志俨然成为"第三代"诗人冲入中国诗坛的"桥头堡","第三代"诗歌也由此进入正式的知识流通系统,初步取得合法化地位。

1986年9月《诗刊》《当代文艺思潮》和《飞天》等杂志在兰州联合召开了"诗歌理论研讨会",围绕"第三代"诗歌创作展开了激烈的论争,语言意识和生命意识是当时最热的争议焦点,承受着多方面的压力。《中国》杂志无疑也面临着巨大的压力,最终,中国作家协会书记处在1986年年底最后一期上发表《致读者》,宣布将把《中国》杂志改为刊发长篇小说的文学季刊,强调这是为了完善中国作协所属刊物的合理布局,因为长篇小说的创作更能够显示一个国家的文学水平,这似乎从侧面显示出当时主流意识形态对"第三代"诗歌的拒绝。

在主流传播渠道对先锋诗歌构成强大封锁的情况下,原是朦胧诗人的徐敬亚毅然开始关照"第三代"诗歌,并在1986年10月推出了《中国诗坛1986'现代诗群体大展》,首开"第三代"诗歌编辑之风。在此基础上,1988年9月徐敬亚又与孟浪等共同编辑出版了《中国现代主义诗群大观1986—1988》,对"第三代"诗歌进行总体介绍,肯定了"第三代"诗歌的文学史意义。随着"第三代"诗歌影响力的持续扩大,越来越多的正式刊物开始予以关注。1987年,《诗选刊》第1、2、3期连续介绍和关注"第三代"诗歌。1987年1月,阿红主编的《当代诗歌》推出了"非非主义诗作选"专栏。1988年5月,中国作家协会、《诗刊》社与江苏省作家协会联合在扬州召开第二届"全国当代诗歌理论讨论会",周伦佑在会上宣读的《第三代诗论》引起了激烈的讨论,最终肯定的声音成为主流。在1988年年初和年末,北京的《文艺

---

① 周伦佑:《异端之美的呈现》,见《打开肉体之门——非非主义:从理论到作品》,周伦佑选编,敦煌文艺出版社,1994年版,序言第5页。

报》先后两次邀请在北京的一些评论家,就"第三代"诗歌与当代诗歌多元化问题举行座谈,这对"第三代"诗歌文学地位的承认起到了有力的推动作用。

选集方面,1985年,由老木编选、北京大学五四文学社"内部发行"的《新诗潮诗集》凸显了广义上的现代主义色彩。该诗集除了将下册主体部分的"第三代"诗歌看作是上册"朦胧诗"的延续,还在附录部分选收了李金发和蔡其矫等二十位诗人的现代派诗歌。1986年上海文艺出版社出版的《探索诗集》,也将朦胧诗人和"第三代"诗人列在一起,看到了"第三代"诗人在诗歌探索方面的努力。唐晓渡、王家新1987年编选《中国当代实验诗选》,第一次初步总结了"第三代"诗歌所取得的实绩及其带给诗歌"新的可能性"[1]。《探索诗集》《中国当代实验诗选》《中国现代主义诗群大观1986—1988》以及1988年12月溪萍编选中国文联出版公司出版的《第三代诗人探索诗选》共同奠定了"第三代"诗歌的历史地位。"第三代"诗歌流派诗选有周伦佑1994年主编敦煌文艺出版社出版的《打开肉体之门——非非主义:从理论到作品》和杨克、小海1998年选编的《〈他们〉十年诗歌选(1986—1996)》。

如上所述,"第三代"诗歌很难通过正规的传播渠道获得公开发表的机会,自办的民刊数量又极为有限,这无疑造成"第三代"诗人巨大的创作热情难以释放,以及留下了海量有待发表的诗歌作品。"第三代"诗歌要想获得更多的受众以及更大的影响力,必须利用一切可以利用的传播媒介。20世纪80年代,电报与电话费用还太贵,电视更是远未普及的奢侈品,写信又太慢,唯有朗诵最为契合"第三代"诗人流浪洒脱的气质。当时,川渝两地是"第三代"诗歌运动极为重要的据点,"莽汉主义""非非主义"与"整体主义"等诗歌流派在此开创了"第三代"诗歌运动的全新局面。家住成都的"非非主义"诗人杨黎与"莽汉主义"诗人万夏更是把自己的住所打造成"据点中的据点",迎接了一批又一批从四面八方赶来参加诗歌讨论与聚会的诗人。

事实上,从新诗的传播方式来看,声音对于"第三代"诗歌的发生发展有着极为重要的意义。20世纪80年代以来,随着改革开放政策的进一步展开,中国经济得到了极大发展,加上西方文化艺术与流行音乐的影响,以声音为媒介的诗歌不仅仅是在文本层面,还作为一种传播活动迅速活跃起来。无论从活动场地还是表现方式上,都为新诗提供了全新的传播方式。

---

[1] 王家新:《中国当代实验诗选·跋》,见《中国当代实验诗选》,唐晓渡、王家新编,春风文艺出版社,1987年版,第225页。

应该说,对于"第三代"诗歌拓展传播方式从而突破诗歌公开发表上的限制,流行音乐特别是摇滚乐有着不容忽视的影响与启发。1985年4月,英国流行乐队——"威猛"乐队在北京、广州两地演出,轰动一时。在《新京报》编写的《追寻80年代》里不多的采访中,成方圆、朱大可、万夏包括崔健本人都视崔健为20世纪80年代的风云人物。谈及当年让他"记忆犹新"的"摇滚"氛围时,崔健坦言:"80年代中后期是更活跃的时代",那个时候不叫"演出",而是"party",随便一个公园里,"一两个星期就会有一次"。①

流行音乐这种活跃的"party"氛围对"第三代"诗人具有很大的启发性。由于他们所创作的诗歌很难在正规刊物上公开发表,"第三代"诗人常常在一些文化娱乐场所(如酒吧、茶馆、书店、图书馆、文化馆等)、工厂以及高校里举行小型诗歌朗诵会,使之逐渐成为"第三代"诗歌重要的发表形式。这种传播方式虽然比较落后,但"第三代"诗人有着饱满而先锋的诗歌精神,还带有浓厚的人文主义格调。诗人们不定期地在工厂里或者在高校的宿舍与教室里组织诗歌朗诵活动,俨然成为新诗口头传播上的一大特色。通过诗歌朗诵,"第三代"诗人用个性化的声音与手势将诗歌传播出去,现场的观众不再只是用眼睛来阅读,而是直接调动各种感官来全面地感受诗歌的韵律、节奏与精气神。尤其是在小酒馆里朗诵诗歌,曾是20世纪80年代中国社会中一道独特的景观。遍布成都与重庆的"苍蝇馆子"是"第三代"诗人喝酒、吹牛与诗歌朗诵的理想之地。这些苍蝇馆子大多隐藏在小街小巷之中,虽然破旧,但味道纯正,而且价格便宜。所以,不管巷子有多深,门脸有多小,成群结队的"第三代"诗人就像一群群苍蝇一样寻着味道而来,大快朵颐,挥洒青春。桀骜不驯的叛逆精神、自由多元的思想体系、回归生活的创作基调,所有这些都从各个方面促使这些先锋诗人在短期内让诗歌成为绝对的中心话题。一时间,前辈诗人那些曾遭到极端政治意识形态裹挟的个性化生命体验与感受得到了彻底释放。

总之,"第三代"诗人在互相串门与流浪的途中,在各种场合聚在一起喝酒、聊天然后朗诵自己的作品,以便在同辈诗人的认可与喝彩声中确立自己的诗人身份。虽然朗诵一时难以让自己的诗歌得到广泛的传播,但是诗人们在精神上所获得的满足与激励是无可置疑的。通过朗诵的形式传播诗歌,并让持不同见解的诗人相互理解与认同,这在20世纪80年代似乎是平常之事,诗歌朗诵已成为"第三代"诗人相互交流最为重要的方式之一。

---

① 新京报编:《追寻80年代》,中信出版社,2006年版,第196页。

这样的诗朗诵同川渝方言独有的气质也有着莫大的关联。四川以广阔的盆地为主,重庆则处于盆地东部。四川盆地聚居着川渝绝大部分人口,盆地四周是巍峨的青藏高原、大巴山、华蓥山与云贵高原,气候条件优越,地理结构稳定,但与外界也存在着某种疏离。这种独特的地理环境造就巴蜀方言"高大的音量"以及背后"滔滔不绝的自信、咄咄逼人的自我盘诘和雄辩、尖锐、逆反的思维方式……"[1]。走南闯北的川籍诗人肖开愚对巴蜀方言的"高分贝"特质也不无感慨:"最让人吃惊的,首推四川诗人说话的音量,他们简直是在吼叫、咆哮。"[2]本书论及的"第三代"代表性诗人中,除了昆明人于坚(其祖籍是四川资阳)与南京人韩东之外,基本上都是川渝两地的本土诗人。据敬文东观察,川籍诗人"写作时的音韵走向是本地方言,风格自然偏向口语"[3]。因此,四川"方言"诗歌写作"在声音上的首要特征就是朗诵",川籍诗人的诗朗诵"音色洪亮",既"包孕于语言的气质",更有着某种"精神气质"。[4]的确,由于有着独特的口语化特征的"第三代"诗歌,尤其是川渝籍诗人的作品,具有强烈的音乐性与节奏感,"第三代"诗歌得以通过诗人个性化的声音用朗诵的形式来呈现。据"莽汉主义"诗人万夏回忆,在他们刚开始创作"莽汉主义"诗歌时,还在学校搞过"莽汉主义"诗歌朗诵会,那些"写诗的和不写诗的"听了,全都感觉这些诗歌更像"谩骂",不过,"后来就是这些反对的人,写的诗歌也开始像这样了"。[5]1984年底,李亚伟在涪陵闹市区街头一个小茶馆里举办过小型朗诵会,"朗诵"(其实就是用四川话读)了他的《中文系》《硬汉们》《毕业分配》《苏东坡和他的朋友们》等作品,"很受朋友们的欢迎"[6]。于是,"在酒桌上朗诵"成为"莽汉"诗歌极为重要的特征。[7]诗人柏桦也认为"酒桌朗诵"是"莽汉主义"诗歌"重要的发表方式":"在这样的团体性行为过程中,莽汉诗歌建立了自己重要的发表方式:酒桌朗诵。借着醉酒与诗意,莽汉确立了其文化姿态和诗歌写作的本体关联,打开了诗歌的生活风格。"[8]

---

[1] 霍俊明:《先锋诗歌与地方性知识》,山东文艺出版社,2017年版,第117页。
[2] 肖开愚:《生活的魅力》,《诗探索》1995年第2期。
[3] 敬文东:《抒情的盆地》,湖南文艺出版社,2006年版,第53页。
[4] 敬文东:《抒情的盆地》,湖南文艺出版社,2006年版,第49—50页。
[5] 万夏、杨黎:《万夏访谈》,见《灿烂:第三代人的写作和生活》,杨黎著,中华工商联合出版社,2014年版,第187页。
[6] 李亚伟:《口语和八十年代》,见《李亚伟诗选》,长江文艺出版社,2015年版,第167页。
[7] 李亚伟:《英雄与泼皮》,见《豪猪的诗篇》,花城出版社,2005年版,第227页。
[8] 柏桦:《左边:毛泽东时代的抒情诗人》,江苏文艺出版社,2009年版,第150页。

当然,"第三代"诗人并非不愿意在公开刊物上发表作品,毕竟,那样会有更多的受众阅读到自己的作品,从而扩大影响力。然而,在一个诗歌公开发表渠道并不通畅的环境之中,在官方与社会精英由于意识形态惯性并不接纳"第三代"诗人富有超前意识与异端色彩的诗歌这一情势之下,诗人们若要公开地用诗歌来发声、来恰切地表达自己独特的生命体验与感受,除了民刊、手抄报、蜡纸复印等纸制传播渠道之外,似乎只剩下朗诵这一面对面进行的"发表"与传播形式了,这也许正是20世纪80年代先锋诗歌的特殊宿命:

> 1985年到1986年是"莽汉"诗歌活动和传播的高峰期,诗人们常常乘车赶船、长途跋涉互相串门,如同赶集或走亲戚一般,走遍了大江南北,结识了无数朋友,在朗诵和吃喝中,"莽汉诗歌"得到了大肆的传播和普遍的赞扬,同时也丰富和完善了这种风格。"莽汉主义"诗歌是在其创作成员几乎未在公开刊物上发表任何诗歌的情况下出现、发展并且成熟的,它们几乎全是通过朗诵、复写、油印到达诗歌爱好者中间的,它是80年代中期民间流传最广的诗歌之一,所以,它也是那个时期最典型的"地下诗"之一。[①]

与此同时,"第三代"诗人还紧密联系戏剧与音乐,极力调用音频、视频或影视等媒介,以便最大限度地挖掘诗歌文本的潜力,从而拓宽新诗的传播功能,其中较为典型的例子是于坚的《0档案》曾被制作成诗剧在海外巡演。

总之,新诗的表演性与行动化取向,使得新诗更加贴近生活,进一步加快新诗从意象中心向声音中心美学原则的转换,"第三代"诗人不再热衷于创作或者朗诵"使每一个人掉泪"的诗篇,如王寅笔下的《朗诵》:"我不是一个可以把诗篇朗诵得/使每一个人掉泪的人"[②]。应该说,一方面,"第三代"诗人的诗歌创作倾向于更为自然的语音、语调、辞章结构和语法,另一方面,他们也常常以个人化的朗诵方式来充分开拓诗歌文本的表现力。

(三)生命语言的行为书写

英国著名哲学家路德维希·维特根斯坦(Ludwig Wittgenstein)是言语行为理论的先驱。按照他提出的"语言游戏"概念,语言符号"自身似乎都

---

① 李亚伟:《英雄与泼皮》,见《豪猪的诗篇》,花城出版社,2005年版,第229页。
② 见《亵渎中的第三朵语言花——后现代主义诗歌》,周伦佑选编,敦煌文艺出版社,1994年版,第138页;《王寅诗选》,花城出版社,2005年版,第124页。

是死的",只有"使用"语言,它才会有"生命"①,因此,"用语言来说话是某种行为举止的一部分,或某种生活形式的一部分"②。可以说,语言的生命力在于有效地运用语言,而运用语言所选择的模式则体现出这种语言模式背后的生活样态。美国哲学家约翰·塞尔(John R. Searle)则进一步将言语行为分为"以言行事的行为"和"以言取效的行为",并重点讨论了以言取效的语言行为"对听话人所产生的进一步的效果"。③

"莽汉主义"诗歌一个显著的特征就是突破传统诗歌中大量运用词意象这一创作原则,转而采用日常生活中极为常见、展现当下行为过程的动词来打造句意象,从而达到通过具体而实在的个体生命体验来解构宏大深奥的象征抑或是理性结构的效果。读李亚伟诗歌,扑面而来的是那种滚烫炙热、一往无前的生命气息,正如第四届华语文学传媒盛典"年度诗人奖"授奖词所言,"李亚伟的诗歌有一种粗野而狂放的气质",李亚伟"身上浑然天成的诗人性情和生命气息,只能在精神漫游中被语言所捕获"。而李亚伟本人在获奖感言中也再次强调了诗歌中的生命主题:"诗人应该和生活有不可分割的关系,这样才有希望写出更加宽远的生命感觉。我要强调的是,只有生命才是诗歌永恒的主题,缺少了生命元素,什么诗都不值得写。"④且看李亚伟《硬汉们》⑤中的语句:"我们仍在看着太阳/我们仍在看着月亮/兴奋于这对冒号!/我们仍在痛打白天袭击黑夜","我们曾九死一生地/走出了大江东去西江月/走出中文系,用头/用牙齿走进了生活的天井,用头/用气功撞开了爱情的大门","我们都是男人/我们知道生活不过就是绿棋和红棋的冲杀",全都是描写一代人在当下日常生活中扑腾冲撞的场景。对"第三代"诗人而言,诗歌从生活中来,展现的是日常生活中生命的律动与体验。"莽汉主义"诗歌更是如此。"莽汉主义"诗歌"不全是诗歌",它"更多地存在于莽汉行为中",因为"莽汉主义"诗人将他们仅有的"精力和文化""更多地用在各种动作上"。⑥

---

① 〔英〕路德维希·维特根斯坦:《哲学研究》,陈嘉映译,上海人民出版社,2005年版,第150页。
② 〔英〕路德维希·维特根斯坦:《哲学研究》,陈嘉映译,上海人民出版社,2005年版,第15页。
③ 〔美〕约翰·塞尔:《心灵、语言和社会:实在世界中的哲学》,李步楼译,上海译文出版社,2006年版,第134页。
④ 《第四届华语文学传媒盛典"年度诗人"李亚伟的授奖词及获奖演说》,见《诗歌与先锋》,李亚伟,海南出版社,2017年版,第55-57页。
⑤ 李亚伟:《硬汉们》,见《酒中的窗户:李亚伟集 1984—2015》,作家出版社,2017年版,第13-15页。
⑥ 李亚伟:《流浪途中的"莽汉主义"》,《星星》(下半月)2010年第11期。

再看胡玉的《决斗》：
沿着来路直冲我走直冲我走
好汉们收拾好自己就面对面地走
横在道中我向来路要他们沿来路走
他们乜我我乜我乜天上的云朵在走

沉默的时候总出现在高潮的时候
我不走灵魂在走大地在走海洋拖着岛屿在走
好汉们不走风也不走时间也不走
你冲着我我冲着我宇宙冲着无极

一千年一万年一亿年连同一个瞬间
沿着来路直冲我走直冲我走[1]

诗中几乎没有静态的词意象，取而代之的是一个个急切叠加、循环往复的动词（"走""冲""乜"等），没有丝毫的象征抑或理性意味。不过，结合诗题，全诗读来不免让人畅快淋漓，顿感生活气息扑面而至。这类创作恰恰也正是万夏口中的"莽汉主义"诗歌："纯粹就是想写当时的一种生活状态，就是说粗话说大话，反正是很直接。"[2] 在诗评家李震重读李亚伟之时，这种类似于"行为艺术"的诗歌呈现方式还被称为"玩儿命诗学"："他玩儿命似的活着，他玩儿命地找文化的茬儿、找一切既定秩序和规则的茬儿、找自己的茬儿，用酒、用那条流浪的路、用拳头和生殖器。"[3]

与"莽汉主义"诗人这种直接的行为书写不同，"非非主义"诗人认为"写作本身就是行动"，是一种"用词语接触词语，用词语磨擦词语，用词语对抗词语，用词语瓦解词语"的语义与价值颠覆策略。[4] 这种行为书写首先要在语词层面完成语义清理，从而促成"非非主义"诗歌超越语义的能指还原书写。用蓝马的话来讲，就是要"用肉体表现肉体"，"用生命表现生命"，

---

[1] 胡玉：《决斗》，见《中国现代主义诗群大观1986—1988》，徐敬亚、孟浪等编，同济大学出版社，1988年版，第97页。

[2] 万夏、杨黎：《万夏访谈》，见《灿烂：第三代人的写作和生活》，杨黎著，中华工商联合出版社，2014年版，第186页。

[3] 李震：《处子·莽汉·玩儿命诗学——重读李亚伟》，见《诗歌与先锋》，李亚伟，海南出版社，2017年版，第91页。

[4] 周伦佑：《红色写作》，见《周伦佑诗选》，花城出版社，2006年版，第177页。

"用摆动表现摆动用颤栗表现颤栗",从而在"起舞"中"摒弃一切语义"![1]由于语义惯性业已造成传统文化的板结,所以"要传达新的意识",就必须在"主流文化之外"找到"一种反文化的语言",从而有组织地"颠倒字义,破坏高雅文化的习惯用法",并且"创造生词、新词,形成自己的亚文化语言",甚至要有组织地"使用脏话、粗话,把其加诸高雅事物"。[2]为了实现上述目标,"非非主义"诗人开始进行各种语义拆解试验,正如长诗《头像》的结尾那样,硬是将一句句唐诗名句改得面目全非:"都输破万贯,下笔如有神。/熟读唐尸三百首,不会淫尸也会偷"[3],读音虽然相同抑或类似,但读来却让人不知所云,语义关联完全毁坏,只剩下一堆毫无意义指向的能指在空转。

由"非非主义"诗歌演化而来的"废话写作"也属于行为书写范畴。"废话主义者"杨黎认为,因为诗歌"从语言开始",诗歌从"一开始""就站在语言的最上面"从而"超越了语言",因此,诗歌是"唯一能够超越和突破语言的限制"的文学形式;而"从语言即世界的角度来讲,诗歌的本质就是废话","就是超语义,就是超越语言,就是言之无物"。[4]对杨黎而言,"废"是动词,是要"废除"语言本体之外一切诸如语义、象征与价值之类的语言附加物,从而"有中生无"。[5]跟意象、意境与韵味繁复多变的中国古典诗歌以及追求深刻象征与宏大结构的朦胧诗相比,这类"废话主义"诗歌尽是些无关紧要的零碎动作,诗意寡淡无味。"我们站在河边上/大声地喊河对面的人/不知他听见没有/只知道他没有回头/他正从河边/往远处走/远到我们再大声/他也不能听见/我们在喊"[6]。诗中的一系列动词("站""喊""听见""回头""走")都是日常生活中非常普通的大白话,而结合语义来看,"我们"在河边"喊","对面的人"也不知道"听见"没有,就是不"回头",但"我们"一直"在喊",即使"他"不可能"听见"。那么,"我们"这么一直"喊"的意义何在呢?读来颇有无聊之感。也许,这正是诗人想要的效果:用最日常的语言、

---

[1] 蓝马:《前文化导言》,见《打开肉体之门——非非主义:从理论到作品》,周伦佑选编,敦煌文艺出版社,1994年版,第311页。
[2] 周伦佑:《反价值时代——对当代文学观念的价值解构》,四川人民出版社,1999年版,第11页。
[3] 周伦佑:《头像》,见《周伦佑诗选》,花城出版社,2006年版,第153页。
[4] 杨黎:《杨黎在北京:答马策问》,见《我写,故我不在:一个废话主义者的废话语录》,百花洲文艺出版社,2015年版,第18-19页。
[5] 杨黎:《杨黎在北京:答马策问》,见《我写,故我不在:一个废话主义者的废话语录》,百花洲文艺出版社,2015年版,第17页。
[6] 杨黎:《大声》,见《明月降临:第三代人及第三代人后诗选》,万夏主编,中华工商联合出版社,2014年版,第329页。

最没有感情色彩的词汇,来消解语言本体之外的结构、象征与价值附加物,从而达到"有中生无"与"无用之用"的效果。从这个角度来看,"废话"中的"废"并不是颓废之意。相反,它的动词属性彰显了日常性口语对书面语言背后的文化属性的消解维度,具有很大的建构意义。正如诗人陈亚平所言,杨黎的"'废话写作'的言说"是"中国当代诗歌划时代的东亚思想方式的语言立场","代表了诗人空前的对语言回归本体问题方面的思考";杨黎是在用"废话"来"显示其'不可说'的反面",就像禅宗必须得借助"不立文字"来"不离文字"的机理一样,通向的是"禅宗'以势示禅'的悟语方式"。[1]

除了"莽汉主义"诗人直接的行为书写与"非非主义"诗人超越语义的能指还原书写之外,"第三代"诗歌行为书写的另一种典型形式是"他们"诗派的文本间性书写实践。文本与行动之间有着密切的关系。在法国哲学家保罗·利科(Paul Ricoeur)看来,人的行动就是"一个准文本":"通过一种与文字特有的固定功能相似的方式,人的行动得以外在化。在脱离其施动者的同时,行动获得了一种与文本的语义独立相似的独立;它留下了痕迹、标记;它在事情的进展中得以记录,并且变成了档案和文献。"[2]

由此看来,作为行动的外化文本,不少"第三代"诗歌"与传统文本之间存在着相反的力动关系",因而可以说是某种具有动词功能的"反写"。[3]诸如《有关大雁塔》《你见过大海》之类的"第三代"诗歌,无不有着某种有待解构的前文本。针对杨炼"史诗"意味浓郁的《大雁塔》,《有关大雁塔》无疑是具有强烈解构意味的"反写":前者有着厚重繁复的意象,后者反意象;前者追求终极意义与深度价值,后者则对任何的意义与价值无比轻蔑。"有关大雁塔/我们又能知道些什么?/很多人从远方赶来/为了爬上去/做一次英雄/也有的还来第二次/或者更多/那些不得意的人们/那些发福的人们/统统爬上去/做一次英雄/然后下来/走进下面的大街/转眼不见了/也有有种的往下跳/在台阶上开一朵红花/那就真的成了英雄——/当代英雄//有关大雁塔/我们又能知道些什么?/我们爬上去/看看四周的风景/然后再下来"[4]。全诗读来语气散漫不屑,于反讽中让"登塔"原本的风雅与豪迈悄然消散在庸常的日常生活之中。针对传统诗歌中的"大海"意象,《你见过大海》也是

---

[1] 陈亚平:《陈亚平访谈》,见《百年白话:中国当代诗歌访谈》,杨黎、李九如,江苏凤凰文艺出版社,2017年版,第8页。
[2] (法)保罗·利科:《从文本到行动》,夏小燕译,华东师范大学出版社,2015年版,第190页。
[3] 赵黎明:《作为言语行动的诗歌运动——语言哲学视域中的"第三代"诗写作》,《山东师范大学学报》(社会科学版)2021年第6期。
[4] 韩东:《有关大雁塔》,见《你见过大海:韩东集1982—2014》,作家出版社,2015年版,第9-10页。

一次具有动词功能的反向书写。

当然,无论是"莽汉主义"诗歌直接的行为书写,还是"非非主义"诗歌的能指还原书写及其后来的"废话写作",抑或是"他们"诗派的文本间性书写,最终都要通过日常生活中的语言本身回归个体生命体验。在"第三代"诗人看来,真正的诗歌"不是某种意义的载体",因而必须"再次回到语言本身",成为"一种流动的语感",从而"使读者可以像体验生命一样体验它的存在"。[①]进入21世纪以来,"第三代"诗歌书写日常生活中具象而鲜活的个体生命体验与感受所体现出的诗歌革新与建构意义显得尤为可贵,正如一份授奖词所言,李亚伟和"第三代"其他几位重要诗人一起,"改变了中国诗歌的美学航道,使中国诗歌从意识形态对抗的美学中走出,进入到更为日常、更为尊重个人生命体验的美学中,这对于中国新诗而言,是第一次"[②]。

总之,"第三代"诗歌重视源自日常生活感受中的声音与个体生命体验中的语感,高扬生命诗学理念,在中国诗歌史上书写出浓墨重彩的一笔。然而,回首往昔,"第三代"诗人还是难以摆脱人性的羁绊,最终归于沉寂的庸常生活。作为一个诗歌流派,"第三代"诗歌充分利用"流派"与"社团"的群体性力量,发起了一场轰轰烈烈的后现代主义诗歌变革运动,在解构现代主义诗歌统一性与整体性创作原则的同时,也以多元化与差异性原则为指向建构着自己以语感与声音为主要特征的生命诗学。然而,正是这种"流派"与"社团"特征,最终却成为"第三代"诗歌走向终结的最主要伏笔。

1985年,周伦佑、杨黎、万夏等人在成都创办了"四川省青年诗人协会"。同年,李亚伟在涪陵筹建分会,整个过程都是在"劣等酒店和茶馆"里"聚众狂喝、朗诵和聊天"中度过,"荒唐了一阵后将成立分会的事不了了之",这之后,更为荒唐的事件纷至沓来:

> 一会儿万夏、杨黎伙同石光华、宋渠、宋炜发动"政变"夺了协会的权,一会儿周伦佑又"开除"了一大群理事会成员,似乎渴望"过集体生活"的"热爱组织"的诗人投入组织后只可能相互摩擦进而与组织发生摩擦而成为无组织无纪律的人,暗示了"流派"与"社团"等诗人出没处亦是如此,诗

---

① 于坚:《诗歌精神的重建——一份提纲》,见《于坚诗学随笔》,陕西师范大学出版总社有限公司,2010年版,第5页。
②《第二届"明天·额尔古纳诗歌双年奖"李亚伟的授奖词及获奖演说》,见《诗歌与先锋》,李亚伟,海南出版社,2017年版,第53页。

歌终将归还到个人的手头和心上。①

　　从李亚伟这篇回忆文章的字里行间中,似乎可以找到看似繁复庞杂的"第三代"诗歌流派短短五六年之后便宣告解散的一个重要原因:同芸芸众生一样,先锋诗人也难以免俗,也有着争权夺利的欲望,权力、虚荣心以及金钱利益的诱惑最终还是让"第三代"诗歌运动由内而外走向分崩离析的结局。

---

① 李亚伟:《英雄与泼皮》,见《豪猪的诗篇》,花城出版社,2005年版,第227页。

结语

各国文学需要交流互鉴，文学翻译本不可缺席。没有文学翻译，比较文学学科似乎难以为继。然而，由于译者所处的文化与历史语境以及读者期待等多方面的原因，诗歌翻译历来都难以持有完全客观的翻译标准，庞德与斯奈德对中国古典诗歌的翻译也都包含着译者的误读与创造性发挥。至于西方学界对中国当代诗歌的翻译，主观上的误读与误译情况显得尤为严重。譬如，许多西方译者与研究者对朦胧诗的强烈兴趣"远非一般的文学误读可以涵盖"，毕竟其中"掺杂了"不少早已超越"艺术本身""复杂的政治动机"。[1]根据美国华裔学者黄运特的梳理，美国学界对当代中国诗歌的翻译和推广主要集中于那些所谓"讲述民主斗争、渴望自由、唤醒自我意识和重新发现主体"的朦胧诗，而且，即使许多朦胧诗"表现政治主题的形式远比美国译者传递出来的复杂得多"，在经过"主题化地处理"之后，这些诗歌的英文译作却常常充斥着一些在"政治科学"以及"美国叙述"中"十分常见"的"预设的内容"；于是，这些诗歌"很容易展现出一个美国读者熟知的有关当代中国形象的语境"，而这种语境是一种典型的"将中国的现实文本化"的"民族学策略"。[2]事实上，几十年来，美国媒体以及学术讲坛和社会公共机构的调查对于中国的"日常描述"无非是，所谓"极权主义专政""压迫着亿万追求个人自由和自我表现的民众"，因而，某种"先验的意识形态决定论"成为一种"语境化模式的可能陷阱"，而这种"陷阱"使得中国当代诗歌被严重曲解与误译，让"诗人们的艺术追求未被批评家们认真对待"，从而"荒谬地对中国诗歌造成了严重的历史性伤害"。[3]

　　由此可见，文学翻译与批评都有着或多或少的意识形态维度，[4]守住意识形态底线因而应该成为学术研究中必须予以严肃对待的重要事项。有鉴于此，基于中国学者立场，本书以后现代性相关理论作为切入点，运用社会与历史的批评方法以及比较文学中的影响研究与平行研究方法，紧密联系中美两国特定时期的历史文化背景，通过考察中国禅宗对"垮掉派"诗歌

---

[1] 尚婷：《互文视野下美中诗歌的后现代变构》，外语教学与研究出版社，2017年版，第41页。
[2]（美）黄运特：《跨太平洋位移：二十世纪美国文学中的民族志、翻译和文本间旅行》，江苏人民出版社，2012年版，第154-156页。
[3]（美）黄运特：《跨太平洋位移：二十世纪美国文学中的民族志、翻译和文本间旅行》，江苏人民出版社，2012年版，第163-164页。
[4] 德国的情况也可以做一个佐证：德国汉学家顾彬（Wolfgang Kubin）曾在一次采访中谈及，一对中国夫妇写了一份"语言和思想乱七八糟"的《中国农民调查》，却能在柏林拿到"一个非常高的奖金"，这类作品因为"被禁止或遭到政府的批评"，就被认为是好作品，"根本不从文学本身来看作品"；而德国一些专门研究中国文学的教授却不愿用一些现成的资料，"根本不搞翻译工作"，"也不接受中国作家，不和他们见面"［刘若南：《顾彬：我希望我是错的！》，《南风窗》（半月刊）2007年4月下半期］。

以及"垮掉派"诗歌对"第三代"诗歌似是而非的影响,力图从历史文化背景、精神特质、艺术特征和表现手法等诸多方面阐明,以美国"垮掉派"诗歌为代表的西方后现代主义诗歌只是中国式后现代主义诗歌可以参照的坐标,但如果没有中国传统文学与文化资源的内在影响以及中国本土社会与历史语境的诱发,中国式后现代主义诗歌便没有发生发展的基本条件。可以说,"第三代"诗歌与"垮掉派"诗歌都是基于各自不同的自我生命体验与表达,创造出具有不同特征的后现代诗歌文本。

美式民主、自由与人权是针对WASP群体而设计的,具有极大的虚幻性与欺骗性。WASP群体是美国国民构成的主体,美国价值观必然要反映这一群体的意识形态和价值观诉求,从而不断推动美国盎格鲁一致性主流价值观的统摄性与宰制性。天命观与白人至上主义是美国盎格鲁一致性主流价值观的具体体现,而20世纪50年代横行美国的麦卡锡主义则是美国盎格鲁一致性主流价值观在当代的极端性表达。麦卡锡主义者将美国共产党与同性恋者选定为替罪羊予以残酷迫害,并不是因为他们掌握了这两个群体所谓"犯罪"的任何证据,而是因为美国共产党与同性恋者有着异于WASP群体的"异常"标记。通过一系列的迫害文本修辞建构,麦卡锡主义者刻意打压有着意识形态差异的美国共产党以及有着性取向差异的同性恋群体,从而进一步巩固盎格鲁一致性主流价值观体系在美国的霸权性话语地位。

"垮掉的一代"文学与文化运动正是在20世纪50年代美国麦卡锡主义语境下兴起的反叛青年运动。基于二战后美国当局凭借冷战思维在国内外大搞恐怖政治、压制民众自由话语表达权利这一社会历史语境,"垮掉派"诗人从文化与文学两个方面发起背反性运动:文化方面,针对当时美国当局强制推行的盎格鲁一致性主流价值观,以"垮掉派"诗人为代表的先锋艺术家发起拒绝同流合污的背反性运动;文学方面,针对强调整体性与统一性理念的现代主义文学,"垮掉派"诗人率先发起高扬多元化与差异性理念的后现代主义文学运动,创作出大量影响深远的后现代性作品,体现了当时美国先锋艺术家思想以及艺术上的独立性尊严。可以说,作为美国社会中的他者性边缘群体,"垮掉派"诗人本着绝不同流合污的背反精神,发起了旨在反叛象征性现代主义诗歌传统以强化美国诗歌本土化的诗歌变革运动。

与20世纪50年代美国严酷板结的麦卡锡主义语境不同,随着20世纪80年代中国改革开放政策的稳步推进,普通民众在思想、文化、社会意识等方方面面都获得了更大程度的解放与释放。加上各种西方思想文化思潮共时性地涌进国门,国人一时之间眼界大开。特别是在20世纪80年代中后期,中国文艺界更是掀起了一场规模宏大的文化背反狂欢,这无疑是一次思想解放与文艺革新互为表里又互相促进的全国性变革浪潮。在如此充满变革的年代,"第三代"诗人为了从被漠视的状态中突围,纷纷选择以群体的方式制造大规模"哗变"景观,强调回到诗歌本身、回到语言、回到个体的生命意识。因此,"第三代"诗歌总体上凸显出某种反讽、戏谑、拼贴甚至是闹剧色彩,创作心态多元,诗歌形式驳杂,逾规逾矩,但又立场坚定。

在严酷的麦卡锡主义语境之下,美国主流诗坛话语权牢牢掌握在主张象征型现代主义诗歌创作的学院派诗人和批评家手里。"垮掉派"诗人没有话语权,想要完成对象征型现代主义诗歌的彻底反叛,只能将眼光投向西方文化系统之外的别种文化以获得启发和养料。中国禅宗恰恰是他们此时所需要的重要外来资源,禅宗所强调的"离两边"思维与"空无"理念可以看作对日益趋向保守、强调永恒、理性,以及受欧洲文学与文化传统深刻影响的现代主义诗歌的有力反转。"垮掉派"诗歌能够取得如此重要的艺术成就与文化影响与"垮掉派"诗人普遍从中国禅宗中找到各自的精神旨归有着很大的关联。而且,中国禅宗所蕴含的后现代性特质又通过"垮掉派"诗歌对"第三代"诗歌产生了重要的回流性影响。应该说,在宣传和解构策略层面上,"第三代"诗人一直极力强化其反文化、反传统的颠覆性背反形象。然而,从文化传承的角度来看,"垮掉派"诗歌背反精神之所以能对"第三代"诗人施加巨大影响,主要还在于这种背反精神在某种程度上是对中国传统文化与古典诗歌中一直存在的背反基因的有力激活。"第三代"诗歌可以说是"垮掉派"诗歌的与中国文化传统双重影响的耦合之作。

美国"垮掉派"诗歌与中国"第三代"诗歌都洋溢着日常生活书写特质。首先,从边缘人视角出发,"垮掉派"诗人与"第三代"诗人都以一种反英雄反崇高的心态来书写日常生活中普通的人和事。其次,"垮掉派"诗歌与"第三代"诗歌中的国家形象建构源自普通民众日常生活中的深层情感结构。作为美国社会中的他者性边缘群体,"垮掉派"诗人力图通过对美国体制的反叛、同性恋书写以及回望20世纪30年代美经济大萧条时期的左派思潮来打造以多元化与差异性为特征的民主国家形象。"第三代"诗歌建构的国家形象也越来越具有泛化倾向。作为具有责任感的伦理主体,"第三代"诗人敢于直面自身真实的生存境况,并以自己的独特观察和表达来建构所体验感悟到的日常生活,将国家形象建构内化于其中。最后,"垮掉派"诗歌注重日常生活中的生命体验,强调诗歌语言的日常性,常常忽视语法规则或者修辞技巧,反而常常把狂热的言辞与街头巷尾的俗语随意地融入诗歌,从而表现出当下生活的真切与灵动。"第三代"诗歌则普遍采用以稗史化、俗常化和时间空间化为特征的日常生活审美化创作原则,专注于瞬时性的当下生命体验与感受,以求更好地表现出日常生活中某种随性而发的感性行动与思想闪光。

美国"垮掉派"诗歌与中国"第三代"诗歌都尤为重视诗歌的音乐性特质。针对强调整体性与统一性理念的现代主义文学,"垮掉派"诗人从爵士乐与摇滚乐中汲取灵感,将爵士乐和摇滚乐中的背反精神与自发性演奏技法融入自己的诗歌创作实践。作为二战后最具影响力的当代诗歌流派之一,"垮掉派"诗人积极探索并竭力表现诗歌中的音乐特质,为反叛20世纪50年代日益趋向保守的美国盎格鲁一致性主流价值观体系,愤而发起文学与文化双重意义上的呐喊与抗争,为20世纪60年代到70年代先锋音乐以及各种抗议运动树立了反叛性的精神标杆。"第三代"诗歌则尤为强调诗人的语感。这种语感讲求的是,在生命本真性体验中感受某种音乐悸动与效果。可以说,语感是"第三代"诗歌对以朦胧诗为主要代表的象征型现代主义诗歌语言法则最为重要的超越所在。"第三代"诗人所普遍强调的语感放弃了过于繁复的意象叠加,也不再纠缠于修辞上的语法扭曲、词性转换等陌生化手法。"第三代"诗歌转而竭力采用同构性语言,让生命从灵魂深处像自然与宇宙中的声音那样自动流出。

最后,必须强调的是,用后现代性这一源自西方的理论工具来阐释中国的诗歌创作可以说是一把双刃剑。一方面,以后现代性作为理论视角,笔者可以较为系统地梳理"第三代"诗歌发生发展的时代背景、所借用的资源、语言特征以及相关诗学建构,从而构造出一个具有某种阐释价值的学术框架。但另一方面,任何外来理论都有它的阐释边界。用后现代性理论来阐释"第三代"诗歌因而必然会导致对"第三代"诗歌某种意义上的肢解,而对"第三代"诗歌后现代性特征的强化也便意味着对"第三代"诗歌其他特征的相对隐匿。况且,正如有学者所说,后现代主义的所有结论"不过是西方知识分子在这一特定的时代对于他们那个特定的空间所作的发言而已",因而,"不能取代另外一些知识分子在另外的时空环境中的实际体验和遇到的实际问题"。[1] 所以,值得着重强调的是,本书对"第三代"诗歌所

---

[1] 李怡:《现代性:批判的批判——中国现代文学研究的核心问题》,人民文学出版社,2006年版,第74页。

进行的后现代性阐释只是众多阐释可能性中的一个,本意并不在于否定任何既有的解读成果,而对于本书中的任何不足之处,笔者愿意接受各位专家学者的质疑与建议,以便在今后的研究中做出改进。

然而,中国现当代文学研究颇为尴尬之处恰恰在于:一方面,由于具体社会历史语境的原因,中国现当代文学在发生发展的过程中,或多或少受到了西方文学作品或文化思潮的影响。由此,完全无视这种影响,一概脱离西方文学理论话语而一味强调中国现当代文学的自主自为性似乎是痴人说梦。另一方面,过分夸大西方影响,总是唯西方文学理论马首是瞻,似乎也不该是中国学人所为。更为可行的办法恐怕是,在借鉴西方理论话语的同时,既要厘清它的理论边界所在,更要立足于中国当下的社会历史文化语境来考察中国作家自身的生命体验和感受。毕竟,某种外来因素能够发生实质而有效的影响,必然是因为中国作家基于中国当下的社会历史语境而做出具有主观能动性的借鉴、吸收和转化。遵循这一思路,在以美国"垮掉派"诗歌为参照对象对中国"第三代"诗歌后现代性特质进行论证的过程中,本书坚持三个指向:第一,对后现代性理论不做全面深入的论证,而将重点放在以后现代性那种差异性与多元化思维模式对现代性所强调的统一性与整体性理性思维的超越为主体的时代精神转换之上。第二,结合具体的社会历史语境,重点考察"第三代"诗歌对"垮掉派"诗歌反叛精神的主体性接受以及两个诗歌流派之间似是而非的影响关系。第三,从社会历史背景、表现主题、表现手法和语言策略等方面阐明,"第三代"诗歌是"第三代"诗人基于自身独特的自我生命体验所做出的既有解构性特征又有建构性意义的诗意表达。

可以说,美国"垮掉派"诗歌对中国"第三代"诗歌的影响主要是后现代性反叛精神上的影响。由于中国独特的历史社会演变轨迹和特殊的当下国情,现代主义远未在中国得到充分展开,一味追随西方"现代性终结"的解构思路,很难写出合格的中国式后现代主义诗歌。对于"垮掉派"诗人所看重的解构理论本身,"第三代"诗人也多持怀疑态度。而且,"第三代"诗人不得不在汉语语言本身固有的意义中消解意义,因而他们在消解深度意义时总是留有余地,并没有从根本上取消所指性语言的意义指向。"破"中有"立"。"第三代"诗人的解构大多只是一种用来表现"戏谑"的创作方法和进行生命诗学建构的策略,在其后现代性诗歌创作实践的背后潜藏着某种现代性使命和理性。要言之,"第三代"诗歌普遍是在主流意识形态话语之外,寻求以非隐喻象征性的原生态口语作为言说方式,肯定当下的世俗日常生活,最终形成一种超越艺术崇高性指向的日常生活审美化创作原则以及生命诗学理论诉求与创作实践。

总之,"第三代"诗歌创作有着消解强调统一性和整体性原则的现代主义宏大叙事这种后现代性解构的一面,同时也具有表现审美化的日常生活、建构诗歌创作差异性和多元性旨趣的一面。毕竟,"在文化、艺术的发展中,全盘接纳固然不对,而全盘消解、一味否定也是有局限的"[①],只消解而无建构,一味地反文化、反知识、反道德,反到极端化的境地,便成为彻底的非诗,这反而是对西方后现代主义理论的生搬硬套。说到底,"第三代"诗人是在以后现代解构策略进行时代精神的建构与彰显。

当然,诗歌是一门复杂的艺术,因而诗歌批评方法应该多元化,形成争鸣之势。本书注重于考察美国"垮掉派"诗歌与中国"第三代"诗歌的后现代性,并不是说这两派诗歌就完全没有浪漫主义、现实主义或者现代主义特征。进一步来说,"垮掉派"诗歌与"第三代"诗歌流派众多、体系庞杂,但由于本书所采用的主要是后现代性阐释视角,笔者特将研究范围限定于"第三代"诗歌中的口语化诗歌创作流派,这难免有化繁就简之嫌。许多本属于研究范围之内的优秀诗歌也不得不忍痛割爱,只能留待以后做进一步研究。而且,限于篇幅以及笔者惨淡的笔力,还要照顾到论证中的逻辑线索,故而,以后现代性作为理论工具对"垮掉派"诗歌和"第三代"诗歌进行完整意义上的系统性研究远非本书所能胜任。"第三代"诗歌与"垮掉派"诗歌后现代性研究仍有很大的阐释空间,期待有更多专家学者就此论题展开更为深入的研究。

---

① 蒋登科:《偏于一极的诗歌时代》,《北方论丛》2010年第1期。

参考文献

一、著作类

〔德〕埃德蒙德·胡塞尔:《欧洲科学危机和超验现象学》,张庆熊译,上海译文出版社,1988年版。

〔美〕埃利特奥·温伯格:《1950年后的美国诗歌:革新者和局外人》(下),马永波译,河北教育出版社,2003年版。

〔美〕艾伦·金斯伯格:《金斯伯格诗选》,文楚安译,四川文艺出版社,2000年版。

〔美〕埃默里·埃利奥特主编:《哥伦比亚美国文学史》,朱通伯等译,四川辞书出版社,1994年版。

〔英〕安吉拉·默克罗比:《后现代主义与大众文化》,田晓菲译,中央编译出版社,2000年版。

〔法〕安托瓦纳·贡巴尼翁:《现代性的五个悖论》,许钧译,商务印书馆,2005年版。

〔苏联〕巴赫金:《拉伯雷研究》,李兆林、夏忠宪等译,河北教育出版社,1998年版。

〔法〕保罗·利科:《从文本到行动》,夏小燕译,华东师范大学出版社,2015年版。

〔美〕鲍勃·迪伦:《像一块滚石:鲍勃·迪伦回忆录》(第一卷),徐振锋、吴宏凯译,江苏人民出版社,2006年版。

〔英〕彼德·琼斯编:《意象派诗选》,裘小龙译,漓江出版社,1986年版。

〔美〕比尔·摩根编:《金斯伯格文选:深思熟虑的散文》,文楚安等译,四川文艺出版社,2005年版。

卞之琳:《雕虫纪历 1930—1958》(增订版),人民文学出版社,1984年版。

柏桦:《左边:毛泽东时代的抒情诗人》,江苏文艺出版社,2009年版。

柏桦:《演春与种梨:柏桦诗文集 1979—2009》,青海人民出版社,2009年版。

柏桦等:《与神语:第三代人批评与自我批评》,中华工商联合出版社,2014年版。

不慧、演述:《白话佛经》,中国社会科学出版社,1991年版。

常耀信:《精编美国文学教程》(中文版),南开大学出版社,2005年版。

陈超:《生命诗学论稿》,河北教育出版社,1994年版。

陈超:《二十世纪中国探索诗鉴赏》(下),河北人民出版社,1999年版。

陈超:《打开诗的漂流瓶——现代诗研究论集》,河北教育出版社,2003年版。

陈超:《游荡者说》,山东文艺出版社,2007年版。

陈慧:《西方现代派文学简论》,花山文艺出版社,1985年版。

陈嘉明:《现代性与后现代性十五讲》,北京大学出版社,2006年版。

陈秋平译注:《金刚经·心经》,中华书局,2010年版。

陈小红:《加里·斯奈德的诗学研究》,中国社会科学出版社,2010年版。

陈晓明:《无边的挑战:中国先锋文学的后现代性》,广西师范大学出版社,2004年版。

陈晓明:《德里达的底线:解构的要义与新人文学的到来》,北京大学出版社,2009年版。

陈旭光、谭五昌:《秩序的生长——"后朦胧诗"文化诗学研究》,陕西人民教育出版社,2002年版。

陈仲义:《诗的哗变——第三代诗面面观》,鹭江出版社,1994年版。

程光炜:《朦胧诗实验诗艺术论》,长江文艺出版社,1990年版。

程光炜:《中国当代诗歌史》,中国人民大学出版社,2003年版。

迟欣、刘磊:《美国"垮掉派"诗歌研究:认知诗学视阈》,科学出版社,2018年版。

〔美〕大卫·艾克敏:《布什总统的信仰历程》,姚敏、王青山译,社会科学文献出版社,2006年版。

〔美〕大卫·雷·格里芬编:《后现代精神》,王成兵译,中央编译出版社,2011年版。

(宋)道原:《景德传灯录译注》(第二册)(第五册),顾宏义译注,上海书店出版社,2010年版。

〔美〕戴维·斯泰格沃德:《六十年代与现代美国的终结》,周朗、新港译,商务印书馆,2002年版。

〔美〕丹尼尔·霍夫曼主编:《美国当代文学》(上),王逢振等译,中国文艺联合出版公司,1984年版。

丁福保编:《佛学大辞典》,上海书店,1991年版。

方仁念选编:《新月派评论资料选》,华东师范大学出版社,1993年版。

冯俊等:《后现代主义哲学讲演录》,商务印书馆,2003年版。

〔德〕弗里德里希·尼采:《悲剧的诞生:尼采美学文选》,周国平译,生活·读书·新知三联书店,1986年版。

高步瀛选注:《唐宋诗举要》(下),上海古籍出版社,1978年版。

高名潞:《墙:中国当代艺术的历史与边界》,中国人民大学出版社,2006年版。

高宣扬:《后现代:思想与艺术的悖论》,北京大学出版社,2013年版。

〔美〕米尔顿·M.戈登:《美国生活中的同化:种族、宗教和族源的角色》,马戎译,译林出版社,2015年版。

〔美〕格雷戈里·柯索:《格雷戈里·柯索诗选》(上),罗池译,河北教育出版社,2003年版。

葛兆光:《禅宗与中国文化》,上海人民出版社,1986年版。

葛兆光:《中国禅思想史:从6世纪到9世纪》,北京大学出版社,1995年版。

〔美〕哈里·罗西兹克:《中央情报局的秘密活动》,奋然译,群众出版社,1979年版。

海啸:《海子经典诗歌》,中国画报出版社,2010年版。

韩东:《韩东散文》,中国广播电视出版社,1998年版。

韩东:《爸爸在天上看我》,河北教育出版社,2002年版。

韩东:《韩东的诗》,江苏凤凰文艺出版社,2015年版。

韩东:《你见过大海:韩东集1982—2014》,作家出版社,2015年版。

何同彬:《韩东研究资料》,人民文学出版社,2016年版。

洪子诚:《重返八十年代》,北京大学出版社,2009年版。

洪子诚、程光炜:《朦胧诗新编》,长江文艺出版社,2004年版。

洪子诚、刘登翰:《中国当代新诗史》(修订版),北京大学出版社,2005年版。

洪子诚、程光炜编选:《第三代诗新编》,长江文艺出版社,2006年版。

胡经之主编:《西方文艺理论名著教程》(下),北京大学出版社,1989年版。

胡适编选:《中国新文学大系·建设理论集》,上海良友图书印刷公司,1935年版。

〔美〕黄运特:《跨太平洋位移:二十世纪美国文学中的民族志、翻译和文本间旅行》,江苏人民出版社,2012年版。

〔美〕霍华德·奈莫洛夫编:《诗人谈诗:二十世纪中期美国诗论》,陈祖文译,生活·读书·新知三联书店,1989年版。

霍俊明:《先锋诗歌与地方性知识》,山东文艺出版社,2017年版。

霍俊明:《于坚论》,作家出版社,2019年版。

〔法〕吉尔·利波维茨基:《空虚时代:论当代个人主义》,方仁杰、倪复生译,中国人民大学出版社,2007年版。

吉木狼格:《静悄悄的左轮》,河北教育出版社,2002年版。

〔美〕吉欧·波尔泰编:《爱默生集:论文与讲演录》,赵一凡等译,生活·读书·新知三联书店,1993年版。

〔美〕加里·斯奈德:《水面波纹:汉英对照》,西川译,译林出版社,2017年版。

姜春兰、高广文:《新编英美文学选读:小说·诗歌·戏剧》,西安交通大学出版社,2016年版。

蒋登科:《中国新诗的精神历程》,巴蜀书社,2010年版。

姜飞:《跨文化传播的后殖民语境》,中国人民大学出版社,2005年版。

蒋蓝、凸凹:《中国诗歌双年选:2006—2007》,中国戏剧出版社,2008年版。

敬文东:《抒情的盆地》,湖南文艺出版社,2006年版。

〔英〕杰拉德·德兰蒂:《现代性与后现代性:知识、权力与自我》,李瑞华译,商务印书馆,2012年版。

(荷)柯雷:《精神与金钱时代的中国诗歌:从1980年代到21世纪初》,张晓红译,北京大学出版社,2017年版。

〔英〕肯尼思·麦克利什:《人类思想的主要观点:形成世界的观念》,查常平等译,新华出版社,2004年版。

孔范今主编:《二十世纪中国文学史》(下),山东文艺出版社,1997年版。

赖永海:《中国佛性论》,江苏人民出版社,2010年版。

〔法〕勒内·吉拉尔:《替罪羊》,冯寿农译,东方出版社,2002年版。

〔美〕勒内·韦勒克、奥斯汀·沃伦:《文学理论》(新修订版),刘象愚等译,浙江人民出版社,2017年版。

李顺春:《美国"垮掉的一代"与东方佛禅文化》,四川大学出版社,2011年版。

李新宇:《中国当代诗歌艺术演变史》,浙江大学出版社,2000年版。

李亚伟:《豪猪的诗篇》,花城出版社,2005年版。

李亚伟:《李亚伟诗选》,长江文艺出版社,2015年版。

李亚伟:《诗歌与先锋》,海南出版社,2017年版。

李亚伟:《酒中的窗户:李亚伟集 1984—2015》,作家出版社,2017年版。

李怡:《现代性:批判的批判——中国现代文学研究的核心问题》,人民文学出版社,2006年版。

李振声:《季节轮换》,学林出版社,1996年版。

梁云:《中国当代新诗潮论》,春风文艺出版社,1998年版。

铃木大拙、E.弗洛姆、R.德马蒂诺:《禅宗与精神分析》,洪修平译,辽宁教育出版社,1988年版。

刘复生:《历史的浮桥——世纪之交"主旋律"小说研究》,河南大学出版社,2005年版。

刘惠玲:《冷峻中的超越:英美后现代主义文学研究》,宁夏人民出版社,2007年版。

刘纳:《诗:激情与策略——后现代主义与当代诗歌》,中国社会出版社,1996年版。

龙泉明:《中国新诗名作导读》,长江文艺出版社,2003年版。

〔英〕路德维希·维特根斯坦:《哲学研究》,陈嘉映译,上海人民出版社,2005年版。

罗振亚:《朦胧诗后先锋诗歌研究》,中国社会科学出版社,2005年版。

刘波:《"第三代"诗歌研究》,河北大学出版社,2012年版。

刘向阳编注:《禅诗三百首》,大众文艺出版社,2004年版。

〔美〕马丁·N.麦格:《族群社会学:美国及全球视角下的种族和族群关系》(第6版),祖力亚提·司马义译,华夏出版社,2007年版。

马国川:《我与八十年代》,生活·读书·新知三联书店,2011年版。

马汉广:《西方后现代文学与文化研究》,黑龙江大学出版社,2007年版。

马绍玺、胡彦编著:《以个人的方式想象世界:于坚的诗与一个时代》,生活书店出版有限公司,2015年版。

〔美〕马泰·卡林内斯库:《现代性的五副面孔:现代主义、先锋派、颓废、媚俗艺术、后现代主义》,顾爱彬、李瑞华译,商务印书馆,2002年版。

麻天祥:《禅宗文化大学讲稿》,中国人民大学出版社,2007年版。

孟繁华:《众神狂欢:世纪之交的中国文化现象》,中国人民大学出版社,2009年版。

〔美〕莫里斯·迪克斯坦:《伊甸园之门——六十年代美国文化》,方晓光译,上海外语教育出版社,1985年版。

彭予:《二十世纪美国诗歌 从庞德到罗伯特·布莱》,河南大学出版社,1995年版。

〔英〕乔格蒙·鲍曼:《生活在碎片之中——论后现代的道德》,郁建兴、周俊、周莹译,学林出版社,2002年版。

钱锺书:《谈艺录》(补订本),中华书局,1984年版。

秦小孟:《当代美国文学:概述及作品选读》(下),上海译文出版社,1986年版。

任继愈:《佛教大辞典》,江苏古籍出版社,2002年版。

尚婷:《互文视野下美中诗歌的后现代变构》,外语教学与研究出版社,2017年版。

盛宁:《人文困惑与反思:西方后现代主义思潮批判》,生活·读书·新知三联书店,1997年版。

(宋)释普济:《五灯会元》(第四卷),中华书局1984年版。

舒婷:《舒婷诗》,长江文艺出版社,2012年版。

〔美〕塞缪尔·亨廷顿:《我们是谁:美国国家特性面临的挑战》,程克雄译,新华出版社,2005年版。

宋伟:《当代社会转型中的文学理论热点问题》,文化艺术出版社,2012年版。

孙基林:《崛起与喧嚣——从朦胧诗到第三代》,国际文化出版公司,2004年版。

唐晓渡、王家新:《中国当代实验诗选》,春风文艺出版社,1987年版。

田中阳:《中国当代文学史》,湖南师范大学出版社,2003年版。

万夏主编:《明月降临:第三代人及第三代人后诗选》,中华工商联合出版社,2014年版。

万夏、潇潇主编:《中国现代诗编年史:后朦胧诗全集》(上、下卷),四川教育出版社,1993年版。

王富仁:《说说我自己:王富仁学术随笔自选集》,福建教育出版社,

2000年版。

王风编:《废名集》(第三、四卷),北京大学出版社,2009年版。

王光明:《中国新诗总系1979—1989》(第7卷),人民文学出版社,2009年版。

王光明:《艰难的指向:"新诗潮"与二十世纪中国现代诗》,时代文艺出版社,1993年版。

王光明:《现代汉诗的百年演变》,河北人民出版社,2003年版。

王庆生:《中国当代文学史》,高等教育出版社,2003年版。

王湘云:《英语诗歌文体学研究》,山东大学出版社,2010年版。

王学东:《"第三代诗"论稿》,巴蜀书社,2010年版。

王燕:《现代主义与后现代主义·续编》,中国国际广播出版社,2006年版。

王寅:《王寅诗选》,花城出版社,2005年版。

王岳川、尚水:《后现代主义文化与美学》,北京大学出版社,1992年版。

王治河主编:《后现代主义辞典》,中央编译出版社,2003年版。

王卓:《后现代主义视野中的美国当代诗歌》,山东文艺出版社,2005年版。

〔美〕维克多·泰勒、查尔斯·温奎斯特编:《后现代主义百科全书》,章燕、李自修等译,吉林人民出版社,2007年版。

文楚安:《"垮掉一代"及其他》,四川大学出版社,2002年版。

文楚安主编:《透视美国:金斯伯格论坛》,四川文艺出版社,2002年版。

〔德〕沃尔夫冈·韦尔施:《我们的后现代的现代》,洪天富译,商务印书馆,2004年版。

〔美〕沃尔特·惠特曼:《草叶集》,楚图南、李野光译,人民文学出版社,1994年版。

吴思敬编选:《磁场与魔方——新潮诗论卷》,北京师范大学出版社,1993年版。

吴晓:《意象符号与情感空间——诗学新解》,中国社会科学出版社,1990年版。

谢冕、唐晓渡:《以梦为马——新生代诗卷》,北京师范大学出版社,1993年版。

新京报编:《追寻80年代》,中信出版社,2006年版。

熊辉:《外国诗歌的翻译与中国现代新诗的文体建构》,中央编译出版社,2013年版。

徐敬亚、孟浪等编:《中国现代主义诗群大观1986—1988》,同济大学出版社,1988年版。

〔法〕雅克·德里达:《文学行动》,赵兴国等译,中国社会科学出版社,1998年版。

阎嘉:《马赛克主义:后现代文学与文化理论研究》,巴蜀书社,2013年版。

阎月君等:《朦胧诗选》,春风文艺出版社,1985年版。

阎月君、周宏坤编:《后朦胧诗选》,春风文艺出版社,1994年版。

阎真:《百年文学与后现代主义》,湖南教育出版社,2003年版。

杨克:《1999中国新诗年鉴》,广州出版社,2000年版。

杨黎:《灿烂:第三代人的写作和生活》,中华工商联合出版社,2014年版。

杨黎:《我写,故我不在:一个废话主义者的废话语录》,百花洲文艺出版社,2015年版。

叶维廉:《道家美学与西方文化》,北京大学出版社,2002年版。

叶维廉:《解读现代后现代生活空间与文化空间的思索》,安徽教育出版社,2004年版。

伊沙:《饿死诗人》,中国华侨出版社,1994年版。

伊沙:《一个都不放过》,青海人民出版社,1999年版。

于歌:《美国的本质》,当代中国出版社,2006年版。

于坚:《于坚诗六十首》,云南人民出版社,1989年版。

于坚:《于坚的诗》,人民文学出版社,2001年版。

于坚:《诗集与图像》,青海人民出版社,2003年版。

于坚:《0档案:长诗七部与便条集》,云南人民出版社,2004年版。

于坚:《拒绝隐喻:棕皮手记·评论·访谈》,云南人民出版社,2004年版。

于坚:《一枚穿过天空的钉子:诗集1975—2000》,云南人民出版社,2004年版。

于坚:《于坚诗学随笔》,陕西师范大学出版总社有限公司,2010年版。

于坚:《于坚思想随笔》,陕西师范大学出版总社有限公司,2010年版。

于坚:《还乡的可能性》,商务印书馆,2013年版。

于坚:《我述说你所见:于坚集1982—2012》,作家出版社,2013年版。

于坚:《为世界文身》,陕西人民教育出版社,2015年版。

于坚:《面具》(于坚文集 诗歌卷1),云南人民出版社,2018年版。

于坚、谢有顺:《于坚谢有顺对话录》,苏州大学出版社,2003年版。

於可训:《当代诗学》,湖南人民出版社,2000年版。

(金)元好问:《元好问诗词集》,贺新辉辑注,中国展望出版社,1986年版。

袁可嘉:《欧美现代十大流派诗选》,上海文艺出版社,1991年版。

袁可嘉、董衡巽、郑克鲁:《外国现代派作品选》(第一册),上海文艺出版社,1980年版。

袁可嘉、董衡巽、郑克鲁:《外国现代派作品选》(第三册),上海文艺出版社,1984年版。

〔美〕约翰·塞尔:《心灵、语言和社会:实在世界中的哲学》,李步楼译,上海译文出版社,2006年版。

曾艳兵:《西方后现代主义文学研究》,中国社会科学出版社,2006年版。

〔美〕詹明信:《晚期资本主义的文化逻辑:詹明信批评理论文选》,张旭东编,陈清侨等译,生活·读书·新知三联书店,1997年版。

〔美〕詹姆斯·伯恩斯:《民治政府:美国政府与政治》(第20版),吴爱明等译,中国人民大学出版社,2007年版。

张国庆:《"垮掉的一代"与中国当代文学》,武汉大学出版社,2006年版。

张隆溪:《道与逻各斯》,江苏教育出版社,2006年版。

张铁夫:《新编比较文学教程》,湖南人民出版社,1997年版。

张颐武:《从现代性到后现代性》,广西教育出版社,1997年版。

张元珂:《韩东论》,作家出版社,2019年版。

赵小琪:《西方话语与中国新诗现代化》,中国社会科学出版社,2012年版。

赵一凡:《从胡塞尔到德里达——西方文论讲稿》,生活·读书·新知三联书店,2007年版。

赵毅衡编译:《美国现代诗选》(下),外国文学出版社,1985年版。

郑大华:《文化与社会的进程:影响人类社会的81次文化活动》,中国青年出版社,1994年版。

郑敏:《美国当代诗选》,湖南人民出版社,1987年版。

郑敏:《诗歌与哲学是近邻——结构-解构诗论》,北京大学出版社,

1999年版。

郑敏:《郑敏文集:文论卷》(中),北京师范大学出版社,2012年版。

中国版本图书馆编:《全国内部发行图书总目》(1949—1986),中华书局,1988年版。

中国文学艺术界联合会:《中国文学艺术工作者第四次代表大会文集》,四川人民出版社,1980年版。

钟玲:《中国禅与美国文学》,首都师范大学出版社,2009年版。

周伦佑:《反价值时代——对当代文学观念的价值解构》,四川人民出版社,1999年版。

周伦佑:《周伦佑诗选》,花城出版社,2006年版。

周伦佑选编:《打开肉体之门——非非主义:从理论到作品》,敦煌文艺出版社,1994年版。

周伦佑选编:《亵渎中的第三朵语言花——后现代主义诗歌》,敦煌文艺出版社,1994年版。

周伦佑主编:《悬空的圣殿——非非主义二十年图志史》,西藏人民出版社,2006年版。

朱大可:《流氓的盛宴:当代中国的流氓叙事》,新星出版社,2006年版。

朱栋霖、丁帆、朱晓进:《中国现代文学史:1917—1997》(下),高等教育出版社,1999年版。

Adrienne C. Rich. *A Change of World*. New Haven: Yale University Press, 1951.

Alan Nadel. *Containment Culture: American Narratives, Postmodernism, and the Atomic Age*. Durham, NC: Duke University Press, 1995.

Alan Wilde. *Horizons of Assent: Modernism, Postmodernism, and the Ironic Imagination*. Baltimore: Johns Hopkins University Press, 1981.

Alfred C. Kinsey, Wardell B. Pomeroy and Clyde E. Martin. *Sexual Behavior in the Human Male*. Philadelphia and London: W. B. Saunders Company, 1948.

Allen Ginsberg. *Illuminated Poems*, illuminated by Eric Drooker. Philadelphia: Running Press, 1996.

Allen Ginsberg. *Howl and Other Poems*. 40th Anniversary Commemorative Edition Printing. San Francisco: City Lights Books, 1996.

Allen Ginsberg. *Deliberate Prose: Selected Essays, 1952-1995*. Ed. Bill Morgan. New York: HarperCollins, 2000.

Allen Ginsberg. *Collected Poems: 1947-1997*. New York: HarperCollins, 2006.

Allen Ginsberg.*Howl: A Graphic Novel*, animated by Eric Drooker.London: Penguin Classics, 2010.

Amiri Baraka.Ed.*The Moderns*.New York: Corinth, 1963.

Amiri Baraka.*Blues People: The Negro Experience in White America and Music That Developed from It*.New York: William Morrow, 1963.

Amiri Baraka.*Black Music*.New York: William Morrow, 1968.

Amy Hungerford. *Postmodern Belief: American Literature and Religion since 1960*.Princeton and Oxford: Princeton University Press, 2010.

Ann Charter.Ed.*The Portable Beat Reader*.New York: Penguin Books, 1992.

Anthony Summers. *Official and Confidential: The Secret Life of J. Edgar Hoover*. New York: G. P. Putnam's Sons, 1993.

Athan Theoharis.*Seeds of Repression: Harry S.Truman and the Origins of McCarthyism*.Chicago: Quadrangle Books, Inc., 1971.

Barry Gifford and Lawrence Lee.*Jack's Book: An Oral Biography of Jack Kerouac*.New York: Penguin Books, 1979.

Barry Miles.*Jack Kerouac, King of the Beats: A Portrait*.London: Virgin, 1998.

Benita Eisler. *Private Lives: Men and Women of the Fifties*. New York: Franklin Watts, 1986.

Bill Morgan.*The Beat Generation in New York: A Walking Tour of Jack Kerouac's City*.San Francisco, CA: City Lights Books, 1997.

Bill Morgan.*I Celebrate Myself: The Somewhat Private Life of Allen Ginsberg*.New York: Penguin Books, 2006.

Bill Morgan.*The Typewriter is Holy: The Complete, Uncensored History of the Beat Generation*.New York: Free Press, 2010.

Bob Dylan.*Chronicles: Volume One*.New York, London, Toronto and Sydney: Simon & Schuster, 2004.

Bob Steuding.*Gary Snyder*.Boston: Twayne Publishers, 1975.

Bruce Cook.*The Beat Generation*.New York: Charles Scribner's Sons, 1971.

Cary Nelson.*Revolutionary Memory: Recovering the Poetry of the American Left*.New York: Routledge, 2001.

Catherine A.Davies."*Putting My Queer Shoulder to the Wheel*": America's

Homosexual Epics in the Twentieth Century. Ann Arbor: ProQuest LLC, 2013.

Charles D. Abbott. Ed. *Poets at Work*. New York: Harcourt Brace, 1948.

David Carter. Ed. *Spontaneous Mind: Selected Interviews 1958 – 1996*. New York: Harper-Collins, 2001.

David K. Johnson. *The Lavender Scare: The Cold War Persecution of Gays and Lesbians*. Chicago: University of Chicago Press, 2004.

David S. Reynolds. Ed. *A Historical Guide to Walt Whitman*. New York and Oxford: Oxford University Press, 2000.

Donald M. Allen. Ed. *The New American Poetry: 1945–1960*. New York: Grove, 1960.

Dwight Goddard. Ed. *A Buddhist Bible*. Boston: Beacon, 1970.

Erik Mortenson: *Capturing the Beat Moment: Cultural Politics and the Poetics of Presence*. Carbondale and Edwardsville: Southern Illinois University Press, 2011.

Frederick Gentles and Melvin Steinfield. *Dream on America: A History of Faith and Practice (Vol.1)*. San Francisco: Canfield Press, 1971

Frederick J. Streng. *Emptiness: A Study in Religious Meaning*. Nashville: Abingdon Press, 1967.

Gary Snyder. *Myths and Texts*. New York: Totem Press, 1960.

Gary Snyder. *Earth House Hold: Technical Notes and Queries to Fellow Dharma Revolutionaries*. New York: New Directions Publishing Corporation, 1969.

Gary Snyder. *A Range of Poems*. London: Fulcrum Press, 1971.

Gary Snyder. *The Back Country*. New York: New Directions Publishing Corporation, 1971.

Gary Snyder. *Turtle Island*. New York: New Directions Publishing Corporation, 1974.

Gary Snyder. *Mountains and Rivers Without End Plus One*. Bolinas: Four Seasons Foundation, 1979.

Gary Snyder. *The Real Work: Interviews & Talks 1964–1979*. New York: New Directions Publishing Corporation, 1980.

Gary Snyder. *Axe Handles*. San Francisco: North Point Press, 1983.

Gary Snyder. *Left Out in the Rain*. San Francisco: North Point Press, 1988.

Gary Snyder. *The Practice of the Wild*. San Francisco: North Point Press, 1990.

Gary Snyder. *No Nature*. New York: Pantheon, 1992.

Gary Snyder. *Mountains and Rivers Without End*. Berkeley: Counter Point, 1996.

George Plimpton. Ed. *Beat Writers at Work: The Paris Review*. New York: Modern Library, 1999:

Gerald Nicosia. *Memory Babe: A Critical Biography of Jack Kerouac*. New York: Grove, 1983.

Gregory Corso. *The Vestal Lady and Other Poems*. Cambridge, MA: R. Brukenfeld, 1955.

Gregory Corso. *Gasoline*. San Francisco: City Lights Books, 1958.

Greil Marcus and Werner Sollors. Ed. *A New Literary History of America*. Cambridge and London: The Belknap Press of Harvard University Press, 2009.

Hillary Holladay and Robert Holton. Ed. *What's Your Road, Man? Critical Essays on Jack Kerouac's* On the Road. Carbondale and Edwardsville: Southern Illinois University Press, 2009.

Holly George-Warren. Ed. *The Rolling Stone Book of the Beats: The Beat Generation and the Counterculture*. London: Bloomsbury, 1999.

Ihab Hassan. *The Postmodern Turn: Essays in Postmodern Theory and Culture*. Columbus: Ohio State University Press, 1987.

Jack Kerouac. *Scattered Poems*. Ed. by Ann Charters. San Francisco: City Lights Books, 1971.

Jack Kerouac. *On the Road*. London: Penguin, 1972.

Jack Kerouac. *Good Blonde and Others*. Ed. by Donald Allen. San Francisco: Gity Lights Books. 1993.

Jack Kerouac. *Selected Letters: 1940-1956*. Ed. Ann Charters. New York: Viking, 1995.

Jack Kerouac. *Book of Blues*. Harmondsworth: Penguin Books, 1995.

Jack Kerouac. *Selected Letters: 1957-1969*. Ed. by Ann Charters. New York: Viking, 1999.

Jack Kerouac. *Jack Kerouac: Collected Poems*. Ed. Marilène Phipps-Kettlewell. New York: Literary Classics of the United States, Inc., 2012.

Jacqueline Jones, Peter H. Wood etc. Ed. *Created Equal: A History of the*

United States Volume 2, *Since 1865*(fourth edition). Boston, New York, Hong Kong, etc.: Pearson, 2014.

Jacques Derrida. *Specters of Marx*: *The State of the Debt*, *the Work of Mourning and the New International*. trans. Peggy Kamuf. London and New York: Routledge, 1994.

James T. Jones. *A Map of Mexico City Blues*: *Jack Kerouac as Poet*. Carbondale and Edwardsville: Southern Illinois University Press, 1992.

Jane Kramer. *Allen Ginsberg in America*. New York: Random House, 1970.

Jean-François Lyotard. *The Postmodern Condition*: *A Report on Knowledge*. Trans. Geoff Bennington and Brian Massumi. Manchester: Manchester University Press, 1984.

Jennie Skerl. Ed. *Reconstructing the Beats*. New York: Palgrave Macmillan, 2004.

John Tytell. *Naked Angels*: *The Lives & Literature of the Beat Generation*. New York: McGraw-Hill, 1976.

Jon Halper. Ed. *Gary Snyder*: *Dimensions of a Life*. New York: Random House, 1991.

Jonah Raskin: *American Scream*: *Allen Ginsberg's Howl and the Making of the Beat Generation*. Berkeley, Los Angeles and London: University of California Press, 2004.

Jonathan Culler. *Literary Theory*: *A Very Short Introduction*. Oxford University Press, 1999.

Jonathan Michaels. *McCarthyism*: *The Realities*, *Delusions and Politics Behind the 1950s Red Scare*, New York and London: Routledge, 2017.

Jonathan Michaels. *The Liberal Dilemma*: *The Pragmatic Tradition in the Age of McCarthyism*, New York and London: Routledge, 2020.

Joseph McCarthy. *Congressional Record*: *Major Speeches and Debates of Senator Joe McCarthy Delivered in the United States Senate*, *1950–1951*. New York: Gordon, 1975.

Judith Buchanan. Ed. *The Writer on Film*: *Screening Literary Authorship*. Basingstoke and New York: Palgrave Macmillan, 2013.

Kent Johnson and Craig Paulenich. Eds. *Beneath a Single Moon*: *Buddhism in Contemporary American Poetry*. Boston and London: Shambhala, 1991.

L. Coser. Ed. *The Idea of Social Science*. New York: Harcourt, Brace and

World, 1975.

Lawrence Ferlinghetti. *A CONEY ISLAND of the MIND*. New York: New Directions Publishing Corporation, 1958.

M. Jimmie Killingsworth. *The Cambridge Introduction to Walt Whitman*. Cambridge: Cambridge University Press, 2007.

Martin J. Medhurst, et al., *Cold War Rhetoric: Strategy, Metaphor, and Ideology*, New York: Greenwood, 1990.

Maurice Isseman and Michael Kazin. *America Divided: The Civil War of the 1960s*. New York: Oxford University Press, 2000.

Michael Hrebeniak. *Action Writing: Jack Kerouac's Wild Form*. Carbondale and Edwardsville: Southern Illinois University Press, 2006.

Michael J. Dittman. *Jack Kerouac: A Biography*. Westport: Greenwood Press, 2004.

Michael Schumacher. *Dharma Lion: A Critical Biography of Allen Ginsberg*. New York: St. Martin's Press, 1992.

Nancy M. Grace. *Jack Kerouac and the Literary Imagination*. New York: Palgrave Macmillan, 2007.

Patrick D. Murphy. *Understanding Gary Snyder*. Columbia, S.C.: University of South Carolina Press, 1992.

Patrick D. Murphy. *A Place for Wayfaring: The Poetry and Prose of Gary Snyder*. Corvallis: Oregon State University Press, 2000.

Paul Mariani. *William Carlos Williams: A New World Naked*. New York: McGraw-Hill, 1981.

Preston Whaley, Jr.. *Blows Like a Horn: Beat Writing, Jazz, Style, and Markets in the Transformation of U.S. Culture*. Cambridge and London: Harvard University Press, 2004.

Richard Gary. *A History of American Literature* (second edition). Malden: Wiley-Blackwell, 2012.

Rick Fields. *How the Swans Came to the Lake: A Narrative History of Buddhism in America*. Boulder: Shambala, 1981.

Rob Epstein and Jeffrey Friedman. *Howl*. Minneapolis: Werc Werk Works, 2010.

Robert A. Hipkiss. *Jack Kerouac: Prophet of the New Romanticism*. Lawrence,

KS：Regents Press，1976.

Sean Wilentz.*Bob Dylan in America*.New York and Toronto：Doubleday，2010.

Sheila Whiteley and Jedediah Sklower. Ed. *Countercultures and Popular Music*.Surrey and Burlington：Ashgate，2014.

Simon Warner.*Text and Drugs and Rock 'n' Roll：The Beats and Rock Culture*.London，New Delhi，New York and Sydney：Bloomsbury，2013.

Stephané Mallarmé. *Selected Poetry and Prose*. Ed. Mary Ann Caws. New York：New Directions，1982.

Stephen Ronan.*Disks of the Gone World：An Annotated Discography of the Best Generation*.Berkeley，CA：Ammunition Press，1996.

Steve Turner. *Jack Kerouac：Angel-headed Hipster*. London：Bloomsbury，1996.

Steven Belletto.*The Cambridge Companion to the Beats*.Cambridge：Cambridge University Press，2017.

Steven Connor. *Postmodernist Culture：An Introduction to Theories of the Contemporary*.New York：Basil Blackwell Ltd.，1989.

Steven G.Axelrod，Camille Roman，Thomas Travisano.Ed.*The New Anthology of American Poetry（VOLUME THREE）：Postmodernisms 1950-Present*. New Brunswick，New Jersey，London：Rutgers University Press，2012.

Ted Gioia.*The Birth and Death of the Cool*.Golden，CO：Speck Press，2009.

Terry Anderson, *The Movement and the Sixties*.New York：The Oxford University Press，1995.

Thomas F.Merill.*Allen Ginsberg*.Boston：Twayne Publishers，1988.

Thomas Parkinson.Ed.*A Casebook on the Beat*.New York：Crowell，1961.

Todd F.Tietchen.*The Cubalogues：Beat Writers in Revolutionary Havana*. Gainesville：University Press of Florida，2010.

Tom Clark.*Jack Kerouac*.New York：Harcourt，1984.

Ulrich Weisstein.*Comparative Literature and Literary Theory：Survey and Introduction*.Taipei：Bookman，1988.

Walter Benjamin.*Charles Baudelaire：A Lyric Poet in the Era of High Capitalism*.London：New Left Books，1973.

William P. Jeffs. *Feminism, Manhood and Homosexuality：Intersections in

Psychoanalysis and American Poetry.New York:Peter Lang Publishing Inc.,2003.

William S.Burroughs.*Naked Lunch*.New York:Grove Press,Inc.,1966.

William T.Lawlor.Ed.*Beat Culture:Icons,Lifestyles,and Impact*.Santa Barbara:ABC-CLIO,Inc.,2005.

二、文章类

阿吾:《看我中国》,《诗刊》1986年第7期。

白杰:《后现代主义的本土转化与"非非主义"的诗学变构》,《烟台大学学报》(哲学社会科学版)2017年第3期。

北岛:《致读者》,《今天》1978年第1期。

陈仲义:《抵达本真几近自动的言说——"第三代诗歌"的语感诗学》,《诗探索》1995年第4期。

陈仲义:《纷繁样貌中的殊相——两岸后现代诗人之采样比照》,《楚雄师范学院学报》2006年第8期。

陈仲义:《四两怎能拨千斤——读伊沙"黄河"》,《名作欣赏》2008年第21期。

陈超:《"反诗"与"返诗"——论于坚诗歌别样的历史意识和语言态度》,《南方文坛》2007年第3期。

陈超:《韩东——精神肖像和潜对话之二》,《诗潮》2008年第2期。

陈超、李建周:《回望80年代:诗歌精神的来处和去向——陈超访谈录》,《新诗评论》2009年第1辑。

陈大为:《被隐匿的后现代——论中国当代诗史的理论防线》,《安徽大学学报》(哲学社会科学版)2010年第4期。

陈大为:《阴影里的明灭——美国垮掉派对李亚伟"莽汉诗歌"的影响研究》,《诗探索》(理论卷)2012年第2辑。

陈大为:《有关"大雁塔"的命名或续完》,《华文文学》2013年第5期。

陈东东:《杂志80年代》,《收获》2008年第1期。

陈旭光:《"第三代诗歌"与"后现代主义"》,《当代作家评论》1994年第1期。

迟欣:《从语言哲学到心智哲学——兼谈自发性写作的意向性研究》,《大连海事大学学报》(社会科学版)2017年第3期。

董洪川:《美国后现代诗歌与中国文化论》,《外国语言文学研究》2001

年第1期。

董辑:《80年代诗歌运动中的非非主义》,《扬子江评论》2011年第1期。

《对〈0档案〉发言》,1994年12月15日北京大学讨论会记录,《台湾诗学季刊》1995年第4期。

范方俊:《后现代主义的现代性之思》,《外国文学》2006年第2期。

冯寿农:《模仿欲望诠释 探源求真解读——勒内·吉拉尔对文学的人类学批评》,《外国文学研究》2004年第4期。

戈哈:《垂死的阶级,腐朽的文学——美国的"垮掉的一代"》,《世界文学》1960年第2期。

韩东:《无题——献给张志新》,见《无题及其它》,《诗刊》1981年第7期。

韩东:《〈他们〉,人和事》,《今天》1992年第1期。

韩东:《韩东诗三首》,《诗歌月刊》2003年第1期。

贺祥麟:《难忘金斯堡》,《国外文学》1998年第2期。

贺奕:《九十年代的诗歌事故——评长诗〈0档案〉》,《大家》1994年第1期。

胡安定、肖伟胜:《"非非主义"反文化游戏及其价值重估》,《社会科学研究》2007年第6期。

胡亮、蓝马:《蓝马:"前文化"·非非主义·幸福学——蓝马访谈录》,《诗歌月刊》2011年第12期。

胡启立:《在中国作家协会第四次会员代表大会上的祝词》,《文艺研究》1985年第2期。

胡兴:《声音的发现——论一种新的诗歌倾向》,《山花》1989年第5期。

黄兆晖、陈坚盈:《一个诗人最终会返回历史——与莽汉派诗人李亚伟的对话》,《青年作家》2007年第9期。

霍俊明:《朦胧诗得失再思考》,《文艺报》2008年6月26日。

蒋登科:《偏于一极的诗歌时代》,《北方论丛》2010年第1期。

赖永海:《佛性学说与中国传统文化》,《哲学研究》1987年第7期。

李嘉娜:《美国诗歌史语境下的〈嚎叫〉》,《国外文学》2011年第3期。

李建亚、杨黎:《要对得起"反叛者"这三个字——杨黎访谈》,《星星》2005年第5期。

李庆四、翟迈云:《特朗普时代美国"白人至上主义"的泛起》,《美国研究》2019年第5期。

李少君:《从莽汉到撒娇》,《读书》2005年第6期。

李陀:《往日风景》,见《今日先锋》第4辑,生活·读书·新知三联书店,1996年版。

李亚伟:《流浪途中的"莽汉主义"》,《星星》(下半月)2010年第11期。

李颖娜:《金斯伯格与反文化运动》,黑龙江大学2020年博士学位论文。

李泽厚:《漫述庄禅》,《中国社会科学》1985年第1期。

黎之:《垮掉的一代,何止美国有!》,《文艺报》1963年第9期。

梁实秋:《新诗的格调及其他》,《诗刊》(创刊号)1931年1月20日。

刘登翰:《中国新诗的"现代"潮流》,《东南学术》2000年第5期。

刘若南:《顾彬:我希望我是错的!》,《南风窗》(半月刊)2007年4月下半期。

刘延陵:《法国诗之象征主义与自由诗》,《诗》1922年第1卷第4期。

刘忠:《"第三代诗人"的文化认同与诗歌观念》,《社会科学研究》2008年第4期。

罗振亚:《返回本体与语感实验:"他们"诗派论》,《创作评谭》2004年第12期。

吕周聚:《异端的诗学——周伦佑的诗歌理论解读》,《诗探索》004年秋冬卷。

马汉广:《金斯堡〈嚎叫〉与后现代意识》,《学习与探索》2003年第4期。

马铃薯兄弟:《腰间挂着诗篇的豪猪——李亚伟访谈录》,《长江师范学院学报》2008年第5期。

毛娟:《后现代性:独立的批判精神》,《当代文坛》2015年第1期。

苗东升:《后现代:现代之后,还是后期现代?——中国需要怎样的后现代主义》,《首都师范大学学报》(社会科学版)2004年第3期。

牟森:《关于戏剧〈零档案〉——于小剧场戏剧30周年之际》,《艺术评论》2012年第12期。

南帆:《诗与国家神话》,《南方文坛》1999年第4期。

邱紫华、于涛:《禅宗与后现代主义的异质同构性》,《南京大学学报》(哲学·人文科学·社会科学)2014年第3期。

任继愈:《〈中国佛性论〉序》,《哲学研究》1988年第6期。

王本朝:《西南论坛·文学史上的1985年·主持人语》,《新文学评论》2015年第1期。

王惟甦:《"垮掉的一代"文学和克鲁阿克》,《花城》1983年第4期。

王念宁编译:《西方垮掉的一代》,《青年研究》1985年第12期。

王宁:《中国当代诗歌中的后现代性》,《诗探索》1994年第3期。

王斐、林元富:《重铸"山巅之城":〈说母语者〉中的少数族裔政治空间重构》,《当代外国文学》2021年第2期。

王一川:《结巴也疯狂》,《文学自由谈》1997年第2期。

石剑峰:《盖瑞·施耐德 我并不是"垮掉的一代"》,《东方早报》2009年12月4日。

石义华:《"真如"的异质性——〈大乘起信论〉的本体思想探析》,《山东社会科学》2012年第11期。

孙基林:《中国第三代诗歌后现代倾向的观察》,《文史哲》1994年第2期。

孙基林:《"第三代"诗学的思想形态》,《诗探索》1998年第3期。

孙基林:《朦胧诗与现代性》,《文史哲》2002年第6期。

孙坚、杨仁敬:《论美国"垮掉派"文学对现代主义的继承和发展》,《宁夏社会科学》2007年第3期。

孙绍振:《新的美学原则在崛起》,《诗刊》1981年第3期。

谭桂林:《现代中国生命诗学的理论内涵与当代发展》,《文学评论》2004年第6期。

陶富:《新历史主义视阈下的第三代诗歌》,兰州大学2010年硕士学位论文。

滕继萌:《论鲍勃·迪伦的创作》,《外国文学》1996年第2期。

王珂:《论英语诗歌的意象派运动及自由诗革命的生成背景》,《世界文学评论》2006年第1期。

〔美〕奚密:《诗与戏剧的互动:于坚〈0档案〉的探微》,《诗探索》1998年第3期。

席云舒:《论朦胧诗》,《扬州大学学报》1994年第4期。

肖开愚:《生活的魅力》,《诗探索》1995年第2期。

谢冕:《在新的崛起面前》,《诗探索》1980年第1期。

谢冕:《新诗潮的另一种景观——评阎月君的组诗〈月的中国〉》,《诗潮》1985年第6期。

谢冕:《20世纪中国新诗:1975—1989》,《诗探索》1995年第4期。

辛潮:《美国梦的失落和追寻:20世纪美国文学的主题变奏》,《辽宁师范大学学报》1989年第3期。

邢建昌:《对中国后现代主义文本的一种解读》,《当代文坛》2000年第1期。

徐敬亚:《崛起的诗群——评我国诗歌的现代倾向》,《当代文艺思潮》1983年第1期。

徐亮:《负有现代性使命的后现代性实践——中国后现代性文化实践策略的一个问题》,《浙江大学学报》(人文社会科学版)2005年第3期。

阎月君:《月的中国》,《诗刊》1986年第4期。

杨黎:《穿越地狱的列车》,《作家》1989年第7期。

杨炼:《我的宣言》,《福建文学》1981年第1期。

杨明晨:《"国家"叙述中的族裔话语:美国华裔文学批评与美国国家文学史书写》,《东北大学学报》(社会科学版)2020年第4期。

伊沙:《我的谱系》,《艺术广角》2011年第4期。

伊沙:《为阅读的实验》,《东方艺术》1997年第5期。

余彪:《美国的"垮掉的一代"》,《光明日报》1961年7月22日。

于坚:《生命的节奏(四首)》,《诗刊》1986年第11期。

于坚:《棕皮手记》,《诗歌报》1989年5月21日。

于坚:《现场——杂种们的彼岸》,《星光》1994年第6期。

于坚:《我的写作不是一场自我表演——2007年答记者问》,《作家》2008年第7期。

于坚、符二:《我其实是一个抒情诗人——于坚访谈》,《大家》2011年第13期。

于坚:《说我的几首诗》,《山花》2017年第7期。

于坚、韩东:《现代诗歌二人谈》,《云南文艺通讯》1986年第9期。

袁可嘉:《略论美英"现代派"诗歌》,《文学评论》1963年第3期。

袁可嘉:《腐朽的"文明",糜烂的"诗歌"——略谈美国"垮掉派"、"放射派"诗歌》,《文艺报》1963年第10期。

袁可嘉:《关于"后现代主义"思潮》,《国外社会科学》1982年第11期。

袁可嘉:《美国后现代主义诗歌与中国诗》,《诗刊》1989年第8期。

袁可嘉:《西方现代主义文学在中国》,《文学评论》1992年第4期。

〔美〕詹姆斯·布雷斯林:《〈嚎叫〉及〈祈祷〉溯源》,王彩霞译,《国外文学》1998年第2期。

张大为:《后现代面孔下的现代性变革——论80年代先锋诗歌观念的演进》,《理论与创作》2006年第1期。

张大为:《从"后现代"到"古典"——中国当代后现代主义诗歌观念的演变》,《烟台大学学报》(哲学社会科学版)2007年第2期。

张法:《国家形象概论》,《文艺争鸣》2008年第7期。

张强、李明艳:《语词与结构:伊沙诗歌艺术初探》,《燕山大学学报》(哲学社会科学版)2007年第2期。

张子清:《美国学院派诗人及其劲敌》,《求是学刊》1992年5期。

张子清:《读〈金斯伯格诗选〉》,《文艺报》2001年5月8日第4版。

张子清:《垮掉派与后垮掉派是颓废派,还是疲脱派?》,《当代外国文学》2007年2期。

赵成孝:《中国后现代主义:新贵的奢侈》,《青海师范大学学报》(社会科学版)1995年第2期。

赵黎明:《作为言语行动的诗歌运动——语言哲学视域中的"第三代"诗写作》,《山东师范大学学报》(社会科学版)2021年第6期。

赵一凡:《"垮掉的一代"——当代西方文学流派讲话之四》,《飞天》1981年2月号。

赵一凡:《"垮掉的一代"述评》,《当代外国文学》1981年第3期。

周伦佑:《第三代诗论》,《艺术广角》1989年第1期。

周伦佑主编:《非非》(第一卷)(民刊),1986年5月。

周伦佑主编:《非非》(第二卷)(民刊),1987年6月。

周伦佑主编:《非非》(第三卷)(民刊),1988年11月。

周伦佑主编:《非非》(第四卷)(民刊),1988年11月。

周宪:《后现代性是一种现代性》,《南京大学学报》(哲学·人文·社会科学)1999年第3期。

周宪:《"后革命时代"的日常生活审美化》,《北京大学学报》(哲学社会科学版)2007年第4期。

周宪:《关于艺术中的国家形象》,《艺术学研究》(年刊),2008年。

Allen Ginsberg. "Allen Ginsberg: An Interview." *Paris Review* 1966 (Spring).

Allen Ginsberg. "A Collage of Voices: An Interview with Allen Ginsberg." Interviewed by Yves Le Pellec. *Revue Française d'Etudes Américaines* 1989 (39): 91–111.

Craig Svonkin. "Manishevitz and Sake, the Kaddish and Sutras: Allen Ginsberg's Spiritual Self-Othering." *College Literature* 2010(4): 166–193.

Dan McLeod. "The Chinese Hermit in the American Wilderness." *Tamkang Review* 1983(1).

David Alfred Charles. *THE NOVELTY OF IMPROVISATION: TOWARDS A GENRE OF EMBODIED SPONTANEITY* (a doctoral dissertation). Baton

Rouge: Louisiana State University, 2003.

Jacquelyn Dowd Hall."The Long Civil Rights Movement and the Political Uses of the Past." *The Journal of American History* 2005(4):1233-1263.

Richard E.Hishmeh."Marketing Genius: The Friendship of Allen Ginsberg and Bob Dylan." *Journal of American Culture* 2006(4):395-405.

Rudolph L.Nelson."'Riprap on the Slick Rock of Metaphysics': Religious Dimensions in the Poetry of Gary Snyder." *Soundings: An Interdisciplinary Journal* 1974(2):206-221.

Ted Berrigan and Jack Kerouac."Jack Kerouac: The Art of Fiction No.41." *Paris Review* 1968(43):60-105.

后记

本书是在我的博士学位论文《"第三代"诗歌后现代性研究》的基础上大幅修订而成的。从2014年4月确定博士学位论文选题算起，本书前后历时8年有余，个中甘苦况味，唯有自知。

在博士学位论文的后记中，我曾提及论文的选题、开题及撰写历程。鉴于我是跨专业考生，导师蒋登科教授基于我在英美文学方面的相对优势，建议从比较文学视角考察中国新诗。结合大量的前期阅读，我最终确定以后现代性视角来对比考察中国"第三代"诗歌与美国"垮掉派"诗歌。在先生的鼓励与帮助之下，我曾以"'第三代'诗歌与'垮掉派'诗歌后现代性比较研究"为题申报重庆市研究生科研创新项目，并有幸获得立项资助，这无疑增强了我对这一选题的信心。

对于论文开题，我一直都很重视。开题报告前后有过多次修改，而开题的日子对我而言，更是有着双重的意义。2015年1月21日下午2时整，一再改期的博士学位论文开题报告会正式开始，女儿也恰在此时呱呱坠地。感觉这是上天的安排，让我一下子有了两个孩子，不由莫名地感动。事后听现场录音，才知道那次开题报告会特别严肃、细致。各位专家火力全开，提出了很多问题，也给出了不少修改建议。三位同学开题过后，时间已过六点半。我由于妻子待产临时请假，最终，在当年3月举行的另一场开题报告会上，我经过两个多小时的答辩，得以顺利开题。

我在中国新诗方面的学术基础本就薄弱，笔力更是惨淡，论文写作一路下来都颇为艰难。论文一开始的题目是"'第三代'诗歌与'垮掉派'诗歌后现代性比较研究"，其主要内容是紧扣后现代性这一理论视角，结合两个诗歌流派各自发生发展的历史文化语境，通过大量的文本分析找出这两个诗歌流派同中有异的后现代性特质。于我而言，后现代性理论本无定论，还要与具体的文本分析紧密结合，如何把握后现代理论的效度与限度实属不易；论文涉及中美两个国家的两个诗歌流派，文献阅读量大；传统诗歌大多具有抒情性诗美,而后现代诗歌大多反抒情、笔法奇特、意义隐曲,加上需要阅读大量的"垮掉派"诗歌原作,许多还要给出适当翻译,因而,"百思不得其解"是常态,偶有"灵光乍现",虽姗姗来迟,却也算是莫大的鼓舞。

2015年下半年是论文写作最为关键也最为艰难的时期。一方面,论文初稿正处于攻关阶段,需要大量的写作时间作为保障,经常要耗到凌晨两三点甚至是通宵,搞得神经严重衰弱,原本只是晚上睡觉时才会感觉到的耳鸣现象越发严重,白天都能清晰地"听"到左脑中持续不断地嗡嗡作响之声,写作效率极低。另一方面,家里又发生了一系列变故。远在千里之外,善良而忠厚的父亲突发急症过世,紧赶慢赶才得以见到父亲最后一面,第一次真正体会到"子欲养而亲不待"的愧疚、悲痛与无奈。返渝后,母亲因父亲过世身心遭受巨大打击,一连多日茶饭不思精神恍惚忧思成疾,住了一个多星期的院,我心急如焚,倍感无助。亏得有姐姐在老家照料,情况才慢慢有所好转。岳母右手意外摔伤住院半月。妻子产假过后开始上班,工作繁杂压力极大。女儿小甜甜不满周岁,少人照料。为了有时间照看小甜甜,也为了减轻经济压力,我开始返校上课,每周往返达州、重庆市区一次。每次回家,天真无邪的小甜甜都会显得特别兴奋,"爸爸爸爸"叫个不停。每次离家返校的时候,都是在早上她还在酣睡的时候才能走得脱。而小甜甜醒着的时候,我基本上是不能离开她的视线的。也许,生怕爸爸又突然不见了,小甜甜把我看得很紧,连上厕所都要找过来"咚咚"地拍门,好确定我还在家里。所以,每次上厕所除了关门声音要轻,还得事先给她拿个玩具分散她的注意力。不过,事后想来,我之所以能够克服困难按时写出初稿,小甜甜其实有着很大的功劳:跟她黏在一起的日子,我身心倍感松弛,可以暂时忘却烦恼、倒空自己。晚上等她睡着之后,万籁俱寂,顿感思绪开阔,信马由缰,写得顺畅睡得也就踏实,耳鸣症状因而也得到了极大的缓解。

预答辩勉强通过,各位专家给出了许多修改建议,尤其是论文题目及论证方法严格来说属于比较文学学科,跟中国现当代文学专业有所抵牾。慎重起见,决定调整论文结构,延期半年送审。2016年11月24日,三份盲审评议书才最终寄回西南大学,其中两票优秀、一票合格。三位专家肯定之余,也给出了不少中肯的意见。因为学校规定11月底必须完成答辩程序,修改时间过于仓促,于是又延期半年,以便能有更宽裕的时间打磨、修改。

本书与我的博士学位论文相比,最大的不同在于叙述结构。因为要与所攻读学位的专业名称尽量保持一致,博士学位论文是以"第三代"诗歌为叙述主线的,而"垮掉派"诗歌对"第三代"诗歌的影响(尤其是反叛精神层面上的影响),只是作为一条隐性的线索穿插其中。为了保证论文的丰富性与完整性,"垮掉派"诗歌的后现代性特征被作为附录附于正文之后。不过,附录很长,虽然附录的论述结构也大体上是按照正文论述"第三代"诗歌后现代性特征的论述结构来编排的,但不免会有前后脱节之感。基于此,本书重新采用比较文学的叙述结构,读者可以一目了然地了解"第三代"诗歌与"垮掉派"诗歌后现代性特征的异同与影响,从而增强了行文的逻辑性与可读性。

　　从内容上看,在博士学位论文的基础上,本书增加了16万余字(接近一倍)的篇幅。首先,"第三代"诗歌与"垮掉派"诗歌在国家形象解构与建构方面所体现的后现代性特征得到了较为详细的补充。其次,结合美国主流文化中以天命观与白人至上主义为价值观基础的盎格鲁一致性主流价值观体系,本书进一步补充了"垮掉派"诗歌发生发展过程中遭受麦卡锡主义与冷战文化严酷宰制的境况。再次,本书增加了大量篇幅用来书写"垮掉派"诗歌与波普爵士乐和摇滚乐互动而产生的声音与乐感元素。最后,第三章补充论述了美国"垮掉派"诗歌与中国"第三代"诗歌各自的本土性资源,从而进一步凸显这两个诗歌流派在借鉴外来资源之时对本土性资源的传承与更新。另外,在强化替罪羊理论以及天命观、白人至上主义、麦卡锡主义、日常生活书写、语感、生命诗学等主要术语阐释的基础上,本书进一步结合具体的诗歌文本进行深度分析,行文更合逻辑,意义挖掘也有了较大推进。当然,除了增加篇幅,本书还删掉了一些意义重复的语句与段落,对一些繁复的语句表达进行了简化处理,同时也修订了许多错漏之处。

　　在本书修改与完善的过程之中,各位师友特别是导师蒋登科教授付出了很大的精力与心血,家人也给予了最大程度的宽容与谅解,这些我定将铭记在心,断然不敢忘却。当然,由于我学术水平有限,加上时间与精力的掣肘,本书肯定还有不少需要完善的地方。于我而言,这份研究成果权当是今后进一步研究的起点,值得珍惜。

　　本书的写作时间跨度较长。其间,基于相关主题,我有幸先后获得多个项目的经费支持。首先要感谢国家社会科学基金后期资助项目"'垮掉派'诗歌与'第三代'诗歌后现代性比较研究"(21FWWB006)为本研究提供了宝贵的经费支持。也要感谢四川省社科规划后期资助项目"'第三代'诗歌与'垮掉派'诗歌后现代性比较研究"(SC19H009)、四川外国语言文学研究中心重点项目"麦卡锡主义语境下垮掉派背反文本书写研究"(SCWY21-01)、巴蜀文化国际传播研究中心重点项目"'一带一路'背景下东盟汉语传播对中国国家形象建构的影响研究"(BSWH2021-YYZC01)、西南交通大学美国研究中心项目"垮掉派背反文本书写研究"(ARC2021005)与四川省高等教育人才培养质量和教学改革项目"'一带一路'倡议下英语师范生人才培养模式创新研究"(JG2021-1363)为本研究的部分成果提供了经费支持。

感谢国家社会科学基金后期资助项目8位匿名评审专家,没有他们的肯定和切中肯綮的修改建议,奢谈书稿的完善与质量。

感谢王本朝教授、向天渊教授、熊辉教授一直以来对我的关怀与关注,老师们的谆谆教诲时时萦绕在我心头。

感谢西南大学出版社的编辑,他们细致负责的工作是对我莫大的支持。

感谢课题组成员李雪梅教授、王琳博士以及王垚垚老师的倾力相助。

感谢邱佳存、唐静两位老师抽出宝贵的时间校对书稿,并提出不少建设性意见。

是为后记,存念。

邱食存

2022年12月于学府雅苑